버지니아로 부터
(From Virginia)

李龍來 著

버지니아로부터
(From Virginia)

- 서 문 -

 타비스톡(Tavistock)정원은 러셀스퀘어 역에서 동쪽으로 조금 떨어진 곳에 있다. 그 곳 남서쪽 코너에는, 여류작가 버지니아 울프의 청동흉상이 먼 하늘을 바라보며 고독에 잠겨 있다.
 누구에 의해 세워졌는지는 알 길이 없었으나, 사후 60여년이 지난 후였다.
 사십대 초반에 이 곳, 타비스톡 스퀘어 52번지로 이사 온 그녀는 빛나는 성과를 거두기 시작했다. 새로 꾸민 서재에서 자신의 대표작들-댈러웨이 부인, 등대로, 올랜도 등-을 구상하고, 열심히 썼으며 발표했다. 이처럼 그녀의 흔적이 가장 짙은 뜻 깊은 장소라는 것을 상기하자, 그녀의 원숙한 표정과 마주한 나는 감회에 마음이 짜릿했다.
 극동의 여행자들 중에서 세계문학, 특히 현대문학에 관심을 가진 자가, 런던을 여행할 경우, 버지니아 울프를 떠올리며 타비스톡 정원을 찾는 자가 얼마나 될까?
 나는 버지니아에게 빛나는 성과를 안겨 준 러셀스퀘어 역 주변이 마음에 들어, 다시 한 번 정원을 찾았다. 나무그늘에서 한나절쯤 청동상을 향해 앉아 있었는데, 노숙자 한 명이 바로 옆 벤치에 누워 있었고, 근처에 사는 몇 명의 주민이 공원을 가로질러 갔을 뿐, 여류작가의 청동상은 몹시 외로워 보였다. 참새보다 길고 날씬한 회색 텃새들이 가지에서 청동상 위로 날며 노래했다. 노숙자가 일어나 담배꽁초를 줍더니, 피워 물고 서성이다가, 더 이상 타들어가지 않자 그것을 청동상을 향해 던졌다. 노숙자가 청동상이 된 그녀의 삶을 조금이라도 알았다면, 던지지 못했을 텐데 하는 아쉬움이 스쳤다.
 청동상은, 생전의 버지니아를 기억했을지도 모를, 1931년생의 '스티번 톰린' 이라는 조각가에 의해 2004년 6월에 세워졌다. 그로부터 십 년이라는 뜻 깊은 세월이 흐른 후, 2014년 6월에 나는 이 정원을 찾은 것이다. 극동인으로서는 무척 드문 내방일지도 모른다는 생각을 했다.
　이렇게 청동상을 마주보며, 내가 몇 천 번째, 아니면 몇 백 번째 버지니아 울프가 이뤄 낸 문학의 향기를 반추하는 자가 됐는지 모르겠으나, 그녀가 더 깊은 고마움을 표시해줄, 좀더 앞선 숫자에 들어가고 싶었다.
　여류작가는, 포화가 런던의 평온을 무너뜨릴 수 없었던 일차대전 속에서는 반전론을 주장했지만, 이차대전의 어두운 전운 속에서 무차별 폭격에 의해 자신의 서재가 파괴되고, 시민들이 쓰러지는 것을 목격하면서 죽음을 생각했다. 결국 산책 나간 그녀는, 우즈 강변의 돌멩이들을 하나 둘 상의주머니에 가득 넣고, 강물의 중심천으로 걸어 들어간 후, 끝내 돌아오지 못했다.
　'버지니아로부터'의 이야기는, 외롭게 서있는 청동상을 바라보면서 우즈강변의 돌멩이들이 여류작가의 영혼을 짓누를지도 모른다는 생각을 떠올렸는데, 그같은 주제를 가지고, 그로부터 발생할 수 있는 일들을 나름대로 찾아 써보았다.

2016년　4월　14일

作　者　李　龍　來

버지니아로부터(From Virginia)

차 례

서 문

제 1 부

서 쪽 도 시 ………… 7

제 2 부

아-아! 막 달 리 아 ………433

제 1 부 : 서쪽도시

1

 우리는 무슨 일을 깊이 생각하면 거기에 대한 체계적인 계획이 자신도 모르게 세워지게 되고, 달이 차는 것처럼 때에 이를 경우 현실로 이루어지는 것을 체험하게 된다.
 여기 한 퇴역 중위도 먼 서쪽나라를 향한 여행을 막연히 꿈꾸고 있었다. 그가 그 나라 런던을 생각했던 이유는 '버지니아 울프'의 작품을 두 세 권쯤 독서한 후부터였다.
 19세기 후반 런던에서 태어났고 그 도시에서 성장했던 울프, ……자신을 절망시킨 어떤 이유로 죽음의 길을 몇 번이나 넘나들면서 작가의 길을 걸었던 여인이다. 당시의 여성에 대한 편견을 수없이 겪었던 그녀, 그래도 내면으로 타협하고 극복하면서, 결국 자신에게 움트기 시작한 새로운 가치를 세련된 의식으로 꽃피워 냈다. 그녀의 대표작인 작품 '댈러웨이 부인'에서는 배후에 일차대전이 있었지만, 자신의 최첨단 의식과 결합된 필치로 평온한 런던 도심의 정경을 그려 냈다.
 이처럼 자신의 의식에서 얻어내려고 애썼던 문학의 다른 길이, 거의 한 세기 전, 연약하지만 굳센 의지력을 가진 한 여성의 노력에 의해 이루어졌다. 새로운 문학을 개척하려는 그녀에게 어찌 경외심을 품지 않을 수가 있겠는가? 그녀의 밝은 혼에 의해 런던은 서울의 한 젊은이에게 빛에 휩싸인 도시로, 우주 저쪽의 아직 개방되지 않는 미지의 세계처럼 펼쳐 있었다.
 그처럼 문학의 새로운 방향을 창조해낸 여류작가를 마음에 품고 런던여행을 꿈꾸었던 이는, 일찌기 중위로 전역한 후 곧 이어 경찰직에서 분망한 나날을 보내던 중, 동료와 함께 살인범을 뒤쫓았는데, 긴박했던 순간에 격발(擊發)했던 자신의 탄환이 동료의 팔을 관통하는 바람에, 더 이상 직장을 유지할 수 없는 동료의 안타까움을 바라보며, 양심상 견디기 힘들었던 그도 제복을 벗어 버리고 말았다.

그 후로 누군가 자신의 전직을 물으면 초급장교인 중위로 근무했다는 대답을 했다. 그래서 주변사람들은 그를 김 중위라고 불렀고, 그의 이름은 스스로 거부감을 느끼지 않을 만큼 중위로 굳어지고 말았다.

누구나 일생에서 변화를 겪듯, 그같은 불행한 일이 그에게는 문학 쪽에 관심을 갖게한 계기가 되었다. 한적한 시간을 갖게 되자 서점가를 어슬렁거렸는데, 서가에서 처음 꺼낸 문학책이 그리스여인같은 사진이 엿보인 버지니아 울프의 '댈러웨이 부인'이었다. 고전에서 희망을 찾자고 생각한 중위는 울프 이후 이름있는 고전작가들의 대표작들을 집중해서 독서했다. 머잖은 훗날 극서(極西)의 도시에서 이야기 꽃을 피게 한 울프 로부터 프루스트와 헤밍웨이 등에 이르기까지 마음에 든 고전작가들의 대표작들을 독서하게 되자, 군시절이나 경찰직에서 자신이 지녔던 애국감정같은 것은 왜 그런지 위선 같았고, 작가들의 이야기 속에 더 깊은 진실이 숨어 있는 것 같았다.

그는 두 조직에 근무하면서 월급의 절반이상을 저축하여 고독한 생활을 유지할만한, 그런대로의 예금을 가지고 있었다. 그야말로 분망했던 국가의 조직에 근무할 때는, 마음속에 한 가닥 품고 있었던 애국이라는 가치를 두고 몰두할 수 밖에 없었지만, 조직을 나와 시간을 어떻게 보내야 될지 모를 무료한 나날들이 자신에게 닥치자, 그는 독서와 라디오를 가까이 하며 약간의 교양을 쌓으려고 해 보았다.

사실 문학이라든가 음악은 그에게 있어서 미지의 세계에 놓인 관심일 뿐, 파고들려는 분야는 아니였다. 그러나 할일 없어 방황한 그는 라디오와 책을 붙잡았다. '버지니아 울프'의 '댈러웨이 부인'을 다시 독서하면서 극서의 도시 런던이 빛에 휩싸이며, 그 소설내용에 자주 등장하는 그린파크와 제임스 공원, 하이드 공원, 웨스트민스터의 빅벤 등을 둘러싼 미지의 런던이 자꾸만 구성되는 시간을 가지기도 했다.

그는 하루들이 바쁘게 지나갔던 지난날엔 거의 관심이 없었던 근원적인 우주라든가, 시간과 공간, 사랑 등에 대해 훨씬 더 마음을 기울였다.
사람답게 산다는 것은, 근원적인 세계를 바탕으로 영원성을 찾아야 한다는 것이 그의 또 다른 마음이었다. 그같은 것을 더욱 체득하기위해 그는 낯선 여행길에 올라, 매일처럼 자신을 짓누르려 드는 현실을 일정기간 한쪽으로 접어 두거나, 그 현실들을 무시할 수 있었으면 했다.
그에게는 총을 다루거나 쏘는 것 외에, 어느 것 하나 전문단계에 이른 것이 없었다. 그런데 불운하게도, 자신이 쏜 탄환이 도망자의 다리를 향해 나르는 순간 뛰어든 동료의 팔을 관통하고 만 것이지만, 그로 인해 새로운 환경을 맞이했다. 독서도, 라디오를 통한 선율의 감상도, 그 불운한 사건이 준 어쩔 수 없는 선물이었다. 좀더 깊은 곳에 있을 것 같은 근원을 향해 마음을 기울이라는, 운명적인 전환점이었다.
그는 책과 라디오를 껴안으면서 현실을 버리려고 했다. 그렇게 고독한 시간을 보내던 중, '버지니아 울프'가 활동했던 런던에 가보고 싶었다. 문학에서 새로운 흐름을 개척하려고 혼신의 노력을 다한 그 여류작가의 창작품을 겨우 두 세 권쯤 읽고, 도심의 피카딜리에서 파생한 가로들을 그녀의 의식처럼 펼쳐보며, 그 도심을 그녀의 모던한 가치들로 아무렇게나 치장하면서 떠올릴 무렵이었을 것이다.
모더니스트로 평해지는 그녀를 문학의 세계로 이끌었던 런던은,

그녀 때문인지 몰라도 여성적인 부드러운 빛에 감싸여 극서 쪽에서 어른거렸다. 시소의 양끝에 놓인 런던과 버지니아 울프는 한동안 수평을 이루었지만, 결국 런던이 그녀의 품으로 기울 무렵, 김중위는 그 도시로의 여행을 구상하기 시작했다.

 꽃샘추위가 일기 시작한 삼월에도 '버지니아 울프'를 통한 런던은, 그의 상념을 자꾸 점령했다. 겨울잠 속에서 움튼 대지의 향기를 가장 먼저 품고 삼월을 장식하려는 꽃샘추위 속에서, 그녀는 너울거리는 연두 빛 의상으로 치장한 봄 처녀가 되어 여러 이미지로 도심의 공원과 가로에서 손짓하며 여행을 부추겼다.
 '댈러웨이 부인'에서 울프는, 자신의 의식을 차지했던 런던을 구체성있게 표현하지는 않았다. 도심의 평온한 윤곽을 암시했을 뿐이다. 시립병원이라든가, 피커딜리를 달리는 버스라든가. 어느 가로의 포목점 정도로 표현하고, 이야기는 대체로 인물중심으로 구성되었다. 모두는 어딘가의 어느 순간에 웨스트민스터의 빅 벤 소리를 듣는다. 그래서 그는 신사숙녀들이 도심곳곳에 숨어 있는 런던을, 울프가 떠올릴 수 있는 의식을 따라 흡사하게 펼칠 수 밖에 없었다. 이런 보이지 않는 요소들이 중위에게 미지에 잠긴 도심의 약도를 어둠 속에 그리게 하면서, 여행을 꿈꾸게 했다.
 봄날 그에게 있어서 런던은 아지랑이처럼 버지니아의 이미지로 가득 덮여, 그 곳에 가고 싶은 마음이 더욱 깊어졌다. 그것은 일시적인 마음의 들뜸이 아니였다. 초급장교시절 서로 열정에 들떠 사귀다, 소속부대가 달라진 후 다른 장교에게 넘어간 여군간호장교의 마음처럼, 계절의 향기에 의한 일시적 기움은 아니였다.
 런던이 버지니아보다 작게, 그녀의 이미지로 감싸여 있는 것은 순전히 문학의 매력 때문일까? 비록 생명은 사라져 흙으로 돌아갔지만, 책으로 남아있는 그녀는 세계 곳곳의 서점에 비치되어, '저는 버지니아 울프에요, 언제 런던에 놀러 오면 저의 흔적과 만날 수 있을 거예요' 라고 속삭이는 것만 같았다. 런던에 한 번 들리면 어떻겠느냐는 그녀의 이미지 속에 깃든 어떤 권유는, 외로움과 그리움에 잠긴 서울의 한 젊은이를 향해 자신의 흔적으로 위로해 줄 수 있다는 당찬 영혼의 속삭임 같기도 했다.

 아카시아 꽃향기가 떠도는 오월이 되자, 하늘가를 수없이 지나야 드러나는 런던이 여행사에서 준 약도와 흡사하게 떠오르면서, 초록색상으로 칠해진 세 개의 공원을 비행운처럼 가로지르는 버지니아 울프의 이미지로 인해, 그의 마음은 어떤 계획성을 띠면서 더욱 선명해지기 시작했다. 그 도시의 떠오름은, 이성에 대한 그리움과는 전혀 다른, 지난 청소년 시절 미지의 세계로 가고 싶은 동경과 흡사했다. 한 여류작가의 의식으로 꾸며진 도심 속의 공원과 가로들을 보고싶은 동경이었다.
 그는 얇은 수첩에다 히도로 공항에서 도심에 이르기까지 언더그라운드 역을 차례로 기입해 놓고 되뇌면서, 전동차가 수 분 간격으로 오가는 그 피카딜리 라인을 자주 떠올렸다. 그 라인에 의해 무사히 숙소를 찾고 버지니아 울프의 흔적을 찾을 수 있을 거라는 자신감을 체면처럼 마음에 걸곤 했다.
 이처럼 그는 미지의 도시에 대해 중요하다고 생각한 여러 정보를 지니려 하지 않았다. 많은 정보는 머리만 복잡해질 뿐, 실행단계에서 필요치 않다는 것을 그는 초급장교시절의 체험으로 알고 있었다. 그래서 런던의 도심을 가로지르는 피카딜리 라인 하나만을 붙들고 가면 현지에서 차츰 파악할 수 있다는 생각이다. 여러 라인 중 피카딜리 라인이 가장 역사 깊은 선로라는 것도 울프의 소설을 통해 알고 있었다. 그러다 보니 도심의 피카딜리에 이르기까지 연결된 언더그라운드 역들을 자주 되뇌어 보곤 했다. 서너 곳의 역과 공원은, 울프가 의식으로 꾸며 낸 이야기의 인상을 통해 통해 그 윤곽을 펼쳐 낼 수 있었으며, 애착이 더 느껴졌다. 이처럼 피카딜리 라인 하나만을 의지해서 먼 서쪽나라의 도시를 엿보겠다는 여행자는 드물 것이다.

 숙소는 얼스코트 역 주변에서 찾을 생각이다. 웹사이트를 뒤진

결과 그 역 주위에 적절한 가격대의 호텔이 꾀 많았기 때문이다. 오전에 이륙해서 서쪽으로 해를 따라 비행하게 되면, 히드로 공항에서도 오후의 하늘이 충분히 남아있는 그 태양을 볼 수 있다고 하니, 해질 무렵까지는 얼스코트의 어느 호텔에서 체크인 할 수 있을 것 같았다. 그러니까 도심에 이르는 피카딜리 라인의 역들을 외우고, 숙소는 현지에서 찾는다는 아주 간결한 정보를 가지고 먼 여행에 대한 자신감을 가지려고 했다. 어찌 됐든 히드로 공항과 유일하게 연결된 피카딜리 라인을 타면, 도심의 반경일 것 같은 얼스코트에 빠른 속력으로 이동시켜줄 것이다.

그는 자신감과 불안이 마음속에서 교차했다. 멀고 낯선 극서의 도시인데, 자신의 여행준비가 너무나 간결했기 때문이다. 그는 서쪽으로의 여행을, 미지에 대한 도전이라기보다 그리움으로 생각했다. 수 만경 떨어진 서쪽에, 어느 산사(山寺)에서 들었던 정토가 무한히 펼쳐 있을 것 같은 그리움이었다. 버지니아가 살았던 런던은 정토의 경계에 있는 입구 같았다. 그의 미지에 대한 그리움은 서쪽 멀리 있다는 정토에까지 뒤덮으려 했다. 이처럼 버지니아 울프를 통해 본 런던은, 무한한 정토를 엿볼 수 있는, 미지를 향한 그리움의 경계이기도 했다.

이젠 여행사에 들려 전자 항공권을 끊고, 환전을 하면 준비는 거의 완료된 셈이다. 도심에 가면 으레 한 번쯤 들려 분망한 분위기를 엿보곤 했던 그 여행사에 들렸다. 각국의 항공권을 끊어 주는 여직원들, 줄지은 책상 앞의 소파들도 그대로 있었다. 가고 싶은 먼 나라에 가까워진 기분이다. 그런데 자신이 들려 이것저것 물으면, 알고 있는 나라의 여행정보를 친절히 알려 주며 명함을 주었던 그 아가씨가 그만두었다는 것이다. 사실 그 아가씨가 보고싶기도 해서 그 여행사에 들리곤 했는데, 실제로 필요할 때가 되니까 여행사를 그만두었다는 것이다.
 '그녀에게 무슨 일이 있었구나?'

'그만 두었는데 전화를 하면 오해하지 않을까?'

그래도 하는 것이 유리하다. 그녀를 통해 여행사의 어느 아가씨를 소개받을 경우, 좀더 좋은 안내를 받을 수 있을 것이다. 그는 전화를 할까 하고 사라진 그녀의 명함을 만지작거리다, 다시 여행사를 찾는 날 연락을 해야겠다며 책상서랍에 넣어 두었다.

이같은 생각들이 마음속에서 행동으로 옮겨지며 하나 둘 간추려지기 시작하자, 이젠 여행을 포기한다는 것은 힘들 것 같았다. 그먼 서쪽나라, 런던은 홀로 누구의 도움없이 피카딜리 라인 하나만을 의지하며 가야겠다는 여행이므로, 불안하면 얼마든지 포기할 수 있다고 생각했는데, 가지 않으면 안된다는 알 수 없는 열정, 불안을 억누르는 모험심이 더 크게 작용하고있었다. 유월을 넘기지 않겠다고 결심했다.

아-아, 이 마음의 분류(奔流)는 스스로 만들어 낸 강박인지 모른다. 그것이 위험으로 치닫고 있는지 모른다는 불안도 곧잘 일어나곤 했다. 그러나 '버지니아 울프'의 흔적을 찾겠다는 여행목적은 계속 유지했다. 중위의 생각은 더욱 깊어졌다.

불안은 혼자있는 사람을 묶어 두는 적일지 모른다. 과감히 떠나면 사라진다고, 버지니아가 속삭였다. 그렇다. 문학의 새 길을 개척한 그녀의 흔적을 찾는다는 것은 즐겁고 보람있는 일이다. 그녀와 더욱 가까워질 수 있는 목적을 정했으면, 떠나야 한다. 여기서 포기를 하면, 흔적으로 봄처녀처럼 되살아 나곤 하는 그녀를 크게 실망시키는 꼴이 되고 만다.

버지니아 울프는 계속 런던의 가로와 공원을 걸으며, 그리스 아가씨같은 손짓과 미소를 보내 주고 있다. 자신이 남긴 새 문학으로, 런던을 달무리처럼 치장해 보내 주고 있다.

과연 마음속에 움트기 시작한, 한 여류작가의 이미지를 따라 서쪽으로 아득한 곳에 있는 미지의 도시를 갔다 올 수 있을까? 불안했다. 런던은 다시 은하계 먼 곳의 항성처럼 희미한 빛에 휩싸여 있었다. 그 도시에 대한 열정이, 약해진 마음속에서 불안으로 바뀌졌기 때문이다. 어떤 불운에 의해 영영 귀국비행기를 탑승하지 못할 수도 있다는 불안이, 런던을 희미하게 깜박이게 했다. 여권과 파운드가 있고 젊음과 순발력을 잃지 않는다면 귀국하는데는 문제없을 거라는 생각을 거듭해도, 미지의 도시는 불안으로 인해 깜박였다.

 그렇다 보니 낯선 도시에서 길을 잃고 지쳐, 주의력이 떨어질 경우 분실할지도 모를 여권과 중요한 것들, 날씨와 음식에 적응 못해 찾아올 수도 있는 질병, 언어의 장벽 등은, 사라진 여류작가의 흔적 속에서 그녀의 향기를 맡으며 삶의 활기를 되찾아 보려는 그의 열정을 단숨에 가라앉게 했다. 이처럼 미지의 세계는, 혼자서는 영영 빠져 나오기 힘들 보이지 않는 함정도 숨어 있다는 것을 자꾸만 암시했다. 극한적인 상황에 이르러 도움을 청하기 위해 대사관을 찾는 자신의 지친 모습이, 희미해진 가로의 그늘진 창에 비극적으로 내비치기도 했다.

 구원의 천사가 다가왔다. 여행의 목적이었던 버지니아 울프였다. 그녀가 나타나자 런던은 즉시 무지개색상같은 도심의 공원과 가로를 펼쳐 내며, 건물 곳곳의 테라스에는 극동에서 찾아온 이방인을 환영한다는 플래카드가 나부끼기 시작했다. 다시 열정이 움트기 시작한 중위는, 울프와 걷는 미지의 가로가 천상으로 이어지는 것을 보았다.

 '온 마음을 다해 환영합니다' 팔랑거리며 떨어지는 나뭇잎 사이로 버지니아 울프의 소리가 들렸다. 짐바브웨이에서 온 공주라며, 해군함정을 시찰한 적이 있는 그녀의 엉뚱하고 예쁜 귀족적인 목소리였다.

 그는 버지니아가 내민 손을 잡고, 무지개색상으로 채색된 런던의 가로를 걷기 시작했다. 사방에서 가위로 잘게 잘린 색종이들이 둘이의 걷는 길에 쏟아지기 시작했다. 무수한 풍선이 가로의 상공에 가득했다. 그러나 이 아름다운 행로는, 새로운 문학을 꽃핀 울프에 대한 그리움이 만들어 낸 잠시의 꿈결같은 백일몽이었다.

 그는 버지니아 울프의 흔적을 찾겠다는 문학적인 목적을 가졌지만, 동행자도 없이 혼자서 떠날 결심이다. 버지니아가 등대처럼 기다려 준다고 해도, 런던은 너무 멀리 있다. 그래서 그 곳은 먼 별 만큼 아득하고 희미한 빛을 띨 수 밖에 없다. 극서의 먼 도시 그 곳을 피카딜리 라인 하나에 의지하고 홀로 가겠다는 것은 분명히 긴장되는 모험이다. 우주선을 타고 다른 행성에 닿는 것 같은 기분일 것이다.

그 도시에는 의지할 어떤 사람도 없다. 한국에서 파견한 대사관이 어디엔가 자리잡고 있을 뿐이다. 불행하게도 자신이 어두운 길에서 돈과 여권을 잃고 어려운 처지에 이르러 거지꼴이 된 여행자가 되고 말았다면, 담장이 높은 대사관의 도움을 받을 수 있을까? 그 곳은 소(小)국가이다. 중요한 소지품을 잃고 길을 헤매다 지친 여행자에게는 어머니처럼 느껴질 것이다. 갑자기 바뀐 처지를 하소연하는 자국의 여행자를, 국가를 대신해서 귀국시켜주지 않으면 안될 의무가 있을 것이다. 대사관에 의지하고싶은 생각은 일 퍼센트도 없지만, 여권과 현금을 잃었다면 그 작은 국가의 철문을 두드리고 귀국시켜줄 것을 요청할 수 밖에 없을 것이다.

삶에는 항상 긴장과 불안을 수반하고있다. 긴장의 파고가 가장 높은 것은, 생명을 보존하려는 방어적인 상황에 처한 때일 것이다. 먼 곳으로의 여행도 부주의하는 순간, 고난을 겪어야 되는 일이 여행자에게 닥칠 수 밖에 없는 것이다.

이처럼 인류가 무리 지어 번성하는 도시는 어느 곳에나 빛나는 가로와 어두운 뒷골목이 있다. 어둠은 부주의한 낯선 여행자 주변에 항상 도사리고, 따라다닐 것이다. 우리는 그런 여행자의 안타까움을 국제 비행장 터미널에서 느낄 수 있다. 비행기가 이륙할 시간이 가까워지면 여승무원은 체크되지 않는 탑승할 여객을 애타게 찾는다. 약속시간에 나타나지 않기 때문이다. 여승무원이 이름을 부르며 애타게 찾는 승객들 중에는 낯선 도시의 범죄적인 그늘에 걸려 여권 등을 잃고 대사관을 찾기위해 지친 이들도 있을 것이다.

중위는 런던에 도착했을 때, 자신이 겪어야 할 여러 상황을 생각해보았다. 런던의 긴장은 분명 이색적일 것 같았다. 공항에 도착해서 피카딜리 라인의 전동차를 탔을 때, 너무나 달라진 환경 때문에 그 긴장은 불안에 이르겠지만, 잊지 못할 값진 추억으로 마음에 각인될 것이다. 그는 그같은 긴장을 느끼려고 울프의 흔적이 있는 미지의 런던을 선택했다. 그 서쪽 도시에서 불안감을 이기고 또 다른 나라를 경유해 귀국하면, 서울의 흑암마을 곳곳에 도사리고 있는 어둠과도 싸울 수 있는 담력이, 군 시절 때처럼 다시 살아날 것 같았다.

 이처럼 여행목적이 정해지고, 가야겠다는 행선지가 뚜렷해지자, 극서의 나라 영국은 우주의 소중한 부분처럼 생각되었다. 우주에서 태양계가 여성적이라면 우리행성은 자궁일 가능성이 높으며, 잉글랜드는 그 속에서 고귀하게 완성된 아기의 모습을 띠고 있으며, 그 탯줄인 탬즈강에 역사 깊은 런던이 있다는 그럴듯한 윤곽을 떠올렸다. 극서의 더없이 소중한 도시, 런던은 오랜 진통을 겪은 끝에 버지니아 울프를 탄생시켰다. 그래서 런던과 버지니아 울프는 중위에게 동일한 가치를 띠었다. 시소의 양끝에 버지니아와 런던을 올려 놓으면, 그의 마음속에서는 여류작가 쪽으로 런던이 기울어질 정도이다.

 그는 버지니아 울프 시절의 런던을 보고싶었다. 보수적인 나라 잉글랜드는, 그녀가 살았던 런던의 도심을 그대로 간직하고있을 것이다. 그린 공원에 가서 어떤 숙녀에게 인사를 하면, 분명한 답례가 돌아올 것이다.

 "안녕하세요, 숙녀님. 좋은 날씨입니다. " 라고 인사를 하면,
 "아-아, 신사님에게도 좋은 하루가 될 거예요. " 라는 정중한 대답을 해줄 것이다.

 그렇지만 중위에게 있어 극서의 도시 런던은, 아직 한없이 낯선 희미한 도시이다. 그 곳은 이차대전 중에 이세상과 이별한 버지니아 울프에 의한, 서쪽 대기권 밖에 그녀의 이미지로 형성된 먼 별 같은 도시이기 때문이다. 그에게 불안을 야기시킬 만큼 아득히 먼 서쪽의 도시이다. 그토록 먼 서쪽의 도시에서 자신이 어느 가로를

서행하면, 버지니아는 미소를 띠고 나타나 먼 길을 찾아왔다며 손을 내밀고 가로수가 끝없이 이진 보도를 동행해줄 것 같았다.
 중위는 일 이차대전 중의 런던의 여러 인상을 가슴에 담고 떠난 버지니아 울프를 꼭 보려고 한다. 그녀로 인해 희미한 빛으로 드러난 런던에서, 그녀 자신의 흔적 속에서 그녀가 나타날 것이라는 생각이다.
 어찌 버지니아의 영혼이 반가워하지 않겠는가? 이처럼 자신의 흔적에 깊은 관심을 가진 극동의 이방인을, 그녀는 어찌 흔적을 남긴 영혼으로서 진심을 다해 반겨 줄 수 없겠는가?
 이처럼 중위에게 극서의 도시 런던의 가로는, 함께 걸어줄 것 같은 버지니아 흔적이 빛을 띠고 있다. 그는 런던의 도심에 있는 공원과 가로를, 버지니아 울프가 기다리는 영혼의 도심으로 부르고 싶었다. 분명히 모더니스트인 그녀의 의식으로 치장된, 일 이차대전 중의 그 도심일 것이다.

 중위에게 있어 피카딜리 라인은, 일 이차대전 중의 울프의 의식을 가로지르는 라인이기도 했다.
 그녀가 세차게 흐르는 자신의 의식을 이야기로 구체화시킬 때, 피카딜리 라인은 자주 빛에 휩싸여 드러났을 것이다. '댈러웨이 부인'속에 분명히 그같은 면이 엿보였다. 자신이 산책할 때 활동반경에 드러나곤 했던, 많은 시민들이 드나드는 역들이기도 했다. 그 여류작가를 반전주의자로 만들었던 일차대전 중에도, 피카딜리 라인은 분망하게 움직였을 것이다.
 중위는 그 라인이 여행을 가능하게 했기 때문에 마음으로 자주 그리며, 눈앞 저쪽에다 떠올리곤 했다. 그 행로를 믿고 선명히 기억해두어야만, 버지니아 울프와 흔적과 만나게 되리라는 생각 때문이다. 그래도 미지의 서쪽은 간헐적으로 그를 불안하게 했다.
 아무튼 그는 자신감을 잃지 않으려고 애썼다. 이제와서 결심한 여행을 철회할 수는 없다. 소년처럼, 낯설고 먼 곳을 가보고 싶었다. 영혼의 세계에 있는 버지니아와 텔리파시를 주고받으면서 모험을 하고 싶었다. 그녀가 극서의 대기권 밖에 있는 영혼의 세계에서 옛 산책길에 내려와 자신을 기다려 줄 것이라는 생각이다. 런던의 도심 속에 지금껏 살아 있는 그녀의 흔적 속에서 그리스 처녀처럼 꾸미고, 찾아오는 극동의 청년을 두 팔을 벌려 맞이해줄 것이라는 상념이다. 이같은 상념은 그녀와 가로를 걷게 했으며, 쏟아지는 색종이들과 하늘로 오른 풍선이 그 가로에 가득한 꿈결에까지 이르렀다. 이처럼 서쪽을 향한 모험심은, 버지니아 울프라는 여류작가를 목적에 둠으로써 그리움으로 변화한 것이다.

 버지니아를 향한 중위의 그리움은 더욱 커갔다. 피카딜리 라인이 파생한 것 같은 복잡해진 그리움이었다. 런던의 도심에 광맥처럼 숨어 있는 울프의 흔적 속에서, 그녀의 영혼과 만날 수 있을 것이라는 희망적인 그리움이었다. 그렇게 서쪽나라에서 그리움이 다분히 섞인 모험을 하고 귀국비행기를 타게 된다면, 먼 별에서 우리 행성을 향한 우주선을 타는 귀환의 기쁨과 흡사할 것이라는 느낌을 가졌다. 그는 비행기를 타고 먼 곳으로 여행하는 일이 처음이기 때문이다. 그래서 곧 있을 먼 비행을 떠올리면, 대기권 너머 어딘가에 있는 영혼의 세계와 이어질 것 같은 생각에 이르곤 했다.

 어둠 속에 누워서 아득한 대기권을 헤치고 나아가다 보면 낯설게 형성된 서쪽 세계에는, 버지니아 울프를 둘러싼 일 이차 대전 중의 런던이 그대로 펼쳐져 있고, 그녀의 마음에 새로운 문학을 싹트게 하고 형성시킨 과거의 도심에 발길을 들여놓을 수 있었다. 그 곳 어딘가에 까지 깊이 들어간 중위는, 누군가를 맞이하기 위해 가로에 깊은 눈길을 주고 서있는 그녀를 유심히 지켜보곤 했다.

 중위가 런던을 여행하겠다는 계획을 정확히 따지면, '울프의 댈러웨이 부인'을 독서하던 중 피카딜리 라인에서 가능하다는 생각이 떠올랐다. 오직 홀로의 상념 속에서 떠오른 너무나 간결하고 무모한 계획이지만, 거기에다 심신을 던져 자신이 처한 고독과 불안을 풀어내려 했다. 이제 물러서면 전선에서 싸우지도 않고 후퇴하는 초급장교들의 심정처럼, 그는 스스로를 경멸하게 될 것이다. 계획이 불안전하고 미비하다고 해서 물러서기에는 늦었다. 아침해가 떠오르면 미지의 도시를 향한 그리움이 열정이 되어 다시 뜨거워지기 때문이다. 이런 독자적으로 계획한 첫 여행은 돌아오지 못할 수도 있다. 먼 서쪽의 국제 비행장 터미널에서 여승무원들이 핸드마이크를 들고 체크되지 않는 그를 애타게 찾을 수도 있다. 그래도 중위는 서쪽나라의 여류작가를 목적으로 지니며 미지의 세계로 자신을 내던져 새로운 모험을 하고 싶었다. 전투 중 소속 부대와 떨어진 군인처럼, 서쪽나라에서 힘겨움을 겪어 내고 싶었다.

이처럼 중위에게는 독자적인 계획을 세워 낯선 런던으로 가고 싶은 목적과 이유들을 지니고 있었다. 자신을 내던진다는 표현은, 파리나 런던으로 비행을 자주하는 유학 중인 젊은이들이 들으면 쉽게 이해되지 않는 과장된 생각으로 들릴지 모르지만, 먼 곳으로 첫 여행을 하려는 그로서는 밤이 되면 자신을 내던져 대모험의 세계로 들어서는 생각들이 꼬리를 물고 일어났다.

그는 빈둥거리는 고독한 처지였다. 평탄하고 긴 골목을 지나 둑길의 등받이가 없는 목재 의자에서 한숨 짓기도하는 처지를 벗어나고 싶었다. 내심 문학이라든가, 음악이라든가, 그림에 옵서버 자격으로 적잖은 매력을 찾던 중 일어난 여행계획은 생의 전환점이 될 수 있다고 생각했다.

초급장교시절이라든가 경찰로 근무할 땐, 가슴은 애국심에 불타기도 했다. 이젠 한적한 자신이 분망하게 움직이는 사회의 흐름을 거스르는 것 같아, 펜과 종이만 있으면 가능할 것 같은 문학 쪽으로 마음을 기울였다. 그러다 보니 버지니아 울프의 세계도 접하게 된 것이고, 먼 서쪽나라를 밟겠다는 열정이 마음에 들어선 것이다.

서쪽나라에는 별처럼 높이 떠있는 세익스피어도 있고, 의식의 흐름으로 '율리시즈'를 낸 '조이스'는 사실 버지니아보다 먼저 그 분야에 들어섰다. 또 버지니아 보다 훨씬 앞선 시대에 나타나 1847

년 10월과 12월에 우리에게 '제인에어'와 '폭풍의 언덕'을 선물로 남기고 짧은 생을 마친 '샬롯 브론테'와 '에밀리 브론테'라는, 자매 작가도 있다. 중위는 그들 중에서 새로운 빛을 뿌리고 간 버지니아 울프를 선택했다. 도심생활을 많이 한 그녀의 흔적을 피카딜리 라인을 이용해 찾을 수 있다는 자신감도 있었기 때문이다.

중위는 그녀가 하이드파크 입구에서 태어났고, 그린파크와 성 제임스공원을 많이 산책했으며, 지금도 그녀의 시절과 거의 다르지 않다는 옥스퍼드와 본드, 피카딜리 가로를 그녀는 수없이 걸었다는 것을 책을 통해 알았다. 특히 '댈러웨이 부인'에서 등장인물들의 활동반경이 런던의 도심이며, 여주인공인 '클러리서'는 버지니아 울프의 또다른 형상으로 등장해 도심의 윤곽을 그릴 수 있게 해주기 때문이다.

그 책은 한 여성의 일생 중 체험된 것을 의식으로 평온하게 승화시킨 것이 분명하다. 그에게 안겨 준 먼 서쪽 도시의 윤곽은, 20세기 초엽 산업화된 런던에서 어느 시공간에 빛을 뿌리며 사라진 버지니아 울프의 흔적이기도 했다. 보수적인 서쪽나라가, 오래전 사라진 한 여류작가의 흔적들을 어떻게 간직하고 있는지 보고 싶었다.

그래도 중위에게는 너무나 먼 미지의 도시다. 먼 극서쪽의 세계가 희미하게 드러날 때마다 그는 설렜다. 낯선 도시는 멀리서 찾아온 자신에게 뜻밖의 일을 안겨 줄지 모른다고 생각했다. 그러나 가서 부딪치면 숨어 있는 낯선 일들은, 사람 사는 서울처럼 그렇게 다르지는 않을 것 같았다. 당황하지 않고 침착하게, 이치를 따지고 나면 하나같이 극복할 수 있는 것일 게다. 미지의 세계에 깊이 숨어 있는 일들, 런던에 가야만 드러나는 미지의 장애물들을 미리 걱정하지 말자. 가서 부딪치면 모두 극복될 것이다. 버지니아 울프의 행로를 따라 걷다보면 숨어 있는 그녀의 영혼이 친절한 가이드로 변모해, 해질 무렵까지 함께 해주리라는 생각이다. 신사숙녀의 나라, 버지니아 울프가 성장하였고, 매력적인 작품을 썼던 도시, 런던에서 삶의 전환점을 찾을지도 모른다는 희망을 가지게 되자, 홀로 해낼 수 있다는 자신감이 생겼다.

 그는 도심의 여행사를 그만 둔 여직원의 명함을 서랍에서 꺼내 전화를 했다. 낮인데도 자다가 깼는지 실업자 태를 내며 목이 잠긴 음성으로 누구냐고 물었다. 언젠가 자신에게 항공권 상담을 한 손님이라는 것을 알자, 바쁘게 일했던 지난날이 상기됐는지 무척 반가워하였다. 왜 전화를 하였는지 이유를 알게 된 그녀는 잠이 깬 밝은 목소리로 자신의 파트에서 실력있는 선배 여직원을 소개해주었는데, 중위가 그녀의 구두(口頭) 소개장을 마음에 새기고 도심의 여행사를 들렸을 때, 그 선배되는 여직원은 과장의 팻말이 있는 책상에 앉아 그 파트를 책임지고있는 것 같았으며, 여기저기서 걸려 오는 전화를 대응해주느라 분망해 보였다. 항공권에 대한 노하우를 폭넓게 가지고 손님에 따라 약간의 차등을 두는 베테랑 여직원인 것 같았다. 중위는 소개를 받았기 때문에 왜 그런지 신뢰가 간 그 파트의 책임자에게 항공권과 유레일 패스를 구입했다. 주된 체류는 런던이고, 파리에서 귀국할 수 있는 항공권이었다. 이번 기회에 몇 개국을 경유해 체험을 넓히자는 생각이었다. 그녀는 유럽체류기간의 달력을 복사해주고, 붉은 색연필로 시차가 다른 해당날짜에 언더라인을 그어주며, 항공권과 유레일 패스의 주요사항을 설명해주었다.

         2

 그는 날개 옆의 창가에 앉았다. 비행기가 습기찬 구름층을 지날 때는 대기의 저항을 가장 적게 받도록 설계된 날개의 전면에 물보라가 일면서, 옅은 물이 엔진 쪽으로 흐르는 것이 보였다. 그러나 푸른 하늘이 나타나면 물기는 언제 있었느냐는 듯, 사라져 버리곤 했다.

중위는 침묵을 지키며 앉아 있었지만 온정신이 깨여 있었다. 히드로 공항과 이어진 피카딜리라인에 대해, 통로를 조용히 지나가는 여승무원에게 물어 볼까 하는 생각이 들었으나 도착해서 해결할 문제라고 그만두었다. 해가 조금씩 기우는 방향을 따라 극서의 런던으로 달리는 비행이 분명한데도, 그는 우주선을 타고 다른 행성으로 여행하는 듯한 긴장된 기분을 느꼈다. 모든 승객들이 미지의 행성을 개척하기위해 과감히 나선 모험가들이라는 생각을 해 보았다. 입을 다물고 무겁게 앉아 있는 승객의 모습들이 온갖 인연, 자신들의 생명까지도 버릴 각오가 되어있는, 용기있고 도전정신을 가진 모험가들로 보였다.

날개 쪽의 삼인용 좌석들에는, 절반 정도가 두 명의 승객들이 가운데를 빈 체 앉아 있었다.

바로 앞쪽 좌석에도 젊은 청년과 이십대 후반으로 보이는 여인이 앉아 가끔 대화를 나눴는데, 본의 아니게 내용을 들을 수가 있었다. 청년은 서울의 유학 중인 대만 태생으로, 한국어에 아주 능통해서 부모 중의 어느 한 분이 한국인이 아닐까 하는 생각이 들었다.

"예비수녀님이라고 하셨나요?" 청년은 정확히 알 수 없다는 듯 물었다.

"예비수녀? ……좋아요. 수녀원에 들어가는 것이 꿈이니까요. " 여인이 부드럽게 대답해주었다.

"결혼하면 좋은 분 만날 것 같은 데, ……왜 수녀원에 들어가려 해요?" 젊은이가 웃으면서 물었다.

"예수님과 성모 마리아님에게 헌신하고싶은 마음을 정했으니까. " 여인도 웃으면서 대답했다.

"저는 스물 하나인데, 예비수녀님은 어떻게 되죠?" 유학생은 머리를 긁적이며 거리낌없이 물었다.

"숙녀의 나이 물으면 결례라는 것 아시죠? 그렇지만 숨기지 않겠어요. 서른 하나. " 예비수녀는 재밌다는 듯 뒤돌아보며 중위의 시선을 눈웃음으로 받아들였다.

"저는 두 시간 후에, 다시 브라질 비행기를 타고 대서양을 건너 상파울루에 가야되는 일정을 가지고 있습니다. " 유학생은 여정을 자랑하듯 얘기했다.
"먼 여행을 좋아하는 젊은인가 보군요?" 예비수녀는 호기심을 가지고 물었다.
"아닙니다. 타이뻬이에 있는 여자친구를 브라질의 상파울루에서 만나기로 했습니다. 그녀의 친척이 그 곳에 있기 때문이죠. " 유학생은 자랑스럽게 얘기했다.
"왜 바로 가지 않고 복잡하게 런던을 경유하려 해요?" 예비수녀는 의아스러운 표정으로 물었다.
"가격도 저렴하지만 비행기를 바꿔 타는 체험도 해보고 싶어서입니다. "
"아, 그렇군요. 좋은 경험이 될 거예요. " 그녀는 미소 띤 얼굴을 끄덕였다.
유학생은 이번 자신의 여행이 특별하다며, 마음에 둔 다른 한가지를 얘기했다.
"제가 서쪽으로, 서쪽으로 달려 히드로 공항을 경유, 다시 브라질 비행기를 탑승해 대서양을 건넌다면, 제 여자친구는 타이뻬이에서 비행을 시작해 알래스카를 경유할지 모르겠지만, 어쨌든 북태평양을 가로질러 상파울루에 가기 때문에, 저희 둘 이가 거기에서 만나게 되면 탐험가 '마젤란'처럼 지구를 한 바퀴 도는 셈이 됩니다. " 유학생은 마젤란이 된 기분으로 얘기했다.
어떤 목적의 여행인지 모를 일이나, 유학생의 연인은 지금쯤 태평양 상공을 비행하고있음이 틀림없을 것 같았다.

기내에서 꾀 친근해 보였던 예비수녀와 유학생은 입국절차도 함께 하였는데, 그들 뒤에 서있었던 중위도 뒤따라 마쳤다. 그는 예비수녀를 놓치지 않으려고 그들이 다른 승객에게 무언가 물을 때는 뒤쪽에서 서성거렸고, 보행을 빨리하면 그도 발걸음을 부지런히 옮겼다. 예비수녀가 맞은 편에서 오는 외국인에게 묻는 것은, 유학생이 알고 싶어하는 제 4터미널의 위치였다. 짐을 찾으려 가는 통로에서 나이가 지긋해 보인 외국인과 마주치면 4터미널을 묻곤 했지만, 하나같이 미소를 지으며 고개를 젓는 것이었다. 다행이 제복을 입은 공항직원을 만나 4터미널의 위치를 파악한 후, 상파울루에서 멋진 추억을 만들라는 예비수녀의 마지막 얘기와 함께 둘 이가 악수를 하고 헤어지는 것을 보았다. 그녀는 무리 지어 걸어가는 승객들 속으로 합류했다. 중위는 단정해 보인 예비수녀의 뒷모습을 따라가 수하물이 타원형으로 선회하는 에스컬레이터에 이르렀는데, 자신은 기내로 가지고 간 이스트 팩 하나 뿐이었기 때문에 예비수녀가 짐을 찾을 때까지 근처에서 서성이고 있었다.

중위는 다시 혼자가 되었다. 낯선 공간을 서성이는 자신, ……자신의 볼 수 없는 모습이 여전히 고립된 상태 그대로임을 느꼈다. 벌써부터 큰 문제에 부딪쳤다. 피카딜리 라인을 어떻게 찾아야 될까? 공항과 유일하게 이어져 있다는 그 라인에 대한 어떤 표지도 찾아낼 수 없었다. 불안이 엄습했다. 맴도는 에스컬레이터에서 짐을 찾은 탑승객들은 다른 교통편을 찾기 위해 흩어졌다.

중위는 주변에 고국사람들이 웅성거리는데, 왜 자신이 고립무원 속에 갇혀 있는 느낌인지 알 수가 없었다.

군대에서 소대원을 이끌고 깊은 산맥으로 들어가, '각 분대는 흩어져 삼십분 이내에 목적지를 찾기 바람' 이라는 명령을 내리고, 나침반과 지도를 갖고 홀로 헤맬 때는 불안하지 않았다. 이젠 소속감이 없어서일까? 사소한 일인데, 먼 서쪽의 공항은 불안을 야기시켰다. 극서의 도시 런던에 홀로 도착해 숙소를 찾는 일은, 절대 사소한 일이 아닐 것이다. 지난날 범죄를 뒤쫓는 경찰직의 어려움을 극복했고, 국가를 방위하기 위한 초급장교시절의 여러 훈련들을 겪었다 해도, 도움이 되지 않는 불안이 먼 서쪽의 공항터미널에는 곳곳에 도사리고 있었다. 낯선 고립이 무엇인지 느껴지기 시작했다.

대부분의 승객들이 수하물이 맴도는 에스컬레이터에서 자신의 짐을 찾아 들고, 탑승비행기 번호가 빛나는 붉은 전광판의 범위를 벗어나기 시작했다.

여행가방을 맨 중위는, 누군가의 입에서 '피카딜리 라인'이라든가 '지하철'이라는 얘기를 듣기 위해 귀를 기울였으나 없었다.

그는 보행길이 갈라지는 곳에서 조금 머뭇거리다가, 여행가방을 끌고 무리지어 걸어가는 탑승객들의 후미를 그대로 뒤따랐다. 피카딜리 라인을 어떻게 찾을 것인지를 생각하며, 통로에 있는 안내판이나 화살표 등을 긴장된 시선으로 찾으려 했으나 도무지 눈에 띄지가 않았다.

중위는 한동안 놓쳤던 여인의 뒷모습을 발견하고, 최대한 **빠**른 걸음으로 가까이 다가섰다. 둘 사이는 한팔 간격도 되지 않았다. 낯선 남자의 발걸음과 숨소리를 느꼈는지, 여인은 뒤돌아보며 미소를 지었다. 중위도 반가운 표정을 지었다.

"뒷좌석에 앉은 탑승객입니다. 낯선 공항 길에서 다시 뵙게 되어 반갑습니다." 그는 좀 흥분된 목소리로 말을 이었다. "저를 그냥 중위라고 불러도 좋습니다. 오래 전이지만 사실 중위로 퇴역했으니까요. 기내에서도 뒷좌석이었는데, 또 제가 뒤따르게 되었군요." 중위가 미안한 듯 머리를 긁적이며 먼저 자신을 소개했다.

"중위님이었군요. 그래선지 낯이 좀 익은 분 같아요. 일어서서 잠깐 뒤돌아볼 때, 뵌 것 같아요. 저는 지금 지하철을 타려는데, 어느 승객이, 이 행로 끝에 있는 엘리베이터로 내려가면 된다는군요." 여인이 자신의 입장을 밝혔다.

"그러면 같이 가는 것이 좋겠습니다. 공항과 유일하게 이어진 지하철을 피카딜리 라인이라고 합니다." 중위는 자신있게 얘기했다.

"저도 그렇게 들었어요. 런던을 잘 아시는 분인가 보군요?" 여인은 구원군이라도 만난 듯, 안도하는 표정으로 물었다.

"아닙니다. 저 역시 초행길입니다. 제 마음은 지금 우주선을 타고 다른 행성의 공항에 들어선 느낌입니다. 다만 피카딜리 라인에 의지해 여행의 가능성을 걸고 왔는데, 표를 어떻게 끊고, 플랫폼까지 다다를 일을 생각하니까 벌써부터 몹시 긴장되는데요. 아무튼 동행인을 만나서 조금 마음이 풀립니다. "

"그럼 둘 이가 지혜를 모아서 함께 플랫폼에 이르면 좋겠군요. 중위님은 어느 역까지 가세요?"

"'얼스코트'에서 내려야 합니다. 예비수녀님은요?"

"예? 제가 예비수녀님인줄은 어떻게 아셨지요?" 그녀의 큰 눈이 더욱 커지면서 물었다.

"아, 본의 아니게 들었어요. 브라질의 상파울루까지 여행한다는 유학생과의 대화를 뒤쪽에서 듣고 알았습니다. 미안합니다. "

"뒷좌석의 탑승객인데, 우연히 듣게 될 수도 있을 거예요. 어쨌든 둘 이가 초행길이며, 피카딜리 라인을 타야 하니까 같이 행동하는 것이 좋겠어요. " 예비수녀는 조금도 비행에 시달린 기색이 없이, 밝은 표정으로 말했다.

"저로서는 참 다행입니다. 낯설고 불안했으니까요. 이렇게 예비수녀님을 만나서 안도감이 드는군요. 함께 언더그라운드 역 (지하철 역)으로 향한다면 여행이 한층 쉬울 것 같습니다. "

중위는 여행객들의 움직임을 따라 반 보쯤 앞장서 걸어가는 예비수녀를 뒤따랐다. 여행가방을 끌고 말없이 걸어가는 한 무리의 사람들은 같은 비행기에 탑승한 승객들로서, 피카딜리 라인을 타기 위한 것이 분명했다.

사람들이 웅성거리는 곳에 둘이도 서있었는데, 지하로 내려갈 수 있는 엘리베이터 앞이었다. 문이 열리자 강철 그대로인 컨테이너 같은 직육면체의 공간은, 꾀 많은 승객을 실을 수 있는 크기였다. 여행가방 때문에 대부분의 승객들은 계단을 이용하지 않고, 무거운 짐들을 충분히 수용할 수 있는 엘리베이터를 탔다.

중위는 계단을 이용하면서 히드로 국제공항의 구조를 좀더 세심하게 기억해두고 싶었지만, 별수없이 꽉 막힌 공간을 바라보며 한 층 아래로 서서히 내려왔다.

사람들이 줄서 있는 언더그라운드 역 사무소가 조금 떨어진 곳에 있었다. 그는 여행가이드 책에서 보았던, 일주일간 사용할 수 있는 오이스터 (Oyster)카드를 끊어야 겠다는 생각을 하며 창구를 바라보였다.
　둘이는 함께 차례를 기다려 티켓을 구입했다. 그 과정에서 수녀는 깜박 잊었는지 자신의 여행가방을 창구아래 그대로 놔둔 체 뒤돌아 섰고, 중위가 갖다 주면서 둘이는 더 친근해졌다.
　예비수녀는 온종일 사용할 수 있는 표였고, 중위는 일주일 동안 언더그라운드를 마음껏 이용할 수 있는 오이스터 카드를 끊었다. 그가 까칠한 지전 65파운드를 반달형으로 뚫린 출구에 집어넣자 2. 8파운드를 거슬러 주었다. 런던에서 첫 거래인 셈이다.

　　　　　3

　중위와 예비수녀는 출발역이자 종착역이기도 한, 히드로 역 플랫폼의 벤치에 나란히 앉았다.
　"제 이름은 김 해식입니다. 예비수녀님의 성함은 어떻게 됩니까?" 중위가 먼저 자신을 소개하면서 물었다.
　"저는, 그냥 아시는 것처럼 예비수녀라고 부르세요. " 여인이 대답했다.
　"그럼 좋은 기회에 알려 주세요. 그 이름을 줄여서 예수(예비수녀) 님이라고 부를까요?"
　둘이는 서로 바라보며 웃었다.
　"싫은데요. 예수님은 우리 인류의 등대같은 분인데, 한 여인의 호칭으로 사용해서는 안돼요. " 그녀는 단호히 말했다.
　"그럼 좀더 간편하게 수녀님이라고 부를게요?"
　"듣기에 나쁘지는 않는데요. 저의 꿈이니까요. "
　둘 이에게 무거운 침묵이 흘렀다. 전광판에는 5분 후에 전철이 도착한다는 붉은 문자가 지나갔다.

"수녀님과 함께 플랫폼에 앉아 있으니까 긴장된 마음이 놓이는데요." 중위는 침착하게 말했다.
"저 역시 같은 심정이에요." 수녀는 다정하게 대답했다.
 그녀의 목소리는 낮고 부드러웠지만, 좀 외향적으로 들리는 성량(聲量)을 지닌 것 같았다. 아가씨 시절에서 원만한 주부의 길을 걸어갈 때, 흔히 변하는 안정된 목소리였다. 집안 살림살이를 잘 챙길 것 같은 그녀가 수녀의 꿈을 갖고 있다고 하니, 중위는 쉽게 믿어지지 않았다.
"수녀님, 전철을 타기 전 저의 소개를 좀더 해도 될까요?"
"경청할게요, 중위님."
"저는 군대서 중위로 퇴역한 후, 경찰직에 일 년 정도 근무했습니다. 살인범을 뒤쫓던 중, ···· 위급상황에서 격발한 제 총탄이 갑자기 뛰어든 동료의 어깨를 관통하는 바람에, 그 동료가 더 이상 근무할 수 없게 되었고, 저도 제복을 벗었습니다. 그리고, 문학에 깊은 관심을 두던 중 '버지니아 울프'의 기념관을 찾겠다는 목적으로 런던에 왔습니다. 수녀님은 어떻게 왔는지 물어도 괜찮을까요?" 중위는 진지하게 그녀를 바라보았다.
"안타까운 일이 있었군요. 지나간 그 일로 너무 괴로워하지 마세요. 저의 여행목적을 물으셨지요? 괜찮아요. 저는 수녀의 꿈을 가진, 머잖아 속세와 연을 끊고 수녀원에 들어갈 거예요. 제가 이곳까지 여행한 이유는, 이 도시에 며칠 머물게 될 어느 목사님의 저서인 '막달리아의 꿈'을 번역해준데 대한 고마움으로 초청을 받았기 때문이에요." 수녀는 평온한 모습과 안정된 목소리로 자신의 입장을 밝혔다.
"종교적인 초청인가 보군요. 막달리아의 꿈을 '어느 수녀님의 꿈'이라고 해도 될까요?" 제목을 엉뚱하게 달리한 중위는 무식을 드러낸 어색한 느낌이 들어 웃었다.
"물론 안될 건 없겠지만, 구지 바꾸자면 '주님을 향한 꿈'이 좋을 것 같군요." 그녀는 미소를 지었다.
"아, 아무튼 수녀님은 저보다 타당한 목적을 가지고 서쪽의 도시 런던에 오신 것이 분명합니다. "

"버지니아 울프의 기념관을 찾겠다는 중위님의 여행목적이 더 훌륭해 보이는데요?"

"그렇지 않습니다. 수녀님처럼 이유가 타당하지 않는 것 같아요. 그래선지, 이처럼 플랫폼에 앉아서도 고독한 이방인의 심정을 느낍니다. "

"같이 탑승했던 제가 이렇게 옆에 앉아 있는데두요?" 그녀는 애틋한 위로의 목소리로 말했다.

"아, 다행입니다. 낯선 이국의 플랫폼인데, 이렇게 함께 있어 주어서 고맙습니다. 우연인지 몰라도 서로의 입장을 터놓다 보니 불안이 물러나는 것 같은 데요. 예비수녀님의 어떤 종교적인 안정감이 저에게 전이되어서일까요?" 중위는 떠오르는 감정을 숨기고 싶지 않았다.

"선생님은 젊은데 초급장교와 경찰직을 체험하셨군요?" 수녀는 더욱 관심있는 눈길을 주었다.

"네. 무기를 사용할 줄 아는 어떤 면모가 보이지 않는가요?" 그는 자신의 말에 지나간 쓰라린 일이 상기되는지, 곧 후회하는 표정이었다.

"그렇긴 하지만, 아이같은 면모도 깃 들어 있는 것 같아요. " 수녀는 웃음을 띠면서 말했다.

"이 곳 서쪽나라에서 모든 것이 낯설어 긴장된 표정일 겁니다. " 중위가 대답했다.

"이젠 긴장하지 마세요. 제가 마음속으로 저희의 초행길을 안전하게 돌봐 달라고 예수님에게 기도했어요. "

"고맙습니다. "

"서쪽나라의 런던은 저에게도 한없이 낯설어요. 아마 제 얼굴에서도 불안한 기색을 보았을 거예요. "

"수화물 찾는 곳에서 그같은 모습을 보았습니다. 짐을 다른 사람들처럼 쉽게 찾지 못하고 있을 때, 수녀님의 표정에서 어떤 불안이 스치는 것을 엿볼 수 있었습니다. "

"저를 지켜보았군요?"
"네. 지하철 표를 구입하는 곳까지 함께 갈 수 있는 분이 아닐까 하고 관심있게 보았었지요. "
"결국 저를 선택하셨군요?"
"네. 처음엔 런던을 잘아는 젊은 유학생이 없을까 두리번거렸으나, 수하물이 늦게나마 나오는 것을 보고 반가워하는 수녀님이 친절해 보여서 얘기를 건 것입니다. " 중위는 상대가 드문 개성을 지녔다고 생각하면서 말했다.
"잘 하셨어요. 예수님은 '구하라 찾을 것이요'라고 인류에게 적극적인 희망의 메시지를 남겼어요. 중위님이 구했기 때문에 우리는 이국의 지하철에서 서로 의지하며 이렇게 앉아 있지 않아요?" 수녀는 여유있게 말했다.
"반대로 수녀님이 예수께서 얘기한 '두드리라, 열릴 것이요'라는 구절을 저에게 시험해볼 수 없었나요?"
그녀는 한 손으로 입을 가리며 웃었다.
"저는 중위님보다 나이는 많지만, 여성이에요. 마음과 달리, 쉽게 어떤 문을 두드릴 수는 없어요. " 수녀는 진지해졌다.
"알겠습니다. 저의 구함을 받아 주어서 지금 긴장이 풀리는 중입니다. "
"다행이군요. 저는 낯선 국제공항에 발을 딛으면서부터 줄곧 예수님을 의지하고 있었어요. 사실 저는 중위님보다 훨씬 더 마음이 약해요. "
"알겠습니다. '막달리아의 꿈'을 번역하는데 어렵지 않았어요?" 중위는 얘기의 흐름을 바꾸려고 했다.
"영어사전과 씨름한 시간이 정말 많이 있었어요. " 수녀가 대답했다.
"그렇지만 이렇게 초청을 받아서 기쁘시겠어요?"
"물론이에요. 좋아서 했던 일인데, 서쪽나라의 수도 런던까지 보게 됐으니까요. "
"저는 수녀님을 알게 된 것이 무엇보다 기쁜데요. "

"저를요?"
"네. " 중위는 또렷이 대답했다.
"예수님을 좋아하세요?"
"가끔 떠올려 보는 분이지만, 믿음은 아직 못가지고 있습니다. "
"왜 아직 이란 생각을 가지고 있는가요?" 수녀가 고개를 갸웃하며 물었다.
"이제 스물 일곱이니까, 문학이나 여행같은 일에 좀 빠져 있다가, ……인생의 중반을 지나 믿음을 가지면 안될까요?"
"어쩌나, ……제가 불신자를 알게 되었군요?" 그녀는 시선이 깊어졌다.
"앞으로 수녀님과 가까이 지내다 보면 믿음이 찾아올지도 모르겠는데요?" 중위는 그녀에게 가능하다는 것을 말하면서 웃었다.
"아, 전철이 오는가 보군요. 자리가 나면 좋을 텐데. 선생님은 가방을 어깨에 메세요. " 그녀가 전광판 쪽을 바라보면서 말했다.

다행이 한적한 시간대인지, 들어선 전철 칸에는 여분의 자리들이 있었다. 둘이는 머리스타일을 아가씨처럼 꾸민, 런던의 노 숙녀분들 셋 이가 나란히 앉아 얘기를 나누는 맞은편에 앉았다. 육십대에 가까워 보인 노 숙녀 분들은 고급천으로 맞춘 듯한 단정한 투피스 차림으로 머릿결도 멋스럽게 꾸며서인지, 탐정소설에 곧잘 등장하는 귀부인 같았다. 런던이 신사숙녀의 도시임을 공항의 지하철에서부터 엿볼 수가 있었다.
"노 귀부인들 머릿결에 얹어 있는 나비리본 좀 보세요. 한층 젊어 보이는군요. " 수녀가 얘기를 꺼내면서 물었다. "선생님은 어디서 내린다고 하셨죠?"
"'얼스코트'역입니다. "
"같은 라인이군요. 저는 '러셀스퀘어 역에서 내려요. "
"저는 역 근처의'베스트 볼튼'호텔을 찾아가야 되는데, 해가 지기 전에 찾게 될지 걱정되는군요. 수녀님과 친근한 사이라면 저의 호텔을 함께 찾고, 제가 수녀님이 내리는 역까지 동행해주고 싶은데요?" 중위는 용기를 낸 표정이었다.

"그래도 되겠지만, 저는 목적지를 혼자 찾을 것 같아요. 서울에서 저를 초청한 분과 전화에서, 제가 묵을 '타비스톡 호텔'에 도착하기까지의 여러 주의사항을 숙지했어요. 선생님도 벌써부터 걱정하지마세요. '얼스코트'에 내려 낯선 가로를 조금 헤맬 각오를 하면, 시간문제일 뿐, ……찾을 거예요."

"해지기 전까지 베스트 볼튼 호텔을 찾을 겁니다. 수녀님, 지금 전동차가 지상으로 나왔어요. 오후의 햇빛도 서울과 다름이 없군요." 중위는 내심 불안했지만 태연한 얘기를 했다.

'그래요. 오후의 밝은 햇빛이 서쪽 차창을 통해 들어오는군요." 수녀도 밖을 내다보면서 얘기했다.

"오후 내내 해를 뒤쫓는 비행을 해서인지, 하루가 무척 길게 느껴지는데요." 중위는 예기의 실마리를 끊지 않으려고 애썼다.

"정말 그래 보이는군요. 서울에서 이 도시에 체류했던 자에게 들었지만, 오후의 길이가 달리 느껴져요. 저도 낯섬이 신경을 곤두서게 했는데, 중위님과 얘기를 나누다 보니까 괜찮아졌어요." 수녀는 여행가방의 손잡이를 꼭 쥐면서 그를 바라보았다.

중위는 먼 서쪽의 도시, 런던의 초행길에 대한 심정을 토로하면서 그녀와 더욱 친근해지고 싶었다. 전동차는 다시 지하로 들어가서 벌써 세 곳의 역을 지나 속력을 내고 있었다.

"수녀님이 번역했다는 '막달리아의 꿈'은 무슨 내용인가요?"

"책 제목과 크게 다르지 않아요." 수녀는 웃으면서 말했다.

"막달리아의 꿈!?" 중위가 다시 되뇌었다.

"예수님을 뒤쫓는 여인, 이라고 제목을 정해도 되겠지만, 저자에 따라 제목을 달리하는 경향이 있나 봐요. 중위님도 예수님을 뒤쫓아야 해요?"

"네. 수녀님처럼은 아니지만, 깊은 관심으로 생각하곤 합니다."

수녀는 고운 눈웃음을 지으며 중위를 바라보았다. 중위는 인류를 불쌍히 여겨 이세상에 오신 분이니까 숭고하다고 덧붙였다. 그렇지만 자신은 교회나 성당에 나간 적이 없다고 했다.
"이젠 저를 알게 되었으니까, 믿음의 싹을 키우기 위해 신약성서부터 읽으세요?"
"그 문제는, 제가 결정하게 되면 수녀님에게 알려 드릴게요. '막달리아의 꿈'은 대략 어떤 줄거리지요?"
"예수님에 대한 그리움을 소설화시킨 거예요. "
"번역하면서 인상적인 어떤 느낌을 기억하고있다면 들려주세요?" 그는 깊은 관심을 보였다.
중위는 이야깃거리를 잘 꺼냈다고, 회심의 미소를 지었다. '막달리아의 꿈'을 가지고 대화를 나누는 것이 수녀님과 친해질 수 있는 가장 빠른 길일 것 같았다. 수녀는 그 책에 대해 할말을 준비하는 표정이었다.

히드로를 출발한 전동차는 벌써 여러 역을 지났다. 중위는 그녀가 번역했다는 그 책을 화제로 삼다보면, 자연스럽게 시선이 마주치며 더 깊은 친화력이 형성될 것 같았다.
"온 마음을 다해 그 소설을 독서한다면, 우주 어딘가에 드넓게 자리잡고 있을 것 같은 천국에 들어갈 수 있다는 소망을 가지게 돼요. 주님을 이러이러하게 그리워하겠다는 막달리아의 인간적인 결심인데, 그같은 상상력이 목사님에게 어떻게 모여들었는지 모르겠어요. 저로서는 정말 감동적이었답니다. " 수녀는 목소리를 더욱 부드럽게 낮추며 본격적인 얘기에 들어가려 했다.
"책이 두꺼워요?"
"아니에요. 250페이지를 넘지 않지만, 번역하다 보니까 한강물의 흐름처럼 아름답고 길게 느껴졌답니다. "
"언젠가 조용한 곳에서 수녀님의 고운 목소리로 그 책 이야기를 자세히 듣고 싶군요. 수녀님, 벌써 다섯 역이 넘게 지나갔을 겁니다. " 중위는 시간이 너무 빨리 지나간 것 같은 아쉬운 표정을 지었다.
"그렇군요. 모든 것은 지나간다는 사실이 낯선 지하철에서도 떠오르는군요. 사실 저는 최근에 들어 예수님 생각을 더 많이 해요. 그 분에게 의지할 일이 저에게는 수없이 생기곤 해요. 제가 예수님 애기를 하자면 한도 끝도 없을 거예요. 얼스코트는 아직 멀었죠?" 수녀는 미소를 띠며 물었다.
 "네. "
 "제가 내릴 러셀스퀘어 역은 더욱 많이 남아있어요. " 수녀의 깊은 눈길이 중위를 향했다.
 "맞아요. 수녀님과 저는 같은 라인입니다. " 중위는 의식의 주요 부분처럼 붉게 흘러가는 전광판을 바라보면서 말했다.
 "그래요. 선생님과 같은 피카딜리 라인이에요. " 수녀는 가슴에 두 손을 모으며 얘기했다.
 이때 붉게 흘러가는 전광판의 문자를 따라, 여성 아나운서의 강력한 억양의 안내방송이 이전과 달리 둘 이를 웃게 했다. '디스 라인 이스 피카딜리 서비스'라는 허스키한 목소리가 뒤따를 때, 수녀와 중위는 눈을 마주치며 동시에 웃었다. 자연스럽게 웃음보가 터지면서 서로의 마음이 이상하리만큼 통했다. 마지막 말의 서비스에서 우리가 알고 있는 억양이 '서'에 있는 것이 아니고, '비'에 있었기 때문이다. 'se'보다 'vi'에 악센트가 들어간 그 방송은 사전에 표기된 정상적인 억양은 아니지만, 보수적인 영국의 어떤 전통에서 파생되었는지 모를 일이다. 아무튼 런던의 언더그라운드 (지하철)에서는 어떤 이유에서인지 모르나, 홍보용으로써 많은 여행객에게 알릴 수 있는 특이한 그 억양을 채택한 것 같았다.
 "어떻게 들리세요?" 수녀는 입가에 웃음기가 넘칠 만큼 깃든 표정으로 물었다.
 "뇌리에 쏙 들어오는데요. " 중위가 대답했다.
 "런던의 언더그라운드가 홍보차원에서 결정한 표현방식이겠지만, 무척 흥미있게 들리죠?" 수녀는 조리있게 말했다.
 "네. 피카딜리 라인에서 안내방송 때문에 이렇게 서로 웃게 될 줄은 몰랐습니다. " 중위가 대답했다.

"그런 것 같애요. 여자 아나운서의 그 한마디가 낯설게 앉아 있는 여행객들을 서로 친근하게 해주는 기분이에요. " 수녀는 미소 띤 표정으로 중위를 바라보았다.

"웃다 보니 또 역 하나가 지나가고 말았습니다. " 그는 한숨을 내쉬었다.

중위는 자신이 내릴 얼스코트 까지 남은 역들을 마음속으로 헤아리고 있었다.

"저도 이렇게, 중위님과 앉아 있으니까 한결 마음이 가라앉은 것 같아요. " 수녀도 침묵의 간격을 그냥 두지 않으려 했다.

"또 허스키한 여자 아나운서의 강력한 음성이 나올 때가 됐는데?" 중위가 전광판을 바라보면서 기다리는 표정을 지었다.

"아, 또 나와요. 디스 라인 이스 피카딜리 서버스 가, 매 구간마다 방송되나 봐요. 런던 여인의 허스키한 목소리가 정말 강력하죠?" 수녀는 방송이 지나간 직후 웃으면서 말했다.

"네. 대단한 박력이 있어요. 이젠 제가 내릴 역은 전광판에 서너 곳의 역들이 지나가면 나타날 것 같군요. 수녀님, 그린 공원은 제가 내릴 얼스코트와 수녀님이 내릴 러셀스퀘어 역에서 그렇게 멀지 않아요. 버지니아 울프의 '댈러웨이 부인'이라는 소설책에서 봤는데, 그린 공원은 세인트 제임스공원과 이어지고 그 사이에 여왕이 있는 버킹검 궁도 있다는 겁니다. 언제 시간을 내서, 그 공원에서 만나고 싶은데요?" 중위는 입을 꼭 다물고 있는 수녀를 바라보았다.

"제가 그린 공원에 갈 수 있을런지, ……약속하고싶지는 않아요. " 수녀는 허리 쪽의 상의 단 밑으로 삐죽 나온 연보라색 블라우스를, 주름치마 안으로 집어넣으면서 얘기했다.

"목을 감싼 레이스가 참 아름답군요. 무슨 꽃입니까?"

"유월에 어울릴 것 같아서 입었는데, 중위님의 칭찬을 받으니 다행이군요. 산사나무꽃 무늬일거예요. 아가위꽃이라고도 해요. " 수녀는 무릎아래까지 덮은 주름치마의 단을 한 손으로 쓸어 내리면서 말했다.

또 가로의 길다란 전광판에는 피카딜리 라인 서비스가 지나가면서, 허스키 아나운서의 안내방송이 강력한 톤으로 뒤따랐다.

"수녀님과 다음, 다음 역에서 영영 헤어지는군요? 시간이 얼마남지 않았는데, ……하고싶은 얘기는 많지만, 무슨 얘기를 해야 될지 모르겠습니다."

"그러면, 예수님 얘기를 해요?" 수녀가 해답인 것처럼 말했다.

"그 분은 런던의 언더그라운드에서도 여전히 화제의 주인공이군요." 중위는 통명스럽게 대답했다.

"그럼요. 그 분은 우리 인류의 기쁨인데요. 저는 근래에 들어 신약성서를 의지하고 살아갑니다. 예수님을 믿으세요." 수녀가 밝은 표정으로 권유했다.

"저 말인가요?" 중위는 되물었다.

"네." 수녀는 미소를 지었다.

종교적인 믿음을 가지고 있지 않는 중위는, 잠시 망설인 끝에 수녀를 실망시키고싶지 않았다.

"믿음은 없지만, 우리 인류에게 희망을 안겨 준 분으로 좋아합니다." 중위는 수녀가 얘기한 기쁨을 희망으로 바꿔서 얘기했다.

"좋아할 정도면 곧 믿음을 찾으실 거예요. 그 분은 사후(死後)심판권도 가지셨으며, 이 땅에 오셔서 놀라운 기적들을 행했어요." 수녀는 자신의 머릿결을 손가락 사이에 끼여 뒤쪽으로 넘기는 것을 반복했다.

"수녀님, 알려 주고 싶은 그분의 기적을 하나 얘기해주세요?"

"그럴게요. 인자(人子)- 사람의 아들- 이라고, 자신을 낮추면서 수많은 능력을 발휘했어요. 그 중에, 마르다와 마리아의 오빠이자 자신의 친구이기도 한 나사로의 부음을 듣고, 눈물로 슬픔을 함께 나누면서 살려 낸 경이로운 능력을 보여 주었어요. 이런 분이니, 중위님도 그분을 믿으셔야 해요?" 수녀는 진지하게 얘기했다.

"제게도 그런 믿음이 빨리 와서 수녀님을 기쁘게 해주었으면 합니다." 그는 즉시 대답을 했다.

"그러고 보면, 중위님은 예수님을 좋아하는 것이 분명해요?"

"수녀님의 얘기를 들으면 그분의 모습이 그려집니다. 그렇지만 너무 열광적인 사람들을 보면, 왜 그럴까 하는 의아한 생각이 듭니다."

"알겠어요. 아무튼 중위님과 제가 예수님을 좋아하는 공통점을 발견할 수 있어서 기쁘군요." 수녀의 입가에는 고운 미소가 감돌았다.

"예수를 좋아한다는 얘기만 들어도 기뻐하시는군요?" 중위도 미소를 지었다.

"그래요. 그 한 가지만으로 위로받으며 살 수 있기 때문이에요." 수녀의 눈빛이 더욱 영롱해지면서 표정이 진지해졌다.

"그렇지만 많은 불신자들도 예수의 능력을 경이롭게 여기고, 매력있는 모습으로 떠올리는 것 같아요. 저도 그런 부류인지 모르는데, 거리감을 둬야 할 것입니다." 중위는 불신에 대해 솔직해지고 싶었다.

"그래서 저를 만나게 한 건지 몰라요?" 수녀는 고운 눈빛으로 바라보았다.

"저를 교인으로 변화시키겠다는 건가요?" 중위가 웃음 띤 표정으로 물었다.

"서로 좋은 일이잖아요. 저로 인해 중위님은 믿음을 갖고, 저의 누적된 죄는 더욱 가벼워질 테고, 속된 말로, 누이 좋고 매부 좋은 일인데요?" 수녀는 말을 해놓고 이상한지 웃었다.

"마음대로 생각하십시오. 저는 저고, 수녀님은 어디까지나 믿음이 깊은 수녀님이니까요."

"저를 자꾸 수녀님이라고 부르는데, 전 수녀님이 되고 싶어하는 죄 많은 여인이지, 수녀님은 아니에요."

"제가 그렇게 부르는 것이 편리하겠다고 하니까, 허락했지 않습니까?"

"좋아요. 그랬어요. 그렇다고 해도 중위님은 저의 현재의 모습만 알 뿐이에요." 그녀는 정색을 하고 말했다.

수녀가 그렇게 말했을 때, 그는 순간 그녀의 옆모습을 보았는데,

전면에서 본 것과 달리 약간 서구의 윤곽을 띠는 것 같았다. 표정에는 자애로운 면모도 깃 들어 있다고 생각했다.
"현재의 모습에서 과거나 미래를 짐작할 수 있을 겁니다. " 중위가 대뜸 별생각없이 얘기했다.
"어떻게요?"
"첫인상이라는 것이 있잖아요?"
"중위님, 인생의 절반을 가꾼 제 모습을 보면 과거를 어떻게 추측할 수 있겠어요?"
"영문학을 전공하고, 예수님에게 심취한 지성적인 여인?" 중위는 당연하다는 듯 대답했다.
"앞서 저에게서 전부 들은 것을 함축했을 뿐이군요. 점쟁이들도 그런 식으로 알아 맞추죠. " 수녀는 실망스러운 투로 말했다.
"무당수준인가요?"
"그래요. 무당들이 이것저것 듣고 나서 결론을 내죠. 좋아요. 제가 예수님을 따르겠다는 것은, 오래 전에 시작된 일이지만, 알아맞춘 것 같아요. 우리는 예수님의 도움으로 먼 서쪽의 도시 런던에서 친해진 것 같아요. "
"번역한 '막달리아의 꿈' 얘기 좀 해주세요?"
"얘기했는데요. 다시 얘기하자면, 막달리아가 예수님을 몹시 그리워하는 감동적인 이야기에요. 목사님의 상상력에 의해 소설화된 현대문학이기도 해요. " 수녀는 자랑스럽게 얘기했다.
"아무튼 번역에 성공하고, 그 노고로 초대까지 받은 수녀님을 축하해주고 싶군요. "
"고맙습니다. "
달리는 전차가 역 구간의 중간 쯤을 넘어설 무렵, 피카딜리 라인 서비스 라는 여자아나운서의 강력한 목소리가 또 새어 나왔고, 둘이는 서로 바라보며 웃었다. 중위는 무릎 위에 감싸고 있는 이스트 팩을 한쪽 어깨에 걸치고 일어났다.
"수녀님, 아쉽게도 헤어질 때가 됐는데요. " 김 중위는 왼손으로 가방 멜빵을 꼭 잡고, 오른손을 내밀었다.

"아, 벌써 얼스코트 역이군요. " 수녀는 몰랐던 것처럼 창 밖 플랫폼을 내다보며 일어났다.
 전동열차는 속력을 줄이고 있었다.
 "수녀님, 그냥 앉아 계서요. 저는 혼자서 찾아야겠습니다. 그런데, 왜 그런지 가슴이 뛰는데요. 낯선 도시의 가로에서 조금 헤맬지 모르지만, 런던에 떠있는 오후의 해는 제가 베스트 볼튼 호텔을 찾기까지 비춰 줄 겁니다. " 중위는 그녀가 잡아 주려고 하는 오른팔을 멜빵에 넣으면서 말했다.
 "그렇지만 중위님과 저는, 예수님 때문에 친근해졌는데요?" 수녀도 여행가방의 손잡이를 꼭 잡으면서 말했다.
 "저는 예수님 때문이 아니라, 버지니아 울프 때문에 친해졌다고 생각하는데요. " 중위는 자신의 여행목적을 주장했다.
 "그러면 그 두분 때문이라고 하세요. " 수녀는 아쉬운 표정을 짓고 있었다.
 "수녀님, 내일 그린 공원에 나오실 수 있어요? 그 곳은 그린파크 역 입구에 바로 연결되어있다고 합니다. " 중위는 다시 손을 내밀었다.
 "그린 공원에서의 만남은 지금 장담할 수 없네요. 그렇지만 중위님을 홀로 보내려니까 걱정이 되는군요. '베스트 볼튼'호텔을 찾는데, 저도 동행해주고 싶어요. " 수녀는 여행가방의 손잡이를 위로 올린 후 그를 뒤따라 플랫폼으로 나왔다.
 "무척 바랬는데, 정말 고맙습니다. 제 숙소를 찾고 난 후, 저도 러셀 스퀘어 역까지 같이 가겠습니다.
 둘이는 플랫폼의 벽에 새겨진 화살표를 따라 에스컬레이터와 계단을 오른 후, 북쪽 출구너머에서 밀려오는 시원한 바람을 맞이했다. 중위가 먼저 오이스터 카드(굴 카드)를 넣고 앞쪽의 홈으로 넣고 개찰구를 빠져나가자, 수녀가 그 뒤를 따랐다.

4

 "아, 여기가 얼스코트이네?" 수녀가 숨을 크게 들여 마시며 주위를 둘러보았다.

 한적해 보인 가로였다. 한길로 나오자 붉은 보도블럭이 깔려 있고, 뜸한 행인들의 그림자가 외로워 보였다. 5, 6층쯤 되 보인 아파트들이 사방에 펼쳐져 있었다. 분명히 서쪽나라 수도였지만, 다른 행성의 도시에 도착한 것처럼 외부의 인상들이 낯설게 보였다. 둘 이에게는 첫 여행이고, 먼 서쪽나라이기 때문에 시야에 들어오는 인상들이 마치 다른 행성의 도시를 보는 듯한 느낌이었다.
 "이 곳 얼스코트 공기도 서울하고 비슷한데요?" 중위가 숨을 크게 들이마시면서 말했다.
 "저는 더 쿨한 느낌이 드는데요?"
 "춥습니까?"
 "아니에요. 서울날씨보다 더 낫다는 의미에요." 수녀가 대답했다.
 김 중위는 재빨리 웃옷을 벗어 수녀의 어깨를 감싸 주었다.
 "신사네요?" 수녀가 낮은 목소리로 말하며, 미소를 지었다.
 "신사의 나라 런던에 왔으니까, 신사인척 해야겠습니다."
 얘기를 해 놓고 보니 이상해서 김 중위가 소리내어 웃자, 수녀도 따라 웃었다.
 둘이는 자신들이 한적한 반대쪽 출구로 나온 것 같다는데 의견을 모았다. 얼스코트는 약도상으로 도심의 반경 근처에 들어가기 때문에, 정식출구라면 차량의 행렬이 보이는 가로가 보여야 했다. 그런데 대부분 희부연 색상을 띤 일정한 높이의 고전적인 아파트들이 이차선 도로를 사이에 두고 사방에 펼쳐져 있었다.
 "우리가 탔던 전동열차는 어느 쪽으로 달려나갔을까요?"
 "북쪽일겁니다." 중위가 대답했다.
 "그럼, 제 숙소가 있는 러셀 스퀘어 역도 그 쪽이겠네요?" 수녀는 해를 등지고 먼 하늘가를 바라보았다.
 "지하철 약도를 보면 피카딜리 서커스 역에서 좌측으로 조금 구부러져 있으니까 북서쪽일 것 같습니다. " 중위가 대답했다.
 방향을 종잡지 못하겠다는 수녀에게, 중위는 잠시 오후의 해를 가린, 구름 가에 어린 밝은 빛을 가리키며 서쪽이라고 말했다.
 "아, 해를 기준 삼을 수 있겠네요. 어느 정도 알 것 같아요. 그렇지만 사방으로 펼쳐져 있을 것 같은 저 아파트들이 너무 낯설어요. 주거지를 리모델링해서 호텔로 사용하는 것 같아요?" 수녀가 여러 형태의 간판들을 바라보면서 말했다.

 역 주변은 길다란 한 건축물이 순수한 아파트로 사용하기도 했지만, 어떤 동은 전체가 명칭을 달리한 여러 호텔로 구성되어있기도 했고, 또 다른 동은 절반정도를 숙박업소로 변모시켜 소득을 올리고 있었다.
 "맞아요. 전형적인 런던의 서민아파트로 보이는데, 국가의 장려에 의해 소득을 올리려고 내부구조를 숙박용으로 변형했을 겁니다. " 중위가 대답했다.

 역 밖으로 나온지 이십 여 분이 지났지만 베스트 볼튼 호텔이 눈에 띠지 않자, 김 중위는 아파트들의 밀림을 바라보며 따라 나선 수녀에게 미안한 심정이었다.
 "실망하지 마세요. 해는 많이 남았어요. 나이 지긋한 토박이 행인에게 물으면 쉽게 찾을 수 있을 거예요. " 수녀는 여유있게 얘기했다.
 둘이는 몇 명의 행인을 그냥 지나친 후, 흰 양복에 검은 지팡이를 쥐고 산책하는 노 신사에게 '베스트 볼튼'호텔을 물었다. 그는 고개를 끄덕이며 환영하는 표시를 하였지만, 기억된 위치가 쉽게 떠오르지 않는 모양이었다. 나이가 구십이 넘어 보였으며, 지팡이를 쥔 손이 떨리고 있었다. 또 다른 중년부인이 마주오고 있었는데, 무언가 깊은 생각을 하고있는 것 같아서 그냥 지나쳤다.

분명히 베스트 볼튼 호텔은 얼스코트 역 주변이라고 했다. 김 중위는 역 주변에 마음속으로 그은 꾀 큰 반경으로 타원형을 만들어 보며, 얼마나 빨리 찾느냐가 문제지 그 안에 숙소는 있을 것이라고 생각했다. 바로 옆에는 안정감을 지닌 수녀가 있다. 먼 서쪽 나라의 이색적인 낯설음을 둘 이가 절반쯤 나눴기 때문에 결코 불안하지 않았다. 조금 의지하겠다는 마음 때문인지 서로는 느긋한 심정이기도 했다.

둘이는 한길에서 길다란 아파트 사이로 들어갔다. 현관들이 서로 마주보고있는 두 쪽 모두 여러 호텔들이었지만, 외부의 구조 때문인지 아파트로 느껴졌다.

긴 오층 아파트를 두 동 확인한 김 중위와 수녀는, 세 번째로 발길을 옮겼다. 그 건축물도 절반 정도만 호텔로 사용하고, 그 나머지는 런던의 서민가정들이 생활하고있었지만, 주인들의 계약에 의해 호텔로 얼마든지 개조될 수 있는 건축물로 보였다. 아파트를 호텔로 개조하는 공사가 여러 곳에 눈에 띠었기 때문이다.

베스트 볼튼 호텔은, 남북으로 나있는 행길에서 수녀가 먼저 발견하고 환호성을 내질렀다. 이 곳의 모든 호텔처럼 오층 아파트를 리모델링 했기 때문에, 외부는 페인트 색상만 흰색과 옅은 보라색 등으로 단장한 차이를 둘 뿐, 전혀 다를 수가 없었다.

둘이는 묵중한 현관문을 열고 조금 왼쪽으로 들어가 있는 베스트 볼튼 호텔의 프런트로 갔다. 스페인계 아가씨가 김 중위의 여권을 확인하고 이층으로 안내하겠다고 했다. 수녀는 프런트 데스크 안쪽에 있는 남자직원에게 자신의 여행가방을 봐 달라며 벽 한쪽에 기대어 놓았다.

나무계단을 세 개 오르자 엘리베이터가 있었고, 둘 이가 겨우 탈 수 있는 구조였다. 프런트 여직원이 앞장서 목계단을 오르면서 여인에 대해 물었다.

"서울에서 알고 지낸 분인데, 초행길이라서 숙소를 함께 찾자고 약속했습니다. " 김 중위는 이층으로 오르는 계단에서 곧 러셀 스퀘어 역으로 가실 분이라고 서툰 영어로 말했다.

"저는 잠깐 들러 보고 갈 거예요. " 수녀가 프런트 아가씨에게 덧붙여 말했다.
"괜찮아요. 피곤할 텐데, 좀 쉬었다 가세요. " 스페인계 아가씨는 친절하게 말했다.
"내부가 말끔하군요?" 김 중위는 2파운드를 팁으로 건네며 복도의 깨끗함을 칭찬했다.
"저희 호텔은 규모는 작지만 깨끗한 편이에요. " 프런트 아가씨는 청결함을 강조했다.
통로의 막다른 출입문에 카드를 대자 니스칠이 되어있는 목제문이 열렸다.

방은 작고 깨끗했다. 서쪽으로 난 사각창에 쳐진 엷은 커튼을 통해, 채광된 오후의 연한 빛이 방을 가득 채우고 있었다. 그러나 일반 호텔의 싱글방과 비교했을 때 무척 좁아 보였다. 어중간하게 남은 공간을 활용하는 것 같았다. 3, 4, 5층도 이같은 방이 통로 끝에 있을 것이라는 생각이 들었다. 나무책상도, 의자도, 침대의 하얀 시트도 모두 새것으로 보였다. 침대가 놓인 우측 벽은 언더그라운드 (튜브)처럼 좌측으로 조금 기울어진 아-치형을 띠어서, 침상이 바짝 붙여 있기 때문에 자다가 우측다리를 올리면 벽에 스칠 것이 틀림없었다. 그러나 노트에다 무언가 쓸 수 있고, 하얀 린네르 커튼을 바라보며 생각을 정리할 수 있는 목재책상이 사각창 아래에 놓인 것이 마음에 들었다.
수녀가 책상과 거의 맞닿아 있는 커튼자락을 제낀 후, 왼쪽 다리를 조금 뒤쪽으로 올린 체 한쪽 창문을 밀고 내다보더니, 놀라운 표정으로 중위에게 눈짓을 했다.
"여기 좀 내다보세요?"
수녀는 자신이 몸을 기울이며 차지한 자리를 곧 중위에게 비워주며, 의자를 침대가로 잡아당겨 앉았다.
건물과 건물 사이에 꾸며져 있는 후정(後庭)이었다.
"건너편 아파트주민이 가꾸는 뒤뜰인가 봐요. " 중위가 내려다보면서 말했다.
"곱게 잘 꾸며져 있네요. 김 중위님, 이 곳 숙박비가 얼마라고 하였죠?" 수녀는 뒤뜰도 숙박비에 어느 정도 영향을 줄지 모른다는 생각으로 물었다.
"백 파운드쯤 될걸요. " 중위가 대답했다.
 수녀는 런던의 높은 물가를 짐작할 수 있다는 듯, 무언가 비교하며 계산하는 표정으로 고개를 끄덕였다.
"아침식사가 포함된 가격인가요?"
"아니에요. 수녀님은요?"
"저는 잘 모르겠어요. 목사님이 러셀스퀘어 역 근처에 있는 타비스톡(Tavistock)호텔을 잡아 주었을 뿐이니까요. " 수녀는 마음이 편하다는 듯 대답했다.
"수녀님 격에 맞는 고풍스럽고 조용한 방이겠군요?"
"아마, 그랬으면 좋겠어요. " 수녀가 대답했다.
"초대받았으니까 여기보다는 크고 고급일겁니다. "
"이 곳 중위님의 싱글룸도 깨끗하고 단아해서 마음에 드는데요. "
"수녀님이 좋게 평가해주니까, 저도 달리 보이기 시작하는데요. "
"정말 단아해요. 조금 전 우리가 베스트 볼튼 호텔을 찾으면서 보게 됐지만, 이 지역은 국가의 장려에 의해 서민아파트들이 호텔로 리모델링 된 것 같아요. 왜 식당을 운영하지 않는지 모르겠군요?" 수녀는 고개를 갸웃하며 의문을 표시했다.
"음료와 제과류, 주류 등은 메뉴판에 있는데요?" 김 중위는 받침대에 끼워진 종이를 꺼내 들면서 말했다.
"이국에서 아침식사를 거르지 말아야 해요. 프런트데스크에서 근처의 수퍼마켓을 물어 아침에 들만한 것을 찾으세요. " 수녀가 얘기했다.
"얼스코트 가로에 한식집은 몰라도 중국식당은 있을 거예요. 내일 오전 중에 찾아봐야겠는데요. " 중위는 먹는 문제에 신경을 쓰고싶지 않았다.
"내일 오후는 뭘 하실 거예요?"
"오이스터 카드가 있으니까 가까운 그린 공원에 가 보려고 합니다. " 그는 크게 말했다.
"김 중위님의 목적은 '버지니아 울프'의 기념관을 들리는 일로 알고 있는데요?"
"그렇습니다. 그런데 서울에서 그 여류작가의 기념관을 검색했지만, 전혀 나타나지 않았어요. 그래서 런던에 도착해서 찾기로 마음먹은 겁니다. 일세기 전, 도심의 여러 공원에서 산책을 하고, 런던 시민들의 발이기도 했던 피카딜리 라인을 우리처럼 탔을 버지니아 울프의 흔적은 도심반경 여기저기에 흩어져 있을 것만 같습니다. " 중위는 약간 들뜬 마음으로 말했다.
"서울의 지하철은 반세기도 안됐는데, 런던은 일세기 전에 시민들을 실어 나르고 있었군요?" 수녀는 놀라움을 표시했다.
"그렇습니다. 산업혁명을 일으킨 나라다운 면모를 지하철에서 유감없이 보여 주었지요. " 중위는 경제정책을 가장 먼저 편 이 곳 서쪽나라를 한층 치켜세워 주고 싶었다.
"어쩌면 그린 공원에서 그 여류작가의 흔적이 있지 않을까 하는 생각도 드는군요. 내일 오후 시간이 나면 저도 가 볼지 모르겠어요. 기다리지는 마세요. 약속한건 아니니까요. "
수녀는 책상의 메모지에 자신의 핸드폰 번호를 남긴 후, 중위에게도 번호를 써 달라고 했다.
"가야겠어요. 러셀 스퀘어 역에 이르면 어둑해질지도 모르니까요. "
수녀는 일어나서 한 팔을 천정을 향해 치켜 올리며, 닿을 듯한 공간의 비좁음을 보여 주었지만, 다시 한 번 깨끗함을 확인하고 단아한 호텔임을 칭찬했다.

복도로 나온 둘은 마침 엘리베이터가 2층에 멈춰진 것을 보고 함께 탔다. 승강기 역시 작은 여행가방을 든 두 사람이 서로 마주보고 겨우 서있을 수 있는 공간이었다.
 중위는 좀 힘겹게 들이마시는 수녀의 숨소리를 들을 수 있었다. 그리고 미처 발견하지 못했던, 양장 가슴부분에 조화가 꼬매져 있는 것을 보았다.
 "무슨 꽃입니까?" 중위가 손으로 그녀의 가슴 위를 가리키면서 물었다.
 "프리지어 에요."
 "지나간 봄 향기를 수녀님 가슴에서 맡는 기분인데요."
 "저의 가정부가 뜨개질해서 여기에다 바늘로 꼬맸기 때문에, 향기는 없을 거예요." 수녀는 웃으면서 대답했다.
 일층에 이르자 엘리베이터 문이 열렸다. 세 개의 목계단을 걸어 내려가야 완전한 일층이었다.
 "프리지어는 봄 꽃이잖아요. 그래선지, 벌써 사라진 진달래도 그립게 상기시키는데요."
 "중위님도 센티한데가 있네요?" 수녀는 벽에 기대어 놓은 여행가방을 잡아당기면서 말했다.
 "그럼요. 훈련이 많은 군대생활과 범죄를 뒤쫓는 경찰직을 거쳤어도, 감성적인 면이 꾀 남아있습니다."
 수녀는 그의 얘기에 고개를 끄덕이며 미소를 보냈다. 그는 접수처 여직원에게 수퍼마켓의 위치를 묻고 난 후, 출입문을 붙잡고 기다리는 수녀와 함께 밖으로 나왔다.
 "호텔들이 줄지은 길다란 건물을 지나 좌회전하면 가로에 있다는군요."
 "뭐가요?"
 "생수를 사기위해 수퍼마켓을 물었어요." 중위가 대답했다.
 "이 삼일 마실 5리터쯤의 물을 구입해놓으세요? 저는 혼자 가겠어요. 이젠 들어가서 쉬세요?" 수녀는 정중히 얘기했다.
 "오후의 해가 지금도 많이 남아있는데요. 기회있는 대로 오이스터 카드를 써야겠습니다. 저는 조금도 피곤하지 않습니다. 수녀님이 머물 타비스톡 호텔을 보고싶군요." 김 중위는 같이 가고 싶은 마음을 표명했다.

 둘이는 행인들이 보도를 걸어가고, 차량과 상점들이 줄지어있는 구가로에 들어섰다. 사람들이 웅성거린 얼스코트 역이 나타났다.
 "여기가 역전이구나!"
 중위는 한 시간 전 자신들이 북적거린 구가로의 출구로 나가지 않고, 한적한 북쪽 출구로 나가서 조금 헤맸는데, 어쩌면 그래서 숙소를 더 빨리 찾았는지 모른다는 생각을 했다.
 "조금 더 내려가면 수퍼마켓이 있을 것 같군요. 필요한 것을 사 들고, 숙소로 들어가세요?"
 "아닙니다. 수녀님이 무사히 도착하는 것을 봐야겠습니다. 수녀님, 저 구름 가에 내민 해를 좀 보세요. 오후가 많이 남았는데, 가다가 그린파크 역에 잠시 내려 그린 공원에서 싱그러운 바람을 좀 쐬다 갈까요?" 김 중위는 허락해주기를 간절히 바라며 물었다.
 "해가 정말 길기도 하는군요. 우리는 오후에 하늘에서 식사를 두 번 하고, 수면까지 취했는데, 아직도 해가 떠있는 곳에 있어요?" 수녀는 하루가 이상하게 흘러갔다는 듯 얘기했다.
 "해를 따라 서쪽으로 비행했기 때문에 시간을 번 겁니다. 수녀님이 타비스톡 호텔에 도착해도 해는 여분의 하늘가에서 비춰 줄 것 같아요." 중위가 대답했다.
 "그래요. 가다가 그린 공원에 잠시 들려요." 수녀는 햇빛 줄기를 향해 여유있는 미소를 지어 보였다.

 김 중위는 얼스코트 역전의 철제의자에 수녀가 앉을 때, 잠시만 기다리라고 한 후 바로 옆 건물의 맥도날드로 뛰어들어 갔다. 그는 5분 후에 나왔는데, 종이 팩에는 치즈버거 두 개와 작은 콜라병이 두 개 들어있었다.
 "그린 공원 잔디에 앉아 이걸 먹은 후, 러셀 스퀘어 역으로 갔으면 해서입니다." 중위는 철제의자에 앉은 수녀가 일어설 때 얘기했다.

둘이는 카드를 넣어야 작동하는 개찰구를 빠져나가, 삼십 여 명 이상을 충분히 실을 수 있는 대형 엘리베이터로 지하 2층의 플랫폼에 내려갔다. 천정이 돔(dome)형식으로 된 튜브같은 두 라인은 조금 떨어진 상태였다. 벽이 있고 서로 연결되는 몇 곳의 통로가 있었다. 그 통로의 중앙 벽에는 서로 반대쪽인 역들이 화살표와 함께 쓰여 있었다.
튜브처럼 보인 지하 벽에는 전광판을 이용한 광고들이 먼 이국에서 온 둘 이의 시선을 끌었다. 좀더 적응된 전동차 안에서 마음의 여유를 찾은 둘이는 마주 앉아 눈길과 미소를 주고받았으며, 그린 공원이 이름처럼 시원하게 펼쳐 있을까를 생각하고있었다.

5

"아-아! 여기가 그린공원이군요? 우리가 얼스코트에서 몇 정거장을 지났죠?"
"다섯 정거장쯤일 겁니다. " 중위가 대답했다.
"아! 그런데도 오후의 해는 남아서 넓은 잔디에 어려있군요. 들리길 잘했나 봐요. 잔디 위의 공기가 햇빛만큼 맑아 보여 좋아요. 바람도 싱그럽구요. " 펼쳐진 잔디를 향한 수녀의 눈빛은 더없이 고왔다.
"현상을 잘못 이해한 것 같군요?"
"제가요?" 수녀가 반문했다.
"네. 공기가 깨끗해서 햇빛이 곱게 보인 겁니다. 높은 산골짜기에 잠긴 오후의 공기를 가른 햇빛과 비슷하지 않는가요?" 김 중위는 군시절의 산골짜기를 떠올리면서 되물었다.
"그래요. 가슴이 풀리는 것 같아요. " 수녀는 시무룩이 대답했다.
김 중위는 자신이 맨 여행가방에서 조그만 타월을 꺼내 잔디 위에 퍼놓으며, 수녀에게 앉으라고 권했다.
 그녀가 서 있을 때, 값진 양장치마의 단은 무릎과 복사뼈 중간에서 조금 아래쪽에 닿아 있었다. 그러나 앉자마자 그 단은 무릎 위쪽이 보일 정도로 올라갔기 때문에, 그녀는 그 곳을 보는 시선이 없는데도 습관적으로 두 무릎을 한데 모아 타월에 눕힌 후, 가죽 평상화를 벗은 두 발을 자신의 엉덩이 뒤쪽으로 감추는 힘겨운 자세를 취했다. 흔히 서울의 양갓집 숙녀들이 마루나 방에서 곧잘 취하는 자세였지만, 결코 편해 보이지가 않았다.
 둘이는 작은 콜라병을 들고, 절인 오이의 엷은 조각이 두 개 들어있는 치즈버거를 조금씩 베어먹으면서 콜라를 마셨다.
 "얼굴에 크림을 바르지 않는 것 같은데요?"
 "히드로 공항에 착륙하기 전 조금 발랐어요." 수녀는 미소를 띠었다.
 "그러면 그 크림향기 좀 맡아도 되나요?" 중위는 얼굴을 가까이 하려고 했다.
 "싫어요. 치즈버거 냄새만 날 거예요." 수녀는 다가서려는 중위의 어깨를 밀쳤다.
 "확 트인 그린 공원에서 수녀님을 바라보니까, 창백해 보이는데요?"
 "좀 그럴 거예요." 수녀는 깊은 눈길을 주면서 대답했다.
 "죄송합니다. 수녀님의 표정을 향해 자신도 모르게 이끌린 것 같습니다." 중위는 무심결에 마음을 털어놓으며 얼굴을 붉혔다.
 "저에게 깃든 어떤 미가 있다면, 주님을 찬양하는데 쓰여지고 싶어요."
 수녀는 손끝으로 왼쪽 볼 피부에 참깨의 절반도 되 보이지 않는 연하게 끼여 있는 듯한 점 하나를 정확히 만지면서 김 중위를 바라보았다.
 "참으로 궁금하군요. 이천 년 전 예수님의 모습이 어땠는지요?"
 김 중위는 수녀의 눈동자에서 그 분을 발견하려는 듯 진지하게 바라보다가, 그녀의 깊은 눈길에 자신이 감싸여 버린 것 같았다.

"신약성서에 그분의 모습은 그려져 있어요. 선하고 용기있으며 매력있는 분임이 틀림없어요. " 수녀가 대답했다.
"수녀님은 그분의 어떤 면모를 찬양하고싶어요?"
"그분을 찬미하자면 한도 끝도 없겠지요. 그러나 지금 막 떠오르는 그분의 모습에 깃든 인간적인 면 말이에요. 자신을 인자(人子)로 낮추면서 모든 사람들을 초월하는 권위있는 모습이 떠올라요. 우리 인류에게 산상수훈만큼 애틋하고 희망을 준 설교는 없을 거예요. 그분은 수많은 사람, 특히 길 잃은 자들의 등대였어요. 하늘로부터 온 분이 아니라면, 누가 그렇게 큰 일을 해낼 수 있을까요?" 수녀의 눈에는 옅은 눈물이 어려있었다.
"수녀님은 복음서로부터 상기되는, 그분의 인간적인 모습을 떠올리면서, 그분의 신적인 권위도 찬양하는 것 같군요?" 김 중위는 나름대로 간추려 보았다.
"저는 심판권을 가지고 있는 그분을 섬기려고 해요. 죄 많은 여인이니까요. " 그녀는 한숨을 내쉬었다.
"인간으로 태어난 죄 말인가요?" 그는 어디선가 들은 것을 위로하고싶은 심정에서 꺼냈다.
"그것 말고도 저에게는 지은 죄가 많아요. 그래서 그분은 저의 희망이자 등대일 수 밖에 없어요. " 수녀는 고백하듯 말했다.

김 중위는 청순해 보인 그녀가, 알 수 없는 소리를 하고있다고 생각했다. 수녀의 마음은 보통사람들이 죄로 여기지 않는 것을 가지고 심각해 하는 것 같았다. 그녀의 죄가 무언지 모르지만, 뭔가 숨기고 있는 죄가 있다면 그녀와 전혀 어울리지 않을 것 같았다.
"수녀님이 죄가 있었다면 인천국제공항에서 출국을 허락하지 않았을 겁니다. 이렇게 자유롭게 런던의 그린공원에서 오후의 햇빛을 쬐고 있지 않습니까. 괜한 자책은 하지 마세요. "
"저는 연약한 여자지만, 어떡해서든 희망을 잃지 않으려고 해요. 그래서 그분을 찬양하고 의지하려는 거예요. 중위님은 그분의 예루살렘 입성을 생각해본적이 있으시나요?" 수녀의 얼굴에는 한줄기 기쁨이 스치는 것 같았다.

"시저의 로마입성 이라든가, 나폴레옹의 파리입성 같은 것 말입니까?" 중위는 잘 알것 같다는 투로 말했다.

"그래요. 어느 시대나 성과를 크게 올린 자만이 한 나라의 수도에 당당히 입성하는 거예요. 안그래요, 중위님?"

"그렇습니다." 중위는 군인의 자세로 대답했다.

"그렇지만 예수님의 입성은, 시저나 나폴레옹에 비교할 때, 세월이 흐를수록 더욱 가치를 더해가요. 그분은 선지자에 의해 예언된 새끼 노새의 등에 타고 입성하였지요. 그 모습을 상기해보세요. 새끼 노새 위에 앉아 입성하는 예수님을요. 예루살렘 아이들이 종려나무가지를 흔들면서 뒤따르며 '호산나'라고 외칠 때, 그분의 당당한 모습을요! 하늘나라를 인류 가까이 끌어내린 분의 입성은 결코 화려하지 않았어요. 예루살렘 아이들의 환호소리, 새끼 노새의 등에 앉은 예수님, 가난한 사람들이 노새가 지나가는 길에 자신들의 웃옷을 깔아 놓은 것으로 세계사에서 가장 아름다운 수도 입성이 된 거예요. 저는 어미 노새가 지켜보는 가운데, 새끼 노새를 타고 가는 그분을 떠올리면 마음이 환희에 차 올라요." 수녀의 얼굴은 더없이 밝아졌다.

"이천 년 전의 그 사건도 어디선가 들었던 것 같아요." 김 중위는 머리를 긁적이면서 말했다.

"어머나! 들었던 것 같다구요?"

"네. 분명히……."

"복음서를 전혀 읽지 않는 것 같군요?"

"면목이 없습니다. 자꾸 미루다 보니, 아직 읽지 못했습니다."

"아무리 불신자라도 군대와 경찰에 몸담았던 분이라면, 신약성서를 한 두 번쯤 읽은 줄 알고 있었거든요. 중위님이 복음서와 담을 쌓은 분인 줄은, 정말 몰랐어요." 여인은 안타까운 표정을 지었다.

"말씀 드렸지만 불의의 사건으로 인해 경찰직을 그만두고, 마음을 안정시키기 위해 서점에서 고급가죽으로 장정된 성경책을 한 권 사 두었습니다. 그런데 자꾸 다음에 읽어야지, 하고 미룬 겁니다. 그럼에도 예수님에 대한 관심은 많아서, 그분에 대한 얘기가 나오면 귀를 기울이곤 했어요. " 그는 자신있게 얘기했다.
"어디에서요?"
"도심의 공원에 가면 노경에 이른 분들이 예수님 얘기를 많이 해요. 그분들의 옆에 앉아서 귀를 기울이다보면, 성서와 하늘나라 얘기들을 꾀 많이 들을 수 있습니다. " 중위는 그린 공원 상공에 떠있는 구름덩이들을 바라보며 무거운 표정을 지었다.
"누가 보면 마치 감동받은 것처럼 그 때를 돌이켜 보는 얼굴이군요. 그렇게 공원에서 주어들은 얘기로 중위님의 영혼이 깨끗이 정화될지 의문이네요?" 수녀는 못마땅히 여기는 말투였다.
"저도 도심공원에 모여드는 노인들의 나이쯤 되면 진정으로 마음을 돌려 회개하고, 복음서를 무엇보다 소중히 여기며 하늘나라가 가까워졌다는 것을 느낄 겁니다. " 중위가 대답했다.
"누가 들으면, 세례 요한을 바라보며 요단 강가에 서있는 사람처럼 여기겠군요. 제가 런던에 온 것은 불신자인 김 중위님을 만나라는, 하늘이 저에게 내린 마지막 소명인지도 모르겠어요. " 수녀는 손등에 떨어진 빗방울을 중위에게 보이며 하늘을 바라보았다.
"비구름이 서쪽 하늘에 가득 찼군요. " 중위는 수녀의 고운 시선을 느끼면서 말했다.
"런던 날씨가 변덕스럽다는 얘기를 들었는데, ……정말, 맑은 햇빛이 깃든 잔디에 빗방울이 떨어지는군요. "
수녀는 여행가방의 옆 주머니에서 접는 우산을 꺼냈다.
"이 보세요, 불신자님. 저의 옆으로 오세요. " 수녀는 머뭇거리는 중위에게 들어오라는 손짓을 했다.
"저는 1920년대로 소급해, 당신이 버지니아 울프였으면 좋겠군요?"
"그 여류작가가 보고싶은가 봐요?"
"네. 이렇게 그린 공원에 와 있으니까, 그녀의 산책하는 모습이 보이는 듯 해서요. " 중위가 말했다.
"그럼 그린 공원에 있는 동안이나마 저를 그 여류작가로 상상해

보세요?" 그녀는 우산 속에서 웃었다.

"그럼, 용기를 내서 그렇게 해 보겠습니다. 안녕하세요. 버지니아 아가씨."

"안녕하세요. 극동에서 찾아온 멋진 중위님." 그녀는 웃음을 그치지 않았다.

"저는 당신을 찾아왔습니다."

"환영합니다."

"저는 당신의 책을 읽었어요."

"무슨 책을 읽으셨어요?" 그녀의 눈길은 그를 자신의 옆으로 바짝 붙들어 매면서 물었다.

"'댈러웨이 부인'과 '등대로'입니다." 중위가 대답했다.

"아! 그대는 문학을 하려는 분인가 보군요?"

"절대 그렇지는 않습니다. 당신의 소설을 읽고 싶었을 뿐입니다."

"고마워요. 먼 서울에서 저의 소설이 한 청년의 손에 펼쳐지는 것을 떠올리니, 무척 기쁘군요." 그녀는 애교스럽게 말했다.

"저는 그 두 소설을 읽고, 문학의 새로운 분야를 개척하려고 했던 당신의 이미지에 한없이 이끌렸습니다. 한 소설에서 여주인공의 이름은 '클러리서 댈러웨이'였죠? 1923년 6월 어느 날로 계절의 배경을 잡았고요. 그런 이야기의 이미지를 그리워하다가, 결국 신사숙녀들이 모여 사는 도시, 런던에 와서 6월의 그린 공원을 산책하는 당신을 만난 것입니다."

"그대를 환영해요. 빗줄기가 굵어지고 있어요. 우산이 작으니까 제 옆으로 바짝 다가서서, ……그렇게, 비를 피하기 위한 것이니까 어쩔 수 없겠네요." 그녀는 애교스럽게 말했다.

"비를 피하려면, 허리를 좀 안아도 괜찮겠습니까?" 중위는 설레인 표정으로 그녀의 애교를 들어주고 싶었다.

"유감스럽네요. 저는 그 여류작가의 이름만 들었을 뿐, 어떤 여인인지 잘 모릅니다. 저는 훗날 수녀가 되고싶은 꿈이 있을 뿐이에요. 그래서 '막달리아의 꿈'을 번역했구요. 미안하지만 허리에서 손을 떼 주세요. 이젠 연극이 끝났고, 실제상황이니까요. " 수녀는 손으로 중위를 조금 옆으로 밀쳤다.
"비구름이 이처럼 빨리 모여들고, 빗줄기로 내리다니, ……런던 날씨는 변덕스런 여자의 마음 같군요. " 중위는 우산살 끝에서 연이어 떨어지는 빗방울을 바라보면서 말했다.
 그는 손을 젖게한 빗물을 보여 주며 다시 수녀의 어깨를 감싸려 했다. 그러나 수녀는 자신의 목을 감싼 값진 레이스가 젖을까 봐 더 신경을 쓰는 것 같았다.
 그린공원에 흩뿌린 빗줄기는 다시 가늘어졌다. 둘이는 여왕이 있는 버킹검 궁전을 바라보면서 방향을 궁금해 했다. 모든 것이 변화무쌍해 보인 초행길에 알 수가 없었다.
 그는 빗물에 젖은 손으로 우산대를 쥐고 있는 수녀의 손등을 감싸며, 순간순간 몰아치는 비바람을 함께 막았다. 비단결같은 손등의 피부가 느껴졌다. 그는 손등에서 부드러운 온기를 느끼면서, 그린파크역과 평탄하게 이어진 출구가 좀더 멀리 있었으면 했다.
"김 중위님, 제가 우산을 가져오길 잘했죠? 그런데 저만 가려 주려고 애를 쓰는군요. 덕분에 제 옷은 거의 젖지 않은 것 같아요. "
"미안해요, 수녀님. 비바람으로부터 완벽하게 보호해드려야 하는데, 아무래도 제가 파고들어서 어깨 쪽이 젖었을 것 같아요. " 그는 더욱 가까워진 출구를 바라보면서 말했다.
"우리는 벌써 친해졌는데요?" 그녀는 괜찮다는 듯, 고개를 가로 저으면서 미소를 지었다.

 빗방울이 우산 살에 부딪치는 소리가 들렸다. 여왕이 있는 버킹검 궁 쪽에서 불어오는 비바람이었다. 갑자기 세차게 변했다.
"우리를 향한 여왕의 시샘처럼 느껴지는데요?" 그는 궁전 쪽으로 우산 꼭지를 틀면서 말했다.
"인자하신 여왕이 그럴 리가 없어요. " 수녀가 차분하게 대답했다.

둘이는 소리내어 웃었다.
 비는 세차게 뿌렸다가 가라앉곤 했다. 김 중위는 여왕이 너무 다정해 보인 자신들을 비바람으로 쫓아내려 한다며, 수녀의 손을 더욱 힘 주어 감싸면서 불평했다.
 "여왕은 태양처럼 공정하신 분이라고 들었어요."
 수녀가 여왕을 찬미하는 순간, 세차게 뿌린 비는 가라앉고, 가늘게 수직으로 내렸다. 우산대는 다시 수녀의 가슴 사이에 곧 바르게 세워졌다. 이번에는 수녀의 손이 김 중위의 거친 손등을 감쌌다.
 "쉘브르의 우산, 정말 고마운데요. 비가 주룩주룩 내렸으면 좋겠군요." 중위가 말했다.
 "왜죠?" 수녀가 미소를 지으며 물었다.
 "우산 속에서 연인이 된 기분이 들어서요."
 "저는 영원히 예수님의 연인으로 있을 텐데요?"
 "그분은 사후에도 바쁘겠군요?"
 "왜죠?" 수녀가 물었다.
 "만인의 연인이면서 수녀님의 연인이기도 하니까요."
 "사실 그분은 만인의 연인이지만, 저의 연인처럼 느껴지는 분이에요."
 "저도 수녀님이 연인처럼 느껴지는데요. 우리는 좀더 가까워졌나봐요. 피카딜리 라인과 그린 공원이 우리에게 친화력을 선물해준 것 같아요. 지금 이 순간은 예수님의 연적이 된 느낌도 들구요." 중위는 미세하게 변화를 보인 수녀의 얼굴을 바라보았다.
 "임기응변을 지닌 재밌는 분이군요. 그렇지만 중위님은 '버지니아 울프'가 있잖아요?" 수녀는 그에게 연인의 대상을 세워 주려 했다.

 수녀가 이 의문을 던졌을 때, 햇빛이 났다. 둘이는 물기 어린 그림자를 보면서 그린파크 역으로 들어섰다.
 "저, 잔디에 맺힌 빗방울들이 오후의 햇빛을 머금고 있는 것을 보세요. 정말 아름답죠?" 수녀가 뒤돌아서 아쉬운 듯 말했다.
 그녀는 우산을 여러 바퀴 회전시켜 물기를 턴 후, 접어서 여행가방의 제자리에다 세워 놓고 양쪽의 지퍼를 끌어올렸다.
 둘이는 각기의 카드를 홈에 넣고 개찰구를 통과해, 플랫폼까지 내리 뻗은 길다란 에스컬레이터에서 계단을 사이에 두고 마주보았다.
 "중위님은 '얼스코트'로 가세요. 저는 혼자 갈 수 있어요. "
 "저도 수녀님을 타비스톡 호텔까지 바래다 주겠습니다. 허스키한 여자 아나운서의 '피카딜리 라인 서비스'라는 멋진 방송을 함께 들으면서요. " 중위는 허락해줄 것을 간절히 바라는 표정이었다.
 "정말 그 안내방송은 런던 지하철을 처음 승차한 이방인들의 관심을 끌 거예요. 우리는 '서비스'라는 강조된 대목을 듣고 또 웃을지 모르겠군요. " 그녀는 그 어조를 흉내 내면서 미소를 지었다.
 "저는 더 많은 웃음이 나올 것 같은데요?"
 "저 역시 그래요. " 그녀는 가까이 있는 그의 얼굴을 느꼈다.
 둘이는 플랫폼에서 함께 전동차에 탔다. 그리고 같이 앉아 그 방송을 들으면서 속웃음을 나눴다. 그 여자아나운서의 허스키한 목소리는 둘 사이의 간격을 더 좁혀 주었으며, 다정한 눈빛을 더 나누게 했다.
 "피카딜리 라인 서비스!"
 중위가 작은 소리로 말하면서 '비'에 억양을 주자, 제복을 입은 흑인여성 역무원이 지나가다 눈길을 주며 무슨 의미인지 알겠다는 듯한 미소를 지었다. 둘이도 그녀의 미소에 대응하며, 다시 한번 웃음진 눈길을 마주쳤다.

6

 둘 이가 러셀스퀘어 역 개찰구를 빠져 나오자, 세 사람이 팔을 치켜들고 수녀를 에워싸며 반가워했다. 오십대 부부와 따님으로 보였는데, 젊은 아가씨는 수녀와 몇 번이나 포옹하면서 더없이 기뻐하는 것 같았다.

그 기쁨의 배경으로 있는 역 청사는 물론, 그 주변은 19세기 연료에 벽돌들이 그을린 것 같은, 오래된 건축물들이 연이어 눈에 띄었다. 의미있는 역사적 사건들이 숨어 있을 만큼 인상적이지는 않았지만, 그래도 얼스코트보다 도심이기 때문에 구시가지로서의 비중이 있어 보였다. 외벽의 불거진 창문들이 오랜 세월의 바람과 비에 부대낀 흔적이 엿보였는데, 이런 건물들도 내부를 리모델링 해서 현대식 호텔로 사용했다.

또한 역 우측 옆 비좁은 골목을 사이에 두고, 창문이 작게 난 두 건축물은, 과거에 성당 신부들이 고해성사를 받기위해 사용했을 것 같은 느낌이 들만큼 우중충했지만 입구에는 갓 스물에 접어든 남녀 종업원이 산듯한 옷을 입고 손님을 기다린 레스토랑이었다. 삼층 높이의 두 건축물은 서로 나란히 마주보며, 레스토랑과 호텔로 사용되고 있었다. 현관에서 새어 나온 전등 빛이 화사하게 종업원을 비추고있는 곳이 레스토랑이고, 구 벽돌로 가득한 외벽을 하얗게 페인트칠을 해서 내부도 잘 단장되어 있다는 것을 암시하고 있는 곳이 호텔이었다.

젊은 아가씨가 조금 앞장선 일행은, 역전의 뒷골목에 잠시 눈길을 주다가, 타비스톡 호텔이 있는 동쪽으로 서행하기 시작했다.

"목사님, 이분도 런던이 초행길이라서, 얼스코트에 있는 예약된 호텔을 제가 함께 찾아 주었어요." 수녀가 같이 온 청년을 소개했다.

"그러니까 서울에서 알고 지낸 사이였군요?" 목사부인이 둘 이의 관계를 더 알고 싶어했다.

"그렇지는 않아요. 제가 복음을 전도하는 흑암마을에 주거지가 있을 뿐이에요. 수년간 최전선에서 초급장교로 지냈고, 한동안은 경찰로 일했던 분이기도 하구요. 그런데 피치 못할 사건으로 사직서를 내고, 이렇게 여행길에 나섰다가 저와 또 만나게 된 거예요.

"

김 중위는 서울에서 어떤 인연이 있었던 것처럼 자신을 소개해 준 수녀가 고마웠다.

"아직 장래가 구만리 같으니까, 여행지에서 앞날을 구상하는 것도 좋은 일이지요." 목사가 그를 바라보며 말했다.

"우리 언니를 보호하며 타비스톡까지 함께 온 것을 환영해요, 경찰관님." 젊은 아가씨도 미소를 지으며 말했다.

"이보세요, 나의 친구 바이올리스트. 이분은 자신을 경찰로 부르기를 원치 않아요. 과거의 근무 중 있었던 불행한 사건이 떠올라서인가 봐. 이분은 일선에서 초급장교로 근무했던 시절을 여간 자랑스러워한 게 아니야. 중위로 퇴역한 분이니까, 앞으로 부를 일이 있으면 그냥 김 중위로 호칭해주면 고마워할 거예요." 수녀가 선배되는 입장에서 말했다.

젊은 아가씨는 수녀를 바라보며 고개를 끄덕였다.

"김 중위님은 신사의 도리를 다 했군요. 소중한 우리 전도사 아가씨를 보호하며 여기까지 따라와 주었으니까요." 목사부인이 차분한 시선으로 그를 바라보며 말했다.

"사실 저는 목사님 가족이 소중히 여기며 마중한 수녀님을 잘 모릅니다. 흑암마을에서 서로 마주쳤을지 모를 가능성을 수녀님은 내비쳤는데, 우리는 비행 중에 앞뒤 좌석에 앉아 통로에서 서로 얼굴을 보며 무심히 스친 것이 처음일 겁니다. 그런데, 피카딜리 라인에서부터 갑자기 친근해졌어요. 그럼에도 아직 동행했던 분의 이름도 모릅니다. 수녀가 되는 것이 꿈이라고 해서, 제가 수녀님으로 부르겠다고 하자 그렇게 하도록 허락해 주었습니다."

목사 가족은 무언가 알겠다는 듯 웃음을 터트렸다.

"수녀 언니의 방은 타비스톡 스퀘어 정원을 내다볼 수 있는 삼층에 있어요. 혼자서 사용하게 될 겁니다." 바이올리스트가 장난끼 섞인 표정으로 말했다.

"역전의 약도에 그려진 타비스톡 정원이 바로 저기군요?" 김 중위가 팔을 들어 지향하면서 물었다.

"그래요, 김 중위님. " 목사부인이 대답했다.

수녀가 지낼 타비스톡 호텔은 정원과 마주보고있는, 구운 고동색 벽돌로 지어진 6층 높이의 건축물이었다. 애초 이 곳도 호텔로 시공된 건물이 아닌 것 같았다. 공공적인 외장으로 건축미는 없어 보였지만, 오랜 세월이 깃 들지 않는 깨끗한 건물이었다.

김 중위는 얼스코트 호텔들보다 폭이 두 배쯤 되 보이는 건물을 바라보며, 수녀가 사용할 방이 무척 넓을 것 같다는 생각을 했다.

수녀는 프런트에서 체크인을 하고, 일행이 앉아 있는 로비의 코너로 가서 자유롭게 놓여 있는 소파에 앉아 몸을 기댔다. 매끄러운 회색바닥과 정원의 그늘이 깃든 맑은 유리창이 모두를 평온하게 감쌌다.

외로워 보인 어느 투숙객은 그늘에 물든 유리창에 얼굴을 댄 체 생각에 잠겨 있었고, 또 다른 어떤 숙녀는 서성거리면서 누군가를 기다리거나 그리움에 잠겨 있는 모습이었다.

일층의 절반을 차지한 로비는, 그리움과 고독과 휴식을 한꺼번에 줄 수 있는 넓은 공간이었다.

수녀는 숙소에 무사히 도착하였다는 안도감이 표정에 어려있었다.

무언가 대화를 하고싶은 서로는 마주보면서 가벼운 미소를 주고받았.

중위는 러셀스퀘어 역에서부터 줄곧 뒤따른 생각에 골똘해졌다. 그것은 수녀와 더욱 가까워졌다는 여러 정황들이, 어쩌면 연인에 이르게 할지도 모른다는 생각이었다. 그러나 한편으론, 더 이상 수녀에게 접근할 수 없다는 불안한 의식이 스치기도 했다.

'막달리아의 꿈'을 번역하는데 애로사항은 없었어요?" 목사부인이 정을 담뿍 담은 눈길로 수녀를 바라보면서 물었다.

"많았어요, 사모님. 목사님은 쉽고 간결한 문체를 사용했지만, 저로서는 힘들었어요. 사람의 아들, 예수님을 어떻게 그리워 할 것인가를 두고 쓰여진 막달리아의 꿈은 너무 아름다워요. 정말 어려운 주제를 소설화시킨 것 같아요. 사전과 씨름하며 최선을 다했지만, 저자의 의도를 제대로 표현했는지 모르겠네요?" 수녀는 침착하게 대답했다.
 "그렇잖아도 당신의 많은 도움을 받고 있는데, 목사님의 외로운 상상력을 번역하고 출판까지 해주었군요. " 목사부인은 고마움을 표시했다.
 "목사님은 가능한 상상력을 발휘하셨어요. 2천년이란 세월이 흐른 지금, 신약(新約)속에서 초봄의 싹처럼 조금 내비친 한 여인의 그리움이 신비에 감싸여 있는 상태인데, 목사님은 그 그리움을 생생하고 깊이있게 파헤쳐 낸 거예요. 어떻게 그같은 상상력이 떠올랐는지, 자랑스러워요. 흑암마을시절부터 목사님은 고독하고 소외된 듯한 분이었는데, 그 속에서 막달리아의 꿈을 창조해낸 것 같아요. 물론 주님과 함께요. 안그래요, 사모님?" 수녀는 웃음을 지었다.
 "흑암마을시절이나 지금이나 변함이 없군요. 전도사님의 칭찬을 받아서인지, ……좀처럼 웃지 않는 저 목사님의 표정이 달라진 것 같지 않아요? 무뚝뚝한 목사도 아름다운 아가씨의 칭찬이 필요하다고 생각되는데요?" 목사부인이 남편을 힐끗 보며 말했다.
 "딸 앞에서 못할 얘기가 없구려. " 박 목사가 얼굴을 굳히며 부인을 못마땅히 바라보았다.
 "그 책 내용 중에 막 떠오른 감명 깊은 것이 있는데, 그것은 예수님의 부활을 최초로 목격한 막달리아의 표정을 초상화처럼 그려 놓은 거였어요. 예수님을 따르려는 막달리아가 자연 속에서 목격한 진실을 빠짐없이 반추해내는 모습도 인상깊어요. 그런 상태에서 예수님이 설교한 여러 내용들을 마음깊이 내재화시키는 장면도 일품이에요. 또한 그 책에서 막달리아는 빈틈없는 일상의 가정부로 등장했어요. 삼십대에 이른 출중한 예수의 내면과 외면을, 섬세한 여성적인 사랑의 눈으로 관리해준 탁월한 가정부였어요. " 수녀는 번역한 몇 가지 이유를 나름대로 얘기했다.

"고맙군요. 저자인 저 자신보다 '막달리아의 꿈'을 깊이있게 분석해준 수녀님의 노고를 치하하고 싶습니다. "
 목사가 그녀를 향해 박수를 치자, 부인과 바이올리스트인 딸, 김 중위도 함께 했다.
 "저도 남편의 저서를 몇 번이나 읽어 보았는데, 소설이지만 막달리아의 새로운 모습들이 내용 곳곳에 스민 것을 보고, 내조자로서 보람과 감명을 받았습니다. 이 자리를 빌어 '막달리아의 꿈'을 깊이있게 번역해준 수녀님의 노고에 대해 다시 한 번 감사를 드리고 싶습니다. " 목사부인은 소리 나지 않게 수녀에게만 보내는 손뼉을 몇 번 치면서 진지한 눈빛과 미소를 보냈다.
 "초행길을 함께 해준 저분도 서울에서 언니의 설교에 함께 하는 신자에요?" 바이올리스트가 물었다.
 "모르겠어. 부흥회에서 유심히 나를 지켜보았을 거야. 런던엔 어느 여류작가의 기념관을 들러 보겠다며 온 여행자야. " 수녀가 대답했다.
 "그 작가가 누군데요?"
 "알려 줬는데, 깜박 잊었어. 중위님 누구였죠?" 수녀가 물었다.
 "버지니아 울프 입니다. "
 김 중위가 진지하게 대답하자, 바이올리스트는 수녀의 어깨를 감싸며 허리를 구부리면서 마구 웃었다.
 "언니, 저, 그 여류작가 잘 알아요. 바로 저기, 타비스톡 정원 귀퉁이에 청동상으로 세워져 있어요. 사실 저의 음악환경에 포함된 작가지만, 그분의 기념관을 찾겠다며 런던까지 온 사람은 처음 봐요?" 바이올리스트는 웃음 때문에 벌어진 자신의 입을 한 손으로 가리면서 말했다.
 "글쎄, 나도 조금은 이색적인 여행이라고 생각했지. 그래도 그 여류작가 때문에 과감히 먼 서쪽나라까지 왔다는 것 자체가, 미지의 세계를 개척하려는 초급장교다운 도전정신으로 보고싶은데?" 수녀는 달리 생각했다.
 "그렇지만 70년 전에 죽은 버지니아 울프 때문에 이 곳까지 왔다니까, 뜻밖이어서 웃음이 나와요. " 지선은 계속 웃었다.
 목사의 딸인 바이올리스트는 소파 옆에 기대어 놓은 자신의 바이올린을 무릎위로 옮겨 두 팔로 안으면서, 아직 가시지 않는 웃음을 참느라 입술을 애써 다물려고 했다.
 "70년 전에 이 세상을 뜬 여류작가의 흔적을 찾는 일이 그렇게 우스운 일인가요?" 김 중위는 얼굴을 붉히며 물었다.
 "찾는 건 좋은데, 먼 런던까지 왔다니까 괜히 웃음이 나와요. 웃을 일이 아닌데, ……미안합니다. " 바이올리스트는 여전히 눈웃음을 짓고 있었다.
 "그럼 제가 박 지선씨의 바이올린 연주를 듣기 위해 런던에 왔다고 해도 그렇게 웃으시겠습니까?" 김 중위는 화가 치민 사람처럼 물었다.
 "저는 이렇게 바이올린을 들고 살아 있잖아요? 훨씬 의미있는 만남이겠죠?" 바이올리스트도 목소리를 조금 높여 대응했다.
 "무슨 말씀을 그렇게 하세요. 그 여류작가는 문학의 새로운 분야를 창조해내려고 애쓴 인물입니다. 오래 전에 죽은 사람이라고 그렇게 경시해서야 되겠습니까?" 김 중위도 목소리를 조금 높였다.
 "전 그 여류작가를 업신여기려는게 아니였어요. 그녀의 기념관을 찾기 위해 런던까지 온 분도 있다는 것을 생각하니까 괜히 웃음이 나온 거예요. "
 "그게 업신여긴 것이 아니고 뭐란 말입니까?" 중위는 낮은 어조로 따졌다.
 "죄송해요. 말다툼하려는 것은 아니였는데. "
 "저 역시 화를 내서 미안합니다. " 김 중위는 두 손으로 얼굴을 쓸어 내리면서 후회하는 표정이었다.
 "세상에는 수많은 다툼이 있다. 다퉜으면 그렇게 사과를 해야 한다. 먼저 사과를 하다니, 우리 지선이가 자랑스럽구나. " 목사는 딸의 어깨를 도닥거려 주면서 말했다.
 "김 중위, 젊은 아가씨들은 아무 일도 아닌걸 가지고 웃는 일이 허다하지. 오해하지 말게나. "

"예. 다시 한 번 따님께 사과하고싶습니다. " 중위가 대답했다.
"김 중위님, 사과를 하니까 정말 신사답게 보이네요. " 수녀가 웃으면서 말했다.
"군대에 계속 근무했다면 장군도 될 타입인데, ……그런데 왜 교회에 나가지 않는지 궁금하군요?" 목사부인이 수녀를 바라보면서 물었다.
"그렇답니다. 예수님만 훌륭히 여길 뿐, 교회는 한 번도 나간 적이 없는 분이랍니다. " 수녀가 웃으면서 가볍게 얘기했다.
"그렇다면 중위님과는 무관한 사이일 텐데, 어떻게 서로 친근함이 생겼는지 궁금하군요?"
목사부인은 두 사람이 다정하게 함께 온 것을 궁금해 했다.
"저도 그렇게 느껴졌어요. 언니와 김 중위님이 러셀스퀘어 역전으로 나올 때 다정한 연인처럼 보였으니까요?" 바이올리스트가 덧붙인 궁금증이었다.
"오, 친애하는 지선아, 그럴만한 이유들이 계속 일어났어?" 수녀는 둘 사이의 친밀한 이유가 있음을 내비쳤다.
"숨겨야 될 이유들인가요?" 바이올리스트가 물었다.
"전혀. "
"그럼 두 분이 어떻게 친해졌는지 알고 싶어요?" 지선은 바이올린을 더욱 꼭 껴안고 수녀를 바라보았다.
"첫째, 중위님과 나는 비행기 날개 옆 창가에 앞뒤로 앉았었지. " 수녀는 가장 소급된 동기인 듯 얘기했다.
"그렇습니다. 수녀님이 바로 앞줄 창가이고 제가 뒤쪽이었는데, 수녀님이 먼저 뒤돌아 보셨나요? 불확실하지만 제 기억으론 그 순간 서로 목례를 나눈 것 같군요?" 김 중위가 고개를 갸웃하며 대답했다.
"그러지 않았어요. 제가 조그만 창 너머로 런던 시가를 필름에 담기위해 날개가 기울어질 때 마구 셔터를 눌렀는데, 중위님이 희미하게 현상될 거라며 필름만 버린다고 했기 때문에 서로 마주보며 눈인사를 했을 거예요. " 수녀는 확실한 것 같은 자신의 기억을 똑바르게 말했다.
"그랬던 것 같군요. 흐릿하게 찍힐 필름을 낭비하는 것 같아서 얘기해주고 싶었습니다. "
"그것 보세요. 김 중위님이 먼저 말을 걸었기 때문에 인연이 생긴 거잖아요?"
 지선은 부드러운 미소로 둘 이를 바라보며, 언니의 입장을 더 생각해주려는 것 같았다.
"저는 변화를 찾기위해 머나먼 서쪽나라 런던까지 왔지만, 사실 불안했거든요. 착륙이 가까워지자, 모험과 도전정신만으로 초행길의 숙소를 쉽게 찾을 수 없다는 불안이었습니다. 그래서 안정감이 엿보인 수녀님에게 얼스코트의 호텔을 묻기 위한 방법으로 얘기를 걸었던 것 같습니다. 기내에서 더 이상의 친근함은 없었어요. "
"김 중위님 얘기는 대충 맞아요. 저는 뒷좌석의 저분을 잠시 대하고, 다시 비행기 날개에서 안개구름이 속력 때문인지 무수한 물방울로 갈라지는 현상을 필름에 담으려고 애썼어요. 그 때는 저분보다, 햇빛이 조금 스민 회색구름을 가르고 옅은 은빛 물보라를 일으키는 날개 쪽이 훨씬 흥미를 끌었어요. " 수녀는 머릿결을 뒤로 넘기면서 말했다.
"잠깐, 언니는 운이 참 좋았군요. 비행기 날개에서 일어나는 은빛 물보라를 첫 여행에서 보게 되서요. 저는 바이올린을 연주할 때 손끝으로 통기는 피치카토(pizzicato)에서 그런 은빛 물보라의 이미지를 느끼곤 했지만, 언니처럼 하늘 높은 곳에서 봤으면 얼마나 좋을까 하는 생각이 들어요. 재밌어요. 그 다음 얘기를 계속해주세요. " 바이올리스트는 자신의 얼굴을 수녀 쪽으로 조금 내밀었다.
"나는 히드로국제공항에 착륙할 때까지 조용히 앉아 있으면서, 러셀스퀘어 역에 우리 바이올리스트가 마중 나올지 모르겠구나 하는 생각을 했지. " 수녀는 미소를 지어 보였다.
"어쩌면, ……그런 섭섭한 생각을요? 언니를 외면했다간 죄받을 거예요. 두 분이 그 다음 어떻게 됐어요?"
"선반에서 손가방을 내리고, 통로를 걸어가다가 다시 한 번 시선이 마주쳤지. 다음엔 기내 밖으로 나와서 수화물을 찾기 위한 통로를 걸어가는데 또 마주치며 목례를 했지. 중위님은 가방을 메고 있었는데, 자신은 찾을 짐이 없다며 '도와줄까요' 하고 내게 물었던 것 같아. 나는 사양했어. 저분은 지하철을 타겠다며 내게 손을 흔들어 주고 여행객들 사이로 사라진 것 같았어. 우리는 영영 헤어진 거라고 생각했지. 중위님이 손을 흔들 때 미소로 응해주지 못한 아쉬움 속에서, 아무리 생각해도 다시 만날 일은 생기지 않을 것 같았어. " 수녀는 서글픈 표정을 지었다.
"둘 이가 또 만나서 여기까지 함께 온 것은 하나님의 뜻이 있었을 겁니다. " 목사가 종교적인 진지한 목소리로 말했다.
"그럼요. " 목사부인이 거들었다.
"저는 하늘의 뜻이 개입할 만큼 중요한 사람이 못됩니다. 제가 이 자리에 앉게 된 것은 히드로공항에서 피카딜리라인을 이용했기 때문입니다. " 중위가 얘기했다.
"그런 인간적인 판단도 하늘은 개입한다고 봐요. 저는 목사의 내조자로서 종교감정이 남달라서인지 몰라도, 두 분의 정겨운 모습을 보면 하늘의 뜻으로까지 높이고 싶어요. " 목사부인은 차분히 미소를 지으면서 중위를 바라보았다.
"목사님 내외분께서 우리의 인연을 하늘의 뜻으로까지 높여 주니 고맙습니다. 그래도 제 생각은 조금 달라요. 지나간 일을 들려드릴게요.   제가 티켓을 구입하는 언더그라운드 사무소 창구에 줄을 섰는데, 중위님이 저의 바로 뒤에 또 서있는 거예요. 비행중에도 바로 뒷줄 창가였는데. 거기서도 그랬던 거예요. 제가 1일 티켓을 끊는다고 하자, 중위님은 일주일 티켓을 구입하겠다며 저에게 자문을 구했어요. 그래서 일주일 티켓은 60파운드가 넘을 거라며, 그만큼 사용할 수 있는지 판단해서 구입하시라고 한 후, 저는 먼저 표를 끊고 플랫폼을 향해 걸었습니다. 핸드백을 걸치고 뭔가 허전한 마음한구석이 있었는데, 그게 뭘까 하고 생각하며 걸었어요. 그런데 누군가 저의 어깨죽지를 툭 치는 거예요. 중위님이었어요. 그제서야 허전한 마음한구석이 무엇 때문인지 알게 됐어요. 표를 구입한 저는 여행가방을 창구아래다 그대로 놔둔 체 나온 거예요. 별로 피곤하지 않았는데, 어떤 긴장 때문인지 그런 어리숙한 일을 보여 주었어요. 제 여행가방을 가져온 중위님이 얼마나 고마운지 고개 숙여 인사를 하고, 전동열차에 같이 앉아서 가자는 중위님의 제안에 기꺼이 동의했던 것 같아요. "
 수녀는 그 여행가방에 친구인 지선에게 줄 겨울의복도 한벌 들어있었다며, 왜 기억을 못하며 플랫폼을 향했는지, 자신의 정신상태를 다시 한 번 자책했다.
 바이올리스트는 자신에게 줄 값진 의복을 가져왔다는 얘기에, 표정이 한층 밝아졌다.
 "멀리 떠난 여행길에서 피곤이 겹치면 누구나 그같은 일을 경험하게 될 겁니다. 그 때 창구에서 제가 수녀님에 앞서 표를 끊다가, 그 일에 정신이 팔려 아래에 밀어 놓은 여행가방을 깜박 잊은 체 나왔다면, 수녀님도 서둘러 가져와서 '긴장했나 보군요'하고 저를 불렀을 겁니다. " 김 중위는 수녀의 실수가 별거 아니라는 듯 말했다.
 "그랬을 거예요. " 바이올리스트가 중위를 바라보았다.
 "우리가 인생 길을 여행하다보면, 우리 수녀님같은 일은 다반사지요. 놀랐겠군요. 먼 서쪽나라의 공항에서 긴장해서일겁니다. 그러나 우리에게 틀림없이 찾아오는 인생의 종착역에서 모든 것을 내버려 둔 체 사후세계로 이어진 플랫폼으로 가는 길을 생각하면, 둘 이에게 일어난 오후의 모든 일들은 하나의 인연으로 모아지기 위한 하늘의 뜻으로 보고싶군요. " 목사가 두 손을 가슴에 모으며 얘기했다.
 "목사님께서는 언제나 저를 위로하려고 애쓰시는군요. 그럴지도 모르겠어요. 그 일로 중위님과 저는 더욱 친근해진 기분이 들었으니까요. 마치 오래 전부터 알았던 분 같기만 했어요. " 수녀는 동행해준 김 중위를 애써 꾸민 듯한 부드러운 시선으로 바라보았다.

"전생의 인연같은 것을 바이올린으로 표현할 수 있다면, 두 분에게 들려주고 싶은데요?" 바이올리스트는 수녀를 바라보면서 얘기했다.

"예수님을 좋아한 내가 윤회적인 인연얘기를 들으니까 사후세계도 이세상처럼 복잡하다는 느낌이 들어요. 우리는 지나간 삶의 전체는 불가능하지만, 어느 부분을 한 순간에 소급할 수 있는 능력을 부여받았어요. 그렇게 뒤돌아보니까, 중위님이 어디선가 스쳤던 분 같다는 생각이 들어요. 지선 씨는 바이올리스트이니까 그같은 느낌을 선율로 나타낼 수 있을 거예요. " 수녀도 지선을 정겹게 바라보며 말했다.

"여러 분 잠시 조용히. 여기 로비에 누구의 곡인지 모르겠지만, 어디선가 들은 것 같은 아름다운 선율이 흐르는군요?" 목사부인이 귀를 기울이면서 말했다.

"어머니, 그 선율 제가 존경한 '레이날도 한'의 바이올린소나타 C장조에요. " 지선이 얘기했다.

"아, 그렇구나! 그런데 왜 로비에서 그분의 선율이 흘러나오지?" 목사부인은 딸을 향해 의아스런 표정을 지었다.

"지난 겨울 런던 연주회 때, 저기, 고전음악을 좋아하는 그릴 주인이 연주회장에서 저를 보았다며 반가워하기에 CD 한 장을 선물했는데, 제가 온 것을 알아보고 틀어 준 것 같아요. " 지선은 그릴에서 서성이는 중년남자를 손으로 지향했다.

"참, 고맙기도 해라!" 목사부인은 중얼거리듯 말했다.

"저에게는 생소해요. 그러나 스피커에서 맑게 새어 나오는 선율을 들으면 마음이 즐거워져요. 중위님은 '레이날도 한'을 아세요?" 수녀는 자신처럼 모를 것 같은 중위에게 물었다.

"할 일이 없어 품고 지낸 라디오에서 한 두번 그 이름을 들은 것 같기도 한데, ……?" 그는 고개를 가로저었다.

"두 분께서는 생소할 거예요. 그렇지만 저에게는 소중한 분이죠. 레이날도 한'은 저에게 바이올린을 가르친 음악교수님의 스승이었으니까요.   그분은 유명한 마르셀 프루스트(잃어버린 때를 찾아서 의 저자)와 연인이라는 소문이 떠돌 정도로, 우정이 돈독했나 봐요. 저는 스승의 스승이 그 개성있는 작가와 깊은 우정을 나눴다는 것을 자랑스럽게 간직하고있어요. " 바이올리스트는 수녀를 바라보며 자신있게 얘기했다.

"아, 그랬었군. 아닌게아니라 제 딸은 저 선율을 자주 연주했어요. 그렇지만 '레이날도 한'은 남자일 텐데, 프루스트의 연인으로 떠돌았다면 좋지 않는 소문인데요?" 목사부인이 수녀를 바라보면서 웃음을 지었다.

"그런 것 같네요. 이상해요. 유명한 고전선율에는 하나같이 사연들이 자리잡고 있는 것 같아요. 지 선 때문에 예술인들의 사적인 얘기를 들을 수 있어 얼마나 좋은지 몰라요. 저는 인생의 종착역에 와 있다는 느낌이지만, 이렇게 삶의 현장감있는 자리 속에서 창 밖을 내다보며 대화를 나누고 있는 걸로 보아, 외로운 여자는 아닌 것 같아요. " 수녀는 고개를 등받이에 젖히며 숨가쁜 표정을 지었다.

목사부인은 수녀의 손짓을 따라 아무도 모르게, 그녀의 핸드백에 들어있는 몇 가지 약병들에서 알약을 꺼내 생수와 함께 그녀에게 먹였다.

"언니, 방에 들어가서 쉬겠어요?" 바이올리스트가 물었다.

"싫은데. 타비스톡 정원에 붉은 햇빛이 어려있네. 아직 혼자있을 시간이 아니야. 해도 떨어지지 않았는데, 혼자 있으면 불안이 쉽게 엄습해올 것만 같아. " 수녀는 바이올리스트의 손을 꼭 잡았다.

"손에서 열이 느껴지는데요. 그래도 언니의 피부는 지난날보다 오히려 고와 보여요. 가정부의 전화에 의하면 정애 언니는 서산 자락에 가끔 산책을 한다는데, 그래요?" 지선이 물었다.

"응. "

"우리가 함께 걸었던 그 산자락 길들이 떠올라요. 등성이에는 묘들이 많아 조금 허전했지만, 여기 모여있는 엄마 아빠 그리고 정애 언니와 함께 민둥산같은 그 산등성이를 산책했던 시절이 그리워요. " 바이올리스트는 눈동자를 위로 모으며 추억을 떠올리는 것 같았다.
 "과수원이 있는 산울타리 길도 참 아름다웠디. 꽃집아주머니 (가정부)도 가끔 우리의 산책길에 함께 해주었어. " 수녀도 당시를 회상했다.
 "아-아, 하늘교회에서 일하는 가장 충실한 집사였지요. 꽃꽂이, 뜨개질, 음식 만드는 솜씨, 살림살이 등을 요령있게 잘하는 분이지요. 우리 수녀님의 가정부로 일하는 것을 알았을 때, 얼마나 다행스럽게 여겼는지 몰라요. " 목사부인이 이마에 쳐진 수녀의 머릿결을 뒤로 넘겨주면서 말했다.
 "언니 조금만 참아요. 아버지는 하늘나라를 위해 훌륭한 구상을 하고 계세요. 제 연주여행이 끝나면 서울로 가서 언니를 도우며 그 계획을 펼칠 거예요. 그러면 우리는 다시 함께 흑암마을로 통하는 여러 길들, 특히 그리운 산울타리 길과 둑길을 산책할 수 있을 거예요. " 바이올리스트는 수녀의 귓 불 아래에 자신의 옆 얼굴을 대면서 얘기했다.
 "고마워. 이 언니에게 희망을 줘서. 아까 우리가 무슨 얘기를 하다가 그만 됐지?" 수녀가 물었다.
 "레이날도 한, 말인가요?"
 "그래. 그분의 사적인 얘기였지. 나는 수녀가 되는 것이 꿈으로서 조금 전 성모마리아와 예수님 생각을 하던 중이었는데, 그 선율이 들렸어. 지선이가 스승의 스승되는 그분의 선율을 좋아했다니까, 이 몸도 그 분의 봄빛처럼 시작된 밝은 선율에 대해 알 수 없는 관심을 갖게 되는데?"
 "고마워요, 언니. 제가 좋아하는 선율을 가치있게 여겨 줘서. " 바이올리스트는 표정이 진지해졌다.
 "아까 그 선율을 작곡한 이가 '마르셀 프루스트'와 연인같은 사이라고 했는데, 평이한 문맥이지만 작가인 프루스트를 더 우월한 입장에 두는 것처럼 느껴져. 왜 그런지 프루스트가 그 선율의 작곡가를 리더하는듯한 느낌이 드는데?" 수녀는 목사부인을 바라보며 다시 미묘한 미소를 지었다.

"정애 언니는 '막달리아의 꿈'을 번역하면서 문맥을 따지다 보니까, 예술가의 상호간에 그런 차이를 느낄 수 있는 해석도 가능할 거예요?"

"특이한 해석은 하지 않았어. 아무튼 지선이의 애기를 들으면, 프루스트는 레이날도 한 보다 더 큰 인물이라는 생각이 들어. " 수녀가 고개를 갸웃해 보이며, 웃음기 어린 얼굴을 띠고 애기했다.

"그럼요. 저의 교수님에 의하면 '버지니아 울프'가 런던에서 소설의 새로운 분야를 개척하려고 애썼다면, 프루스트 씨는 파리에서 독창적인 문학으로 관심을 끈 분이었다는 거예요. 심리소설이기도 한 '스왕네 집 쪽으로'를 독자들에게 선보인 한참 후인데, 당시 견습기자로 파리생활을 즐기고 있던, 미래가 촉망된 헤밍웨이도 그가 누워 생활하던 은둔의 방을 방문했다는 거예요. " 바이올리스트는 여러 유명작가들을 자신의 소급된 음악환경에 꼭 묶어 두려는 듯, 자랑스럽게 애기했다.

이 때 그릴에서 오렌지주스를 비롯한 몇 가지 음료와 토스트를 가져왔다. 중위가 지나가는 웨이트리스에게 부탁했던 것이다. 목사부인과 수녀는 고마움을 표시했다.

"수녀님이 그토록 세심하게 분석할 줄은 몰랐는데요. 저도 바이올리스트인 제 딸 때문에 두 예술인을 알게 됐는데, 분명히 작가인 마르셀 프루스트가 레이날도 한 보다 더 큰 업적을 남긴 사람입니다. " 목사가 애기했다.

"프루스트 씨는 어떤 분이에요?" 수녀는 생각 끝에 부끄러움을 무릅쓰고 물었다.

"작가입니다. 그분의 작품이 너무 긴 장편이고, 전체적으로 지루하다는 애기가 있어서 읽지는 않았지만, 제 딸의 음악환경을 감싸주면서 연주에 영향을 끼친 분으로 기억하고싶군요. " 목사가 대답했다.

"중위님은 '잃어버린 때를 찾아서'라는, 마르셀 프루스트의 문학작품을 독서하셨나요?" 수녀는 그를 향해 미소를 지으며 물었다.

"네. 퇴역 후 빈둥거리다가 첫째권인 '스왕네 집 쪽으로'만 읽었습니다. 그 나머지도 조금 펼쳐 보았는데, 얘기가 도무지 어떻게 진행되어가는지 알 길이없어 다음으로 미뤄 놓았습니다. " 그는 고개를 저으면서 대답했다.

"난해한 책인가 보네요?" 수녀가 의문을 표시했다.

"구도를 너무 웅장하게 잡았기 때문일 거예요. 저도 '스왕네 집 쪽으로'를 읽고 나서 앞으로 전개될 심오한 윤곽을 엿볼 수 있었는데, 생각처럼 마음을 집중시켜주지는 못한 것 같아요. 그래도 저는 중간에서 접어 두지는 않았어요. 언젠가 시간을 내서 끈질기게 다시 한 번 읽어볼 참이에요. " 바이올리스트가 말했다.

"저만 문학에 관심이 없나 보군요. 마르셀 프루스트 씨를 전혀 모르고 있었으니까요. " 수녀가 실망스런 목소리로 얘기했다.

"저 역시 그래요. 그렇지만 우리는 하늘나라를 향한 길에서 해야 될 일이 너무 많아요. " 목사가 수녀의 어깨를 감싸면서 말했다.

"그러나 목사님은 '막달리아의 꿈'의 저자로서 문학의 길에 들어서기도 했어요. "

"그 소설의 주인공인 막달리아의 모델이 누구인 줄 아세요?" 목사부인이 수녀에게 물었다.

"막달라 마리아가 아닌가요?"

"물론 그렇지만, 그 여인의 본질은 예수님을 그리워하고 따르는데 있어요. 우리는 초상화 한 장 남기지 않은 그 여인의 모습을 막연히 떠올리곤 해요. 그래서 여러 모습으로 그려져야 한다고 생각해요. 사실인지 모르겠지만, 그 책에서는 수녀님이 막달리아의 모델로 되었다는군요. " 목사부인이 얘기했다.

"정말인가요, 목사님?" 수녀가 환한 표정으로 물었다.

"정애 씨와 함께 흑암마을에서 목회활동을 했던 추억을 떠올리니까, 그 얘기를 쉽게 써내려 갈 수 있었어요. 저의 책을 번역해 준 서 정애 전도사님이야 말로 진정한 하늘나라의 일꾼으로 저에게는 더없이 소중한 분이지요. 그래서 감히 주님을 그리워 한 막달리아의 모델로 대치해 보았습니다. " 목사가 묵직한 목소리로 얘기했다.

"저는 수녀님의 이름을 알게 돼서 기쁘군요. 앞으로는 가끔 서정애 씨로 부르겠습니다. " 김 중위가 웃음 띤 표정으로 수녀를 바라보았다.
"그래도 좋아요. 이 서 정애가 부활한 주님을 가장 먼저 목격한 막달리아의 모델이 됐다니, 얼마나 기쁜지 표현할 수가 없네요. " 수녀는 환한 미소를 지으면서 말을 이었다.   "그리고 제가 '마르셀 프루스트'와 '레이날도 한'에 대해 조금이라도 알았으면 좋았을 텐데. 아, 이제 막 '레이날도 한'의 바이올린소나타가 끝났나 봐요. 초봄에 어울릴 것 같은 매혹적인 선율이군요. 그 작곡가가 프루스트 씨의 연인으로 불러질 만큼 다정한 우정이었다고 하니, 지 선 씨가 자신을 가르친 음악교수님의 스승되는 분을 자신의 음악환경에 꼭 매여 두려는 이유를 알겠어요. " 수녀가 말했다.
지선의 손을 꼭 잡은 수녀는, 지난 세기에 사라진 돈독한 우정이 부러운 듯, 유리창으로 내다보인 정원에 시선을 주며 그들의 삶을 궁금해 했다.
"정 애 언니, 세상의 지식들을 부러워하지 마세요. 언니도 저처럼 파리유학시절이 있었다면, 선율 그림 문학같은 잡다한 가치를 떠 안고 살아야 했을걸요. 파리는 그같은 도시에요. 저에게 있었던 파리유학시절의 조그만 서클에는 시와 그림과 연주가나 작곡에 꿈을 가진 친구들로 구성되어있었어요. 지금은 헤어져 서로의 길을 걷고 있어요. 저처럼요. 저는 오직 예수님을 향한 언니의 삶이 부러운걸요. " 바이올리스트는 희망과 부러움이 어린 눈길을 주면서 말했다.
"아니야. 세상을 보람있게 살려면 이세상의 가치들도 알아야 해. "
"그럼 언니, 지난 겨울에 제가 연주한 선율을 따라 췄던 춤 잊지 않았어요?"
"아!오피스텔에서 추었던 나따샤의 춤?" 수녀가 되물었다.
"그래요. 안드레이 공작과 나따샤 가 무도회장에서 리드미컬한 선율에 맞춰 추었던 멋진 춤 말이에요?"

"잊지 않았어. 꿈결에서도 보았는데?" 수녀는 지난 겨울을 상기하면서 대답했다.
 "그럼 우리도 한 번 로비에서 추면 어떨까요?"
 "누가 안드레이 공작 역할을 해야 되는데?" 수녀가 웃으면서 물었다.
 "제가 바지를 입었으니까 안드레이 역을 할게요. 아니, 그렇게 아니라, ……김 중위님, 전쟁과 평화의 영화에서 나따샤의 춤을 보았죠?" 바이올리스트가 물었다.
 "네. 인상깊게 보았습니다."
 "그럼 중위님이 안드레이 역할을 하세요. 오케스트라처럼 멋진 선율은 아니겠지만, 제가 바이올린으로 그 선율을 흡사하게 연주할 테니까요. 자, 두 분이 일어나 정중히 인사를 하세요."
 "잠깐만. 나따샤의 춤을 추려면 좀더 어울린 옷을 입고 싶어요." 수녀는 재빨리 여행가방을 열고 엷은 배이지 색상의 봄 코트를 입었다.
 "아, 언니는 어느 옷도 어울려요. 그럼 두 분께서는, 런던의 신사 숙녀답게 정중히 인사를 나누세요. 됐어요, ……. 자, 그럼 시작합니다. 선율에 맞춰 춤을 추세요. 나라랄-랄… "
 바이올리스트의 팔과 턱 사이에서 세차게 새어 나온 선율은, 사방이 막힌 로비의 공간을 맴돌며 둘 이를 움직이게 했다.
 "오, 브라보!" 목사부인이 두 팔을 올리며 몸을 흔들었다.
 둘이는 작은 원을 그리면서 매끄러운 로비를 맴돌기 시작했다.
 의자에서 일어난 바이올리스트는, 둘 이의 춤 동작을 조금씩 따라가면서 연주를 했다. 목사도 위치를 옮겨가면서 셋 이를 디지털 카메라에 담으려고 애썼다.
 춤과 연주는 삼사분 정도에 불과했지만, 선율과 어울린 너무나 아름다운 장면이어서 분위기를 일변시켰다.
 다시 한테 모여 창가의 소파에 앉았을 때는, 모두가 그 춤 동작에 감탄한 표정이었다. 특히 김 중위는, 내심 사랑의 감정이 움트고 있는 상태인데, 수녀와 춤까지 추게 돼서 더욱 마음이 설레였다.
 "조금 전의 춤은, 파리유학시절의 제가 포함된 작은 서클에 빈번히 있었던 춤이기도 해요. 거기서 보았던 춤보다 언니와 중위님이 더욱 멋진 춤을 추는데요. " 바이올리스트는 둘 이를 향해 박수를 쳐주었다.
 "춤을 추게 한 원동력은, 바이올린의 멋진 연주가 있었기 때문입니다. " 중위가 화답했다.
 "고마워요, 김 중위님. 다시 파리시절 얘기를 해야겠어요. 파리에서 자연스런 모임을 가졌던 저의 조그마한 서클은 두 분처럼 어울린 춤은 못췄지만, 저의 자랑으로 인해 모두 프루스트와 레이날도 한 의 우정을 아는 사람들이지요. 제가 저의 음악교수님의 스승인 레이날도 한을 프루스트 씨의 연인 같다고 한 것은, 그만큼 두 사람의 우정이 깊었기 때문이죠. 두 분의 우정은 저의 음악환경이기도 하기 때문에 이 자리를 빌어 좀더 세심히 설명해주고 싶어요. '레이날도 한'은 음악에 재능이 많았어요. 처음엔 푸르스트가 드나드는 살롱에서 노래를 불러 생활비를 벌었다고 합니다. 그렇지만 그분은 피아노연주도 잘했고, 작곡도 할 수 있는 재능있는 분이라고 해요. 삼십 년 이상 지속된 우정답게, 프루스트씨가 깨여 있으면 그의 방에 허락없이 들어갈 수 있는 유일한 사람이 레이날도 한 이었다고 해요. 그래서 연인 같다는 소문이 떠돌았는지도 모르지요. 그 시절 파리의 예술인들은 자신의 그런 소문에도 아랑곳하지 않는 체, 은근히 즐겼다고 하니까요. 그러나 마르셀 프루스트가 '잃어버린 때를 찾아서'라는 소설의 전반부를 발표하고 유명해졌을 때, 두 사람의 우정은 소원해지기 시작했어요. 저의 스승의 스승 (레이날도 한)은 프루스트의 부유함과는 달리 가난했지요. 거기다 명예의 격차까지 커지자 '레이날도 한'은 프루스트의 집에 방문하기를 꺼려했나 봐요. 프루스트의 얘기에 의하면 생활비를 벌 수 있는 가수생활을 집어치우고, 갑자기 '카미유 생상스'같은 사람이 되겠다며 작곡을 시작한 것은 잘못됐다는 거예요. 어느 날 '레이날도'는 친구 '마르셀'에게 자신의 신세를 이렇게 한탄했지요.

'이보게 마르셀, 난 자네만큼 돈도 없고 명예도 얻지 못했네. 요즈음은 돈이 없으면 아무 것도 할 수가 없지. 옛날에는 우리가 그걸 현금이라고 불렀지만, 요즘은 밑천이라고 부른다네. 살롱에서 노래하는 걸로 한밑천 잡기란 힘들지. 가수생활로는 어림없지. 나는 밑천이 필요해.' 라고 레이날도는 자신을 한탄했지요.

'돈이라? 레이날도, 큰돈은 아니지만 내가 좀 줘도 되겠어?' 하고 프루스트가 작은 도움으로 친구를 위로하려 들었지요.

'그럴 필요 없어. 마르셀, 난 그건 원치 않아. 친구 돈 말이야. 난 내 힘으로 모아야 돼. 음악 애호가들이 깜짝 놀랄 만한 선율을 내놓을 거야. 작곡을 해야겠어. 자넬 찾아올 시간이 없는 이유가 바로 그거야.' 이렇게 말하며 레이날도는 거절하였지요.

프루스트가 슬퍼한 것은 레이날도 한의 말투가 거칠었다거나 그 말속에 숨겨진 어떤 질시 때문이 아니라, 레이날도가 작곡으로 성공할 수 있는 문이 너무 비좁을 거라는 생각 때문이었습니다. 그렇지만 저의 스승의 스승되는 레이날도 한은 성공했답니다. 우리가 조금 전에 들은 C장조 바이올린 소나타도 꾀 많은 악보가 팔렸지만, 그를 정말로 성공하게 만든 작품은 오페라 《시불레트》였지요. 프루스트 씨와 친척뻘인 '드 슈비네'백작부인 사위되는 이의 글에 곡을 붙인 것으로, 그 오페라가 파리에서 진짜 성공을 거둔 것은 프루스트 씨가 죽은 뒤였다고 합니다. 그 이전, 남 프랑스에서 초연되었을 때, 상당한 호평을 신문란에서 본 프루스트 씨는,

'레이날도가 이만한 성공을 했으니 정말 얼마나 기쁜지 모르겠어' 라고 가정부 '셀레스트 알바레'에게 말했다는 군요.

아무튼 둘이는 너무도 오랜 친구여서 여러 가지 일로 서로 마주치지 않을 수 없었다고 해요. 그리고 끝까지 그들은 서로에게 성실하였다고 합니다. 아마도 친구라기보다 연인 같다는 편이 옳을지 모르겠어요. 저는 지난 세기, 1차대전 전 후 파리에 있었던 어느 작가와 작곡가의 우정이 저의 음악환경 속에 들어오게 된

것을 가치있게 간직하고싶었습니다. " 애기를 마친 바이올리스트는 미소를 지었다.
"연인같은 우정이라니, 정말 부러워요. 조금 전에 들은 바이올린 소나타가 그같은 우정 속에서 작곡되었을 걸로 생각하니까 더욱 아름답게 느껴지네요. " 수녀는 다정한 미소로 화답하며 바이올리스트를 바라보았다.
"아, 저기 보이는군요. 타비스톡 정원 모퉁이에 외롭게, 생각에 잠긴 '버지니아 울프'의 청동상이 보이죠? 울프도 연인같은 우정을 문학 속에서 그려 내려고 했어요. 실제로 어느 여성화가와 연인같은 우정을 느끼기도 했다는군요. 그녀는 '스왕네 집 쪽으로'에서 두 아가씨의 동성애적인 우정이 너무나 잘 그려졌다며 찬탄을 금치 못했다고 합니다. 버지니아 울프의 '올랜도'라는 문학작품은 마르셀 프루스트의 영향이 적잖게 있었을 거예요. 그녀는 한 인간에게 남녀의 외모와 성격이 배합된 제3의 인간성을 만들어 보자는 뜻으로 올랜도라는 양성이 깃든 주인공을 소설화시킨 것 같아요. 그렇게 인간성이 변하면 세상은 더 평화로울 거라는 생각을 했는지도 몰라요. 대체로 남성들의 의지에 의해 일어난 전쟁을 혐오했기 때문이지요. 그 당시 런던시민의 대부분이 평화수호라는 커다란 목적 앞에서 참전에 찬성하고 있었지만, 그녀는 지극히 극소수인 반전론을 적극 지지하며 남성들이 달가워 하지 않는 양성론을 내놓기도 했어요. 1차 대전을 겪은 영국의 젊은이들은 그녀의 생각을 비난했을 거예요. 화제가 양성론으로 접어드니까 저자신도 이상한 기분이네요. " 바이올리스트는 자세를 고쳐 앉으며 수녀를 바라보았다.
"박 지선씨의 음악환경에는 버지니아 울프도 들어가겠군요?" 중위가 물었다.
"사실 그 여류작가도 포함되어있어요. " 그녀는 긍지있게 대답했다.
"나라는 다르지만 도버 해협을 사이에 두고 런던과 파리에서 문학을 한 차원 높이려는 버지니아와 마르셀의 회동은 있지 않았는가요?" 중위가 바이올리스트에게 물었다.

 "둘 다 문학의 새로운 길을 개척하려는 야심적인 꿈을 가지고 있었기 때문에, 만나는 일이 어려웠을 거예요. 십 년쯤 선배인 프루스트 씨가 천식으로 몸이 허약하지 않았다면, 런던을 갔을지도 모르죠.　사실 둘이는 만나도 개척하려는 문학의 길이 다르기 때문에, 대립같은 것은 없었을 거예요. 그러나 버지니아 울프는 공식적인 자리에서 프루스트를 언급하는 것에 대해 꺼려했던 것 같아요.　프루스트는 신진 여류작가인 울프의 저서를 읽지 않았던 것이 거의 확실하지만, 울프는 그의 길고 긴 장편 '잃어버린 때를 찾아서'를 독파했다고 해요. 그녀는 첫 출판된 '스왕네 집 쪽으로'를 읽고, 어느 누가 그 개성있는 묘사들을 능가할 수 있을까 하는 절망감을 느꼈다지만, 다음 얘기에서부터 차츰 불분명해지는 문장에 비판을 가했다고 해요. 그녀는 프루스트와는 전혀 다른 문학의 세계를 펼쳤어요." 바이올리스트는 자신의 음악환경을 강조하다 보니까 얘기가 자꾸만 길어진다며 미안한 표정을 지었다.

 "저 역시 같은 생각입니다. 삼 년 동안 예수님이 마당발로 이 곳 저곳을 돌아다니며 하늘의 세계를 보여 주었듯, 버지니아도 문학의 또 다른 가능성을 보여 주었다고 봅니다." 중위가 새로운 의견을 내놓았다.

 "목사님, 버지니아 울프가 한시대의 뛰어난 작가라고 하지만, 예수님과 비교한 것은 무리라고 생각해요. 그렇지 않는가요?" 수녀는 못마땅한 표정으로 중위를 바라보았다.

 "그렇습니다. 우리의 영원한 주님과 비교할 수 없는 일이지요. 그렇지만, 주님은 인간을 더없이 사랑하기 때문에 이해하여주실 것입니다.　그러고 보니 레이날도 한의 바이올린 소나타 때문에, 우리의 얘기는 마르셀 프루스트와 버지니아 울프에 까지 이르고 말았군요. 봄 여운이 있는 선율 속에서, 1차 대전을 지켜본 두 작가와 예수님에까지 소급되는 것을 보면, 제가 서 정애 전도사를 초청한 보람이 바로 이런 즐거운 만남을 만들기 위한 것만 같아 무척 기쁩니다." 목사가 만족한 표정으로 얘기했다.

"저도 '막달리아의 꿈'을 번역한 보람이 있는 것 같아요. 이역만리 런던에서 목사님 내외의 애정 어린 환영을 받았고, 중위님과 나따샤의 춤도 추었으며, 주님을 향한 변함없는 그리움은 물론, 예술인들에 얽힌 여러 얘기들을 들을 수 있었으니까요. " 수녀의 표정은 더욱 밝아졌다.

"우리는 모레쯤 이 자리에서, 저의 저서인 '막달리아의 꿈'을 번역한 수녀님을 위한 환영모임을 다시 가질 것입니다. 특히 번역하면서 느꼈던 수녀님의 의견도 경청할 것입니다. 자, 그러면 3층에 있는 수녀님의 방을 안내하겠습니다. "

목사가 소파의 팔걸이에 한 손을 짚고 일어설 때, 한순간 타비스톡 정원은 서쪽에서 비껴 온 연붉은 햇빛을 받았다. 하늘가로 넘어가려는 해가 쓸쓸하게 보낸 짙은 빛줄기인 것 같았다. 수녀는 여행가방의 손잡이를 붙잡으면서 중위에게 눈짓을 했다.
"중위님도 제 방을 보고가세요?"
"제가요?" 중위는 엉거주춤 물었다.
"그래요, 중위님. 정애 언니와 나따샤의 춤도 추었잖아요?" 바이올리스트가 미소를 지어 보이며 얘기했다.
"목사님, 피카딜리 라인에서 불안했던 중위님과 저는 숙소를 같이 찾기로 약속했어요. 얼스코트 역에서 함께 내린 저는 이분의 숙소인 베스트 볼튼 호텔을 찾는데 도움을 주었거든요. 이층의 작고 깨끗한 방을 함께 들어가 뒤쪽 창 너머에 있는 아름다운 정원도 감상할 수 있었어요. 그래서 저도 이분에게 3층 방을 구경시켜주고 싶은데, 이왕이면 목사님 내외분의 허락을 받고 싶어요?" 수녀가 낮은 음성으로 물었다.
"전도사님의 뜻인데, 기꺼이 동의하겠습니다. " 목사가 대답했다.
"그렇게 하세요, 중위님. 우리는 두 분이 더욱 친근한 사이가 됐으면 하는 바램을 가지고 있습니다. " 목사부인이 얘기했다.
"그럼, 기쁜 심정으로 들려 보겠습니다. " 중위가 말했다.

출입문 쪽으로 향하려던 중위는, 무엇보다 아무도 모르게 주는 수녀의 눈짓에 힘을 얻고 일행과 발길을 같이했다. 엘리베이터 쪽으로 걸어가던 중, 목사는 모레 수녀님의 환영모임 때, 연주회가 있을 예정인데 김 중위도 와서 자신들 뿐인 자리를 빛내 주었으면 좋겠다고 했다.

"글쎄요. 저도 나름대로 일정을 가지고 있어서, ……확약할 수는 없지만, 수녀님을 위한 일이라면 시간을 내서 될 수 있는 한 가겠습니다. " 중위가 대답했다.

"뭐하시겠어요, 내일은?" 수녀가 그를 향해 부드러운 눈빛을 보내며 물었다.

"내일은 버지니아 울프의 기념관이 어디에 있는지 알아보고, 오후에는 그린 공원에서 산책을 할 생각입니다. " 중위가 대답했다.

"그 여류작가를 런던이 홀대하는 것 같아요. 그녀의 기념관이 런던에 없는 것이 분명해요. 그런데 바로 이 호텔 건너편에 기념관 못지 않는 중요한 흔적이 있다는 것을, 제가 아까 무슨 얘긴가 하던 중 언급했던 것 같아요. 거기 남서쪽 코너에 그녀의 청동흉상이 세워져 있어요. 창작열이 가장 성숙했을 1924 ~ 1939까지 살면서 '올랜도' '등대로' '댈러웨이 부인' 등을 썼던 곳이 바로 맞은편 정원이 있는 곳이었을 거예요. 그 여류작가의 많은 것이 전시된 기념관은 아니지만, 그녀의 흔적을 물씬 느낄 수 있을 거예요. 아, 내일 그린 공원에 들리면 세인트 제임스 공원도 이어져 있으니까, 그 곳 까지 한 바퀴 도세요. 생전의 버지니아 울프가 자주 산책했다는 곳이지요. 걸으면서 그녀를 추모하는 것도 나쁘지 않을 것 같은데요?" 바이올리스트가 자신의 음악환경 속에 있는 울프에 대해 얘기했다.

"저는 비행 중 창가에서, 저에게 어떤 변화가 있었으면 하는 간절한 바램을 가졌는데, 예수님을 그리워하는 서 정애 씨를 만나서 여행의 목적이 이루어진 느낌입니다. 저를 불신자로 규정하고, 자신의 세계 속으로 이끌려고 한 그 일도 저에게는 커다란 변화거든요. 아무튼 저는 그 여류작가 때문에 이처럼 새로운 변화를 맞이하고 있습니다. " 중위가 좀 설레인 어조로 얘기했다.

 일행은 엘리베이터에서 삼 층의 복도에 이르는 동안, 종교와 문학을 거의 동등한 위치에 두려는 중위의 얘기를 듣고 있었다. 그가 새로운 길을 개척하려는 20세기의 버지니아 울프와 1세기의 예수는 방향은 다르지만 추구한 일에 변화라는 흡사한 점이 있다고 강조하자, 수녀는 잘못된 생각이라며 반박했다.
 한숨을 내쉰 수녀는, 만일 버지니아 울프의 측은한 영혼을 구해주려고 예수님이 인간적인 모습으로 타비스톡 정원에 내려와 서로 만나게 된다면, 그 여류작가는 자신의 영혼을 이끌 수 있는 능력과 위상에 놀래 그분 앞에 무릎을 꿇었을 게 틀림없다며, 이세상을 경유하면서 변화라는 크고 작은 일치가 있다고 해도 주님을 여류작가의 위치로 끌어내려서는 안된다고 했다.

 7

 일행은 수녀가 거처할 3층 6호에 들어갔다.
 수녀는 옆에 서있는 중위에게 미안한 표정을 지었다. 중위가 얼스코트에 예약한 작고 깨끗한 방에 비하면 훨씬 넓어 보이고, 커튼이며 침대 등이 더 화려해 보였기 때문이다. 건축물의 외관으로 볼 때 방도 넓을 것이라는 짐작은 했지만, 함께 보았던 얼스코트의 베스트 볼튼과 커다란 차이가 엿보여서 괜히 미안한 심정이었다.
 "여기에요. 마음에 들지 모르겠군요?" 목사부인이 유리창을 가린 커튼의 한쪽을 묶고, 길 건너의 타비스톡 정원을 보여 주면서 말했다.

"혼자 사용하기에는 너무 크군요. " 수녀는 시계 반대방향으로 한 바퀴 둘러보며 말했다.
"그렇지만 전도사님의 서울 오피스텔에 비하면 너무 초라해 보여요? 그리고, ……또 우리 지선이에게 준 값진 의상들과 비교해도 너무 미미하구요. " 목사부인은 조심스럽게 말했다.
"저와 지선의 몸매는 비슷해요. 지선은 연주가로서 좋은 옷을 입어야 해요. 더 가져오고 싶지만, 여행가방을 간단히 꾸려야만 했어요. 제가 입던 옷들은 결국 지선이가 갖게 될 거예요. " 수녀는 목사부인을 향해 미소를 지었다.
"저는 받았던 의상만으로 충분해요. 그래요, 엄마. 정 애 언니의 옷은 저에게도 꼭 맞아요. 언니가 약간 큰 키지만, 몸매가 흡사하니까 기장의 차이는 거의 느껴지지 않아요. 파리에서 제가 언니 옷을 입고 동문회에 나가면, 모델 의상 같다고 하는데요. " 바이올리스트의 표정은 더욱 밝아졌다.
"자, 그러면 두 분이 여기서 더 친근해진 후 헤어지기 바랍니다. 그리고 김 중위가 알고 싶어한 버지니아 울프의 기념관이 런던에 없다는 것에 대해 참 유감이군요. 그러나 제 딸이 얘기한 호텔 맞은편 정원의 남서쪽은, 그 여류작가가 십 오년 이상 생활하며 주요작품을 구상하고 완성시킨 곳이니까 기념관 못지 않는 그녀의 흔적을 느낄 수 있을 겁니다. 나는 서 정애 전도사님이 관심을 가져 준 '막달리아의 꿈'이라는 소설의 저자인데도, 이제껏 훌륭한 여류작가에 대해 무관심한 체 지내 왔군요. 제 딸과 함께 어떤 작가인지, 런던에 기념관이 숨어 있는지 좀더 주의를 가지고 알아봐야겠습니다. 둘이는 처음 만났는데도 더없이 친근한 사이로 보이는군요. 좀더 많은 얘기를 나누다 헤어졌으면 합니다. " 목사는 중위의 손을 잡았다.
"수녀님과 제가 타비스톡 호텔에서 무슨 얘기를 나누면 좋은 추억이 되겠습니까?" 김 중위는 출입문 쪽으로 다가선 목사에게 물었다.
"추억을 만들고 싶은가 보군요?" 목사는 잠시 생각에 잠겼다.

"네. 훗날 서쪽나라를 뒤돌아볼 경우 런던이 애수 어린 추억이 있었으면 좋겠는데요?" 중위는 출입문을 나가려는 목사에게 가까이 다가섰다.
 "그렇다면 사랑의 감정을 조심스럽게 내비치는 것이 좋지 않을까요? 예수님은 서로 사랑하라고 했지요. 사랑이 많은 세상을 만들고 싶어했습니다. " 목사가 대답했다.
 "예수님 시절에도 사랑의 감정을 드러내고 말하면, 너무 진보적이라며 비난했을지 모릅니다. 그분으로부터 벌써 이천 년이 지났지만, 사랑은 저에게 있어서 쉬운 일이 아닌 것 같습니다. 그처럼 소중한 사랑을 지금껏 모르고 지냈기 때문일 겁니다. 그렇지만 사랑의 감정을 숨길 수는 없을 것 같습니다.   표정에, 목소리에, 알 수 없는 들뜸과 열정에, 결코 숨기지 못한 체 시달리게 되겠지요. 목사님의 권유를 조심스럽게 물리치고 싶습니다. " 중위가 설레인 마음으로 얘기했다.

 바이올리스트가 손으로 입을 가렸다. 목사부인이 미소를 보냈다. 수녀가 가녀린 손으로 얼굴을 감싸더니 손가락 사이로 중위를 빤히 바라보았다.
 김 중위와 수녀는 출입문을 등지고 있는 목사가족을 마주보며 서있었다.
 "모레쯤 우리 지선이가 서 정애 전도사님을 위해 바이올린소나타를 연주할지도 모릅니다. " 목사부인이 다시 한 번 말했다.

 수녀가 복도의 엘리베이터까지 배웅하려 하자, 목사부인이 만류했다. 지선은 출입문을 조심스럽게 닫아 주었다.
 '정 애 언니 내일 뵈요'라는 소리가 틈새로 희미하게 새어 들어왔다.

 "서 정애씨, 조금 전 목사부인이 뭐라고 하셨지요?"
 "모레 이 호텔 로비에서 환영연주회를 열지도 모른다고 하였어요. " 수녀가 대답했다.
 "그 이전에 목사님이 한 얘기가 마음에 닿는데요?" 중위는 웃음을 지었다.
 "무슨 얘기였죠?" 수녀는 기억에 없는 듯한 표정을 지었다.
 "서로 사랑하라는 얘기, ……그 얘기를 강조했던 것 같아요. " 중위가 대답했다.
 "오해는 하지 마세요, 중위님. " 수녀가 그를 정시했다.
 "서로 사랑하라는 얘기에 무슨 오해가 있겠습니까?" 중위는 두 손을 모아 턱에 대고 말했다.
 "우리를 향해서 한 얘기지만, 우리에게만 해당되는 얘기는 아닐 거예요. " 수녀는 침착하게 대응했다.
 "그렇지만 이 곳에는 우리 둘만 있었기 때문에, 목사님의 얘기를 일반적인 면으로만 해석할 수 없을 겁니다. " 중위도 지지 않겠다는 듯 대응했다.
 "예수님이 인류에게 남긴 값진 말씀인데, 목사님은 진보적인 자신의 생각을 보여 주고 싶었나 봐요. 사실, 적절한 때가 아니었어요. " 수녀는 차분하고 냉정한 모습이었다.
 "왜 우리에게는 적절하지 않다는 겁니까?" 김 중위는 실망스러운 투로 물었다.
 "저는 막달리아처럼 예수님을 뒤쫓겠다는 꿈을 가졌어요. 중위님과 갑작스런 친근함이 형성된 것은 사실이지만, 오늘 우리는 히드로 국제공항에서 처음 만났잖아요?" 수녀는 또렷한 목소리로 말했다.
 "막달리아는 어떤 여성이기에, 정애 씨의 마음을 그토록 이끌고 있는지 모르겠군요?"
 "부활한 예수님과 가장 먼저 대면하고 얘기를 나눴던 분이죠. 끝까지 섬기며 좀더 가까이 있고 싶어, 적극적으로 다가서고 항상 깨여 있었던 여성이었어요. 그래서 그같은 영광이 주어졌을 거예요. " 수녀는 차분히 대답해주었다.
 "막달리아를 마음에 두었다면, 서 정애 씨도 사랑의 감정을 짓눌린 체 살아가고 싶지는 않을 겁니다. 목사님이 조금 전 남긴 얘기는, 수녀님과 저 사이에 있을 거라고 예상한 사랑의 감정을 좀 더 지펴 주려는 또 다른 사랑으로 해석하고싶군요?" 김 중위는 얼굴을 조금 붉히면서 말했다.
 "좋아요. 중위님과 저 사이에 있을지도 모를 사랑의 불씨를, 목사님이 간파하고 지펴 주려는 거겠군요? 좋아요. 사실 따지고 보면 중위님의 생각은 타당해요. 여행길에 만난 한 여자와 부담없이 사랑을 나누고 싶겠죠. 예수님이 얘기한 each other love (서로 사랑하라)는 전 인류를 향하기 이전, 개별적인 사랑을 권유하는 듯한 다정함이 엿보이기도 해요. 사실 그 말씀의 범위에서 우리들이 제외된다고는 할 수 없을 거예요. " 수녀는 힘없는 표정으로 말했다.
 "정 애 씨는 과거에 누군가를 깊이 사랑한 적이 있나요?" 중위가 진지하게 물었다.
 "글쎄요. 예수님 외는 없는 것 같은데요?" 수녀가 대답했다.
 "몹시 원했던 사랑이 이루어지지 않을 경우, 특히 여성들의 경우, ……예수님을 향해 사랑이 승화된다는 얘기가 있어서요?"
 "몰라요. 오늘은 참 긴 하루에요. 너무 많이 알려고 하지마세요. 하루가 너무 길어서 저에 대한 과거까지 알려고 하는가 봐요?" 수녀는 못마땅한 표정이었다.
 "아, 그렇군요. 가야겠어요. 좀더 옆에 있고 싶지만 이만 가야겠어요. 서쪽나라 런던의 오후는 정말로 길군요. 저는 내일 해질 무렵까지 그린 공원에 있으려고 해요. " 김 중위는 일어섰다.
 "장담할 수는 없지만, 내일 시간이 되면 저도 그린 공원에 갈지 모르겠어요. 운이 좋으면 여왕도 볼 수 있다고 하니까요. 기다리지는 마세요. 그럴 시간이 있으면요. "
 수녀는 무의식적인 제스처인지 모르지만, 고개를 천천히 가로저으면서 얘기했기 때문에, 옆에서 보면 자신의 얘기와는 달리 내일 다시 만나는 것이 힘들 것처럼 보였다.
 "수녀님, 오늘 우리가 보았지만 런던의 해는 좀처럼 떨어지지 않아요. 그런 공원에 와 주세요. 그리고 오는 길에 제가 찾는 버지니아 울프의 기념관이 런던 어딘가에 숨어 있지 않는지, 타비스톡 호텔 누군가에게 한 번 물어 봐주세요. 바이올리스트는 런던이 그 여류작가를 홀대하기 때문에 없을 거라고 했지만, 인터넷으로 검색할 수 없는 어딘가에 그녀의 작은 기념관이 있을 것 같아요. 내일 오후는 넓게 펼쳐진 잔디를 따라 걸으면서, 정애 씨의 번역소설인 '막달리아의 꿈'에 대한 이야기도 나누고, 버지니아 울프의 지나간 삶도 나눌 수 있다면 더욱 인상깊은 오후가 될 겁니다. 피곤할 텐데, ……저를 배웅하지 않아도 됩니다. " 중위는 뒤따르려는 수녀의 손을 꼭 잡고 얘기했다.
 "아니에요. 러셀 스퀘어 역까지 배웅할 거예요. 타비스톡 호텔에서 역까지 몇 걸음 정도인지 알아야겠어요. 5분 거리에 불과할 거예요. 아기자기한 역 주변의 가로를 다시 한 번 보고싶어요. " 수녀는 깊은 눈길로 그를 바라보면서 말했다.
 그녀는 몇 가지 소지품을 확인하고 난 후, 핸드백 끈을 어깨에 걸고 따라 나섰다.

 둘이는 타비스톡 호텔 회전문을 나섰다. 맞은편 정원에 줄지은 활엽수들이 그 주변 상공을 온통 가릴 정도로 가지를 사방으로 뻗치고 있었다. 목재울타리로 가려진 정원내부에는 여러 곳에 외등이 켜있었지만, 활엽수들이 그 빛을 절반이상 흡수해서인지 어스름 했다.
 "그냥 지나치면 섭섭해 할거예요. "
 "누가요?"
 "버지니아 울프가요. "수녀는 중위의 손을 이끌고 정원 안으로 들어갔다.
 그 곳 남서쪽으로 걸어가자, 모퉁이에는 희미한 외등 빛을 받고 드러낸 버지니아 흉상 윤곽이 대리석상 위에 놓여 있었다. 가슴 상단 위로만 조각된 청동상이었다. 나름대로의 사명을 완수하고, 모든 고뇌를 깊은 표정에 숨기고 있는 오십대의 원숙한 얼굴이 밤의 정적 속에서 자신들을 응시하는 것 같았다. 둘이는 어스름 속에서 더욱 짙은 윤곽을 띠고 있는 청동상을 말없이 지켜보다가 뒤돌아 섰다.

 수녀와 중위는 서로 모르는 사이에 손을 잡고, 직선으로 쭉 뻗은 이차선 도로의 보도를 걷고 있었다. 길 건너편에 있는, 선물가게와 꽃집을 겸한 상점이 눈길을 끌었지만 문이 닫혔기 때문에 그냥 지나쳤다.
 러셀스퀘어 역 맞은편에는 자연식품을 깔끔하게 진열해놓은 패스트푸드점이 역을 드나드는 모든 손님들을 수용하겠다는 듯, 무척 넓은 공간에 고급 목재의자와 식탁들이 맑은 유리창을 통해 내다보였다.
 "다음에 한 번 이 곳에 들려요, 해식 씨. " 수녀가 내부의 개성 있는 인테리어를 들여다 보면서 말했다.
 "저는 지금 들어가고 싶은데요?" 중위가 그녀의 팔을 잡고 들어갈 자세를 취했다.
 "다음에 기회가 있을 거예요. 벌써 아홉시가 지났어요. 얼스코트에 있는, 중위님의 숙소인 베스트 볼튼 호텔에 도착하면 열시가 훌쩍 넘을 거예요. "
 수녀는 손을 빼서 역 청사 현관으로 건너가 중위에게 미소를 지으며, 자기 쪽으로 오라는 손짓을 했다. 중위는 자연식품점에 함께 들어가 추억을 만들어 보겠다는 생각을 다음으로 미루고, 가로놓인 길을 한달음에 건너 다시 수녀의 손을 잡았다.
 "제가 왜 단숨에 건너왔는지 아십니까?" 중위가 물었다.
 "모르겠는데요?"
 "러셀스퀘어 역사 전등아래 서있는 서 정애 씨가 이세상 어느 여인보다 아름다웠기 때문이죠. " 중위가 그녀의 손에 힘을 주며 말했다.
 "고마워요, 해식 씨. 그렇지만 중위님이 아름답다고 한 그 모습은, 그렇게 오래가지는 않을 거예요. 아가씨들이 장미나 백합처럼 한 시절 만개해서 뽐낼지 모르나, 허망하게 지나가잖아요. 저 역시 끝 자락에 와 있어요. " 수녀가 울적하게 얘기했다.

"백합과 장미들은 모양과 향기도 동일하고, 어떤 정신도 깃 들지 않았습니다. 그렇지만 우리에게는 스스로 가꾸어 존귀해질 수 있는 제 각기의 정신을 가졌는데요. 아무리 우리 인간의 삶이 짧게 주어졌다 해도, 정 애 씨가 이제껏 가꾼 자신의 심신은 장미나 백합과는 전혀 다른 차원에 있는 것입니다. 꽃들이 어느 순간 의식이 일어나고, 그 옆을 수녀님이 지나간다면 꽃들은 정 애씨를 여신으로 받들 것입니다. 그처럼 영원을 그리워하는 수녀님에게는 신비한 아름다움이 있습니다. 수녀님에게만 있는 고귀함이 그 모습에서 엿보입니다. 오랜 세월동안 부단한 정신력으로 이룬 아름다움과 개성을, 먼 서쪽나라에서 우연히 만났다고 해서 무상으로, 아무 조건없이 저에게 주고 있습니다. 지금 이순간 수녀님은 전등아래 서서 이세상의 특별한 아름다움을 창조하는 중입니다. 수녀님은 유일하게 인연이 된 중위의 찬탄을 받는 중입니다. 그 찬탄은 이 순간 중위에 의해서일 수 밖에 없다는 것을, 중위는 벅차게 느끼고 있습니다. 수녀님의 모습이 러셀스퀘어 역 낯선 출구를, 전등 빛과 함께 인상깊게 꾸민 것을 저는 찬탄하고싶습니다. " 중위는 계속 말을 하고싶었다.

"비행기 좀 그만 태우세요. " 수녀는 눈살을 짓푸렸다.

"전등아래의 모습이 정말 인상적이어서 그래요. 참 수녀님, 역까지 몇 걸음인지 헤아려 보았어요?" 중위는 길어진 마음의 고백을 접고, 상기된 것을 물었다.

"아니오. 타비스톡 호텔을 나올 땐 발걸음으로 헤아려 보겠다고 마음먹었는데, 대화를 나누던 중 잊어버렸나 봐요. " 수녀는 밝은 전등아래서 중위의 마음을 향해 미소를 지었다.

"저는 내일 오후 그린 공원에서 정 애 씨를 향한 그리움에 잠겨 있을 겁니다. " 중위는 환해진 마음으로 수녀를 바라보았다.

"그리움은 사랑의 감정보다 더 순수해요. 누구나 하늘가를 바라보며 자유롭게 그리움을 누릴 수 있으니까, ……중위님도 그같은 그리움을 크게 벗어나지는 않을 거예요. " 수녀는 좀 매정한 어조로 얘기했다.
"그리움은 인간만이 가졌을까요?" 중위가 물었다.
"글쎄요. 사슴이라든가 목이 긴 기린 등은 가졌을 것 같기도 하지만, 잘 모르겠어요. 그러나 우리는, …… 정말 모르는 사이에, 그리움을 가질 정도로 친근해진 것 같아요. " 수녀는 모호하게 대답했다.
"피카딜리 라인의 '서비스' 때문일 겁니다. " 중위가 상기된 듯 말했다.
"서비스. " 수녀가 '비'에 억양을 주며 웃었다.
중위는 자신있는 표정으로 손을 내밀었다. 수녀는 그 손을 잡고 몇 초 동안 감정의 전이를 되돌리려는 듯, 깊은 눈길을 주었다.
중위는 오이스터 카드를 투입구에 넣고 반쯤 튀어나온 그 카드를 다시 집어 든 후, 개찰구를 빠져 나온 즉시 미소로 배웅해주는 수녀를 향해 마주 섰다.
"버지니아 울프의 원숙한 표정을 보고 나니까 마음이 놓여요. 기념관이 어디에 있는지는 후일로 미룰까 합니다. 그린 공원에서 기다리겠습니다. " 중위가 말했다.
"제가 무슨 일로 그린 공원에 못가면요?"
"그러면 버지니아 울프의 흔적이 없는지 찾아보겠습니다. "
"해질 무렵까지요?"
"네. "
"버지니아 울프가 부러운데요?"
"수녀님 생각도 절반쯤 할 텐데요. " 중위가 말했다.
"울프와 저를 어떻게 동등하게 할 수 있죠? 누군가에게 더 기울어질 거예요. " 수녀가 말했다.
"술 한잔 들고 기다리면 혼합된 그리움이 가능할지도 모르죠. 아니면 해지기 전엔 버지니아 울프 생각, 해진 후에는 수녀님 생각으로 나누면 될 것 같군요. " 중위는 한 손을 펴 허공을 낮과 밤으로 가르면서 말했다.

"내일 일은 내일이 되면 충분히 할 수 있을 거예요."
"수녀님 생각인가요?"
"미리 근심하지 말라는 예수님의 가르침이에요." 그녀의 눈길은 다시 깊어졌다.
"그렇지만 내일, ……실망으로 인해 마실지도 모를 브랜디 한 병쯤은, 얼스코트 가로에서 구입해 놔야 겠는데요." 중위는 미소를 지으며 말했다.
"술을 좋아하는가 보군요?"
"그럴 분위기가 되면요." 중위가 대답했다.
"중위님의 술버릇은 괜찮은 편인가요?"
"별로 안좋아요."
"이러다간 우리의 얘기가 한없이 이어지겠어요. 이젠 에스컬레이터를 타고 플랫폼으로 내려가세요." 수녀는 눈짓을 했다.
"왜 그런지 뒤돌아 서기가 싫군요. 플랫폼으로 내려갈 겁니다. 아무튼 내일 오후 정애 씨가 안나타나면 그리움과 원망이 온 세상에 가득 찰 텐데, 해결방법은 술을 한잔 드는 것입니다." 중위는 가볍게 말했다.
에스컬레이터에 첫발을 딛고 뒤돌아 선 중위는, 자신의 다리 가슴 얼굴이 플랫폼 쪽으로 가라앉으며 개찰구 뒤에 서있는 그녀의 마지막 부분까지 보이지 않게 되자, 조금 더 함께 있어도 되는데 하는 아쉬움을 느꼈다.
수녀는 그 자리에 서서 중위의 마지막 눈길을 받아 주며, 가라앉은 그의 모습이 이미지가 되어 어른거리다 사라질 때까지 한동안 그대로 서있었다.

8

중위는 깊은 잠이 들기 전, 타비스톡 호텔로 자신의 주거를 옮겨 그녀와 가까이 지냈으면 하는 생각을 계속하였는데, 아침이 되자 서로 피카딜리 라인을 사이에 두고 여러 역을 경유해서 만나는 것이 오히려 재회하는 기쁨이 클거라는 생각이 들었다. 이렇게 마음이 전환되자, 초행길에 숙소가 되 준 베스트 볼튼 호텔이 다시 마음에 들기 시작했다. 수녀가 있는 타비스톡 호텔처럼 복도와 로비 등이 큰 공간은 아니였지만, 목재 향기가 윤기 나는 니스칠 위로 새어 나오는 듯한 프론트 데스크에서 계단을 지나 작은 방에 이르기까지, 그야말로 깔끔하고 단정하다는 수녀의 생각이 틀리지는 않는 것 같았다.

 타비스톡의 넓은 방이 떠올랐다. 수녀의 방은, 둘 이가 나타샤의 춤을 춰도 남아도는 공간이 있겠지만, 자신을 감싸고 있는 방은 너무나 작았다. 그래도 책상이며 샤워실에 이르기까지 허술한 곳이 엿보이지 않는 내장재들이 마음에 들었다. 아침식사를 서비스 해주지 않는 점이 유감이지만, 지하의 깨끗한 휴게실에서 커피와 차 등이 제공되었다.

 레스토랑을 운영하지 않는 이유가 청결을 유지하기 위한 베스트 볼튼 호텔의 방침인지도 모른다. 그 때문에 중위는 얼스코트 가로에 친숙한 식당이 없는지, 특히 한국식당은 없는지 눈 여겨 보겠다는 생각을 가졌다.

 지난밤 수녀와 헤어지고 얼스코트 가로에 나왔을 때도, 버스가 다니는 간선도로 주변에서 식사를 하고 휴식을 취할 수 있는 곳을 적극적으로 찾아보겠다고 마음먹었지만, 피곤해서 내일로 미루고 수퍼마켓에 들려 빵과 우유, 브랜디 한 병만 사든 체, 곧바로 숙소인 베스트 볼튼 호텔에 이른 것이다.

 숙면을 취한 중위는, 밝은 기분으로 샤워를 했다. 우유와 빵을 조금 들고, 꼭 필요한 것을 챙긴 후 얼스코트 역이 있는 가로에 나왔다.

 상가들이 줄지은 간선도로에는 패스트푸드점으로 친근해 보인 맥도날드, 롯데리아, KFC 등이 역 가까운 곳에 자리잡고 있었으며, 조그마한 스타벅스 커피점도 눈길을 끌었다.

무척 찾고 싶었던 한국식당은 보이지 않았다. 그래도 다행인 것은, 중국인이 경영한 식당이 가로에서 조금 들어간 곳에 나란히 두 곳 있었다. 흔히 도시의 가로 뒤쪽에 단층들로 형성된 허술한 건물들이 들어선 지역으로, 술집이라든가 식당이 모여있는 곳이었다.

한 곳은 들어가서 식사를 할 수 있었다. 맑은 유리창을 통해 십여 개쯤 보인 테이블에는 꽃무늬가 그려진 비닐식탁보가 덮여 있었다. 그 옆의 또 다른 중국집은, 주문한 음식을 즉석에서 만들어 도시락 형태로 포장해서 가지고 나가야 하기 때문에 가격이 저렴했다.

중위는 손님이 절반쯤 테이블을 차지한 식당으로 들어갔다. 식당은 안쪽으로 조그마한 홀이 또 있었다. 손님이 많이 오는지 세 명의 종업원들이 분망히 움직였다.

그는 유난히 친절히 대해준 여종업원의 안내로, 햇빛이 유리에 어린 창을 통해 밖을 내다볼 수 있는 식탁에 앉았다.

밖에서 본 건물은 허술했지만, 내부는 중국식당의 전형을 갖춘, 꽤 고급스러운 치장을 해 놓은 것 같았다. 그는 봉사료가 포함된 12파운드 짜리 해물 볶음밥을 시켰다. 런던의 물가를 감안할 때 그렇게 비싸다고 할 수 없는 가격으로 생각했다. 식사가 나오는 동안 친절한 여종업원이 옆에 서서 중국인이 아니냐고 물었다. 서울에서 왔다고 대답하자, 더욱 친절히 대해주려고 애썼다. 식사를 하는 동안에도 뭔가 시킬 것을 대비해서인지, 여종업원은 가까운 곳에서 서성거렸다. 조금 이른 편이지만 다행이 점심식사가 해결됐다. 계산을 치른 후 중위가 그 여종업원에게 1유로를 건네주자, 그녀는 미소를 지으며 두 손으로 받았다.

얼스코트 역 입구에는 드나드는 사람들로 계속 붐볐다. 출구에서 나오는 이들의 모습들을 잠깐 지켜보면, 역 근처 가까운 곳에 무슨 행사가 있어서 기대하고있는 표정들을 하고 있는 것 같았다. 그와 달리 역내부로 들어가려는 자들 중에는 런던을 떠나려는 것인지 아쉬운 표정들이 많았으며, 히드로공항을 가기위해 무거워진 여행가방을 붙잡고 약간의 공간이 주어진 개찰구 앞쪽에서 웅성거렸다.

　김 중위는 역전 우측에 있는 스타벅스의 창 가에 앉아 가로를 내다보다가, 그린 공원으로 가야겠다는 생각을 하고있었다. 정오가 막 지났지만 가로는 아직 아침나절의 분위기를 띠고 있었다. 이상할 정도로 시간이 느리게 흐른 것 같았다. 중국식당에서 너무 일찍 점심을 들었다는 생각을 하며 커피를 조금씩 마셨다.

　그는 숙소인 베스트 볼튼 호텔로 다시 들어가 새 침대커버가 씌워졌을 것이 틀림없는, 런던 특유의 세탁향기가 배여있을 것 같은 침상에서 한숨 자고 나올까 하는 생각을 했지만, 그렇게 번거로운 행동은 하지 않았다. 보도를 걸어가는 행인들의 발걸음이 가벼웠고, 아직 오전의 희망찬 분위기가 호텔보다 더 마음을 잡아당겼기 때문이다. 처음 보는 대도시, 런던의 도심반경에 있는 낯선 가로가 조금도 지루함을 주지 않았다. 눈에 보이는 가로의 모든 것이 새로워 보였다.

　도시의 흐름은 서울이나 런던이 크게 달라 보이지 않았다. 보도에는 행인들이 삶을 유지하기위해 어디론가 하나같이 움직이고 있는 것이다. 그렇지만 그에게는 런던의 가로가 새롭고 더 많은 희망이 깃든 것 같았다. 그에게 비쳐진 이 곳은 미지의 먼 서쪽 도시이기 때문에, 더 생생한 인상들이 시야에 들어오는 것이 분명했다. 거기다 그는, 버지니아 울프의 책에서 느낀 여러 인상들을 떠올리며 가로를 내다보았다. 그러나 얼스코트에선 그녀가 그려낸 세련된 이미지가 떠돌지 않았다.

　'극서의 도시 런던에 오길 잘했어'중위는 혼자 중얼거려 보았다.
　그는 자신에게 일어난 어쩔 수 없는 일들을 뒤돌아보았다. 초급장교시절과 애국하려고 애썼던 경찰직에서 겪었던 여러 일들이 주마등처럼 지나갔다. 살인자를 추적하는 과정에서 일어난 오발사고는 어쩔 수 없는 일이었다. 그만둠으로써 이렇게 신사의 나라 런던에 와서 새로운 길을 모색할 수도 있는 거다. 무엇보다 수녀를 만난 것은 행운이다.
 이처럼 그는 먼 서쪽 도시에 와 있다. 서울에서처럼 스타벅스의 창 가에 앉아 있다. 세계는 흡사하게 움직이고 있다. 젊은 종업원들도 서울처럼 열심히 일하고 있다.
 제트여객기를 타고, 서쪽으로, 더욱 서쪽으로 해를 따라 낯선 공항에 도착하지 않았다면, 이같은 변화는 일어나지 않았을 것이다.
 미지의 도시에서 길이 낯설고 찾아야 할 숙소가 어딘가에 깊이 숨어 있다면, 홀로 그 상황을 타개하기가 쉽지 않을 것이다. 모든 사물이 눈에 익은 서울과는 전혀 다른, 낯선 서쪽나라의 수도라는 이미지 하나만으로 긴장이 높아지기 마련이다. 그런데 흡사한 또 다른 긴장을 느낀 이성(異性)이 옆에 있다면, 둘이는 쉽게 마음의 문을 열고 친근해질 것이다. 낯선 도시에서 함께 행동하고싶을 것이다. 그런 이유로 둘이는 더욱 친근해질 수 밖에 없다.
 거기다 그가 말을 걸 수 있는 그 이성은, 막달리아처럼 예수를 그리워한 여성이다. 이미 손을 잡을 수 있는 사이가 되었고, 삼층의 창 가에서 버지니아 울프의 청동상이 있는 타비스톡 정원을 함께 내다보았으며, 얼스코트와 러셀스퀘어 역 가로에는 둘 이가 남긴 흔적이 흩어져 있다. 그 여인이 어쩌면 오후에 그린 공원에 와서, 더욱 큰 추억을 함께 만들지도 모른다.
 중위는 벌써 그리운 생각이 밀려오기 시작했다.
 이처럼 먼 서쪽나라는 가슴 부픈 변화를 안겨 주었다. 버지니아 울프의 흔적을 안고 있는 서쪽 도시는, 이방인의 긴장을 늦추지 않게 하면서 새로운 인상들을 계속 선물해줄 것이다. 피카딜리 라인에서 시작된 인연은 그린 공원에서 꽃피울지도 모른다.
 그래서일까? 조금 전 중국식당에서 종업원 아가씨도, 서울에서 여행 왔다는 자신을 각별히 대해주었다. 그것은 오후의 만남으로 이어지는 축하의 징후인지도 모른다.

그는 스타벅스 창 가에 앉아서 얼스코트 가로를 바라보고 있었다. 중후해 보인 중년부인이, 초등학생으로 보인 두 자녀와 한가롭게 보도를 지나갔다. 그 뒤로 흑백 아가씨들이 한데 어울려 뭔가 즐거운 얘기를 나누며 지나갈 때, 일식(日蝕)이라도 일어난 것처럼 유리창을 온통 그림자로 물들이더니, 곧 다시 부연 햇빛으로 밝아졌다. 그녀들의 뒤를 이어 푸른 제복을 입은 건장한 두 명의 해군이, 스타벅스 내부를 잠깐 내다보았다. 두 해군이 사라지자, 얼굴이 검었지만 서구적인 윤곽을 띤 런던 여경이, 검정색상의 제복을 단정히 입고 허리에 권총을 찬 채, 서쪽을 향해 걸어가고 있었다.
 '내일 오후 시간이 나면 그린 공원에 갈지도 몰라요'
 중위는 창 가에서 그 말을 상기했다. 어제 수녀가 했던 얘기다. 그녀는 우습게도 수녀가 되는 것이 꿈이라고 했다. 아직 젊은 그녀에게는 구만리같은 미래기 있는데, 왜 십자가를 안고 지내려는 꿈을 가졌을까?
 김 중위의 의식 속에서 그녀는 매 순간 담쟁이 넝쿨로 가득 덮인 높은 담장너머의 세계를 그리워한 수녀의 모습을 띠고 나타난다. 예수를 따르고 싶은 꿈을 가진 그녀는, '서 정애'라는 이름보다 수녀라는 이미지가 벌써부터 어울리게 그녀를 감싸고 있다.
 그녀는 십자가의 숙명아래 놓인 수녀의 꿈을 지녔지만, 삶에도 적극적인 모습을 보이고 있다. 여행길에 만난 한 남자에게 자신의 기독교적인 이미지와 삶의 적극성을 보여 주려고 했다.
 '입고있는 상의가 참 어울려요'
 플랫폼에선가 자신을 보며 그녀가 했던 얘기다. 수녀의 꿈을 지녔으면서 남성의 외모에 대한 적극적인 관심을 주는 그녀에게, 그는 초급장교시절의 일선에 가까운 소도시와 산맥의 풍경, 고도의 긴장 속에서 경찰직을 수행할 때 체험했던 일 등을 얘기해볼 생각이다. 아직 이십대 중반이지만 인생의 후반에 도달한 사람처럼, 독서 속에서 간접 체험했던 과거의 전쟁들, 살인범을 추적할 때 느낀 체험들을 진지하게 털어놓다 보면 더욱 친근해질 수 있다는 생각을 했다.
 서쪽나라에서 생긴 인연에 적극성을 띤 것이 분명했다. 유월의 서울에서 지루한 나날을 보내다가 그녀를 만났다면, 외롭다는 이유가 서로에게 인연을 안겨 주지는 않을 것이다. 우연히 다가온 인연을 이 곳 서쪽 도시처럼 꽃피우지 못하고 그냥 지나쳤을 것이다.
 그러나 처음 찾은 먼 서쪽도시에서 둘 이의 마음에는 서로를 향한 그리움이 깃 들었다. 그 그리움을 둘이는 꽃처럼 표현하면서, 아무런 어색함도 없었다.
 낯선 서쪽 도시에서 함께 피카딜리 라인을 타고, 대화를 나누다 친근한 사이가 되고 말았다니, 참 이상한 인연이다. 그러나 무척 자연스러웠으며, 필연적이기도 했다. 중위가 찾으려고 애쓴 나라, 저 엷푸른 하늘나라의 선물인지도 모른다.
 창 밖을 내다본 그는 마음이 설레었다. 그린 공원에 수녀가 나타나면 과거의 체험, 자신의 꿈을 숨김없이 고백하고싶은 설레임이었다.

 중위는 스타벅스 커피점을 나왔다. 자신이 입고있는 갈색 골덴상의와 티셔츠가 멋진 신사의 모습을 띠었는지, 아니면 이국적이어서인지 오가는 행인들의 시선을 끄는 것 같기도 했다.
 그는 귀찮은 여행가방을 베스트 볼튼 호텔에 두고, 케이스에 넣어진 카메라만 목에 걸고 나왔다. 사진기가 들어있는 조금 헐렁한 케이스는, 그 틈새에 스마트 폰도 끼여 둘 수가 있었기 때문에 휴대품에 대한 신경을 분산시키지 않아서 편리했다.
 휴대품 중 가장 중요한 것은 여권으로 생각했으며, 다음은 항공권과 파운드와 유로였다. 머나먼 서쪽나라에서 다시 극동의 나라로 회귀하려면, 그것들을 꼭 간수하고 있어야 한다. 다행이 골덴상의 위쪽에 적당한 주머니가 두 개 있어서, 중요한 것을 거기에 넣고 단추를 꼭 채우면, 언제든지 손과 가슴이 휴대품을 지각할 수 있다는 것을 원칙으로 했다.

중위는 가슴으로 중요한 것을 지각하며 낯선 가로를 걸었다. 극서의 도시 런던의 가로이기 때문에 조금 긴장했다. 그렇지만 오랜만에 깃든 사랑의 감정과 그리움 때문에, 마음이 설레인 유쾌한 발걸음이었다.

그는 오후의 공원을 기대하지 않을 수 없었다. 수녀는 오후의 전부였다. 그린 공원에서 잔디에 그림자를 띠고 서성이다 보면 '막달리아의 꿈'을 번역한 그녀가 사랑이 깃든 표정으로 나타날 것만 같았다. 오후의 그린 공원은 수녀가 나타남으로서 드넓게 펼쳐진 녹색 잔디가 사랑의 감정으로 충만해질 것 같다.

중위는 걸었다. 설렘과 그리움들을 안고, 오가는 행인들 틈새에서 해를 등지고 걸었다. 모두가 사랑 때문에 가슴을 설레며 고민하는 것 같았다. 그들의 들뜬 모습들이, 밀집된 상가의 유리창에 어려있었다. 매끄러운 유리는 지나가는 행인들의 속마음에 숨겨진 사랑의 감정들만 반영하는 것 같았다. 맑고 깨끗한 쇼윈도는 매끄럽게 열려 있었고, 그 매끄러운 질은, 무수히 지나가는 행인들이 크고 작은 의지로 사랑의 감정을 투영할 때 누적된 질이었다.

중위는 그 맑은 유리질에 반영된 자신의 모습을 보며 걷던 중, 깜박 잊은 것이 상기됐다. 그린 공원에서 그녀와 만났을 경우, 몰래 한 모금씩 마시겠다고 사 놓았던 포켓용 브랜디를 숙소의 책상서랍에 그대로 둔 체 나온 것이다. 그는 베스트 볼튼 호텔 쪽을 바라보며 다시 들어갈까 망설이다가, 가로를 따라 삼 사분 걸어가면 있는 수퍼마켓에서 그 술을 한병 더 사기로 마음먹었다.

그 곳 어깨높이의 선반에 작은 코냑병들이 놓여 있는 것이 떠올랐다. 더욱 도수가 높게 정제된 러시아산 보드카도, 한컵 정도의 크기로 보이는 투명한 플라스틱 병에 들어있는 걸로 기억됐다. 그는 러시아 술 보다 브랜디가 더 몸에 맞을 것 같았다.

그는 수퍼마켓을 향해 산책하듯 걸었다. 술을 끊으려고 한 주일쯤 참아 보기도 했다. 그 때마다 한잔 하고싶은 무슨 이유들이 꼭 나타나면서, 생각대로 쉽게 되지 않는다. 아직 중독은 아닌 것 같았고, 술이 삶에 필요하다는 것을 느꼈다. 자연스럽게 대화를 이어 주고, 울적한 기분을 전환시켜주기 때문이다. 경찰로 활동했던 길지 않는 시절에, 일을 마치고 긴장을 풀기위해 조금씩 마셨던 것이, 벌써 습관화된 기호품이 되고 만 것이다.
 하나의 국가체제에서 또 다른 충성심을 가졌던 그 시절, 쫓기면서도 경관에게 선제공격을 하려는 강력범을 뒤쫓다 보면, 몹시 긴장하게 된다. 이런 날 밤은 어김없이 술이 필요했는데, 그 직장을 떠난 후에도 술은, 외로움 속에서 생각을 정리하고 새로운 가치를 더욱 심화시켜보려는 기호품이 되고만 것이다. 그 독한 술이 그린 공원에서 만나게 될지도 모를, 수녀와의 관계를 더욱 심화시켜줄 것 같았다.

 브랜디 종류로 들어가는 코냑병은 그 선반에 세 개가 놓여 있었다. 하나를 꺼내 계산을 치르고 밖으로 나온 그는, 그것을 하의 뒷 주머니에 넣고 얼스코트 역이 있는 서쪽으로 다시 걸었다. 얼굴에 쏟아지는 햇빛도, 삶은 모험의 연속이라고 속삭였다.
 중위는 생각했다. 마음을 설레게 하는 여인을 보고싶어 하는 것은 지극히 정상일 게다. 그렇다 해도, 사랑의 감정으로 떠올리되 너무 설레지는 말아야 겠다는 생각을 했다. 만사는 들뜸 속이 아니고 가라앉은 상태에 놓여 있다. 사랑의 감정에 들뜰 때 나타나는, 진정이니, 진실이니 하는 확연치 않는 모호한 표현을 해서는 안되겠다는 생각이다. 그럴 경우 스스로 약점을 노출시키는 셈이며, 그녀는 어엿한 상대를 얕볼지도 모른다.
 서 정애!
 이름도 참, 애틋한 정이 풍부하게 엿보인 것 같았다. 모든 이의 이름처럼 평범하게 세 글자로 단순해 보이지만, 그녀의 모습을 보고 나면 그 이름 속에서 개성있는 이미지들이 끊임없이 연상될 것이다. 그래서 결코 단순하지 않는 이름이 되고 만다. 무관한 그 이름에는 특이하게 수녀가 될 수 밖에 없는 팔자도 미세하게 엿보인다. 서 정애라는 이름에는 예수님과 무관해 보인, 그녀의 진정한 정체성도 숨겨져 있는 것 같다.

수 녀!
그녀는 수녀에 대한 알 수 없는 동경을 지니고 있다.
그는 무언가 느끼고 있었다. 아득한 과거부터 서로 무심하게 싹튼 인연이 갑자기, 서로 사랑할 수 있다는 감정의 변화로 선회하며 벅차게 차오르는 것을 느끼고 있다. 그 설렘은 자신의 외부에 있는 수녀로부터 온 소중한 사랑의 감정이다. 수녀로부터 생산된 그 감정은 머리와 가슴, 두 곳을 가득 채우고 시선이 닿는 모든 사물에 빛을 띠게 했다. 분명히 체험과 교육에 의해 다듬어진 이성은 아니였다. 가슴 쪽 깊은 어딘가에 사랑의 감정이 드나드는 신비스런 창고가 있는 것 같았다.
때론 균형을 잃고, 그 감정은 가슴 쪽으로 심하게 기울어져 뇌리의 이성적인 면을 뒤엎곤 한다. 그래서 그 특이한 감정은 심장부분을 더 크게 뛰게 하며, 온몸을 설레게 한 것이라고 생각했다.
중위는 그 사랑의 감정에 축복을 내려 주고 싶었다.
비물질, 영원성에 근접해 있는 사랑의 감정은 쉽게 드러나지 않지만, 어느 날 시공간이 선물해준 인연에 의해 서로의 눈빛을 주고 받으면서 마음속에 파고드는, 신비한 텔레파시같은 것인지도 모른다.
모든 것이 사랑의 감정을 통해서 이루어진다? 의지는 짙은 사랑의 감정이 인내로 변한 것이며, 이성은 냉각된 사랑의 감정이 선악으로 나눠진 무엇인지 모른다. 모든 이의 사랑의 감정을 합치면 광대한 우주라도 그 보이지 않는 세계를 품을 수 없을 것이다.
사도 바울도 사랑이 가장 값진 것이라고 설교하지 않았는가? 믿음 소망 사랑 중에서 제일 소중한 것은 사랑이라고 했지 않는가? 수녀의 가슴속에는 사랑의 세계가 보통사람보다 크게 자리잡고 있을 것이다.
보이지 않게, 우리행성을 풍성하게 뒤덮고 있는 자연 속에서 너무 넘쳐 나기에, 그 감정은 숨어 있을 때 더욱 아름다운지 모른다.
김 중위는 오랜만에 설레인 그 감정을 의도적이 아니고, 자연스럽게 숨기고 싶었다. 그러기 위해서는 수퍼마켓에서 구입한 브랜디를 마음이 설레지 않도록 마셔야 겠다는 생각을 했다. 함부로 설레다가는 자연을 뒤덮고 있는 거대한 감정들의 뒤섞인 소용돌이처럼 혼란을 겪을지 모른다는 생각 때문이다.
　사람들은 일생동안 사용할, 깨끗이 정제된 감정들을 제각기 보유하고있는지 모른다. 만물의 영장이라서, 다른 생명체보다 사랑의 감정이 더 순도 높게 정제되어있을 것이다. 그것은 자신처럼 인연이 맺어지면 드러나고 작용하기 시작한 비물질일 것이다. 그것은 인간의 과학으로 보면 한정된 선물이다. 그러나 무한해 보인다. 아무리 소비해도 뭉게구름처럼 치솟을 것 같은 무한성이 깃 들어 있다.
　그는 억제된 사랑의 감정을 표현하고싶었다. 수녀 옆에서 약간의 브랜디를 마시며 표현하겠다는 생각이, 모순이 없는 것은 아니지만…….
　이천 년 전, 사도 바울이 하늘에서 내린 눈부신 빛줄기를 받아 개종했던 시절엔, 믿음 소망 사랑의 감정이 무한히 솟아나는, 영혼에 함유된 무엇으로 보았는지 모른다. 그렇지만 정신분석이 한 시대를 휩쓸고 간 현대에 이르러서는, 사람의 마음속에 정제된 그 감정들은 열정의 정도와 시간의 경과에 따라 줄어들며, 결국 마른다는 의학적인 이론을 내놓고 있다. 그래서 나이가 들면 눈물도 마르며, 표정도 굳어지는 것이 그 이론을 뒷받침한다는 것이다. 그러나 의학적인 이론에 불과하다. 기억과 영혼 속에서는 그 감정들이 무한히 생성되는 무엇이라고 여기는 것이다.
　의학적인 것이 사실이라면 믿음 소망 사랑의 감정 등도, 모든 것을 경과시키고 마는 시간 속에서 줄어드는 물질적인 요소임에 틀림없을 것 같다.
　중위는 그같은 이론을 신문의 어떤 칼럼에서 읽은 기억이 있다. 그렇다고 오후에 수녀를 만나면 그 감정들의 근원을 애써 제기할 필요는 없다고 생각했다. 괜히 얘기했다가는 그녀에게 숨어 있는 미움의 감정을 뒤집어쓸지도 모르기 때문이다. 그녀에게는 예수를 향한 아름다운 감정을 감싸고 지키기위해, 매섭게 대립각을 세울 수 있는 의지도 숨어 있었기 때문이다.

　런던은 참 변덕스러운 날씨를 하늘에 숨기고 있다. 옷이 젖지 않는 흩뿌린 듯한 비가, 벌써 세 번이나 지나갔다. 하늘색상이 섞여 있는 연회색 구름에서 가늘게 내린 비였다. 내리지 않을 것 같은 상공인데도 자세히 보면, 습기를 머금은 듯한 희푸른 하늘색 구름이 버지니아 울프의 의식처럼 흘러 다닌다. 자주 흩뿌리기 때문에 깨끗이 씻겨진 허공을 스쳐 내려온 맑은 빗물은, 입에 넣고 맛을 보아도 될 것 같았다.
　중위는 맑고 가느다란 빗줄기 속을 걸어가면서 토미(Tommy)손목시계를 내려다 보았다. 수 년전, 겨울, 서울 백화점에서 구입한 시계였다. 인천공항에서 런던 시간에 맞춰 온, 영국 브랜드 같은 투박한 시계이다. 하얀 시침과 분침의 움직임은 확인할 수 없지만, 붉은 초침은 원형을 부지런히 돌고 있었다.
　그는 베스트 볼튼 호텔을 나와 중국식당에서 이른 점심을 먹고, 커피점의 창 가에서는 보도를 오가는 행인들의 이국적인 모습을 바라보다 다시 보도에서 시간을 보내려 했지만 쉽지 않았다. 시간은 그의 마음보다 느리게 흘렀다. 그래도 시간을 보내야 했다. 수퍼마켓에 들려 브랜디를 사 넣고 시간을 더 경과시키려 했다. 가로를 계속 서행하였는데도, 시계는 오후 한 시가 조금 넘었을 뿐이다.
　그는 느린 시간 위에서 사랑의 감정을 지피려고 했다. 줄곧 떠나 있었던 그 고귀한 감정이 수녀 때문에 봄의 바람처럼 찾아왔기 때문이다.
　어느 인간에게도 내면 어딘가에 깊숙이 깃 들어 있다는 그 아름다운 감정의 씨앗, 결코 가분(可分)되지 않는 영혼처럼 무한성을 지닌 것처럼 느껴지며, 선악도 아니면서 마음을 들뜨게 한 사랑의 감정을 중위는 되찾은 것이다. 수녀가 안겨 준 그 감정을 꽃피우면서, 그는 얼스코트 가로를 걸었다.

중위는 변화를 안겨 준 런던의 가로가 아름다워 보였다. 그쳤다가 흩뿌린 빗속을 걷는 것이 이상할 정도로 즐거웠다. 수녀에게 기울어진 그 감정을 두고, 그녀의 기독교적인 주관으로 해석하면, 기독교도들을 박해하다, 일순간 밝은 빛 속에 잠긴 사도 바울이 가장 소중히 여긴, 사랑의 감정일 것만 같았다.
 아! 런던은 사랑의 감정을 선물하였다. 좀 더 범위를 좁힌다면 '피카딜리 라인'이 준 감정일 것 같다. 더욱 작게 축소시키면 향유가 든 옥합을 깨트린 막달리아처럼, 예수를 그리워하며 따르려는, 살아 있는 여인이 준 선물로 보고싶다.

 그는 얼스코트 역 건너편에 있는 KFC에 들어갔다. 런던 가로에서 보기 힘든 화장실을 가야했기 때문이다.
 패스트푸드를 먹기 위해 사람들이 웅성거리며 차례를 기다리고 있었다. 그같은 모습이 서울의 그 곳과 다를 게 없었지만, 점포가 작았다. 철저한 시장조사를 해서 들어섰을 것이다. 얼스코트는 도심을 감싼 반경으로 보여진다. 그의 눈에 익은 스타벅스와 패스트푸드점들은 서울처럼 크지는 않았다. 서울에서 눈에 익었기 때문에, 언제라도 피곤하면 들어가서 휴식을 취하려는 장소였다. 점포는 비좁았지만 젊은 종업원들은 친절해 보였다.
 그는 목재 진열대 식으로 된 창가에 앉아, 도무지 분간되지 않는 영국의 다양한 동전(펜스)들을 눈 여겨 보며 이해하려고 애썼다. 재기랄, 왜 이렇게 복잡하게 만들어 놨을까. 손바닥에 펼쳐 놓은 동전들이 정확히 계산되지 않자, 그는 펜스의 파악을 다음으로 미루고 그것들을 꼭 쥔체, 이 정도면 감자튀김과 두 개의 닭 날개를 사 먹을 수 있으리라는 생각을 했다.
 점포가 좁았기 때문에 그렇게 많지 않은 손님들인데도 웅성거려 보였고, 그 중에는 포장해가는 사람들도 있었다. 그리고 자신 외에는 동양인이 보이지 않는 것 같았다. 갈색 폴로상의와 잘 다려진 회색양복바지를 입은 그는, 낯선 동양인으로서 오가는 종업원들이 관심있는 시선을 받았다.

어여쁜 흑인 여학생이 주문을 받고 있었다. 자신의 순서가 되자 복잡한 동전을 소비하고싶은 그는, 손바닥을 덮을 정도의 다양한 펜스를 흑인소녀에게 내밀고, 프라이드 포테이토와 콜라, 두 개의 닭 날개 값을 알아서 가져가도록 했다.

흑인소녀가 그 값을 단위가 큰 펜스부터 선별해서 가져갔다. 그래도 동전들은 손바닥을 실망스러울 정도로 덮고 있었다.

그는 런던의 거지들도 사양한다는 1페니짜리도 헷갈렸다. 동전들의 생김새를 빨리 기억해야겠다는 생각을 다음으로 미루고, 흑인소녀가 됐다고 미소를 보낼 때 다시 주머니에 넣으며 귀찮은 무게를 느꼈다.

옆으로 비켜서서 주문품을 기다리고 있는데, 진열대 너머에서 키가 멀대처럼 큰, 청소년으로 보인 백인 종업원이 '젠틀맨'하고 긴 팔을 내밀어 악수를 청했다. 아무래도 대영제국의 동전도 몰라보는 동양인을 신기하게 보는 시선이었다. 그는 얼굴에 주근깨가 가득 찬 멀대 소년의 호의적인 표정에 알 수 없는 친근감을 느끼며, 인류애로 생각할 수 있는 동서(東西)간의 따뜻한 악수와 미소를 나누었다.

9

중위는 피카딜리 라인을 통해 그린 공원으로 나왔다. 손목시계는 오후 4시에 가까워지고 있었다. 사실 서 정애 수녀가 나오리라는 기대는 크지 않았지만, 마음 깊은 곳에서 와 주었으면 하는 바램이 간절했다.

웨스트민스터의 시계탑에서 하늘로 쏘아 올린 빅 벤 소리가 도심상공을 연하게 가로질렀다. 그 소리는 도심의 모든 시민들에게 시간의 중요성을 상기시켰을 것이다. 하이드와 리젠트, 그린과 성 제임스 공원의 상공에도 빅 벤의 울림이 공평하고 부드럽게 파문을 일으켰을 것이다. 산책객들은 잠시 걸음을 멈추고 자신의 위치와 일정을 생각하며 그 신비한 소리를 찾아 하늘을 휘둘러 보았겠지.

중위는 하늘상공을 부드럽게 울리는 빅 벤 소리를 들었다. 그 울림의 파동은 버지니아 울프도 들었던 소리로, 먼 과거의 시공을 가로질러 찾아오는 것 같았다.

그는 그린파크 역 입구에 서있었다.

역의 통로에 이어져 있는 그린 공원은 이름 그대로 넓은 잔디가 펼쳐 있다. 공원전체가 평탄했기 때문에 넓은 삼각형태의 범위는 거의 한눈에 어림할 수 있었다. 좌측건물 쪽으로는 활엽수들이 줄지어 있었고, 오후의 해가 변덕을 부린 구름과 하늘을 드나들며 그 길을 빛과 어스름으로 술렁거리게 했다. 버킹검 궁 부속건물인 것 같은 그 곳의 뜰에는, 어떤 귀한 분을 모시기 위한 것인지 분주하게 행사준비를 하는 모습들이 검은 쇠창살 울타리 사이로 엿보였다.

그는 활엽수들로 그늘진 울타리 옆길을 걸었다. 그 길 끝 쪽에는 대영제국의 국기들이 쌍으로 꽂혀진 것이 엿보였다. 버킹검 광장으로 이어진 곧 바른 길이었다.

그는 북쪽으로 시선을 돌렸다. 그 곳도 수녀의 모습이 나타날지 모를 역과 이어진 통로 근처였다. 산책객들이 목재와 질긴 천으로 만들어진 유료 의자에 앉아 오후의 햇볕을 쬐고 있었다.

넓은 그린 공원에는 드문 드문 활엽수들이 초록잔디에 그림자를 드리우고 있다.

수녀는 그린 공원에 오기위해 목사가족의 호의를 조심스럽게 받아들이면서, 시간을 만들고 있는지 모른다. 오후에 시간이 된다면 갈지도 모른다고 했다. 그녀가 오겠다는 의지를 지녔다면, 올 수 있는 시간은 아무래도 오후 여섯시 이후가 될 것 같았다.

안내책자에서 이 주변의 약도를 여러 차례 들여다보곤 했던 그는, 두 개의 공원이 버킹검 궁을 중심축 앞쪽에 두고 서로 대칭적인 위치에 자리잡고 있는 것을 생각할 수 있었다.

그린 공원! 버지니아 울프는 아가씨 시절에 혼자서 이 곳을 헤매며, 자신이 새로운 문학의 꿈을 완수할 수 있는지를 두고 생각을 거듭했을 것이다. 그녀는 이 곳에 들어서자마자, 여성들에게 씌워진 그 당시의 굴레를 훌훌 털어 버리고, 한 두 시간이나마 자유로운 마음으로 나비처럼 보행하였을 것이다.
 그처럼 왕실 우측에 위치한 그린 공원은, 넓고 평탄하며 여유있는 이미지를 띠고 있다. 런던의 첫날이었던 어제도 예비수녀와 잠시 피카딜리 라인을 나와 둘러보았지만, 연초록 융단이 펼쳐진 것 같은 이 곳은 시야에 숨겨진 곳이 없는 넓은 삼각형태를 띠고 있다.
 그러나 약도에서만 보았던 성 제임스 공원은 중위에게 아직 미지의 세계였다. 울프의 문학 속에서만 자주 어떤 형태를 드러냈을 뿐, 그 미지의 공원에 깃든 것이 어떤 정경인지 아직은 알 수 없었다.
 그에게는 곧 밟게 될 처녀지였다. 버지니아 울프의 주관속에서 추상화된 내용과 거의 흡사한 정경이, 빅벤(시간을 알리는 종소리)의 울림아래 처녀지처럼 움츠리고 있는 것 같았다.
 중위는 오후에 수녀를 만난다면, 빅벤 소리가 하늘에 둥그런 파문(波紋)을 짓는 성 제임스 공원을 함께 한 바퀴 돌고 싶었다. '댈러웨이 부인'에서 어떤 윤곽을 띠기도 하는 그 공원은, 그린 공원의 삼각형태와 달리 길다랗고, 연못이 그 길다람을 따라 만들어진 공원이었다.
 그는 수녀를 안내할 성 제임스 공원의 산책길을 미리 둘러본 것이 좋을 것 같았다. 빠른 걸음으로 반시간 정도면, 그 미지의 공원을 한 바퀴 돌고 난 후, 그린파크 역 입구에서 그녀를 기다릴 수 있을 것 같았다. 그렇게 생각을 정리하자, 그는 성 제임스 공원을 향해 부지런히 발길을 옮겼다.

 그는 대영제국 국기들이 V자 형태로 줄지어 꽂혀 있는 중앙로를 가로질러 성 제임스공원으로 들어섰다. 자신이 서있는 곳이 길다란 연못의 중앙부분인 것 같았다. 그의 눈앞에는 다리가 놓여 있었다. 길다란 연못이 좌우로 가로놓여 있었기 때문에 돌지 않고 건너갈 수 있는, 폭이 넓지 않고 황토색상을 띤 석재 다리였다.
　연못에는 백조와 물오리들이 잔잔한 물위를 떠돌고 있었다. 버지니아 울프가 시간을 내 산책하면서 작품을 구상했던 1920년 전후에는, 런던의 유복한 신사숙녀들이 성장(盛裝)을 하고 거닐던 공원이었겠지만, 지금은 세계 각지의 여행객들이 찾아와 연못 가를 서행하며 여독을 푸는 곳이 되고 말았다.
　연못을 따라 흙으로 다져진 보행로는, 19세기 마차가 속력을 내면서도 충분히 비켜 갈 수 있을 것 같은 폭이다. 행길 가에는 투박한 나무벤치들이 곳곳에 놓여 있고, 그 뒤쪽으로 연륜을 지닌 아름들이 활엽수들이 산책객들에게 그늘을 띠어 주기도 했다.
　어느 나무밑동에는 깡맥주를 사가지고 온 세 명의 노숙인들이 기대앉아 인생철학을 논하고 있는 것 같았으며, 자신들의 생활방식을 만족해 하는 것 같았다.
　그들은 따스한 햇빛이 비껴 온, 몇 아름도 되 보인 활엽수 밑동에 등을 기대고 앉아 있다. 뭐가 그렇게 만족스러운 기분을 안겨 주는지, 오후의 햇빛이 스치는 셋 이의 표정에는 근심걱정이 전혀 없어 보였다. 변함없이 사이가 좋을 것 같은 셋 중에는, 관계를 유지시킬 만한 의지를 지닌 한 명의 리더자가 있을 것이다. 막다른 처지에 놓인 노숙자들의 마음은, 개성있는 리더자에 의해 열리며 극도로 진실해질 수가 있기 때문이다.
　그들의 세계는 보통 침묵에 익숙해 있다. 좀처럼 마음을 교류하려 들지 않는다. 그런데 셋이는 행복해 보였다. 그것은 성 제임스 공원의 햇빛 어린 오후가 만들어 준 그들만의 만족인지 모른다.
　중위는 한동안 노숙인들의 즐거움을 지켜보았다. 머리털이며 의복이 분명히 노숙자들이었지만, 참으로 근심없는 표정 속에서 대화를 나누고 있었기 때문이다. 자신에게는 별로 중요치 않지만, 즐거운 이유가 무엇일까를 두고 생각했다. 여러 연방국을 거느린 대영제국의 노숙자들은 다른 가치관을 지녔는지 모른다. 셋이는 과거의 어떤 공훈으로 인해 국가로부터 약간의 연금을 수령하며, 아름다운 자연의 풍광을 지닌 성 제임스 공원에서 하루해를 보내려는 자들인지 모른다는 생각을 했다. 아무튼 그들은 해가 지지 않는 나라의 수도, 런던의 노숙인 답게 여유있는 오후를 즐기고 있었다.

'깡맥주를 들면서 웃고 있는 저 노숙자들의 여유를, 수녀님이 보면 어떤 의견을 내놓을까?' 그는 해지기 전에 올지도 모를 수녀님을 자신의 의식에 합류시켰다.

중위는 버킹검 궁 쪽으로 선회해서 다리 건너편에 이르겠다며 무척 빠른 보행을 했다. 궁 입구의 가장 가까운 곳에 성 제임스 공원의 약도가 게시판에 부착되어있었다. 약도상으로도 그 황토색 다리는 연못의 중간쯤에 놓여 있었다. 그는 언제 도착할지 모를 수녀를 생각하며 시간을 단축하기위해 부지런히 걸었다.

길다란 연못의 중간쯤에 다시 이르자, 가로놓인 황토색상의 그 다리목이 확연히 드러났다. 템즈강변에서 시간을 알려 주는 시계탑의 빅 벤 소리가 부드럽게 하늘을 울렸다. 웨스트민스터(의사당) 방향으로 뻗어 있는 나머지 연못주변은, 수녀가 오면 같이 걷기위해 남겨 두었다.

중위는 그린 공원으로 다시 가기위해 다리를 건너 샛길로 들어섰다. 샛길 입구에는 올 때 무심히 지나쳤던 노점카페가 있었다. 더욱 반가운 것은 유일하게 있는 공동 화장실이 노점 뒤쪽으로 보였다.

노점은 커피도 판매했고, 몇 개의 나무탁자도 화장실 쪽으로 놓여 있었는데, 그는 수녀와 함께 앉을 자리를 눈어림 해본 후, 귀하게 숨어 있는 공동화장실을 보고 나왔다.

버킹검 궁으로 곧 바르게 뻗은 대로(大路)는 엘가의 교향곡처럼 위풍당당했다. 포장되지 않는 대로의 중심선에 대영제국의 국기가 겹으로 줄지어 꽂혀 있었기 때문이다. 그는 그 국기들이 줄지은 중심선을 가로질러, 다시 그린 공원으로 들어섰다.

오후 다섯 시에 가까워지고 있었다. 그리니치 표준시간으로 맞춘 토미 시계였다. 인천국제공항에서 SK서비스 사무실 아가씨가 런던시간이라며 정확히 맞춰 준 스마트 폰의 시간에 손목시계도 맞췄던 것이다.

오후의 해는 서쪽 하늘가로부터 아직도 많이 남아있었다. 그린파크역과 평탄하게 이어진 출구에는 드나드는 관광객이 계속이어졌다. 그는 역에서 나오는 이들을 빠짐없이 지켜볼 수 있는 자리에 앉아서, 하의 주머니에 들어있는 조그맣고 넓적한 코냑병을 만지작거렸다. 템즈강변에 있는 빅벤의 종소리가 서쪽하늘을 희미하게 다시 울리는 것 같았다. 그 울림은 좌측에 자리잡은 버킹검 궁 부속건물에 막혀 서쪽으로 조금 이동한, 메아리같은 희미한 음향이었다.

다섯시 이십 오 분이 지날 무렵, 시간을 만들어 낸 수녀는, 그가 예상했던 시간을 앞당겨 모습을 드러냈다. 어제, 흩뿌린 빗속에서 보았던 그린 공원을 낯선 시선으로 다시 한 번 둘러본 그녀는, 잔디의 향기를 맡으려는 듯 무릎아래로 잠시 고개를 숙인 체 깊은 호흡을 한 후에, 다시 고개를 들고 햇빛이 어린 넓은 잔디를 찬탄하는 표정을 지었다.

"초록 잔디가 어제와 달라 보여요." 그녀는 숨을 크게 들이마시며 먼저 말했다.

"수녀님이 오기를 간절히 바랬는데, 저의 기원이 타비스톡 호텔방에 닿았나 보군요." 그는 조금 들뜬 표정으로 말했다.

"불신자가 기도를 했다니, 저도 기뻐요." 그녀가 말했다.

"그냥 막연히 하늘에 기원했을 뿐이지, 성모마리아와 예수님에게는 하지 못했습니다." 그는 수녀의 얘기에 반발했다.

"그분들은 하늘에 계시기 때문에, 중위님의 하늘을 향한 기원은 종교에 귀의한 것이나 다름이 없어요. 먼 서쪽의 도시 런던에서 한 여인을 만나 불신자라는 옷을 벗었으면 하는 간절함이 저에게는 있어요." 수녀가 애틋한 표정으로 그를 바라보았다.

"하루아침에 될 일이 아닙니다. 사도 바울처럼 하늘에서 빛줄기가 내려와 예수님의 원망 섞인 음성이나 들었다면 모르지만, ……

믿음이라는 것이 수녀님의 매혹적인 미소와 권유만으로는 쉽게 오지 않을 겁니다. 그 문제는 우리의 숙제로 남겨 두고, 자, 제가 수녀님을 성 제임스 공원으로 안내할게요. 우리 연못가를 서행하면서 수녀님이 진정으로 섬기고 싶어하는 예수님이나, 제가 알고 싶어하는 버지니아 울프 얘기를 해요. " 그는 머뭇거리는 수녀의 손을 제임스 공원 쪽으로 이끌었다.

"그래도 저는 중위님에게 할 얘기를 조금 준비해 왔는걸요. "

둘이는 쇠 울타리가 쳐진, 버킹검 궁 부속건물 옆길을 천천히 걸었다. 쇠 울타리 사이로 엿보인 뜰에는 어떤 연회가 진행 중이었다.

둘이는 버킹검 궁 입구에 이르는, 비포장된 직선의 큰길까지 왔다.

"V자 형태의 겹으로 꽂힌 저 대영제국의 국기들 좀 봐요. 궁에 있는 여왕을 향해 예절을 갖춘 모양들이지요. 수녀님, 이 길을 건너면 성 제임스 공원이 시작됩니다. 입구의 작은 노점상에는 커피를 팔고, 쉽게 발견되지 않는 공동화장실이 있습니다. " 그는 한 손을 들어 지향했다.

"토일릿?" 수녀가 반가운 표정을 지었다.

"네. 낯선 여행객에는 귀한 화장실입니다. "

"낯선 도시라서 그럴 거예요. 저는 그린 공원의 출구에서 유료 화장실을 봤어요. 그 입구에서 어떤 중년부인이 감시하고있었는데, 30페니를 넣고 들어가는 것 같았어요. 공원에 있겠거니 하고 그냥 나왔는데, 다행이군요. 런던은 화장실도 모두가 유료인가 봐요?" 수녀는 불만스러운 목소리로 말했다.

"저기 건너편의 노점 카페 뒤쪽에는 무료에요. " 그는 다시 한 번 손으로 그 곳을 지향했다.

둘이는 대영제국의 국기들이 줄지은 넓은 비포장길을 가로질러, 성 제임스 공원으로 들어섰다.

잠시 수녀의 손을 잡은 체 국기들이 지향한 버킹검 궁을 지켜본 중위는, 갑자기 떠오른 듯한, 웃을 수도 없는 생각을 진지하게 말했다.
 "제가 저 궁전의 주인이라면 수녀님에게 왕비자리를 주겠습니다."
 "고맙군요. 그렇지만 만약이잖아요?"
 "그래도 서 정애 씨가, 수녀의 꿈을 지닌 것보다 왕비의 꿈을 가진 것이 좋을 것 같군요."
 "만약을 수십 번 붙여 얘기해도, 중위님은 버킹검 궁의 주인이 될 수 없을 거예요." 수녀는 샐쭉한 표정으로 말했다.
 "수녀님 저기 연못의 다리목이 보이지요? 그리고 여기는 성 제임스공원의 유일한 노점 카페이구요. 날씨가 좀 쌀쌀해졌는데, 뜨거운 커피를 드실래요?"
 "고마워요, 중위님. 6월인데 정말 몸이 움츠려지는군요." 수녀는 하늘을 휘둘러보았다.
 그가 노점 진열대에서 커피를 시킬 때, 수녀는 화장실로 모습을 감추었다.
 그는 진열대 위에 한 팔을 얹은 체, 조금 엿보이는 다리목을 지켜보다가, 둘러보지 않았던 나머지 산책로를 그녀와 함께 좀더 의미있게 걸어야겠다는 생각을 했다. 여점원이 하얀 플라스틱 뚜껑이 덮어진 두 잔의 커피를 진열대에 내밀고, 그에게 눈짓을 했다. 시킨 분들이 가져가야 된다는 눈짓이었다. 때맞춰 수녀가 나왔다. 둘이는 연못이 일부 엿보이는 탁자에 마주 앉았다.
 그가 플라스틱 뚜껑에 붙은 구멍마개를 따 뒤쪽의 홈에다 누르면서 미소를 짓자, 수녀도 따라 하며 웃음진 표정으로 커피잔을 감쌌다.
 "수녀님, 제 하의 뒷 주머니에 뭐가 들어있는 줄 아십니까? 한번 알아 맞춰 보세요?" 중위는 장난스럽게 물었다.
 "아무래도 손수건일 것 같은데요. 그렇지 않는가요?" 수녀는 고개를 갸웃하며 되물었다.
 "틀렸습니다. 수녀님의 손 두께만큼 되 보인 브랜디병이 들어 있어요. 추우면 나눠 마실까요?"

"싫어요. "
"예수님도 혼인집에서 포도주를 즐겨 들었다고 하던데요?"
"그 얘기는 누구한테 들었어요?"
"도심의 공원이나 흑암마을의 둑길에 가면, 노인들이 나와서 예수님 얘기도 많이 해요. "
"사실 복음서에도 기록되어있어요. 혼인집에 들린 예수님은 신랑 신부를 축복해 주기위해 함께 포도주 잔을 치켜들었을 거예요. 그렇지만 중위님이 가지고 있는 브랜디는, 포도주를 극도로 정제한 독한 술이 아닌가요? 손끝으로 한 방울 정도 찍어 맛본다면 모르지만 마시지는 않을래요. " 그녀는 독한 술의 위력을 표정으로 나타내려는 듯 미간을 조금 찡푸렸다.
"저도 권하지는 않을 겁니다. 취하면 저한테 주정부릴지도 모르니까요?" 중위가 농담을 했다.
 그 순간 수녀가 일어나 주먹을 쥐고 그에게 대 드리는 동작을 보이자, 그는 한쪽 어깨로 방어태세를 취하면서 재빨리 사과를 했다.
"미안합니다, 수녀님. 저에게 무슨 얘기를 해도 이해하고 받아주겠다는 의미입니다. 참, 제가 자꾸 부탁했던 버지니아 울프 기념관을 알아보셨나요?" 중위는 궁금했던 일이 떠올라 물었다.
"물론이에요. 바이올니스트와 함께 알아봤어요. " 수녀는 대답 후에 커피잔을 두 손으로 감싸 올리며 한 모금 마셨다.
"목사님의 따님 말인가요?" 그는 어제 오후에 러셀스퀘어 역으로 마중 나온 바이올리스트를 까맣게 잊은 듯한 표정으로 물었다.
"그래요. 저와 우정있게 지내는 그 바이올리스트에게 중위님의 요청을 부탁했지만 허사였어요. 그 친구 얘기는 런던이 버지니아 울프의 문학적 성과를 아직 조명하려 들지 않는 것 같다고 했어요. 20세기 초엽의 작곡가들이 새로운 선율을 시도한 것처럼, 울프도 의식을 기반으로 새로운 문학을 개척하려 했는데, 인습이라는 가치를 벗어날 수 없는 영국사회는 자신이 키워 낸 런던 토박이인 그 여류작가를 홀대하는 것 아니냐고 했어요. " 수녀는 바이올니스트에게 들었던 얘기를 그대로 전했다.
"저도 버지니아 울프 편에서 런던을 비난한 바이올니스트의 견해를 지지하고싶군요. " 중위는 주먹을 꼭 쥐면서 말했다.
"저 역시 그래요. 그 여류작가에 대해 잘 모르지만, 저의 우정있는 바이올리스트의 생각이 런던사회보다 더 올바르다고 봐요. 중위님, 또 얘기하는 것 같은 데 금명간에 저를 위한 연주회가 있을 것 같아요. 호텔로비에서 우리가 함께 들었던 '레이날도 한'의 바이올린 소나타를, 유학시절의 친구인 피아니스트를 파리에서 불러들여 연주해주겠다는 거예요. 시간이 잡히면 제가 베스트 볼튼 호텔로 연락을 해줄게요. " 수녀는 즐거운 표정이었다.
"불신자로 몰아붙이고 예수님 얘기해주는 것보다, 바이올린소나타를 연주해주겠다는 소식이 오히려 나은데요?" 그는 조금 빈정거린 표정이었다.
"그렇지만 김 중위님은 앞으로 예수님의 행적을 듣고 감동을 받아야만 해요. 저는 틈나는 대로 우리인류의 소망이신 예수님에 관해 얘기해야겠어요. " 수녀는 입술을 꼭 다물며 웃음을 띤 중위의 얼굴을 빤히 바라보았다.
"예수님을 그리워하는 듯한 수녀님의 모습은 참 아름다운데요?" 중위는 그녀의 깊은 눈빛에 밀려나지 않겠다는 시선으로 맞보며 얘기했다.
"그렇게 겉모습만 고운가요?"
"아니오. 코와 눈빛, 마음까지 모두요. " 중위는 얼굴을 붉히며 말했다.
"그렇지 않아요. 중위님은 제 모습을 아무래도 과대평가 해주는 것 같아요. 그러나 예수님을 그리워할 때는 제 모습이 진지한 미를 엿보인다고 해요. 그러니까 예수님 얘기를 자주 하려고 하는 거예요. 평상시의 제 모습은 여성들의 평균 미에 겨우 들어갈 거예요. " 수녀는 두 손으로 자신의 얼굴을 쓸어 내렸다.
"그럼 예수님 얘기하는 수녀님의 모습에 주의를 기울이겠습니다. 수녀님은 예수님에게 그리움을 바치고, 저는 수녀님을 그리워하면 되겠는데요. 마음속깊이 있는 그리움으로 설레는 저의 기분을 누가 탓하겠습니까?" 중위는 마지막 애기를 꾀 자신있게 말했다.
 "낯선 도시의 여행길에서 만나서일 거예요. 저에게는 이십대에 깃 들었던 순수한 젊음은 사라졌어요. 그렇지만 예수님을 찬미하며 그리워할 때, 저는 변함없는 진정한 미가 저의 모습에 깃든 것을 느껴요. 제가 전도활동에 열중했던 지난날, 저의 교우들도 제가 예수님을 찬양할 때 제 모습이 유난히 아름다워진 것 같다고 했어요. " 수녀는 자신이 예수님과 함께 했을 때만이 더욱 빛난다는 것을 강조했다.
 "그것 보세요. 수녀님이 교우들로부터 받은 미의 평가는, 제가 조금 전에 애기한 윤곽과 표정도 포함된 겁니다. 괜히 비위 맞추려는 애기가 아닙니다. 수녀님과 저는 이제 낯설지 않습니다. 수년 이상을 사귄 연인처럼 가까운 기분이 드는데요. " 중위는 태연했다.
 수녀는 고개를 끄덕였다. 예수님의 도움을 받지 않았다면 자신들은 친근해질 수 없다고 했다. 무소부재로 항상 사랑을 베푸시는 주님의 은혜를 마음속에 깊이 아로새겨야 된다며, 중위를 자혜로운 눈빛으로 바라보았다.
 "수녀님을 보면 예수가 어떤 분이라는 것을 알 것 같아요. 뛰어난 능력과 개성있는 모습을 지니고 사람들의, ……특히 여인들의 마음을 사로잡았을 것 같군요. 저도 그분이 참다운 능력을 지녔다는 것을 알고 있습니다. 그렇지만 저의 여행목적이 '버지니아 울프'의 흔적을 찾겠다고 정한 이상, 런던에서 만큼은 토박이인 그 여류작가를 예수님보다 더 많은 관심을 주고 싶군요. " 중위는 미안한 표정으로 말했다.
 "저는 런던 토박이 여류작가에게 갖는 문학적인 관심을 탓할 수 없어요. 그렇지만 예수님을 생각할 때는, 잠시라 해도 숭고한 마음을 잃지 않아야 된다는 거예요. " 그녀는 깊은 신앙심이 깃든 표정을 지었다.
 "예수님에게 항상 숭고한 감정을 바치려는 수녀님의 마음, 이해

합니다. "

"고마워요. 저라면 절대로 일개 여류작가를 예수님보다 우위에 두지 않을 거예요. 버지니아 울프가 중위님의 온 마음을 차지했다 해도, 예수님과 비교하려 들지 마세요. 그래야만 저도, 그 여류작가를 마음에 두고 중위님의 가치에 귀를 기울일 수 있어요. 그렇게 해야만 우리의 인연은 더욱 친근하게 피어날 거예요. " 수녀는 마치 어머니같은 미소를 띠며 말했다.

"저는 타비스톡 정원에 있는 버지니아의 청동상만으로 만족해요. 그 청동상은 저에게 많은 것을 생각하게 할겁니다. " 중위는 무거운 표정이었다.

"그렇다면 여행목적을 찾은 것 같아 다행이군요. 중위님이 부탁한 그 여류작가의 기념관을 찾기위해, 목사 따님되는 바이올리스트와 저는 노력했어요. 런던은 새로운 문학을 개척하려고 피땀 흘린 버지니아의 기념관을 후일로 미룬 것 같아요. 그녀의 문학이 꽃피웠던 자리에 외로운 청동상이 하나 세워져 있을 뿐이에요. 오히려 서울같은 다른 나라의 도시에서 더 알아주는 여류작가인 것 같아요. " 수녀는 중위를 위로하는 표정을 지었다.

"사실 저도 버지니아 울프의 삶에 대해, 세심히 알고 있지는 못합니다. 그녀의 저서 몇 권을 독서했을 뿐이지요. " 라고 말하면서 그는 최근에 독서한 울프의 문학적인 성과 중에 몇 가지를 강조했다.

버지니아 울프의 의식을 유추해보자면, 그녀가 최첨단의 사고방식을 자신의 문학에 적용하고싶어 한다는 것, 당시 지식인들을 놀라게 한 프로이트 이론에 깊은 관심을 가지고 있었다는 것, 그래서 수녀님같은 내세관은 지니지 않았을 것이 확실하다는 것, 예수님이 1세기 초엽의 최첨단의 사고방식으로 하늘나라를 세웠듯, 버지니아 울프도 20세기 벽두에 흐르는 현대적 이미지로 문학을 개척하려고 노력했다는 것을, 21세기에 이른 지금, 새로운 문학사조에 관심을 가진 지성인들은 그녀의 노력을 인정할 수 밖에 없다는 것, 등을 얘기했다.

"버지니아 울프가 부러운데요. 문학에 관심을 가진 한 남자의 마음속에서 끊임없이 상기되는 여인이니까요. "
 이렇게 얘기한 수녀는, 자신이 빈 손으로 그린 공원에 온 것이 아니라고 했다. 목사 따님되는 바이올니스트와 함께 타비스톡 정원에 들려, 새로운 문학을 꿈꾸었던 그 여류작가의 외로운 청동상을 뚫어지게 바라보고 마음에 담아 왔다는 것을 강조했다.
 "수녀님에게 듣는다고 생각하니 더욱 궁금해지는데요. 아무래도 브랜디 한 모금 마셔야 겠어요. " 중위는 하의 주머니에서 손바닥 두께의 유리병을 꺼내 뚜껑을 돌려 따고 두 모금 정도 마셨다.
 수녀는 독한 브랜디를 아무렇지도 않는 표정으로 마시는 그를 빤히 바라보다가, 얘기를 했다.
 "어제였지요. 우리가 그릴에 앉아 주스 한잔을 할 때, 바로 건너편에 내다보인 나무숲이 타비스톡 스퀘어 정원이에요. 거기에 그 여류작가의 청동상이 세워져 있어요. 제 얘기를 주의 깊게 들어준다면, 거기가 기념관 못지 않는 의미 깊은 장소라는 것을 느껴질 거예요. " 수녀는 억지기침을 몇 번 하고, 윤기가 어린 고운 머릿결을 한 손으로 자꾸 매만졌다.
 "그럼 수녀님, 성 제임스 공원의 연못가를 걸으면서 그 얘기를 나누면 좋겠군요. " 중위는 팔을 들어 연못 쪽을 지향했다.
 둘이는 조금 남은 일회용 커피잔을 탁자에 놔둔 체 일어나, 다리목 쪽으로 걸었다. 젊은 연인들과 홀로 걷는 외로운 자들이 보이기 시작했다.

 "우리는 지금, 성 제임스 공원의 길다란 연못을 중간쯤에서 가로지를 수 있는 유일한 다리를 건너는 중입니다. 버킹검 궁 쪽으로 선회할까요, 아니면 웨스트민스터 쪽으로 걸을까요?" 중위가 다리 끝에 이를 무렵 물었다.
 "갑자기 저에게 산책방향을 결정하게 만드니까 망설여지는데요. " 수녀는 고개를 저으며 미소를 지었다.
 "우리가 다리를 건너서 좌측으로 방향을 잡으면 웨스트민스터 시계탑에서 울려 퍼지는 종소리를 더 선명히 들을 수 있고, 우측으로 틀면 버킹검 궁 쪽입니다. " 중위는 두 방향의 특징을 얘기했다.
 "그러고 보면 이 작은 다리가 여왕과 국민 사이를 가르고 있군요. 우측으로 가면 여왕을 보게 될지도 모르겠네요?" 수녀는 버킹검 궁 쪽으로 눈길을 주었다.
 "어쩌다 테라스에 모습을 드러낸다고 들었는데, 우리에게 행운이 따르지 않는 한, 우측으로 산책하는 중에 여왕을 보기는 힘들 겁니다. "
 "시간을 알려 주는 웨스트민스터 종소리도 나쁘지 않을 것 같군요. 이렇게 한적한 공원에서도 선택이 우리를 망설이게 하는군요. 저는 어느 쪽이 더 좋을지 모르겠어요. "
 "저는 수녀님의 선택을 따르고 싶었는데요?"
 "아녜요. 중위님이 병사들에게 명령하듯 결정을 내리세요. "
 "그렇게 얘기하니까 군생활이 그립군요. 사실 막사와 연병장, 야영지에서 명령을 내리기도 하고, 상부로부터 받았던 명령들이 수없이 많아요. 수녀님이 런던의 도심공원에서 저의 초급장교시절까지 상기시키는군요. "
 "우리는 다리 끝에 이르러 선택을 두고 망설이는 것 같아요. 저는 여왕이 있는 쪽을 포기하고 싶군요. "
 "그렇다면 수녀님이 산책방향의 결정권을 행사한 겁니다. 그럼 시간을 알리는 종소리가 하늘상공을 울리는 좌측으로 발길을 틀지요. 언제일지 모르지만 여왕이 있는 곳은 다음에 가기로 합시다. "
 수녀는 황토색상의 다리를 지난 자신들이 이미 웨스트민스터 쪽으로 향하고 있음을 알았다. 그 쪽 너머에는 템즈강이 흐르는 곳으로, 해가 엷은 구름 속을 달리는 상공은 어느 쪽 하늘보다 더 밝아 보였다.
 둘이는 손을 잡고 걷기 시작했다. 중위는 타비스톡 정원 남서쪽 코너에 세워진 버지니아의 청동상을 자세히 보았다고 한, 서 정애 수녀님의 느낌을 듣고 싶다고 했다.

"아침식사 후 바이올리스트의 안내로 중위님의 관심사인 버지니아의 청동상을 보게 됐어요. 저와 절친한 바이올리스트는 문학이 연주에 큰 영향을 끼친다는 생각을 가지고 있어요. 그래서 스승과 관련된 문학은 모두 자신의 음악환경에 간직하고있다는 거예요. 목사일행이 런던으로 여행한 것은 저를 만나기 위한 것이지만, 타비스톡 호텔 근처에 거처를 정한 것은, 그런 음악적 환경을 두텁게 하기 위한 바이올리스트의 요청 때문이었나 봐요. 저의 친근한 바이올리스트는 그 청동상을 바라보면서, 전혀 무관해 보인 '잃어버린 때를 찾아서'라는 작품으로 또 다른 문학세계를 연 마르셀 프루스트 까지 자신의 음악환경에 연이어져 있음을 얘기하였어요." 수녀는 물오리가 일으킨 연못의 파문을 바라보면서 말했다.

"바이올리스트의 음악환경은 넓고 깊은가 보군요. 그 상황을 얘기하는 수녀님의 기억력도 참 섬세하구요. 연못 옆에서 수녀님이 더욱 매력있게 보이는데요?" 중위는 백조가 일으킨 파문을 손으로 가리키면서 말했다.

"제가 버지니아 울프를 조금 알아 가지고 왔기 때문인가요?" 수녀는 런던의 여류작가에 불과한, 그녀의 문제가 왜 그렇게 중요한가 라는 생각을 하며 되물었다.

"그렇습니다. 저는 군대에서 퇴역을 하고 경찰직에도 단기간 근무했던 자로서 예술계통의 문외한이었는데, 어쩌다 고전소설들을 붙들고 위로를 받다가, 버지니아 울프가 문학의 새로운 길에 무척 고심한 여성이라는 것을 느끼게 되었습니다. 그래서 그 여류작가를 런던여행의 목표로 정한 것이었는데, 이젠 그녀를 좀더 가까이서 느낄 것 같군요. 이렇다보니 그녀가 즐겨 산책했던 20세기 초엽의 어느 행로에서 기다리고 있다 가, 제가 그 길목에 들어서면, 먼 동쪽의 나라에서 찾아온 저에게 생전의 모습으로 불쑥 나타나 희망적인 메시지를 줄 것 같습니다." 그는 조금 상기된 표정을 지으며 말했다.

"그 여류작가는 이세상 사람이 아닌데요? 그녀가 영혼으로 런던의 도심공원에 내려와 있다면, 자신이 남긴 흔적을 찾겠다고 찾아온 중위님을 고마워하겠지만 예수님처럼 어떤 소리와 모습을 띠고 나타나지는 못할 거예요. 그녀의 영혼이 애써 소리와 모습을 띠고 나타나 중위님에게 해줄 일이 무언가 있다고 생각하세요?" 그녀는 고개를 가로저으며 말했다.

"차츰 드러날 수 있다고 봅니다. 자, 아름다운 성 제임스 공원의 연못을 보면서 얘기합시다. 그 개성적인 여류작가의 청동상과 수녀님이 마주보았을 때, 무슨 변화가 없었는지 얘기해주세요. 그때 버지니아의 영혼이 수녀님에게 들어갔을 수도 있다고 봐요. 그럴 경우, 버지니아는 수녀님을 통해 저를 만나고 있는 겁니다. 그렇게 생각하니까, 정말 저에게는 뜻 깊은 산책이 될 수 있겠는데요?" 중위는 하의주머니에 넣기 좋게 디자인된 브랜디 병을 꺼내 한 모금 마셨다.

"수녀의 꿈을 가진 저와의 산책에, 큰 의미를 부여해주니 고마워요. 또 브랜디 병을 꺼내시는군요. 그만 드셨으면 하는데요? 우리가 어제 로비의 창 가에서 들었던 바이올린 소나타가 '레이날도 한'이 작곡했다는 것을 기억하세요?"

"네. 틀림없이 기억하고 있습니다." 중위가 대답했다.

"그렇다면 얘기는 여기서부터 꽤 다양하게 분류(奔流)되는 것 같아요. 그분, '레이날도 한'이 일차대전시에 파리에서 누구와 우정을 나눴는지 아시지요?"" 수녀가 그에게 깊은 눈길을 주며 물었다.

"글쎄요. 무심한 상태에서 들었던 것 같은데, ……일차대전 중의 파리에서 무명 연주가였다고 했지요? 파리의 음악가를 어떻게 잘 알겠습니까?" 중위가 미안한 웃음을 띠며 대답했다.

"저도 우정있는 바이올니스트가 얘기를 해주니까 깊은 관심을 가지게 됐어요. 그 '레이날도 한'의 직업은 원래 가수였다고 해요. 거기다 음악이론도 해박하고, 피아노와 바이올린을 잘 다루는 연주가이기도 했나 봐요. 일차대전 중에 작가 프루스트가 은둔한 오스망 가로의 102번지 5층에 유일하게 드나들며 우정을 나눴다는 여러 비밀스런 얘기들을 저는 바이올리스트에게 들었어요. 혹자는 프루스트와 연인관계로 얘기를 했다지만, 우정으로 표현하는 것이 더 맞을 거라고 얘기했던 것 같아요. 저와 우정있는 친구 바이올리스트는, 세상의 수군거림이 정확치 않은 경우가 많다면서 덧붙인 얘기였어요. 저 역시 그렇게 생각하구요. "수녀가 얘기했다.
  "정확하지 않은 것은 정당한 쪽으로 표현해 줘야 합니다. 저도 수녀님의 생각을 존중해, 우정으로 보고싶군요. " 중위가 마땅하다는 듯 얘기했다.
  "그런데, 보세요. 이상하게 인맥이 얽혔더군요. 그 '레이날도 한'이라는 분은, 오래 전 이세상을 뜬 분이에요. 목사 따님과 일면식도 없으면서 아주 중요한 관계처럼 되고 말았어요. 그분은 파리의 유명한 살롱에서 노래를 부른 가수이면서, 바이올린과 피아노를 프로수준급 이상으로 연주하는, 음악에 있어서 능력이 있는 분이었나 봐요. 그런데 그분 밑에서 바이올린을 배운 제자가, 저와 우정있는 후배인 박 지선 양을 가르친 선생이었다고 해요. 그래선지 몰라도 바이올리스트는 파리유학시절부터 소급할 수 있는 선율의 뿌리를 '레이날도 한'에 두려는 것 같아요. 어제 들은 그 C장조 얘기를 목사 따님과 나누다가, 마르셀 프루스트와 레이날도 한의 우정에까지 이르렀는데, 듣다 보니까 저도 바이올리스트가 가치있게 여긴 음악환경에 깊은 관심을 가지게 됐어요. " 수녀는 어떤 서막처럼 깊이있게 얘기했다.
  "그런데 우리는 런던의 도심공원에서, 일차대전 중에 파리에 있었던 예술인들의 삶을 왜 언급해야 되는지 모르겠군요?" 중위가 의문을 표시했다.
  "저 역시 그같은 생각을 가졌지만, 바이올니스트의 가치를 기준으로 하면 그럴 수 밖에요. 조금도 이상하지 않아요. 우리가 타비스톡 호텔 로비 창 가에서 우연히 들었던 C장조 선율이, 몇 가지를 상기시키면서 관련성을 만들기 때문이지요. 사실, 그 C장조 선율은 중위님이 알고 싶어한 버지니아 울프와 전혀 무관하지만, 희미하게 떠올리게 하는 간접성을 지녔어요. 그 바이올린 소나타는 작곡가인 레이날도 한 과 친근하게 지냈던 작가 마르셀 프루스트를 필연적으로 떠올리게 하면서, 그와 대비된, 런던에서 그 작가처럼 개성있게 문학의 길을 개척하려고 애쓴 버지니아 울프도 희미하게 어떤 관계를 만들어 주기 때문이라고 했어요. 희미한 관계야말로 그리움과 영원성이 있다는 거예요. 저의 우정있는 후배, 박 지선 양은 마르셀과 버지니아가, 자신의 음악환경을 두텁게 감싸 준다고 했어요. 버지니아 울프는 프루스트에 대해 공식적으로 언급하기 싫어했지만, 자신이 새로운 소설에 열정을 기울일 때, 자신보다 십 년쯤 연상이며 문학의 새로운 길을 먼저 개척한 프루스트로부터 어떤 영감을 받았음이 틀림없다는 거예요. 그런 음악환경을 가진 박 지선 양의 얘기를 온전히 전달하자면 아주 복잡해지고 말아요. 그렇지만 저와 우정있는 바이올니스트는, 이렇게 런던의 도심공원에서 만난 우리에게 화제거리를 제공한 셈이지요. " 수녀는 자신이 바이올리스트의 음악환경을 예상 밖으로 많이 기억하고있음을 알았다.

"그 바이올리스트가 수녀님을 위해 로비의 창 가에서 연주해주겠다는 선율도, 어제 들은 '레이날도 한'의 작곡일 확률이 높겠네요?" 중위는 나름대로 예견했다.

둘이는 바이올니스트가 자신들 사이에 있으면서, 서로 가까워지도록 화제거리를 만들어 주는 느낌이 들었다. 이젠 자신들과 전혀 무관할 것 같지 않는, 일차대전 중의 파리의 오스망 가로에서 꽃편 문학과 선율의 분야가, 뜻밖에도 바이올린을 왼손에 들고 바른손에 활을 쥔 목사 따님의 음악환경 속에서 이야기 꽃을 피우게 만들었기 때문이다.

"맞아요. 거의 그러리라 생각돼요. 저와 더없이 친근한 우정을 나누고 있는 바이올니스트를 가르친 분이 레이날도 한의 제자이니까요. 저의 친구 박 지선 양은 자신의 선생을 가르친 레이날도 한이 지닌 이미지와 명예를 소중히 여기는 것 같아요. 그분의 우정, 특히, 작가 프루스트와의 관계를 자신의 음악적 환경에 간직하며, 자신이 연주하는 바이올린 선율은 그같은 문학적인 가치에서 우러나오는 걸로 여기고 있지요. 그처럼 저의 소중한 친구는 자신이 즐겨 연주하는 바이올린소나타처럼, 그 선율의 뿌리처럼 보인 두 사람 (레이날도 한과 프루스트)의 관계를 소중한 정신적 자산으로 여긴답니다. 그같은 이유는 음악환경을 두텁게 하고싶어서일 거예요. 자신에게 직접 교습시킨 분도 아닌데, 자신의 예술적인 뿌리를 과거로 깊이 뻗으려는 마음은 정말 본받고 싶어요. 친구인 바이올리스트는, 저에게 이런 얘기도 했어요. 레이날도 한이 작곡한 바이올린소나타는 무척 섬세하다는 것, 그렇게 섬세해진 원인은 우정을 나눈 마르셀 프루스트의 영향 때문이 틀림없다는 얘기를 자랑스럽게 했어요. 이처럼 자신이 사사(師事)받은 음악환경이 남다르다는 것을 강조하려든 것 같아요. 그렇다 보면 저에게 들려줄 C장조 선율은, 마르셀 프루스트와 레이날도 한 이 일차대전 중에 파리에서 느낄 수 밖에 없는 어떤 감성이 깃든 값진 선율일 거예요. 그 봄바람같은 섬세한 선율은, 친구인 프루스트와 함께 전시의 암울함을 벗어나고 싶은 염원인지도 모른다고 했어요. 아, 중위님도 그 선율을 꼭 함께 들어야 해요. 제가 전화를 해줄테니 때맞춰 타비스톡에 꼭 와야 해요. " 수녀는 길게 뻗친 연못의 평온한 수면을 바라보면서 말했다.

"저는 목사 따님의 연주보다 수녀님이 보고싶어 갈 겁니다. " 중위는 하의주머니에서 브랜디 병을 꺼내, 또 조금 목을 축였다.

"군대의 중위시절에도 그런 독주를 마셨어요?" 수녀가 물었다.

"네. 모두가 독한 술을 이겨낼 수 있는 시절이었으니까요. 토요일 오후나 크리스마스시즌이 되면 일선에 가까운 시내로 가서 동료장교들과 술집에서 마셨습니다. " 중위가 과거를 떠올린 듯, 눈동자를 한쪽으로 모으며 대답했다.

"군인들에게 의지하는 아가씨들이 술 시중을 들어주며, 대화의 상대가 되어주었겠군요?" 수녀는 깊은 시선을 그에게 주며 또 물었다.

"그럼요. 그렇다보면 서로 사랑하게 되어 결혼에 이르는 일도 있었으니까요. 모두가 예뻤고, 하나같이 용기있는 초급장교들을 좋아하는 편이었지요. 정말 추억이 많은 일선이었어요. 얼마되지 않는 거리에 북한군과 대치하고있었기 때문에 우리는 항상 애국의 중심에 있었지요. 그 아가씨들 앞에서 전쟁이 일어나면 우리가 승리한다는 것, 죽음으로 나라를 지키겠다는 용기있는 얘기를 하면, 그녀들은 박수를 쳐주었어요. " 중위는 추억을 상기하면서 그녀의 손을 잡았다.
 "경찰관 시절에도 그 독한 술이 계속 이어졌겠군요?" 수녀는 못마땅한 표정을 지었다.
 "군시절보다 자주는 아니지만, 술의 위로가 필요한 것을 느낄 때는 경찰시절이었던 것 같아요. 특히 쉽게 잡히지 않을 것 같은 살인범을 뒤쫓다가 하루해가 저물면, 소주잔을 기울이며 그 동안 쌓인 여러 물증들을 가지고 동료와 재추리를 해 보는 버릇이 생겼습니다. 그렇다 보면 번뜩이는 아이디어도 떠올라 살인자와 한층 가까이에 있다는 느낌이 들어 긴장할 때도 있었지요. " 중위는 잔잔한 물결을 바라보았다.
 "그렇게 추리를 해서 범인을 잡았던 적이 있어요?" 수녀는 그를 자랑스럽게 바라보며 물었다.
 "아니오. 불운하게도 없었습니다. 그러나 경쟁적인 위치에 있는 동료가 저의 추리내용으로 끈질기게 추적하여 범인을 잡고 승진을 했습니다. "
 "아쉬웠겠군요. "
 "사실 그랬습니다. " 중위는 더 많은 애국을 한 것 같은 그 시절을 떠올리며 한숨을 내쉬었다.
 "그렇게 밤잠까지 줄이면서 추리를 거듭했는데도, 성과를 못낸 이유는 믿음이 없기 때문이에요. 불신자님, 저와 만난 인연을 소중히 여겨서 주님을 향한 믿음을 찾으면 안될까요?"
 그렇게 권유하는 수녀의 발음은 여리고 또렷했으며, 표정은 무척 진지한데다 미소가 어려있었다.
 "사도 바울은 믿음보다 사랑이 제일이라 했는데요?" 중위는 수녀를 빤히 바라보았다.
 "그 구절을 성서에서 직접 찾아보셨어요?"

누군가 성서를 인용하면, 수녀는 즉각 밝은 활기를 얼굴에 드러내며 대응할 준비를 갖추곤 했다.
 "아니오. 서울 도심공원에서 신약성서에 대한 깊은 지식을 지닌 어느 노인에게 들었어요. " 중위가 대답했다.
 "그렇군요. 주의깊이 듣다 보면 그 성서구절들이 믿음으로 이어질 텐데, 왜 지금까지 불신자로 남으려 하는지 모르겠군요. 사도 바울은 믿음을 기반으로 했을 때, 사랑도 함께 따라야 한다는 중요성을 설교한 거예요. " 수녀는 한 손으로 자신의 볼을 가리려는 머릿결을 뒤로 넘기면서 말했다.
 "수녀님으로부터 전 사랑을 느끼기 시작한 것 같은데요? 하늘 속에 어렴풋이 흩어져 있던 그 요소들이 갑자기 눈앞으로 모여드는 느낌입니다. 그렇다 보니 수녀님이 뒤쫓는 예수님의 모든 면을 어떻게 믿어야 할지 모르겠어요. 그러나 사랑이란 보이지 않는 요소는, 예수님과 무관하게 우주에 흩어져 있다 가 우리처럼 알 수 없는 인연이 생기면 자유롭게 사용할 수 있도록 모여드는 것이 아닐까요?"
 "갑자기 시인이 된 것 같군요. 믿음이 없는 사랑은 공허해요. 믿음이 커야 사랑은 숭고하게 피어나는 거예요. " 수녀는 믿음과 사랑의 공존성을 보이려는 듯, 꼭쥔 두 주먹을 맞대며 얘기했다.
 "그런데 수녀님은 왜 사랑의 대상을 찾지 않으려는 겁니까?" 중위는 불만이 어린 표정으로 물었다.
 "찾고 있어요. 그런데도 예수님을 벗어날 수 없어요. 그분을 그리워하는 것만으로 더없이 기쁘기 때문인가 봐요.
 보세요, 제 얼굴을!
 저는 특별한 사랑의 감정을 가슴에 담고 있어요. 그 감정은 오직 예수님을 향하고 있는 거예요. "
 수녀의 눈길은 연못의 잔물결을 지나, 예수의 모습을 찾으려는 듯 구름이 있는 저쪽을 응시하였다.
 "서울 도심공원의 어느 노인에 의하면, 예수는 인간이라기보다 하나님에 가깝다는군요. 사후세계에서 영혼들을 심판하니까요. 수녀님은 영원한 천국과 지옥의 키를 가진 그분이 무섭지 않으세요?"

 그의 시선도 수녀의 눈길을 따라가면서, 잔물결에 맺힌 햇빛조각들이 사후세계의 영혼 같다는 생각을 했다.

 "오로지 뒤따르고 싶을 뿐인데, 뭐가 무서워요. 주님이 사후세계의 심판권을 강조한 것은 자신의 이미지가 동정, 사랑, 용서 등으로 사람들이 만만하게 생각할까 봐, 엄하게 보일 필요가 있었을 거예요. " 수녀는 나름대로의 생각을 얘기하는 것 같았다.

 "그래서 영원한 지옥을 만들었다는 겁니까?"

 "천국이나 지옥은 하늘나라에 있기 때문에, 시공간으로 되어있지 않는 것인지도 몰라요. 강제성을 띠지 않는, 영혼스스로 빨려 들어가는 구조로 되어있을지도 모르지요. 저는 꿈결에서 그 세계를 어렴풋이 보았어요. " 수녀가 얘기했다.

 "꿈결의 하늘나라에서 예수님을 보았겠군요?" 중위가 물었다.

 "그럼요. 인간적인 모습으로 저를 맞이해주었어요. 그분은 이천년 전 자신을 스스로 인자(인간의 자식)라 칭하며, 늠름하게 설교했던 그 모습 그대로인 것 같았어요. 한없이 겸손해 보이기도 했구요. 사랑과 용서를 강조했던 분이니만큼, 어느 누구도 갈구하면 용서해줄 거예요. 생각해보세요. 그 죄 많은 바울에게도 빛을 내려 주고 하늘나라를 위해 열심히 일하라며 선택해줬잖아요. 사도 바울은 예수님을 믿은 이후에 사랑을 강조했다는 것을 아셔야 해요. 믿음 이전에 사랑이 없던 분이었어요. " 수녀의 또렷한 음성은 눈앞에서 진지하게 퍼지며, 예수님이 행한 어떤 기적들의 윤곽을 몇 가지 그려 내려는 것 같았다.

 "이 순간만큼은 그 누구보다 수녀님을 믿고 싶을 정도로 완전해 보이는군요. " 중위는 조금 취한 눈으로 그녀를 바라보았다.

 "잘못된 생각입니다. 믿어야 할 분은 오직 예수님 한 분이에요. 우리는 믿음으로 사후세계를 찾아야 해요. 믿음이 하늘나라이며 사후세계인 거예요. 사람들에게 제일 중요한 것은 믿음인데도, 정치나 예술같은 것을 더 우위에 두는 자들을 보면 측은해요. 저의 사명은 이런 자들에게 구원의 손길을 뻗치는 것이에요." 수녀는 또렷한 어조로 말했다.
 "저에게도 측은한 눈길을 보내시겠군요?"
 "물론이에요. 불신자임을 알고 측은한 연민의 눈길이 자꾸만 가요."
 "그 연민의 눈빛이 아름다운데요?" 그의 눈에는 약간의 취기가 감돌았다.
 "고맙군요. 그 아름다움은 주님이 불신자에게 사용하라고 선물한, ……머잖아 허망하게 사라질 인간적인 외모에 불과해요." 수녀는 곧바로 대응했다.
 "저도 믿고 싶지만, 마음속에서 진실로 받아들이지 않는 게 문제에요. 서울의 도심공원에서 반그리스도적인 얘기들을 진지하게 받아들였기 때문인가 봅니다. 연륜이 있는 그들에 의하면, 이 세대에 잘 알려진 바울이나 톨스토이가 젊었을 때 사치하고 타락했던 것이 사실인가 봐요. 그렇지만 바울이 톨스토이와 다른 점은 예수시대의 사람이라는 것, 사랑을 강조했던 예수의 개혁적인 가르침을 따랐던 가난하고 힘없는 자들, 즉 기독교인들을 심하게 박해했다는 점입니다. 이같은 바울이 부활한 예수에게 사명을 받은 것입니다. 왜 하필이면 박해한 자를 선택했는지 모르겠다는군요. 그들 중 어떤 술 취한 사람은 예수는 세탁소 주인같은 분이다. 그 사도 바울을 예로 볼 때, 그 동안 박해당한 수많은 영혼들, 심하게 박해한 바울의 과거는 한순간의 빛줄기에 의해 깨끗이 잊고 세탁해 버린 것이다. 젠장, …… 그런데 지옥을 만들어 놓고, 바울보다 죄없는 불쌍한 인간들을 겁주고 있는 거라며 횡설수설하던데요?" 중위는 상기된 체 머리를 긁적였다.
 "세탁소 주인 같다는 얘기, 그렇게 나쁘지 않는, ……참 재밌는 표현이네요. 그렇지만 사랑이 있는 세탁소일 거예요. 이세상은 언젠가 사랑으로 세탁될 거예요. 폭력적인 불이나 물이 아닌, 그분이 십자가를 들고 외친 사랑으로 세탁될 날이 올 거예요. 노아 시절에 이 세상은 물에 의해 한 번 세탁이 됐어요. 이젠 사랑이에요. 정말 커다란 차이지요. 바울이 사랑을 제일로 여긴 것은, 사랑의 빛에 의해 자신의 간악한 마음이 변했기 때문이에요. 그래요. 예수를 뒤쫓는 자들을 증오했던 바울은 예수님이 보낸 사랑의 빛줄기에 완고한 마음이 사라지고 변화된 것이 분명해요. 그 때서야 개혁적인 복음서에 사랑이 흐르고 있다는 것을 깨달았기 때문일 거예요. 저는 예수님이 가죽 샌들을 신고, 이 마을에서 저 마을로 다니면서 설교하는 모습을 떠올리면 가슴이 설레요. 옆에서 시중을 들어주고 있는 느낌이 들기도 해요. 무엇보다 그 권위있는 분이, 새끼나귀를 타고 어미나귀가 조심스럽게 그 옆을 따르며, 아이들의 환호 속에서 예루살렘에 입성한 모습을 떠올리면 마음이 벅찰 정도로 기쁨이 밀려와요. 역사상, 그같은 아름다운 개선이 또 있을까 하는 생각이 들었어요. 그 분의 예루살렘 입성이 아름다울 수 밖에 없는 것은, 우리 인류의 마음에 깃 들어 있었지만 무엇인지 몰라 방치된 고귀한 정신, 사랑과 영혼, 하늘나라를 새끼 나귀에 싣고 사람들이 많이 모인 도심으로 들고 나왔기 때문일 거예요. 예루살렘 입성은 생명을 걸고 보여 준 아름다운 개선이었어요. " 그녀는 복음서에 관한 자신의 해석에 만족한 듯, 입가에 회심의 미소가 감돌았다.

"수녀님의 얼굴이 밝은 빛을 띠는군요. 예수님의 모습을 상기하기 때문인가요?"

"그래요. 인자(人子)로 태어나 삼 년 여에 불과했지만, 자신에게 부여한 하늘나라를 값진 복음으로 세웠어요. 우리인류에게 등대같은 희망을 안겨 준 분이잖아요? 그분의 십자가는 핍박받는 사람들에게 억울함을 의연히 받아들이게 하였어요. 저도 살면서 힘겹고 억울한 일을 겪었지만, 십자가에 의지하며 조용한 침묵을 지킬 수 있었어요. 중위님도 하루빨리 그분의 십자가를 마음에 새겨야 해요. "

 수녀는 얘기를 하는 중에 두 손을 펴서 하늘나라를 타원형으로 그리기도 하고, 값진 복음이라고 할 때는 가녀린 주먹을 불끈 쥐기도 했다.

"저도 수녀님이 온 마음을 바쳐 믿고 의지하는 예수님을 가까이 하고 싶지만, 왜인지 몰라도 그렇게 되질 않는군요. " 그는 실망스런 표정을 지으며 말했다.

수녀는 그가 믿음을 갖지 못한 체 방황하게 된 것은, 서울의 도심공원에서 반그리스도적인 얘기들을 즐겨 들었기 때문이라고 했다. 그러면서 이세상을 굳세고 아름답게 헤쳐 나가려면 모든 이의 기쁨이신 예수님을 부정적으로 생각해서는 안 된다며, 서서히 고개를 가로젓고 나서 자신의 신념을 이어 나갔다.
"저는 막달리아처럼 예수님을 따르는 여인으로 살아가고 싶어요. 누구보다 저와 가까워지고 싶다면, 복음으로 하늘나라를 세우신 예수님을 부정하지 마세요. " 수녀는 진지한 표정과 침착한 목소리로 말했다.
"이상해요. 그래도 햇살이 밝은 아침나절에 도심공원에 들리면 반그리스도적인 얘기들에 귀가 기울어져요. 예를 하나 들면, 신약성서에 기록된 그 유명한 광야의 외침에 대해서도 다른 근거를 가진 분들이 있는 것 같아요. " 중위가 들었던 기억을 상기했다.
"광야의 외침이라면 세례자 '요한'을 두고 하는 얘기인 것 같은데요. 복음서 외, 다른 근거란 있을 수 없어요. 삼류사상가들이 헛된 상상으로 쓴 책이나 읽고, 거기에 자신들의 느낌을 덧붙여 하는 얘기들일 거예요?" 수녀는 보이지 않는 서울도심공원의 논객들을 마음먹고 비난하려는 것 같았다.
"공원에 나오는 이들은 모두 외로운 자들입니다. 어떤 이가 예수를 긍정적으로 얘기하면, 또 다른 이는 반대의견을 내놓으며 그분을 부정하는 일이 많은데, 그러던 중 예수와 세례자 요한의 관계가 복음서와는 전혀 다르게 얘기된 적이 있었습니다. " 중위는 손으로 머리를 긁적였다.

중위는 괜히 그 얘기를 꺼내서 수녀와 자신 사이에 깊은 간격을 만들어 놓은 것이 아닐까 하고, 그녀의 눈치를 보며 망설이는 것 같았다. 그녀는 예수의 신적인 면과 인간적인 면, 모두다 깊고 숭고하게 여기고 있기 때문이다.
"다른 근거가 도대체 뭐예요?" 수녀는 부드러운 미소를 지었다.
"그렇습니다. '회개하라. 천국이 가까이 와 있다'라고 외쳤던 요한의 위상에 대해서입니다. 예루살렘 위정자들을 직설적으로 비난할만큼 종교적인 세력을 지녔던 세례자 요한에 대해, 예수는 내심 경이로운 마음으로 지켜보는 입장이었다고 합니다. 자신과 흡사한 이념을 지닌 요한과 손을 잡고 싶었다는군요. 예수는 젊은 동갑내기인 요한의 밑에서 조용히 세력을 키우고 싶어 요단강으로 찾아가 요한에게 세례를 받고, 그와 손을 잡겠다는 의미로 자신도 강가에서 세례를 주기 시작했는데, 이상하게 자신 쪽으로 더 많은 사람들이 몰려드는 현상을 보게 되었다는 군요. 세례자 요한은 자신의 사명을 대신 해주고 있는 예수의 모습을 따스한 형제애로 의미 깊게 지켜보았을 겁니다. 그리고 그 무렵, 요한은 왕가에 대한 비난 발언으로 체포되었으며, 한동안 감옥에서도 제자들을 만나고 설교할 수 있는 자유가 허용되었으나, 있을 수 없는 다 아는 이유 때문에, 요한의 목은 베어지고만 것입니다. 세례자 요한의 죽음으로 예수의 세력은 갑자기 커졌다고 합니다. 많은 사람들에게 깊은 인상을 준 요한의 죽음은 예수에게 큰 충격을 주었을 겁니다. 세례자 요한이 죽은 이유를 잘 알고 있는 예수는, 살아 남기위해 정치적 발언을 삼가며 산상수훈같은 감동적인 설교로 하늘나라를 아주 가깝게 느끼도록 하면서 예루살렘의 입성(入城)에 이르기까지 세력을 키울 수 있었다고 합니다. 서울도심공원에서 들었던 애수의 특이한 이야기는, 그분이 자신의 설교스타일을 죽은 세례자 요한에게서 차용했다고 하는데, 예를 들면, '회개하라. 천국이 가까워졌다' 또는 '도끼가 나무뿌리 옆에 놓여 있다' 등, 세례 요한의 강력한 설교스타일은 예수에게 깊은 인상을 준 것이 분명하다는 겁니다. 물론 이러한 얘기들은 도심공원에서 배회한 사람들의 고뇌에 찬 연구는 아닐꺼고, 예수님에 관한 여러 서적들을 뒤적거린 후에 남은 기억들일 겁니다. " 중위는 머리를 긁적이면서 수녀를 바라보았다.
 "도심공원의 양지바른 곳에서 지낼 수 밖에 없는 그분들은, 가난하고 외로웠을 거예요. 서로의 표정을 바라보며 위안을 받을 수 있는 소일거리가 필요했을 테지요. 노경으로 깊이 접어든 분들이기에 가물가물한 기억 속에서 하늘나라를 세우신 예수님에 관한 얘기는, 그들에게 시간 가는 줄도 모르고 했을 거예요. 그렇지만 중위님은 그 노인 분들의 얘기 중에서 취사선택을 해야죠. 많은 체험을 과거에 묻어 둔 그분들의 얘기라고 해서, 잘도 기억해 두셨군요. 관심을 가질만한 얘기들이긴 해요. 저도 언젠가 서울의 도심공원에 가면 여생이 얼마 남아있어 보이지 않는, 노인들의 성서얘기들을 듣고 싶어요. 거기에는 진정한 그리스도 찬양자들이 더 많이 있을 거예요.   아! 종소리가 들리는군요. 어디서 울려오는가요?" 수녀는 고개를 하늘 쪽으로 들며 물었다.
 "웨스트민스터의 시계탑일 겁니다. 시간을 알려 주는 종소립니다." 중위가 대답했다.
 "고맙게도 웅장한 석조건축물들을 넘어와 이 곳까지 그 울림이 선명하군요." 수녀는 하늘을 휘둘러 보았다.
 "버킹검 궁의 여왕님에게 부드럽게 울릴 만큼의 알맞는 거리일 겁니다." 중위가 말했다.
 "지금도 그렇겠지만, 웨스트민스터에 그 시계탑이 세워질 무렵은 그토록 세심한 충성심이 런던시민의 가슴에 충만했을 거예요. 우리가 걷는 성 제임스 공원을 스쳐서 저기 버킹검 궁에 닿을 때는, 정말 더욱 부드러워질 거라는 충성심 말이에요? 여기서 들은 종소리 음향은 귀에 그 울림을 느낄 만큼 선명해요. 이 곳이 시계탑과 그렇게 멀지 않는가 봐요?" 수녀는 손을 펴 자신의 귀에 대면서 말했다.
 "템즈강변이니까, 직선거리로 가까운 거리일겁니다."
 "바로 저쪽, 서쪽이겠네요?" 수녀는 팔을 들어 지향하며 물었다.
 "우리는 지금 보이지는 않지만, 웨스트민스터가 있는 템즈강변 쪽을 향해 걷는 것이 분명합니다. 그 강은 저기 해가 기우는 아래

쪽을 가로 흐르고 있을 겁니다. 저는 수녀님보다 조금 앞서 도착해, 미리 수녀님을 안내할 행로를 점검하며 반바퀴 돌았습니다. 돌던 중, 다섯 시를 알리는 시계탑의 종소리도 들었습니다. 버킹검 궁의 여왕님도 우리처럼 듣겠구나 하는 생각이 스치더군요. " 중위는 길다란 연못의 반쪽을 손으로 그리면서 여왕이 있는 궁 쪽을 바라보았다.

"일찍 오셨나 보군요. 종소리가 숭고하게 들려요. 저도 좀 빨리 와서 시간을 알려 주는 저 종소리를 한 번이라도 더 많이 들었으면 좋았을걸 하는 생각이 들어요. 조금 전 여러 번 울린 종소리도 무심히 지나친 것 같아 아쉽군요?" 수녀의 목소리에는 유서 깊은 성 제임스 공원의 아름다움 때문인지, 밝은 기운이 깃 들어 있었다.

"저 역시 그렇습니다. 조금 있으면 반을 알리는 종소리가 한 번 울릴 겁니다. 우리는 벌써 연못의 끝 자락에 와 있군요. 저기 보이는 단층건물이 성 제임스 공원의 레스토랑인가 봅니다. " 중위가 손으로 지향했다.

"우리 저 곳 차양아래서 차 한잔 하면서 쉬어 가요?" 수녀의 얼굴이 환해졌다.

"그러잖아도 제가 미리 봐둔 곳입니다. " 그는 태연히 말했다.

"저와 함께 쉴 곳으로요?"

"네. 분수대가 있는 전망이 휴식처로 아주 좋아 보였어요. " 그는 반대 쪽을 돌았지만 태연스레 둘러댔다.

둘이는 치솟아 오른 분수를 바라볼 수 있는 나무벤치에 나란히 앉았다. 미소 띤 남자종업원이 다가오자, 그린티와 에스프레소를 시켰다.

"중위님은 오늘 독한 원액만 들려고 하세요?" 수녀는 못마땅한 표정이었다.

"제가요?" 되묻는 그의 얼굴에는 약간의 취기가 어려있었다.

"그래요. 걸으면서 독한 브랜디를 홀짝거렸어요. 제 생각엔 에스프레소에 바나나를 조금 넣고 우유와 함께 변주한 바나나라떼로

속을 풀면 좋을 것 같은데요. 중위님, 브랜디병 좀 보여 주세요?" 수녀는 궁금한 표정으로 물었다.

중위는 기계적으로 반응하며, 손바닥만한 술병을 하의주머니에서 꺼내 흔들어 보였다. 삼분의 일 정도가 무색의 유리병 안에서 찰랑거렸다.

"변주라고 표현하니까 더욱 새로운 맛이 날 것 같군요. 방금 떠오른 건데, 에스프레소에 브랜디를 타서 '브랜디 라떼'로 마시고 싶은데, 수녀님은 어떻게 생각하세요?" 중위는 새로운 아이디어라도 발견한 듯 자랑스럽게 얘기했다.

"더 독한 음료가 될 거예요. 시험되지 않는 칵테일을 함부로 들면 몸에 이상이 생길 수도 있어요. 저는 그렇게 혼합해서 마시지 않았으면 해요. 어머나! 또 브랜디 병을 기울이는군요. 거기다 에스프레소를 들게 되면 뱃속에서 칵테일이 되겠군요. 괜찮아요, 중위님?" 수녀는 사뭇 걱정되는 표정이었다.

"보다시피 아무렇지 않습니다. 수녀님, 조금 전 반시간을 알리는 시계탑 종소리를 들었습니까?"

중위는 이야기의 음절사이로 희미하게 들어온 웨스트민스터의 그 종소리를 다시 떠올리면서 물었다.

"그 브랜디 병에 신경 쓰느라 못들었어요. " 수녀가 대답했다.

"저는 들었는데요. 수녀님의 손목시계를 보세요. 저는 결코 취하지 않았습니다. 한 번 약하게 울리며 지나가 버린 것 같은 그 종소리를 들었거든요. " 중위는 자신있는 어조로 말했다.

"취했기 때문일 수도 있어요. 독한 술기운에 의해 신경이 나른해지면, 어떤 음향은 보통사람보다 더 잘 들릴 수가 있어요. 분명히 취했어요. 조금 전 중위님의 손이 어디를 경과했는지 기억하세요? 이젠 엉큼한 짓까지 하려 드는군요. " 수녀는 엄정하고 또렷한 목소리로 말했다.

"취했는지 모르겠군요. 혹시 남회귀선 아니었던가요?" 중위는 걱정되는 말투로 물었다.

"남회귀선은 무슨 뜻이죠?" 수녀는 짓뿌린 자신의 눈살 위로 편

손을 대며 물었다.

"허리를 적도로 가정할 때, 아래쪽을 그렇게 불러봤어요. 미안합니다. 제가 좀 취한 게 사실인가 보군요." 중위는 머리를 긁적였다.

"취해서 무의식중의 행동인가요? 그렇게 보기엔 너무 이상해요. 분명히 제 가슴부분에 손을 뻗치려 들었어요. 중위님이 그럴 줄 몰랐는데, 아주 철면피한 분이군요?" 수녀는 정색을 했다.

"솔직히 허리를 좀 끌어당겨 키스를 하려고 했는데, …… 수녀님이 피했기 때문에 그 곳을 조금 스친 것 같습니다. 제 손의 경과부분을 조금 지각한 것은 사실이지만 아주 희미합니다." 중위는 손을 폈다 오므리면서 멋쩍게 얘기했다.

"그렇다면 벌을 받아야겠군요." 수녀는 매서운 눈으로 바라보았다.

"예수님의 사랑을 강조한 수녀님이 한 번쯤은 용서해주리라는 생각을 했는데요? 제 손이 수녀님의 북회귀선(가슴 쪽)을 경과한 시간은, 웨스트 민스터에서 반시간을 알리는 조금 전의 종소리보다 더 짧았고 희미했어요. 사실 약간의 취기로 무의식에 가까웠을 겁니다." 중위는 이해하여줄 것을 바라는 시선이었다.

"저는 중위님의 행동을 용서하려는 마음가짐을 지니려고 해요. 무의식적인 감정의 표출로 받아들일게요." 수녀는 침착하게 미소를 지었다.

"저를 왜 질책하지 않으세요?" 중위는 조금 부정확한 발음이었다.

"중위님의 실수를 모아두었다가 서울에서 책임을 물을지도 몰라요?"

"서울에서 수녀님을 다시 만날 수 있을까요?"

"저보다 중위님이 한 여인을 찾으려고 노력한다면, 주님이 도와줄지도 모를 일이지요." 수녀는 낮은 음성으로 대답했다.

"서울은 대도시입니다. 어디서 수녀님을 찾아야 되지요?"

"흑암마을에서예요. 저는 주택가들이 복잡하게 펼쳐 있는 그 지역에서 주님을 전도하는 일을 하고있어요."

"흑암마을에는 알고 지낸 추상화가가 있는 곳인데, ……?"
"그렇다면 그 분에게서 저를 물으면 찾기가 더 쉬울 거예요. 저는 최근까지 흑암마을에서 주님을 알리는데, 최선을 다하는 전도사였어요. 흑암마을의 이름있는 분들은 저의 설교를 들었을 거예요. 그 추상화가를 알 것 같아요. 그 곳에 오래 살았다면, 저를 알고 지낼 확률이 높아요. " 수녀는 두 주먹을 턱에 모으며, 추상화가를 상기한 듯한 표정을 지었다.
"초겨울에 정 애 씨가 수녀원으로 들어가면, 우리는 영영 만날 수가 없겠군요?" 중위는 약간 비척거린 자세로 물었다.
"그래요. 낙엽 떨어지는 가을까지는 저의 전도사명을 마치려고 해요. 그 곳에 한 번 들어가면 세속으로 나오는 일은 쉽지 않을 거예요. 그렇지만 수녀원의 높은 담장을 사이에 두고, 서로 그리워할 수는 있겠지요. 중위님이 담장 근처의 어느 카페에 들려 저를 그리워하면, 저는 환영(幻影)이 되어 창 가에서 중위님을 보고 있을지도 몰라요. " 수녀가 대답했다.
"왜 이세상은 그같은 그리움이 끊임없이 계기하는지 모르겠군요? 저는 수녀님이 담장너머의 어두운 세계로 들어가지 않았으면 합니다. " 중위는 그녀의 손을 꼭 잡고 말했다.
"그 곳은 밖에서 보기와 달리 어둡지 않을 거예요. " 수녀는 침착했다.
"그렇지만 저는 서 정애 씨가 예비수녀로 흑암마을에 계속 머물렀으면 해서요?"
"그 곳으로 가는 것이 저의 숙명인가 봐요. 저는 크리스마스 시즌이 되면, 중위님이 명부(冥府)의 세계처럼 여긴 그 곳으로 들어가게 될 거예요. " 수녀가 말했다.
"예수님이 부럽군요. "
"왜 그렇죠, 중위님?" 그녀는 빛나는 눈으로 물었다.
"수녀님처럼 고운 여성들이 종일토록 섬기어 주니까요. "
"그분은 인자(人子)로 태어났지만, 섬김을 받아야 하는 메시아에요. "

"그런데 왜 수녀님을 높은 담장너머의 미지의 세계로 데려가려는지 모르겠군요?"
"그분이 데려가려는 것이 아니고, 제가 그분의 길을 따르려는 거예요. "
"그렇게 수녀님의 마음이 그분에게 기울어져 있으니까, 그분이 저의 연적(戀敵)처럼 생각되는데요?"
"온 인류를 측은히 여긴 그분은 어느 누구의 연적일 수는 없어요. " 수녀는 부드럽게 대답했다.
"초겨울쯤 되면 수녀님과 저는 연인으로서의 사랑의 감정을 나눌지도 모르는데, 그'인자'라는 분이 수녀님을 미지의 세계로 이끌며 자신을 따르도록 하니까, 연적일 수 밖에요?" 중위는 퉁명스럽게 불만을 표시했다.
"중위님, '사람의 자식'은 구약의 다니엘서에 예언된 메시아 라는 의미예요. 예수님은 자신을 칭할 때, '나'로 하지 않고, 그 예언서에 심판자로서의 메시아를 의미하는 '인자'라는 말을 스스로에게 부여한, 가장 권위있으면서 겸손하게 느껴지는 의미를 사용한 거예요. " 수녀는 설교적인 목소리로 얘기했다.
"저는 사실 오늘에 이르기까지, 인자 라는 의미를 정확히 모르는 상태에 있었나 봐요. 그 '사람의 자식'에서, 겸손과 저항같은 것이 느껴져요. 그것은 영혼을 지닌 강렬한 의지가, 이세상의 불의에 대한 저항같은 것을 느끼게 해요. 그렇게 의미를 부여하고 나니 예수님은, 수녀님과 저 사이에 가로막고 있는 사람의 자식이며 저의 연적입니다. " 그는 수녀의 팔을 잡아당기며 자세를 바로 잡았다.
"건장한 중위님의 모습이 취한 것 같네요. 아니면 취한 척 한 거예요?"
수녀는 자신의 이마에 손을 대며 중위를 빤히 바라보았다. 무언가 찾으려는 듯 미동도 하지 않는 조용한 얼굴이었다. 중위는 파고드는 듯한 그녀의 시선을 피했다.
"취하지 않았어요. 곧 바른 정신에서 당신의 진정한 연인을 부러

위하고 있습니다. 이천 년 전, 하늘나라를 세우기위해 분망히 일할 때도 수많은 여인들이 보내는 연모의 정을 한 몸에 받았는데, 지금도 여전하니까요. 꿈결에 예수님을 만나면 저의 안부도 전해주세요?" 중위는 진지하게 말했다.

"꼭 그렇게 해 드릴게요. 예수님은 만인의 연인이에요. 저는 좀 더 깊은 사랑을 그분을 향해 보내고 싶을 뿐입니다. 생각해보세요? 서기 31년쯤 예수님의 눈부신 활동을요. 그 젊은 나이에 영원성을 지닌 하늘나라를 세우고, 인류에게 희망을 안겨 주었어요. 미래의 언젠가 심판자로 나타날 주님을 연적으로 생각하신 중위님이라는 분은, 정말 알다가도 모르겠어요." 그녀는 한숨을 내쉬었다.

"수녀님이 보이지 않는 그분에게 시샘이 나도록 사랑을 주기 때문이죠. 하늘나라를 세운 분이 그분이라는 것을 부정하지는 않을 겁니다. 그렇지만 우연이라고 볼 수 없는 일이 많다고 들었어요." 중위는 잠시 입을 다물었다.

"또 도심공원의 어느 노인에게 들은 얘기겠지요?" 수녀가 물었다.

"그렇습니다."

"비겁해요. 자신의 주관도 아니면서 거룩한 예수님을 비하하는 것은요." 수녀가 차갑게 대응했다.

"그렇지만 저의 예수님에 관한 지식은, 연륜이 있는, 도심공원의 노인들에게 들은 것이 전부입니다. 그분들의 얘기에 의하면 우연이라고 볼 수 없는 일들이 꾀 많아요. '사람의 자식(인자)도 다니엘 서에 예언된 것을 차용했고, 나귀를 타고 예루살렘에 입성한 것도 자신의 상황을 구약의 예언에 맞췄다고 하였어요. 그럴 만큼 예수는 깨여 있었고, 임기응변 적이라고 하였어요." 중위는 도심공원의 기억을 그대로 얘기했다.

"정말 불신자들이나 주장할 수 있는 터무니없는 얘기군요. 예수님이 약은 수라도 쓴 사람인 것처럼 생각하는군요. 절대 그렇지 않아요. 잘 들으세요. 그것은 구약의 예언이 예수님에 의해 신약에서 이루어진 거예요. 나귀새끼를 타고 입성하는 그분을 떠올려

보세요. 호산나를 외치는 아이들의 외침소리 속에 예루살렘에 입성하는 그분의 모습은, 영혼을 지닌 인간의 승리가 아니고 뭐냔 말예요. 구약의 예언이 예루살렘에서 꽃피어 난, 이세상 역사에서 가장 아름다운 개선이 아니고 뭐겠어요. " 수녀는 기쁨으로 상기된 듯한 표정이었다.

둘이는 성 제임스 공원에서 가장 다정한 연인처럼 보였다. 중위는 약간의 취기가 있었지만, 수녀가 인류역사상 가장 아름다운 영혼의 승리로 여긴 예수의 예루살렘 개선을 떠올려 보았다. 두 나귀(어미와 새끼)가 많은 일을 이룬 예수에게 순종하는 모습, 아이들이 그분의 앞뒤에서 호산나를 외치며 즐거워하는 모습, 웃옷을 벗어 가는 길 앞에 깔아 주는 모습 등이 그 지방을 뒤덮은 갈색 상을 띠고 떠올랐다. 세계사 중 가장 아름다운 축제로 여긴 그 예루살렘 입성을, 수녀 곁에서 떠올리니까 더욱 실감이 났다. 그는 불쑥, 알 수 없는 한마디를 던졌다.
"새끼나귀로부터 어떤 의문이 떠오르지 않으세요?"
"의문은요. 주님을 태우고 예루살렘에 입성했기 때문에 구약의 예언을 이루게 한 성스러운 동물이지요. " 수녀가 대답했다.
"저는 예수님의 몸무게가 가벼웠을 거라는 생각을 했어요. 많은 기독교 여성들이 그분의 키와 체격, 용모를 생각할 때 보통사람보다 크고 준수하게 여기는 것 같은 데, 나귀새끼를 탔다면 키도 작고 몸무게도 가벼웠으리라는 생각이 들어요. 얼굴만은 사랑과 용서를 가르치는 자신의 이념 때문에 온유하고 개성적인 표정이 넘칠 것 같구요?" 중위가 얘기했다.
수녀는 처녀인 마리아의 몸에서 주님이 태어난 것을 추호도 의심하지 않고 믿는다고 했다. 그러나 많은 사람들이 기독교의 모체이기도 한 그 성스러운 생탄설을, 부정하고 있다는 것이다. 예수는 하늘의 선택에 의해 마리아의 피가 뒤섞인 인간으로 태어났다고 했다. 하늘도 예수님이 사람들을 이끌 수 있는 좀더 매력적인 모습으로 태어나기를 바랬겠지만, 한 여인의 정숙한 인격을 존중해주어야 했기 때문에, 마리아의 피로 나타날 독생자의 외모가 어떨지 전혀 예측하지 못했을 거라는 생각을 가지고 있었다.
 "주님은 외모로 판단하지 말라고 가르쳤습니다. 저는 그 가르침이, 주님 자신을 예로 들어 한 말씀이었으면 하는 바램도 가지고 있었습니다. 중위님의 얘기대로, 나귀새끼가 그분을 태우고 예루살렘으로 거뜬히 이동시킬 만큼 몸무게도 가볍고 키도 작을 수 있어요. 그런 외모를 지니셨다 해도, 그분은 생애의 마지막 기간에 분망히 움직이며 사랑을 기반으로 한 정신적인 변화를 인류에게 선물했어요. 저는 그분을 믿으며, 그분이 이루어 놓은 결과의 영향력은 해가 어두워져도 영원하리라는 것을 추호도 의심치 않아요. 중위님은 우습게도 그분을 연적으로 깎아 내리고 외모를 나름대로 추정했지만, 저는 그러한 생각이 그분에 대한 야멸찬 비난이 아니고, 앞으로 믿음을 가질 수 있는 관심이라고 봐요. 저는 예수님에 관심을 가진 중위님을 구원하는데 있어 결코 외면하지 않을 참입니다.   자, 그러면 이제부터는 중위님이 이 곳으로 여행 왔던 목적이기도 한, 버지니아 울프에 관련된 얘기들도, 예수님 이야기와 균형이 맞도록 끌어올리며 얘기하도록 해요."
 수녀는 타비스톡 그릴에서 자신의 후배이자 친구인 바이올리스트에게 듣고 정리한, 사라진 여류작가에 대한 얘기를 나누고 싶어 했다.
 "예수를 연적으로 보려는 저의 생각이 야멸찬 모습이었겠지요?" 중위는 종교적인 영감으로 가득 찬 것 같은 수녀의 눈을 바라보며 물었다.
 그는 또 투명한 플라스틱병 하단에 밀도있게 잠겨 있는 브랜디를 입으로 재빨리 기울인 후, 다시 마개를 잠그고 하의 주머니에 넣었다.
 "그래요. 그분이 중위님의 연적이 된 것은, 아마도 브랜디 술기운 때문일 거예요." 수녀는 눈웃음을 지었다.
 "으-음, 버지니아 울프! 그녀도 예수님처럼 역사 속으로 사라졌습니다. 저의 옆에 한없이 고결해 보인 수녀님과 좀더 가까워지고 싶은데요? 마치 예수님의 연인 같기도 한 그대의 편향된 모습이 결코 나쁘게 보이진 않습니다. 그 표정에서 예수님도 저의 연적이 될 수 있다는 것을 느꼈습니다. 수녀님을 영원히 그리워하고싶은 저의 뇌리에서, 예수님도 연적이 될 수 있다고 번뜩 떠올랐던 것입니다. " 중위는 조금 자세를 흩뜨리며 말했다.

"벌써 술기운이 도는가 보군요. 이 보세요? 이젠 취한 척 하는 거예요? 중위님, 그 손 치우지 못하겠어요?" 수녀는 매섭게 얼굴을 바꾸며 손으로 그의 뺨을 쳤다.

중위는 얼굴에 수녀의 매서운 손매가 귀청이 멍할 정도로 닿자 미세한 경련을 일으켰지만, 마음을 다스릴 수 있는 어떤 내공을 지녔는지, 별거 아니라는 듯 곧 평상심의 표정을 보여 주었다. 그러면서 취기인지 모를 능청스러운 여유를 부리기까지 했다.

"또 저의 손이 수녀님을 잡아당기려 했군요. 이번엔 무의식의 표출로 봐주지 않겠지요? 자신도 모르게 손이 갔다고 해도, 결코 용서해줄 수 없는 문제이겠지요?"

"그래요. 용서하고싶지 않아요. " 수녀의 눈은 강철에 어린 차가운 빛처럼 냉정하게 그를 노려보았다.

그는 잠시 마주보며, 그녀의 눈에서 여성스러운 부드러움보다 예수에 미쳐 신기(神氣)가 도는 것을 희미하게 느꼈다. 그것은 그녀를 예수쟁이라는 범주에 넣고 찾으려는 어떤 이미지 때문인지 모르지만, 무언가 보였다. 강철에 어린듯한 그 빛은 보통 여성에게는 찾기 힘든 영적인 눈빛이라고 생각했다. 우주 멀리 내다볼 것 같은 깊은 눈길은, 한편으론 열정을 일으키는 아름다움이 있었던 것이다.

"사실 자신도 모르게 키스를 하려고 했던 것 같습니다. 정말 자신도 모르게요. " 중위는 한숨을 내쉬었다.

"그렇다면 본인은 마음을 제어할 수 없는 알콜중독인지에 대해 의심치 않았어요?" 수녀는 부드럽게 물었다.

"이처럼 건장한 알콜중독자가 있다고 생각합니까? 가끔 술을 들지만 중독에는 이르지 않았습니다. " 그는 자신있게 말했다.

"중위님, 손 좀 펴 봐요?"
"자, 보세요. " 중위는 한 손을 펴서 그녀의 얼굴아래 내밀었다.
"예수님의 손과 다를 바가 없는데, 왜 그럴까요?"
 수녀는 내민 손에 비웃음을 던지며, 더 이상 내려다보기도 싫으니 주머니에 집어넣으라고 말했다. 중위는 그 손으로 머리를 긁적거리다가 허리 뒤로 감추었다.
"왜 그랬는지 모르겠어요. 술 때문인 것 같아요. 뇌리에서 바르지 못한 통제를 한 것 같습니다. " 중위는 고개를 숙였다.
"평소에 독한 술을 주머니에 넣고, 그런 식으로 마셔요?"
"아닙니다. 예수님을 따르려는 수녀님의 모습을 좀더 과감히 분석해보고 싶었습니다. "
"술기운으로요?"
"네. "
"웃고 말아야겠네요. 미안해요. 사랑의 감정이 깃든 엄중한 말로 나무래야 했는데, 뺨을 때린 일은 저의 잘못인 것 같아요. 우리 다시 버지니아 울프 얘기를 하기로 해요. 중위님이 찾고 싶은 기념관은 아니지만, 전 런던의 지성인들이 자랑으로 여긴 그 여류작가의 청동상을 직접 만져 보고 왔어요. 제가 예수님의 제자로서 그 청동상을 최초로 만졌다면 좋겠어요. "
 "저 역시 수녀님을 최초, ……" 중위는 헛기침을 하고 또 실수할지 모른다는 생각 때문인지, 일어나 탁자를 사이에 두고 맞은편 의자에 앉았다.
"수녀님, 그 청동상에서 무엇을 보았는지 알고 싶습니다. "
"삶의 결과, 허무함, 세월이 수유(須臾)처럼 흐른다는 것을요. "
수녀는 허전한 눈빛으로 중위를 바라보았다.
"삶에서 패배하지 않았지만, 그 청동상에서 덧없음을 느낀다는 겁니까?" 중위가 덧붙였다.
"그래요. 그녀의 청동상은 작고 외로워 보였어요. 그러나 삶의 승리를 보여 주고 있어요. 그녀가 삶을 투쟁하지 않았다면 누가 청동상을 세워 주겠어요. 역사의 모레시계 속에 가라앉지 않으려고 발버둥친 야심찬 모습이, 오십대의 주름진 얼굴에 엿보였어요. 저는 존경심을 가슴에 품고 그 청동상을 바라보았어요. 그 여류작가가 중위님의 여행목적이며, 저를 무척 좋아하며 따르는 바이올리니스트의 음악환경 속에 자리잡은 분이기 때문이죠. 그래서 저는 지난밤부터 버지니아 울프에 대한 얘기를 적극적으로 들었어요. 그녀는 문학의 새로운 분야를 개척하는데 삶을 바쳤다는 거예요. " 수녀는 침착하게 얘기했다.

"수녀님의 친구인 바이올리스트는 문학도이기도 하는가 보군요?"
"그래요. 저의 친구 바이올리니스트의 음악학환경에서 우러나온 문학적인 얘기는, 들을만 한 새로움이 많은 것 같아요. " 수녀가 대답했다.

"훌륭한 후배친구를 두었군요. 불신자들에게 예수님을 각인시키려면 친구인 바이올리스트처럼 문학적인 면에도 관심을 가져야 해요. 설교할 때 시적인 어귀를 사용하면, 예수님을 전도하는데 더 많은 효과를 거둘 뿐만 아니라 수녀님의 종교적인 이미지도 강화될 겁니다. " 중위가 말했다.

"중위님은 자꾸만 저를 무대의 주인공으로 올려 놓으려 하는군요. 오늘아침 저는 안타까운 장면을 보았어요. 타비스톡 정원이 깨끗하게 관리되고있지 않는 점입니다. 노숙자 몇 명이 어슬렁거리고, 청동상 주변에 담배꽁초도 흩어져 있었어요. " 수녀의 가녀린 목소리가 조금 높아졌다.

"관리인을 두지 않는 모양이군요?"
"타비스톡 정원이 관리인을 둘만큼 크지는 못해요. 나무벤치들이 여기저기 놓여 있으니까 노숙자들이 들어와서 눕곤 하나 봐요. 바이올리스트와 저는 아직 햇빛이 들지 않는 정원에 들어가 청동상 앞에 서있었어요. 밤새 내려간 체온을 올리려는 것인지 두 명의 노숙자가 동쪽 출구에서 왔다갔다 움직였지만, 우리는 개의치 않고 살아생전에 야심찼던 청동상의 모습을 바라보았어요. 아침 새 소리도 함께 들릴 만큼 조용히 입을 뗀 후배는, 자신의 음악환경 속에 자리잡은 그 청동상에 대해 알고 있는 것을 두서없이 얘기하고, 저는 조용히 듣는 입장이었지요. 그 청동상에 생명이 있었다면 후배의 두서없는 얘기에 외면했을 법도 한, ……과거에 있었던, 정신병원에 들어갔던 일이라든가, 자살을 몇 번이나 시도했던 일 등이 얘기에 흘러나왔어도 묵묵히 먼 하늘 쪽을 지켜보기만 했어요. 생각에 잠긴 듯한 그 오십대의 여인상은, 아무도 찾아와 주지 않는 고독 속에 있는 듯해서 측은해 보인 거예요." 수녀는 자신이 듣고 보았던 아침에 있었던 일에 대해 모두 기억해내려고 했다.

둘이는 잠시 침묵을 지켰다.
수녀는 타비스톡 정원에서 삼분쯤 동쪽으로 내려가면 목사가족이 임시 거처하는 아파트가 있다면서, 아마 모르겠지만 중위님도 잠시 머물고 있는 그 거처에 갈 기회가 있었으면 좋겠다고 했다. 자신은 외부일정이 없으면 식사를 그 아파트에 가서 목사가족과 함께 한다며, 그 때마다 혼자 쓸쓸해 할 것 같은 중위가 떠올랐다고 했다.
목사부인이 소파에 앉은 자신에게 꽃다발을 안겨 주고, 바이올리스트는 바흐의 무반주 파르티타 연주로 오직 자신만을 환영해주었다는 것이다. 옆에, 중위님과 함께 그 단아한 환영을 함께 받았다면 얼마나 좋았을까 하는 아쉬움이 있었다며, 수녀는 미소를 지었다.
중위는 자신과 함께 하고싶은 수녀님의 마음만으로 충분하다며, 홀로 있었다면 그야말로 처량했을 성 제임스공원에서 이렇게 다시 만날 수 있다는 것만으로 자신은 행운이라고 했다.
그리고나서 그는 수녀님이 서울의 흑암마을에서 어떻게 지냈는지, ……자신에 대해 얘기해주고 싶은 좋은 시절이 있다면 듣고 싶다고 했다.
수녀는 자신의 좋은 시절은 거의 지나갔고, 이젠 사양길에 접어든 전도사라고 했다. 자신이 그리워하는 수도원은 저 세상에 가까운 세계라며, 중위가 모를 서글픈 얘기를 했다. 그러면서, 자신은 사람들이 믿어 주지 않는 진실을 하나 가졌다고 했다.
"수녀님이 간직한 그 진실을 저는 믿고 싶은데요? 하나의 진실은 무엇인가요?" 중위의 궁금한 눈길이 수녀의 표정에 닿았다.
"제가 그 진실을 하늘교회의 목사가족에게 알린 일이 십 년 전이에요. 스무 살 무렵이었는데, 해 뜰 무렵 저는 흑암마을 둑길에서 예수님을 보았어요. 분명히 잠시인 것 같았지만, 그분의 손이 제 머릿결을 쓰다듬어 준 후 열심히 전도하라는 사명을 주고 빛에 감싸여 하늘 쪽으로 사라져 버렸어요. 저는 며칠동안 혼자 고민하다가, 바이올리스트의 아버지되는 목사님을 찾아가 예수님이 자신에게 현현(顯現)한 잠깐동안을 숨김없이 말씀 드리고, 그분의 복음을 전도하는데 최선을 다하겠다고 다짐한 거예요. 목사님은 저에게 있었던 예수님의 현현을 두고, 자신의 교세를 확장시키려 했었나 봐요. 저를 보기위해 사람들이 하늘교회로 구름처럼 몰려왔어요. 그렇게 되자 흑암마을의 일부 토박이 목사들이 단합하여 어느 건장한 청년맹신자를 고용해 하늘교회목사의 제거를 몇 번이나 시도하였지만, 부인과 함께 흑암마을을 빠져 나온 목사님은 보다시피 바이올리스트인 따님과 함께 유럽을 떠돌며 다시 흑암마을로 돌아갈 때를 저울질하고 있는 거예요. 저의 예수님 현현 때문에 단합된 목사들은, 저에게 이르기를 하늘교회를 위해서만 일하지 말고 전체교회를 위해 부흥운동을 하는 것이 마땅하다는 주문을 하였지요. 저는 그들의 주문이 불의라고 볼 수 없어 받아들였어요. 저는 흑암마을 전체의 교세를 확장시켜주면서, 저로서는 큰 돈을 벌어들이기도 했지만, 분명 잃은 것도 있을 거예요. 행운을 지닌 저는, 예수님이 항상 지켜 봐주고 있다는 믿음아래서 흑암마을을 돌아다니며 많은 설교를 했어요. 평소 사람들 앞에서 얘기할 때 무척 쑥스러워하는 성격이었는데, 예수님을 만난 이후 저는 복음을 발췌해서 그분을 웅변으로 찬미하기도 했어요. 설교할 때 자신도 모르는 제스처가 나왔지요. 마치 예수님이 저에게 어울리는 스타일을 잡아 주는 느낌이었어요.   이처럼 그분의 깊은 관심을 받았음에도 불구하고, 저는 사명을 완수하지 못하고 사양길에 접어든 겁니다. " 수녀는 힘없는 미소를 지었다.
 이때 빅벤이 하늘을 부드럽게 울리기 시작했다. 수녀는 손목의 은백색 시계를 내려다보며 빅벤이 하나 둘 울리는 것을 확인하더니, 아직도 해가 많이 남았다며 오후의 하늘에 떠있는 엷은 연회색 구름들을 올려다보았다.
 "흑암마을에서 그렇게 분망히 복음전도를 하면서도 '막달리아의 꿈'을 번역한 수녀님은, 그 누구보다 힘겨운 사명을 완수한 겁니다. " 중위가 정중히 말했다.
 "그럴까요. 그래서 이처럼 큰 환영을 받은 것인지 모르겠군요? 복음을 전도하고, 목사님이 유럽에서 영감을 받아 쓴 종교적인 소설을 번역한 것은 예수님이 내린 저의 사명이지, 이처럼 초청을 받고 환영을 받을 만한 일이 아니라고 생각돼요. 아, 마지막 빅벤이 저에게는 최후의 날 나팔소리처럼 들리는군요. " 수녀는 하늘 쪽으로 다시 눈길을 주었다.
 여덟 번째의 종소리였다. 마지막 빅벤의 여운을 느끼며, 중위는 '막달리아의 꿈'이라는 벅찬 상상력을 필요로 한 이야기를 쓴 목사님과 그 책을 번역한 수녀님의 영어실력이 무척 부럽다고 했다. 그러면서 영적인 능력이 더 큰 분은 수녀님이라고 했다. 목사님들보다 더 많은 일을 하고있다고 말했다.
 "수녀님은 환영받을 만한 수고를 하셨어요. 현현한 예수님을 보았다며 박 목사님에게 가장 먼저 고백하였고, 그분의 저서를 번역해서 책으로 출간했는데, 마땅한 환영을 받은 것입니다. 저는 무엇보다 현현한 예수님을 만나 전도하는 사명을 받았다는 것만으로, '막달리아의 꿈'을 이야기화 한 목사님보다 더 높은 위치에 두고 싶군요. " 중위는 그녀의 사명이 더 크다는 얘기를 해주고 싶었다.
 "저를 영적인 방향으로 이끈 것은 하늘교회였어요. 그 곳의 목사님은 십여 년의 생각 끝에 막달리아의 꿈'을 쓴 거예요. 저는 수개월의 노력 끝에 그 책을 번역했고요. 예수님은 누구의 노력이 더 크다고 생각하셨을까요? 생각할 필요없이 목사님입니다. 그 분이 신도에 관련된 세력다툼 때문에 위험을 느끼고 따님이 있는 유럽을 떠돌 때, 저는 흑암마을에서 많은 부흥회를 열고 예수님이 저에게 준 사명에 최선을 다했습니다. 하늘교회를 완성시킬 계획을 세웠지만 미완성인 체, 저는 사양길에 접어들었어요. 저의 꿈은 아마도, 목사님이 흑암마을로 귀환해서 자신이 썼던 막달리아의 꿈처럼 하늘교회를 완성시켜나갈 거예요. 막달리아의 꿈은 저의 꿈이자 목사님이 완성시킬 하늘교회인 거예요. 중위님도 흑암마을에 가면 하늘교회를 위해 일해주었으면 좋겠어요. " 수녀는 창백한 표정에 옅은 홍조를 띠면서 말했다.

"생각해 보겠습니다. 그렇지만 저는 먼저 영적인 세계에 온 마음을 바치려는 수녀님과 인간적으로 친근해지고 싶습니다. " 중위는 간절한 심정으로 말했다.

"저도요. 목사님 가족과 저의 관계처럼, 중위님과도 긴 세월을 두고 친근해지기를 바라지만 모르겠어요. 우리 다시 아침의 얘기를 해요.　목사님 가족처럼 단란한 가정은 보기 힘들 거예요. 외동딸인 바이올리스트 때문일 거예요. 저는 그같은 가정이 이세상에 많았으면 하는 꿈을 꾸면서, 예수님을 향한 고독도 기꺼이 받아들이는 편이에요. "

"수녀의 꿈을 포기하면 단란한 가정을 꾸미는데 늦지 않습니다. " 중위는 그녀의 손을 꼭 잡고 말했다.

"그같은 가정이 아무 번민없이 저에게도 주어졌으면 해요. 그러나 저는 흑암마을에서 많은 이에게 복음을 알려야 하는 전도의 의무가 막중해요. 예수님이 저와 가까이 있음을 느껴요. 그분의 복음을 알려야 하는 벅찬 사명을 받았는데도, 저의 운명은 사양길에 접어들었답니다. 이제 서른 줄에 접어들었는데, ……. 저는 막달라 마리아처럼 예수님을 따르고 싶어요. 저에게 주어진 십자가를 들고서요. " 수녀는 미소를 띠며 얘기했다.

"왜 자신을 사양길의 운명이라는 표현을 해요. 수녀님은 이제 서른에 접어들었어요. 복음을 전도할 수 있는 영적인 힘에는, 수녀님이 아니면 어느 누구도 가질 수 없는 그대만의 파급력이 들어

있습니다. 그 힘은, 많은 불신자에게 복음을 받아들이게 하는 감동을 줄 것입니다. 젊은 아가씨들을 부러워하지 마세요. " 중위는 충고하듯 말했다.

"그렇지만 저는 젊고 평범한 아가씨들이 무척 부럽네요. " 수녀는 가볍게 대응했다.

"수녀님의 영적인 파급력은 현현한 예수님이 준 선물일지 모르니, 소중히 오랫동안 간직해야 합니다. "

"고마워요. 들어보지 못한 찬미를 해주는군요. "

수녀는 탁자 위에 놓인 중위의 투박한 손등에 자신의 가녀린 손을 가볍게 얹어, 자신을 찬탄에 주는데 대한 고마움을 표시해주는 것 같았다.

"수녀님이 고독 속에서 예수님만 생각하고 있으니까, 많은 이의 찬미적인 눈길을 느낄 수 없었을 겁니다. " 중위는 그녀의 손을 잡으면서 말했다.

수녀는 자신의 허리를 축으로 민감하게 반응했던 남북 회귀선과는 달리, 자신의 손등을 감싼 중위의 거친 손을 깊은 시선으로 바라보고 있었다.

"저는 영혼을 지키기위해 고독을 필요로 해요. 그렇지만 저를 소외된 여인이라고 여기면 곤란합니다. 저의 분망한 시절을 생각해 보세요. 흑암마을의 목사님들이 뜻을 모아 개최한 부흥회에 나가 예수님이 인류를 위해 설교한 복음을 알리고, 다시 고독 속에서 그분을 향한 그리움이 무르익으면 또다시 불신자들 앞에서 예수님을 향한 저의 그리움을 진실하게 설교하는 일을 반복했어요. 그렇게 많은 사람들의 눈길을 한 몸에 받았는데도, 중위님이 조금 전 해준 저에 대한 찬미같은 말은 듣지 못했어요. 어쨌든 전도를 반복함으로써 그분에 대한 관심을 갖게 해주는 보람은 더없이 컸어요. 그렇다고 그 일이 찬미를 받을 만한 업적은 전혀 아니에요. 오직 막달라 마리아처럼 예수님을 따르고 싶을 뿐입니다. " 수녀는 어느새 두 팔이 오르내리는 설교하는 모습이었다.

"수녀님의 목소리는 설교를 하면 그 영적인 표정과 조화를 이루며, 불신자들도 저 매력적인 여인이 뒤따른 예수라는 분이 누구일까 하고 깊은 관심을 가질 것입니다. 세상의 많은 사람들이 예수라는 분을 따르고 믿었는데도, 저의 여행목적인 버지니아 울프는 예수에 대해 무관심했군요. 그 여류작가는 인간의 달무리같은 의식에서 새로운 문학을 창조하려는 집념 뿐이었어요. "

"그래서 저는 아침에 보았던, 그녀의 영혼이 깃든 듯한 청동상과의 대면을 좀더 구체적으로 밝히려고 해요. 자, 중위님, 단란한 거처인 타비스톡 아파트에서 아침식사를 하고, 정원에 들어섰던 얘기로 다시 들어가요. " 수녀는 잠시 아침을 뒤돌아보는 것 같았다.

"그 여류작가는 전혀 수녀님 같지 않은 여성입니다. 종교에 대해 관심있는 길을 걷지 않았습니다. " 중위가 말했다.

"알 것 같아요. 제가 주님을 따랐듯 그녀는 문학의 길에 깊이 빠졌다는 것을요. 어쨌든 중위님의 여행목적이 된 '버지니아 울프'에 대해 더 관심을 갖기 위해, 우리일행은 그녀의 흉상이 세워진 타비스톡 정원으로 들어섰어요. "

그녀는 이제 막 타비스톡의 아침정원에 들어선 듯한 밝은 표정으로, 입구의 게시판부터 설명하기 시작했다.

"하얀 바탕에 검은 글씨로 그녀의 약력이 이렇게 쓰여 있었어요. 「1924 - 1939년 까지 바로 이 곳 타비스톡 스퀘어 남서쪽 코너 가까운 곳에 살면서, 올랜도(Orlando), 등대로(To the Lighthouse), 댈러웨이 부인(Mrs Dalloway)등 가장 잘 알려진 소설들을 완성하고 간행했다. 그러나 1941년에 우즈강(River Ouse)으로 뛰어들어 비극적인 생을 마감. 」

그리고 그녀의 작품 표지에 대체로 실린 유일한 사진도 게시판 상단에 부착되어 있었구요. "

"이른 아침 침묵에 잠겨 있는 그녀의 모습을 보았겠군요? 그 청동상도 사진의 모습과 흡사해요?"

중위는 사진처럼이면 무척 여성스러운 청동상일거라는 생각으로 물었다.

"아녜요. 그 청동상에서 그녀의 젊은 시절은 찾을 수 없어요. 만년의 모습이었어요. 앞에서 보면 오십대의 원숙한 표정을 띠고, 옆에서 보면 누군가를 그리워하며 먼 하늘가를 바라보는 중년여성으로 보여요. "

"멋져요. 먼 하늘가를 바라본다는 느낌! 수녀님의 표현치고는 시적인 느낌이 드는데요?" 중위는 웃었다.

"사실 제 의견이 아니에요. 그 여류작가를 자신의 음악환경에 두려는 바이올리니스트의 느낌을 그대로 얘기해본 거예요. 그렇지만 버지니아 문학을 좋아하는 사람들이라면 그 옆모습이 연인처럼 느껴질 수 있는, 지성미 넘친 청동상이었어요. 아침햇빛에 감싸여 있는 앞모습은 이 풍진 세상에서 많은 고뇌를 겪은 듯한, …… 조금 울적해 보였지만요. 저의 친구 바이올리스트는, 버지니아 울프를 두고, 그녀가 이루어 낸 문학의 성과만큼 그녀를 추모해주지 않는다고 안타까워 하더군요. 정말 그 청동상을 보면 그 주변 공간에 비해 너무 작고 소외된 느낌이 들어요. 저희들이라도 추모하는 마음을 가져야겠어요. 아무튼 중위님의 연인같은 그 청동여성을, 미안하게도 제가 먼저 보게 되었군요. 중위님의 여행목적이기 때문에 바이올리스트와 저는 햇빛을 등지고 그녀의 출생과 사망년도가 새겨진 대리석 하단에 그림자를 띄우며, 깊은 고뇌에 의한 주름진 청동 얼굴의 표정에서 많은 것을 느낄 필요가 있었어요. " 수녀는 조금 설레인 음성으로 말했다.

"사실 그 정원은 제가 먼저 들어갔을 것입니다. 수녀님의 숙소를 함께 갔던 첫날, 수녀님과 헤어진 후, 홀로 러셀스퀘어 역을 향해 걷다가 그대로 갈 수는 없다는 생각에 뒤돌아 섰어요. 한줄기 바람이 제 얼굴을 스쳤는데, 그 스침은 왜 그냥 가느냐는 버지니아 울프의 속삭임 같았기 때문이었지요. 그 바람결의 여운을 따라 걷자 활엽수들이 술렁거린 정원에 들어선 겁니다. 저는 어둠에 감싸인 정원에서 그 여류작가의 어렴풋한 윤곽을 보았습니다. 어스름했지만 그녀의 영혼이 희미하게 생전의 모습을 갖추고, 멀리서 찾아온 저를 반겨 주는 미소를 본 것 같아요. 낮에 다시 보게 되겠지만, 그 때는 저에게 어떤 모습을 보여 줄지 몹시 기대되는데요? 저도 두 분이 느꼈던 감정을 그 흉상에서 공감할겁니다. " 중위의 얼굴은 밝게 상기되어있었다.
"저의 친구이자 바이올리니스트는 누구보다 사라진 작가들에게 존경심을 가진 것 같아요. 자신의 음악환경에 문학인을 우선적으로 두려는 걸 봐서도 알 수 있잖아요?" 수녀는 바이올리스트를 친구로서 어떤 경우이든 두둔해주고 싶어했다.
"그렇지만 수녀님, 친구인 바이올리스트가, 지난 세계사의 비극이었던 일 이차 대전동안 활발히 작품활동을 한 다른 작가와 자신의 음악환경에 두고 싶은 버지니아 울프를 객관적으로 비교할 만큼 문학적인 전문성을 갖추었을까요?" 중위는 그녀의 음악환경이 복잡하다는 것을 생각하며 물었다.
"제가 얘기했을 텐데요. 그녀의 연주는 관심있는 문학의 느낌을 따라 표현한다는 얘기를요?"
"아, 그랬었군요. 제가 낯선 공원의 풍경을 바라보느라 헛들었다면 정말 사과 드립니다. " 중위는 미안해 했다.
"저도 서쪽 도시의 이것저것을 바라보면서, 일전에 무슨 얘기를 했는지 확실치가 않군요. 그렇지만 저의 친구인 바이올리니스트가 연주 못지 않게 자신의 음악환경에 들어온 작가들의 문학에도 깊은 관심을 가진 것은 사실이에요. 파리유학시절, 자신에게 바이올린을 가르친 선생이, 마르셀 프루스트와 우정을 나눈 '레이날도 한'의 제자였다는 것을 타비스톡 호텔 로비에서 얘기했던 것 같아요. 그런 관계로 저의 친구는 스승에게서 레이날도 한 이 작곡한 바이올린 소나타로 대부분의 교습을 받았는데, 그 선율이 프루스트의 문학적인 영향을 받아 무척 섬세하나 봐요. 그러면서 자신의 스승으로부터 들었다며, 두 분, 문학의 길과 음악의 길을 헤매며 우정을 유지했던 두 예술인에게 얽힌 몇 가지 에피소드도 듣게 됐어요. 그리고 또 한가지, 둘 이가 우정을 유지하고 있을 때, 파리시절을 즐긴 젊은 헤밍웨이가 병약한 프루스트를 방문한 얘기도 들려 주었구요. " 수녀는 머릿결을 뒤로 넘기면서 얘기했다.

"1차 대전 후의 파리는 잃어버린 세대들이 방황했던 도시였지요. 그러나 헤밍웨이는 꿈을 실천하려는 방황이었다고 봐요. 전후의 허무감에 방황하던 중 프루스트를 면담해보자는 생각이 들었을 겁니다. 사실, 프루스트와 헤밍웨이는 4반세기라는 나이차이가 있습니다. 방문한 헤밍웨이를 프르스트는 '헤이 젊은이'하고 불렀을 것 같은데요. 무언가 알고 싶은 것이 많았을 겁니다. 그처럼 저도 수녀님의 친구를 알고 싶군요. 파리로 유학가서 그냥 연주에만 열중한 바이올리스트로 생각했을 뿐인데, 그게 아니군요. 그녀의 바이올린 선율은 문학성이 깃든 아주 다양한 음향을 낼 것 같아요." 중위는 바이올린을 켜는 제스처를 했다.

"맞아요. 저는 후배의 바이올린 연주를 듣고, 얼마나 섬세했는지 눈물을 보였을 때가 많았어요." 수녀는 그 때를 표현하려는지 손가락 끝으로 눈 가장자리를 문질렀다.

"현대의 연주가들은, 제각기 둘러싼 인연의 환경에 따른 배경을 자신의 이미지로 가꾸는 것 같습니다. 친구인 바이올리니스트가 1차 대전 전후에 활동했던 프루스트와 울프의 문학으로 자신의 이미지를 보완하지 않았다면, 수녀님의 눈시울을 적시게 할 그같은 섬세한 선율을 낼 수 없었을 것입니다." 중위는 더욱 부연해 말했다.

"저는 하필이면 문학이냐며 탓한 적이 있어요. 문학보다 훨씬 고결한 것이 있어요. 그것은 예수님의 정신세계, 복음일 거예요. 저는 후배더러 복음을 음악환경에 채우라고 했지만, 그녀는 자신과 운명적으로 관련이 있는 프루스트 문학으로 자신의 바이올린선율을 깊이있게 감싸려는 것 같아요. 첫 권을 독서하고 나면 덮어 버리는 것이 보통인, 대하(大河)의 흐름 같고 웅장한 '잃어버린 때를 찾아서'를 마지막 권까지 완독했나 봐요. 정말 대단한 아가씨죠? 그리고 한 시절 야심찬 꿈속에서 프루스트 문학을 찬미했던 버지니아 울프의 새로운 소설들도 자신의 음악환경으로 끌어들였구요. 그렇게 해서 그녀는 두 작가가 창조해낸 개성있는 문학성을 자신의 연주에 적용했다는 것이 맞을 거예요." 수녀는 자신의 생각과 후배가 자랑했던 것을 정리해서 얘기했다.
 "그러고 보니 곧 있을 수녀님의 친구가 연주할 바이올린 선율이 무척 기대되는데요. 그리고 그녀가 음악환경으로 가지려는 프루스트 문학은 바이올린 현을 감쌀 만큼의 세심성을 띤 것으로 보입니다. 그녀를 가르친 스승의 스승되는 이가 작곡가인 레이날도 한 이었고, 한 은 프루스트와 변치 않는 우정을 나누었으니까요. 그렇기 때문에 바이올리스트는 아름다움과 지루함이 대하의 흐름처럼 펼쳐진 프루스트의 유일무이한 길고 긴 작품을 마지막 권까지 읽었을 겁니다. 저도 '스왕네 집 쪽으로'는 읽었지만, 그 다음권인 '꽃피는 아가씨의 그늘에'의 어디에선가 맴도는 것 같은 지루함 때문에 덮어 둔 체, 완독을 언젠 가로 미룬 상태에 있습니다. "
 "그것 보세요, 중위님. 문학이 삶의 원동력이 될 수 없어요. 그래서 지루함이 찾아 든 거예요. 문학이 궁극적인 것을 찾기 위한 과정일지는 모르지만요. 저에게 문학책을 읽을 시간이 주어진다면, 복음서를 다시 펴고, 예수님이 제자들과 함께 갈리리 호숫가의 이 마을 저 마을을 다니면서 하늘나라를 세우기 위해 전도하는 모습을 떠올리며 그리워하는 시간으로 바꾸겠어요. " 수녀의 입술에는 굳은 결의가 어려있었다.
 "그렇지만 수녀님의 친구가 복음서보다 문학을 자신의 음악환경에 두려는 이유를 인정해 줘야 합니다. 자신이 켜는 선율을 북돋을 만한 요소를 문학이 지녔기 때문이 아닐까요?"
 "그럴 수도 있겠지요. 궁극적인 가치아래서 작은 가치들이 서로 의지하니까요. 저의 친구는 참 끈질긴 면이 있어요. 수많은 문학도들이 지루하다고 생각한 프루스트의 대하소설을 마지막 권(되찾은 시간)까지 독서했다고 하니까요. 그 작가에 대한 애정 어린 관심을 갖지 않고서는 담쟁이 덩굴처럼 길다랗게 얽힌, 삼천페이지가 넘는다는 책을 마지막권까지 읽는다는 일이 어려웠을 거예요. " 수녀는 친구에게 들었던 얘기를 기억해내며 말했다.

 둘이는 잠시 침묵에 잠겼다.

수녀는 친구의 음악환경이 끈기와 애정 어린 관심으로 형성되었다고 생각했다.
  보이지 않는 강 변 웨스트 민스터 시계탑에서 빅 벤(Big Ben)이 또 상공에 희미한 파문을 새길 만큼 울렸다. 중위는 그 종소리의 어떤 마력에 의해 수녀와 자신의 입맞춤이 자연스럽게 이루어진다면 더 바랄 것이 없겠지만, …… 하는 헛된 정념이 계속 일어났다. 극서의 도시 런던의 도심공원에서 누구도 아는 사람이 없으니까, 수녀가 얼마동안 자신의 정신세계를 멀리 벗어나 입맞춤이라도 자주 해주었으면 하는 생각을 한 것이다.
  그러나 조금 전 그는 약간의 취기 속에서 적도(허리)의 남쪽인지 북쪽인지 확실치 않지만, 어느 회귀선을 스치면서 키스를 하려다가 뺨까지 얻어맞았다. 중위는 또 바르지 못한 생각이 행동으로 이어질지 모른다며 머리를 흔들고 난 후, 집요하게 따라다니는 정념(情念)에서 벗어나려 했다.
  침묵을 깨고 수녀가 다시 얘기를 하기 시작했다.
  "저의 친구 바이올리스트도 중위님과 흡사한 푸념을 털어놨어요. 푸르스트의 대하소설을 읽다 보면, 전혀 계획되지 않는 대도시의 작은 가로에서 길을 잃고 헤매는 느낌이 들 때가 있었다는 거예요. 아마존의 밀림 속에서 방향을 잃은 기분이래요. 그러나 그녀가 마지막 권인 '되찾은 시간'까지 읽을 수 있었던 동력은 '레이날도 한'이란 분이 스승의 스승되는 분으로, 마르셀 프루스트와 아름다운 우정을 유지했기 때문이라고 했어요. 그같은 인연들의 가지에 서있는 자신의 바이올린 현이 아름다운 선율로 꽃피우기 위해서는, 우정을 나눈 시기에 빛났던 프루스트 문학을 어느 정도 터득해야만이 자신의 연주를 한 차원 높일 수 있다는 거예요.
  그렇지만 두고 보세요.
  예수님이 하늘나라를 세우기 위해 창조한 복음서에는 문학보다 훨씬 아름다운 정신세계를 담고 있기 때문에, 앞으로 많은 연주가들이 그 드높은 정신을 피하려 들지 않고, 자신의 연주 속에 표현하려 들 거예요. 저는 사실 이제껏 문학에 무관심했어요. 그래서 버지니아 울프와 마르셀 프루스트가 생소해요. 그렇지만 두 작가보다 뒤늦게 혜성처럼 나타난 헤밍웨이 문학책은 서점에서 구입해 읽곤 했기 때문에, 훨씬 유명한 행동작가로 알고 있어요. " 수녀는 갑자기 말이 막혀 길게 한숨을 내쉬고, 중위에게 미소를 보냈다.

"그렇습니다. 헤밍웨이는 대중적인 눈높이에서 새로운 문체로 이야기를 만들어 냈기 때문일 겁니다. 낚시, 사냥, 투우, 전쟁 등의 이야기를 자신의 체험에 의한 쉽고 간결한 문체로 그려 냈는데, 2차대전후부터 지금에 이르기까지 높은 인기를 누리고 있는 것 같습니다. " 중위는 수녀의 얘기를 부연 설명했다.

"그렇다 해도 저의 친구인 바이올리스트는 조금 달리 생각하는 것 같아요. 프루스트 문학의 전체를 펼쳐 놓으면 웅장한 구조속에 섬세함이 있고, 버지니아 문학에는 일상적이고 자잘한 이야기들이 최첨단의 의식으로 구성되어있다는 거예요. 그래선지 미국의 헤밍웨이보다 파리의 프루스트와 런던의 울프에게 더 많은 문학적 가치를 주고 싶다는 거예요. 그리고 두 작가 중에 또 선택을 하게 된다면, 자신이 정진하는 음악의 길에 인연이 있는 프루스트 라고 했어요. 이처럼 저의 친구가 스승되는 분의 스승인 레이날도 한과 우정을 나눈 마르셀 프루스트를 자신의 음악환경에 두면서도, 런던의 버지니아 울프를 늘 떠올린 배경은, 그녀가 일차대전 중에 자신이 걸어야 할 문학의 길을 고민하며, 프루스트의 대하처럼 긴 장편을 시간을 할애해서 독파했다는 것을 알고 부터라고 했어요. 울프의 프루스트에 대한 관심은 일방적이었다고 해요. 프루스트는 대작을 썼지만, 그녀는 야심찬 꿈을 가진 시절에 불과했다는군요. 예를 들어, 런던에서 버지니아 울프가 첫 작품인 '출항'을 발표했던 것에 대해 프루스트가 알았다고 해도 병약한 그는 그 사실을 신문으로 인지했을 뿐, 자신의 소설을 끝까지 완독하고 관심을 가져 준 버지니아의 첫 작품을 독서하지 못했을 거라는군요. 아무튼 그 즈음 울프는 새로운 문학을 구상 중에 있었나 봅니다. 그녀는 프루스트 소설에서 어떤 영감을 받았는지 모르지만, 그녀만의 새로운 문학을 개척했다는군요." 수녀는 바이올리스트가 얘기해 준 여류작가가 지닌 문학의 꿈을 주의 깊게 기억해서 표현했다.
"저는 프루스트 보다 버지니아 울프에게 더 마음이 기울어집니다."
"그래야죠. 울프는 아름다운 여성인데다, 자신의 문학으로 중위님을 런던까지 유인한 여행의 목적이었으니까요?"
 수녀는 희미한 빛에 휩싸인 그 여류작가의 이미지를 친근한 마음으로 받아들이고 싶었다. 자신에게 깊이 자리잡은 예수님의 참된 모습 외는 바랄게 없다는 생각이, 친근함과 여유를 가지고 사라진 서쪽 여성을 대할 수 있었던 것이다. 수녀는 낯선 도시에서 예수님을 더욱 의지했다. 그분은 의식의 반경에 더욱 또렷해지며, 함께 해주겠다는 믿음을 계속 안겨 주었다. 그래서 수녀는 서쪽으로 온 중위가 여행목적으로 그 여류작가의 흔적을 찾는 일에 대해서도, 도움을 주기 위해 기도를 올리는 일이 많았다.
"그렇습니다. 저는 버지니아의 흔적을 찾겠다는 분명한 목적을 가지고 먼 서쪽의 런던까지 왔는데, 이렇게 도심공원을 보자, 일 세기 전 자주 지나쳤을 것 같은 그녀의 행적(行跡)을 느낄 것 같군요. 그렇게 도심공원에서 자신의 문학을 구상했던 무명시절에 그녀는 프루스트의 소설을 완독하였고 그의 문학을 개인적으로 좋아했지만, 공식적인 자리에서는 절대 언급하지 않았던 것 같습니다. 앞으로 전개될 자신의 문학을 그 누구의 영향하에 두지 않고 독창성을 띠어야 된다는 것을 미리 조심한 것입니다. 프루스트의 소설은 프랑스적인 지루한 독창성을 지니고 있을 겁니다. 버지니아 울프는 그의 소설이 웅장한 규모라고 했어요. 과거로 우뚝 선 기억의 탑, 창세기에 있었던 시날평지의 바벨탑같은 어떤 신비한 조망(眺望)을 느꼈는지도 모르죠. 버지니아의 느낌처럼 얘기한다면, 프루스트는 반평생동안 온 노력을 다 바쳐, 과거로 펼쳐진 웅장한 조망 속으로 들어가 그 자체를 그려 낸 것입니다. 버지니아는 십 일년 연상인 파리의 유명작가를 내심 오빠라고 부르며, 과거로 뻗친 느슨한 이야기를 웅장하게 조망해낸 그의 의지력을 찬탄했을 것 같군요. 어느 작가도 근접하기 힘든 깊이있는 세계를 그려 냈으니까요. 그렇지만 저는 버지니아 울프에게 더 마음이 기울어집니다. 예수님이 혁명적인 정신으로 하늘나라를 세우려고 분투했듯이, 울프도 최첨단의 현대적인 교양이 깃든 의식의 흐름으로 문학의 차원을 높이기 위해 분투했습니다. 여성의 편견을 참아 내며 누구보다 더 분투했다고 봐요. 저는 그녀의 흔적을 찾을 겁니다. " 중위는 비장하게 얘기했다.

 "저의 친구 바이올리스트도 1, 2차대전 사이에 문학활동을 했던 버지니아 울프에 대해 프루스트와 관련을 지으면서 몇 가지 사실을 언급하였어요. 그녀가 친근히 지낸 어느 화가에게 한계에 부딪친 것 같은 자신의 문학에 대한 자평을 프루스트와 견주어 고백한 것이, 1세기 후의 문학도들에게 알려지고 있다는데, 그것은 자신이 미래에 세울지 모를 문학적인 결과가 결코 프루스트를 능가할 수 없을 것 같다는 절망감을 얘기한 거였어요. 그것은 어떤 기록이 아니라 그녀가 화가친구에게 고백한 사적인 언급이라서, 그 절망감 옆에는 어떻게 조명하느냐에 따라 자신의 문학이 프루스트를 능가할 수도 있는 여지가 숨어 있는지도 모른다는 거예요. 우리 다음에, 타비스톡 호텔 그릴에서 바이올리스트를 만나면 런던과 파리에서 활동했던 두 작가의 관계를 좀더 세심히 묻기로 해요. 그리고 헤밍웨이가 잃어버린 세대로 파리에서 견습기자생활을 할 때, 병약한 몸으로 침대에 누워 자신의 글이 담긴 노트를 검토하며 수정 중인 마르셀 프루스트를 방문했던 상황도 물어보구요. 그렇지만 중위님, 조금 전 중위님이 얘기한 예수님의 정신적 혁명에 의해 하늘나라를 세우려는 논리는 반그리스도적인 떠도는 얘기에요. 사람의 자식으로 태어난 그분의 모든 얘기는 약간의 모순이 있다 해도 빠짐없이 진리로 해석될 수 있어요. 그리고 버지니아 울프가 의식의 흐름으로 문학의 새 차원을 세우려 했다는 문제에 있어서, 예수님이 가르친 영원불멸의 정신세계와 견주어 높이려 했던 언급도 서로 견줄 수 없는 차원이 있기 때문에 동의해줄 수 없어요. 그분이 아무리 인자(人子)로 태어났다고 해도, 하늘나라를 세우신 분이에요. 한낱 여류작가를 그분과 동등이 비교해줄 수 없어요. " 수녀는 빅벤이 울린 하늘 깊은 곳으로 시선을 주며 얘기했다.

"제가 먼 서쪽의 런던까지 와서 버지니아 울프의 기념관을 보고 싶어한 이유는, 그녀의 흔적을 눈과 마음으로 느끼고 싶어서입니다. 한 여인의 가녀린 분투와 의지력을 느끼고 싶었습니다. 그녀는 자신이 느낀 세계를 또 달리 만화경처럼 내다볼 수 있게 남기고, 대부분의 사람들이 맞이한 운명과 조금 다르게 이승에서 사라졌습니다. 예수님이 산상수훈과 여러 비유와 서로 사랑하라는 메시지로 하늘나라의 참된 아름다움을 엿보이면서 우리인류에게 구원이라는 희망 어린 기약을 해준 것에 비하면, 제가 흔적을 찾으려는 울프의 세계는 결코 어떤 궁극의 차원으로 볼 수는 없을 것입니다. 그러나 그녀의 지성적인 의지는 최첨단으로 단련된 의식의 흐름으로 문학의 새로움을 창조하려 했습니다. 인간이면 누구나 그렇다고 여긴, 결코 선명하지 못한 달무리같은 의식을 가지고 분투하다가, 끝내는 사후세계에 무관심 한 체, 스스로의 결심에 의해 삶을 마친 것입니다. 저는 여성의 한계에서 분투했던 그녀의 흔적을 꼭 느끼고 싶었습니다. 그녀는 제가 런던에 온 목적입니다. 며칠 안되는 기간이지만, 그녀의 흔적을 곧 찾을 것 같은 런던에서 수녀님이 따르려는 예수님처럼 그녀를 높이 평가해주고 싶군요. 인간의 의식으로 새로운 문학을 창조해내려는 한 가녀린 여성의 분투와 의지력을 말입니다. " 중위는 입술에 힘을 주고, 주먹을 꼭 쥐면서 말했다.

"저의 친구 바이올리니스트도, 버지니아 울프가 자신의 음악환경에 자리잡고 있으면서, 자신이 켜는 현에 어떤 영향을 준다고 했던 것이 상기돼요. "

수녀는 자신의 친구(바이올리스트)가 지닌 음악적인 환경을 세심히 알 필요는 없다고 했다. 그러면서 이른 아침에 함께 타비스톡 정원에서 붉은 햇빛을 받고 있는 버지니아 울프의 청동상에 대한 느낌을 얘기했다. 정면에서 바라보면 힘겨운 세상을 겪으면서 지성미를 갖춘 주름진 오십대이지만, 옆모습은 문학을 사랑한 삼 사 십대의 열정을 지닌 모습이라고 했다.
 그녀는 친구의 음악환경이며 중위님의 여행목적인 청동상에서 다섯 걸음쯤 물러나, 햇빛을 받고 침묵에 잠긴 그 여류작가를 향해 초점을 맞추며 여러 차례 니콘의 셔터를 눌렀다며 자랑했다. 그러면서 그 기쁨을 중위님보다 먼저 맛보아서 미안하다고 했다.
 "저의 친구 바이올리스트가 고독해 보인 버지니아의 청동흉상과 달리 웃음을 머금고 그 옆에 서있었는데, 저는 보기에 좋아서 그 순간을 놓치지 않고 필름에 담았어요. 시대를 달리한 두 여인이 멋지게 담겨 있을 거예요. 문학의 새로운 길을 개척한 버지니아 청동상과 표정이 전혀 다른 동양여인이, 자신의 필름에 멋지게 담겨 있으니 서울에서 현상하면 보여 드릴게요. 저는 버지니아 울프를 잘 모르기 때문에 바이올리스트가 했던 얘기에 귀를 기울였어요. 중복된 얘기도 있을 거예요. 그녀의 의하면 울프는 여러 사람이 모여있는 공적인 자리에서 프루스트에 대한 마음속에 있는 호의적인 생각을 표현하지 않았지만, 그의 문학을 내심 깊이있게 여기고 그의 대하소설을 끝까지 완독했다고 합니다. 그러나 유명세를 타고 있는 마르셀 프루스트는, 야심찬 문학을 구상하고있는 런던의 한 여인을 생의 종반에 이르기까지 무심했을 가능성이 있다는 거예요. 크게 알아주지 않는 처녀작 정도만 발표했으니까요. 그런 입장에 있는 울프만 일방적인 관심을 주고있었는지 모른다는 거지요. 그렇지만 버지니아는 프루스트의 사후, 훗날에도 그에 대해 전혀 언급하지 않았다고 해요. 그 이유는 선배작가로부터 영향받지 않는, 자신의 독자적인 문학을 강화시키고싶은 역사적인 안목으로 계산된 경쟁심 때문이라고 했어요. 꾀 거창한 결론이지요? 바이올리니스트는 같은 여성인 버지니아 울프에 대해 가녀리지만 사후까지 자신의 이미지를 관리하고 싶어한 야심찬 여인이라고 나름대로의 평을 하더군요. " 수녀는 친구의 견해를 세심한 부분까지 털어놓았다.
 "거의 일세기 전, 런던의 가로와 공원을 헤매며 새로운 문학을 꿈꾸었던 외로운 아가씨에게 있었던 사적인 일이 어느 정도 사실에 가까운지 모를 일이지만, 그녀가 이룬 결과를 가지고 소급한다 해도 대체로 그러한 추정이 전혀 빗나갔다고는 볼 수 없을 것입니다. 예를 들어 두 작가에게도 공평하게 다가온 1915년을 비교해봅시다. 그 해에 버지니아 울프는 첫 장편소설 「출항」을 발표했습니다. 반향이 없었던 그 책이 파리 서점가의 맑은 유리창을 장식하고 있었다 해도, 방에 은둔해서 작품을 다시 손질하기 시작한 프루스트가 가정부 '셀레스트'를 시켜 오페라근처의 서점에서 구입할 확률은 거의 없을 것입니다. 그녀는 야심을 가졌을 뿐, 무명상태였으니까요. 병약했던 프루스트는 자신의 유일한 대하소설에 하루빨리 '끝'이라는 마침표를 찍고 싶은 마음이 간절했다는군요. 그같은 상태에서, 런던의 버지니아 울프가 '잃어버린 때를 찾아서'를 쓴 그에게 관심을 준 것처럼, 그가 그녀에게 관심을 못준 것은 문학사에 있어 안타까운 일이라고 봅니다. 버지니아가 5년만 일찍 자신의 주요작품중의 하나를 발표했더라면, 귀족을 이유없이 좋아하고 비위를 잘 맞출 정도로 편향적이었던 프루스트는, 버지니아를 동경했을 것입니다." 그는 진지한 표정을 지으면서 말했다.

 잠시 후, 중위는 이차대전 중에 만들어진 어느 영화를 생각하고 있었다. 1942년도에 만들어진 흑백영화인데, 필름이 잘 보존되었는지 영상이 은막에 세심하게 투영되었다. 그 영화에서도 템즈강변 상공을 울린 웨스트 민스터 빅 벤의 울림이 두 번 있었는데, 그 소리가 조금 전 공원상공을 울린 웅장한 여운과 이어졌다는 생각을 했다.

 그 영화의 제목이 떠올랐다. 「마음의 행로」였다. 전투도중 부상을 입고 기억상실증에 언어장애까지 겹친 '찰스 레이니'대령이, 종전(終戰)날 수용소를 우연히 빠져 나온 뒤 '폴라'라는 여인을 만나 기억을 회복하는 과정을 그렸다. 지나간 전쟁을 배후에 두고 만들어진 이 영화에서도 1942년 템즈강의 물결과 웨스트 민스터(국회의사당)에서 울리는 빅벤이, 은막(시네마스코프)의 절반을 차지한 하늘 속에 웅장하게 울리는 소리가 있다는 것을 상기한 중위는, 한 세기 전에 가까운 시공간과 현재의 시공간이 그 종소리로 인해 서로를 향해 휘어지며 만났다는 윤회적인 신비한 생각이 들었다. 이차대전중의 빅벤 소리가 칠십 여 년이 지난 지금까지 여운으로 이어지고 있다는 생각은 영화를 통해 가능하게 느껴졌다. 그것은 인상적인 이야기와 두 주인공의 개성있는 연기가 스크린을 장식한 '마음의 행로'라는 영화를 통해, 두 세기의 빅벤 소리는 진실로 가능하게 이어지는 것처럼 느껴졌다.

"독창적인 문학을 꿈꾸며 가로와 공원을 산책했던 버지니아 울프도 그 영화 (마음의 행로)를 보았겠네요?" 수녀가 물었다.

"못 보았을 겁니다. 1941년 3월에 우즈 강변에 산책 나갔다가, 상의 주머니에 돌을 가득 넣고 강물 속으로 걸어 들어갔으니까요. 2년만 더 살았다면 그 영화를 보고 파급력이 큰, 영화로 만들어질 수 있는 이야기를 우리에게 남겨 놓았을지 모르는데 말입니다." 중위가 아쉽다는 듯 얘기했다.

"아-아, 안됐군요. 어떻게 그런 결행을 할 수가 있을까요? 어떤 절망이 찾아와서 그랬는지 너무 안타까워요. 우리 다시 버지니아 울프가 빅벤 소리를 들으며 설레었던 시절을 얘기해요." 수녀는 미간을 짓푸렸다.

"그녀가 설레였던 시절은, 첫 작품인 '출항'을 구상하고 쓰면서 런던의 가로와 공원을 마음껏 걸어다닐 때였을 겁니다. 당시 프루스트가 파리의 상류층에서 무척 인기있는 작가라는 것을 우리가 얘기하였지요?"

"네." 수녀가 대답했다.

"새로운 문학에 도전하려는 버지니아 울프에게 프루스트가 어느 정도의 자극을 줬을 겁니다. 그보다 나이가 십일 년 어린 그녀가 파리의 상류층에 멋진 얘기를 선물한 프루스트의 소설 '스왕네 집 쪽으로'를 친구인 화가를 통해 구입해 놓고, 자신의 글에 어떤 영향을 끼칠지 모른다는 생각에 망설이다가 읽었다는 그녀의 고백이 서간문엔가 남아있습니다."

"중위님은 두 작가에 대해 저의 친구 바이올리니스트 만큼 관심을 가지고 계시군요? 친구는 울프가 십일 년 이나 어리기 때문에, 경쟁심보다 애정 어린 관심으로 프루스트의 문학을 대했는지 모른다는군요. 바이올리스트는 두 작가의 나이차이로 인한 여러 가능성을 내놓았지만, 무심결에 들어서 잊어버렸어요. 확실한 것은 바이올리스트가 두 작가 뿐만 아니라, 일 이차 대전까지 자신의 음악환경에 두었다는 것이 분명해요. 대단하죠? 중위님은 두 작가와 세계대전을 어떻게 생각하세요?" 수녀는 나름대로 중위와 바이올리스트의 내면을 비교해보고 싶어했다.

"프루스트는 버지니아 울프와 달리 이차대전을 모르고 세상을 떠났지만, 두 작가는 일 이차대전이라는 암울한 시대적 배경 속에서 문학의 꽃을 새롭게 피워 낸 겁니다. 인간만이 무기를 만들어 싸울 수 있는 비참한 전쟁의 소용돌이 속에서, 두 작가는 새로운 문학을 잉태하고 분만했습니다. 그 시대의 전운을 불안하게 지켜보면서 자신들의 가치를 끝내 완수해낸 두 작가의 의지가 어땠는지, 우리는 유심히 살펴보면서 찬사를 해줄 수 밖에 없을 겁니다." 중위가 얘기했다.

"살편 결과 버지니아 울프에게 마음이 기울어졌군요?" 수녀가 미소를 지으며 물었다.

"네. 런던의 버지니아 울프가, 여자라는 편견을 뛰어넘어 더 새로운 문학을 세우려고 분투한 모습을, 그녀의 다양한 의식으로 창조해 낸 이야기에서 느낄 수 있었습니다. " 중위가 대답했다.

"중위님이 그럴 줄 알았어요. 여류작가인 울프에게 마음이 기울어 질줄 알았다구요?" 수녀가 눈웃음을 지으며 알겠다는 듯 얘기했다.

"수녀님, 여성이라고 해서 무턱대고 마음이 기운 것은 아닙니다. 그녀가 새로운 문학으로 미지에 놓인 정서를 개척한 것은 찬사를 받을 만 합니다. " 중위는 조금 목소리를 높였다.

"누가 그렇지 않다고 반대의견이라도 내놓으면 큰일 나겠네요? 중위님이 울프에게 기운 마음은 어느 정도 정당성이 있는 것 같아요. 그렇지만, 문학이 예수님의 복음처럼 모든 시대의 편견을 뛰어넘어 영혼을 치료하고 위로해주지는 못할 거예요. "
 "글쎄요, 저는 인간의 역사가 지속되는 한, 문학도 부지런히 함께 흐르면서 삶을 더 풍요롭게 해줄 것 같은데요. " 중위는 조금 흥분된 상태였다.
 "제가 예수님 복음애기를 하는 것은 문학에 대한 반대의견이 아니에요. 문학은 그분의 복음과 차원이 다른 것이 분명하니까요. 중위님이 버지니아 울프에 마음이 기운다면, 저는 바이올리스트의 음악환경에 일순위로 자리잡고 있는 마르셀 프루스트를 두둔하겠어요. 모르겠지만, 프루스트의 문학은 웅장한 구조를 띠면서, 시냇물처럼 세심한 부분들로 구성되어있나 봐요. 아무튼 저는 프루스트에게 더 마음을 기울여서 하늘에 있는 두 작가에게 지상(地上)의 작은 위로를 안겨 주고 싶어요. " 수녀가 가슴에 십자를 그으면서 얘기했다.
 "십일 년 어린 버지니아 울프는 파리의 프루스트라는 인물에 대해 많은 관심을 가졌음에 틀림없어요. 그를 공식적으로 언급하지는 않았지만, 그의 길고 지루하기도 했던 대하소설을 어느 페이지에서 접어 두고 막연히 다음으로 미루지 않는 체 완독한걸 보면 그녀의 마음을 짐작할 수 있습니다. 단순히 후배가 선배작가의 저서를 독서한 것은 아닙니다. 프루스트의 문학이 그녀 자신에게 어떤 영감을 주지 못했다면, 도무지 결과를 향한 이야기의 진전이 엿보이지 않는, 지루하기도 했던 그의 작품을 탐독하지 못했을 것입니다. 그녀는 한동안 프루스트 문학에 깊은 주의를 쏟은 것입니다. 그리고 그 한동안이 지난 이후엔 그의 문학을 전혀 다른 방향으로 초월하려고 혼신의 노력을 다했을 겁니다. 그렇게 한 결과, 문체나 구조면에서 버지니아적인 이야기를 만들어 낸 것입니다. 자신들이 만들어 낸 무기들에 의해 젊은이들이 덧없이 쓰러져 간 일차대전 중에, 새로운 문학을 꽃피워 낸 두 작가가, 수녀님이 그리워한 하늘나라에서 만난다면, 왜 자신들에게는 문학이 전부였는지 모르겠다며, 전쟁 중 파리와 런던에서 의지를 불태웠던 추억들을, 청아한 하늘카페에서 서로 나누었으면 하는 상념에 이르기까지 했습니다. 그같은 상념들 속에는 두 선배작가와 또 다른 문학을 창작해 낸 헤밍웨이도 끼여들었구요. " 중위는 진지하게 얘기했다.
 "그 당시로 보면 헤밍웨이가 가장 풋내기였겠군요?" 수녀가 관심있게 물었다.
 "그렇습니다. 버지니아 울프보다 십칠 년 어리고 프루스트보다 사반세기 이후에 태어난 젊은이지만, 이탈리아에 전선에서 적십자차를 몰면서 전쟁을 경험했고, 파리에서 견습기자로 지내면서 문체를 다진 그는 전후 잃어버린 세대의 상징이었으며, 전도가 유망한 젊은이였습니다. 그의 듬직한 이미지는, 파리시절부터 행동문학의 태동을 엿보이게 했습니다. " 중위는 알고 있는 상식을 나름대로 얘기해보았다.
 "그런데 은둔 중의 마르셀 프루스트를 방문했을 때도, 헤밍웨위는 잃어버린 세대로서 허무감에 젖어 파리의 술집들을 배회하며 작가의 꿈만 지녔던 젊은이에 불과했을까요?" 수녀는 헤밍웨이에 깊은 관심을 보였다.
 "아닙니다. 꿈을 현실로 드러낸 몇 개의 단편작품으로 개성적인 가능성을 보여 준 직후일 겁니다. 그는 미래가 구만리같은 젊은이로서 자신의 문학환경을 다지기 위해, 음악의 드븨시처럼 파리상류층에 이상할 정도로 인기있는 작가가 된 마르셀 프루스트를 만나고 싶었을 겁니다. "
 둘 사이에 한줄기 바람결이 지나갔다. 중위는 다시 헤밍웨이 문학을 설명하기 시작했다. 그가 전쟁 속에 연애를 주제로 한, 그 자신의 체험이 결부된 그의 두 장편소설은, 당시 매력있는 나라이자 초강대국으로 부상(浮上)한 미국인이 썼다는 점, 작가 자신의 대중적인 이미지도 작품의 인기에 승화작용을 했다는 점, 그런 면과 더불어 그의 문학은 현시대에 이르기까지 폭넓은 독자층을 유지하고 있다며 얘기를 이었다.
 "그러나 그의 파리시절은 가슴에 문학의 열정은 컸지만, 주머니

사정은 좋지 않았던 것 같습니다. 마음을 잡지 못한 체, 침상에 누워 글을 쓴다는 프루스트를 만나면 어떤 자극을 받지 않을까 하는 심정에서 면담을 했는지도 모르겠습니다. " 중위는 추정적인 얘기로 마무리했다.
 "저의 친구 바이올리스트는 사실 헤밍웨이까지도 자신의 음악환경에 두었어요. 그가 파리시절 프루스트를 방문했다면, 스승의 스승이었던 '레이날도 한'과 우정이 돈독했던 프루스트는 젊은 헤밍웨이가 자꾸 면담을 신청해서 만나 주었다는 얘기도 '한'에게 했을 것이 틀림없다는 생각을 하고있었습니다. 그런 사소한 가능성까지 떠올리면서, 바이올리니스트는 잃어버린 세대로 들어간 파리시절의 헤밍웨이를 자신의 음악환경에 두려는 것 같아요. 제 친구의 마음에 자리잡은 세 작가는, 일 이차대전이라는 포화 속에서 문학의 길을 걸어가며 훌륭한 결과를 내놓은 공통점이 있다는 것이 틀림없네요?" 수녀는 포화소리가 들리는 듯한 먼 과거 쪽으로 표정을 향했다.
 "그렇습니다. 우리에게 의미 깊은 이야기를 남기고 사라진 세 분은 19세기 후반기에 태양계를 유지시키고있는 햇빛을 보았고, 20세기 전반기에 일어난 두 전쟁을 제각기 다른 각도에서 느끼며 문학과 함께 사라진 작가들입니다. " 중위는 나름대로 덧붙였다.
 "저는 헤밍웨이의 여러 가지가 궁금해요. 유럽의 포화 속으로 뛰어든 그가, 파리의 유명작가인 프루스트를 면담했을 때 어떤 음식물을 대접받았는지도 궁금하고요? 그 상황을 알고 있는 저의 친구 바이올리니스트는 나름대로 상상력을 발휘한 것인지, 실제로 있었던 일인지 모르겠지만, 가정부 셀레스트가 레이날도 한 에게 허물없이 대접했던 것처럼 헤밍웨이에게도 커피와 감자튀김을 내놓았을 거라고 했어요. " 수녀는 미소를 지으며 말했다.
 "그럴 가능성이 있기도 하지만, 술을 좋아했던 건강한 헤밍웨이에게, 얼음에 젠 시원한 맥주와 안주로 맛이 괜찮은 감자튀김을 내놓았을 것 같은데요? 프루스트의 친절한 성격으로 보아 미국의 젊은 청년에게 할 수 있는 최선을 다했을 것 같군요. " 중위가 대답했다.
"사반세기 이상의 나이차이가 난 두 분은 무슨 예기를 나누었을까요? 전쟁이었을까요, 문학이었을까요?"
"문학이었을 겁니다. "
"두 분은 언어가 통했을까요?" 수녀가 물었다.
"프루스트는 모친의 도움을 받아 영국의 사상가 '존 러스킨'의 저서를 번역할 정도였고, 헤밍웨이는 불어를 공부한 후에 견습기자로 파리에 왔기 때문에, 둘이는 두 언어를 구사(驅使)하며 문학에 대해서 그런대로 깊이있는 대화를 나눌 수 있었을 겁니다. 대체로 침상에 누워 있는 프루스트가 자신의 문학을 설명하고, 헤밍웨이는 정중하게 고개를 끄덕이며 듣는 자리였을 것 같아요. 가난하고 무명이었던 헤밍웨이는, 파리상류층의 찬사를 받을 정도로 고상한 작품을 내놓은 프루스트가 따뜻하게 맞이해준 것만으로 큰 기쁨을 느꼈을 겁니다. 그렇지만 그의 저서를 깊이 알기 위해 방문하지는 않았을 것 같아요. 당시 파리에 거주했던 대부분의 문학인들이 프루스트의 세심하면서도 길다란 문체를 싫어했다고 해요. 헤밍웨이는 파리시절에, 일반 독서가들이 개성있다고 반길 수 있는 자신만의 독특한 문체를 습득한 상태에 있었습니다. 그가 '해는 또다시 떠오른다'를 어느 정도 구상한 상태에서 유명작가를 만나면 자신의 구상에 뭔가 자극을 줄지 모른다는 생각에, 가정부 '셀레스트 알바레'와 마지막 추고(推敲)를 하고있는 프루스트를 찾아갔는지도 모르겠습니다. "
중위는 가정부였던 '셀레스트 알바레'의 프루스트에 관한 기억을 엮은 어떤 책을 바탕으로, 헤밍웨이의 방문을 나름대로 표현할 수 있었다.
"중위님은 일차대전 후의, 전쟁의 후유증 때문에 방황하는 잃어버린 세대에 대해서도 애틋한 관심을 가지고 계시는군요. 저의 친구 바이올리스트도 파리의 병약한 샌님과 미국의 건장한 청년의 만남을 관심있게 기억하고있었으며, 중위님과 흡사한 생각을 타비스톡 공원에서 얘기하였어요. 정확히 어떤 상황이 벌어졌는지 알 수 없다고 했지만, 이십대로 접어든 헤밍웨이가 침상생활에서 벗어나기 힘든 프루스트에게 면담신청을 하고, 허락되자 방문했던 사실은 흥미있는 일임이 틀림없다는 거예요. 바이올리스트는 자신이 얘기한, 침상에서 헤밍웨이를 맞이했을 것이라고 한 것은, 프루스트의 마지막 수 년이 침상을 벗어나지 못한 것을 감안하면, 그렇게 추정하는 것이 맞을 것 같다고 했어요. " 수녀는 바이올리스트의 얘기를 애써 상기하며 말했다.

그녀는 중위와 더욱 친해졌다고 생각했다. 타비스톡 호텔 회전문을 나서는 순간, 넓은 공원에서 할말이 없어 서먹서먹하면 어떡하지 하는 걱정을 했는데, 의외로 친구인 바이올리스트의 음악환경 속에 자리잡은 세 작가를 가지고 적극적인 대화를 나눔으로써 더 허물없는 사이가 된 것 같았다. 이렇게 공원에서 다시 만난 것이 더없이 좋았다.

자유로운 여행 중에 알 수 없는 인연이 생기지 않을까 하는 기대가 전혀 없는 것은 아니었지만, 이처럼 런던에서 낯선 중위와 만나 친근해진 것은 예상 밖의 일로 소중한 인연 같기만 했다. 그러나 중위가 조그마한 브랜디병을 숨겨 와 홀짝거리며 취기가 오르자 어떻게 한 번 시험해 보겠다는 심정인지 모를 일이지만, 아무도 모를 곳이라 해서 키스를 하겠다고 몸을 잡아당기는 일은, ……그 순간엔 불쾌했지만, 지금은 그의 어설픈 행동에 대해, 신약을 전도하는 여인으로서 용서해주고 싶었다. 자신은 십대 소녀가 아니고, 사리를 판단해서 될 수 있는 한 많은 용서를 할 수 있는 삼십대인 것이다. 용서해주고 싶을 정도로 중위에게는 단순한 면이 엿보였다. 언젠가 더욱 좋은 인연으로 발전한다면, 그 문제도 서로 뒤돌아보며 웃음 속에 상기되는 추억이 될지도 모르기 때문이다.

"우리 무슨 얘기를 하다 침묵에 잠겼죠?" 수녀는 자신만의 깊은 생각에서 벗어나자 놀란 듯 물었다.

"어니스트 헤밍웨이가, 침상에서 자신의 작품을 추고하는 마르셀 프루스트를 방문했을 때, 어떻게 상황이 전개됐을까 하는 흡사한 추정들을 하는 중이었습니다. " 중위가 대답했다.
 "젊은 헤밍웨이가 보는 프루스트의 인물평은 어땠을까요?" 수녀가 밝은 표정으로 물었다.
 "전쟁, 사냥, 낚시 등, 항상 활동하려는 젊은이에게, 침상에 누워있는 프루스트는 깊은 인상을 주지 못했을 겁니다. " 중위가 대답했다.
 "우리는 세 작가를 주제로 나눈 얘기 때문에 더욱 친해진 것 같아요. 저는 예수님 얘기 빼놓으면 사실 침묵을 지켜야 할 입장인데, 저의 친구이자 바이올리스트가 타비스톡 정원에 들어서자 자신의 음악환경을 설명하는 과정에서, 세 작가에 관련된 에피소드를 아는 만큼 재미있게 기억시켜주었어요. 그래서 중위님과 어느 정도 대화의 밸런스를 맞출 수 있다는 것이 기뻐요. "
 "저 역시 신약성서를 얘기할 때, 영적으로 변화한 것 같은 수녀님의 모습에 긴장하고 감탄했는데요?"
 "그렇지만 중위님도 서울의 도심공원이나, 흑암마을의 뚝길에서 하늘나라가 있었으면 하는 노인들의 예수님에 관한 진지한 얘기를 많이 들었지 않습니까? 그 중에는 제가 모를 복음서 해석들도 있는 것 같아요. 그러나 예수님의 잘못된 경제정책이라며 '하늘에 보화를 쌓아 두라'고 하는 것을 인류가 그대로 실천했다면 반세기도 못 가 인류의 절반은 굶어 죽었을 거라는 해석은, 정말 추상적인 상념에 불과해요. 그러면서 뭐라고 했지요? 전자망으로 감시하는 은행에다 계좌를 만들어 저축하고, 혼자만이 아는 비밀번호까지 두는 세대라고 했지요. 하늘금고에다 재화를 저축하는 사람은 이세상에 한 분도 없을거라구 했다지요? 예수님은 인간의 어두운 마음을 비유로 얘기하며 바로잡으려는 것 뿐인데, 들을 귀가 있어도 제대로 듣지 못한 이들이 아무렇게나 해석하기 때문이에요. 또 복음서를 얘기해서 미안해요. 그렇지만 불신자인 중위님을 예수님의 세계로 이끌려면 어쩔 수 없네요. 중위님, 곧 저를 위해 타비스톡 호텔 로비 창가에서 '레이날도 한'의 바이올린 소나타를 연주해준다고 하니까, 그 때 궁금한 얘기들을 저의 친구와 함께 더 나누기로 해요. "
 "아직 해가 남아있는데요?" 중위가 연못에 어린 연붉은 햇빛을 바라보며 말했다.

 서쪽 하늘에는 빅벤의 여운이 맴도는 속에, 해는 더 아래로 기울어졌다. 둘 이의 시선은 연못을 지나, 그 여운이 연붉게 깃든 듯한 서쪽하늘을 유심히 지켜보고 있었다.
 "그래요. 런던의 오후는 참 길기도 하네요. 중위님은 고전문학에서 무엇을 느껴요?" 수녀가 진지하게 물었다.
 "삶에 대한 희망을요. "
 "저는 예수님의 복음서로 충분하다고 생각했는데, 문학에도 많은 희망이 깃 들어있나 보군요?"
 "많이 독서하지는 못했지만, 고전문학 속에는 다양한 이야기들이, 우리의 삶을 희망 쪽으로 이끌고 있습니다. " 중위는 자신감있게 대답했다.
 "저의 친구 바이올리스트도 문학에 대한 그런 매력을 선율에서 살리고 싶어하는 것 같아요. 그래서 저에게 전후(戰後)에 빛난 그 세 작가의 얘기를 자주 했나 봐요. 그렇다면 무척 궁금해요. 일차대전 후의 문학을 진보시킨 그 세분들 중에서, 어느 분이 가장 대중들의 마음을 사로잡았다고 생각하세요?"
 "어니스트 헤밍웨이일 겁니다. " 중위가 대답했다.
 "저도 그렇게 예상했습니다. 이십대로 접어든 시절, 저도 서점에 가서 그 작가의 책을 몇권 사서 독서했거든요. 그렇지만 마르셀 프루스트나 버지니아 울프 문학은 바이올리니스트를 통해 들었을 뿐이에요. 저의 친구 박 지선 (바이올리스트)양이 얘기한 두 작가에 대한 찬사는 대단했어요. 그런데도 저는 그 두 작가의 책을 한 권도 독서하지 못한 상태에요. "
 "제가 귀국하면 서점에서 몇권 사서 선물해줄게요. 헤밍웨이의 독후감은 어땠어요?" 중위가 궁금한 표정으로 물었다.

"개성있는 문체로 자신의 체험을 함축성있게 잘 그려 냈다고들 해요. 그렇지 않는가요?" 수녀는 제 삼자의 독후감처럼 얘기했다.
 "그렇습니다. 그의 문체는 비정하고 간결해 보인 것이 특징입니다. 전혀 부풀림이 없어 보인 그같은 간결하고 정확한 문체로 장편을 쓴다는 것은 무척 힘겨웠을 겁니다. 문장 사이의 접속어를 별로 사용치 않는 줄거리들은, 문장 하나하나가 냉정해 보이고 독립성을 갖춘 것처럼 느껴지지만, 전체적으로 매력적인 구도가 잡힌 이야기가 헤밍웨이의 개성입니다. 그같은 구도로 장편을 쓰기 위해서는 헤밍웨이같은 체력이 아니고는 힘들 것입니다. 그런 집중된 체력이 투영된 것 같은, 잘 다듬어진 그의 작품들은 행동작가로 불러진 그 자신의 듬직한 이미지와 승화작용을 하며, 전후 문학에서 가장 널리 알려진 스타가 아닐까 하는 생각이 듭니다. 지금까지도 그의 작품은 젊은이에서부터 노인에 이르기까지 사랑을 받고 있으니까요. " 중위는 고전문학의 틀 속에서 헤밍웨이를 정리해보았다.
 "중위님도 헤밍웨이를 특징있게 함축하는걸 보면, 그분에 대해 깊은 관심을 가졌나 보군요?" 수녀는 이마로 처진 자신의 머릿결을 한 손으로 쓸어 넘기면서 물었다.
 "그럴 수 밖에요. 저처럼 초급장교로 전역했다는 점도 있지만, 무엇보다 그의 이야기들이 어떻게 대중성을 확보했을까 하는 점에 관심을 기울였지요. 간결한 문체들로 구성된 이야기들은 체력이 뒤따라 준 습작의 결과이기도 하겠지만, 행동적인 타고난 이미지도 자신의 작품에 결부되어 변함없는 대중성을 유지하고있는 것 같습니다. 파리시절 견습기자였던 젊은 헤밍웨이는 프루스트 문학의 휘감긴 듯한 느슨한 문체에 역겨움을 느끼고, 그 반작용으로 미국적인 간결한 습작에 체력을 집중하지 않았나 하는 생각을 해 보았습니다. 그는 미국에서 깊은 생각없이 서둘러 결혼해, 파리시절엔 아이까지 있었기 때문에, 소설을 써서 가난을 해결하려는 간절한 바램도 있었을 것입니다. 그같은 파리시절의 환경은 자신의 작품이 순수문학이기보다 고전성을 띠면서 잘 구성된 대중성에 무게를 두엇을 것입니다. 수많은 문장이 연결되어 하나의 이야기가 만들어집니다. 헤밍웨이 문장들은 접속어들이 별로 없기 때문에 독립적으로 나열된 것 같은 느낌을 주지만, 전체적으로 잘 이어진 구조가 대중성을 확보한 것 같습니다. 이같은 점이 제가 지니고 있는 헤밍웨이 문학관입니다. " 중위는 나름대로 생각들을 진지하게 표현했다.
 "저는 헤밍웨이의 작품이 영화로 만들어진 것을 보았어요. " 수녀가 말했다.
 "혼자서요?" 중위가 물었다.
 "네. 흑암마을에서 전도를 하다가 지쳤을 때, 창세기극장에서 그분의 작품이 영상화된 것을 보았어요. "
 "그분의 작품엔 대중성이 확보됐기 때문에, 극장들은 헤밍웨이라는 이름만으로도 많은 관객을 모여들게 할겁니다. 수녀님은 극장에 자주 가시나요?"
 "흑암마을 다리목에 있는 창세기극장은 가끔 가는 편이에요. "
 "그 극장에 울적한 오십대로 보이는 자와 언제 마주치면, 추상화가님이냐고 인사를 해 보세요. 런던에서 중위한테 들었다고 하면 무척 반가워할 겁니다. 그 사람도 무신론자니까 수녀님이 이끌어야 할 대상입니다. "
 "중위님은 그 추상화가란 분을 어떻게 알게 되었어요?"
 "봄의 둑길에서요. "
 "아-아, 에덴동산에서 북망산으로 이어지는 그 둑길 말이죠?" 수녀는 추억이 많이 있는 듯 뒤돌아보는 표정이었다.
 "네. "
 "그냥 마주쳤나 보군요?" 수녀의 표정에는 호기심이 어려있었다.
 "그랬을 겁니다. 추상화가는 등받이가 없는 나무의자에 앉아 있었고, 제가 그 옆을 지나가다가 말을 걸었던 것 같아요. "
 "중위님은 실례를 무릅쓰고 그분의 상념을 방해하였군요?"
 "분명히 아름다운 상념은 아니였을 겁니다. 고독에 휩싸인 채, 건너편 둑길 너머를 멍하니 바라보는 것 같았어요. "

"같은 무신론자끼리 마음이 맞았겠군요. 무슨 얘기를 나눴더랬어요?" 수녀는 궁금한 미소를 지었다.
"흑암마을이 선물해준 추억을 얘기했는데, 추상화가는 아름다운 기억을 많이 간직하고있는 것 같았습니다. "
"그렇지만 고독하게 앉아 있는 모습을 봤다면서요?" 수녀는 추상화가를 떠올리는 듯 했다.
"네. 동정심에 얘기를 걸고, 흑암마을에 대한 그분의 추억을 들었던 것이 알게 된 동기입니다. " 그는 낮은 음성으로 얘기했다.
"그것 보세요, 중위님. 오십대에 이른 무신론자의 고독한 입장을요. 추상화가는 아름다운 추억을 하나도 살리지 못하고 고독에 휩싸여 있는 거예요. 회한에 젖어 뒤돌아보는 거예요. 무신론자들이 종착역에 가까워지면 그렇게 된다는 것을 아셔야 해요. " 수녀는 애틋하고 자혜로운 미소를 중위에게 보냈다.
"수녀님의 친구, 바이올리스트의 음악환경에 있다는 세 작가도 아마, 무신론자에 가까울 겁니다. "
"아마 라는 단서를 다는걸 보니 그것도 추정이겠군요?"
"아무튼 세 작가는 자신들의 저서에서 예수님을 지향한 언급이 없는 걸로 보아, 생전에 기독교에 대해서 비우호적이었던 것이 틀림없어요. "
"그렇지만 그 세 분들이 예수님의 경제정책이 틀렸다고 운운하며, 은행이 아닌 하늘에 재화를 쌓아 두면 인류의 절반은 굶어 죽게 될지도 모른다는, 중위님같은 허황된 소리는 하지 않았을 거예요. " 수녀는 화가 난 목소리로 말했다.
"수녀님, 제가 그런 게 아니고, 봄의 둑길에서 추상화를 곧잘 그린 그 사람이 한 얘기라고 미리 얘기했지 않아요?" 중위도 불만어린 말투였다.
"추상화가는 젊었을 때 지닌 반그리스도적인 성향이 굳어져서, 늙어서도 어두운 마음을 버리지 못하고, 자신을 구원해줄 예수님을 비난하는 거예요. 그처럼 어두운 얘기를 한 귀로 들었으면 버릴 일이지, 마음에 간직했다가 재밌다는 듯 죽음기처럼 왜 퍼뜨려요. 중위님은 아직 젊으니까, 제발 제가 막달리아처럼 걸어가려는 예수님의 길을 따르세요. " 그녀는 절실하게 얘기했다.
"수녀님은 세 작가가 친구인 바이올리스트의 음악환경에 있다고 해서, 실제보다 더 나은 평가를 해주고 싶어하는군요. " 중위는 얘기를 전환했다.
"그렇지 않아요, 중위님. 그 분들은 사후세계의 인물이에요. 그리고 이 세상에 문학의 좋은 결과를 남기고 떠난 분들이잖아요. 노력한 만큼 하늘은 보상해준다고 했어요. 의지를 남김없이 불태우고 떠난 분들이라구요. " 수녀는 숨차게 얘기했다.
"그렇다면 그들의 삶에 기록된 일 중에는, 기독교에서 허용하지 않는 면도 있습니다?"
"아, 저도 친구에게 들었어요. 하늘이 준 목숨을 스스로 끊고, 동성연애설도 있다는 것을요. " 수녀가 대응했다.
"바로 그 문제를 짚어 보려는 겁니다. 자신의 엽총을 닦다가 일어난 오발인지 확실치 않지만, 헤밍웨이는 엽총으로 자신을 파괴하였고, 버지니아 울프는 상의 주머니에 돌을 무겁게 넣고 우즈강에 뛰어들었어요. 두분 다 인생의 종착역에 이르러서였어요. 마르셀 프루스트는 동성연애에 관심이 있었구요. 하나같이 수녀님의 우두머리가 금지하는 것이잖습니까. "
"누구를 두고 저의 우두머리라고 하세요?"
"예수님 말입니다. 참, …… 죄송합니다. 저도 모르게 실수를 한 것 같습니다. "
중위는 한 손으로 머리를 긁적거리며 용서를 구했다. 수녀는 미래가 구만리같은 젊은 중위를 우리들의 주님은 용서했을 거라며, 자신도 뉘우친 중위를 용서하겠노라고 가볍게 미소를 지었다.
"아무튼 하늘의 뜻에 어긋난 일을 했으면 대가를 치를 거예요. 여행지에서 죽음 얘기는 그만 두고, 문학얘기로 돌아가요. 아까 중위님은, 헤밍웨이가 프루스트의 문체에 역겨움을 느끼고 자신만의 간결한 문체를 창조했다고 했는데, 어떤 근거가 있었나요? 저도 친구인 바이올리스트를 통해 헤밍웨이의 문체가 반 프루스트적인지 모르겠다는 걸 들었는데, 중위님도 그러니까 사실여부를 알고 싶어요?" 수녀는 얼굴을 대각선으로 기울이며 궁금해 했다.
 "반 프루스트적이라는 문체는 곧 반 프랑스적인 문체이기도 합니다. 헤밍웨이가 마침 파리에 있었기 때문에 반 프루스트적인 문체를 마음에 두고 자신의 건강한 체력으로 습작을 게을리하지 않는 결과, 미국적인 간결한 문체를 만들었다고 보는 것이 맞을 겁니다. 그럴 즈음, 잃어버린 세대였던 그가 견습기자로 있었던 파리시절은, 여유를 누릴 수 없는 가난 때문에 마음을 잡지 못하고 회의하며 방황하기도 했던 때입니다. 어떤 자극을 받고싶어서인지 모르지만, 귀족들의 한담에 오르내릴 정도로 사치스런, 파리풍으로 다듬어진 프루스트의 첫 작품을 읽다가, 그 문체에 역겨움을 느끼고, 자신만의 간결한 문체를 만들었다고 추정할 수가 있습니다. " 중위가 나름대로 대답했다.
 "헤밍웨이는 노력 끝에 자신의 이미지와 어울린 문체로 이야기를 창작해낸 것 같군요. " 수녀는 우측 머릿결을 뒤로 넘기면서 말했다.
 "그렇기도 하지만, 조금 달리 그분의 이미지를 논할 수도 있습니다. 헤밍웨이가 자신만의 개성있는 문학을 창작한 것은 사실이지만, 출판된 책이 서점에 진열됨으로써 그의 대중적 이미지인 간결한 문체라든가 낚시 사냥 등은 공고하게 만들어 졌다고 봅니다. " 중위는 서점과 독자들이라는 과정이 있다는 것을 강조했다.
 "그런 이미지가 형성되는 문학의 이동과정이 있다고 해도, 실제로 중요한 것은 창작된 그 문학이 먼 미래까지 어느 수준급의 독자층을 이끌 수 있는 가치가 있느냐가 중요하겠지요?" 수녀는 나름대로 함축시켜 대응했다.
 "그렇습니다. 자신들의 문학이 이집트의 피라밋처럼 오랜 세월동안 확고한 기반을 지닌 체 가치를 발휘하는 것이 저자들의 꿈일 테지요. 그 바이올리스트의 음악환경에 있다는 헤밍웨이나 울프, 프루스트도 그같은 꿈을 마음한구석에 지녔을 겁니다. 그 분들이 이세상에 나타나지 않았다면, 수 천년이 지나도 그들만의 개성적인 작품을 대체할 문학책이 서점에 꽂혀 있지 않을 겁니다. 독자들이나 비평가들이 세 작가의 출현을 다행스럽다고 평가해줄 만큼의 문학적 가치가 그들에게는 있는 것 같습니다. " 중위도 갑자기 떠올린 것 같은 모호한 논리를 폈다.
 "그럴 거예요. 바흐와 모짜르트, 베토벤 등의 선율이 우리 인류의 영혼을 정화시키려면 바이올리스트같은 연주자가 있어야 하듯, 문학도 비평가와 서점의 잘 꾸며진 선반들과 독자들이 한데 어우러져야만 우리의 영혼을 희망의 방향으로 밝고 맑게 키울 거예요. 무엇보다 하늘나라 쪽으로 이끌어 가는 목적을 갖는 것이 중요할 것 같아요. 중위님, 우리 서서히 그린파크 역을 향해 걸어가요. 성 제임스 공원 레스토랑 주변이 너무나 아름다워, 엉덩이가 무거워지는 것 같아요. 이 곳 차양아래서 오후의 연못을 바라보며 얘기를 나누다 보면 한이 없겠어요. " 그녀는 밝은 웃음을 지었다.

 수녀는 핸드백 끈을 어깨에 걸치면서, 중위가 의자 밖으로 나간 직후에 일어섰다. 순간, 바이올리스트가 자신의 음악환경으로 소중히 여긴, ……일백 년 전 문학의 미개척 분야가 무엇일까를 고뇌하며 이 공원을 걸었던 버지니아 울프의 모습이 형성됐다. 분수가 치솟은 건너편 하늘에 떠있는 구름이, 그리스 여인처럼 형성되어 손을 흔들어 주는 모습이 보이는 듯 했다. 수녀는 그 구름을 향해 손을 흔들어 보았다.
 산책로에서 하늘가로 기운 해를 등진 중위는, 레스토랑 외벽에 새겨진 자신과 수녀의 그림자를 스마트 폰에 담았다. 곧 이어 연못의 분수를 배경으로 잡을 수 있는 수녀의 모습을 세 커트 담았고, 수녀도 자신의 얼굴 옆에 덤덤한 표정을 가까이 대는 중위의 모습을 두 커트 담았다. 서로는 자신들의 폰에 담긴 상대의 모습을 보여 주면서, 마음에 드는지를 물었다.
 "사진작가를 해도 굶지는 않겠는데요. 연못에 어린 햇빛을 배경으로, 제가 수녀님의 어깨를 감았군요?" 중위는 자신도 몰랐다는 듯이 얘기했다.

"중위님이야말로 원근감을 담을 줄 하는 진정한 사진작가이네요. 실루엣과 실물인 저의 이중구도를 그처럼 적절하게 잡다니, 놀랄 수 밖에 없군요. " 수녀는 상대의 폰에 담겨진 자신의 그림자와 얼굴에 만족한 것 같았다.

"수녀님의 얼굴은 밝아 보이는데, 제 표정은 무뚝뚝해 보이는군요. 어떻게 보면 돼지 같기도 하는데요. " 중위가 말했다.

"영혼을 지닌 사람이 돼지일 수는 없어요. 살이 알맞게 쪘는데, 뭘 그러세요? 무뚝뚝해 보인 것은, 제가 셔터를 누르는 순간 어떤 무거운 추억을 떠올렸나 보군요? 제가 오늘같은 날 중위님의 여행목적인 버지니아 울프의 모습으로 변형된다면 어떻게 될까 하는 생각을 해 보게 되는군요. 저는 오랜 세월동안 막달리아 생각을 많이 했어요. 예수님을 떠올리면 그 여인이 가까이에서 그 분을 지켜보는 것 같아서에요. 그러나 런던에 있는 동안은, 버지니아 울프에 대한 많은 생각을 가져야 겠어요. 그녀에 대한 저의 느낌들이 사실이 아닌 상념이라 해도, 대화를 나누다 보면 중위님의 여행목적을 조금이나마 즐거움으로 채워 줄 수 있기 때문이에요. " 수녀가 미소를 지으며 중위를 바라보았다.

"저의 막연함보다 수녀님의 여행목적이 훨씬 더 구체적이고 현실성이 있습니다. 목사님의 영문소설인 '막달리아의 꿈'을 번역했고, 그 노고를 위로해주기 위한 초청을 받았으니까요. 그리고 수녀님 개인을 위한 환영연주회인데, 저와 함께 해주겠다고 하니 고맙습니다. 또한 바쁜 일정 속에서, 역사 속으로 사라진 버지니아 울프에 대한 깊은 관심도 더없이 고맙구요. " 중위가 무뚝뚝하게 말했다.

"그런 게 아니에요. 인간은 서로 인연이 생기면 마음속을 조금이나마 공유하고 싶어하나 봐요. 그래서일 거예요. 오늘 아침나절에 바이올리스트와 저는 타비스톡 정원 귀퉁이에 있는 청동흉상을 유심히 바라보았어요. 저에게는 그 청동상의 표정이 살아 있는 듯해 보였어요. 2004년에 만들어진, …… 가슴 윗 부분이 대리석탑 위에 얹어 있었는데, 기념탑치고 조금 왜소하다고 할 수 있는, 단아한 형태를 띠고 있었지요. 바이올리스트와 저는 서서 바라봤어요. 버지니아 울프가 이사와서 주요작품을 구상하고 썼던 곳이니까요. 그 곳이야말로 울프의 혼이 드나들었을 것 같은 생각이 들었어요. 2004년이면, ……그녀의 사후 육십 여 년만에 세워진 기념탑인데, 좀 홀대받았다는 느낌이지만, 그래도 다행스러워 보였어요. 그녀의 문학을 높이 평가하는 이들이 십시일반으로 뜻을 모아 세워졌지 않을까 하는 생각이 들었어요. 크기가 문제는 아니겠지만 맞은편 귀퉁이에 세워진, 의료사업에 일생을 봉사한, 같은 블록에 살았던 어느 여류인사를 기념하기 위한 대리석상에 비하면 십 분의 일쯤으로 보인 초라한 기념탑이었어요. 정원의 중심에는 인도의 성웅 간디 좌상이 있었는데, 바이올리니스트는 대영제국의 너그러움과 정치적인 배려에 의한 것으로 세워졌다는군요. 그런 이유들보다 울프가 창조한 가치는 결코 작지 않는데, 그녀가 자신의 반코트 주머니에 돌들을 가득 넣고 우즈강으로 사라진 후, 육십 여 년이 지난 후에 세워진 추모 탑 치곤 너무 초라하게 세워졌다면서, 바이올리스트는 국가나 사회 차원이 아닌 것에 대해 섭섭한 감정을 토로하더군요. 중위님은 어떻게 생각하세요?"

"바이올리스트의 유감스러움을 이해할 수 있습니다. 울프의 개성 있는 문학이 자신의 음악환경을 더욱 두텁게 해주었는데, 다른 기념상과 현격하게 비교될 만큼 그녀의 청동흉상이 초라했다면 무척 섭섭했을 겁니다. 그같은 유감스러움을 털기 위해 저는 런던에 있는 동안 버지니아 울프를 계속 제 의식의 무대에 주인공으로 등장시키려고 합니다. " 중위는 꼭 쥔 주먹을 결심이 어린 입술 가까이 올리면서 말했다.

"바이올리스트의 음악환경 속에 있는 세 작가 중에서요?" 수녀가 진지하게 물었다.

"네. 물론 바이올리스트의 음악환경에는 프루스트가 1순위로 자리잡겠지만, 저는 버지니아 울프에요. 세 작가 모두 문학의 새로운 길을 개척하려고 온 정신을 집중했을 겁니다. 그러나 '버지니아'야 말로 가장 눈물겨운 분투를 했다고 봅니다. 여성에 대한 편견을 헤쳐 나가면서, 온 의지를 불태웠을 겁니다. 그래서 결국 은 부자연스런 극적인 요소를 배제하고, 간과하기 쉬운 일상의 자 잘한 이야기도 새로운 필치로 만들어 냈으니까요. 그같은 여류작 가의 이미지들이 모여 저에게 런던을 모험하게 만든 원동력이 되 었습니다. 할일 없이 극서의 대도시 런던을 찾은 것 같은 저에게, 자신의 흔적을 찾아 달라는 목적을 안겨 주었습니다. 일차대전 후 버지니아 울프가 자신만의 개성있는 문학의 꽃을 만개하지 못 한 체 저 세상으로 갔다면, 저는 수녀님과 함께 런던의 도심공원 에 있는 것이 불가능했을 것입니다. 이렇게 수녀님을 만난 것처럼, 저는 찾고 싶은 버지니아의 흔적 위에서 떠돌고 있을지 모를 그 녀의 영혼과 대화를 나누고 싶습니다. " 중위는 조금 상기된 표정 으로 얘기했다.

"중위님, 만일에 버지니아 울프가 작가의 길을 걷지 않는 체, 평 범한 여자의 일생을 보냈고, 중위님과 제가 런던의 피카딜리 라인 에서 마주쳤다고 가정할 경우 어떻게 됐을까요?" 수녀는 난해한 질문을 했다.

"질문이 모호하군요? 그 여류작가가 19세기에 태어나지 않았다 면 으로 하는 물음이 오히려 났겠는데요. 어쨌든 우리가 마주쳐서 친근해졌다고 해도, 저는 목적이 없는 도시에서 피카딜리라인 하 나를 의지하며 당황할 수 밖에 없는, 실망스런 모습을 수녀님에게 보여 주었을 겁니다. 어쩌면 마주쳤다고 해도 친근해지지 못한 체, 얼스코트 역에서 영영 헤어지고 말았을 것 같군요. " 중위기 대답 했다.

"뒤돌아보면 얼스코트 역이 우리의 갈림길이었군요?"

"그렇습니다. 특히 수녀님이 저의 숙소를 함께 찾아 주겠다고 말 했던 그 순간은, 저에게 있는 목적을 신뢰하며 함께 하려는 것 같 았습니다. "

"열차가 얼스코트 역에 이를 무렵, 함께 내리면 도움이 될 수 있 다는 생각을 했어요. 중위님의 회화실력으로는 숙소를 찾는데 어 려움을 겪을 것 같아 최소한 예약된 그 호텔의 현관까지 함께 해주고 싶었던 거예요. " 수녀는 침착하게 그 때의 상황을 설명했다.
 "수녀님과 함께 낯선 가로를 걸으며 숙소를 찾았던 얼스코트는, 저에게는 잊지 못할 추억의 지역이 될 것입니다. 우리가 이제껏 일차대전 후의 세 작가에 대해 얘기를 나눴던 것도, 저에게는 그 시원이 바이올리니스트의 음악환경이 아니라, 얼스코트 역에 내린 우리로부터 시작된 것만 같습니다. "
 "중위님은 숙소인 베스트 볼튼 호텔이 있는 얼스코트에다 런던에서 있었던 모든 일들을 소급시키려 하는군요. 그렇지만 중위님의 여행목적은 버지니아 울프의 흔적을 찾는 것이에요. 현재의 마음속에 형성된, 얼스코트 쪽으로 치우치는 이미지들은 생각처럼 오래 기억되지 않을 수도 있습니다. 버지니아 울프의 흔적이 모여 있는 곳은, 저와 바이올리니스트가 아침에 들린 타비스톡 정원에 있기 때문에, 중위님의 마음이 어쩌면 그 곳으로 더 기울어질지도 몰라요.   우리는 이제까지 제 친구의 음악환경에 들어있는 몇 가지 사실로부터 세 작가를 의미있게 관련 시키는 얘기를 나눴어요. 바이올리니스트의 음악환경을 얘기하면서 버지니아 울프가 프루스트의 대하소설을 완독했다는 것도 알았지요. 또 두 작가 사이에 일방적인 관심 (버지니아가 프루스트에 대한 깊은 생각)이 자연스러웠을 것이라는 추정도 했지요. 그리고 바이올리니스트는 헤밍웨이가 자신의 음악환경 속에 부수적(附隨的)으로 자리잡은 면이 없지 않아 있는 것 같다고 했던가요? 자신의 음악환경을 소중히 여긴 바이올리스트는 자신을 사사해준 스승의 스승인 레이날도 한까지 소급하면서, 프루스트의 섬세한 영향력을 강조하다가, 그 병약한 작가를 방문한 헤밍웨이도 자신의 음악환경에 들어있다고 했군요. 우리는 바이올리스트가 부수적으로 떠올리다가 합류시킨 헤밍웨이를 너무 비중있게 얘기했던 것은 아닌가요?" 수녀는 머릿결을 뒤로 넘기며 조심스럽게 언급했다.
 "그렇지 않습니다. 지금껏 헤밍웨이만큼 일반인들의 관심을 끈 작가도 드물 것입니다. 그에 비하면 프루스트와 울프는 문학에 깊이와 향기를 느끼려는 자들의 연인같은 대상이지, 아직 헤밍웨이처럼 대중적인 독자층은 형성하지 못한 것 같습니다. 제가 아직 이라고 한 것은 시대에 따라 조명은 달라질 수 있기 때문입니다. 헤밍웨이는 전후 잃어버린 세대의 상징같은 인물로, 그 자신의 중단편에서 그같은 허무와 방황의 이미지가 엿보였으며, 전쟁의 멜로드라마인 두 장편 -무기여 잘있거라 와 누구를 위하여 종은 울리나 -에서 깊이있는 대중성까지 확보했다면, 프루스트는 세속과 이상이라는 두 길을 섬세하게 보여 주면서 파노라마같은 웅장한 조망을 그려 냈고, 울프를 빛나게 하는 두 장편 -댈리웨이 부인과 등대로 -에서는 평범하고 조용한 일상을, 울프 자신이 달무리 같다고 여긴 의식이라는 수직적 사고로 가장 현대적인 문학을 그려 냈어요. 그래서 저는 이천 년 전, 갈릴리 호숫가 주변마을을 돌면서 깊이있게 정리된 복음으로 하늘나라를 세운 예수님과, 문학을 첨단의 의식으로 발전시키려는 버지니아 울프를, 동일선상에다 두고 얘기했는데, 수녀님은 믿음의 대상인 예수님을 한낱 여류작가의 위치로 끌어내린다는 불만을 표시했어요. 제가 그 여류작가에게 마음이 너무 기울었다고 생각하시나요?"
"그래요. " 수녀는 냉정하게 대답했다.

 수녀는 예수님의 복음과 동떨어지게 일어난 예술을, 인류가 더 좋아하는 것 같아 안타깝다고 했다.
 중위는 비참한 일 이차 대전 중에 피어난 세 작가의 문학도, 슬픔에 잠긴 인간의 영혼을 위로해줬을 것이라고 했다.
"그렇지만 예수님의 업적은 너무나 크기 때문이에요. 우리 인류에게 궁극적인 길을 분명하게 보여 주고, 희망을 마음에 품게 했어요. 중위님은 그런 분을 여류작가 옆으로 끌어내리는데, 불만이 저의 표정에 어릴 수 밖에요. " 수녀는 애틋한 미소를 보여 주었다.
"예수님을 저희들 가까이 끌어내려 어떤 분인지 보고싶군요. 인류가 꽃피운 문명과 문화 속에서 다듬어진 분일 겁니다. " 중위가 말했다.

"저 역시 보고싶어요. 인자로 태어났지만, 그 시대의 문화와 문명을 뛰어넘은 분을요. 표정, 눈빛, 머릿결, 신장, 몸무게 등, 궁금했던 모든 것을 가까이에서 가늠해보고 싶어요. " 수녀가 덧붙였다.
"그 능력있는 분이 웨스트민스터의 시계탑에서 울리는 빅벤의 음향을 타고 이 곳 런던의 도심공원에 나타난다면 어떤 기적이 일어날까요?" 중위는 이상한 질문을 던졌다.
"어떤 기적이 있드래도, 막달리아 처럼 그분을 그리워 한 저를 내버려 두지는 않을 거예요. " 수녀가 하늘을 바라보며 말했다.
"그건 수녀님의 소망이지, 기적은 아닌 것 같은데요?" 중위가 말했다.
"그럼 능력있는 분의 기적은 무엇일까요?" 수녀가 물었다.
"일차대전 중에 런던의 지하철을 타기도 하였고, 공원과 가로를 자유롭게 산책했던, 버지니아의 흔적들이 희미하게 남아있는 곳곳에서 그녀의 정신들을 모아 우리에게 그녀의 생명체를 느끼게 한다면, 그분의 기적이 아닐까요?" 중위는 얘기하면서 표정이 밝아졌다.
"그래요. 그분만이 해낼 수 있는 기적일 거예요. 바이올리스트가 그러는데, 버지니아 울프는 무신론자와 비슷한 생각을 지녔다고 했어요. 거기다 그녀는 하나님이 준 자신의 생명을 독스럽게 스스로 사라지게 했어요. 그에 대한 벌로, 그녀의 영혼은 정령처럼 흩어져 떠돌고 있는지도 모르겠군요. " 수녀는 영혼불사에 대한 것을 내비쳤다.
"이 도심공원에 버지니아 울프의 영혼이 흩어져 있다면, 그 정령들은 제가 수녀님을 좋아한다는 것을 알 겁니다. 저는 버킹검 궁을 에워싼 듯한 이 공원길에서 하늘나라로 오르지 못한 버지니아의 흩어진 영혼이 정령화된 것을 느껴요. 흑암마을에서 전도생활로 영적인 힘을 가진 수녀님이 흩어진 그 여류작가의 영혼들을 온전하게 살아나도록 기도를 해주세요. 그 기도로 인해 어떤 능력이 그녀의 흩어진 영혼을 모아 생전의 모습으로 움직이게 할지도 모릅니다. 기적에 의해 우리가 런던에서 버지니아 울프의 어떤 모습이라든가 생명의 기운을 보거나 느낀다면, 바로 그것은 수녀님이 행한 기적으로 돌릴 수도 있을 겁니다. " 중위가 힘차게 말했다.

"그렇게 원한다면 예수님을 끌어내리려 하지 마세요. 중위님은, 하늘금고에 재화를 쌓으라는 그분의 이념을 잘못된 경제정책이라며 비난했고, 저의 우두머리라고 재미삼아 얘기했어요. 그리고 하늘나라의 주인되는 그분을 자신의 연적이라고까지 했는데, 이제부터는 그 분에 대해 항상 그리움과 외경심을 가져야 해요. " 수녀는 조용히 얘기했다.

"그러고보니 제가 수녀님의 불만을 일부러 고조시키려 한 것 같군요. 예수님을 연적이라고 하면, 보이지 않는 삼각관계가 형성되면서 양보를 해줄 것 같은 그분으로 인해 우리가 더 친근해질 것 같았습니다. " 중위는 밝은 표정이었다.

둘이는 연인처럼 팔짱을 낀 체, 그린 공원을 가기위해 서쪽하늘을 비껴 오는 햇빛을 등지며 서행하고 있었다. 휘어진 행로에서 둘 이의 그림자는 연못가 잔물결에 닿아 상체가 흔들리다가 다시 길 위로 뻗쳤다.

"그러고 보니 우리는 예상을 뛰어넘을 만큼 가까워진 사이가 됐군요. 지금 우리는 어디에 와 있지요?" 수녀가 물었다.

"길다란 연못의 중심선인 다리목에 다시 이른 것 같습니다. " 중위가 대답했다.

"아, 우리는 연못을 반바퀴 돌았군요. 두 공원이 어떻게 자리잡고 있는지, 이제 그 특징과 윤곽을 알 것 같아요. 그린 공원은 펼쳐진 초록잔디가 햇빛과 어울리고, 성 제임스공원은 길게 디자인된 연못이 참 아름다워요. 두 곳의 매력이 버킹검 궁의 전경으로 있어서 엘리자베스 여왕은 행복하시겠군요?" 수녀는 궁금한 표정을 지었다.

"여왕은 정치, 군사 분야를 총리에게 일임하지만, 16개국에 총독을 둔, 우리 행성에서 가장 권위있는 분이죠. 그러나 저에게 여왕과 수녀님 중 누구를 위해 살겠느냐고 묻는다면, 영적인 신비를 지니며 복음을 전도하는 제 옆의 여인이라고 말하겠습니다." 중위는 한 순간 수녀의 손을 꼭 쥐었다.

수녀는 자신에 대해 영적인 미니, 신비니 하는 중위의 과찬이 싫지는 않았지만, 그것에 어떤 예를 들어 구체적으로 얘기한다면 어색할 것 같았다. 평소 복음을 전도했던 자신에게 영적인 면이 어느 정도 깃든 것인지 모르겠으나, 미와 개성으로 응축된 신비한 요소가 자신의 표정에 스며 있다면, 그것이 복음전도를 하는데 효과를 발휘할 것이라는 생각이 스치기도 했다. 그러나 낯선 런던의 도심공원을 서행하면서 듣기 좋게 표현해줬는지 모를, 그 미와 신비를 부연해 말하고싶지는 않았다.
"중위님의 손은 거칠군요?" 그녀는 꼭 붙잡힌 손을 눈높이로 올리면서 말했다.
"그럴 겁니다. 지난날 실전에 가까운 훈련을 수없이 받았으니까요."
"중위님의 군대얘기 재밌을 것 같은데요?" 수녀는 궁금한 표정을 지었다.
"저는 십대 후반에 병으로 지원해서 하사관을 거쳐 초급장교에 이른 특별한 코스를 밟았어요."
"그야말로 군대체질이군요?"
"사실 병영생활에 큰 매력을 느끼고 있습니다."
"군대의 어떤 면이 그처럼 중위님을 매료시켰어요?"
"전쟁을 예상한 여러 훈련들, 총탄을 목표물에 적중시키는 것, 전방의 소 도시에서 아가씨들과 춤추었던 일 등이 저의 추억 속에 들어있지요."
"군 시절 추억 중의 일부를 저에게 얘기해줘요?
"수없이 많은데, 어떤 추억들을 얘기해야 되지?" 중위는 잠시동안 붙잡은 수녀의 손을 아이들처럼 위아래로 흔들었는데, 고맙게도 군 시절의 여러 사물들이 출렁거리는 듯한 허공 속에 드러나기 시작했다.

"총, 완전군장, 구보, 연병장, 막사, 기상나팔, 하기식, 휴가병들의 귀대, 군대가 아니면 볼 수 없는 많은 사물들이 제복을 입은 젊은 군인들로 인해 더욱 활기있게 떠오릅니다. ……그리고 가까운 시내의 술집들도 떠올라요. 전쟁이 일어나면 저는 그같은 추억들이 흩어져 있는 전선에 배치될 겁니다." 중위는 기백이 넘친 모습이었다.

"전쟁터에서 무기를 들고 싸우는 것도 중위님을 매료시키는 것 중의 하나인가요? 누군가를 죽이거나 죽임을 당할 텐데요?" 수녀는 전선에 배치된 중위를 떠올리면서 얘기했다.

"때론 두렵기도 하지만, 우리 위관(尉官)들은 전쟁이 터지면 자유롭지 못합니다. 나가서 무기를 들고 병사들을 지휘하고 솔선을 보여 줘야 하니까요. 예수님도 나라를 먼저 지키라고 했잖습니까. 전쟁에서 지면 저희 위관들은 일순위로 죽음을 당할 것입니다. 전쟁이 일어나면 국가를 지키기위해 전선으로 향할 수 밖에 없어요. 국가가 없는 저희들은 생각할 수도 없습니다. 수녀님은 전쟁이 일어나면, 수녀원 내부에서의 평화를 기원하는 어떤 지시에 따라야 하는가요?" 중위는 잘 모르겠다는 듯 물었다.

"한반도가 전쟁으로 혼란에 빠지면 수녀원은 저희에게 간호의 의무를 안겨 줄 거예요. 전선에서 피아를 불문하고 부상병을 치료하라는 지시를 내릴 것 같아요. 적십자병원같은 곳으로 파견될지도 모르겠어요. 그럴 경우, 제가 일하는 야전병원으로 후송된 중위님을 치료하게 될지도 모르겠네요? 그렇지만 중위님과 제가 그런 식으로 만나지 않았으면 해요. 중상이면, 그 고통과 피를 보며 견디기 힘들 것 같기 때문이에요." 수녀는 미간을 짓푸리며 중위를 바라보았다.

"제가 전쟁얘기를 괜히 꺼냈나 보군요." 중위가 무겁게 한숨을 내쉬며 얘기했다.

무거운 침묵을 사이에 둔 둘이는, 한반도에서 미래에 일어날지 모를 전쟁의 먹구름이 밀려오는 것을 느꼈다.

"중위님이 애써 하고싶은 얘기는 아닐 거예요. 그렇지만 런던의 도심공원을 산책하고있는 우리에게 침묵보다 전쟁얘기라도 하는 것이 더 나을 것 같아요. " 수녀는 전선으로 갈 수 밖에 없다는 중위를 위로해주고 싶었다.

그녀는 중위가 멀리 떨어진 극서의 도시에서 조국을 바라보며, 갑자기 군 시절에 느꼈던 애국심이 밀려들었을지도 모른다고 생각했다. 사실 조국은 오래 전부터 전쟁의 비극을 잉태한 상태에 있기 때문에 전쟁을 수없이 생각하며, 이 땅의 사람이라면 누구나 그 참상에 어떻게 대응해야 되겠다는, 전쟁에 대한 철학을 가지고 있어야 했다. 전쟁이 터지면 사랑하는 연인, 가족들과 영영 만나지 못할 수도 있다는 마음의 준비를 다지는 것이 옳다고 보았다.

삼팔선은 세계에서 가장 큰 두 화약고가 대치하고 있다. 그 선은 하나의 나라에 두 체제가 서로 다른 이념을 가지고 자신들의 역사를 지키기 위한 대치선이다. 전쟁의 먹구름이 짙게 밀려든 한반도의 허리를 가로지른 선이기도 했다.

아, 삼팔선의 대치는 항상 우리의 마음한구석에 그 먹구름의 싹을 움트게 하고있는 것이다. 서로 화해할 수 있는 평화의 접점은 어딘가 없을까? 이런 막연함 속에서, 전쟁이 터지면 총을 들고 전선에서 싸우겠다는 젊은 퇴역중위를 바로 옆에서 보고있자니까 수녀는 괜히 애국심이 일고, 피를 흘리며 죽을지 모를 중위가 측은하게 느껴졌다. 그래선지 수녀는 자신도 모르게 손등으로 눈시울을 닦아 냈다.

"울지 마세요, 수녀님. "
"울긴, 누가 운다고 그러세요?"
"수녀님은 부정할 수 없는 사실들을 들었을 뿐입니다. 전쟁이 터지면 저같은 초급장교들은 가장 먼저 전선에 투입되어 하루살이 같은 목숨을 부지할 운명입니다. 육이오 때도 소위 중위들은 총알밥이 되기 십상이었으니까요. 저는 퇴역한 젊은 초급장교입니다. 전쟁이 터지면 포화와 기총사격으로 초연이 자욱한 제일선으로 배치명령을 받을 겁니다. 싸우다 적탄이 몸의 어딘가 관통해 피가 멈추지 못할 상황이면, 모 윤숙 시인의 시 구절에 있는, 국군은 죽어서 소나무 가지로 무언가 썼던 것처럼, 저도 대검으로 투혼을 발휘해, 어느 나무 밑동에다 '사랑하는 수녀님'이라고 알아볼 수 있게끔 사랑의 투혼을 발휘한 후에 숨을 거두고 싶습니다. " 중위는 손등으로 또 눈시울을 닦아 내는 수녀를 보면서 말했다.
"아-아! 전쟁은 없어야 해요. 제 친구 바이올리스트가 그러는 데, 버지니아 울프는 전쟁을 남성적인 투쟁심이 만들어 낸 비극으로 생각했나 봐요. 그 예로, 일 이차 대전을 들었다는군요. 남성들의 호전성 때문에 일어났다는 거예요. 그러면서 나름대로의 방안을 제시했는데, 대규모 전쟁을 줄이는 방법으로 양성론을 주장했다는 거예요. 그러한 울프의 신념은 '올랜도'라는 양성론적인 소설로 이어졌다는 거예요. 아, 한반도에 전쟁이 일어나지 않도록 런던에서도 기원을 해야겠어요. 젊은 중위님의 열정에 의한 사랑의 감정이겠지만, 나무 밑동이든 풀밭이든, 대검으로 저를 사랑한다고 새기는 중위님의 마지막 투혼은, 전쟁이 아니면 있을 수 없는 비극일 거예요. " 수녀는 다시 눈시울을 닦아 내고 막힌 코에 손수건을 대면서 한 가지 덧붙여 물었다.
"모 윤숙 시인은 애국여성인가 봐요?"
"육이오 때 점령된 서울을 탈출하지 못해 생사의 갈림길에서 고생을 많이 한 기록을 보았습니다. 6. 25 다큐멘터리로 간행된 어느 책에서 그 여류시인은 서울의 임종 날까지 시가를 차량으로 돌며 젊은이들에게 수도를 지켜 달라는 간절한 방송을 한 것으로 되어있습니다. 그런 상태에서 여류시인은 서울을 사수하고있다는 국영방송을 믿고 있다 가, 한강을 건너지 못한 체, 변장을 하고 이 곳 저곳을 숨어 지내며 죽느냐 사느냐의 불안을 겪다가, 자신을 체포하려는 것을 알고 한강물에 뛰어들 막다른 지경까지 이를 정도로 고생이 많았더군요. 그런 상태에서 숨어 지내다가 온통 흙탕물로 누렇게 굳은 군복을 입고 솔가지를 움켜쥔 채 무언가 쓰고 싶어한 모습으로 죽어있는 초급장교를 보았나 봅니다. 그 처절한 모습에 감동을 받아 썼던 것이 「국군은 죽어서 말한다」라는 시집으로 남아있습니다. " 중위는 현역시절 사단도서실에서 다큐멘터리로 육이오를 정리한 책의 첫 권에서 기억된 것을 나름대로 털어놓았다.

"'국군은 죽어서 말한다'는 정말 애국적인 제목이군요. 모 윤숙 시인은 그 비장한 죽음을 목격하고, 살아야 겠다는 결심과 죽은 국군의 한을 시로 표현해주고 싶었겠군요?" 수녀는 슬픈 얼굴로 말했다.

"제 기억이 틀리지 않다면 풀잎처럼 쓰러져 죽은 국군은 저처럼 중위였을 겁니다. "

"아-아, 중위님과 같은 계급장이 흙탕물로 굳어진 상의 칼라에 새겨져 있었겠군요. 시인은 너무나 슬픈 사실을 목격했군요. 사단 도서실에서 그 다큐멘터리를 읽은 중위님도 한동안 그 죽음에 슬퍼했겠군요, 그렇죠?" 수녀는 중위를 빤히 바라보았다.

"최전선에서 중위로 근무할 때 전쟁이 터졌다면, 저도 죽은 국군이 되었을 겁니다. 왜냐하면 거기는 세계최대화력이 서로를 향해 대치하고있기 때문이죠. 전쟁 발발(勃發)후 몇 시간이 경과할 무렵은, 피아간 수많은 군인들이 무참히 쓰러져 있을 때이니까요. "

"중위님은 이미 퇴역을 했기 때문에 전쟁초기에 허망하게 죽지는 않을 것 같은데요?"

"아, 현역에서 물러난지 벌써 수년이 지났군요. 그렇습니다. 현재는 후방 소속입니다. 저희 예비역 부대는 서울의 흑암마을에서 참호전을 펼 만반의 준비를 하고 있습니다. 그 곳에서 뛰어난 작전으로 단결해 싸운다면 쉽게 죽지는 않을 것입니다. 제가 흑암마을에서 방어전을 펼치는 한 최선을 다해 수녀님을 보호하겠습니다. 그러나 최전선에서 초급장교들이 풀잎처럼 쓰러진다면, 저에게는 애국지침으로 하달된 최 일선 배치명령서가 떨어질 것이며, 군 수송차량에 의해 일선부대의 중대장이나 소대장 자리로 보충될 것입니다. 앞으로의 전쟁은 사실 전후방이 없습니다. 제가 무기를 들고 있는 곳이나, 수녀님이 적십자 차량을 타고 있는 곳이 최전

방이지요. ……아무튼 수녀님과 극서의 도시 런던에서 이런 전쟁 얘기까지 하며 가까워진 것을 영광으로 생각합니다."

"극동의 도시 서울에, 중위님같은 애국심으로 마음이 다져진 분이 많으면 안심이겠네요?" 수녀는 미소를 지었다.

"서울은 절대 사수될 겁니다. 육이오 때는 시가전을 준비하지 않았기 때문에 사흘만에 함락된 겁니다. 한강과 물자가 풍부한 서울이야말로 적이 가장 무서워 할 요새인데 말입니다. 저는 아직 서른을 수 년 앞에 둔 젊은 예비역 장교로서 미래의 전쟁을 예상하며 작전을 구상하고, 서울을 어떻게 방어할 것인지 가상전투를 벌이기도 하지만, 가상이어서 그런지 몰라도 저는 결코 패배한 적이 없는 불멸의 군인이 되곤 합니다. 그렇지만 앞으로 전쟁이 일어나면 최전선으로 자원해 싸울 것입니다. 초연(硝煙)이 자욱한 전선에서 싸우다 쓰러진 제 모습이, 적십자 간호원으로 투입된 수녀님에게 발견되었으면 하는 바램도 있습니다. 이름없는 이 퇴역 중위가 수녀님의 영적인 사랑을 가슴에 품고 끝까지 진지를 사수하다가 죽었다는 것을 잊지 않았으면 합니다." 중위는 전투상황에 있는 것처럼 긴장된 목소리로 얘기했다.

"누가 들으면 극동의 나라 조국에서 곧 전쟁이라도 터질 것만 같군요?" 수녀의 어조에는 전쟁을 원망하는듯한 불만이 깃 들어있었다.

"지난 세기 동안 수많은 전쟁을 치른 나라에 와서, 대치하고있는 조국의 가상전쟁을 생각하는 것도 나쁘지 않습니다." 중위는 떨어진 수녀의 손을 다시 잡으면서 말했다.

그렇다. 런던의 도심공원에서 전쟁얘기라니, 수녀는 내심 싫었다. 그런데 흑암마을에서 하기 싫은 전쟁얘기가 절로 나오다니 이상한 일이다. 19세기에 가장 많은 나라를 거느리며 대영제국이 되기까지, 그들은 얼마나 많은 전쟁을 치렀을까? 그들이 조용한 극동의 나라로 불렀던 조국은, 극서에서 전혀 다르게 느껴진다.

둘이는 지금 극서의 도시 런던의 도심공원을 걷고있다. 서울을 표준으로 했을 때 극서지, 지난 시대에는 극서의 도시가 아니었다. 몇 세대를 이을 만큼 세계의 중심도시였던 것이다. 템즈강이 흐르는 이 도시를 축으로 세계지도는 그려졌다. 시간의 표준도 영국의 그리니치에 있다. 그런데 둘이는 지금 평온한 런던의 도심공원을 걸으면서 조국의 삼팔선이 포연으로 자욱한 가상전쟁을 얘기하며, 조국에 대한 그리움이 언젠가 터질지 모를 전쟁으로 둔갑했다. 전쟁이든 사랑이든, 둘이는 서로 나눌 수 있는 화제거리가 필요했던 것 같다. 그러나 평온한 런던의 도심공원에서 숙명처럼 품고있는 조국의 전쟁얘기는 적절하지 않는 것 같다. 그래도 사랑얘기든 전쟁이든, 어떤 화제라도 둘이는 잇고 싶었다. 중위는 잠시 멈춰 하늘을 휘둘러 보았다.

"아직도 해가 몇 뼘 남아있는데요?"

중위가 서쪽하늘을 향해 말하자, 수녀도 함께 붉은 해를 바라보았다. 해는 아직도 광채를 띠었다. 둘이는 작은 들판처럼 넓찍하고 평탄한 그린 공원의 초록잔디위로, 곧게 뻗은 자신들의 그림자가 하나로 뭉쳤다가 그 사이에 빛이 흐르며 둘로 분리되는 것을 잠시 지켜보았다. 그린파크 역 출구 가까운 곳에서는 산책객들에게 대여해준 의자들이 흩어져 있었는데, 주인되는 여인이 흰 줄무늬가 있는 천에 목재를 댄 그 일광욕 의자들을 거두고 있었다.

"우리는 벌써 그린파크 역 입구가 내다보이는 곳에 이르렀군요. 제가 타비스톡 호텔에 도착할 때쯤이면 어둑해지겠어요. " 수녀는 갑자기 연약한 광채를 띤 해를 가늠해보며 얘기했다.

"피카딜리라인을 타고 그린파크까지 올 때, 그 여자 아나운서의 제국주의적인 억양을 띤 방송에 웃음이 나오지 않았나요?" 중위는 둘 이를 동일한 순간에 웃게 했던 그 안내방송에 대해 다시 알고 싶어했다.

"웃었어요. 제국주의적인 억양이라는 얘기, 정말 잘 표현된 거예요. 편리한 지하철로 몰려든 당시의 시민들을, 좀더 강력한 억양으로 통제할 필요가 있었을 거예요. "

수녀는 잠시 중위를 바라보며, 자신들에게 알 수 없는 친화력을 안겨 주었던 그 안내방송을 상기했다. 목에 힘을 준 듯한, 자연스럽지도 여성스럽지도 않는 통제적인 음성이라고 생각했다.
"그 여자 아나운서의 목소리를 주의 깊게 헤아려 보았군요. 저도 그 허스키하면서 특색있는 억양에서 지난 세기의 웅성거린 피카딜리라인이 상기되더군요. " 중위가 말했다.
"그러고 보면 전시체제에 형성된 잔재가 피카딜리라인에도 남아 있나 봐요. " 수녀가 언짢은 어조로 말했다.
그녀는 이차대전 때, 런던 숙녀의 차가운 억양을 통제로 이용했던 과거의 목소리를 듣는 느낌이 들었던 것이다.
"그렇습니다. 보수적인 영국에서 일 이차대전을 치르는 과정에 있을 법한 통제적인 방송을 그대로 원용한 것 같습니다. 대영제국 시절같은 무게있는 여성의 목소리로 안내방송을 녹음해 화려했던 과거를 상기시키려는 겁니다. " 중위는 피카딜리라인의 안내방송이 전시에 형성된 잔재임을 소급하려 들었다.
"정말 대영제국다운 여자아나운서의 강력한 억양이에요. 그러나 일차대전보다 이차대전 때 더욱 활발히 운영됐을 것 같은 피카딜리라인이 시민들의 대피소로 이용되었을 때, 엄격히 규율했던 당시의 방송이 지금의 세대로 이어지고 있다는 느낌이 드네요. " 수녀도 피카딜리라인의 억양이 있는 안내방송을 이차대전의 유물로 보려 했다.
"아무튼 스피커에서 흐르는 여자아나운서의 목소리가 전시적인 특징을 띠지 않았다면, 우리는 이렇게 연약해진 햇빛이 비껴 흐르는 그린 공원에 한데 뭉친 듯한 길다란 우리의 그림자를 바라볼 수는 없었을 겁니다. "
"왜 그렇죠, 중위님?"
"히드로 공항 역에서부터 다음, 다음 역에 이를 때마다 수녀님이 묘사한 전시(戰時)통제에서나 들을 수 있는 여자아나운서의 강력한 악센트는, 우리의 눈을 서로 마주치게 하였고 결국은 웃게 만들어 모르는 사이 친화력이 형성되었기 때문입니다. 그렇게 우리가 친근해지지 않았다면, 얼스코트 숙소를 해지기 전까지 찾을 수 있을까에 대한 불안한 심경을 수녀님에게 토로하지 못했을 것입니다. 안내방송이 서로의 눈을 바라보며 웃게 해주었기 때문에, 우리는 마음에 흐르는 낯선 곳에 대한 심경을 숨기지 않고 얘기한 것입니다. "
 "정말 그랬어요. 중위님의 불안은 얼스코트에 쏠려 있는 것 같았어요. " 그녀는 우연히 함께 한 피카딜리 라인을 떠올리며 얘기했다.
 수녀는 그 때, 중위의 숙소를 함께 찾아 주겠다고 한 자신의 결정 때문에 지금 함께 걷는다고 생각했다. 전시체제의 통제적인 안내방송이란 얘기는 누가 먼저 언급했는지 확실치가 않았지만, 친화력을 안겨 준 흥미로운 억양임은 틀림없었다. 그 방송이 원인이 되어 둘 이가 오후에 이처럼 공원을 산책하게 되었다는 생각도 그럴 듯 했다. 자꾸만 인연 쪽으로 해석하는 것을 얘기하다 보니까, 피카딜리라인의 안내방송은 서로에게 친근해질 수 있는 계기를 안겨 준 원인임이 틀림없다고 생각됐다. 그 때, 중위의 불안을 선뜻 받아 준 것을 생각하면 정말 다행스러웠다. 그 순간 다른 판단을 했다면 둘이는 성 제임스공원에서 빅 벤 소리도 들을 수 없었거니와, 이렇게 다정해 보인 기다란 그림자를 그린 공원의 잔디에 새기지 못했을 것이다.
 수녀는 자신들의 기다란 실루엣이 새겨진 초록잔디를 바라보면서, 그 때의 상황을 낱낱이 떠올릴 수 있었고, 서로의 입장을 분리됐다가 합쳐지는 그림자처럼 부각시키고 싶었다.
 "지하철이 얼스코트에 이를 무렵 중위님이 토로한 불안한 심경이 무엇이었어요?" 수녀는 확실치 않다는 듯 물었다.
 "얼스코트 역에 함께 내려 제가 예약한 '베스트 볼튼'호텔을 함께 찾았으면 하는 부탁을 했는데, 수녀님은 잠시 생각한 후 허락해 주었습니다. 생각해 보세요. 비행하는 동안 수녀님은 저의 앞 좌석에 앉았기 때문에 뒷모습과 어쩌다 시선만 마주쳤을 뿐입니다. 그러나 히드로 공항에 착륙한 후 짐 찾는 곳에서 몇 마디 나누며 서로를 알아보았고, 언더그라운드 사무소가 있는 지하1층에서 일주일을 사용할 수 있는 오이스터 카드를 구입할 때도, 행운인지 모르지만 제가 수녀님 뒤에 바짝 서있었던 것 같습니다. 그렇게 얼굴을 익히자 플랫폼에서 서로 여행에 관련된 얘기를 나눴어요. 그러나 가장 다행스러운 것은 같은 칸에 함께 앉은 것입니다. 지하철을 기다리는 중에 얘기를 나눴다고 해서 같이 앉게 되지는 않는데, 우리는 함께 앉으려고 했던 것 같아요. " 중위는 서쪽으로 기운 여린 햇빛을 향해 미소짓는 수녀와 나란히 서서 말했다.

기다랗게 붙어 있었던 둘 이의 그림자는 다시 분리되었다. 그러나 수녀가 중위의 옆으로 바짝 한 걸음 옮기자, 여성과 남성으로 분리된 실루엣은, 다시 정체성이 없는 하나가 되어, 양성이 그 그림자 속에 숨어 있는 것 같았다.
"바로 어제 오후의 일을 우리는 과거의 추억처럼 상기하고 있군요. 극서의 먼 도시 런던을 제대로 된 준비없이, 단순히 변화를 겪기 위해 왔다면 무척 불안했을 거예요. " 수녀는 검고 큰 눈동자를 위로 모으며 먼 과거를 상기하려는 듯한 표정이었다.
"그렇습니다. 서쪽의 도시 런던을 향해 기나긴 비행을 했기 때문에, 지나간 하루는 저에게도 먼 과거처럼 느껴지며, 저의 모든 기반이 있는 서울과는 두절된 느낌이 들었습니다. " 중위가 얘기했다.
"아, 저도 그런 느낌이 있었어요. 다시 익숙한 생활기반으로 돌아갈 수 있을지를 두고, 자꾸만 떠오르는 두절은 불안임에 틀림없어요. 중위님에게 믿음이 있었다면 그런 두절에서 야기되는 불안은 떨쳐 버릴 수 있을 텐데, …… 그같은 상황에서 중위님같은 불신자들은 불안을 겪지 않으면 안될 거예요. 지금 생각하면 중위님의 부탁을 받아 준 일이 얼마나 다행인지 몰라요. 사실 우리는 불안한 상황에 처해 서로 의지한 거예요. 중위님의 불안한 심경을 모르는 체 하고, 제가 타비스톡 호텔을 향해 바로 갔다면 우리는 영영 만나지 못했을 것 같군요. " 수녀는 다행스런 한숨을 내쉬었다.

"저는 서울에서 침묵으로 하루해를 보낸 일이 많은데, 낯선 서쪽 도시에 부딪치니까 닫힌 마음을 토로했던 것 같아요. 사실 너무나 낯설어서, 영어회화를 완벽히 구사할 것 같은 수녀님을 의지하고 싶었습니다. " 중위는 진지하게 얘기했다.

"충분히 이해할 수 있어요. 어제 우리는 '히드로'라는 서쪽나라의 낯선 공항에 착륙했어요. 중위님이 서울과 두절됐다는 불안한 심경은 정도의 문제로 누구나 느낀다고 봐요. 그래서 옆의 누군가와 함께 행동하고 싶은 마음일 거예요. 그렇지 않는가요? 익숙한 서울에서는 그같은 생각이 떠오르지도 않았겠지만, 낯선 곳에서는 자연스러운 거예요. 낯선 곳을 함께 헤쳐 나갔으면 하는 중위님의 마음은 당연한 거예요. "

수녀는 어제 있었던 그의 불안에 대해, 지난날 초급장교였다는 체면을 잠시 잃고 당황하는 것 같은 모습은, 누구나 휩싸일 수 있는 인간적인 불안이라는 말로 위로해주고 싶었다. 자신도 러셀스퀘어 역까지 무난하게 갈 수 있을 것인가에 대해 불안한 심경이 크게 자리잡고 있었기 때문이다. 여성적인 인내심으로 드러내지 않고 있었을 뿐이다. 그래서 중위가 서로의 거처를 찾기까지 함께 행동하자는 의사표시를 할 때, 내심 반기지 않았던가? 어쨌든, 함께 행동하지 않았다면 중위는 생경한 곳에 둘러싸여 상당한 시간을 긴장하며 찾다가 지쳤을지도 모른다.

얼스코트는 그야말로 오층 아파트의 바다였어. 사방으로 뻗은 가로의 좌우에는 서민아파트를 개조한 호텔들이 셀 수 없이 많았고, 관광수입이라는 국가정책에 호응하는 것 같았지. 곳곳에 호텔로 개조하는 공사들이 소음을 일으키고 있었지. 얼스코트 역은 드넓게 펼쳐진 서민아파트들의 구심에 자리잡고 있어. 중위가 홀로 방향을 잘못 잡고, 자신의 숙소를 찾았다면 몇 시간을 헤맸을지도 모르지. 우리는 함께 행동을 했기 때문에, 침착하게 위치를 묻고 접근해갈 수 있었던 거야. 수녀는 어제 일을 뒤돌아보며 미소를 지었다.

"무슨 생각을 그토록 깊이 해요?" 중위가 물었다.

"중위님의 거처인 '베스트 볼튼'호텔을 함께 찾으며 보았던 얼스코트의 인상들을요. 그 호텔은 깨끗하고 정돈되어있어서 손님을 맞이할 만반의 준비가 된 것 같아요. 특히 중위님의 작은 방, 책상 바로 뒤에 하얀 나사커튼이 쳐진 정사각형 창문으로 내다보인 뒤뜰의 공동정원은, 잘가꾸어진 인공미(人工美)가 엿보였어요. 프런트의 직원들도 친절해 보였구요. 저의 추억으로도 소중하게 남을 거예요. 제가 주님을 그리워하면서, 만화경같은 하늘나라의 아름다운 가로를 마음속에 펼쳐 놓는다면, 그런 추억의 부분들이 그 가로에 어른거리며 저를 회상에 잠기게 할 것 같아요. " 수녀는 어제의 일을 뒤돌아보며 인상깊게 표현했다.

"제가 다시 정식으로 얼스코트에 수녀님을 초청해야겠습니다. 역 부근에는 언제나 여행객들로 웅성거립니다. 그들을 위해, 스타벅스, 맥도날드, KFC, 롯데리아, 버거킹 등이 역 가까이에 모여있는 걸로 보아 가로의 활기를 짐작할 수 있습니다. 여행객에 의해 유동인구가 끊임없이 형성되는 것 같습니다. 그 곳 골목에서 한국식당은 찾지 못했지만, 눈에 익은 중국레스토랑은 보았어요. 수녀님이 얼스코트에 다시 들려준다면, 제가 꾀 고급으로 들어가는 해물요리를 대접하겠습니다. "

"오, 침이 넘어갈 정도로 고마운데요. " 수녀는 미소를 지었다.

"어제는 그 가로에서 한가지 재미있는 일이 있었습니다. 저는 아직 여러 단위로 모양이 다른 페니 동전들을 쉽게 구분하지 못하고 있습니다. 지난밤 수퍼마켓에서 물건을 사고, 주머니에 모인 무거운 페니 동전들을 사용해야겠다며 KFC에 들렸어요. 십대로 보인 귀여운 흑인 여학생에게 페니 동전을 한주먹 내밀고, 세트로 된 닭 날개와 포테이토를 시켰는데, 그 소녀는 해당금액을 추려낸 후 OK라고 미소짓더군요. 그런데 뒤에 서있는 멀대처럼 키가 큰 백인 종업원이, 아직 페니도 구분 못하는 동양인이 신기한지 친근하게 웃으며 악수를 청했어요. " 중위는 그 일을 떠올리며 웃었다.

"그들로서는 더없이 소중한 페니도 구분 못한 중위님이 우습게 보였는지도 모르죠. 그런 어리숙한 순수는 어디서나 통하기 마련이에요. 앞으로 중위님은 그 멀대 소년과 친구가 될 거예요. " 수녀는 웃으면서 말했다.

"저의 바보스러움을, 수녀님은 순수로 포장해주는군요. 그래서일까요. 오늘 오전 다시 한 번 그 곳에 들렸는데, 이번엔 흑인 여종업원이 아는 체 하며 악수를 청했어요. 페니를 구분 못한 일이, 그 패스트푸드점에서는 인기있는 동양청년으로 알려진 것입니다. 영국은 왜 페니 동전들을 그렇게 구분해놓았는지 모르겠습니다. 세계에서 가장 복잡한 동전들이 아마 페니일 겁니다. 페니를 생각하자, 얼스코트 가로에서 아르바이트를 하는 친절한 백인 소년과 흑인 소녀의 웃는 얼굴이 떠올라서 알려 주고 싶었어요. " 그는 환하게 웃었다.

"중위님에게 잊지 못할 추억으로 남겠군요. 저에게도 얼스코트는 잊혀지지 않을 거예요. 베스트 볼튼 호텔을 중위님과 함께 찾을 때, 희부옇게 펼쳐진 오층 건물들을요. 모든 아파트들이 흰색과 보라색으로 페인트칠이 되어있는데, 전체적으로는 희부연 색상으로 비춰진 것이 인상적이에요. 그리고 런던의 건축물답게 투박하면서 실용성이 있게 보이기도 했구요. " 수녀는 얼스코트를 떠오른 대로 표현한 것 같았다.

"이렇게 우리가 두 공원을 산책할 수 있었던 원인은, 저의 숙소를 함께 찾아 주겠다는 수녀님의 결심으로도 소급할 수 있을 겁니다. 또 다른 원인으로는 우리에게 친화력을 안겨 준 피카딜리 라인의 제국적인 억양을 띤 안내방송이 서로 가까워질 수 있는 어떤 계기를 주었을 수도 있겠지만, 그 때 수녀님이 얼스코트에서 전철을 내리는 저에게 목례만 해준 체 러셀스퀘어 역으로 그냥 갔다면, 우리는 영영 어떤 인연도 형성되지 않은 체 서로의 길에서 지냈을 겁니다. " 중위가 다행스런 표정을 지으며 얘기했다.

"지나간 저의 결단을 소중히 여겨 주어서 고마워요. 어쨌든 오늘 우리는 버킹검궁의 여왕을 감싼 듯한 성 제임스 공원과 그린공원을 산책하였군요. 엘리자베스 여왕이 가까운 곳에 있다는 것을 생각하면, 이 두 공원의 특징인 넓은 초록잔디와 길다란 연못이 더욱 인상깊게 추억으로 남을 것 같아요. " 수녀도 만족한 표정으로 얘기했다.

"버지니아 울프도 우리가 걸었던 두 공원을 자주 걸었다는 이야기가 그녀의 소설에서 여주인공의 의식으로 표현되어있습니다. 그렇다면 우리가 바라보는 저 곳, …… 20세기 초에 활발히 움직였던 피카딜리라인에서 그린 공원으로 이어진 저 출구로 쏟아져 나온 시민들을 그녀도 우리처럼 바라보았을 겁니다. 그리고 웨스트민스터의 시계탑에서 매시간 울리는 종소리도 들었을 거구요. " 중위는 울프 문학의 어떤 페이지를 떠올리며 얘기했다.

"제 친구인 바이올리스트도, 그 여류작가에 대한 찬미를 같은 여성의 입장에서 많이 했어요. 그녀는 우리가 과거에 태어나 1920년쯤 런던의 도심공원을 자주 찾았을 경우, 버지니아 울프와 마주칠 확률이 꾀 클 거라고 생각할 정도로 그 여류작가에 대한 관심이 컸어요. " 수녀는 친구인 바이올리스트의 일부 관심사가 중위와 흡사함을 생각하면서 얘기했다.

"버지니아 울프는 아가씨 시절 문학에 대한 열정을 가슴 깊숙이 숨기고, 자신의 의식을 이야기로 구성하기위해 우리가 찾은 이 두 공원뿐만 아니라 하이드와 리젠트 공원, 옥스퍼드와 본드가로를 마구 걸어다녔다고 합니다. 그녀는 외로웠기 때문에 과거로 내달린 우리를 보았다면, 극히 드문 동양인의 출현에 깊은 눈길을 주었을 겁니다. "

중위는 '댈러웨이 부인'에서 자주 묘사된 산책을 근거로 아가씨 시절까지 소급하며, 수녀가 궁금해 할지 모를 일들을 두서없이 떠올려서 설명했다.

"타비스톡 정원의 게시판에 있는 그 여류작가의 깊은 눈이 떠올라요. 저도 그같은 눈길로 두 공원의 많은 것을 바라보려고 했어요. 그녀의 첨단 의식이 저에게 전이되기를 바라면서요. 그런 생각을 떠올리다 보니까, 그 여류작가의 현대적인 의식이 저를 더욱 세련되게 해줄지 모른다는 생각에 이 공원 길들을 더 많이 밟고 싶군요. " 수녀는 걸어왔던 길을 뒤돌아보며 가슴이 벅찬 듯 말했다.
 "수녀님은 버지니아 울프와 같은 눈길로 많은 사물을 바라보고 싶다는 마음을 가졌는데, 그래선지 깊은 눈길이 그 여류작가와 무척 닮았는데요? 조금 전, 저의 상념에 떠올랐던 수녀님의 눈길 속에서 버지니아 울프의 모습이 보이는 것 같아요. 흡사한 두 여인의 눈길이 저를 바라보고있는 것 같았습니다. 결국 저는 여행의 목적인 그 여류작가를 살아 있는 수녀님을 통해서 그리워할 겁니다. 수녀님을 그리워하지 않고는 또 다른 그리움은 불가능한 일이 되고 맙겁니다. "

 수녀는 자신의 눈길 속에서 그 여류작가를 떠올린다는, 자신에 대한 그리움이 우선이라는 중위의 얘기에 별 깊은 뜻은 없다고 생각했다.
 "제가 누군가의 그리움들을 자신 쪽으로 향하게 할 수 있는 매력이 있다면, 저는 그 그리움들을 마음에 모아 하늘나라를 세우신 주님에게 바치겠어요. 그렇게 해야만 저에게 내린 전도의 사명을 조금이나마 이루는 거예요. 저는 복음전도의 길에서 오직 예수님을 그리워하며 살아야 해요. 중위님은 그같은 차원의 그리움이 있다는 것도 아셔야 해요. " 수녀는 나직한 설교스타일로 얘기했다.
 "수녀님의 그리움은 특별하군요?" 중위는 의문을 표시했다.
 "그래요. 제가 흑암마을에서 전도할 때, 저의 특별한 그리움을 함께 하려는 이들도 많았어요. " 수녀는 자신있게 말했다.
 "그같은 심원한 그리움을 일부 변화시켜서, 이성에게도 주었으면 하는데요? 저에게도 말입니다. " 중위가 불평 어린 투로 말했다.
 "저에게 듣기 좋은 얘기만 하려 들면서, 중위님은 기독교를 싫어하는 것 같아요. 저의 교리를 어떻게 따르느냐에 따라, 주님을 향한 저의 일편단심을 인간적인 그리움으로 변화시켜, 중위님과도 나눌 수 있을 거예요. " 수녀가 여유를 지닌 미소를 띠며 말했다.

"저는 먼 훗날에도, 런던-피카딜리 라인-두 공원 -을 떠올리면, 수녀님을 그리워할 겁니다. 오후에 피카딜리 라인을 타고 그린파크 역에 도착할 무렵, 여자아나운서의 제국적인 억양이 어땠습니까? 어제와 다르게 느껴졌다면, 한 번 흡사하게 해보세요?" 중위는 웃음을 안겨 준 그 방송을 수녀의 목소리로 듣고 싶어했다.
 "중위님도 들었을 텐데, 제가 그 여자아나운서의 성대모사까지 해주어야 하나요?" 수녀는 시큰둥이 얘기했다.
 "수녀님이 어떻게 모방하는지 듣고 싶은데요. "
 중위는 설교스타일을 가진 수녀의 가라앉은 음성이 좋았다. 그 음성을 고조시켜 피카딜리 라인의 안내방송을 하는 여자아나운서의 강력한 억양에 이를 수 있는지 알고 싶었다.
 "'그-린'을 이처럼 길게 끌면서 '린'에 악센트를 주고, '파ˆ크'를 무지개처럼 휘어진 소리를 냈어요. "
 수녀는 둘로 분리하여 모방하면서, 자신의 목소리가 이상한지 한 손으로 입을 가리고 웃었다.

 중위는 허스키하고 강력한 여자아나운서의 녹음된 안내방송에서 느낀 위압적인 면을, 수녀님의 묘사를 듣고 희미하게 연상되긴 되었다. 일 이차 대전 중에 대피소와 이동수단으로 활발히 이용되었던 피카딜리 라인은 규제의 강화가 필요했을 것이며, 그것은 억양이 있는 권위적인 방송이 효과를 냈을 거라는 수녀의 추정은 틀리지 않을 것 같았다. 중위는 보수적인 면이 강한 영국이, 이차대전을 승리로 이끈 과정에서 형성된 지하전철의 안내방송이지만 버리지 않는 체, 긴박했던 과거를 회상하며 평화의 고마움을 느끼려는 다수의 런던시민에 대해, 전시의 권위적인 억양을 현재까지 그대로 이어지게 하고있다는 생각을 해 보았다.
 "저도 그-린 파아크 라고 길게 끌며, 대영제국적인 억양을 띨 때는 절로 웃음이 나왔습니다. 다른 한편엔, 수녀님이 추정했듯 전시 때 그랬을 것 같은 통제적인 어조가 그대로 굳어졌으리라는 것과, 특히 이차 대전 때 피카딜리 라인에서 활발한 안내방송이 그랬으리라는 것을 느낍니다. " 중위는 방송의 억양에 대한 수녀의 언급을 다시 한 번 공감하면서 말했다.
 "사실 우리는 일 이차 대전 때 이세상에 있는 빛을 까맣게 몰랐던 세대인데, 이젠 그 대전을 승리로 치러 낸 런던에서 얘기를 하는군요. "
 하늘에는 흰구름, ……흩어져 있는 연인들과 몇 명의 노인들이 그린파크 역 출구 쪽으로 향하기 시작했다. 둘이는 팔짱을 끼고 서행했다.
 벌써 과거로 흘러간 두 전쟁은, 겪지 않았던 둘 이에게도 희미하게 자리잡고 있었다.
 수녀는 생각에 잠겼다. 두 전쟁이 문학이 되고, 그것을 근거로 영화로 제작되어 극장의 스크린을 통해 영상으로 수없이 펼쳐진다. 일 이차 대전의 문학과 영화는, 인류의 비극적인 추억이기 때문에 현재의 젊은이들은 앞선 세대의 고난을 보고 평화의 중요성을 느끼기도 할 것이다. 어쨌든 이차대전 중에 런던의 피카딜리라인은 활발히 움직였을 것이고, 버지니아 울프의 슬픔과 기쁨도 그 라인에는 어려있을 것이 틀림없다. 곧잘 전쟁을 일으키는 남성들을 원망하는 그녀의 깊은 눈길도 그 라인 어딘가에 깃 들어 있을 것이다.
 "'그-린 파아크'역 출구에 우리의 그림자가 닿았네요?" 수녀는 피카딜리 라인에서 전쟁 중에 했을 것 같은 안내방송 억양을 또 흉내내려 했지만, 그렇게 되지 않는 것 같아 웃었다.
 "음향이 전혀 달라요. 그 안내방송은 약간 허스키하면서 강력한 톤을 지녔는데, 수녀님은 가라앉은 설교적인 음성이에요. 영혼을 구제하려는 전도 스타일의 목소리를 쉽게 벗어나지 못할 겁니다. 그래도 앞부분을 길게 끌고, 뒤쪽을 아-치형으로 마감하는 것은 놀라울 만큼 비슷한데요?" 중위도 크게 웃었다.

 둘 이의 그림자는, 잔디를 스친 연한 햇빛이 모여 흐르는 것 같은 평탄한 출구로 더 길고 희미하게 뻗쳤다. 통로를 따라 역 구내

가까이 빨려 들어간 듯한 둘 이의 상체 부분은, 스러지고 보이지 않았다.
"이젠 헤어질 때가 되었나 보군요. " 수녀는 핸드백에서 지하철 카드를 꺼내면서 말했다.
"이별을 하기엔 아직 이른데요. 영영 헤어지겠다는 건가요?" 중위는 침울한 표정으로 물었다.
"아니에요, 중위님. 오늘의 이별을 하겠다는 거예요. 제가 부탁한 것은 잊지 마세요. 저는 이제껏 맛보지 못한 한 가족의 성대한 환영을 받고 있답니다. 곧 있을 연주회도 그 환영의 일환이지만, 중위님도 배려된 음악회라는 것을 아셔야 해요. " 수녀는 진지하게 얘기했다.
"아, 기대되는데요. 연락을 받으면 정 애 씨를 위한 연주회에 잊지 않고 참석하겠습니다. "
"아직 날짜가 확정된 것은 아니지만 내일 아니면 모레일 거예요. 열시 반 이후의 아침나절에 하는 것은 분명해요. 넓은 호텔로비 창 가라서 연주회 장소로는 너무 적적할 것 같아요. 그래서 중위님이 왔으면 하는 거예요. 그 창 가에서 버지니아 울프의 청동상까지는 십 여 미터에 불과한 아주 가까운 거리에요. "
"우리가 첫날 함께 도착해서 앉았던, 확 트인 창가의 넓은 곳이 아닌가요?" 중위가 물었다.
"그래요. 비록 로비의 유리창이 가로막고 있지만, 정원의 청동상은 자신의 흔적을 찾고 싶어서 먼 서쪽 도시까지 여행 왔던 중위님이 호텔 창 가에 앉아 레이날도 한의 바이올린소나타인 C장조 선율에 귀 기울이는 모습을 영혼으로 지켜볼지 몰라요. " 수녀는 발길을 멈추면서 말했다.
"그 여류작가의 영혼이 타비스톡 정원에 있다고 생각하는군요?" 중위가 물었다.
"네, 그래요. 울프가 겪은 일생의 큰 굴곡으로 보아 그녀의 영혼이 타비스톡 근처를 떠돌고 있을지 모른다는 생각이 들어요. " 수녀가 대답했다.

둘 이가 낯선 연인의 보행 길을 터주기 위해 왼쪽으로 조금 이동하면서 몸의 각도를 틀자, 조금 전 역 구내로 이어지는 출구의 통로에 빨려 들어갔던 자신들의 그림자가 잔디로 두텁게 덮인 언덕진 곳에 다시 모습을 갖추며 새겨졌다.
 "아직 해가 지지 않았어요. " 중위가 말했다.
 "아, 정말 런던의 오후는 길기도 하네요. 우리의 그림자가 보여요. "
 "여기서 그냥 헤어지기는 너무 이른데요. 우리 얼스코트로 다시 한 번 가요?" 중위가 그녀를 바라보았다.
 "저는 베스트 볼튼 호텔까지 보았는데요?" 수녀의 깊은 눈길이 그를 지켜보았다.
 "수녀님이 인상깊어 했던 그 호텔 후정의, 성성한 잎새들로 우거진 나무가 무슨 이름인지 접수처 아가씨에게 물어 보겠습니다. 얼스코트 가로는 서울의 구획되지 않는 도심반경같은 느낌이 드는데, 전등불이 켜지기 시작하면 구경할 것이 꾀 있습니다. 우리 그 가로를 이처럼 같이 걸으면 안될까요?" 중위의 표정에는 헤어지기엔 런던의 밤이 너무 아쉽다는 듯한, 복잡한 감정이 깃 들어 있었다.
 "다음에 얼스코트에 갈 기회가 있으면요?" 수녀는 완곡히 중위의 제안을 거절했다.
 "우리가 이렇게 친근해진 것은, 두 공원에 깃든 버지니아의 흔적 때문으로 돌리고 싶군요. " 중위는 수녀의 손을 꼭 쥐면서 말했다.
 "저는 버킹검 궁에 계신 여왕님의 자애로운 은혜로 보고싶은데요?" 수녀가 버킹검 궁전으로 깊은 눈길을 던지면서 얘기했다.
 "해가 서쪽 하늘가에서 그린 공원을 향해 마지막 빛을 보내 주는군요. 저 빛줄기는 희망이고, 우리에게 내일이 있다는 기약처럼 느껴집니다. " 중위가 연해진 해를 향하며 말했다.
 "아, 그래요. 저물어 가는 저 해를 바라보며, 우리도 마음속에 있는 소망이 이루어지도록 기원해요. 연주회 때에 다시 만나겠다는 약속도 저문 해를 향해서 해요. " 수녀가 미소지었다.
 "저 해를 함께 바라보는 것으로 약속이 된 겁니다. 우리는 이 곳에서 영영 헤어질 수는 없습니다. 아직 경과해야 할 일이 많습니다. 지금 이 자리에서 우리의 오후가 끝나는 것이 아닙니다. 오늘 서로 헤어지기 위해서는, 저 출구를 통과해 에스컬레이터를 타고 지하 깊은 곳의 플랫폼으로 내려간 후에, 수녀님은 러셀스퀘어 쪽으로, 저는 얼스코트로 향하는 전철을 타기까지 함께 있는 것입니다. " 중위는 여유있는 표정으로 얘기했다.
 수녀도 그가 얘기한 시간상의 절차를 떠올려 보았다. 잠시 후부터 중위와 헤어지기까지, 시간을 차단시키며 좀더 천천히 흐르도록 붙잡을 것 같은 세 가지 일이 뇌리에서 순서를 기다리고 있었다. 먼저 개찰구(改札口)를 통과해야하고, 다음 에스컬레이터를 타고 깊이 내려가 닿는 플랫폼에서 전철이 오기까지의 시간을 어떤 이유로 자꾸 분절(分節)시키고 싶었다. 방향감각이 정확하지 않았지만, 자신은 북쪽레일을 타고 중위는 남쪽으로, 서로는 멀어질 것 같았다. 어느 쪽 전철이 먼저 오기에 따라, 한 사람은 밖에서 멀어지는 이를 바라봐야 될 것 같았다.
 "그래요. 아직도 경과해야 할 일을 감싸고 있는 시간이 남아있군요. 중위님도 히드로 공항에서 구입한 오이스터 카드를 꺼내세요. 제가 먼저 개찰구를 통과할 테니 뒤따르세요. " 수녀는 미소를 지으며 먼저 들어갔다.
 에스컬레이터는 깊이 뻗어 내려, 전철이 오가는 플랫폼에 바로 연결되어있다. 일세기 이상의 역사를 지닌 지하철이다. 산업혁명의 진원지이기도 한 영국은, 우리 행성에서 첫 지하철을 달리게 했을 것이다. 그 지하철이 현재 블루라인으로 표시되어있다. 둘이는 이제 몇 곳의 블루라인 역을 본 것에 불과하지만, 지나간 일세기의 세월이 역력한, 과거의 냄새같은 것이 입구의 벽에도 분명히 배어있었다.
 둘이는 에스컬레이터를 탔다.
 중위는 수녀보다 한 계단 아래에 서서 그녀와 닿을 듯이 마주보다가, 자신이 적도라고 농담해보았던 그녀의 허리를 애써 의식하지 않는 사이에 한 팔로 감쌌다.
 수녀는 젊고 거친 이성의 팔로부터 이같은 애틋한 접촉을 처음 겪고 있지만, 밀쳐 내는 냉정한 태도보다 낯설고 아무도 모를 런던의 지하에서 여성적인 부드러움을 그대로 내보이고 싶은 이끌림을 느꼈다. 자신을 너무 좋아한 것 같은 그를, 에스컬레이터가 플랫폼에 이르는 길지 않는 시간 동안, 사랑의 감정을 내비친 채 조용히 받아들이고 싶었다. 그것은 호텔 로비에서 나타샤의 춤을 추었던 것과는 비교할 수 없는, 전혀 다른 사랑의 감정이 가슴에 피어올랐다. 자신의 내심 깊은 곳에서도 이같은 애틋한 접촉을 원했던 것이 아니냐며, 설레인 알 수 없는 파동이 가슴과 얼굴로 올라왔다. 분명히 예전에 체험하지 못한 다른 파동이었다. 자신이 흑암마을에서 전도활동을 할 때, 자신의 설교가 감동적이었다며 손을 내미는 많은 사람들과 악수를 하고, 몇 몇 젊은이들의 용기와 노인들의 감동에 의해 껴 안기기도 했지만, 낯선 도시의 플랫폼으로 내려가는 에스컬레이터 계단을 사이에 두고 마주선 중위에게서 느낀 설레임은, 이제껏 자신에게 나타나지 않았던 새로운 감정인 것 같았다.
 흑암마을에서 수없이 왜곡된 사랑의 감정을 지켜보며 위로했던 일이 많은, 인생의 중반으로 접어든 것 같은 서른이 된 전도사 아가씨는, 자신에게 찾아온 이 뜻밖의 감정에 대해 예민하게 반응하지 않고, 부드러운 여유로 받아들였다. 그렇게 여성적인 마음의 준비를 하는 순간, 허리를 자연스럽게 휘감은 중위의 너무나 진지한 표정이 얼굴에 닿는 것을 느꼈다. 수녀는 중위의 억센 팔과 열정 어린 눈빛과 입술을, 홍조 띤 얼굴로 받아들였다.
 "고맙습니다, 정애 씨. " 한참 후 중위가 침묵을 깼다.
 "뭐가요?" 수녀는 뭔지 모를 막연한 감정 속에서 물었다.
 "성 제임스공원에서처럼 손 치우라며, ……매정하지 않아서요?" 중위가 조금 더듬거리며 말했다.
 "거기선 중위님이 숨겨 온 브랜디를 마시고 취한 것 같았어요.

그렇다고 뺨을 친 것은 저의 잘못인 것 같아요. 아팠어요?"
 "정신이 바짝 들던데요. 수녀님의 손때가 그렇게 매울 줄은 몰랐습니다. " 중위는 그녀의 가녀린 손을 펴 보면서 말했다.
 "미안해요, 해식 씨. " 수녀는 그에게 잡힌 손을 빼, 조금 전 접촉했던 입술을 부끄러운 듯 가렸다.
 그 순간 본 수녀의 모습은, 흑암마을의 불신자들에게 설교했던 전도사의 모습이 아니고, 설레인 감정을 겨우 숨긴 방년의 아가씨 같았다. 중위는 자신감이 들었다. 휘감은 팔을 자신 쪽으로 힘을 주자, 서로의 숨결이 들릴 정도로 두 얼굴이 가까워졌다. 둘이는 중간지점에서 다시 키스를 했다. 잠시 후 수녀는 얼굴을 붉힌 체, 중위의 얼굴을 떼어 내며 깊은 눈길로 그를 바라보았다. 중위도 설레는 가슴속의 파동이 얼굴로 올라왔는지 붉어진 표정이었다.
 "눈을 감아요!" 중위가 말했다.
 수녀는 눈을 감아주었다. 두 얼굴은 또 합치되었다.
 바로 그 영원같은 순간이 지나자 에스컬레이터는 플랫폼에 닿았다. 중위는 자신의 뇌리에 달콤하게 남아 튜브(Tube:런던의 지하철)를 통해 펼쳐질 것 같은 그 세계, 영원처럼 느껴지는 지극한 그 세계를 지하에 닿는 순간 수녀의 깊은 눈길을 통해 보았다.
 둘이는 플랫폼에 내려섰다. 두 레일은 십여메타 이상 떨어져 있었고, 어느 쪽에도 전철이 들어서고 있다는 방송이 없기 때문에, 둘이는 손을 잡고 러셀스퀘어 쪽의 플랫폼을 서성였다.
 "얼스코트 행의 전철이 먼저 오면, 우리 함께 탈까요?" 중위가 물었다.
 "그럴 경우, 제가 밖에서 손을 흔들어 배웅해야 겠네요. " 수녀가 부드럽게 거절했다.
 둘 이가 서성이는 러셀스퀘어 쪽 라인에 붉은 등이 켜지며, 전차가 곧 진입한다는 세찬 신호음이 들려 왔다.
 "헤어지기 싫은데요. " 중위가 말했다.
 "로비 창 가에서 연주회의 일정이 확정되면 제가 연락을 드릴게요. " 수녀는 다시 만날 수 있다는 것을 암시했다.

신호등이 울리자, 중위는 오후에 있었던 자신의 몇 가지 잘못된 행동이 후회되었다. 전차의 진입을 알리는 신호등처럼, 헤어짐이 목전에 닥치자 그의 마음에는 가책의 등불이 켜졌다. 수녀가 되는 것이 꿈이라고 한 흑암마을의 전도사는, 예수님을 받들 만한 기품 있는 여성임이 틀림없다. 곧 전철을 타게 되면, 오후에 있었던 어리숙한 사내의 행동에 책임을 물어, 다시는 만나 주지 않을 것만 같았다. 에스컬레이터에서는 자연스러웠는데, 새소리가 들리는 그 아름다운 연못가의 산책길에서는 추한 모습을 보이며 그녀의 분노를 샀고, 예수님은 자신의 연적이라며 터무니없는 소리를 했다. 이런 후회스런 언행이, 수녀를 태우고 가겠다는 붉은 신호등이 켜지자 한꺼번에 밀려왔다.
 전차의 속력이 느려지고, 문이 열렸다.
 "오늘밤, 그린공원과 성 제임스공원을 함께 걸었던 서 정애 수녀님을 그리워하다 잠들어도 괜찮겠죠?"
 "푹 주무세요. 저에 대한 그리움이 수면의 항해에 도움이 된다면, 허락하겠어요. 연주회가 있다는 것 잊지 마세요……. " 그녀는 미소를 지었다.
 수녀가 뭔가 더 하려는 말은, 전철의 출입문이 닫히는 바람에 끊어졌다. 그녀는 움직이기 시작한 전철의 창에 얼굴을 바짝 댔다. 목소리가 들리지 않자 둘이는 출입문에 끼여 있는 맑은 유리창을 모리스 부호처럼 두드리며 심정을 전하려고 했다. 그것은 쉽게 표현되지 않는, '사랑해'니 '영원히 사랑해'라는 의미로 서로는 창을 두드렸을 것이다. 그러나 전철이 더 빨라짐으로 해서 둘 이의 간격은 멀어지기 시작했다. 그 자리에 서있는 중위는 수녀가 멀어진다고 느꼈다. 수녀도 출입문 창가에 얼굴을 붙이고 플랫폼에 서있는 중위가 희미해진다고 생각했다. 전동차에 가속도가 붙자, 중위의 모습이 순식간에 뒤로 물러나며 보이지 않았지만, 수녀는 창밖의 어스름한 튜브를 향해 미소를 보내며 손을 흔들어 주었다. 출입문 옆에 서있는 수녀의 표정에는 기쁨과 서글픔이 뒤섞여 있었다.

 해가 진 후 어둑한 땅거미같은 것이 낀 러셀스퀘어 역 주변은, 스산한 바람이 불기 시작했다. 제국시절에 지어진 것 같은 묵직한 건물들이 낯선 극동의 여인을 다시 맞이해주었다. 얼스코트 지역에 들어찬 오 층 아파트로 지어진, 드넓은 주택가와 가로의 건물보다, 러셀스퀘어 쪽은 훨씬 오래된 고풍스런 건축물들에서 과거의 냄새가 어둠과 뒤섞여 풍겨 왔다. 수녀는 오래된 과거의 향기가 중위의 체취처럼 자신의 코에 스친 것을 느꼈다. 그러자 얼스코트 어딘가를 걷고있는지 모를 중위가 떠올랐다. 러셀스퀘어 쪽에서 어떤 그리움에 잠긴 자신을, 더 큰 그리움으로 떠올리면서 밝은 가로를 걸어가고 있는 모습이 보이는 듯 했다.
 수녀는 토스트와 자연식품을 파는 빵 가게를 우회전해 타비스톡 호텔 쪽으로 걸었다. 깨끗하고 곧게 뻗은 가로였다. 그녀는 우측 보도를 타고 깊은 눈길로 가로를 살펴보았다. 좌측은 호텔과 사무실들이 많은 건축물들이 줄지어 있고, 자신이 걷는 보도 가에는 생활에 필요한 여러 상점들이 쇼윈도를 장식하고 있었다. 그녀는 가로를 걸으면서 자신이 과분한 사랑을 받고 있다는 생각을 했다. 단란한 한 가족이 주는 따스한 환영에 감사했다. 중위의 이성적인 사랑도 고마웠다. 그것은 끈질긴 의지로 지상의 작은 결과를 이뤄낸 한 여성에게 베푼 극진한 환영이기도 했고, 하늘나라에 대한 복음을 부단히 설교했다는 전도사에 대한 주님이 내려 준 사랑의 선물일지도 모른다. 그녀는 과분한 사랑을 느끼며, 타비스톡 정원으로 이어진 가로를 서행하고 있었다.
 수녀는 과거를 떠올렸다. 흑암마을의 많은 교회들이 예수님을 보았다는 젊은 아가씨의 선언적인 고백을 믿어 주었지. 스물 셋의 아가씨를 경쟁하듯 초청해 교인들에게 설교를 부탁했으며, 자신은 기꺼이 응해 꿈과 그리움 속에서 보았던 주님과 하늘나라의 세계를, 이야기 하듯 알려 주었어. 이렇게 시작한 전도였어. 그렇게 복음서를 전도하면서, 자신을 런던으로 초청한 목사님의 후원을 더욱 받게 되었지. 다른 교회보다 박 목사님의 작은 교회에서 전도활동을 더 정성껏 해주었고, 그로 인해 그분의 영세적인 교회는 세차게 일어나기 시작했는데, 그것이 문제였어. 주변의 다른 교회에서 불량배들을 보내 박 목사를 헤치려고 했던 사건은 충격적이었어. 신변의 위험을 느낀 박 목사는 흑암마을에서 교회를 키우려던 목적을 다음으로 미루고, 바이올리스트인 딸의 뒷바라지를 하기 위해 유럽으로 떠난 후 훌륭한 책을 썼지. 해외의 여러 도시를 돌며 연주회를 하는 따님의 매니저 역할을 하면서, 흑암마을에 목표했던 교세를 확고히 세우지 못한 아쉬움을 다른 방향으로 노력한 결과, '막달리아의 꿈'이라는 소설을 영문으로 쓰게 되었고, 자신은 그분의 책을 번역하고 출판해주었어. 그런 결과가 둘 이의 힘으로 교회를 다시 세우겠다는 암묵적인 약속이 되었고, 흑암마을에서 전도활동을 하고있는 자신을 다시 만나게 된 특별한 원인이 됐어. 모든 일이 벅차게 미래를 향하고 있어.

 수녀는 미래를 떠올리며 서행했다. 아, 자신에게는 중위라는 새로운 인연이 주어졌다. 단란한 가정이 주는 따뜻한 환영과 더불어, 중위로부터 싹튼 사랑의 감정을 선물로 받은 것은 정말로 가슴 벅찬 일이야. 천천히 걸으면서 감사의 기도를 올려야겠어. 그녀는 두 손을 가슴에 모으며 서행했다.

 수녀는 우정있는 바이올리스트를 떠올렸다. 자신과 흡사한 체격을 가진 바이올리스트에게 전도하면서 입었던 고급스럽고 수수해 보인 옷을 준 것은, 둘 사이에 반복된 일이었다. 새로운 의상을 보며 연주회 때 자랑해야겠다고 좋아한 모습을 보면, 몇벌 더 가져올걸 하는 아쉬움이 일어났다. 벌써 자신과 바이올리스트 사이에는, 복음전도 때 입었던 의상을 주고받음으로써 이세상에 둘도 없는 우정이 일어나 다정한 사이가 됐다. 둘 이의 우정이 돈독해질 만한 다른 이유도 충분했다. 흑암마을에서 박 목사의 교회를 부흥시키려고 했을 때, 이미 바이올리스트를 소개받았고, 몇 살 위인 자신을 전도사 언니로 부르며 더없이 따랐던 과거를 공유하고있었기 때문이다.
 아-아! 중위와의 인연은 어떻게 되어갈까? 오늘 그분의 행동에 못마땅한 것이 있었지만, 충분히 이해할 수 있는 일이었다. 둘 사이에 형성된 알 수 없는 친화력이 그같은 일을 무마시키고도 남을 것 같았다. 그래서 조금 전의 그린파크 역에서 있었던 일, 에스컬레이터에서 중위의 억센 팔에 침묵을 지켰으며, 얼굴이 맞닿았을 때, 주님이 서로 사랑하라는 감정이 바로 그런 느낌인지도 모른다고 생각했다.
 너무 빠른 변화인 것 같다. 바로 어제 피카딜리라인에서, 지난날 초급장교였다고 자랑했던 그가, 지금은 한 여인에게 애틋한 그리움을 안겨 주며, 파엘벨의 캐논 선율이 흐르는 것 같은 고풍스런 가로를 서행하게 만들었다. 이별의 아쉬움이 있었던 플랫폼과 사랑의 감정을 눈에 가득 담고 자신과 멀어진 중위의 모습이 바로 눈앞에 보이는 듯 했다. 지금쯤 그도 얼스코트의 가로를 걸으며 헤어진 여인을 생각하고있을 것이다. 이처럼 애틋함을 교류 했던 한 여인의 마음이 설레고 있는데, 그도 깊은 생각에 잠겨 있을 것이다.
 중위의 여행목적이 된 타비스톡 정원에 들려 청동상에게 오늘 있었던 일을 고백해볼까? 그린파크 역 에스컬레이터에서 그 사람과 키스를 한 후 헤어졌다고 청동상에게 말을 걸으면, 그 청동상이 시샘으로 엿보일 수 있는 어떤 반응을 할지도 모를 일이다.
 선물가게의 쇼윈도가 생화들로 장식되어있었다. 청순해 보인 장미, 프리지어 등이 보도를 향해 얼굴을 내밀었다. 수녀는 두 송이의 장미를 샀다. 그리고 부지런히 걸어 타비스톡 정원으로 들어갔다.
 하얀 장미 한 송이를 울프의 청동상 아래의 대리석상 위에 누여 놓고, 청동상의 표정을 살펴보았다. 주름진 오십 대의 여인은 자혜로운 미소를 보내며, 수녀를 놀라게 할만큼 말을 하기 시작했다.
 "왜 저에게 하얀 장미를 바치죠?" 아가씨의 목소리가 새어 나왔다.

"게시판에 있는 당신의 사진이 너무나 청순해 보여서에요. " 수녀가 대답했다.
"저는 어제부터 극동에서 온 두 분을, 텔레파시로 지켜보고 있습니다. 저는 떠도는 영혼으로 있던 중 중위님의 여행목적이 된걸 알고, 더욱 활발해진 영혼이 되었습니다. 저는 주어진 텔레파시로 많은 것을 예지할 수 있어요. " 청동상에서 아가씨의 밝은 목소리가 새어 나왔다.
"아-아, 저희들의 등장을 예지하며 지켜보고 있다니 놀라운 일이군요. " 수녀가 얘기했다.
"영혼들에게는 격에 맞는 텔레파시가 주어지고있어요. 수녀님은 들고 있는 붉은 장미를 호텔로 가져가 맑은 유리컵에 냉수를 반쯤 담은 후, 그 장미줄기를 비스듬히 넣어서 창 가의 커튼 사이에 두려는 생각을 하고 있었지요?" 영혼이 예지된 것을 물었다.
"그랬어요. 정말 놀라운 예지력이군요. " 수녀는 입을 반쯤 벌리고, 자신의 생각을 알아 맞추는 청동상을 바라보고 있었다.
"그 뿐만 아니라 수녀님이 서울의 흑암마을에서 예수님을 현현하였고, 전도사로서 기적을 행하셨다는 것도 알고 있습니다. " 청동상에서 이같은 말이 새어 나왔다.
"지난날 주님을 보았던 기적은 사실이지만, 저는 세상 사람들이 놀라워하는 기적을 행했던 일이 없습니다. " 수녀가 조용히 말했다.
"제가 기적이라고 한 것은 불신자들의 마음에 복음의 세계를 안겨 준 일을 두고 하는 얘기입니다. 수녀님! 저도 불신자로서 하늘에 오르지 못한 불쌍한 영혼입니다. 제 영혼에는 주어진 생명을 스스로 죽인 잔인한 여류작가라는 낙인이 찍혀 있습니다. 세상에 있을 때 청순한 모습과 달리, 제 영혼은, 제가 상의 주머니에 돌덩이들을 넣고 우즈강에 뛰어든 그 무게가 주홍글씨처럼 붙어 있어 하늘에 오르지 못하고 있습니다. 저는 막달리아처럼 예수님의 신임을 받고 있는 수녀님을 통해 구원을 받을 생각을 하고 있답니다. " 청동상의 눈에서 눈물이 새어 나왔다.

"제가 어떻게 하면 될까요? 여류작가님의 영혼에 붙은 그 돌 무게를 제거할 수 있다면, 저의 여행동료인 중위님이 당신에게 관심을 쏟는 것을 봐서라도 어떻게 해서든지 그것을 떼어 내어 당신을 하늘나라로 오르게 하고 싶습니다. " 수녀가 얘기했다.

"아, 듣기만 해도 희망이 보이는 듯 합니다. 저는 불신자였습니다. 제가 문학의 열정에 사로잡힌 시절엔 '프로이트'라는 유명한 정신분석학자가 나타나서 자신의 발표한 논문으로 많은 동조자들을 이끌고 있었지요. 저도 그 동조자 중의 한 사람이었어요. 복음서를 구닥다리같은 도덕률로 여기고, 예수님을 개성있는 웅변가쯤으로 여기면서 불신자가 되었죠. 수녀님은 그같은 불신자를 구원해주는 전도사로 알고 있습니다. 수녀님의 마음속으로 들어가 구원을 받고 싶습니다. 그러기 위해서 제 영혼은 이 곳을 떠나 서울의 흑암마을까지 따라갈 준비가 되어 있습니다. " 울프의 영혼이 슬프게 얘기했다.

"당신께서는 비록 런던을 벗어나지 못했지만, 영혼으로 있기 때문에 지상(地上)의 인간이 모를 여러 가능한 일을 행할 수 있겠군요?" 수녀는 호기심을 가지고 의문을 표시했다.

"예지할 수 있을 뿐입니다. 그러나 예지된 분을 만나기란 기적같은 일인데, 저는 도움을 받을 수 있는 수녀님을 만났습니다. "

"당신의 예지로 저를 봤을 때, 제가 당신을 도울 수 있다는 겁니까?" 수녀가 물었다.

"수녀님은 측은하게 런던의 도심을 배회하는 저를 위해 이 곳까지 비행했는지도 모릅니다. " 영혼이 얘기했다.

"아니에요. 저는 '막달리아의 꿈'을 번역했기 때문에 저자로부터 런던에 초청을 받은 거예요. "

"수녀님이 얘기한 것은 조금도 틀리지 않았어요. 저도 하늘에 오르기 위해 수녀님과 이렇게 대화를 하고싶은, 간절한 소망이 있는 영혼이라는 것을 알아주었으면 해요. 수녀님, 저를 측은하게 여겨주세요?" 보이지 않는 영혼이 슬프게 말했다.

"저의 친구인 바이올리스트로부터 들었던 바로는, 당신은 지상에서 측은한 삶을 보내지 않았어요. 새로운 문학을 개척하기위해 불굴의 투지를 발휘한 여성으로 알고 있습니다. "

"그렇지만 수녀님, 저의 영혼에는 우즈강에 뛰어들 때, 상의 주머니에 넣은 돌덩이 무게같은 것이 붙어 허덕여야 하는 측은한 영혼이 되고 말았습니다. "

"언제였지요? 우즈강에 뛰어든 슬픈 일이……?" 수녀가 물었다.

"1941년 3월이었어요. 이차대전으로 런던에 폭격이 심했던 것 같아요. " 보이지 않는 영혼이 대답했다.

"상의 주머니에 넣은 돌은 준비해간 거예요? 수녀가 물었다.

"아니에요. 우즈강변에서 하나 둘……, 주워담았어요. 돌덩이를 주워담지 않았어야 했는데, 그 돌덩이 무게같은 것이 붙어 다니면서 독스런 여자라는 딱지가 제 영혼에 주홍글씨처럼 새겨져 있는 거예요. 그걸 떼어 내기 위해서는, 막달리아처럼 예수님을 그리워한 수녀님의 마음속에서 감화를 받아야만 해요. 런던의 도심을 떠도는 제 영혼을 불쌍히 여겨 주세요. 저에게는 영원의 세계가 걸린 일입니다. 저를 구원해주고 싶다는 약속을 해주세요. " 울프의 영혼은 울먹였다.

"미천한 저한테 그런 능력이 있다면 당신을 구원하는데 최선을 다하겠어요. " 수녀는 손을 펴서 그 측은해 보인 청동상이 안쓰러워 잠시 자신의 눈을 가렸다.

수녀는 지상에서 여성의 편견을 이겨내며 분투해서, 새롭게 비춰지는 문학의 꽃을 피워 낸 여인의 영혼이 런던의 도심에서 배회를 하고있다는 것을 생각하자, 자신도 모르게 넘친 눈물을 손등으로 닦아 냈던 것이다.

"하얀 장미에서 향기가 나는군요. 그렇지만 저는 수녀님의 가슴 깊이 있는 마음의 향기 속으로 들어가야 합니다. 저를 측은히 여겨 주는 수녀님을 꼭 따라가고 싶습니다. "

"아-아! 버지니아 울프여! 저의 귀국은 얼마 남지 않았어요. 보이지 않는 당신의 영혼을 어떻게 함께 해야 할지 모르겠군요. " 수녀는 당황한 표정으로 말했다.

"걱정하지 마세요. 이젠 호텔방에 들어가서 휴식을 취하세요. 최선을 다하겠다고 허락해주었기 때문에, 저에게 어떤 길이 열릴 거예요." 보이지 않는 울프의 영혼이 얘기했다.

"당신의 영혼은 저와 함께 가고 싶어해요. 그대는 조금 전 저의 마음속에 들어가고 싶다고 했어요. 저와 이렇게 마주보는 이 때에 당신의 영혼이 제 가슴속으로 들어오면 되겠네요?" 수녀가 떠오르는 생각을 얘기했다.

"살아 있는 분의 영혼이, 사후에 하늘에 오르지 못하고 떠도는 이의 영혼을 마음에 품기 위해서는 서로에게 깊은 사랑의 분류(奔流)가 있어야 하는데, 같은 여성끼리는 불가능 해요. 우리의 영혼이 순수한 감동을 받아 서로 합치되려면 이성(異性)이어야 가능해요. 같은 여성끼리는, 영혼을 이동시키기 위해 격심한 접촉을 해 봐야 목적을 이룰 수 없는 헛수고만 하게 되는 거예요. 그것은 하늘나라의 영원한 법칙에 의해 허용되지 않을 거예요." 울프의 영혼이 말했다.

"그러나 버지니아 울프의 영혼이여! 저는 타비스톡에 이 삼일 머물다가 극동의 서울로 떠날 텐데요?" 수녀는 안타까운 심정에 한숨을 내쉬면서 얘기했다.

"아-아, 어떡한담?"

수녀는 다시 한숨을 토했다. 하늘로 오르지 못한 여류작가의 무거운 영혼이 저 청동상을 들락거리며, 생전의 흔적을 따라 런던도심을 헤매고 있다. 배회하는 그녀의 영혼을 수녀는 자신의 내부로 받아들이고 싶었다. 그런데 버지니아의 영혼은 접촉해서 들어갈 수 있는 기회를 눈앞에 두고, 가능하지 않는 이유를 설명했다. 동성끼리는 순수하고 세찬 감정의 분류를 서로에게 줄 수 없기 때문에, 자신의 영혼이 움직이지 않을 거라는 설명을 하고있다. 아, 어떻게 해서든지 그녀의 영혼을 자유롭게 해주고 싶다. 새로운 문학에 유성(流星)처럼 한 획을 그은 여류작가의 무거운 영혼을, 이국만리에서 여행 온 자신이 하늘로 오를 수 있는 기적을 만들어주고 싶었다. 문학의 길에 새로운 길을 개척했지만, 그녀의 영혼에는 우즈강변의 돌덩이 무게가 붙어 있다. 그것을 떼 내기 위해 그녀의 영혼은, 예수님을 그리워하고 복음을 전도한 살아 있는 여인의 마음속으로 이동해야한다. 조개 속에서 진주가 정화되며 만들어지듯, 어떤 식으로든 그녀의 영혼을 받아야 한다. 자신에게 현현 해줄 정도로 관심을 가져 준 예수님은 여류작가를 구하는데 어떤 계시를 내려 주실 것이다.

기적같은 기회를 포착한 버지니아의 영혼은, 도심의 공원과 가로를 끝없이 배회하는 절망에서 벗어나 하늘나라에 오를지 모른다는 희망에 설레고 있다. 수녀는 안타까움에 가슴을 조이며, 버지니아의 무거운 영혼이 깃든 청동상을 상념에 잠겨 바라보았다.

"제가 저기 벤치에 앉아 있을 테니까, 저를 당신이 그려 낸 '올랜도'처럼 생각하며 저에게 세찬 사랑의 감정을 분류시켜 제 마음속으로 당신의 영혼을 흐르게 해 보세요. 당신처럼 의지를 불태워 문학의 새로운 길을 발견하려고 애썼던 이를, 무거운 영혼으로 런던의 도심을 헤매도록 내버려 둘 수 없어요." 수녀는 동정 어린 눈길로 청동상을 바라보며 얘기했다.

"아-아! 수녀님이 저의 영혼을 측은히 여기는 마음을 압니다. 그러나 저는 하늘나라에서 몹시 싫어한, 소돔과 고모라에서 일어났던 현상을 수녀님과 재현할 수 없습니다." 청동상은 단호하게 말했다.

"영원의 세계가 걸린 문제에요. 제가 그대의 청동입술에 저의 입을 맞추겠어요. 올렌도의 키스로 생각하고 그 순간 빠져 나오세요."

수녀는 세찬 감정의 입술을 한참 후에 뗀 후, 청동상을 바라보았다. 버지니아 영혼이 서글프게 말하기 시작했다.

"저의 영혼이 움직이기 위해서는 그대를 향해 신비한 원소가 흘러야 하는데, 우리의 심신으로는 나타나지 않는가 봐요.

"그럼 저는 그대의 영혼을 구하지 못한 채 떠날지도 모르겠군요?" 수녀는 안타까운 한숨을 내쉬며 얘기했다.

"곧 수녀님을 위한 환영연주회가 있을 겁니다." 보이지 않는 버지니아의 영혼이 말했다.
 "정말 당신은 예지자이군요!" 수녀는 고개를 끄덕이고, 미래를 알고 있는 버지니아 영혼의 예지력(豫知力)에 놀라워했다.
 "당신의 친구 바이올리스트는 환영연주가 끝난 후에, 당신을 중위님과 춤추게 할 것입니다. 그 때 두 분의 춤 동작을 성원하기위해 제가 처녀시절에 어느 백작집에 가서 들었던 '바흐'의 무반주 바이올린 선율이거나, 슈베르트의 현악사중주의'비장한 리듬이거나, 브람스의 진지한 바이올린소나타를 연주한다면, 두 분이 춤을 출 때, 제 영혼은 그 사이로 파고 들어가 감동적인 선율을 타고, 어쩌면 중위님의 마음속으로 먼저 들어갈 것 같은 생각이 들기도 하지만, 그같은 선율이 중위와 저의 영혼에 세찬 감정의 분류를 일으킬지는, 아무래도 장담할 수가 없군요. 그리고 바이올리스트는 제가 생전에 백작집에서 들어봤던 그 곡들을 연주하지 않을 거예요. 아마 다른 선율로 두 분의 춤 동작에 맞출 것 같아요. ……수녀님, 정원에 밀려다니는 바람이 으스스 차가워졌어요. 호텔로 들어가세요. 오늘밤 저에게 수녀님의 마음속으로 안착할 수 있는 좋은 방안이, 저를 측은히 여긴 천사로부터 주어질지도 모릅니다. " 버지니아의 무거운 영혼이 말했다.

 수녀는, 우즈강 돌 때문에 하늘에 오르지 못한 채 런던 도심을 헤매는 버지니아의 측은한 영혼과 헤어지는 것이 안타까웠지만, 뒤돌아 섰다. 정원경계에서 술렁거린 활엽수 가지 사이로 하얀 빛을 뿜는 수정등을 등지고 소방도로를 건너서, 맞은편의 불빛이 배여있는 회전문을 밀고 들어섰다. 널따란 로비는 두 연인이 서성일 뿐, 한적했다.
 수녀는 호텔에서 투숙객을 위해 내놓았을 것 같은, 어제 자신과 목사가족을 맞이해준 창 가의 그 자리에 앉았다. 어두워진 후에 보아도 널따란 공간을 가진 호텔 로비였다. 바로 이 자리에서 연주회를 열 예정이다. 그런데 하늘에 오르지 못한 무거운 영혼은, 놀랍게도 그 연주회를 예지하고있는 것이다. 연주회의 주인공인 자신이 중위와 춤을 춘다는 것까지 예언했지만, 무슨 선율을 따라 추게 될 지는 모르고 있었다. 그래선지, 비장하기 짝이 없는 '바흐'의 샤콘느나 슈베르트의 슬픈 영혼이 춤추는 듯한 현악사중주와 불협화음으로 잘 다듬어진 브람스를 기대하고 있는 것이다. 버지니아는 살아생전에 그 세 작곡가의 연주를, 본드 가의 어느 백작부인의 초청음악회에서 듣고 감동을 받았다는 얘기다. 그 몇몇 선율에서 생전의 감동을 분출시키면서 중위의 몸 속으로 먼저 들어가, 예수님을 그리워하고있는 전도사이자 수녀의 꿈을 지닌 자신의 마음속으로 이동해 영혼의 무게를 줄이고 하늘에 오르려는 간절한 소망을 실현시키고 싶어한다.

 그 영혼이 간구하는 것을 실현시켜주려면, 이 몸은 어떻게 해야 할까? 버지니아의 무거운 영혼이 바이올리스트가 연주하는 선율을 통해, 중위를 거치지 않는 체 이 마음속에 들어올 수 있다면, 그녀의 영혼은 서울의 흑암마을까지 곧바로 갈 수 있을 텐데.

 수녀는 그 여류작가의 영혼을 자신의 마음에 한시바삐 안착해주고 싶었다. 자신의 여러 설교를 들으며 영혼이 하루빨리 가벼워지기를 바랬다. 그 무거운 영혼이 선율을 통해 이동하겠다는 것은 가능한 일이 아닌 것 같았다. 간절한 소망을 아름다운 선율로 타개해보려는 듯, 가볍게 내비친 것이다. 거기다 그 작품들은 둘 이의 춤을 성원할 수 없는 선율들이다. 그 문제점을 버지니아 영혼은 정확히 알고 있는 것 같다. 그래서 그 소망에 대해, 오늘밤 실현시킬 수 있는 방안이 천사로부터 내려올지 모른다는 얘기를 했다.

 버지니아의 무거운 영혼은 젊은 시절에 받아들였던 프로이트 이론에 대해 후회하고, 성모마리아의 모습과 예수님의 복음에서 엿볼 수 있는 하늘나라에 귀의하겠다는 것이다. 극동에서 온, 복음의 전도사인 자신의 마음속에 안착하려는 것만으로, 그 영혼이 귀의하려는 세계가 어디인지 충분히 증명되는 일이다. 그 영혼을 자신이 그리워한 하늘나라로 꼭 이끌어 줘야 한다. 1941년 3월부터 지금까지 런던의 도심을 홀로 떠돌았다니, 하늘나라를 알리는 전도사로서 절대로 내버려 둘 수 없다. 버지니아의 영혼도 기회를 포착했지만, 자신도 문학의 새로운 길을 개척한 여인의 영혼을 마음속에 품고 정화시킬 수 있는 영광스러운 기회이다.
 아-아, 하늘과 땅이 함께 이룰지 모를 이 일은, 순수하고 세찬 사랑의 분류(奔流)에 의해 완수될 것이라고 했다. 이제는 떠돌이 영혼이 된 그녀 혼자만의 고민이 아닌 것이다. 영원의 세계가 걸린 문제이다. 버지니아의 영혼과 함께 고뇌하며, 어떤 길이 없는지 한시바삐 찾아내야 한다.
 수녀의 깊은 눈길은, 창 밖으로 향했다.

　　　10

 중위는 그린파크 역에서 수녀와 헤어진 후, 바로 다음 역인 하이드파크 코너 역에서 내렸다. 하이드 공원 입구는 버지니아 울프가 태어난 곳이기도 했기 때문이다. 그의 짧은 여행일정에는 런던 가로의 건축물 양식이나 박물관의 다양한 예술품보다, 역사 속에서 조명되고있는 한 여류작가의 이미지를 느끼려고 했다. 그러나 공원 입구의 휑 한 공간에는 이름 모를 조각상들만 있었다. 그는 근처의 나무벤치에 앉아서, 버지니아의 생가는 오래 전에 도시계획으로 사라졌겠지만 보이지 않는 그녀의 흔적은 넓은 하이드 공원에 깃 들어 있으리라는 생각을 했다. 그러자 숲속에 흩어진 그녀의 흔적들이 님프가 되어 환영의 합창을 해주는 것 같았다. 중위는 위로를 받고 기운을 얻었다.
 그는 레스토랑이 있고 보트놀이를 할 수 있는 연못까지 갔는데, 한 바퀴 돌기에는 너무 넓다는 것을 느끼고, 조금 서성이다 다시 얼스코트 행 지하철을 타기위해 역으로 향했다.

 완전군장한 일개 소대병력도 들어가 충분히 점호를 취할 수 있는, 얼스코트 역의 거대한 엘리베이터에서 나오자 어둑했다.
 도시계획을 모면한 듯한 구 가로의 2차선 도로에는 차량들이 연이어 달렸다. 중위는 KFC패스트푸드점 앞의 횡단보도를 건널 때, 신호등에 걸려 끝없이 늘어선 것 같은 차량의 행렬이 좌우에 있는 것을 보았다. 보도에는 연석 가까이 세워진 가로등에 의해 웅성거린 행인들의 그림자들이 서로 뒤섞이기 시작했다. 해가 진 후의 얼스코트 가로에도 온갖 전등불과 어둑한 땅거미가 어리기 시작한 것이다. 역 부근은 점차 밝아지며 행인들이 서로의 모습들을 가리기 시작했다. 가로등과 상점들의 불빛이 밀집되어있으며, 이 가로의 가장 활기찬 중심임을 보여 주었다.
 여행객들이 많이 찾은 구 가로는, 술집, 식당, 패스트푸드점, 카페, 수퍼마켓 등이 서로 어우러진 서민의 거리였다.
 중위는 역 건너편에 있는 KFC에 들어갔다. 화장실을 가기 위해서이다. 검은 색상에 가슴위로 가로지른 두 개의 노란 줄무늬의 티셔츠를 입은 흑인소녀가, 자신을 알아보고 미소를 보내 주었다.
 그는 주문한 감자튀김과 콜라와 종이상자에 치킨 세 조각이 들어있는 쟁반을 들고, 행인들을 바라볼 수 있는 창 가에 앉았다. 콜라를 마시고, 케첩에 감자튀김을 찍어 들면서도 그의 의식은 새로운 인상에 활발히 타올랐다. 맑은 유리창을 통해 낯선 행인들의 오가는 모습에서, 먼 서쪽 도시는 낯설고 인상적이었다.
 그런 느낌 가운데, 자신이 오후 내내 있었는데도 윤곽과 방향이 제대로 잡히지 않는 세 곳의 도심공원을 떠올리며, 버킹검 궁을 기준으로 올바른 위치에 두려고 했지만 잘 되지 않았다.
 하이드파크에서 한 역 떨어진 곳에 그린 공원이 있고, 궁을 앞쪽에 두고 대칭 지역에 성 제임스 공원이 이어져 있으며, 그 너머에 템즈강이 흐르고, 강변의 웨스트 민스터 시계탑에서 시간을 알리는 종소리가 하늘에 울릴 것이라는, 가능한 구도를 그려보았다.
 아직 눈으로 확인하지 못한, 종소리에 의해 펼쳐진 템즈 강 주변은 고풍스러움이 막연하게 가로막았지만, 활발한 의식 속에서 드러난 버킹검 궁은 그 윤곽이 선명했다. 오늘 오후처럼 여왕이 있는 궁을 기준으로 살피다보면, 도심은 더욱 버지니아의 시야처럼 바라볼 수 있으리라는 생각이다. 그리고 런던의 토박이로 가로와 도심공원을 즐겨 보행했던 그녀의 흔적을 느낄 수 있으리라는 생각이었다.

'댈러웨이 부인'속에서 버지니아는, 자신이 무수히 보고 몸으로 지각했던 도심의 반경을 이야기의 무대로 삼았다. 그녀가 처녀시절이었던 일세기 전, 많은 영토를 거느렸던 영국은 해가 지지 않는 나라로 일컬어졌다. 그 중심의 구심이기도 한 런던의 도심은, 상류계급의 보수적인 예술관이 투영된 것으로, 가로와 건축물들이 설계되었을 것이고, 한 번 계획되어 가로에 줄지은 석조건물들과 도로들, 지하철 (피카딜리 라인)은 일세기 전을 그대로 보여 주고 있기 때문에, 버지니아가 시대를 뛰어넘은 의식으로 문학의 새로운 길을 찾으려는 정신보다 조금 뒤떨어진 배경으로 보여진다. 우리는 그같은 면을 모순으로 볼 것이 아니라, 근본적인 바탕이 될 수도 있는, 안정감을 주는 배경으로 보는 것이 타당할 것 같다. 거기에서 그녀는 일상의 어느 날과 어울린, 안정된 이야기를 세련된 의식으로 그려 냈다.

산업혁명의 종주국인 영국, 그 국민이 일차대전 이전에 지하철을 상용화했던 일은 과히 놀랄 일이 아니다. 그렇게 생각할 때, 버지니아가 문학의 새로운 길을 달무리같은 의식으로 개척하려 했던 일도, 서구에 어두웠던 극동 사람이라면 놀라웠을지 모르지만, 그들의 세계에서는 그같은 문학이 태동할만한 문명의 기반을 가졌던 것 같다.

울프는 댈러웨이 부인 속에서 여러 인물을 자신이 지각할 정도로 몸에 익은 도심의 무대에 올려 놓고, 의식을 표출시키는데 있어서 자신의 여성적인 마음으로 세심하게 감독을 했다. 울프의 문학에서, 곱고 섬세한 낱말로 장식되어있는 문장은 비평가들이 했던 만큼, 그렇게 많지는 않다. 이야기 내용도 복잡하지 않는 것처럼, 문장 자체를 꾸미려는 것을 좋아하지 않는 것 같다. 일상의 언어를 자연스럽게 나열하는 것이 울프의 마음속 깊은 곳에 있는 가치인 것 같기도 했다. 내용을 따르기보다 문장 자체에 신경을 쓴 작가는 헤밍웨이나 프루스트 쪽이 오히려 심할 것이다. 그녀에 대한 비평은, 당시 여성으로서 새로운 문학을 개척하려는 뛰어남에 대한 편견인지도 모른다.

중위는 여행 중인 자신이 애써 생각하지 않아도 될, 세 작가에 대한 비교를 왜 해보려는 것인지, 그럴 만한 이유는 없었다. 순전히 개인의 주관과 현재의 배경이 맞물려, 사라진 작가들의 이미지와 연결되기 때문이다.

그는 국가가 만들어 낸 거대한 조직에서 빠져 나온 후, 잘 짜여진 규칙적인 생활도 할 수 없게 되었다. 막상 나오고 보니 심신을 건강하게 유지시키는데 있어, 국가가 만들어 낸 단체, 그 이상의 다른 세계는 없다고 여겨졌다. 바쁘게 돌아간 조직생활에서 사회로 나온 그는 쉽게 고독의 함정에 빠져 든 것이다. 그걸 타개하기 위해, 지루하게 널려 있는 시간을 소비하기 위한 방법으로, 고전문학 속에 자신의 이름을 남기고 사라진 작가들의 책을 일부 독서하거나 라디오를 껴안았다. 예상 외로 고독과 맞설 수 있는 위로를 받았다. 삶에 대한 좀더 강한 의지와 용기도, 작가들이 문학으로 함축해 낸 책에서 얻어낼 수 있었다. 그들 중에는 이처럼 여행의 목적이 되기도 한다.

극서의 런던에서 살다가 이미 사라진 버지니아 울프는, 자신의 문학으로 중위를 런던까지 여행하게 했다. 그렇게 동기와 목적을 가진 중위는, 수녀를 알게 되었고, 그녀의 친구인 바이올리니스트의 음악적 환경 속에 일차대전과 관련된 프루스트와 헤밍웨이, 그리고 버지니아 울프가 있다는 것도 알게 되었다. 다행히 그의 주관속에서도 세 작가의 이미지들은 꿈틀거렸다.

그래서 중위는 얼스코트 가로를 내다볼 수 있는 패스트푸드점 창 가에 앉아, 생각을 정리했다. 앞으로 화제(話題)가 될 것 같은 이 세 작가에 대한 어떤 주제를 가지고 얘기를 나누려면, 그들이 지녔던 가치와 이루어 냈던 문학을 나름대로 정리해두고 싶었다. 아무튼 세 작가로부터 나온 문학은, 일차대전 후부터 지금에 이르기까지 부단히 조명되고있다.
 바이올리스트는 자신의 음악환경에 일순위로 자리잡은 프루스트를 가장 먼저 찬미할 것이며, 다음은 울프와 헤밍웨이로 이어질 것이다.
 중위는 보도를 바라보며 깊은 생각에 잠겼다. 이같은 의식 아래는, 그린파크 역 플랫폼으로 내려가는 에스컬레이터에서 접촉했던 수녀의 얼굴이, 순간순간 끊어지는 의식 사이에 내밀며 상념의 주된 흐름이 되려고 했다.
 보도로 나온 중위는 얼스코트 역에서 동쪽으로 뻗은 가로를 걷기 시작했다. 아침나절, 브랜디를 구입했던 수퍼마켓의 밝은 유리창이 바로 옆에 있었다. 그린 공원에서 성 제임스 공원까지 수녀와 함께 산책하는 동안, 조금 마셔 보겠다는 생각으로 들렸던 수퍼마켓이, 그의 서행 길에 조금씩 뒤로 물러났다.
 뇌리를 화끈하게 오르게 하고, 터무니없는 용기까지 불러일으킨 브랜디는, 성 제임스 공원의 길다란 연못에 아련한 색상을 입혔으며, 그녀를 어떻게 해보려다 뺨을 얻어맞을 만큼 분노를 사게 했다. 가로의 어둠 저쪽에는 북회귀선과 남회귀선이라는, 지리학 용어로 모호하게 포장한 것이 그녀의 모습과 함께 떠오르곤 했다. 독한 브랜디를 홀짝거리지 않았다면 결코 나오지 않을 얘기로, 어떻게 우리의 행성을 가로지르는 그 두 선을 수녀의 몸에다 적용시켰는지 모를 일이다.
 그는 부끄럽게 여겨지는 일을, 정당화될 수 있는 방법이 없는지를 계속 생각했다. 도수가 높은 브랜디와 수녀의 분노에서, 어떤 해결의 실마리가 숨어 있지 않은지 찾아보기도 했다. 그럴수록 오후에 있었던 후회스런 일은 안개 속처럼 선명하지 않았다. 독한 술은 왜 남북 회귀선들을 불러일으켰는지, 그 선들을 어떻게 스쳤는지 확실치 않았다. 그녀의 매서운 손이 따갑게 뺨을 때리는 순간, 정신이 번쩍 들었던 것만이 선명히 떠올랐다. 시간이 과거로 멀리 흘러가도 결코 씻겨지지 않을 얼룩같은 것이 될 것 같다.
 그 아련한 때에는 복음을 전도하는 여성처럼 보이지 않았다. 품격이 높아 보이거나 영적인 면이 눈빛과 표정에 깃 들어 보이지도 않아 보였다.
 아, 이 일은, 어리석게도 흑암마을의 전도사를, 아직 풋내기인 자신이 브랜디의 독한 기운을 빌어 얕보며, 아무도 모를 극서의 도시 런던에서 한 번 즐겨 보려는 시도를 하다가 실패한 사건으로 볼 수 밖에 없었다.
 그럼에도 그녀는 예수님의 용서를 예로 들며, 이해하고 화해하겠다는 모습을 보여 주었다. 예수의 가르침은 사랑과 용서라며, 불신자를 그분의 세계로 이끄는 것이 그녀에게 주어진 의무인 듯 했다. 뺨을 한대 매섭게 때린 자신의 행위에 대해 후회하며 사과했다. 그뿐만이 아니고, 이성간에 일어날 수 있는 사랑을 보여 주었다.
 아-아! 그 일은 잊혀지지 않을 추억으로 남을 것이다. 그린파크 역 플랫폼으로 기다랗게 내리 뻗은 에스컬레이터에서 자연스럽게 행해진 심신의 접촉이 바로 그 일이다. 그럴 때, 수녀는 영적인 모습이 조금도 깃 들어 보이지 않는 평범한 아가씨 같았다. 영적인 전도사의 허용이 아니라, 한 여성의 바램이 눈빛에 엿보였다.
 중위는 부드럽게 발산하는 수녀의 눈빛을 통해 스며 들어온 것 같은 영혼의 향기가, 가슴속에 자리잡고 있음을 느꼈다. 그녀와 만들어 낸 아련한 지각들이 함께 뒤섞여 얼스코트 가로는 더욱 색다르게 채색되었다. 마음속에 전이된 신비스런 기운에는, 수녀에게 있는 예수를 향한 그리움도 일부 들어왔을지 모른다.
 그녀로부터 전이된 알 수 없는 열정은, 시야에 나타날 듯하면서도 보이지 않는 사랑의 곡두같은 것이었다. 그것은 수녀의 가슴으로부터 나온 것이며, 복음을 전도하면서 조금씩 발산하는데, 우연한 인연으로 친근해진 그대에게 나눠 준 것이라고 보이지 않는 그 곡두는 속삭였다.
 중위는 그리움으로 세차게 승화되는 것 같은, 그녀로부터 전이받은 열정을 마음에 품은 체 걷고있다. 그것은 예수님에게 바쳐질 수녀의 열정을 그린파크 역 에스컬레이터에서 심신의 접촉에 의해 일부 전이된 것이었다. 그것은 얼스코트 가로를 사랑의 곡두로 이채롭게 하며 그에게 신비한 기쁨을 안겨 주었다. 지금 그의 시야에는 접촉을 통해 전이된, 선명하지 않는 수녀의 형상이 여러 모습으로 변화를 거듭하며, 가로를 걸어가는 자신과 함께 하고있다.

 중위는 서쪽 도시 런던의 가로에서 사랑을 느끼는 한 생명체로, 이 나라의 보이지 않는 실정법의 보호를 받으며 걷고있다. 지금 가슴속에는, 수녀가 진심을 다해 전이시켜준 사랑의 감정이 마음을 설레게 하며, 그를 얼스코트 가로의 어디론가 걷게 하고있다.

 그는 자신의 뒤로 그림자처럼 따라오는 과거를 한 순간 뒤돌아보았는데, 가장자리에 그린파크 역이 놓여 있는걸 느꼈다. 역 플랫폼으로 내려갈 때 에스컬레이터에서 야릇하고 애틋한 기쁨을 선물받았기 때문인 것 같았다. 군대에서 여러 훈련에 의해 단련된 팔이 그녀의 허리를 조금 잡아당겼을 때, 그 순간의 그녀는 영혼의 구제자임을 잊어버린 체, 조용히 예수를 등지고 호응해주었다. 중위는 진실했던 그 접촉을 떠올리며, 자꾸만 그 때의 느낌이 배가되면서 가라앉힐 수 없는 세찬 감정에 의해 마음이 설레고 얼굴이 화끈거리는 보행을 무작정 어디론가 하고있다.

 중위는 사랑의 감정에 설레었다. 이제껏 예수를 향한 묵상과 그리움에 의해 키워 왔던 영적인 열정을, 자신이 일부 전이받았기 때문이다. 수녀는 오늘 오후 그린파크 역에서, 예수님에게 바칠 열정을 자신에게도 흠뻑 떼어 주었기 때문이다.

 중위는 상점들의 불빛이 뜸해지는 동족의 사거리에서 보행을 멈추고, 도로 건너편의 경계를 끝없이 가로막은 듯한 오 륙 층으로 보이는 길다란 아파트들이 어스름 속에 잠겨 있는 것을 바라보았다. 그 낯선 건너편이, 이제껏 수녀를 그리워하며 마음을 설렜던 자신을 신호등이 있는 사거리에 묶여 놓고 다시 외로움을 느끼게 하는 것 같았다. 차량들이 뜸하게 질주하는 건너편 너머에도 서민 아파트들이 무겁게 침묵을 지키고 어둑함 속에 잠겨 있었기 때문에, 그 미지의 세계가 중위를 압도했다. 건너편에 내려앉은 그 어둑함은, 극동에서 온 이방인에게 사거리를 건널 경우 어둑한 침묵이 고립과 불안을 야기시킬 수 있다며, 붉은 신호등이 뒤돌아 설 것을 암시처럼 깜박였다.
 중위는 아무도 없는 사거리에서 마음을 설레게 했던 수녀와의 일을 까맣게 잊고 서있었다. 그는 이제껏 유지됐던 사랑의 감정이 끊기자, 큰 고립감에 휩싸인 자신을 보았다. 미지의 저쪽을 건너가고 싶지 않았다. 그는 다시 뒤돌아 서서, 불빛이 움집된 얼스코트를 향해 걷기 시작했다.
 얼스코트 역과 가장 가까운 신호등이 초록으로 바뀌지며 연이은 타종소리를 낼 때, 중위는 한 무리의 행인들과 함께 이차선 도로를 건넜다. 어제 봐둔 곳으로, 우체국 좌측의 횡 하게 뚫린 공간에서 길다란 아파트의 측면을 확인하고, 방향을 달리한 여러 호텔이 줄지은 길에 들어섰다. 그 호텔들 맞은 편에는 무허가로 보인 일 이층 건물들이 십 여 채 연이어 있었는데, 그 중간쯤에 괜찮아 보인 중국식당이 두 곳 나란히 자리잡고 있었기 때문이다. 한 곳은 손님을 맞이하는 레스토랑이고, 그 옆의 중국집은 포장을 전문으로 하기 때문에 가격이 저렴했다.
 중위는 탁자에 식탁보가 씌워지고, 붉은 냅킨이 삼각으로 개여져 놓인 레스토랑으로 들어갔다. 밖에서 보면 허술한 무허가 건물로 서민들의 이용을 위해 철거를 유보한 듯한 느낌이 들었지만, 내부는 그같은 모양을 씻어 내려는 듯 화려하게 인테리어가 되어, 그 유예동안 돈을 벌겠다는 주인의 계산된 생각이 엿보였다. 그는 카운터 앞쪽의 식탁으로 안내되어 메뉴판에서 십육파운드 칠십오페니의 가격이 붙은 해물탕을 시켰다. 종업원의 봉사료가 포함되지 않는 가격이라고 했다. 그래도 서울 음식과 가장 가까웠기 때문에 해물종류를 다시 주문할 수 밖에 없었다. 도무지 한국식당을 찾을 수 없는 마당에, 그래도 흡사한 음식맛을 고를 수 있는 중국레스토랑을 찾아냈다는 것이 다행스러웠다. 카운터의 아주머니, 남녀 종업원, 내부가 조금 엿보이는 주방의 요리사 등 모두가 중국인들이었다.

그는 서툰 영어로 서울에서 버지니아 울프의 기념관을 찾기위해 런던에 왔다고 하자, 그들은 울프 하며 뚱한 표정들이었다. 모두는 울프가 누군지, 그녀의 문학이 무엇인지, 무관심했다. 문학이 삶에 무슨 소용이 있느냐는 표정으로, 서울의 젊은이가 지난 세기에 사라진 여류작가를 찾아 런던에 왔다는 것을 이해할 수 없다는 표정들이었다.

그들은 서울에서 온 중위를 관심있게 바라보았다. 특히 그가 앉은 식탁의 담당자인 것 같은 여종업원은, 그에게 자꾸 미소를 보내 주면서 더없이 친절하게 대하려 했다.

주문한 음식이 여종업원의 밝은 표정과 함께 식탁에 놓여졌다. 피어오른 김에서 맡을 수 있는 향이 맘에 들지 않았지만, 중국인들이 음식에 감초처럼 사용한다는 어떤 향내라고 생각했다. 그는 해물볶음밥의 수북한 곳을 수저로 조금 허물면서 한 숟갈 떠먹을 때, 수녀와 함께 이 곳을 들렸으면 하는 마음이 간절했다.

타비스톡으로 가는 전차가 먼저 들어올 때, 손을 놓지 않는 체 얼스코트 라인으로 힘 주어 이끌었으면 따라왔을지도 모를 후회가 밀려들었다. 서로 마주보고 앉아 해물볶음밥을 들면서, 벌써 그리운 추억이 된 것 같은 그 두 공원과 버킹검 궁을 애기하고, 부른 배가 꺼질 때까지 가로를 걷다가 다시 수녀님을 러셀스퀘어역까지 바래다주는 일은 계속 반복해도 질리지 않는 즐거움일 것이다. 그렇게 왔다갔다하는 동안에 피카딜리 라인은 둘 이를 더욱 친근하게 묶어 놓을 텐데, ……

아-아, 버지니아 울프도, 수녀님도, 일세기 전 우리 행성에서 최초로 건설된 피카딜리 라인이 주는 인연의 한 묶음으로 생각해보았다. 그런 대로 중국레스토랑에서 뒤 얽힌 하루를 전체적으로 판단할 수 있는 최선의 결론이기도 했다.

열 한 시쯤 베스트 볼튼 호텔에 들어섰다. 프론트 데스크에 있었던 라틴계 아가씨는 퇴근했는지 보이지 않았고, 중년의 백인 남녀가 미소 띤 표정으로 바라보았다. 마침 중위는 상기되는 것이 있었기 때문에, 둘 이가 미소를 보내는 프런트 앞으로 바짝 다가섰다.
 "방의 뒤쪽 창문으로 내다보인 나무이름이 뭡니까?" 그는 궁금한 것을 물었다.
 그러면서 메모지에 톱니처럼 생긴 나뭇잎을 그려 놓고, 가지가 무성하고, 희부연 꽃망울들이 주렁거린 나무라고 설명했다. 두 중년의 백인은 서로의 얼굴을 바라보며 투숙객이 질문한 그 나무를 떠올려 보려는 듯, 잠시 생각에 잠기더니, 고개를 가로젓고 난 후, 미안한 표정으로 모른다고 했다.
 중위는 둘 이에게 목례를 하고 이층으로 휘어져 오르는 비좁은 목재계단에 들어서면서, 이 곳 시민들도 주변에 자란 나무들의 이름을 모른 체 무심하게 지내는 것은 서울과 비슷하다고 생각했다.
 그래, 바로 오늘, 해가 옅은 구름 뒤에서 부옇게 빛을 머금던 오전에도 이름이 궁금했던 그 나무를 보았다. 초등학교 울타리 옆을 지나가면서 뒤뜰의 나무가 틀림없다고 생각한 활엽수들이 보였다. 아이들이 장난치며 내지르는 소리 옆으로 줄지어 있었다. 거기서도 나뭇가지를 무성하게 놀이터로 늘어트리고 있는 것을 보았는데, 그 조화로움이 너무 인상적이어서 마주 걸어오는 행인에게 그 나무이름을 물었지만, 그 부인 역시 고개를 가로저으며 프런트 데스크의 두 중년처럼 미안한 표정을 지은 것이 떠올랐다.
 중위는 내일이라도 그 초등학교의 울타리를 지날 때, 아이들을 지켜보고 있는 선생이라도 있으면 다시 한 번 나무이름을 묻겠다는 생각을 하고, 이층을 향해 휘어진 목계단을 두 개쯤 올랐는데, 마침 그 옆의 엘리베이터 문이 열려 있었다. 매끄럽게 닦아진 목계단이며, 청결함이 깃든 엘리베이터가 열려 있는 모양이며, 잘 정돈된 방은 극동의 나라에서 온 자신을 환영한다는 호텔종업원들의 소리없는 배려 같았다. 그는 샤워를 하고, 부드러운 이불 속으로 들어가, 더욱 서쪽에 있는 꿈나라로 항해하기 시작했다.

 다음날 아침나절, 호텔을 나온 중위는 얼스코트 가로에 있는 스타벅스 커피점에 들어갔다. 서울에서 자주 드나들었던 커피점을 런던에서도 발길이 향해지는 것을 느낄 수 있었다. 그는 창가에 앉아 두 개의 크로와상을 먹으면서 아메리카노 커피를 조금씩 홀짝이며 행인들을 바라보고있는데, 카메라 캐이스에 미놀타와 함께 들어있는 스마트폰이 울렸다. 수녀의 목소리가 틀림없었지만, 중위는 모르는 척 누구시냐고 물었다.

"저예요. 흑암마을 전도사, 서 정애에요. 잘 들려요?"

"아, 수녀님의 목소리군요. 아주 감도가 좋습니다. 어제 플랫폼에서 헤어질 때의 모습이 떠오르는데요?" 중위는 웃음 띤 목소리로 얘기했다.

"다행이군요. 즐거운 기분일 때 연락을 하게 되서요. 베스트 볼튼 호텔의 작고 깨끗한 이층 방인가요?" 수녀의 밝은 목소리였다.

"아닙니다. 얼스코트 역 근처의 커피점 창 가입니다."

"아침은 드셨어요?" 수녀가 걱정되는 투로 물었다.

"지금, 커피에 크로와상을 들고 있는 중입니다."

"커피에 빵이라니, 정말 안됐군요." 수녀는 안타까운 표정을 짓고 있는 듯했다.

"점심을 중국집에서 해물로 들 참인데, 수녀님과 함께 하고싶은데요?"

"고맙지만 타비스톡에서 할 일이 있어요. 중위님, 저를 위한 환영연주회가 내일 오전 열 시 반에서 열 한시 반 사이에 타비스톡 호텔 로비 창 가에서 하게 될 거예요. 저를 위해 꼭 와 줬으면 하고 전화 드렸어요." 수녀의 조금 떨린 목소리였다.

"어제 오후에 함께 앉아서 얘기를 나눴던 그 자리겠군요?"

"그래요. 맑은 유리창이 있는 바로 그 자리에요. 고개를 돌리면 타비스톡 정원의 청동상을 내다볼 수 있어요. 그러니 중위님이 오면 고독해 보인 버지니아 울프가 좋아할 거예요."

"무슨 일이 있어도, 흑암마을에서 복음을 열심히 설교한 전도사님을 위한 환영회는 꼭 참석해야 겠어요. 저는 사라진 버지니아 울프 보다 눈에 보이는 전도사님 생각을 더 많이 합니다." 중위가 진지하게 얘기했다.
"저는 어느 교회에 소속된 전도사는 아니지만, 그 호칭은 흑암마을주민들에게서 무수히 들었어요. 예수님을 위해 수녀가 되고싶은 꿈을 가진 저를, 어제처럼 그냥 수녀라고 불러주세요. "
"그렇게 부를게요, 수녀님. 아침식사는 많이 들었어요. "
"네. 목사님 가족과 함께 타비스톡 정원에 가까운 아파트에서 했어요. 오늘 저는 바이올리스트의 안내로 런던의 몇 곳을 구경할 거예요. 그 중 역사 깊은 고딕 성당을 볼 수 있다고 생각하니 벌써부터 설레이군요. 중위님은 뭐 하실 거예요?"
"여기서 반시간쯤 가로를 지켜보다가 중국레스토랑에서 점심을 들고 하이드 공원을 한 바퀴 돌까 합니다. "
"런던 도심의 공원은 모두 둘러보는 셈이 되겠군요?"
"어떤 인상을 주는지 봐야겠어요. 하이드 공원에도 그녀의 흔적은 많을 겁니다. 1882년 그 공원입구 가까이에서 그녀가 태어났으니까요. 일세기 전, 버지니아는 도심에 있는 공원들과 주변 가로들을 걸으며, 떠오른 생각을 노트에다 기록했을 겁니다. "
"버지니아는 중위님의 여행목적이기도 하니까, 하이드 공원에 들리고 난 후, 그 주변의 가로도 걸어보세요?"
"글쎄요. 오늘도 저는 도심을 가로지른 피카딜리라인에서 크게 벗어나지는 않을 겁니다. 하이드파크 코너 역도 피카딜리라인이니까 거기서 내려 버지니아의 흔적을 느껴 볼지도 모르겠습니다. 아무튼 오후의 해가 반쯤 기울어지기 이전에, 저는 그린파크 역에서 한 역 떨어진 빅토리아 역으로 가서, 옥스퍼드와 본드 가로를 걸어다닐까 합니다. " 중위가 말했다.
"그 두 가로도 버지니아의 발길이 많이 닿았었겠죠?"
"물론입니다. 그녀가 문학을 꿈꾸었던 일세기 전에도, 그 가로들은 런던의 도심이었으며 현재의 건축물들이 더 산듯하게 자리잡고 있었을 겁니다. "
"그렇지만 그 여류작가가 걸었던 시절의 도심 가로들은, 거의 일세기가 지난 지금, 많이 달라졌겠죠?" 수녀의 질문이 선명하게 귓전을 울렸다.

"그렇지 않다고 들었습니다. 보수적인 영국인들은, 런던의 도심을 일세기전 그 형태대로 보존하고있는 것입니다. 우리가 어제 지나쳤던 두 곳의 공원도, 그 여류작가가 처녀시절에 보았던 형태에서 조금도 변경되지 않았답니다. 어디서 어디까지 운행됐는지 모르겠지만, 튜브형태를 지닌 피카딜리라인도 지금까지 옛날 그 형태의 모양을 그대로 띠고 있는 것 같습니다. 도심을 그대로 보존한 것은 대영제국을 이끌었던 버킹검 궁전에 대한 충성심처럼 느껴지는군요. 그렇지만 우리는 일세기 전 세계 최첨단의 도시에 와 있습니다. " 중위는 조금 열띤 음성으로 말했다.

"그래요. 우리가 있는 이 서쪽 도시는 우리 행성의 많은 나라를 거느리면서, 첨단의 문명을 꽃피어 냈던 곳이 맞을 거예요. 그러고보면 제 친구 바이올리스트가 버지니아 울프의 소설을 두고, 왜, 가장 현대적인 의식으로 쓰여졌다고 놀라워했는지 알 것 같군요. 영국인들은 그토록 보수적이면서, 인간의 삶을 개선하기위해서는 세계를 선도하려는 노력을 끊임없이 했나 봐요. 그 대표적인 예가 런던의 도심이며, 그 도심을 가로지른 피카딜리 라인이 아닐까요? 당시 이층버스들이 가로를 연이어 달리고, 지하에는 튜브가 수많은 승객을 출퇴근 시킨 것은 많은 나라에 앞장선 경이로운 첨단이었을 거예요. 그 시절의 영광스러운, 건축물, 도로 형식들을 그대로 고정시키려나 봐요. 저의 친구 바이올리스트는, 그처럼 설계된 첨단의 도심에서 성장한 버지니아가 부단한 노력 끝에, 당시로서는 실험적이기도 하지만, 현대적인 의식으로 새로운 문학장르를 꽃피워 낸 것이라며, 같은 여성으로서 찬탄을 금치 못한다고 하였어요. " 수녀는 친구에게 들었던 것을 조리있게 얘기했다.

"그랬을 겁니다. 넓게 보면 당시의 런던도심이 문학의 꿈을 가진 버지니아에게 첨단의 의식을 심어 주며, 그 심경을 문학으로 전환시켜주었을지도 모릅니다. 당시 많은 나라를 거느린 영국은, 그녀에게도 세계의 중심도시에 살고 있다는 자부심을 안겨 주었을 겁니다. 그 여류작가 시절과 다름없는 도심에서 그 작가의 얘기를 하고있으니까 더욱 런던이 인상적으로 생각되는군요. " 중위는 진지하게 말했다.
 "중위님의 얘기에 전적으로 동의해요. 오늘 옥스퍼드와 본드 가로까지 둘러보겠다고 했는데, 그 쪽은 더욱 웅장한 석조건물들이 이어지며, 보도에는 행인들이 가득히 찬 상태로 파도가 이어지듯 어디론가 움직인다고 들었어요. 저도 오늘 바이올리스트와 그 쪽 가로들을 구경하고, 워터루 역으로 이동해, 강변에 앉아서 웨스트민스터를 바라보자는 약속을 가졌어요. 그런 설레는 약속이 있고 나니까 도심약도를 자꾸만 펴 보곤 했는데, 중위님은 눈에 익은 그린파크 역에서 내려, 빅토리아라인을 타고 한 역 떨어진 옥스퍼드 서어커스 역에서 내리면 되는 거예요. 옥스퍼드 역을 기억에 두고 그 반경을 행보하다보면 본드 가로도 있을 거예요. 약도를 자주 확인하세요. 그러면 길을 잃을 염려는 없을 거예요. 아셨지요?" 수녀는 친절한 여행가이드처럼 얘기했다.
 "네. 걱정하지마세요. 역의 위치를 가끔 뒤돌아보며 상기하다보면, 그 주변의 윤곽이 어느 정도 잡힐 것입니다. 자유롭게 보행하면서 유명한 가로의 백화점들도 둘러볼 참입니다. " 그가 자신있게 대답했다.
 "중위님 너무 걷지는 마세요. 새로움에 끌려 계속 걷다보면 자신도 모르게 방향을 잃을 수도 있을 거예요. 피곤하면 가로수 그늘이 있는 목제 벤치에서 과일 주스라도 한잔하며, 반시간 쯤 휴식을 취하는 것 잊지 마세요?" 수녀는 모성애같은 음성으로 주의를 해주었다.
 "그렇게 하겠습니다. " 중위가 대답했다.
 "그리고 내일, 저를 위한 연주회 잊지 마세요. 열 시 반에서 열한시 사이에 와서 제 옆에 앉아 주면 되는 거예요. 우리는 작가 프루스트의 친구였던 '레이날도 한'의 귀한 바이올린소나타를 들을 수 있을 거예요. C장조의 밝은 선율이라고 하는데, 제 친구인 바이올리니스트가 파리유학시절에 음악적인 동료로 친근해졌다고 한 피아니스트의 연주가 멋지게 어우러질 거예요. " 수녀는 연주회에 대한 기대를 재차 강조했다.
 "내일은 좀더 빨리 일어나서 타비스톡 호텔에 갈 마음의 준비를 해야겠는데요. " 중위는 수녀를 안심시키기 위해 크게 말했다.
 "오늘 너무 돌아다니지 마세요. 그럼, 중위님 안녕. "

 전화가 끊어졌다. 중위는 내일의 연주회를 떠올리며, 러셀스퀘어 역 가까운 곳에 조그만 꽃집이 있는 것을 상기했다. 바로 이어 얼스코트 가로에서도 두 곳의 꽃집을 보았던 것이 떠올랐다. 꽃 한 다발을 전해주면서, 연주회의 분위기를 더욱 빛내 주고 싶었다.
 수녀는 자신을 위한 환영연주회가 어떻게 될지 기대하는 것 같다. 깊고 영적인 눈빛이, 자신을 둘러싼 사람들을 일정한 간격 저쪽에 묶어 두는 듯한 그녀가, 친구의 바이올린소나타를 감상하는 그 시간은 어떻게 변하는지 보고싶었다. 수녀는 평범하지 않았다. 바로 어제 중위는, 근접하는 것을 불허한 그녀의 영적인 모습을, 술기운에 과감히 무시해버렸다. 그 대가로 한대의 뺨을 얻어맞긴 했지만, 용서를 해주는 그녀의 마음을 엿보았다. 그래서 플랫폼으로 내려가는 에스컬레이터에서는 키스까지 할 수 있었다.
 평범한 아가씨로 성장했을 그녀가, 복음서를 설교하고, 쉽게 대할 수 있는 성가대의 합창 속에서 하늘나라를 떠올리며, 온 마음을 다해 예수님을 그리워하는 생활이기에 남다른 외모가 되었을 것이다. 오직 예수를 향한 숭고한 지향들이 마음에 누적되어 그녀의 외모에는, 보통 아가씨들에게 없는 영적인 이미지가 서려 있는 것 같았다.
 아무래도 그녀의 미래에는 현모양처의 순탄한 길이 있을 것 같지는 않았다. 그래도 중위는 기회가 되면, 수녀에게 하늘나라를 전도하는 일에서 조금 벗어나 평범한 여성의 길을 걸으면 안되겠느냐고 물을 참이다. 비록 이틀의 시간이 둘 사이를 지나갔지만, 서로를 향한 수많은 생각들이 오랜 세월 속에서 소용돌이 친 것 같았다.
 중위는 커피를 마시면서 창 밖을 내다보고 있다. 행로에는 오가는 사람들 사이로, 그리움과 사랑의 혼합덩어리로 된, 정령같은 무형질이 계속 지나가는 것 같았다. 그같은 정령에 의해 자신이 사랑의 함정에 빠져 있는지 모른다고 생각했다. 보이지 않는 정령이, 둘 사이에 있는 시간을 분해하고 붙잡아 두기 때문에 오랜 시간이 흐른 것 같다고 생각했다.

전화에서 수녀의 목소리를 듣고 난 얼스코트 행로는, 중위에게 시선이 닿는 곳마다 그리움이 넘쳐 났다. 사실 여행의 목적이었던 '버지니아'보다, 수녀와의 인연에서 생겨난 사랑의 감정이 훨씬 소중했다. 그는 입으로 크로와상을 베어먹고 커피를 마시면서 지나간 이틀을 영사기의 필름처럼 풀어 창 밖으로 투영시키려고 했다. 그 느낌은 그리움이 되어 창 밖의 행로에 정령처럼 흐르는 것 같았다.

중위는 마음을 가라앉히는 방법으로, 손목시계의 붉은 초침이 찰깍거리는 희미한 소리에 귀를 기울였다. 그같은 습관은 가끔 한밤중의 불면 속에서 생겨난 것인데, 때로는 도움이 되었다.

수녀처럼 복음을 전도할 능력을 지닌 여인은, 사람들의 여러 마음들을 세심하게 꿰뚫어 볼 예지력도 지녔을지 모른다. 그녀에게는 평범한 여성의 길보다 수녀의 길을 걸으려 한다. 예수님과 가까이 있으려는 막달리아같은 꿈을 가졌다. 예수를 그리워하는 영적인 면에 항상 신경을 쓰기 때문에, 우연히 만난 이성에게 한 번 등을 돌릴 결심을 하면, 그걸로 영영 만남이 끊어지고 말 것 같은 여인이기도 했다.

깊은 생각에 잠겼던 중위는, 얼스코트 역 가까이 있는 조그마한 스타벅스 커피점을 나와서 중국식당으로 갔다. 거기서 점심을 먹고 난 후에도, 그는 자신의 스마트폰에서 새어 나왔던 수녀의 차분한 목소리를 상기하며 알 수 없는 그리움을 마음에 품고 가로를 걷다가, 도심약도를 손에 쥔 체 피카딜리 라인을 탔다. 하이드 공원을 먼저 들리려던 생각을 막연히 오후로 미뤘다. 그린파크 역에 이르러 라인을 바꿀 때도, 손에 쥔 약도를 펴지 않았다. 빅토리아 역에 이를 수 있는 수녀의 주의사항을 하나 둘 떠올리면서, 실수없이 옥스퍼드 가로에 나올 수 있었다.
 웅장한 석조건물들 옆을 지나면서 영적인 힘을 지닌 수녀를 계속 생각하며 걷고 있는데, …… 석조기둥을 한 손으로 감싸고 있는 그리스 처녀같은 여인이 미소를 지으며 손짓을 했다. 좀더 가까이 가서 바라본 그녀는 그리스 아가씨 모습을 한 버지니아 울프였다.
 그녀는 미소를 지었지만 측은해 보였다. 모습을 드러낸 버지니아는, 자신이 하늘에 오르지 못한 채 불행을 겪고 있는 영혼이라고 했다. 이렇게 런던의 도심에서 도움을 받을지 모를 중위를 만나기 위해 기다렸다고 말했다.
 버지니아가 기둥을 붙들고 있는 석조건물은, 옥스퍼드 가로에 희랍 양식으로 지어진 여러 건축물 중의 하나였다. 중위는 버지니아의 팔을 가볍게 끼고, 빵과 음료를 파는 지하 카페로 데리고 갔다. 처음 대면했던 순간에는 무척 긴장해 보였던 그녀의 표정이, 평온함 속에 기쁨이 깃든 것 같았다. 순순히 따라온 그녀는 할 얘기가 많은 것 같았다. 둘이는 고전적인 색상으로 단장된 지하카페의 귀퉁이에 앉아, 제과와 두 잔의 커피를 시켜 놓은 후 서로 마주보고 있었다. 중위는 영혼에 덧씌워진 버지니아의 모습이 그리스 아가씨처럼 아름답다고 생각했다.
 "난 중위보다 무척 앞선 세대지만, 보다시피 스물 여섯의 영혼이야. 같은 세대로 보이니까, 우리 서로 말을 낮추기로 해." 버지니아가 얘기했다.
 "일 이차 대전의 포화 속에서 문학의 새로운 길을 개척한 당신은, 제가 런던으로 여행한 목적이기도 한 여류작가인데, 이처럼 뛰어난 앞선 세대의 여성에게 말을 낮춰도 괜찮을까요?" 중위가 물었다.
 "좋아요, 중위. 나는 영혼이기 때문에 내게 관심을 준 사람들의 마음을 텔레파시로 읽을 수 있어." 버지니아가 말했다.
 "당신의 흔적을 찾으려고 런던까지 여행 온, 내 마음도 알겠군?"

중위가 조심스럽게 말을 낮추며 물었다.
 "그럼, 잘 알고 있어. 흔적뿐만 아니라 이렇게 젊은 시절의 모습을 갖춘 이 영혼에게 누군가 사랑까지 구했으면 좋겠어. 스물 여섯의 내 모습이 어때?" 하고 묻는 버지니아의 모습은 조금 초조해 보였다.
 "그리스 처녀처럼 아름답다고 생각했는데, 표현이 마음에 들어?" 중위가 되물었다.
 "그래. 적절한 표현이라고 생각해. 생전에 아버지의 친구들인 귀족들 모임에 가면, 모 모 경들이 그렇게 얘기했던 적이 있어. 중위의 마음을 끌기위해 대면하는 순간, 그리스풍의 석조건축물을 받치고 있는 그 아름다운 기둥을 한 팔로 붙잡고, 기다리고 있었던 거야. 우리의 눈이 마주치는 순간, ……모르겠지만 나는 중위에게 사랑의 감정을 느꼈어. 지금부터 나는 그 순수한 감정을 키울 거야. 나는 영혼이기 때문에 사랑의 느낌을 정확히 저울질 할 수 있어. 그렇지만 중위는 사랑의 감정이 쉽게 오지 않을 거야. 내가 그리스 처녀처럼 아름답게 보였다 해도, 첫인상은 사랑의 감정으로 고정되는 것이 아니라고 봐. 그 감정이 겨자씨앗처럼 작다 하더라도, 오늘 밤 어둠 속에 누워, 오후에 있었던 이 측은한 여인과 나누었던 일을 생각하며 조심스럽게 그 씨앗을 키워 줬으면 해. " 영혼은 침착하게 얘기하면서 중위를 바라보았다.
 "버지니아! 왜 자신을 측은하다고 생각하지?" 중위는 고개를 갸웃하며 물었다.
 "난 런던 도심을 떠도는 허깨비야. 이 곳 지하카페로 내려올 때, 중위는 한 쪽 팔로 내 팔을 끼고 이성(異性)을 지각하는 것처럼 보였지만, 그랬다면 뜻밖의 변화 속에서 느낀 착각이었을 거야. " 버지니아가 얘기했다.
 "아니야, 버지니아. 분명히 네 팔에서 따스함을 지각했는데?"
 "착각이야. 중위에게 미안하지만, 영혼은 그렇게 변화를 부리기도 하는거야. 자, 중위, 손으로 내 팔을 만져 봐. 내 얼굴 가까이 다가서도 좋아. " 버지니아 영혼이 미소를 지으며 얘기했다.

"아, 그렇구나! 어렸을 때, 귀하게 뜨는 무지개 속으로 들어간 기분이군. 지각되는 것 같은데 실체가 없네? 그러나 기적이 일어날 거야" 중위는 무지개처럼 느껴진 팔에서 손을 떼면서 말했다.
 "너를 만났으니 그랬으면 좋겠어. 떠도는 애기처럼 우리는 꼬리 달린 불이 아니야. 제각기 개성을 지녔지만, 영혼들은 선악으로 구분된 정신이기 때문에 눈에 잘 띄지 않게 되있어. 이 우주물질의 기본원소처럼 가분(可分)되지도 않아. 사람이 죽으면 빠져 나오는 그 영혼들은, 모두는 아니지만 인간들의 사고방식으로 이해되지 않는 하늘나라로 가게되어있어. " 그녀의 눈에는 눈물이 맺혀 있었다.
 "아, 알겠어. 스스로 측은하다며 슬퍼하는 이유를. 그렇지만 넌 생전에 여성의 편견을 뛰어넘어 분투하면서 문학의 새로운 길을 열었어. " 중위는 영혼이 했던 일을 애기했다.
 "물론, 이렇게 중위의 눈에 띈 것은, 내가 남긴 보잘 것 없는 결과를 감안해준 것 같아. 그러나 내가 전시에 주장한 양성(兩性)론은 하늘나라의 분노를 산 것이 분명해. " 버지니아가 애기했다.
 "일차대전에서 조카의 비참한 죽음을 눈으로 확인한 버지니아 너로서는, 가능하게 떠올랐던 주장이라고 보는데? 툭 하면 전쟁을 일으키려는 남자들의 호전성에, 교육에 의해 반쯤 여성의 마음을 채워 놓자는 너의 주장은 시의적절(時宜適切)했어. '올랜도'라는 소설은 전쟁을 혐오하는 너의 다른 일면으로 봐주는 게 좋겠어. " 중위가 말했다.
 "그건 하늘나라의 법칙에 어긋나지만, 너의 해석처럼 크게 문제될 것이 없어. 내 영혼이 이처럼 도심을 떠도는 이유는 그게 아니야. 생을 스스로 마감했기 때문이야. 중위, 내가 어떻게 죽었다는 이야기를 들은 적이 없어?" 버지니아가 슬픈 표정으로 물었다.
 "너에 관한 어떤 저서에서 읽었어. 그렇지만 말하고싶지 않아. " 중위가 말했다.
 "애기해줘. 그러면 내 영혼이 도심에 떠도는 원인을 밝힐게. 그리고 중위를 만나고 싶은 이유까지" 버지니아는 손등으로 자신의 눈 가장자리를 훔쳤다.
 "저서 말미에 있는 당신의 작품 연보에 기록된 것을 보았는데, 그대가 조금 전에 얘기한 스스로 생을 마감했다는 거였어. " 중위가 말했다.
 "내가 중위를 만나야만 하는 이유를 들으려면 좀더 구체적인 사실을 밝혀 줘야 해. " 버지니아 영혼은 재촉하는 표정이었다.
 "알겠어. 산책 나간 그녀는 상의주머니에 묵직한 돌멩이를 가득 넣고, ……우즈 강물 속으로 걸어 들어갔다는 기록이 있었지. 사실이야, 버지니아?" 중위는 못 믿겠다는 얼굴로 물었다.
 "그래. 사실이었어. 산책하던 그 걸음걸이로 우즈강의 중심을 향해 곧 바르게 걸어갔는데, 물의 흐름 때문에 신발을 벗은 지점에서 내 모습이 감춰진 지점을 잇는다면 아마 대각선일 거야. 난 스스로 감행한 죽음 앞에서 이상할 정도로 침착했어. 잔물결을 일으키는 바람과 새소리를 들으면서, 니이체처럼 신은 죽었기 때문에 한 여인의 죽음을 평가하지 못할거라는 생각을 했어. 우즈강의 찰랑거리는 물결이 무릎을 올라 허리에서 가슴으로, 얼굴에서 그리스풍의 머릿결 위로 흐르는 것을 의식했어. 똑바로 의식하며 결심을 바꾸지 않았던 거야. 나는 두 손이 자유롭지만, 다시는 떠오르지 않겠다며 상의주머니들에 가득 들어있는 돌들을 마지막 의식이 있는 순간까지 꺼내지 않았어. 내 영혼을 관장한 천사는 그 지독함에 눈을 감았을 거야, 나는 이차대전으로 혼란해진 이승을 더 이상 보고싶지 않아 스스로 선택한 생의 마감이었어. 그런데 그 돌멩이들의 무게가 내 영혼에 붙어 하늘에 오르지 못하게 할 줄은 정말 몰랐어!" 버지니아 영혼은 또 손으로 눈물을 닦아 냈다.
 "버지니아. 너무 슬퍼하지마. 영혼의 무게를 줄이는 무슨 방법이 없는지 우리 함께 생각하자. 나는 살아 있는 인간으로서 당신을 오랜 세월동안 떠돌게 한 하늘의 무심을 탓하고싶어. 후회하는 당신을 돕겠어. 버지니아, 나와 함께 흑암마을로 가자. 거기에도 하늘에 오르지 못하고 떠도는 소녀들의 영혼들이 있어. 거기서 때를 기다리며 소녀들과 함께 지내면 홀로 떠도는 외로움은 사라지고,

지상에 있는 동안 영혼으로서 느낄 수 있는 어떤 보람이 있을 거야." 중위가 두서없이 말했다.
"아니야. 난 그 소녀들의 영혼과 질이 달라. 이젠 내가 중위를 왜 만났는지 이유를 밝혀야겠어. 내 영혼은 너무나 막연해. 하늘에 언제 오르겠다는 기약이 없이 떠돌기 때문이야. 그런 벌을 받게 된 원인이 내가 조금 전에 얘기한, 스스로 죽음을 선택한 방법에 있었던 거야. 거기다 나는 불신자였어. 내 영혼에는 결코 떠오르지 않겠다고 상의주머니에 넣은 돌멩이 무게같은 것이 붙어 있는 게 분명해. 그걸 제거해야 돼. 내 영혼의 관할은 기독교이고, 예수님이 세운 하늘나라로 갈 참이었어. 나는 생전에 문학의 새로운 길을 개척한답시고 기독교를 무시했어. 현대적인 사고방식으로 예수님을 무시한 거나 다름없었어. 결국 스스로 영혼에 무게를 첨부한 거야. 내 후회가 하늘에 미쳤는지 모르지만, 지난밤에 천사가 나타나서 나를 위로하고 계시를 내려 주었어. 그걸 이루기 위해서는 서울의 흑암마을에서 온 전도사의 마음속에 들어가, 내 영혼이 정화되어야 해. 천사께서는 예수님을 진정으로 따르는 흑암마을의 전도사님이 내 영혼을 구하기 위해서 어느 목사님의 저서인 '막달리아의 꿈'을 번역하고 런던에 왔다고 했어." 버지니아는 두 손을 가슴에 모으고, 자신의 영혼이 어떻게 될지 모르겠다고 했다.
"버지니아, 염려 마. 내일 흑암마을에서 수녀님을 위한 환영 연주회가 타비스톡 호텔 로비에서 열릴거야. 그 때 내가 수녀님에게 네 영혼을 받아 주도록 얘기할게. 난 수녀의 마음이 버지니아의 영혼을 수용하고 남을 만큼 넓다는 것을 확인했어. 사랑의 감정을 넘칠 만큼 가지고 있는 영적인 여인이야. 흑암마을에서는 복음을 전도하는 이름있는 분이지."
"왜 중위는 흑암마을 전도사를 수녀라고 부르는 거야?" 버지니아의 영혼이 물었다.
"흑암마을의 불신자들에게 복음을 전도한 후, 수녀가 되겠다는 꿈을 가졌기 때문이야." 중위가 대답했다.

그는 수녀가 '막달리아의 꿈'이라는 소설을 번역했고. 그 노고로, 유럽의 여러 도시를 편력하고있는 저자의 초대에 응해 런던에 왔다고 했다. 그녀는 자신을 수녀로 불러주기를 바라니까, 우리는 그렇게 해야 된다고 말했다.

"알았어. 한가지 중위가 주의해줄 것이 있어. " 버지니아는 입술을 꼭 다물며 그를 응시했다.

"뭔데?"

"내 영혼이 수녀의 마음속으로 들어가고 하늘에 오를 때까지, 절대 비밀로 해줘. " 버지니아의 영혼이 얘기했다.

"네 영혼이 수녀의 마음속에 들어가기 위해서는, 어떤 비밀인지 모르겠지만 그 사실을 알려 줘야 되지 않을까?" 중위가 의문을 표시했다.

"사실 수녀님이 지난 밤에 타비스톡 정원에 세워진 내 영혼의 보금자리인 청동상을 찾아왔어. 그 때 나는 이 측은한 영혼을 받아 달라고 했어. 중위보다 먼저 만나서 간구했던 거야. " 버지니아 영혼은 침착하게 말했다.

"그랬었군. " 중위가 힘없이 말했다.

"뭐가 그랬다는 거야?" 버지니아 영혼은 되물었다.

"수녀와 나는 어제 해질 무렵 그린파크 역 플랫폼에서 헤어졌는데, 그녀는 타비스톡 정원에 들려 그대의 영혼과 대화를 나누는 기적을 행했다는 거야. " 중위가 대답했다.

"우리도 지금 기적을 행하고있는 거야. " 버지니아 영혼이 말했다.

"맞아. 우리의 대화도 분명 기적이야. 버지니아, 내가 무엇을 해야 되는지 얘기해줘?" 중위가 물었다.

"상당히 복잡해. 그러나 수녀는 측은한 내 영혼을 받아 줄 것 같았어. " 버지니아 영혼이 말했다.

"그렇다면 잘 된 건데, 왜 그래?"

"그 과정이 상당히 복잡해. 천천히 얘기해줄게. " 영혼이 말했다.

"뭐가 복잡하다는 거야?" 중위는 의문의 표정을 지었다.

"아무튼 복잡할 것 같아. 서쪽 여인의 영혼과 합성될지도 모를, 자신의 정체성에 대해 수녀가 부담을 느낄 것도 같고, …… 뭐, 그래. 그 문제는 수녀의 판단에 맡기는게 좋겠어. " 버지니아의 영혼이 말했다.
"알았어. 그리스풍의 어여쁜 아가씨. 앞으로 나는 수녀를 만나게 되면, 그녀에게서 버지니아 아가씨도 느끼게 되겠는걸?" 중위는 어떤 도움이라도 주겠다는 의미로 고개를 끄덕이며 밝은 표정을 지었다.

이심전심, 둘이는 카페에서 일어나 평생의 추억이 될 오후를 같이 보내자는 약속의 눈빛을 나누었다. 중위는 도심을 자기집처럼 잘 알고 있는 버지니아의 안내를 받기로 했다. 그녀가 앞으로 함께 있을 시간은 오후 밖에 없다고 하자, 다시는 돌아오지 않을 눈 앞의 오후는 중위에게 더없이 소중해졌다.
버지니아의 영혼은, 중위를 남자들의 양복이 진열된 삼 층으로 먼저 안내했다.
"중위, 내가 선물하고싶은 양복상의는 바로 저기 있어. " 버지니아는 손으로 그 옷을 지향했다.
런던신사들이 즐겨 입는다는 호두색상으로 단정하고 따뜻하게 보였다. 중위는 카운터로 들고 가 계산을 하고, 옷을 넣어 준 종이 팩을 한 손에 들었다. 둘이는 에스컬레이터를 타고 다시 이층으로 내려갔다. 거기에는 여성들의 의상들이 줄지어 있었다.
"버지니아, 이젠 내가 그대에게 옷을 선물하고싶은데, 맘에 든 것이 있으면 얘기해?" 중위가 물었다.
"저기, 이차대전 때 장교들이 연인을 만날 때 즐겨 입었던 것과 흡사한 카키색상의 반코트가 맘에 들어. 그러나 난 영혼이기 때문에, 그 선물을 수녀에게 줄 생각이야. 그 반코트를 입은 수녀를 보고 측은한 저를 추억해주었으면 해. " 버지니아의 영혼이 말했다.
"그래, 내가 버지니아의 소중한 선물을 수녀에게 전해줄게. "

카운터로 간 중위는 계산을 하고, 간단히 포장해서 종이 팩에 넣은 반코트를 받은 후, 내밀고 있는 버지니아의 팔을 끼고서 오후의 햇빛이 쏟아진 거리로 나왔다. 보도에는 행인들의 그림자들이 웅성거렸다. 그녀의 팔은 사랑의 감정이 넘치는 살아 있는 팔이었다. 손에도 사랑의 감정이 충만히 깃 들어 있었다. 둘이는 그 감각을 가슴 깊은 곳에서 소중히 의식했다. 맞잡은 그 손결로부터 빠져나가는 듯한 오후의 안타까운 시간도 함께 느낄 수 있었다.

둘이는 남아있는 오후의 해를 바라보면서, 애틋한 추억을 만들기에 바빴다. 주변의 여러 가로를 걷고 난 후, 지하철을 이용해 템즈강 건너에 있는 워터루 역으로 나왔다.

둘이는 강둑의 나무벤치에 앉았다. 종소리가 울렸다. 웨스트민스터 시계탑에서 시간을 알리는 빅 벤 소리였다.

"그리니치의 정확한 시간을 버킹검 궁의 여왕에게 보고하는 종소리이야. " 버지니아의 영혼은 종이 존재한 이유에 대해 얘기했다.

"우리 행성에서 가장 엄숙한 보고가 되겠군. " 중위가 말했다.

"그래요, 중위. 매시간 그리고 반시간마다 울리는 종소리는, 대영제국이 이상없다는 의미이고, 웨스트민스터 (의회)가 여왕에게 변함없이 충성을 다하겠다는 의미이기도 해. 이제껏 그리니치의 정확한 시간을 종 울림으로 버킹검 궁을 향해 정성껏 쏘아 올린 충성심의 소리인데, 그 울림의 반경에 있는 행인들은 자신들에게 시간을 알려 주는 것으로 오해하고 있어. 나도 타비스톡으로 이사한 후 문학을 꿈꾸며 열심히 습작하고 구상에서 완성에 이르면서도, 버킹검 궁에 대한 충성심은 웨스트민스터의 의원들 못잖게 지니고 있었어. 하늘상공을 울리는 종소리를 이렇게 중위와 함께 강변의 벤치에 앉아 듣게 되니까 감회가 새로워 지는데. " 버지니아의 영혼이 얘기했다.

"그 종소리에 그처럼 경이로운 웨스트민스터의 충성심이 숨어 있는 줄 몰랐는데? 갈수록 민주화되어가는 세계인데, 의회주의 발상지인 템즈강변에서 왕정복고(王政復古)적인 울림으로 매시간 충성을 표시하고있다니, 정말로 놀라운 일이군. " 중위가 말했다.

 버지니아 영혼은 '여왕님 만세'라고 외쳤다. 그리고 매시간 하늘에 보이지 않는 동심원(同心圓)을 그리며 때를 알린 그 종소리는, 때가 되면 다시 오겠다고 약속한 예수님의 출현을 상기시킨다고 했다. 지난날 버킹검 궁의 여왕을 그리워했던 마음의 십 분의 일만 예수님에게 바쳤다면, 이처럼 자신이 하늘에 오르지 못하고 런던의 도심에서 떠돌이 영혼이 되지 않았을 거라며, 그녀는 후회하는 표정을 지었다.
 "버림받는 영혼으로 내가 떠돌면서 깨닫게 된 것은, 선악의 갈림길이 있는 것 같고, 선의 영혼들이 하늘나라로 흐른다는 거야. 인간은 어리석기 때문에 지금도 악을 행하고있어. 예수님이 사람의 자식으로 지상에 계실 때는 우리의 사고방식과 비슷했지만, 지금은 전혀 달라졌을 거야. 영혼들이 은하처럼 흐르는 하늘의 세계는 지상과 전혀 다르기 때문이지. 내가 일생을 보냈던 런던은 우리 행성에서 가장 문명화된 도시였어. 그런데 지금도 시계탑의 종소리는 하이드 파크와 성 제임스 공원에서 부드럽게 순화되어 버킹검 궁에 계신 여왕의 귀에 들어가고 있어. 웨스터민스터는 철저히 계산된 그 종소리로 변함없이 여왕에게 충성을 바치지만, 난 떠돌다가 그 울림을 들으면 템즈강 상공에 있을 것 같은, 천사가 오르내리는 통로를 통해 하늘나라에 이르고싶어. 천사가 도와주실 거야. 아-아, 그러고보니 벌써 내 영혼에 기적이 일어났네! 아, 이렇게 내 영혼에 몸을 입히고 감각을 준 것은, 우리의 사고방식과 다른 하늘의 능력이 아니면 불가능한 일이야. 난 영혼인데도, 우리가 맞잡고 있는 손에서 사랑의 감정이 전이되고있음을 느껴. 내 감정이 중위에게 가고, 중위의 사랑이 내게로 오고있음을 느낄 수 있어. 내 영혼이 석조 기둥에서 중위를 만나고 이렇게 희망을 가지게 된 것은, 하늘의 능력이 아니면 불가능하다고 생각해. " 버지니아 영혼은 손등으로 눈물을 훔치며 얘기했다.
 또 때를 알리는 종소리가 서서히, 버지니아 영혼과 중위가 앉아 있는 강둑을 스쳐 울렸다. 버지니아 영혼은 앞으로 일어날 일들, 자신이 예지하고있는 여러 일들을 들려주면서, 중위의 손을 꼭 잡고 있었다.

해가 지자 템즈강 둑길에는 차가운 바람이 밀려다녔다. 둘이는 추웠기 때문에 팔로 서로의 등을 감싸며, 이성간의 체온과 심장의 박동이 사랑의 감정을 만들어 내는 것을 느끼고 있었다.

"파라다이스!" 버지니아 영혼이 감격하는 어조로 되뇌었다.

"파라다이스?" 중위가 의문을 표시했다.

"응. 우리는 잠시 그 세계에 잠긴 거야." 영혼이 대답했다.

"버지니아, 넌 이젠 허깨비가 아니야. 석조건축물의 기둥 옆에서 팔을 끼었을 때의, 무지개를 붙들고 있는 것 같은 느낌은 전혀 없어. 영혼인데, ……이처럼 따스한 체온이 있는 줄 몰랐는데?" 중위가 눈길을 빛내면서 말했다.

"그래서 난, 이같은 변화를 하늘의 능력이라고 했어. 중위를 만나고 생긴 일이야. 이처럼 내 영혼에 깃든 사랑의 체온은 기적이야. 체온은 육체에서 일어나. 영혼에는 체온이란게 없어. 내 영혼에 체온이 입혀진 것은, 중위와 이렇게 연인처럼 있는 동안일거야. 측은히 여긴 하늘의 배려로 생각해. 벌써 해가 져서 어둑해졌네. 아-아, 오랜만에 템즈강의 찬바람을 느낄 수 있어. 곧 나는 예전의 영혼으로 돌아갈 거야." 버지니아의 영혼은 쓸쓸한 표정으로 얘기했다.

"춥지? 버지니아, 나와 함께 얼스코트로 가자. 역 근처의 베스트 볼튼 이라는 호텔에 내 숙소가 있어. 작고 깨끗한 이층 방인데, 다락같은 느낌이 들어. 오늘밤 우리는 그 방에서 지새는 거야. 전철로 템즈강 지하를 가로질러 그린파크 역에서 피카딜리 라인으로 갈아타면 금방 도착할 수 있어. 버지니아, 얼스코트 잘 알지?" 중위의 표정은 버지니아와 함께 있고 싶은 마음이 간절해 보였다.

"왜 모르겠어? 런던 토박이인데, …… 그러나 갈 수 없어. 내 영혼은 곧 타비스톡 정원에 세워진 청동상 내부로 깃 들어야 해. 거기에는 나이든 원숙한 여인이, 젊은 시절의 자신을 기다리고 있어.

바로 그 자신이, 중위와 함께 있는 이 영혼이야. " 버지니아 영혼이 고개를 저으며 얘기했다.
 "둑길에 찬바람이 꾀 밀려다니는데. 우리 저기 간이카페에 들어가 차 한잔을 마시면서 같이 밤을 지샐 수 있는 길을 생각하자. " 중위가 그녀를 일으켜 세우면서 말했다.

 둘이는 둑 길가에 있는 간이카페로 들어가 뜨거운 자스민 차를 마시면서, 바람 때문에 물결이 출렁거리고 있는 어둑한 템즈강을 바라보았다.
 "향기를 맡을 수 있어?" 중위가 물었다.
 "응. 베이징에 와 있는 기분이야. 중국차는 생전에도 좋아했는데, 자스민 향기 정말 좋아!" 버지니아 영혼은 감탄했다.
 "그럼 종이컵을 들고 시도해봐. " 중위가 말했다. .
 "중위, 난 영혼이야. 향기는 가능할지 모르지만, 마시는 것 까지는 허락되지 않을 거야. 냄새를 맡고 살집을 입혀 체온을 깃 들게 해준 것만으로도 감사할 뿐이야. " 버지니아 영혼은 고개를 설레설레 흔들면서 미소를 지었다.
 "버지니아, 체념하지 말고 생전에 분투했던 것처럼 한 번 시도해. 오후 내내 네 영혼의 손과 팔, 온몸에서 체온이 깃 들어 있었어. 조금 전, 자신을 안쓰럽게 여기고 하늘이 배려해준 것 같다고 얘기했어. 우리는 서로의 팔을 껴기도 했고, 손을 맞잡기도 했어. 버지니아, 넌 오늘 오후에 자스민차도 마실 수 있는 능력을 부여해주었을 거야. 자, 내려보고만 있지 말고, 손으로 그것을 붙잡아. " 중위는 그녀에게 용기를 주려고 했다.
 버지니아 영혼은 결기 어린 입술을 꽉 다문 후, 두 손으로 종이컵을 감싸며 올리려 했지만 실패했다. 두 번, 세 번 시도했지만 자스민 차가 담긴 종이컵은 목재탁자에서 떨어지지 않았다.
 "보다시피 난 영혼이야. 중위가 마셔. " 영혼은 허전한 미소를 지었다.
 그 때, 마침 강을 등지고 유리컵 여러 개로 '파이젤로'의 '허무한 마음'을 연주한 흑인이 들어왔다. 파이젤로는 나폴레옹이 좋아한 프랑스 작곡가인데, 그의 작품을 템즈강변에서 들을 수 있는 것에 대해 버지니아 영혼은 선율의 변화무쌍함을 느꼈다. 영혼은 중위에게 자신의 자스민 차를 파이젤로 선율을 연주한 흑인에게 주고 싶다고 했다. 중위는 그렇게 동정심을 베풀면 그녀의 영혼이 조금이라도 가벼워질 거라며, 자스민 차를 흑인에게 갔다 주었다.

 오십대의 흑인은 자스민 차를 홀짝거리면서 이렇게 중얼거렸다.
 "템즈강에 찬바람이 일자, 런던에도 제국주의적인 인심이 슬슬 살아나기 시작하는데, ……?" 하고 비웃는 듯한 미소를 지었다.
 "노숙자처럼 보이는 자가 파이젤로의 '허무한 마음'을 연주했어. 나폴레옹의 대관식 때도 파이젤로의 작품을 연주했다는데, 저 사람도 연주하고있어. 중위, 저자를 쫓아 내버릴까?" 버지니아 영혼은 미간을 찌푸렸다.
 "버지니아, 그대는 동정심 때문에 자스민차를 저 노숙 연주가에게 줬지 않아?" 중위는 의외라는 표정으로 영혼을 바라보았다.
 "중위도 들었을 거야. 저 자는 내 동정심을 두고, 제국주의적인 인심이 슬슬 일어난다고 했어. 너무 건방져. 쫓아 내버려. 우리의 소중한 시간을 뺏으려는 자야. 주제에 파이젤로의 허무한 마음이라니, 도심의 노숙자라면 치가 떨려. 중위, 내 부탁대로 쫓아 내줘. 내가 왜 노숙자들을 미워하는지 내일 알게 될 거야. " 버지니아는 누추한 흑인 연주가를 쏘아 보았다.
 "어떻게 쫓아내지?"
 중위는 극동의 이방인을 얕보고 대들지도 모른다는 생각에 불안했다. 흑인은 분명히 영국의 제국주의로 인해 아프리카 어디선가 끌려 온 자의 후손일 것이다. 백인여성의 동정심을 제국주의적인 인심이라고 비아냥거렸다. 오십대지만 체격도 크고 건장했다. 싸움이 벌어지면 쉽게 물러나지 않을 것 같다. 중위는 무슨 말로 그를 내보낼지 몰라 물었던 것이다.
 "Get out 이라고 소리쳐. " 영혼이 날카롭게 얘기했다.
 중위는 버지니아 영혼을 위해 그렇게 해야겠다는 결심하에, 크게 외치기 위해 숨을 들이마셨다.
 젊은 사내인 간이카페의 주인은, 사태가 어떻게 전개될 것인지를 예의주시하고 있는 것 같았다. 중위는 있을지 모를 노숙자와 육박전이 일어난다면 자신이 있었다. 군대에서 싸움에 이길 수 있는 백병전같은 훈련을 받았기 때문이다. 적을 어떻게 하면 더 많이 죽일 수 있는 훈련이었다. 퇴역 후 문학과 선율 속에서 신사적인 사고방식이 깃 들기도 했지만, 전투에서 승리하기 위한 피땀 어린 훈련을 했기 때문에, 일대일의 부딪침에 겁낼 필요가 없었다. 중위는 권투선수들이 대결을 하기 직전 상대의 눈을 노려보며 기세를 잡으려고 하듯, 피아젤로의 허무한 마음을 다양한 유리컵으로 연주한 체격이 큰 흑인을 쏘아보다가 소리쳤다.
 "Get out!"
 중위는 버지니아 영혼을 위해 싸울 결심을 하면서, 파이젤로의 선율을 연주한 흑인을 향해 소리쳤다. 일어선 흑인은 자존심이 상했는지 분노한 표정이었다. 젊은 간이카페주인은 둘 이의 싸움에 의해 물품이라도 부서질까 봐, 두 팔을 앞으로 내밀며 나가서 싸우라고 했다. 흑인이 먼저 나가 중위에게 나오라는 손짓을 했다. 중위는 버지니아 영혼을 위해 싸움의 승리를 보여 주겠다는 결심을 했기 때문에, 조금 긴장된 모습으로 나갔다.
 버지니아 영혼은 조금전의 부추김과 달리, 극동에서 자신을 찾아온 신사를 다치게 해서는 안된다며 체격이 큰 흑인을 설득하려 했다. 흑인의 눈은 분노로 이글거렸다.
 둘이는 한동안 어둑한 둑길에서 충분한 간격을 두고 펀치를 주고받으며 싸우다가, 엉겨 붙어 뒹굴기 시작했다. 중위가 위로 올라왔는가 하면, 다시 흑인이 중위를 짓누르는 것을 반복했다. 버지니아 영혼은 더 이상의 싸움을 해서는 안된다며, 중지해줄 것을 울면서 호소했다. 흑인이 우세한 기세로 중위를 제압하는 것 같았기 때문이다. 그러나 중위의 얼굴을 내려보며 우세해 보인 흑인은, 어떻게 된 일인지 옆으로 쓰러지며 힘없이 중위를 바라보았다. 군대시절에 적을 제압하는 여러 숨은 기술, 다양한 훈련을 받은 중위를 이길 수 없었던 것이다.
"파이젤로, 일어나게." 중위는 그의 손에 5파운드를 쥐어 주었다.
파이젤로의 허무한 마음을 연주한 노숙자는 유리컵이 든 가방을 어깨에 메고, 둘 이로부터 멀어졌다. 버지니아 영혼은 미소를 지으며, 중위에게 가까이 다가와 온몸을 살펴보았다.
"버지니아, 나 다치지 않았지?"
"다행이야, 중위. 헤비급에게 승리를 했는데 멀쩡하군." 영혼은 활짝 웃어 보였다.
"초급장교시절에 작전계획도 연구했지만, 적과의 대결에서 살아남을 훈련을 더 많이 했어. 헤비급을 쓰러뜨려서 그리스처녀처럼 아름다운 버지니아를 기쁘게 해주고 싶었지." 중위는 차렷 자세로 거수경례를 하며 말했다.
"좋았어, 중위. 열중 쉬여. 이제 우리는 여기서 헤어져야 해."
"오후가 너무 짧은데. 조금 더 같이 있자. 웨스트민스터 시계탑 종소리가 다시 울릴 때까지." 중위가 말했다.
"아니야. 가야할 시간이 됐어."
"어디로 가는 거지?" 중위가 물었다.
"내 잠자리는 타비스콕 정원 남서 쪽 코너에 있는 청동상이야. 나는 영혼이기 때문에, 그 내부에 들어가서 하루를 뒤돌아보며 하늘에 오를 꿈을 꿀 수 있어. 거기에서 천사가 나타나 소망했던 계시를 내려 주었지. 우리는 그 계시와 관련된 운명적인 사이야. 나는 영혼이기 때문에 정신을 사랑해. 내일 아침, 군인정신으로 찾아오기를 바래." 버지니아 영혼이 얘기했다.
"군인정신?" 중위는 과거에 뇌리에서 한시도 떠나지 않았던 그 한마디에 깜짝 놀라 되물었다.
"그래. 난 아가씨시절에, 항구에 정박한 군함에 들어가 자신도 모르게 이디오피아에서 온 공주라고 얘기했는데, 해군들의 정중한 안내 속에서 그들의 세계를 구경한적이 있어. 그 때 군인정신이 얼마나 순수한지를 알게 되었어. 내일 중위가 더욱 순수한 군인정신으로 단장하고 찾아오면, 나는 그대에게 내 영혼을 바칠까 해. 자, 우리 여기서 헤어져요. "
 영혼은 템즈강 바람에 차가워진 자신의 손을 내밀며, 중위의 두 팔 안에 조용히 서있었다.
 버지니아 영혼은 미소와 슬픔이 겹친 표정으로 조금씩 작아지더니, 반딧불같은 색상으로 사이클을 그리며 지하철 역 쪽으로 사라져 버렸다.

 버지니아 영혼과 헤어진 중위는, 곧 템즈강 둑길을 벗어나 워터루 역으로 들어갔다. 그가 다시 숙소가 있는 얼스코트 역으로 나왔을 때는, 보도의 행인들이 가장 웅성거릴 때이고, 밀집된 상점들의 쇼윈도에서 새어 나온 불빛들이 서로 겹쳐 화려하게 보였다. 그는 중국레스토랑으로 들어가서 해물탕으로 저녁을 든 후에, 가로의 꽃집에서 프리지어와 백합의 꽃 묶음을 사 들고 숙소인 베스트 볼튼 호텔에 들어갔다.

 샤워를 한 후 전등을 끄고 몸을 누이자, 오후에 있었던 일이 어둠 속에 비행흔적처럼 뻗치다가, 튜브형태처럼 변형되어 서울의 흑암마을까지 연결되곤 했다. 무엇으로 런던과 서울을 연결시키려는 상념은 서쪽의 도시에 홀로 와 있다는 불안 때문인 것 같았다. 중위는 침대 위에서 몸을 뒤척이며, 자신이 태양계를 벗어난 것 같은 세계에 있다고 생각했다. 피카딜리 라인에서 수녀와의 인연이 없었다면, 마치 북십자성에라도 와 있는 고립감같은 상태에 놓일 것만 같았다. 다행이 수녀를 떠올림으로서, 우주 저쪽에 있을 법한 오후의 일들을 사실로 받아들일 수 있었다. 먼 서쪽 도시의 어둠이 부드럽게 자신을 감싸 주는걸 느꼈다.
 영국이 많은 나라를 거느렸던 시절, 런던을 세계지도의 중심에 두었을 때, 한반도는 극동이 됐을 것이다. 그래서 중위는 런던을 극서의 도시로 떠올리곤 했다. 그는 런던에서 그 누구도 쉽게 붙들 수 없는 소중한 사랑의 감정이 피어났다.

이처럼 밤이 되어, 베스트 볼튼 호텔의 작고 깨끗한 방에 홀로 누운 중위는, 헤어진 버지니아가 안겨 준 사랑의 감정을 자유롭게 떠올렸다. 오후의 환상적인 만남은 어둠을 수놓으며 마음을 가득 채웠던 수녀에 대한 그리움을 뒤덮으려 했다. 그 영혼에 입혀진 그리스 처녀같은 모습, 그녀의 손과 팔과 몸을 체온으로 지각했던 오후는, 수녀에게서 느낄 수 있는 연인의 감정도 뛰어 넘으며, 어둠 속에 누운 그에게 영혼의 신비를 느끼게 했다.

중위는 한 여류작가의 흔적을 찾기위해 여행했다. 버지니아 울프의 기념관을 찾겠다는 목적을 가지고 있었다. 하늘가로 기울어지지 않는 해를 따라 극서의 도시 런던에 홀로 왔다. 그런데 그 여류작가의 기념관이 런던에 없다는 것을 알았고, 대신 그녀가 주거를 옮겨 자신의 주된 소설을 쓰고 발표했던 타비스톡 스퀘어 정원을 운 좋게 찾아냈던 것이다. 런던에 도착하는 날, 그녀의 청동상이 있는 정원에 들어가 그 윤곽을 보았던 일도, 어둠 속에 누운 중위의 마음속에서는, 버지니아 영혼의 예인(曳引)에 의한 것 같았다.

그녀는 영혼으로서 극동에서 어느 젊은이가 자신의 흔적을 찾고 싶어 오고있다는 것을, 사전에 자신의 텔레파시에 의해 알아냈는지 모른다. 그래서 오후에 그리스 처녀같은 황홀한 모습으로, 희랍풍의 건축양식을 띤 기둥을 붙잡고 중위의 눈길을 잡아당겼는지 모른다.

누워서 몸을 뒤척인 중위는 비행운이 변형된 것 같은 피커딜리 라인위로, 그리스 아가씨처럼 보인 버지니아 영혼이 오후에 있었던 일을 꿈결처럼 재현하는 것을 보고 있었다. 피커딜리 라인은 중위가 유일하게 파악한 행동반경이자 상념의 무대이기도 했다. 그래서 오후에 템즈 강변까지 함께 연인의 행진을 했던 버지니아 영혼을, 그 라인 위에 비행운 같은 기억으로 펼쳐 낼 수 있었다.

어둠 속에서 영혼에 입혀진 버지니아의 모습을 신비해 하고있는 중위는, 내일 타비스콕 호텔의 넓은 로비에서 행할 수녀의 환영연주회보다, 버지니아 영혼과 다시 만날 일이 더 중요하다는 생각을 하고있었다.

 워터루 역 근처에서 헤어질 때 버지니아는 말하지 않았지만, 앞으로 영혼에 입혀진 살결과 체온을 느낄 수 있는 기적은 더 이상 볼 수 없을 것이다. 내일 타비스톡 정원에 들어서면 버지니아 영혼은 반복되는 자신의 하루에 대해 많은 불만을 터트리면서, 영혼이 행해야 할 중요한 일을 분명하게 표현할 것 같았다. 그녀는 상당히 복잡한 일이라고 했지만, 내일아침 자신의 영혼에 중대한 변화가 일어날지 모른다는 것을 암시하였다.

 중위는 몸을 뒤척이며, 서울에서 아득한 거리를 비행한 자신이 런던의 서민들이 모여 사는 얼스코트의 베스트 볼튼 호텔에 누워, 운명적으로 묶어진 체험을 신비해 하고 있다. 그것은 미지의 세계로 도전하는 자에게 내리는 선물인지 모른다. 중위는 그리스 처녀(버지니아)와의 이상한 접촉이 어떻게 전개될지 모르지만, 두려움 없이 기꺼이 맞이하려고 한다. 자신이 해야 될 의무가 주어졌기 때문에, 아득한 외계에 와 있다는 느낌은 사라졌다. 가끔 너무 멀리 와 있다는 불안 때문에, 여권을 확인하고 파운드와 유로 지폐를 헤아리며 귀국시까지 이국에서 멋진 추억을 만들 수 있을까를 계산했던 일도 우습기만 해졌다. 여권이라든가 현금을 분실하지 않겠다는 불안함도, 버지니아 영혼과 재상봉할 일을 생각하는 어둠 속에서는 사라졌다. 아-아, 자신을 싣고 갈 귀국비행기가 없다고 가정하면서 불안하게 떠올렸던 서울의 아득한 거리도, 신비한 감정으로 몸을 뒤척이는 어둠 속에서는 아무 것도 아니였다.

 중위는 자신에게 중요한 것을 몇 가지로 축소시켜 보았다. 두 가지는 버지니아 영혼과 수녀의 일이고, 또 다른 두 가지는 현금과 여권이었다. 지폐는 고액권만 신경 쓰고, 자꾸 주머니를 복잡하게 하는 5파운드 이하 지폐는 신경 쓰지 말자는 생각이었다. 여권은 심장 뛰는 소리가 새어 나온 좌측 상의주머니에, 고액권 지폐는 접는 지갑에 넣고 우측 상의 안쪽주머니라는 것을 절대 변경하지 말자는 생각을 했다. 왜냐하면 낯선 이국에서 중요한 것이 많아지면 신경이 분산되어 쉽게 지칠 수도 있기 때문에, 몇 가지에만 신경을 쓰고, 그 외는 잃을 각오도 하면서, 나머지의 모든 마음을 수녀와의 만남과 버지니아 영혼의 일에 집중시키고 싶었다.
 그러나 영국 화폐는 신경을 쓰이게 했다. 무엇보다 1파운드를 백으로 나눈 페니를 아직껏 파악하지 못하고 있다. 여러 모양을 가지고 있는 페니가 시간이 지나면 주머니를 꾀 무겁게 했다. 세계에서 가장 복잡하게 주조된 영국의 페니가, 결국은 얼스코트 역 거지를 화나게 하고 말았다. 중위는 주머니에 들어있는 페니 동전을 여러 개 꺼내 역전 거지에게 주었는데, 화를 낸 얼굴을 하고 바닥에 내던져 버렸다. 주어서 자세히 보니 모양이 조금씩 다른 1페니 동전들이었다. 거지들도 쓸 곳이 없어 외면하는 동전들이었다. 별수없이 50페니짜리 몇 개를 찾아 미안하다는 사과와 함께 주자, 노려보는 얼굴이 풀어지며 받았다. 이처럼 복잡한 페니 체계를 지닌 런던에서, 중위는 아직 페니를 익숙하게 구분하지 못했다. 5페니, 10페니, 20페니, 50페니 등, 누가 만들었는지 같은 단위를 다시 다른 모양으로 구분해놓은 동전들은 복잡하기 짝이 없었다. 중위는 그 복잡한 모양들을 시간이 해결해주겠거니 하며, 아직 숙지하지 못한 상태였다. 그래서 패스트푸드점에 들어가 자신을 반가워한 흑인소녀에게 고액 동전을 고르도록, 한주먹 모인 손을 펴 보이며 세트를 시켜 먹을 때는, 종업원들의 웃음을 샀던 것이다.
 그는 다시 한 번 몸을 뒤척이며 대사관의 위치를 생각해보았다. 불행이 닥쳤을 때 의지할지도 모를 대사관의 위치는 전혀 모르고 있다. 침대에 누운 자신의 머리가 어느 방향에 있는지도 알 수가 없었다.
 중위는 뒤척거리며 최후의 피난처로 대사관을 생각하고 있었다. 위치는 모르지만 주소와 전화번호가 수첩에 적혀 있다는 것이 떠올랐다. 버지니아 울프의 기념관을 찾기위해 서울에서 알아 가지고 온, 중위로서는 중요한 곳이었다. 그러나 막상 필요해서 그 곳에 전화를 하자, 울프 기념관의 위치를 찾아 주는 것은 자신들의 업무가 아니라고 했다. 중위가 전화를 끊지 않고 침묵을 지키고 있자, 미안했던지 자신들이 사용하는 컴퓨터로 인터넷검색을 하고 있으니 기다리라는 거였다. 중위는 그들의 특별한 정보망에 버지니아 울프의 기념관이 도심 어딘가에 숨어 있는 것을 곧 찾으리라는 기대를 했지만, 대사관 여직원이 전해주는 결과는 런던에 버지니아 울프의 기념관이 뜨지 않는다는 거였다.

 그같은 답변을 떠올린 중위는, 런던이 그 여류작가의 문학을 푸대접해주고 있다는 생각을 반수면 속에서 줄곧 하고 있다 가, 몸을 뒤척이는 침대 위의 어둠 속에다 왜 조그마한 기념관 하나 없는지를 두고, 피붙이가 없기 때문인지 모른다는 의문을 던지고 있었다.

 울프의 개성적인 문학은 그녀가 탄생하고 성장한 런던보다 세계의 다른 도시에서 더 값지게 생각하고 있는 것 같다. 등잔 밑은 어느 곳이나 어두운 법. 런던도 토박이인 버지니아 울프에 무관심하고 있다. 그 따위 의식의 이야기가 문화에 어떤 기여를 하고있는지 모르겠다는 무관심일게다. 문학의 새로운 길을 열었던 그녀의 영혼은 우즈강 돌멩이들을 매달고 있다. 그 영혼은 자신을 소외시킨 런던을 향해 마음의 벽을 쌓고 도심에서 외롭게 떠돌고 있다.

 생전에 분투해서 창조한 자신의 문학은 먼 다른 도시에서 더 사랑받고 있음을 확인했다. 영혼으로 떠돌면서 런던의 그 누구에게도 영혼에 입혀진 자신을 보여 줄 수 없었는데, 서울에서 온 낯선 중위에게 그리스 처녀처럼 현현(顯現)해준 후, 더없이 부드러운 손결과 가슴의 체온을 느끼게 해주지 않았는가?

 분명히 그녀는 기념관 하나 세워주지 않는 런던을 싫어하고있다. 그래서 수녀의 마음속으로 들어가, 극동에서 하늘에 오르려는 소망을 가지고 있는 것이다.

 중위는 자신이 측은한 버지니아 영혼에 대한 무슨 역할을 할지 모른다는 생각이 들자, 교량이 되겠다는 결심을 했다. 버지니아의 소망대로, 그녀의 영혼을 수녀의 마음속에 안착하도록 해주는 일이다. 그렇게 되면 수녀의 마음속에서 그녀의 감동 어린 설교를 들으며, 돌덩이가 붙은 영혼의 무게를 줄여 낼 수 있을 것이다. 중위는 자신이 버지니아 영혼을 수녀 쪽으로 가게하는 역할을 아무리 힘겹더라도 해주고 싶었다. 버지니아의 소망이 이루어지는 것을 꼭 지켜보고 싶었다.

중위는 아직 수면의 항해를 떠나지 못하고 있다. 몸을 뒤척이자 숨어 있는 불안이 지갑과 여권으로 변해 낯선 골목길 어디론가 달아나고 있었다. 중위는 택시를 타고 힘겹게 대사관을 찾을 수 있었다. 차례를 기다려 체격이 비대한 직원의 앞에 섰다.

"무슨 일로 오셨지요?" 비대한 직원이 물었다.

"저는 서울 흑암마을에서 서쪽으로 여행 온 퇴역 중위입니다. 버지니아 울프 기념관을 찾다가 지갑과 함께 여권을 잃어버렸어요. 비행기를 탈 수 있는 임시여권을 만들기 위해 왔습니다. " 중위가 말했다.

"충격이 컸겠군요. 여권 사본과 사진 두 장을 준비해 오셨지요?"

"네. 사본은 여기 있습니다. "

"사진은요?"

"준비하지 못했습니다. "

"그럼, 우리 여직원이 사진을 찍을 겁니다. "

비대한 직원이 차임벨을 누르자 여직원이 다가왔다.

"당신이었군요? 어제 저에게 버지니아의 기념관이 어디에 있는지 전화로 물었던 분이. " 삼십대 여직원은 관심있게 바라 보았다.

"네. 제가 전화를 했습니다. 기념관이 없다는 아가씨의 얘기에 실망했지만, 저는 런던 도심을 떠도는 버지니아 영혼을 직접 만났습니다. "

"꿈결에서요?" 비대한 직원이 의아한 표정으로 물었다.

"아니오. 실제였어요. 그리스풍의 아름다운 이십대 중반의 아가씨로 나타나, 그리스 건축물의 기둥 옆에서 저를 기다리고 있었습니다. "

"이미 역사 속으로 사라진 여류작가의 영혼을 만났다니, 놀라운 기적이군요. " 비대한 직원은 믿지 못하겠다는 표정이었다.

대사관 여직원은 그를 의자에 앉히고, 두 손으로 얼굴을 바르게 했다. 그리고 이마로 처진 머릿결을 집게손가락과 중지 사이에 끼여 옆으로 다듬어 주었다. 곧 이어 렌즈를 향하도록 하고, 두 커트의 필름이 돌아가는 소리가 들리도록 셔터를 눌렀다.
"임시 여권은 언제 나옵니까?" 중위가 물었다.
"여기에 앉아 반시간만 기다리세요. 푸른 등이 켜지면, 조금 전의 남자직원이 중위님을 부를 겁니다. " 여직원은 다른 칸막이 안으로 사라졌다.
중위는 머나면 외계의 친절함을 느끼며, 이 외계가 국가의 부분임을 생각하고 있는데, 푸른 등이 켜졌다.
중위는 일어나 비대한 직원앞으로 갔다.
"자, 이것이 임시여권입니다. 그리고 지갑을 잃었다고 하니까, 우리 대사관은 멀리 여행 온 중위님에게 귀국 시까지 사용할 경비, 500파운드를 빌려 주겠습니다. 외무부에 가서 이 차용증과 함께 지불하도록 하세요. " 비대한 직원이 말했다.
"무척 친절하시군요. 저를 신뢰해주니 고맙습니다. " 중위는 침착하게 말했다.
"우리 대사관은 국방부를 통해 당신이 전역한 중위님이라는 것을 확인했습니다. 유감스럽게 생각한 것은, 중위님에게 울프의 기념관을 찾아 드리지 못한 점입니다. " 비대한 직원은 손을 내밀어 악수를 한 후, 여직원이 수화기를 붙잡고 답변을 하는 칸막이 안으로 들어가 버렸다.
중위는 다시 몸을 뒤척였다. 자신과 수녀가 피카딜리 라인을 달리는 지하철에 앉아, 이차대전 때의 통제적인 어조로 안내방송을 하는 여자아나운서의 억센 목소리를 듣고 있었다. 허스키한 음성이 강력한 톤으로 나오자, 수녀는 제국주의적인 통제수단이라며 웃었다. 둘 이에게 친화력을 안겨 준 '피카딜리 라인 서비스'라는 강력한 어조의 방송에 대해서는, 중위도 웃음을 참을 수가 없었다. 전쟁 때 굳어진 듯한 통제방송이, 여자아나운서의 허스키한 음성으로 다시 재현되고 있다는 것을 희미하게 되뇌며, 중위는 수면의 항해에 몸을 맡겼다.

 다음날 아침 중위가 러셀스퀘어 역 출구로 나왔을 때는, 손에 은박지에 감싸인 백합과 프리지어가 쥐어져 있었고, 토미시계는 8시 30분을 가리켰다. 역 주변은 벌써부터 활기가 넘친 가운데 건너편 자연식품점에서는, 넓은 홀의 식탁들을 둘러싸고 아침을 들고 있는 사람들이 웅성거렸다. 아직 계산을 치르지 않은 사람들이 이미 만들어진 토스트와 음료를 쟁반에 들고, 진열대 너머로 상체만 보이는 두 곳의 계산원을 향해 차례를 기다리는 것이 보였다.
 그리스 아가씨 (버지니아)를 다시 만난다는 생각에 아침을 일찍 서둘렀던 중위는, 얼스코트 역 가까운 곳에 있는 패스트푸드점에서 버거와 커피를 들고 왔다. 언젠가 한 번 들려 무슨 식품이 토스트 사이에 들어있는지를 맛보려 했으나 다음으로 미루고, 식품점의 맑은 유리창 옆을 지나 우회전했다.
 4차선 도로가 버지니아 청동상이 세워져 있는 타비스톡 스퀘어 정원을 향해 쭉 뻗친 가로였다. 다행이 선물가게는 열려 있었다. 웅장한 두 건축물 사이의 비좁은 공지에는 그 가게에서 내놓은 화분과 꽃 묶음들이 진열되어있었다. 아침햇빛이 흐르는 보도에는 행인들이 활기찬 모습으로 러셀스퀘어 역을 향했다. 4차선 도로는 차량이 뜸했다. 육 칠층 높이의 건물들이 타비스톡 정원까지 이어지며 아침의 밝은 햇빛을 도로에 가득 흐르게 했다.
 햇빛을 거스르며 정원으로 향하던 중위는 기억에 선명한 선물가게 앞에 서있었다. 맑은 유리창 가의 항아리에는 노란색상의 프리지어와 아침기운이 서린 싱싱한 백합과 장미들이, 향기 띤 얼굴을 내밀며 '저를 사가세요'라고 속삭이는 것 같았다.
 항아리 체 들고 내밀고 싶은, 버지니아 영혼이 멀지 않는 곳에 물망초처럼 기다리고 있을지 모른다는 생각 때문에, 중위는 예전에 들을 수 없었던 꽃들의 속삭임을 느낄 수 있었다.
 그는 얼스코트에서 가져온 두 개의 꽃 묶음을 가지고 있었지만, 향기가 짙어 보인 항아리의 속삭이는 듯한 꽃들을 손끝으로 지향하며 묶어 달라고 했다. 누군가를 기쁘게 해줄 꽃들은 몇 송이씩의 묶음들이 되어 은박지에 운치있게 감싸였다. 중위는 고마운 미소와 함께, 여주인에게 계산을 치르고 선물가게를 나왔다.

그는 줄지은 건물들을 따라 걸었다. 밀집된 건물들 때문에 흩어지지 않고 그 가로의 공간으로 세차게 밀려드는 듯한 햇빛은 그 너머 저쪽에 버지니아가 기다리며 보내는 영혼의 빛도 여러 가닥 섞여 있는 것 같았다. 타비스톡이라는 동일한 이름을 사이 좋게 함께 쓰고있는 정원과 호텔은, 아침의 가벼운 발걸음으로 삼 사분이면 닿을 것 같은 가로의 끝에 엿보였다.

중위는 버지니아 울프의 청동상에 바칠 꽃 묶음을 별도로 챙겨들기 위해 걸음을 멈췄다. 모두 성성하고 아름다워 선별하기 곤란했지만, 조금 전에 구입한 묶음에서 가장 성성해 보인 것으로 세 송이를 꺼냈다. 그는 프리지어와 백합과 장미를 따로 손에 들고, 나머지는 조심스럽게 이스트 펙에 넣었다.

버지니아는 어제 오후, 지각할 수 있는 영혼으로 나타났다. 중위는 아직까지 숨결을 느낄 것 같은 버지니아 영혼을 떠올릴 수 있었다. 살결과 체온이 입혀진, 그리스 아가씨같은 모습을 갖춘 그 영혼을, 신경에 남은 지각으로 떠올릴 수 있었다. 밤새 뒤척이며 약속했던 아침을 기다린 그로서는, 정원에 있는 그녀의 청동상이 더 중요하게 마음을 차지하고있었다. 순수한 군인정신으로 오라고 했다. 그러면 자신의 소중한 영혼을 바칠지 모른다고 했다. 영혼을!

거대한 활엽수들이 정원의 경계에서 줄기들을 자유롭게 뻗치고 있었다. 내부의 산책로 한쪽에는 밝은 햇빛카펫위로 나뭇 잎 그림자들이 술렁거렸다.

중위는 햇빛카펫을 지나 남서쪽 코너에 세워진 버지니아 울프의 청동상 앞으로 갔다. 도착했던 날 밤, 어둠 속에서 느꼈던 것과는 전혀 다른 분위기에 그녀는 놓여 있었다. 흉상은 심장이 겨우 포함될 것 같은, 가슴부분이 반듯이 잘려, 대리석 위에 놓여 있었다.

그녀의 새로운 문학이 빛났던 오십대의 모습을 모델로 조각된 원숙한 표정이었다. 이마와 눈가에는 험난한 세상을 견딘 주름이 엿보였다.
 그녀는 어제 나타냈던 것처럼, 다시 실제의 모습을 보여 주지는 않을 것이다. 그렇다 해도, 이처럼 원숙해 보인 자신의 청동상을 통해, 영혼으로서 이루고자 하는 소망을 간절하게 얘기할 것 같았다.
 어제 그리스 아가씨처럼 나타난 그녀는 먼저 낮춤말을 하고, 손결과 체온을 지각하게하는 기적을 보여 주었지만, 이 아침은 영혼의 소리만 들을 수 있을 거라고 했다. 아침 빛에 반영된 그녀의 원숙한 표정은 생전에 지닌 자신의 꿈을 다 이룬 여인으로, 어제 보았던 이십대의 봄 처녀같은 청순함은 엿보이지 않았다. 그래선지 쉽게 접근할 수 없는 격세지감(隔世之感)같은 것이 청동상 앞에 가로 흐르는 것 같았다.
 중위는 한동안 서있었다. 그녀를 차분한 시선으로 바라보다가, 더 가까이 다가섰다.
 「당신은 문학 속에서 첨단의 길을 찾으려고 분투한 분입니다.」 하고 먼저 말했다. 아무 대답이 없었다. 중위는 오십대의 모습이 책에서 엿본 사진과 다르다고 생각했지만, 청동상의 목 부분을 손끝으로 만져 보았다.
 그런데 놀랍게도 어제 들었던 버지니아의 영혼이 말을 했다.
 "놀라지 마세요, 중위님. 어제는 친구처럼 반말을 했지만, 오늘은 마지막 주어진 기회로, 진지하게 높임말을 하고 싶어요. 저를 만진 것에 대해 미안해 하지 마세요. 그 동안 어떤 손길도 스치지 않으니까 외로웠어요. 미안해 하지 말고, 오십대의 볼품없는 청동조각을 마음껏 만져도 저는 허락할 거예요."
 다정한 음성은, 어제 오후 이십대 중반으로 나타났던 버지니아 영혼의 음성이었다. 청동조각상 어디에선가 비밀스럽게 새어 나왔다.
 "당신에게 바칠 선물이 있습니다."

중위는 손에 들고 있는 꽃을 내보였다. 곧 이어 그 꽃송이들을 여분의 대리석 위에 놓았다.

"저는 중위님이 찾아오는 것만으로 기쁩니다. 그런데 향기 어린 꽃까지 선물받았으니, 더없이 행복합니다. " 버지니아의 영혼이 속삭였다.

"바로 이 곳이었군요. 타비스톡은, 그대의 정신이 깊이 어린 곳입니다. "

"왜 그렇죠?" 영혼이 물었다.

"그대의 대표적인 소설들을 여기서 쓰고 다듬어서 발표했으니까요. 꽃보다 아름다운 버지니아의 음성을 여기서 다시 듣게 되어, 저도 행복합니다. " 중위는 차렷 자세로 거수경례를 하며 말했다.

"아, 어제 제가 부탁한 군인정신으로 저를 대해주는군요. 그런데 저는 어제처럼 제 모습을 현현(顯現)해주지 못해 미안해요. 어제 제 영혼에 입혀진 이십대 중반시절의 제 모습에 대해서는 저도 놀랄 수 밖에 없는 기적이었어요. 칠십 년이 넘게 런던도심을 배회하는 측은한 영혼이, 어제 그같은 기적을 만난 거예요. "

"칠십 여 년 동안이나?" 중위가 아득한 세월을 되뇌었다.

"그래요. 1941년 제가 우즈강에 뛰어들었으니까요. 그 때부터 저는 떠돌이 영혼으로 부활해, 제 사건으로 세상이 떠들썩한 것을 보았습니다. '누가 버지니아 울프를 울렸나'라는 얘기도 풍문으로 있었던 것을 기억해요. 한동안 저의 사라짐을 슬퍼했어요. 서점에 내 책이 몇권 끼여 있긴 했지만, 영혼으로 70여년 동안 떠돌면서 느낀 것은, 저의 존재감이 사라져 버렸다는 거예요. 제가 일 이차 세계대전이 일어나는 동안 런던에 존재했다는 것을, 제 문학과 함께 알고 있는 젊은이들이 거의 없는 듯 했어요. 모두가 현실을 헤쳐 나가느라 까맣게 잊어버린 것 같았어요. 그런데 중위님이 저의 흔적을 찾겠다고 극동에서 온다는 것을, 저에게 주어진 텔레파시가 붙잡은 거예요. 그 고마움에 보답하기위해 저의 영혼은, 중위님이 그리스처녀 같다며 지각할 수 있는, ……여성스러운 하늘나라의 물질이 입혀진 거예요. 중위님을 만난 어제오후 뿐이었지만,

그것만으로도 하늘나라가 저를 얼마나 관심있게 살펴주는지, 생각하면 눈물겨워요. " 이십대의 버지니아가 말했다.
 "버지니아는 그 목소리만으로 충분히 저를 행복하게 합니다. " 중위가 대답했다.
 "그렇지만 어제처럼, 그리스 아가씨같은 육체가 영혼에 입혀진다면 얼마나 좋을까 하는 아쉬운 생각이 들어요. 저의 예상대로 그같은 기적은 다시 일어나지 않을 거예요. 이 음성만으로 저의 소망을 완성해내고 싶어요. 지금은 세 개의 흩어진 영혼이 온전하게 하나로 뭉쳤고, 중위님이 순수한 군인정신으로 와 주었기 때문에, 일이 제대로 진행된다면 저의 소망은 이루어질 거예요. " 버지니아 영혼은 진지하게 얘기했다.
 "버지니아. 세 개의 흩어진 영혼이 온전하다고 했는데, 무슨 의미인지 모르겠습니다?"
 "아, 그러실 거예요. 저의 영혼은 이 곳 타비스톡 제 청동상 내부로 들어온 후에 온전해져요. 그리고 아침에 청동상 밖으로 나갈 때는, 제 영혼이 셋으로 분리되어요. 그 이유는 제가 보통 여성들보다 팔자가 세서, 온전한 영혼으로 도심을 떠돌면 살아 있는 사람들에게 해를 입힐지 모른다는 이유에서예요. 아무래도 상의주머니에 돌덩이들을 넣고 우주강에 걸어 들어가, 스스로 생을 마감시킨 일 때문인 것 같아요. 지독한 영혼으로 알고, 세 개로 분리시켜 도심을 떠돌게 한 거예요. 분리된 영혼의 하나는 성 제임스 공원과 그린 공원에, 또 다른 하나는 하이드 공원에, 마지막 하나는 리젠트 공원으로 내보내, 도심을 배회하도록 했어요. 어제 중위님을 만나 기적이 일어난 제 정신의 한 갈래는, 리젠트 공원으로 분리된 영혼이었어요. 내심 저도 놀란 기적이었어요. 오늘 아침은 중위님에게 저의 측은한 사실을 모두 고백할 테니, 저의 간절한 소망을 이룰 수 있도록 도와주세요. " 버지니아 영혼은 침착하게 얘기했다.
 "저는 버지니아의 흔적을 찾기 위해 극서의 도시 런던에 왔는데, 그대의 젊은 모습을 보았고, 이처럼 그 시절의 음성을 들을 수 있는 행운도 가졌습니다. 저에게 모든 얘기를 털어놓고 마음을 가볍게 하세요."

"이처럼 좋은 꽃향기도 칠십 년 만에 처음인 것 같아요. 누구 한 사람 이렇게 고운 꽃송이를 여기 대리석상에 놓은 이가 없었는데, 저의 텔레파시에 붙잡힌 중위님은 저를 향기에 취하도록 해주었어요. 백합향기가 저를 조금 어지럽게 하네요? 장미와 프리지어도, …… 아, 치우지 마세요. 기분 좋게 취하게하는 향기에요."

영혼의 음성에 따라 청동상의 표정은 미세하게 변하는 것 같았다.

"버지니아, 꽃향기에 기분이 좋아진다고 하니 다행이군요. 지금 제 눈앞에 있는 그대는 자신의 꿈을 최소한 이룬 결과로 청동상이 되었습니다. 먼 동쪽 나라에서 그대의 흔적을 찾으려다 이십대의 모습을 보았고, 이 곳에 이르렀습니다. 그대는 원숙한 모습으로 저를 바라보고 있습니다. 표정에 깃든 오십대의 원숙한 모습이 너무나 아름답군요. 저는 조금 전 희랍 여인이 먼 하늘가를 바라보다가 찾아 온 저를 반기는 것 같아서 자신도 모르게 그대의 목을 손으로 만졌습니다. 그런데 그 손끝을 통해 그대의 영혼이 강렬하게 마음속으로 무언가 전이시키려는 것을 느꼈습니다. 그 전이된 느낌이, 당신이 백합에 취해 기분이 좋았듯, 저도 이세상에서 한 번도 느낄 수 없는, 오월의 아득한 초원을 그대와 함께 바라보며 밀려오는 싱그러운 바람 속에서 이상세계를 보는 기분입니다." 중위가 말했다.

"저도 이 아침정원에서 중위님이 찾아와 활기찬 모습을 보여 주니까, 그 생기가 전이된 것 같아요. 중위님은 정말 오월의 초원을 거쳐 온 것처럼 보여요. 외로움에 까칠해진 저를 만져 주세요. 영혼이 깃든 청동상이에요. 만져 주면 더 많은 활기가 일어날 것 같아요."

"군인정신으로 와서 원숙한 표정으로 먼 하늘을 바라보는 그대의 목을, 허락을 받지 않는 체 만진 것은 순수했던 초급장교시절의 정신을 위반한 것입니다. 책망해 주십시오." 중위는 차렷 자세로 말했다.
 "아니에요. 허락할 거예요. 미안해 하지마세요. 그대는 제가 지나갈 교량이에요. 그러기에 많은 말을 하고싶어요. 오월의 초원같은 마음으로 들어줄 수 있지요? 저는 그 초원 위를 이리저리 밀려다니는 바람이 되고 싶어요. "
 청동상의 어디에선가 색다르게 새어 나온 영혼의 젊은 음성은, 시적으로 속삭이듯 얘기했다.
 "그대는 제 마음을 예지하는군요. 저는 어젯밤 버지니아의 영혼이 건너갈 수 있는 교량이 되겠다고 결심했습니다. 그대가 일으킬 수 있는 미풍과 산들바람은, 모두 제 마음이 펼칠 수 있는 초원을 선회해도 좋습니다. 저는 그대의 자유로운 영혼이 수녀의 마음속으로 건너갈 수 있도록, 견고한 교량(橋梁)으로 있고 싶습니다. 그럼요, 이제껏 고독하게 방황했던 그대의 영혼은, 이제 극동에서 온 저의 가교(架橋)를 사뿐히 즈려밟고 넘어가야 합니다. "
 "아-아, 중위님은 교량으로만 있지 않을 거예요. 우리는 어제 워터루 역 근처 강둑의 벤치에서 사랑의 감정이 굳게 맺어졌으니, 훗날 파라다이스에서 만날 수 있어요. " 버지니아 영혼이 밝은 음성으로 얘기했다.
 "우리가 그 세계에서 다시 만난다면 더없는 바램이지만, 저는 버지니아가 서쪽의 도시에서 이제껏 누적된 즐거움과 고통들을 모두 털어 버리고, 가벼운 영혼이 되어 훨훨 날아가기를 바랄 뿐입니다. " 중위는 반듯한 자세로, 일선에서 지휘부를 향해 보고하는 것처럼 절도있게 말했다.
 그리고 진지한 눈길로 청동상을 바라보았다. 이풍진 세상의 많은 고통을 다 겪은 듯한 모습 속에서, 이십대의 봄바람같은 음성이 새어 나왔다.
 "지금도 중위님은 미안한 표정이군요. 중위님이 저의 목을 매만진 손길은 제가 허락할 수 밖에 없는 만짐입니다. 저는 외톨이 영혼으로 고독의 연속선상에 놓여 있기 때문입니다. 저는 어렸을 때, 홀로 감당하기 힘든 일들을 많이 당했어요. 부끄럽다고 생각된 그런 일들이 누적되어 정신병원도 들락거렸던 거예요. 그러나, 지금은 진정으로 용서할 수 있어요. 그 의붓 오빠가 제 옆에 있다면 지나간 일 다 잊고, 새로운 길을 함께 걷자며 위로해주고 싶어요. 그만큼 저는 고독한 세월에 진저리를 내고있어요. 누군가 와서 제 영혼이 깃든 흉상의 어느 부분이라도 좀 만져 주었으면 하는 바램이 있다는 거예요. " 버지니아 영혼이 말했다.

"고독에 그토록 힘겨워 하는 줄은 몰랐습니다. 그런 고독 속에서도 생전의 일들을 모두 용서해주고 싶다니, 사랑을 잃지 않았군요. " 중위가 말했다.

"중위님의 마음 알아요. 어제의 모습이 아닌, 오십대의 근엄한 표정을 보고, 갑자기 목을 매만진 것이 미안해진 거예요. 그렇죠? 저는 이 청동상이 마음에 들지 않지만, 어쩔 수 없이 함께 세월을 보내야 하는 공동운명체임을 받아들였어요. 매일처럼 해가 진 후에 분리된 세 개의 영혼이 이 내부에서 하나로 모아져 하늘에 오를 꿈을 꾸곤 하는 운명을 받아들인 거예요. " 버지니아 영혼은 또렷하게 얘기했다.

"저는 원숙함이 깃든 오십대의 그대도 아름다운데요? 당신이 분투해서 이루어 냈던 작품들을, 주름진 그 표정에서 엿볼 수도 있기 때문입니다. " 중위가 말했다.

"그렇다니 고마워요. 그러나 저는 문학의 꿈을 실현시키지 못했던 이십대 중반의 영혼으로, ……그것도 억센 팔자가 행인들에게 해를 끼칠지 모른다며 셋으로 분리되어 떠돌고 있다는 것을, 중위님에게 들려주었어요. 중위님, 어제 들어서 아시겠지만 저의 영혼에는 우즈강에 뛰어들 때 상의주머니에 넣은 돌 무게 같은 것이 붙어 있어요. 그것이 제 운명을 가름하고 말았어요. 다행히 하늘의 도움으로, 막연한 운명을 탈출하고싶은 소망이 천사에 의해 가늘게 열린 거예요. 중위님이 저의 교량이 된다면, 훗날 파라다이스에서 수녀님과 함께 있는 저를 만나게 될 거예요. 그러니 미안해 하지 마세요. 오늘 아침 중위님이 하는 사소한 일들은, 교량으로 가기 위한 과정이에요. 그걸 바라보는 제가 오히려 미안해요.

중위님이 꽃을 놓고 매만져 주는 성의를 받고서도, 답례의 표정하나 짓지 못한 이 영혼을 오히려 측은하게 생각해주세요. 저는 중위님을 만나서 희망을 가지게 됐어요. 이제 껏 이 정원을 찾아 저의 흔적을 느끼려는 자는 극소수였고, 그들과는 얘기를 나누지 못했는데, 어제 오후 중위님과 저는 서로의 모습을 바라보면서 얘기를 나누고 지각할 수 있는 기적이 일어났어요. 이렇게 좋은 날씨인 오늘 아침나절도, 제 모습을 중위님에게 보일 수 있다면 얼마나 좋을까요? 안타깝게도 어제의 기적은 재현되지 않는군요. 그래도 중위님의 열정 어린 눈길이 저의 말문을 트게 하고있는 거예요. 우리는 어떤 목적을 성취하기위해 대화를 나누고 있는 거예요. 어제부터 이 영혼은 기적의 연속일 거예요. " 청동상은 변화의 느낌으로 미세하게 떠는 것 같았다.

"그대의 원숙한 표정에 활기가 일어나고 있어요? 청동입술이 미세하게 움직이는 것 같아요. " 중위가 놀라는 어조로 말했다.

"중위님이 바라보는 바로 그 오십대의 원숙한 청동상이, 자신의 내부에 들어있는 젊은 시절의 또 다른 자신을 가두고, 희망이 없는 나날을 반복하고있는데, 오늘아침 희망이라는 변화가 일어났기 때문이죠.   오늘은 저에게 또 다른 기적이 일어날 거예요. 근엄하고 원숙한 이 청동상이 내부에 있는 과거의 자신과 일체감을 느낀다면, 이 근엄한 여성은 문학을 꿈꾸었던 이십대의 자신을 가두지 못할 거예요. 지금 중위님에게 말하고있는 영혼은, 문학의 꿈을 실현하지 않았던 젊은 시절의 버지니아에요. 그러나 그 젊은 시절의 영혼을 가둔 현재의 청동상은 나름대로 문학의 새로운 길을 개척했다고 평가받은, 중위님이 원숙하다고 느낀 또 다른 버지니아 울프입니다. 그녀는 '댈러웨이 부인'과 '등대로'라는 새로운 문학의 정수를 남겨, 인류의 정신을 진보시킨 대가로 이렇게 옛 집터에 가까운, 정원의 사우스 웨스트 코너에 원숙한 표정으로 세워진 청동상입니다. 저는 아무 것도 이루지 못한 이십대의 꿈 많은 아가씨로 이 곳 타비스톡 스퀘어 정원을 벗어나, 수녀의 마음에 안착해서 서울의 흑암마을로 여행하고싶어요. 청동상의 입술이 미세하게 움직였다면 그 작은 청동의 입술은, 매일 밤 젊은 이십 대로 갇힌 제 영혼의 탈출구인지 몰라요. 우리는 함께 이 근엄한 청동상을 설득해야겠어요. 그러기 위해서 이 청동상을 사이에 두고, 우리는 서로 궁금한 일들을 얘기하며 더욱 가까워져야 해요." 버지니아의 영혼이 떨린 목소리로 말했다.
 "그럼 버지니아가 궁금히 여긴 것을 먼저 얘기해요?"
 "그러죠. 당신은 한반도에서 무슨 일을 하셨던 분이죠?" 젊은 버지니아의 영혼이 물었다.
 "일선에서 초급장교로 근무했는데, 퇴역 후 경찰직에서 짧은 기간 근무하다가 살인자를 쫓는 과정에서 오발탄으로 동료의 팔을 관통해 옷을 벗게 되었고, 그 후 어슬렁거리다가 문학에 관심을 갖던 중, 그대의 흔적을 만나려 여기까지 왔습니다."
 "아-아, 마음이 아픈 일을 겪으셨군요. 그러나 어슬렁거린다는 표현은 마음에 들지 않아요. 중위님은 저를 구제할 교량같은 분이기 때문이죠. 이 곳은 저에게 문학의 꿈을 나름대로 완성시켜준 의미있는 장소지만, 한편으로 감옥같은 곳이기도 해요. 중위님이 보다시피, 원숙한 버지니아 울프가 자유로웠던 과거의 버지니아를 통제하고 있어요. 과거의 자신을 말이에요. 자유분방한 젊은 시절의 영혼이 행인들에게 피해를 줄지 모른다며, 아침이면 이 영혼을 셋으로 약화시켜 내보낸 이가, 여기 청동상으로 침묵을 지킨, 근엄하기 짝이 없는 또 다른 저예요. 생각해보면 저의 젊은 시절의 영혼을 오랜 세월동안 분리시켜 내보낸 것은 중위님을 만나기 위한 처절한 반복인지도 모르겠어요. 저는 희랍(그리스)건축물의 기둥 옆에서 그리스아가씨처럼 서서 중위님을 기다렸으니까요. 제가 어떤 모습으로 이 타비스톡 스퀘어정원의 감옥을 빠져나갈지 모르겠지만, 수녀님의 마음에 안착하여 극동의 도시인 서울의 흑암 마을에서 하늘나라로 오르겠다는 소망을 가지고 있어요. 스스로 교량이라고 몸을 낮춘 중위님을 통하지 않고는 가능하지가 않는 희망인데, 저는 중위님에게 무엇을 선물해야할지도 모르겠군요."
 "버지니아, 저를 교량으로 선택해준 일이 선물입니다. 이렇게 당신의 문학이 결집된 청동상 옆에서 저는 오히려 위로를 받고 있습니다. "

"붉은 아침햇살이 중위님의 얼굴을 스치고 있어요. 중위님이 원숙미가 넘친다고 여긴, 또 다른 저의 내부에, 어제 만나 워터루 둑길에서 연인처럼 데이트를 했던 그리스풍의 아가씨가 내다보고 있다는 것을 느끼시나요?"

"물론 의식하고있지만, 저로서는 동일한 여류작가의 과거와 현재로 생각하며, 누구를 더 사랑하거나 좋아할 입장이 아닌 것 같습니다. 조금 전 버지니아가 했던 애기처럼, 저라는 교량을 통해 젊은 시절의 모습으로 수녀님의 마음에 안착해도, 저는 아름다운 일이 지상에서 성사됐다며 기뻐할 것입니다. 그럴만한 이유는 버지니아가 분투해서 얻은 문학의 결과로 충분합니다. 지상에 남긴 평범한 일상같은 이야기에서, 수직적 주관에 의해 펼쳐 낸 인물들의 의식들은 평범하고 미묘하지만, 버지니아에게 깃든 그리스풍의 매력처럼 뜻 모를 개성이 넘쳐흐르고 있습니다. 그래서 저는 타비스톡 정원을 찾아와 향기 어린 꽃을 바치고 이렇게 바라보며 애기를 나누고자 하는 것입니다. "

"고마워요, 중위님. 이처럼 싱싱한 향기 어린 꽃들을 놓고, 저와 진실을 나누려는 자는 이제껏 없었어요. " 버지니아는 차분한 어조로 애기했다.

"그대의 주된 작품들이 성취된 이 곳에서, 꿈 많던 당신의 음성을 듣게 되니, 우리가 연인의 행진을 했던 어제 못지 않는 감회가 밀려옵니다. 버지니아의 소망을 실행하려면 어떻게 교량역할을 해야 하는 것인지 알려 주세요. 잠시 후 저는 저기 길 건너편 타비스톡 호텔 로비의 창 가에서, 당신의 영혼이 안착하고싶은 수녀님을 위한 환영연주회에 참석해야합니다. 그대도 영혼의 귀를 기울여 C장조 선율을 감상해주었으면 합니다. " 중위가 보이지 않는 영혼을 향해 진지하게 말했다.

"저는 로비를 가린 저 맑은 유리창이 두꺼워도 영혼의 귀로 선명히 들을 수 있어요. 주의 깊게 들으려고 해요. 제 흔적을 찾아

온 이와 함께 하고 싶으니까요. 궁금해요. 서울이라면 아득한 극동의 반도에 있다고 들었는데, 이렇게 저의 흔적을 찾아 먼 서쪽으로 여행 온 분이 사랑의 감정을 나눌 수 있는 중위님이리니, 무척 궁금하다구요?"

 버지니아 영혼은 자신의 소망을 어떻게 이룰 것인지를 미룬 체, 딴청을 부렸다. 중위는 궁금증을 영혼에게 재촉할 수 없었다. 영혼이 얘기할 때까지 흐름을 따르는 것이 좋을 것 같았다. 그는 호텔로비를 내다볼 수 있는 위치에서 연주회준비를 바라보며, 시간은 충분히 남아있다고 생각했다. 때가 되면 자신이 해야 할 일을 버지니아가 알려 주리라는 생각이 들었지만, 영혼과의 일이 어떻게 전개될지 몰라 긴장됐다. 이러한 의식 속에서 중위는, 자신의 필요성과 런던에 온 목적이 점차 어떤 윤곽으로 잡혀 가고 있다는 것을 느꼈다.

 "어제부터 알게 된 제 얘기들이 뜻밖일지 모르겠군요. 그러나 그대는 여성의 편견을 뛰어넘어 강인한 분투로 개성있는 문학의 꽃을 피워 낸 여류작가입니다. 당신이 개척한 문학의 이미지가 서울까지 뻗치고 있기 때문에, 저는 서쪽 끝에 있는 당신의 흔적을 찾기위해 온 것입니다. " 중위는 원숙한 청동상을 진지하게 바라보며 말했다.

 "저를 찬미해주는군요. 이 고마움을 가장 고운 표정, 고운 눈빛으로 답례해주고 싶지만, 알다시피 저는 청동상 내부에 갇혀 있는 젊은 시절의 버지니아 영혼이에요. 언젠가 저는 이 내부에서 나가지 못한 체, 딱딱하게 굳어질 운명인데, 중위님은 제가 탈출할 교량이 되어주겠다고 했어요. 그럼으로써 저는 영혼들의 한없는 여행길에 합류할 수 있는 희망을 가지게 되었습니다. 매일 이른 아침의 제 영혼은 분리되어 공원과 도심을 떠도는 운명으로 울적했는데, 오늘 아침은 이처럼 남아서 중위님과의 대화에 활기가 넘칩니다. 저는 이같은 사랑의 활기를 이용해, 원숙하고 근엄하게 침묵을 지키고 있는 이 청동상을 벗어날 거예요. 여기 중위님과 맞선 청동상은 '댈러웨이 부인' '등대로' '올랜도'를 쓴, 미래의 저입니다. 미래가 과거를 품고있는 이상한 기념비입니다. 오! 그러나 이 청동상은 중위님이 그리스 아가씨 같다고 한, 자유로운 이십대의 영혼을 해가 지면 가두고, 런던의 숙녀답게 행동하라며 잔소리와 훈계로 붙들고 있는 콧대 높고 근엄한 저의 미래상이에요. 저는, 자신의 자유로운 과거를 붙들고 놓아주지 않으려는 이 주름 투성이의 원숙한 오십대가 싫어요. 가장 꿈 많고 그리스 아가씨처럼 아름다웠던 이십대로 부활해, 끝없는 영혼들의 여행길에 합류할 거예요." 버지니아의 영혼이 얘기했다.

"아, 버지니아. 그것은 단순한 주름이 아닙니다. 당신이 중요한 작품을 분만할 때마다 겪어야 했던, 고뇌가 깃든 원숙한 아름다움입니다."

"저의 오십대를 원숙미로 봐준 중위님이 고마워요. 그렇지만 제가 저의 오십대를 싫어한걸 보면, 여성들이 추구하는 영원함이 무엇인지를 알 거예요?" 버지니아의 영혼은 젊음의 미를 붙들고 싶어했다.

"그렇게 되면 하늘의 공정성은 무너질 겁니다. 지상에서는 모를 하늘의 사고방식으로 영혼들의 차이는 있겠지만, 그 차이가 영혼을 덧씌울 아름다움은 아닐 것 같군요." 중위가 대답했다.

"외모로 판단치 않겠다는 정의로운 답변이군요. 중위님이 둘로 나눠진 저를 내버려 둔 채, 떠나 버린다면 제 영혼은 하늘로 오르지 못하고 여기서 영원히 굳어져 버릴 거예요." 버지니아 영혼은 근심 어린 투로 얘기했다.

"절대로 내버려 두지 않을 겁니다. 굳어지지 않도록 제가 다시 만져 드릴게요. 버지니아의 어깨와 주름진 얼굴을 이렇게 쓰다듬어 보겠습니다." 중위는 손으로 청동상의 어깨와 목, 주름진 얼굴을 만졌다.

"고맙습니다, 중위님. 둘로 나눠진 저의 영혼에 다시 활기가 살아나기 시작해요. 물론 내부에 있는 아가씨 시절의 영혼이 훨씬 더 활기찬 기운이에요. 아, 극동의 서울, 그리고 흑암마을이라? 거기서 매일 어떻게 하루를 소일했어요?" 청동상은 미세하게 꿈틀거리며 물었다.

"서점가에서 어슬렁거리다가, 일 이차 대전의 전운(戰雲)에도 불구하고 온 정신을 기울여 새로운 문학을 개척한 그대의 대표작품을 독서하며 보람있는 시간들을 보내기도 했습니다. " 중위는 군인정신이 깃든 반듯한 자세로 자랑스럽게 대답했다.

"저는 생전에, 제 문학이 재미없다는 얘기를 많이 들었어요. 그런데도 저를 찬미해주는군요. 아침햇빛이 비껴 들어오는 정원에 서있는 중위님의 모습은 근사해 보여요. 장교복장을 하고 서있으면 더욱 멋있을 것 같아요. 초급장교시절 일선에서 추억이 많았겠어요?" 영혼은 궁금해 했다.

"버지니아 처럼 새로운 문학을 개척하려는 값진 보람은 아니지만, 군 시절로 돌아가고 싶은 추억들을 꾀 많이 가지고 있습니다. "

"아-아! 많은 훈련 때문에 고생이 많았겠어요. 저에게 있었던 어제의 기적처럼, 이 아침도 제 영혼에 덧씌워진 젊은 시절의 모습을 내보일 수 있다면, 그렇게 풍만한 어깨는 아니지만 두 팔로 중위님을 안아 주고 싶어요. 그대는 누추한 이 아침정원에 꽃 묶음을 들고 오셨어요. 정말 오랜만에 꽃 향기를 맡을 수 있게 해준 분이에요. 보잘 것 없는 제 흔적을 찾기위해 먼 극동에서 서쪽의 도시 런던까지 찾아온 중위님은 꽃보다 더 향기로운 마음을 지닌 분이라고 찬탄하고 싶어요. " 영혼은 밝은 음성으로 얘기했다.

"그대의 문학이 우리의 인연에 있어 다리역할을 해준 것입니다. 이젠 제가 교량이 되어 버지니아의 소망을 이루게 해야 할 때인데, 오히려 위로를 받게 되는군요. 그렇더라도 진정한 영광은 당신의 그늘에 서있는 한낱 중위가 아니라, 여러 이야기로 우리의 의식을 더욱 다양하게 가꾸려는 버지니아 울프에게 돌아갈 것입니다. " 중위가 차렷 자세로 말했다.

"그렇게 저를 찬미해주니 정신이 번쩍 들어요. 사실 저는 그 시대의 여성으로서는 바람직하지 않는 방향에 정신을 기울였어요. 남성들이 주도한 역사의 세찬 흐름에 가라앉지 않겠다고 의식한 거예요. 오만하게 펜대를 쥐고 역사의 모래밭에 함몰되지 않으려고 노력했던 야심찬 여성이었지요. 저는 어디서나 펜을 놓지 않으려고 했어요. 여성이라는 편견이 꾀 많았던 저희 시대에 바람직하지 못한 습관을 지닌 거예요. 그러면서 아홉 편의 이야기들을 제각기 새로운 방향에서 시도해 보았어요. 그중 이 곳 타비스톡에 거주하면서 쓴 세 가지 장편이 있는데, 지금까지 반향이 괜찮은 것 같아요. " 버지니아 영혼이 얘기했다.

"아, 입구의 게시판에서, 그리스여인처럼 아름다운 당신의 사진과 함께 보았어요. '댈러웨이 부인' '등대로' '올랜도'라는 버지니아 울프의 자랑스러운 문학이 타비스톡에서 쓰여졌다고 새겨져 있어요. " 중위는 자신의 일처럼 자랑스럽게 얘기했다.

"오, 저의 흔적을 찾고 싶어한 이방인께서는, 그 세 장편을 모두 독서하였겠지요?" 영혼은 관심있는 어조로 물었다.

"앞 서의 두 작품은 독서했습니다. 특히 1925년에 완성된 '댈라웨어 부인'에서 그려진, 지하철이 들어선 20세기 초반의 런던도심이 평온한 의식으로 묘사되었는데, 와서 보니 가로와 공원들이 그 책에 그려진 그 시기의 이미지와 동일해 보여요. 미안하게도 1928년의 작품인 '올랜도'는 절반 밖에 못 읽었어요. 그대의 영혼을 수녀님의 마음속에 안착시킨 후, 귀국해서 읽겠다는 것을 약속합니다. " 중위는 군인정신이 깃든 절도있는 목소리로 대답했다.

"저는 환희에 차있습니다. 몹시 저를 알고 싶어하는 분이 이렇게 좋은 아침, 제 앞에 서 계시니까요. 고마워요, 중위님. 제가 가장 정신을 집중했던 심여 년 이상의 시간을 보낸 아파트는 지금 사라졌지만, 그 주거지 가까운 남서쪽 코너에 저는 이처럼 청동상이 되어 무심한 세월을 보내고 있습니다. 아침햇빛에 드러난 것처럼, 그렇게 깨끗한 정원은 아니에요. 관리인도 없기 때문입니다. 가끔 노숙자가 들어와 아무 이유없이 저를 향해 침을 뱉고, 피다 만 담배꽁초를 던지기도 하며, 바지를 내리고 소변을 보기도 한답니다. 영혼이기에 참지, 살아 있다면 대들었을 거예요. 그런 일을 겪었기 때문에, 제가 어제 워터루 역 템즈강 둑길의 간이카페에서, 파이젤로의 '허무한 마음'을 유리컵으로 연주했던 노숙인을 미워했던 거예요. 중위님을 시켜 나가라고 했던 거예요. 저는 그들이 이곳 나무벤치에서 자고 이른 아침에 추워서 어슬렁거리면 측은히 생각하고, 용서해주곤 하지요. 그런데 제 청동상이 만만한가 봐요. 내 앞에 서서 괜히 비꼬는 표정으로 바라보며 침을 뱉거나 소변을 보면, 어린 시절에 일어나곤 했던 정신분열증세가 재발할 것 같은, 복잡한 마음을 겨우겨우 가라앉혀야 해요. 제가 살아생전에 남긴 조그마한 결실이 세계 여러 나라의 유명서점에 꽂혀 있다는 것을 그들이 알았다면, 저에게 침을 뱉거나 담배꽁초를 던지지 않았을 거예요. 몰라서 그랬을 거예요.   신약성서가 상기됐어요. 저는 지난날 성서에 믿지 못할 일이 너무 많다고 생각했지만, 신약의 주인공인 예수님만은 인류에게 희망을 안겨 준 분으로 상기됐기 때문에, 우리를 위한 그분의 이야기를 몇 번 보았어요. 그 예수님도 십자가에 매달린 상태에서, 자신을 못박은 로마병사들을, 몰라서 하는 행동이라며 용서를 구했어요. 그러나 책임있는 빌라도 앞에서는 침묵을 지켰지요. 사실 무서운 침묵인 거예요. 빌라도라는 성은 예수님의 침묵 속에서 영원히 사라져 버린 거예요. 책임자로 철저히 의식하면서 저지른 그의 죄를, 침묵 속에서 심판을 내린 거예요.   저의 영혼도 예수님을 본받아, 측은한 노숙자들을 용서해주고 싶지만 잘 되지 않아요.   소중한 중위님! 현재 그대의 눈앞에 보인 이 오십대의 청동상은 굳어있지만, 그 내부에 깃 들어 있는 영혼은, 어제 중위님과 따스한 체온을 교류할 수 있었던 그리스 아가씨처럼 예뻐요. 바로 이 청동상의 과거이지요. 유럽대륙 곳곳을 여행하며 의미있는 문학의 길을 걷겠다며 꿈 많던 시절의, 바로 그 영혼이랍니다. 하늘에 오르고 싶지만 부끄럽게도 우즈강 돌덩이들이 영혼에 붙어 있어요. 그래도 그 영혼이 중위님의 열정과 접촉함으로서 활기가 차있어요. 지금 중위님의 정신과 저의 영혼은 알 수 없는 기류를 타고 교류하고있는 거예요. 저는 중위님이 주는 애틋한 마음보다, 훨씬 깊고 신비한 영혼의 일부를 안겨 주고 싶어요. " 버지니아의 영혼이 부드러운 목소리로 얘기했다.
"저는 기꺼이 버지니아가 지나갈 수 있는 교량이 되겠다고 했습니다. 그대의 신비한 영혼을 받아들이고 싶습니다." 중위는 절도 있게 말했다.
"고맙습니다, 중위님. 제가 엿본 영혼의 세계는 지상의 사고방식으로 이해할 수 없는 차원이에요. 지상은 달무리같은 의식으로 진리에 가까운 사고(思考)들을 만들어 내지만, 쉽게 감정의 소용돌이에 빠진 의식들은 파국에 이르기도 해요. 그러나 제기 엿본 영혼의 세계는 감정과 지각이 없어도 평온한 기쁨을 안겨 주는 '파라다이스'에요. 저로서는 한없이 소중한 중위님! 당신은 지상을 벗어나지 못한 제 영혼이 안심하고 지나갈 수 있는 교량이 되어 주겠다고 했어요. 먼 극동의 나라에서 저의 흔적을 찾고 싶어, 런던의 도심반경에 있는 타비스톡 스퀘어 정원까지 왔어요. 우리는 어제, 템즈강변의 벤치에서 웨스트민스터 시계탑의 종소리를 함께 들으며, 서로의 손결과 체온을 느낀 연인같은 사이가 됐어요. 저는 약속해주고 싶어요. 중위님이 이세상과 이별하고, 광막한 우주에서 어쩔 줄을 모른 체 서성이면, 제가 파라다이스에 있는 청아한 카페로 안내해주고 싶어요. 지상의 그리운 인연은 파라다이스 근처에서 만나게 된다고 들었어요." 버지니아 영혼은 진지하게 얘기했다.
"그렇지만 버지니아 울프 씨는 파라다이스에서 기다릴지 모를 '레너드'라는 남편이 있지 않습니까?"
"아-아, 그렇긴 하지요. 허지만 이 영혼은, 그 사람을 몰랐던 시절, 제가 분투했던 문학의 결실로 마음에 부담을 주는 명성을 얻지 않았던 시절, ……그리스 아가씨같은 꿈 많고 아름다웠던 시절의 영혼으로 하늘나라에 오르고 싶은데, 이같은 소망이 어떻게 될지 모르겠군요." 버지니아 영혼이 무겁게 얘기했다.
버지니아는 영혼의 세계에서 만날 것을 대비해 나름대로의 약속을 하고싶어 하며, 지상의 삶에 대해서도 적극적인 권유를 했다. 극동의 나라에 귀국하면, 저 곳 호텔 창 가의 무대에서 주인공으로 환영받게 될, 영적인 개성을 지닌 수녀님과 함께 지내며, 즐거운 나날을 보내라고 했다. 그렇게 지내면서 여분의 열정으로 저의 문학을 사랑해준다면, 훗날 광대한 영혼의 세계에서도 둘 이의 이유있는 만남을 위해 서로의 간격이 좁혀질 것이라고 했다. 결국 둘 만의 아늑한 좌표를 파라다이스에 있는 청아한 카페에서 찾아낼 거라고 했다. 저 세상의 만남에도 희망을 갖자고 했다. 영혼의 음성은 무척 밝아졌다.
 "생전에 섬세하게 지닌 모더니스트 다운 아이디어를 가지고 있군요?" 중위는 희망이 담긴 시선을 청동상에 주면서 말했다.
 "중위님은 그렇게 생각할 수도 있겠지만, 저는 달라졌어요. 영혼의 세계를 엿보고 천사로부터 들었기 때문이에요. 지상의 생명체는 여러 현상속에서 변화를 겪는 삶이지만, 영혼의 세계는 격변이 없어 보인 영원한 여행이에요. 찰나와 현상 속에서 일어난 선악이 영원을 가름한다는 것은 모순처럼 보여요. 사실 한없는 영혼들의 여행이 무슨 근거로 있는지 우리는 알 수가 없어요. 그 세계가 신비하기 짝이 없다는 것과, 무수한 영혼들은 격에 맞는 텔레파시로 서로에게 주는 관심이 정확히 맞아 떨어지기 때문에, 지상과 달리 언제나 평화에 잠겨 있는 것 같아요. 우주에는 눈송이같은 영혼들이 차원마다 다르게 또 다른 영원을 향해 여행하고 있다는군요. 측은하게도 저는 돌덩이같은 무게가 제 영혼에 붙어, 영원의 흐름 속에 동참하지 못하고 있어요.   중위님, 저는 이십대 초반, 여행을 좋아했기 때문에, 유럽곳곳을 거의 찾아다니며 이름있는 도시는 모두 보았었지요. 그 시절 비행기 여행이 가능했다면, 콜럼버스와 달리, 대서양 상공을 가로질러 우리에게 신대륙으로 알려진 아메리카로 여행을 했을 거예요. 유럽이 전쟁의 포화에 시달리고 있을 때, 즐비한 고층빌딩들이 문명의 최고봉을 구가하며 평화 속에 잠긴 뉴욕도 보았을 겁니다. 펜을 꼭 쥐고 습작을 게을리하지 않았던 시절에도, 저는 여행의 즐거움을 찾아 곳곳을 찾아다녔답니다. 그랬던 제가, 이처럼 지상에서 거두었던 조그마한 명예인 청동상 내부에 갇혀 호소하고있어요. 오늘 아침부터는 제 영혼이 셋으로 분리되어 런던도심을 떠돌 수도 없는가 봐요. 이젠, 하늘을 향해 떠날 수 있도록 교량이 되어주겠다는 중위님만이 저의 희망입니다. 이같이 희망을 준 것은 훗날 영혼의 세계에서 제가 중위님을 만날 수 있는, 너무나 충분한 이유가 되어요. 천사의 계시가 곧 있을 거예요. 저는 지금 이 순간도, 묶어진 영혼으로 초조하게 기다릴 수 밖에 없군요." 영혼의 음성은 떨리고 있었다.
 "천사의 계시는 지난 날 버지니아 영혼에게, 수녀님과 제가 런던으로 오고있다고 알려 준 그 텔레파시의 연속선상에 있는 것일까요?" 중위는 경이로운 심정을 가지고 물었다.
 "확실치가 않군요. 그러나 어떤 텔레파시가 제 영혼에 닿아야 해요. 그 동안 우리 초조해 하지말고, 어떤 얘기라도 나눠 봐요." 영혼의 음성은 떨리고 있었다.
 "청동상 내부는 어떤 상태인가요?" 중위는 궁금해 하며 물었다.
 "상상력이 풍부한 오십대 여인이 지니고 있는 마음의 세계예요. 저의 꿈이 결실을 맺은 제 미래의 원숙한 마음을 지닌 여인인데, 그녀가 이 정원에서 칠십 년이 넘게 저를 아침마다 자질구레한 설교를 하고, 꼬치꼬치 간섭하면서 셋으로 분리시켜 내보내요."
 "쉽게 이해되지 않는군요. 왜 하나의 영혼을 셋으로 분리시켜 내보내는지?" 중위가 물었다.
 "말씀 드렸을 거예요. 제 자신의 일생이 평범한 여성과 다른, 팔자가 드센 운명을 타고났다는 것을요. 그러나 습작을 하며 여행을 좋아한 자신의 순수했던 과거도 많은데 까맣게 잊고, 팔자가 궂은 여인의 사후(死後)영혼 역시 팔자가 궂겠거니 하는 추정을 하며, 아침에 자신의 과거였던 젊은 시절의 영혼을 셋으로 분리시켜 내보낼 때에 이르면, '런던은 신사숙녀의 도시란다, 항상 정숙한 모습을 유지해야한다. 피카딜리라인을 탈 경우 다리를 꼬거나 벌리고 앉아 있지 마라, 무릎 위에 핸드백을 놓고 다소곳이 그 위에 손을 교차해 놓으라는 둥, 성 제임스공원이나, 리젠트 공원의 산책길은 왕실과 가까운 곳이니 엉덩이를 흔들고 걸으면 벼락 맞을지 모른다는 둥'……생전의 젊은 시절에 자유분방했던 일들을 부끄럽게 상기하며, 저의 미래로 굳어진 이 근엄한 청동상은 아침마다 자신의 과거영혼에게 근심걱정투성이인 도덕률을 들이밀면서 지겨울 정도로 간섭을 해요. 그러나 저는 원숙한 제 미래의 생각과 달리, 중위님을 만나 처음으로 처녀시절의 형상이 눈에 띠도록 씌워졌으며, 사랑의 감정이 스민 손결과 체온을 그대에게 줄 수 있었어요. 그것이 훗날 파라다이스에서 우리가 만날 원인이 될 수도 있을 거예요. " 영혼이 얘기했다.

중위는 진지하게 귀를 기울였다. 원숙한 목소리가 들렸다. 중위가 여행의 목적으로 런던에 와서 버지니아 울프를 찾은 것은, 그녀의 과거 영혼이 도심을 칠십 년 이상 떠돈 것을 그치게 하기 위한 기적의 행보라고 했다. 중위를 대면함으로써 청동상 내부는 전혀 다른 변화가 일고 있다는 것이다. 그것은 떠돌이 영혼을 멀리 떠나 보낼 준비라는 것이다. 원숙한 청동상은 기적을 안겨 준 그 고마움을 사후의 세계에서 갚겠다고 했다.
"저는 버지니아 영혼을 옮길 수 있다는 교량이 되는 것만으로 기쁨을 느낍니다. " 그가 말했다.
"중위님, 대리석 하단을 보세요. 2004년에 세워진 기념비에요. 저의 대표작들을 썼던 이 곳에 육십 여 년의 무심한 세월이 흐른 후에, 그래도 세워 주었어요. 세울 때 뿐, 저를 기억해준 그분들은 죽었는지 살았는지, 한 번도 다시 이 곳에 들리지 않아요. 이렇게 꽃향기를 맡게 해준 이는 극동 멀리서 찾아 온, 중위님 외는 생각나질 않아요. 저는 이 은혜를 잊지 않을 거예요. 약속해주고 싶어요. 제 영혼이 수녀님의 마음에 안착하면, 은하처럼 흐르는 하늘나라의 영원한 여행에 동참할 수 있을 거예요. 저는 훗날 수녀님을 의지해서 영원한 파라다이스로 올라, 중위님을 기다리겠다는 약속을 해주고 싶어요. 제가 하늘나라에 있을 때, 중위님은 저와 무관하게 사랑과 여행의 기쁨, 주어진 인생의 행로를 모두 걸어도, 우리가 이 타비스톡 스퀘어 정원을 잊지 않고 떠올리는 한, 우리는 텔레파시로 만날 수 있는 좌표를 파라다이스에서 찾을 수 있을 거예요. 중위님은 이제 호텔 로비로 들어가세요. " 버지니아 영혼이 희망찬 소리로 얘기했다.

"버지니아, 보세요. 그릴 종업원들이 피아노를 로비의 창 가로 내놓는 중입니다. 시간은 많이 남아있어요. 제가 길 건너 호텔 로비로 들어간 후, 버지니아의 갇힌 영혼을 옮길 천사의 소식이 있게 되면, 저는 평생을 후회할겁니다. 그 소식이 이 곳에 닿을 때까지 저는 버지니아 영혼 옆에 있겠습니다. " 그는 결의에 차있었다.

"염려마세요. 조금 늦을 뿐, 저의 영혼은 소망대로 교량을 통해서 옮겨질 거예요. 걱정 말고 중위님의 연인이 될지 모를 수녀님 곁에 앉아, 연주준비를 지켜보며 정담을 나누세요?"

"아닙니다. 천사의 텔레파시가 훨씬 중요합니다. 곧 계시가 내려올지 모를 이 시간은, 그대의 영혼 옆에 있어야겠습니다. "

"아, 중위님. 이런 얘기 한다고 화내지 말아요. 저는 영혼이기에 알 수 있었어요. 피카딜리라인을 이용해서 도심을 떠도는 영혼들은 꾀 많아요. 저도 드물게 그 라인을 이용하는데, 그저께인가, 해가 떨어질 무렵, 중위님과 저기 로비 창 가에 앉아 있는 수녀님이 그린파크 역 플랫폼으로 내려가는 에스컬레이터에서 키스한 것을 보았어요. " 버지니아 영혼이 얘기했다.

"영혼에게는 꿰뚫어 보는 신비한 힘이 있나 보군요. " 중위가 체념하듯 말했다.

"중위님의 여행을 몹시 기다린 영혼이기에 그 입맞춤이 목격되었을 거예요. 지상에 작은 결실을 남긴 저를 보호하고싶은 천사는, 제 영혼이 옮겨질 수 있다는 가능성을 보여 준 거예요. "

"그같은 입맞춤에서 당신의 영혼을 옮길 가능성이 있다는 겁니까?" 중위는 놀라운 심정으로 물었다.

"그래요. 그 키스는 저에게 희망을 주는 암시에요. 그렇게 되어야만 이루어진다고 했어요. " 영혼이 얘기했다.

"누가요?" 중위가 물었다.

"천사가 저에게 내려 주는 계시에 들어있는 일이에요. " 영혼이 침착하게 대답했다.

"천사의 계시를 이루기 위해서는, 수녀님과 저는 연인이 되어야 겠군요. 사실 저는 그녀에게 몹시 이끌리고 있습니다. 저를 향한 수녀님의 이끌림은 어느 정도인지 모르겠지만, 버지니아 영혼을 위해서는, 수녀님과 제가 연인의 행진을 해야 겠군요."

"그 입맞춤으로 시작된 거예요."

"어떻게요?" 중위는 더욱 세심히 알고 싶었다.

"저는 영혼이므로 그 에스컬레이터를 지나가다가 느낄 수 있었어요. 영혼들은 더러운 절규로 가득 찬 지옥같은 골짜기를 헤쳐 나가기도 하지만, 결국 사랑의 감정이 넘친 순수한 곳을 본능적으로 느끼며 그 곳에 안착하려 들어요." 버지니아 영혼은 침착하게 얘기했다.

"그렇지만 수녀님의 마음은 예수님이 지배하고 있어요. 그녀의 영적인 순수함이 연인의 관계를 쉽게 받아 주지는 않을 겁니다. 서울의 흑암마을에서 복음을 전도하다, 수녀로서 생을 마치겠다는 여인입니다." 중위가 말했다.

"그렇지만 중위님, 지상의 삶을 이어 가는 이성간의 친화력이란 쉽게 예단할 수 없는 거예요."

"수녀님과 저의 사이에는 알 수 없는 친화력이 있긴 있습니다. 히드로 공항 짐 찾는 곳에서 처음 몇 마디의 인사로 시작됐는데, 그 날 우리는 서로의 숙소까지 함께 가서 둘러보는 사이로 변했으니까요. 사실 그같은 친화력을 두고 우리는, 피카딜리라인에 의한 인연으로 보았는데, 지금 달리 생각해보면 버지니아 영혼이 맺어 준 뜻 깊은 인연으로 보고싶어요. 그리고 호텔 로비에서 곧 있을 환영연주회도 수녀님의 마음속에 안착하고싶은 그대가 이루어 낸 기적 같기만 하는데요?" 중위가 말했다.

"천사라면 모를까, 인간사의 복잡한 일들을 영혼이 주도할 수는 없어요. 그러나 무엇이 예정되어있는지는 어느 정도 내다볼 수 있답니다. 저는 순수함을 좋아하는 영혼으로서, 맑고 두꺼운 판유리로 가려 있는 연주회의 선율을 들을 수도 있답니다. 사실 저는 생전에 문학의 새로운 길을 개척하려고 할 때, 선율에 깊은 관심을 기울이지는 않았습니다. 일상의 평범한 일들을 의식으로 변주시켰지, 선율에서 영감을 얻으려고 하지 못했던 것 같아요. 그래도 저의 작품 중에는 「현악사중주」라는, 멋진 선율을 떠올릴 수 있는 제목으로 구성한 이야기가 있습니다. 그렇게 보면 저는 선율에 대해 결코 젬병은 아닌 것 같아요. 여기서도 영혼의 귀를 기울이면, 창 너머 연주지만, 선명히 감상할 수 있어요. 바이올린과 피아노가 준비된 것 같군요. 어느 작곡가의 선율이라고 하였지요?" 영혼이 평온한 목소리로 물었다.

"일차대전 때 파리에서 가수로 활동하다가, 작곡으로 직업을 바꾼 '레이날도 한'이라는 파리의 멋쟁이인가 봅니다. 그가 어려운 작곡으로 자신의 직업을 바꿀 수 있었던 것은, 선율에 대한 해박한 이론과 여러 악기를 다룰 줄 아는 자신의 능력을 바탕으로 가능했다는 겁니다." 중위는 조금 부연해서 얘기했다.

"저는 '레이날도 한'이라는 작곡가를 마르셀 프루스트 작가와 우정을 나눴던 분으로 기억해요. 프루스트를 떠올리면 부수적으로 희미하게 연상되는 분이기도 해요. 전혀 모르는 이가 아니랍니다. 도심의 가로를 하릴없이 돌아다녔던 무명시절, 저는 십 년 연상인 프루스트 작가에게 깊은 관심을 가지고 있었어요. 습작을 열심히 하면서 어느 작가가 프루스트처럼 섬세한 묘사를 할 수 있을까 하는 생각과, 그분을 넘어설 작가가 앞으로 쉽게 나타나지 않을 거라는 생각을 하곤 했지요. 저는 프루스트와 우정을 나눈 작곡가의 선율에 귀를 기울일 거예요. 로비와 그릴이 한적해 보여요. 그래서 선율은 더욱 매력있게 흐를 것 같구요. 빨리 로비로 가서 중위님의 연인을 위한 연주회에 착석을 하세요?" 영혼이 부드러운 음성으로 권유했다.

"아닙니다. 시간이 남아 잇습니다. 저는 연주회에 조금 늦더래도, 그대 옆에 한 순간이라도 더 머물고 싶어요. 한가지 묻고싶은 점은 도심의 가로를 돌아다녔던 그 시절, 당신의 문학환경은 어땠었나요?" 중위가 물었다.

"좋았어요. 멀리 과거로 소급하면, 세익스피어, 단테, 가까운 여류작가로는 '폭풍의 언덕'의 저자인 에밀리 부론테 등이 있고, 공식적으로는 언급하고싶지 않지만 '마르셀 프루스트'도 내심 좋아하는 편이지요. 왜 갑자기 저의 문학환경을 묻지요?"

"저 곳 로비에서 주된 선율을 연주하게 될 바이올리스트의 음악환경과 조금은 겹치는 면이 있지 않을까 해서요. 그녀도 프루스트 문학과 관련된 독특한 음악환경을 지녔습니다. 아직까지 자신에게 바이올린을 가르친 스승의 이름이라든가 업적같은 것은 조금도 언급한 적이 없지만, 그 스승의 스승되는 '레이날도 한'이라는 분에 대해서는 자신을 지켜보는 진정한 배후라는 것과, 그분과 우정을 나눈 프루스트 문학까지 자신의 소중한 음악환경에 두고 있는 유별난 아가씨 같아서입니다."

"프루스트 문학까지라면 정말 저와 어떤 가치가 겹치는 면이 있군요. 저는 일 이차 대전이 남성들의 호전성에 있다고 주장했습니다. 많은 사람이 알고 있는 헤밍웨이를 생각해보세요. 이탈리아 전선까지 가서 전쟁분위기에 휩싸이려 한 분이에요. 저의 조카는 불행하게도 이탈리아 전선에서 전사했지만, 그 또래인 헤밍웨이는 운 좋게 살아남아 그 전쟁의 체험을 소재로 '무기여 잘있거라'를 써서 인기를 누렸지요. 남성들은 대체로 헤밍웨이같은 전쟁의 분위기에 빠져 들며 비참한 결과를 만들어 내요. 저의 저서 '올랜도'는 참혹한 전쟁을 줄여 보자는 일말의 심정에서 한 몸에 남성과 여성이 합성된 양성론적인 주인공을 선보였는데, 제가 그 이야기를 끝까지 밀고 나갔던 추진력은, 프루스트 씨의 문학에 세심히 표현된 동성애 때문인지도 모르겠어요. 아무튼 바이올리스트의 음악환경이 저의 가치와 겹치는 면이 있어서 더욱 귀를 기울여야겠어요." 버지니아 영혼은 진지하게 얘기했다.

"다행입니다. 버지니아의 흔적을 찾으려 온 저와 더불어, 우리는 함께 곧 연주될 C장조 선율에 공감할 수 있겠군요." 중위는 화답했다.

"아, 고맙게도 공감하는 선율이 있어서 다행이에요. 바이올리스트의 음악환경이 그렇듯, 저의 문학환경에도 마르셀 프루스트가 공식적으로 언급하기 싫을 정도로 자리잡고 있다는 것 말이예요. 곧 연주될 C장조 선율이 흐르면, 저에게는 십 년 연상되는 프루스트가 희미하게 떠오르겠군요. 지난날 군인이었던 중위님이 눈물을 보이는군요. 새소리가 들려요. 하늘도 맑게 개여 있구요. 저와 헤어지기가 싫어서 그러세요? 우리는 영영 헤어지는 것이 아니에요. 진정한 인연이 모여드는 사후세계가 있잖아요? 일선에서 장병들을 지휘했던 중위님이 왜 그처럼 약한 마음을 보이세요. 자, 저의 어깨에서 손을 떼고 뒤 돌아설 준비를 하세요. 우리는 파라다이스에서 만날 수 있어요."

"아-아, 그럴 수는 없어요. 그리스 아가씨처럼 아름다운 그대는, 자신을 가둔 청동상을 박차고 지금 나와야 합니다. 그렇지 않으면 엄정한 그대 자신의 청동상 속에 갇혀, 영원히 굳어져 버릴지도 모르기 때문입니다."

"이렇게 중위님을 만난 이 아침에, 기쁜 소식이 당도할거예요. 저도 이 나이든 잔소리꾼 청동상을 벗어나고 싶은데, 그러지 못할까 봐 불안해요." 버지니아의 영혼이 얘기했다.

"불안해 하지 마십시오. 당신은 천사로부터 텔레파시를 몹시 기다리고 있군요? 걱정하지 마세요. 제가 곁에 함께 있겠습니다." 중위가 말했다.

"아, 올 거예요. 매일 떠도는 제 영혼을 측은히 여기신 천사예요. 오긴 올 거예요." 영혼은 침착하게 대답했다.

"수녀님의 환영연주회는 10시 반이 지나서 시작될 겁니다. 천사의 텔레파시가 어떤 찰나에 닿을 시간은 충분히 남아있습니다. 그 영적인 소식이 그대의 영혼에 닿을 때, ……내가 필요합니까?" 중위는 궁금해 했다.

"그 때, 중위님의 마음에 들어가야 되기 때문이에요." 영혼이 낮은 음성으로 얘기했다.

"저는 이 청동상을 벗어나려는 버지니아 영혼과 함께 타비스톡 호텔로비로 가서 C장조 선율을 감상한 후, 바로 수녀님의 마음속에 안착될 때까지 같이 있겠습니다." 중위가 말했다.
 "곧바로 안착할 수는 없어요." 영혼은 말했다.
 "왜죠?" 중위는 안타까운 심정으로 귀를 기울였다.
 버지니아는 잠시 침묵을 지키다가 오늘 이루어질지 모를 영혼의 이식은, 진실한 사랑 속에서만 가능하다고 했다. 그래서 중위님이 수녀님에게 품은 사랑의 교량을 통해서 가는 것이 하늘의 법칙에 맞기 때문이라고 했다. 이성(異性)의 힘으로 가능하다고 했다. 여성의 사후 영혼이 곧바로 살아 있는 여성의 마음속에 안착될 수 없다는 것이다. 그 이유는 하늘의 법칙에 어긋나기 때문이라는 것이다.
 "영혼을 이식하기 위해서는 중위님이 필요해요. 수녀님을 향한 열정과 그리움이 있기 때문이에요." 영혼은 간절한 목소리로 얘기했다.
 "하늘의 뜻을 잘 모르지만, 저는 처음부터 버지니아의 교량이 되겠다고 결심했습니다. 그대의 영혼이 무사히 건널 수 있는, 교량이 되고싶은 제 마음을 추호도 의심치 마시기 바랍니다." 중위는 군인정신으로 되돌아가 힘차게 말했다.
 "어제 그리스 건축물을 떠바치는 기둥 옆에서 만난 김 해식 중위님에게, 저는 사랑을 느끼고 있어요. 불과 하룻밤이 지났지만, 1941년 제가 우즈강에 뛰어든 이후의 세월이 흐른 듯한, 아득하지만 그리운 사랑의 감정이에요. 저는 영혼이에요. 그리고 중위님에게 순수한 사랑의 감정을 품지 않으면, 떠돌이 영혼의 간절한 소망은 이루어지지 않아요. 중위님은 의미있는 이 아침에 저를 어떻게 생각하고 있어요?"
 "어제의 모습을 떠올리며, 사랑의 감정을 벅차 오르게 하는 연인으로 생각합니다. 행인들이 많이 오가는 가로의 보도에서 그들의 틈에 끼여 뒷모습이 사라졌다가 다시 나타나곤 하는 아름다운 그리스 아가씨의 뒤를, 잃을까 봐 마음 조이며 쫓는 기분입니다." 중위는 반듯한 자세로 대답했다.
 "저는 지난 세기인 41년 이후 줄곧 알 수 없는 그리움이 중위님을 향해 잠재되어있는 듯 하다고 얘기했는데, 저의 오랜 기다림에 비하면, 중위님이 느낀 사랑의 감정은 너무나 짧아요. 그러나 놓칠까 봐 마음을 조이며 행인들 틈에서 걸어가는 그리스 아가씨를 뒤쫓는 느낌이라고 표현한 것은, 순수하고 진정성이 있어 보여요. 저는 비록 영혼이지만, 소중하게 주어진 이 시간을 긴장하고 있어요. C장조 선율을 연주하기 전에 천사의 텔레파시가 왔으면 하는 간절한 바램 때문이에요. " 버지니아 영혼은 떨린 목소리로 얘기했다.
"버지니아, 긴장하지 마세요. 이제 10시 반에 가까워지고 있어요. 11시가 지나서 시작해도 늦지 않을 겁니다. C장조 선율이 23분 정도에 불과하다고 들었어요. 제가 저 로비에 들어서지 않으면 연주하지 않을 겁니다. "
"중위님, 바이올리스트의 이름을 알고 싶어요?"
"박 지선 양 입니다. " 중위가 대답했다.
"고운 이름이군요. 바이올린 현같은 고운 이름으로 들려요. " 영혼이 얘기했다.
"피아노를 연주할 파트너는, 그녀가 파리유학시절의 교우라고 하는데, 아직 누군지 모르겠어요. "
"차츰 알게 되겠죠. 저에게는 오직 중위님만이 소중한 분입니다. 김 해식 중위님은 제가 건너야 할 교량이 되어주겠다고 했으니까요. 그 다리를 통해 제가 수녀님의 마음속에 안착하면, 저는 파라다이스에 오를 수 있는 자격이 주어지는 거겠지요. 영혼의 세계로 들어가는 일은 이세상의 어떤 일과도 비교할 수 없어요. 중위님을 영원히 잊지 않을게요. " 영혼은 몹시 떨리는 음성으로 얘기했다.
"저 역시 이 아침을 잊지 않을 겁니다. " 중위가 숙연하게 대답했다.

활엽수 나뭇가지에서 맑은 새소리가 들리고, 그 가지 사이에서 비껴 온 황금햇빛이 버지니아 울프의 청동상을 스쳐, 호텔내부로 스며 들어갔다. 단발머리의 십대 여학생이 스퀘어 정원의 북동쪽

입구로 들어와, 중위가 서있는 남서쪽 코너를 향해 걸어오고 있었다.
 "저 여학생은 그대에게 메시지를 전하려는 천사가 아닐까요?" 중위가 청동상을 향해 말했다.
 "제 영혼에 오게 될 메시지는 텔레파시일 거예요. 그것이 영혼을 구성한 불가분(不可分)의 원소를 자극하며, 어떤 계시를 일으키게 할거예요. " 버지니아 영혼이 얘기했다.
 "저는 이쪽으로 다가오는 여학생에게 부탁해, 꿈을 완성하고 원숙한 모습으로 먼 하늘을 바라보는 당신의 미래상(청동상)과 사진을 찍고 싶군요?" 중위는 청동상을 바라보았다.
 "저의 오십대가 마음에 들진 않지만 허락하고 싶어요. 저는 청동상 내부에 갇혀 있지 않아도 영혼이기 때문에, 당신의 사진에는 나타나지 않을 거예요. 어제 오후 지각할 수 있었던 기적적인 모습을, 우리 하늘 어딘가에서 다시 만날 때까지 서로 잊지 않았으면 하는 마음이에요. " 버지니아 영혼의 밝고 희망찬 목소리였다.
 "그리스 처녀처럼 청순해 보인 그대의 모습, 영원히 잊지 않을 겁니다. " 그는 군인정신으로 거수경례를 하며 대답했다.

 중위는 미소를 띠고 지나가려는 타비스톡의 여학생에게 사진기를 건네주며, 청동상 옆에 서있는 자신을 찍어 달라고 부탁했다. 고맙게도 여학생은 발길을 멈추며 허락해주었다. 소녀는 손짓으로 각도를 달리한 중위의 포즈를 만들어 내며, 여러 차례 셔터를 터트렸다. 예상치 못한 이방인의 부탁을 소녀는 적극적인 친절로 행해준 것이다. 중위는 스퀘어 정원을 빠져나가는 여학생에게 손을 흔들어 주었다. 그녀도 뒤돌아보며 미소를 보냈다.
 "중위님, 고마워요. 이처럼 볼품없는 저와 사진촬영을 하는 일도, 제 흉상이 세워진 이래 몇 번에 불과한 것 같아요. 왜 만년(晩年)의 제 모습을 조각해 놓았는지 원망스러워요. " 버지니아 영혼은 불평했다.
 "원망하지 마십시오. '댈러웨이 부인'과 '등대로'의 저자인 원숙한 이미지에서, 어제 오후에 보았던 그리스 아가씨같은 아름다움을 소급해낼 수 있으니까요. " 중위는 위로했다.
 "저는 여성이에요. 비록 하늘에 오르지 못하고 떠도는 영혼이지만, 덧씌워진 형체가 아름다웠으면 하는 꿈을 매일처럼 꾸고 있어요. 그런데 이 영혼을 가둔 청동상은 저의 오십대에요. 아침마다 도심공원으로 내보낼 때, 훈계를 해요. 과거에 자신이 체험했던 것을, 과거의 자신에게 훈계하는 거예요. 피카딜리 지하철에서 런던 신사들 앞 좌석에 앉아 다리를 꼬고 앉았던 일, 왕실 (버킹검궁)가까운 산책로에서 엉덩이를 흔들고 걸었던 일도 모두 자신이 먼저 체험하고, 노파심에 아침마다 듣기 싫은 잔소리를 하는 거예요. 그래선지 몰라도 저는 원숙한 저의 미래상(청동상)이 싫어요. 아-아, 제 청동상이 삼십대의 모습이었다면, 중위님처럼 사진을 찍자고 했던 분들이 많았을 거예요. 그리고 그 제안이 무척 반가웠을 거예요.   그런데, ……연주는 중위님 때문에 미루고 있는 것이 아닐까요? 가서 수녀님 옆에 착석을 하세요. 아무래도 텔레파시는 안올려나 봐요. " 영혼은 힘없는 목소리로 얘기했다.
 "아닙니다. 버지니아에게 올 텔레파시는 로비에서 연주될 바이올린소나타보다 천배 만배 귀중하다고 생각합니다. " 중위가 말했다.
 "고마워요. 이 번 이루어질 제 영혼의 이식은 인간의 사고방식으로는 그 과정을 쉽게 알 수 없을 거예요. 연주될 '레이날도 한'의 바이올린소나타는 제 영혼의 움직임과 관련되어있는지도 몰라요. 저는 이 시간대에 진행되는 모든 것을 제 영혼과 관련시키고 싶어요. " 버지니아 영혼은 진지하게 얘기했다.
 "그렇다고 해도 연주는 부차적인 일입니다. 수녀님과 저도, 우리가 알 수 없는 천사의 이끎에 의해 그대의 영혼 가까운 곳에 모인 것 같습니다. 저의 여행목적은 버지니아의 흔적을 찾는 거였습니다. 그런데 저는 흔적과는 비교할 수도 없는 그대의 영혼을 직접 만난 것입니다. 그대는 이성의 힘을 강조했습니다. 연인 사이에 일어나는 사랑의 감정을 얘기한 것인가요?"
 "그래요. 제가 왜 이성의 힘으로 표현했는지 모르지만, 우리들 사이에는 넘칠 듯한 사랑의 감정이 필요해요. " 버지니아 영혼이 말했다.
"그렇군요. 수녀님과 저의 갑작스런 친화력과, 호텔 로비에서 연주될 C장조 선율은 영혼을 옮기기 위한 과정으로 우리들의 사랑의 감정과 관련되었군요. 그렇다면 텔레파시는 곧 이를 것입니다. 여기서 혼자 뒤돌아 서면 그대의 영혼과 숨결을 안고 있는, 버지니아의 영혼이면서 청동상인 그대를 다시는 못 보게 될 것 같아요. 천사가 보내는 텔레파시에 의해, 그대를 품고있는 청동상이 활기를 띨 때까지 이렇게 서서 기다리겠습니다. " 중위는 미동도 하지 않는 곧 바른 자세로 말했다.
"그렇게 서있는 중위님의 모습은, 단상에 서있는 오케스트라 지휘자 같아 보여요. 그토록 멋진 상의를 어떻게 준비했어요. 마치 아르망(춘희의 남자주인공)이, 마르그리트 고티에(춘희의 여주인공)를 만나기 위해 파리의 샹제리제 가로에서 맞춘 옷 같은데요? 수녀님을 만나기 위해 그렇게 성장(盛裝)을 하셨나 봐요?" 버지니아 영혼이 웃음 띤 음성으로 물었다.
"'춘희'를 책이나 오페라로 보았겠군요. 파리가 아니면 나올 수 없는 슬픈 이야기죠. 마르셀 프루스트 소설에 등장하는 젊은 아가씨들을 소급하면, '마르그리트 고티에'에 이어질 것 같습니다. " 중위는 그냥 관련시켜보았다.
"아-아, 그러면 프루스트가 '뒤마 피스'의 '춘희'에서 영향을 받았다는 거예요?" 버지니아 영혼이 놀란 음성으로 물었다.
"물론입니다. 19세기 중반부터 계속 파리의 젊은 선남선녀들을 들뜨게 한 '춘희'의 영향이 프루스트에게도 깊이 파고들었을 겁니다. 그리고 '뒤마 피스'자신은 솔직하게 17세기 말에 태어난 작가, '아베 프레보'의 소설, '마농 레스코'를 읽으면서 춘희를 썼다고 했습니다. 오직 버지니아만이 문학의 새로운 길을 개척하려고 분투한 것입니다. " 중위는 자세를 반듯하게 곧추 세우며 말했다.
"사랑의 감정 때문이라면 좋으련만, ……왜 그렇게 저를 찬미해 주려는지 모르겠군요.   오! 중위님. 누구를 위해 봄 냄새가 새어 나오는 멋진 상의를 차려 입었어요?" 버지니아 영혼은 웃음 띤 목소리로 다시 물었다.
 "저로서는 최고급 봄의 반코트인데, 그대의 영혼과 수녀님에게 선보이려고 가져왔나 봅니다. 그 둘 중에서, 어제 오후 저를 연인처럼 대해준 그대에게 더 먼저 보이고 싶었습니다. " 중위는 다시 한 번 반듯한 자세로 폼을 잡으며 대답했다.
 "보기보다 여린 면이 있군요. 정말 초급장교다운 면이 엿보여요. 중위님은 곧 한반도로 떠나야 되나요?"
 "네. "
 "중위님은 정말로 저의 문학을 좋아하세요?"
 "좋아합니다. 헤밍웨이도 새로운 면을 추구했지만, 저의 생각으론 문학의 새 장은 바로 그대의 노력에 의해 더 깊이있게 열렸다고 봅니다. " 중위는 마음속에 있는 생각을 숨기지 않고 그대로 표현했다.
 "과분한 찬사예요. 사실 전 문학의 다른 길을 발견하려고 노력했지만, 헤밍웨이보다 뛰어났다고 생각한 적이 조금도 없습니다. 그분은 의식이 아닌, 행동으로 많은 체험을 했습니다. 1925년은 제가 '댈러웨이 부인'을 간행한 해였는데, 헤밍웨이도 '해는 또다시 떠오른다'를 발표하여, 잃어버린 세대로서 방황하는 젊은이들의 모습을 보여 주었어요. 개성있는 문체로 그에게 성공을 안겨 준 최초의 작품이었을 겁니다. 그리고 1929년은 헤밍웨이가 '무기여 잘있거라'를 발표해서 명성을 굳힌 해인데, 저도 가장 현대적인 의식으로 '파도'를 쓰기 시작했습니다. 의식의 흐름을 가지고 더욱 새로운 시도를 하면서, 헤밍웨이에게 희미한 질투심도 일어났지만, 선배되는 이성으로서 한 번 만나 보고싶기도 했습니다. 제가 프루스트처럼 파리에 있었다면 건강한 헤밍웨이는 저를 방문해주었을 거예요. 어쨌든 헤밍웨이와 제가 만들어 낸 문학의 차이는 커요. 전혀 다른 이미지를 띠고 있는 것 같아요. 공통점은 팔자도 사납게 끝없이 문학의 길을 추구하다가, 스스로 죽었다는 것일 거예요. 저는 우즈 강물에 의해, 어니스트 헤밍웨이는 엽총으로, ……이

세상과 이별했다는 것이 같을 뿐이에요. " 버지니아 영혼이 서글픈 음성으로 얘기했다.
 "그렇지만 두 분은 가치있는 이야기를 이세상에 남겨 놓았지 않습니까? 저는 그대의 문학에서 파생된 듯한 '버지니아'라는 이름이 더 마음에 듭니다. " 중위는 큰 목소리로 말했다.
 "제 아버지와 친하게 지낸 런던주재 미국대사가 지어준 이름이에요. 그 대사분의 고향이 미합중국 동부의 버지니아주인데, 아버지께서 제 이름을 지어 달라고 부탁하자 자신의 고향을 붙여 준 거랍니다. 훗날 사람들은 제 이미지에 너무나 적합하다고 그 대사님에게 고마움을 표시해야 한다는 얘기를 저에게 했던 적이 있지만, 저는 그분이 임기가 끝나고 대서양을 건너 고향으로 회귀한 사실만 확인했을 뿐, 생사를 모른 체 까마득히 잊고 있었습니다. 모든 사물이 이름을 가지고 세상을 꾸미듯, 이름은 이세상을 꾸미라고 주어진 것 같아요. 어니스트 헤밍웨이니, 마르셀 프루스트니 하는 이름 속에는 자신들의 일생이 집약되어 별처럼 깜박여요. 그들처럼 제 이름도 빛을 내는지 모르겠어요?" 영혼은 진지하게 얘기했다.
 "그대는 더 깊은 하늘에서 빛을 보내고 있습니다. 버지니아 울프라는 이름은, 의식을 최첨단의 사고의 영역으로 끌고 가 '댈러웨이 부인'과 '등대로'를 쓴 여류작가로, 그들보다 더 중요한 좌표를 차지하고 있습니다. 그 이름으로부터 그대가 가장 모더니스트 한 작가이며, 평화를 염원한 반전주의자라는 것도 기억할 겁니다. " 중위는 열정 어린 어조로 말했다.
 "아, 그래요. 저는 반전주의자에요. 일차대전의 후유증을 지닌 체, 파리를 방황하는 헤밍웨이같은 잃어버린 세대는 아니지만, 생의 후반부는 전쟁의 그늘에 시달렸어요. 두 대전 모두 우리 여성들이 일으키지 않았어요. 가부장적인 남성들이 참혹하기 짝이 없는 전쟁을 일으킨 거예요. 특히 이차대전시에는 먹구름같은 전쟁의 그늘이 런던을 뒤덮었고, 저의 세대는 그 그늘에서 계속 시달린 거예요. " 영혼의 목소리에는 불안이 깃 들어 있었다.

"그 심정, 이해할 수 있습니다. 저는 초급장교로 전역했지만, 전쟁은 겪지 못했습니다. 그러나 전운이 감도는 일선에서 근무했기 때문에, 전쟁이 터지면 그 그늘이 무서우리만큼 빨리 서울과 후방을 뒤덮을 것이라는 생각을 자주 해 보곤 했습니다. 이차대전이라는 짙은 전쟁의 그늘 속에서 스스로 우즈강에 뛰어들어 목숨을 버린 그대의 죽음은, 그대를 알고 있는 수많은 세인들에게 큰 충격을 주었을 겁니다. 그대가 이처럼 타비스톡 정원에서 외롭게 세월을 보내고 있는 지금의 이세상도, 참다운 평화는 있지 않는 것 같습니다. " 중위는 청동상을 정시하며 말했다.

"고독한 영혼이라고 세상일에 눈감고 있는 것이 아니에요. 도심을 떠돌면서 가로의 가판대에 있는 신문들을 그냥 지나치지는 않아요. 국지전, 테러 등이 계속 일어나는 비극의 양상들을 불확실하지만, 예지하기도 해요. " 영혼이 숙연한 음성으로 얘기했다.

"인간사의 비극을 사전에 예지하고도 침묵을 지킬 수 밖에 없군요. 살아 있는 사람들도 주변의 비극에 대체로 침묵을 지키는데, 비슷하군요?" 중위가 의아한 심정으로 말했다.

"중위님은 하늘의 침묵도 탓하시겠군요. 떠도는 영혼의 사고방식은 사람들의 세계와 다르기 때문에, 탓할 수는 없을 거예요. 그러나 살아 있는 사람이 사전에 살인이라든가 그에 못지 않는 어떤 비극을 인지하고도 자신의 이해관계 때문에 침묵을 지킨다면, 그 결과를 기다린 것이나 다름없는, 끝내는 비열한 영혼이 되고 마는 거예요. 그것은 악의 편을 든 것이나 다름없어요. 우리의 영혼은 영적인 침묵의 원소로 불가분하게 구성되어있어요. 그렇지만 저는 천사의 도움으로 교량이 되어준 중위님과는 일시적으로 체온과 모습을 갖추기도 했고, 이처럼 얘기를 나눌 수 있어요. 저는 런던을 떠도는 영혼이지만, 중위님을 통해서 먼 동쪽의 나라인 한반도까지 여행할 거예요. 한반도를 유심히 지켜봤던 이유가 거기에 있었던 거예요. " 버지니아 영혼이 얘기했다.

"저와의 인연으로 한반도까지 여행을 갈 수 있게 되었다니 기쁩니다. 한반도에 전운이 짙은 것도 알고 있겠군요. 버지니아 영혼이 관심있게 지켜보고 있는 것처럼, 현재 우리 행성에서 가장 짙게 전운이 낀 곳은, 제가 초급장교시절에 근무했던 한반도의 삼팔선입니다. 내일이라도 전쟁이 터지면 웨스트민스터(의회)는 버킹검 궁에 계신 여왕의 승인을 받아 일개 연대병력이라도 파견해줄지 모르겠지만, 우리 한반도는 이 순간에도 피아군이 서로에게 총구를 향하며, 거대한 두 화약고가 대치하고 있는 중입니다. 삼팔선에서 중위로 장병들을 지휘했던 저는, 전쟁에 패해 나라를 잃는다면 일순위로 처형될 것입니다. 곧 터질 것 같은 삼팔선에 포화가 빗발치기 시작하면, 저는 전선으로 갈 수 밖에 없는 운명입니다. 저도 당신처럼 반전론자가 되고싶지만, 전쟁이 터지면 총을 들고 전선으로 갈 것입니다. " 중위는 우울하게 말했다.

"저의 반전주의론은 평화를 유지하는데 있습니다. 저의 양성론은 남성의 호전성을 완화해보자는데 있습니다. 전쟁이 터지면 싸워서 국가를 지키는 것이 정의입니다. 한반도에 전쟁이 일어나 국가의 부름에 응해 전선에 투입되면, 중위로 죽을 각오이군요?" 영혼이 울적한 소리로 물었다.

"네. 전쟁이 터지면 초급장교들이 먼저 죽게 되니, 보충이 딸리게 될 것입니다. 퇴역중위가 전선의 부름을 받는다면 중대병력쯤은 통솔하게 될 것 같군요. 중대장은 앞장서지 않는다 해도, 적의 총구가 끊임없이 찾는 대상이기 때문에 살아날 확률은 아주 낮습니다. 제가 국군으로 죽으면, 보잘 것 없는 영혼에 형성될지 모를 텔레파시로 버지니아 아가씨의 영혼을 향해 신호를 보내고 싶습니다. "

"아-아, 저의 떠도는 영혼과 인연이 맺어진 중위님! 당신의 나라가 전쟁의 파고가 높아도, 저는 과거 영혼과 함께 수녀님의 마음에 안착해, 중위님의 나라로 여행 갈 것입니다. 흑암마을에서 제 영혼은 정화되어 소망했던 하늘에 오를 거예요. 그것이 정해진 제 영혼의 경로에요. 제가 건널 수 있게 교량이 되어주겠다는 중위님! 전쟁이 터지면 전선으로 가서 병사들과 함께 싸우세요. 수녀님과 저는 하나가 되어 싸우는 중위님을 지켜 주고 싶어요. 중위님은 만날 수 있는 저와 수녀님을 마음에 품고 전투에 임한다면, 포화와 총탄이 빗발치는 속에서도 희망을 가질 수 있을 거예요. 그러다 불운하게도 전사하면 영혼의 세계에서 우리는 만날 수 있을 거예요. 파라다이스라고 칭하는 그 세계 곳곳에는 청아한 카페들이 많이 있어요. 영혼의 세계에서 우리는 서로 텔레파시를 주고받으며 간격을 좁혀, 결국은 청아한 카페에서 만나 타비스톡 정원에 얽힌 추억을 나눌 수 있을 거예요. 만일에 천사의 텔레파시가 오지 않아, 중위님이 제가 내보내려는 젊은 영혼의 교량이 될 수 없다 하더래도 우리는 영혼의 세계에서 신호를 주고받을 수 있을 거예요. 자, 이젠 청동상을 등지고 건너편 호텔 회전문을 향해 걸어가세요. C장조 선율의 첫 악장을 놓치지 마세요. 이 청동상의 내부에 있는 과거의 저까지 만났으니 중위님은 여행목적을 이룬 거예요. 중위님의 따스한 손길을 한없이 간직하겠습니다. " 원숙한 청동상에서 새어 나온 얘기였다.

　청동상은 슬픈 표정이었다. 오십대의 굳은 표정은 중위에게 호텔 로비로 갈 것을 권유하는 순간에도, 천사의 텔레파시가 자신의 영혼에 이르기를 몹시 기다리는 것 같았다. 천사의 텔레파시를 받아야만 그리스 처녀같은 자신의 과거 영혼을 중위에게 옮길 수 있기 때문이었다. 엄정한 청동상은, 다시 한 번 중위에게 뒤돌아 설 시간이 되었다고 얘기했다.
　"버지니아 울프, 아직도 여분의 시간을 함께 할 수 있어요. 지금 그대의 어깨에서 손을 떼지 않을 겁니다. 이렇게 가까이서 원숙한 그대의 표정을 지켜보고 있으면, 타비스톡 스퀘어 정원의 시간은 멈춰 있는 듯 합니다. " 중위는 미동도 하지 않는 체 말했다.
　"떠돌이 영혼의 안식처인 타비스톡 정원에도 그리니치의 표준시간이 흐르고 있어요. 마치 저의 젊은 영혼이 타비스톡 정원에 마술을 걸어 중위님을 유혹하는 것 같군요. 보세요. 호텔 로비는 중위님을 몹시 기다리고 있잖아요. 수녀님이 창 가에 서서 우리 쪽을 내다보고 있군요. 봄 향기가 풍길 것 같은, 베이지색상의 주름치마를 입은 것 같아요. 전도를 하는 여인답게 영적인 표정이네요. 움직이지 않는 중위님이 유감스럽다는 듯 지금 휙 뒤돌아 섰는데, 치마 단이 무릎위로 부챗살처럼 펼쳐지면서 다리가 엿보였어요. 아-아, 놀랍게도 눈길을 사로잡는 멋진 곡선미가 순간 내비쳤어요. 여류시인이자 저와는 연인처럼 가깝게 지낸, 제 연하(年下)친구인 비타(Vita)의 매혹적인 다리가 연상되는군요. 그녀는 제 작품인 '올랜도'의 모델이기도 해요. 중위님을 기다리는 창 가의 저 동양 여인은, 올랜도 못지 않는 개성이 드러나 보여요. 중위님, 그렇게 머뭇거리다가 바이올린소나타의 첫 악장이 시작된 후에 미안한 표정으로 들어갈 참인가요?" 오십대의 원숙한 청동상은 젊은 중위를 못마땅히 바라보며 재촉했다.

"염려마세요, 제가 먼 극동에서 찾아왔기 때문에, 극서의 시간을 느리게 느끼나 봅니다. 천사의 텔레파시가 이를 때까지 시간은 느리게 흐를 것입니다. " 중위는 여유있게 말했다.

"그렇게 느껴도 시간을 붙잡을 수 없습니다. 우리행성은 어느 곳이나 그리니치 표준시간을 따르고 있어요. 중위님의 마음이 표준시간을 자꾸만 가분하며 늦추려고 하는 것 같아요. 영혼의 휴식처라고 해도 시간은 동일하게 흘러요. 제가 있는 타비스톡 정원도, 건너편 호텔의 로비처럼 그리니치 표준시간을 절대로 벗아 날 수 없어요. 아-아, 중위님! 저에게 이제껏 느끼지 못한 청아한 기운이 닿고 있어요. 그 평화로운 기운은 굳어진 저의 표정에 활기를 부여하는 것 같아요. " 청동상은 조금 꿈틀거렸다.

"버지니아 영혼이여! 저는 현재 아가씨의 교량으로써 그대의 청동상 옆에 서있습니다. 제가 어떻게 해야 하는지 얘기하십시오. " 중위는 천사로부터 텔레파시가 내려왔음을 느낀, 부드러워진 청동상을 향해 말했다.

"중위님, 저는 분명히 이세상에 흔하지 않는 아름다운 미소를 짓는 느낌이에요. 누군가를 향해 순정을 바치고 싶은 심정이에요. 이제껏 느끼지 못한 기운이, 제 눈과 불과 입술에 감각을 흐르게 하고 있어요. 저는 순수한 열정을 가진 '지니'가 되고싶어요. "

"지니! '지니'가 누굽니까?" 중위가 물었다.

"제가 마지막으로 내놓은 이야기를 읽지 못했군요? 파도에 등장하는 어느 남녀동아리 중의 여성이지요. 어린 시절을 수평선이 보이는 바다와, 거기서 밀려오는 파도소리와, 그 소리를 따라 찾아드는 햇빛이 그들의 터전을 만화경처럼 꾸며 주는 무대에서 함께 뛰놀았지만, 커서 창녀의 길을 걷게 된 아가씨에요. 저는 이 순간, 제가 그려 놓은 '지니'아가씨처럼 순수한 열정으로 중위님을 갈망하고있어요. " 사랑의 감정이 넘쳐 보인 청동상이 얘기했다.

천사의 텔레파시 때문인지, 천진 난만한 표정으로 변화된 것 같은 청동상은 중위를 압도하며, 알 수 없는 힘으로 그를 더욱 가까이 다가서게 했다.

중위는 사랑의 감정을 못 이겨, 청동상의 원숙한 표정에 자신의 얼굴을 댔다. 어느 순간 울프의 청동입술과 접촉하고있는 상태가 되었다. 조금 벌어진 그 입술의 내부에서 그리니치의 초침소리같은, 젊은 버지니아의 심장 뛰는 소리가 새어 나왔다. 어느 사이 그 소리는 그의 내부로 들어가기 위해 꿈틀거리기 시작했다.

스퀘어 정원 동쪽 입구에서 노숙자 한 명이 어슬렁거렸지만, 중위는 개의치 않고 청동상의 입술로부터 뜨거운 환희같은 것이 자신에게 전이되는 것을 받아들이고 있었다. 어렴풋이 그 느낌을 두고, 파라다이스가 아닐까 하는 생각을 해 보았다. 그 전이는 그가 이제껏 지상에서 체험하지 못한 감정을 안겨 주었기 때문이다.

"아, 중위님의 심장 뛰는 소리가 들려요. " 청동상에서 설레인 음성이 새어 나왔다.

"그대의 소리도 들립니다. 처음엔 그리니치에서 시간을 소중히 사용하라고 보내 주는 초침소리로 알았어요. 저는 지금 자신의 내부소리를 잘 구분하지 못할 정도로 환희에 차있지만, 차원을 달리한 그대의 영혼이 설레임을 표출하는 벅찬 소리를 들을 수 있습니다. " 중위가 말했다.

"지금 중위님이 얘기한 어떤 소리는, 저의 바램이기도 한, 제 과거인 버지니아 영혼이 중위님에게로 옮겨가려는 소리일거예요. 제가 영원히 간직하고싶은 과거의 모습으로요. 어느 여성의 영혼이나 그렇듯, 저도 가장 아름다운 시절의 모습으로 파라다이스에 이르고 싶어요. 저의 내부에서 밤마다 휴식을 취하며 꿈틀거린 제 과거의 버지니아는, 저에게 내려온 천사의 텔레파시에 의해 중위님에게 옮겨질 거예요. 저의 바람이 완전히 이루어지는 순간엔, 저에게는 잉태했던 영혼을 분만해야하는 고통이 따르고, 중위님은 환희로 가득할 거예요. 자, 우리, 곧 닥칠 영혼을 분만하고 받을 마음의 준비를 해요. 중위님과 저의 사이에는 천사의 텔레파시가 활동하고있다는 것을 잊지 마세요. 중위님은 곧, 제가 곱게 간직한 저의 과거인 버지니아 영혼을 받아야 해요. 아-아! 다시 천사의 텔레파시가 저의 내부에서 저의 젊은 영혼을 완벽하게 옮기려 하고 있어요" 청동상은 급박한 목소리로 얘기했다.

  중위는 긴장했다. 천사의 텔레파시에 의한 영향인지 자신의 얼굴이 청동상의 살아 있는 듯한 얼굴과 하나로 되고, 혼연일체의 분위기에 실려, 하늘나라에 있다는 청아한 카페의 창 가로 옮겨지는 듯한 기분이었다.
  "중위님은 타비스톡 호텔에서 파라다이스를 느낄 거예요. "
  이렇게 얘기한 청동상은 무엇을 분만하는 듯한 고통과 함께, 땀방울이 이마와 코 언저리에 맺히기 시작했다. 그런 상태에서 청동상은 마지막 유언처럼 힘겹게 얘기했다.
  "중위님은 파라다이스에서 저를 볼 수 있을 거예요. "
  이 얘기는 예수님이 십자가에서 어느 죄인에게 했던 것과 흡사하게 인용하는 것 같았지만, 서로 목적을 이루기 위해 어려운 이 순간을 이겨내며 지혜롭게 넘기자는 의미에 더 가까웠다.
  노숙자가 청동상에 얼굴을 접촉하고있는 자신의 모습을 잠시 지켜보다가 지나갔다. 중위는 개의치 않는 체 살아 있는 듯한 청동상의 얼굴에서 자신의 얼굴을 떼지 않았다.
  "아-아, 저에게 사랑의 감정이 봄을 기다리는 제비꽃처럼 되살아

났나 봐요. 제 영혼의 교량이 되어주겠다는 중위님, 저를 받아 주겠다면 이 순간을 소중히 여기세요. 저의 영혼이 허공으로 날아가지 않도록 저의 입을 막아 주세요. " 버지니아의 소리가 어디에선가 간절하게 새어 나왔다.

 중요한 때에 이르렀다고 판단한 중위는, 버지니아 영혼이 새어 나가지 않도록 미세하게 벌어진 것 같은 청동상의 입을 자신의 입으로 막았다. 그 순간 분명히 어떤 다른 차원의 의식이 들어오는 것을 느꼈다. 자신의 내부로 들어오면서 뜨거운 환희의 자리잡음을 느꼈다. 우즈강변 돌덩이의 무게 때문에 하늘에 오르지 못했던 버지니아 울프의 영혼이, 이제 살았다고 외치는 듯한 내부의 환희를 중위는 함께 느낄 수 있었다.
 자신의 과거시절이었던 모든 생명력을 중위에게 옮겨 버린 청동상은, 활기가 사라지고 더욱 근엄한 오십대로 굳어져 가면서, 남은 예지력으로 유언처럼 말하기 시작했다.
 "중위님은 호텔의 로비로 가서 C장조 선율을 감상한 후 수녀님과 춤을 추게 될 거예요. 저의 영혼도 그 춤을 함께 느끼며 수녀님에게 적응할 준비를 할겁니다. 그리고 오후에는 중위님에게 옮겨진 저의 과거 영혼이 소망을 이룰 거예요. 타비스톡 3층에 있는 호텔방에서 수녀님과 함께 있을 테니까요. 그렇게 해줌으로써 중위님은 교량의 의무를 완수하는 거예요. 저는 과거 영혼과 일체가 됐어요. 순수함 속에서 살아갈 수 밖에 없는 영혼이에요. 여기 타비스톡에서 마지막까지 순수한 군인정신을 발휘해줌으로써, 저의 영혼은 수녀님의 마음속에 안착해 진주처럼 정화될 거예요. 결국은 수녀님이 전도활동을 했던 흑암마을에서 그분과 함께 하늘나라에 오를 거예요. 자, 이젠 과거의 영혼이 빠져나간, 이 죽어가는 청동상에서 뒤돌아 서세요. 우리 먼 훗날 파라다이스에서 자유롭게 만나요. 건너편 호텔 로비에 그릴 종업원들이 의자들을 배치하는 소리가 들려요. 빨리 뒤돌아 서요. 안녕! 중위님. " 완전히 빠져나간 자신의 영혼 때문에, 딱딱하게 굳어져 가는 청동상은 마지막까지 주어진 의무를 다하려 했다.

 중위는 청동상으로부터 몇 걸음 물러섰다. 청동상의 표정은 무거운 슬픔이 깃든 체 굳어져 있었다. 눈 가엔 아침이슬같은 슬픔이 붉게 스친 햇살로 반짝였다. 아름다운 시절의 영혼과 이별하면서 줄 수 있는 심혼(心魂)을 모두 내주었지만, 뭔가 더 주었으면 하는 모성애로 가득 찬 슬픔이었다. 중위는 다시 다가서 근엄하고 원숙한 표정에 자신의 얼굴을 댔다가 뗐다. 청동상의 표정에는, 중위에게 들어간 자신의 전부이기도 한 과거시절의 영혼이 안전하게 자리를 잡고 수녀에게 건너갈 수 있는 채비를 하고있는지, 스러져 가는 생명력임에도 불구하고 근심과 걱정, 한숨을 내쉬는 애달픔이 주름에 깃 들어 먼 하늘가를 바라보는 것 같았다.
 과거와 하나가 된 영혼이 완전히 빠져나간 오십대의 원숙한 청동상은 머잖아 생명력을 잃고 말 것이다. 허깨비로 굳어져 가는 과정에도 청동상은, 그 동안 잔소리와 훈계를 하며 조심스럽게 보호했던 자신의 과거 영혼이 중위라는 교량을 하루빨리 건너 수녀의 마음속에 무사히 안착하기를 마지막 순간까지 기원할 것이다. 그리니치에서 기류를 통해 보내 주는 마지막 시간까지 희미해져 가는 의식을 모아, 자신의 젊은 영혼이 천사가 정해준 행로를 따라 무사히 영혼의 세계까지 이르기를 묵상할 것이다. 그러다 결국 무상한 세월 속에서 망부석이 되고, 녹이 슬고 풍화되어, 제 모습을 잃어 갈 것이다.
 중위는 이제껏 느끼지 못한, 다른 차원의 감정이 충만한 상태였다. 자신의 마음을 가득 채운, 신비하기 짝이 없는 밝고 애틋한 느낌이 삼 사분도 안된 그리니치시간에 불과했지만, 평생과도 바꿀 수 없다는 의식이 흘렀다. 그리고 파라다이스가 어떤 차원인지 몰라도 자신의 마음이 그 세계와 흡사함을 느낀다고 생각했다. 그럴만한 원인은 너무나 충분했다. 새로운 문학을 개척한 여류작가의 영혼이, 외로운 자신의 마음에 머무르고 있기 때문이다.
 그는 정원의 경계에 이르기까지 뒷걸음치며, 자신에게 과거로 소급된 영혼을 모두 내준 희생적인 청동상에서 등을 돌리는 것이 몹시 힘들었다.

그러나 자신의 내부로 옮겨진 젊은 버지니아의 속삭임은, 원숙한 미래상이 곧 자신이라고 했다. 먼 훗날, 자유롭고 무한한, 하늘나라의 카페에서 원숙한 자신의 미래상도 만날 수 있다며, 머뭇거리지 말라고 했다. 그렇지만 원숙한 버지니아 울프는 자신의 아름다운 과거와 헤어지는 것이, 사랑하는 딸과 영영 이별하는 어미의 고통을 내보이며, 남은 생명력이 굳어져 가고 있었다.

중위는 다시 청동상으로 다가서서 위로했다. 그리니치에서 주어진 오늘 중으로 그대이자, 그대가 사랑하는 영혼을 옮기기 위해 노력하겠다며, 활기가 사라진 어깨를 다시 껴안아 주었다. 그리고 자신이 이 정원을 다시 찾지 못해도, 먼 훗날 하늘나라 어딘가에 있다는 그 청아한 카페의 창 가에 함께 앉아, 타비스톡에 얽힌 추억을 얘기할 수 있을 거라며 위로해주고, 힘겹게 정원을 벗어났다.

                11

로비의 창 가에는 연주할 수 있는 준비가 되어있었다. 세 다발의 꽃을 안고 중위가 들어오자, 모두는 일어나서 환영의 미소를 보냈다.

중위로부터 세 개의 꽃 묶음을 받은 수녀는, 백합을 친구인 바이올리스트에게, 시네라리아가 홍일점처럼 들어있는 장미는 '닉'이라고 소개한 피아니스트에게 주었다. 그녀 자신은 프리지어를 가슴에 품고서 향기가 싱그럽다며 중위를 향해 눈웃음을 지었다.

로비는 휑 할 정도로 넓었다. 그릴 안쪽에 있는 피아노가 창 가로 옮겨져 있었고, 제각기 다른 색상을 지닌 소파 들은 조그마한 단상을 향해 자유스럽게 놓여 있다. 일행이 차지한 곳은 넓은 로비의 공간에 비하면 한쪽에 치우친 작은 부분이었다. 호텔의 로비는 적막할 만큼 넓은 공간으로, 고객들에게 억매이지 않아도 된다는 어떤 자유스러움을 안겨 주었다. 타비스톡 정원을 여과한 밝은 햇빛이 배여있는 로비의 유리창 하단에는, 연주회의 주인공인 서정애 수녀에게 목사가 걸어주었을 것 같은 타원형의 꽃다발이 기대여 있었다. 그 꽃다발 색깔에 물든 햇빛이 바닥에 어른거렸다. 수녀는 그 창 가에서 서성이는 중위에게 눈짓을 했다. 중위는 그녀에게로 가 옆의 소파에 앉았다. 딸이 연주할 단상주변을 서성인 목사부부도 맞은편 소파에 앉았다.

"중위님 고마워요. 프리지어 향기가 이 곳 소파주위를 감돌아요. 두 송이를 빼내서 곧 연주를 할 둘 이에게 줘야겠어요."

수녀는 프리지어 꽃 묶음에서 가장 향기 어린 꽃이라고 생각된 줄기를 골랐다. 먼저 피아니스트인 '닉'에게 건네주고, 다음에 친구인 바이올리스트에게 정중히 전달했다. 둘이도 자신들이 받은 꽃 묶음에서 한 송이씩 꺼내 수녀에게 건네주었다. 장미와 백합이었다. 수녀는 두 꽃송이도 프리지어 못지 않는 향기를 낸다며 목사부인에게 건네주었다. 그리고 나서 수녀는, 런던에 도착했던 첫날에도 소개를 했지만 파리에서 온 피아니스트인 '닉'을 위해 자신이 알고 있는 중위를 소개했다.

중위는 수녀의 소개가 왜 그런지 마음에 들지 않았다. 자신을 소개할 때, 지난날 전도활동을 하면서 한 번도 봤던 적이 없어 무심히 스치려 했는데, 피카딜리라인에서 친근한 사이로 발전되었다고 하는 사실적인 소개를 했다. 사실 연인이었다. 그래서 연인에 가까운 소개를 바랐었고, 서로는 목적이 특별해서 따로 호텔을 정한 것이라고 얘기해주었으면 했다. 그런데, 버지니아 울프 기념관을 찾아 런던까지 왔다고 소개하자, 바이올리스트가 까르르 웃더니, 허리를 굽혀 계속 웃었다. 중위는 미세한 모욕감을 느꼈다.

"지선아, 그만 웃고, 마음을 가라앉혀야지." 목사부인은 중위에게 미안한 얼굴을 하며, 딸에게 나무란 투로 얘기했다.

"엄마, 우습잖아요. 사라진 여류작가 울프를 찾아 런던까지 여행

왔다고 하니까 존경스럽잖아요. 전 존경스러우면 웃음을 못참아요. " 바이올리스트는 터져 나오려는 웃음을 막기 위해 두 손을 펴서 자신의 입을 막았지만 웃음은 새어 나왔다.
 "그만. " 목사부인이 나무랬다.
 부인은 재빨리 화제를 전환시켰다. 중위가 궁금해 할지 모른다며, 알고 있는 몇 가지를 얘기하기 시작했다.
 "무한한 매력을 지닌 수녀님에게 일부 들었을지 모르지만, 저기 피아노를 연주할 '닉'이라는 미국계 친구는, 제 딸인 지선이가 파리유학시절에 같은 스승의 문하에서 알게 된 음악적인 친구랍니다. 지켜보면 그냥 친구일 뿐, 그 이상도 이하도 아닌 것 같습니다. 오늘의 주인공은 그 누구도 아닌, 흑암마을에서 복음을 전도하며 수녀원에 들어가고 싶은 꿈을 가진 서 정애 전도사입니다. 저의 남편이자 목사되는 분의 유일한 소설 '막달리아의 꿈'을 번역하고 출판하는데 있어서 고생이 많았던 분으로, 저희는 작으나마 딸의 바이올린 소나타로 위로하려고 합니다. 훌륭한 서 정애 전도사님을 환영하는 연주회가 우리들의 기억에 한없이 남았으면 합니다. 곧 연주될 곡목은 두 연주자에게 스승의 스승되는, '레이날도 한'이 작곡한 바이올린소나타 C장조'입니다. 제 딸과 저기 앉아 있는 피아니스트는 자신들의 스승을 가르친 '레이날도 한'을 한 번도 뵌 적이 없지만, 그분이 겪어 낸 시대적 환경 (일차대전)을 깊이 느끼고 있으며, 무엇보다 C장조 선율을 남긴 '레이날도 한'이 「잃어버린 때를 찾아서」의 저자, 마르셀 프루스트와 깊은 우정을 나눴다는 것을 자신들의 음악적 환경으로 소중히 간직하고 있답니다. 자, 그러면 흑암마을에서 불신자들에게 신약성서로 끊임없이 전도를 하고 감화를 주는, 수녀님의 노고를 위한 연주회가 시작되겠습니다. " 부인은 수녀에게 목례를 하고 자리에 앉았다.

 모친이 얘기하는 동안 박 지선의 표정은 미세한 웃음기도 찾을 수 없는, 차분히 가라앉은 진지함으로 활을 쥐고 현을 울릴 때를 마음속의 초침으로 카운트다운하고 있었다. 제로가 되자, 바이올린이 먼저 봄바람같은 첫 악장의 서주부를 열었다.
 프론트에서 연인으로 보인 정장을 한 신사와 붉은 투피스를 입은 숙녀가 뒤돌아보며 창 가의 무대를 지켜보았고, 그릴의 종업원들도 자신들이 옮긴 피아노를 향해 얼굴을 돌리고 미소를 지었다.
 서 정애 수녀는, 자신을 환영하는 연주회의 소중함을 좀더 선명히 느끼기 위해 온 신경을 집중해서 첫 소절의 의미를 놓치지 않으려 했기 때문에, 중위가 자신의 손을 잡고 있는지도 몰랐다. 그녀의 의식은 바이올린이 여는 서주부를 봄바람으로 생각했다. 연푸른 들과 숲의 향기를 실은 미풍이 살랑거리며 자신의 피부와 머릿결에 닿는 것을 상상했다. 그 봄바람 아래는 여울거리는 냇물이 차츰 폭을 넓히며 S자의 만곡을 굽이치다가, 어느 숲을 통과해 강과 합류하는 지점에 와 있다는 상상에 이르렀다.
 그런데 예상 밖으로 불협화음이 가늘게 건반 음 사이에서 새어 나왔다. 바이올린 현 하나가 활의 문지름에 의해 더욱 가느다란 음으로 고조되고 있었다. 칼날같은 그 선율은 아직 남아 떠도는 늦겨울의 찬 기운 같기도 하였고, 살얼음에 반사되는 햇빛 한 가닥이 떠오르기도 했다. 더 이상 고조될 수 없어 수평으로 내지르는 그 선율은, 앰뷸런스가 한 생명을 구하기위해 최고조의 속력으로 내달리는 장면을 연상시키기도 했다. 그러나 다시 은빛물결처럼 굽이치며 하강하는듯한 현과 건반의 조화는, 강물같은 평온한 흐름이었다. 중위와 수녀의 다정한 모습을 봄의 향기로 감싸 주는 봄의 선율이였다.
 바이올리스트는 활을 부지런히 오르내리며, 빛나는 눈길을 연주회의 주인공인 수녀에게 주면서 예전에 품었던 세찬 의문이 뇌리를 스쳤다. '레이날도 한'은 C장조 선율을 어디서 영감을 받아 오선지에 음표를 나열했을까?
 바이올리스트는 그 선율을 봄으로 규정했다. 수녀언니에게도 봄을 연상하면 더욱 값지게 감상할 수 있다고 연주 전에 언급했다. 미세한 불협화음이 배여있어도 그야말로 자연스럽다. '브람스'도 '

생상스'도 아닌, '레이날도 한'만의 특이한 개성을 지니고 있다. 이 C장조는 제자의 제자가 된 자신들을 위해 작곡된 것 같은, 자연스럽고 개성있는 선율이다.
　그분은 전형적인 파리 멋쟁이라고 했다. 젊은 시절 살롱에서 인기있는 가수로 생활을 했다면, 무척 매력있는 모습이었을 것이다. 봄의 향기가 배여있는 이 C장조 선율은 어디에서 영감이 떠올랐을까? 세느강변일까, 아니면 친구인 마르셀 프루스트에게 가려고 오페라를 지나 오스망(HAUSSMAN) 가로를 걷는 중이었을까, ……어디선가 떠오른 악상(樂想)을 주체할 수가 없어 오선지를 빠르게 채워 나갔을 것이다. 이 C장조 선율은 막 지나간 늦겨울과 이어진 봄과 함께 계절의 기쁨을 안겨 주는 자연스러움에 매력이 있다. 정 애 언니의 고운 손을 잡고 있는, 저 중위의 평온한 표정과도 무척 어울리는 선율이다.
　수녀는 친구처럼 사이 좋은 바이올리스트에게 미안했다. 자신을 위해 온 정신을 모아 연주를 하면서도, 가끔 열정에 찬 눈길을 보낸 그녀가 자신들의 다정함에 시샘을 하는지 모른다고 생각했다. 순간순간 움직이는 바이올리스트의 활이, 계절의 사이에 끼여 있는 흑암마을의 꽃샘추위처럼, 살얼음위로 차갑게 흐르는 듯한 불협화음을 낼 때는 그녀가 시샘을 한다고 느껴, 중위에게서 살며시 손을 빼 가슴 위에 모으며 귀를 기울였다. 그리고 조금 시간이 지나면 자신의 손은 다시 중위의 손에 쥐어져 있곤 했다.
　목사부인은, 피카딜리 라인에서 친해진 중위와 자신의 인연을 쉽게 믿으려 하지 않는다. 자신이 흑암마을에 전도를 하면서 알고 지낸 사이로, 먼 극서의 도시인 런던으로 함께 와서 더욱 가까워진 연인이 되었다고 생각하는 것 같았다. 부인은 전도를 하는 자신에게 수녀의 꿈에 대해 자꾸 만류했던 일이 있다. 어쩌면 수녀원으로 들어가기 전 마지막 시간을 런던에서 함께 하려는 것이라고 생각할지도 모른다. 사실 서로는 부인의 예상을 뛰어넘는 사랑의 감정에 묶이고 말았다.
　아, 그리고 그 사랑의 감정에 어떤 힘이 작용하고있다는 것을,

수녀는 희미하게 느끼고 있었다. 거기에는 새로운 문학을 개척한 여류작가의 떠도는 영혼을 측은히 여긴 천사와 타비스톡에 갇힌 버지니아 영혼의 힘이 작용하고있다는 것을, 수녀도 중위처럼 버지니아 영혼을 감지하고 있었다. 중위가 더 선명히 느끼고 있는 편이었다. 그러나 목사가족은 버지니아 울프의 떠도는 영혼과 소망에 대해 아직 모르고 있었다.

 수녀는 더욱 친화력이 깊어진 연인처럼 중위의 옆에 앉아 다정히 손을 잡고, 오직 자신을 위로하기 위한 '레이날도 한'의 C장조 선율을 듣고 있었다. 첫 악장의 선율이 고조에 이르렀을 때, 서로 잡은 손에는 그 선율에 깃든 봄의 기운이 전이되면서 땀이 배일 정도였다. 그녀는 선율을 타고 하늘나라 어디론가 사념의 나래를 폈다.
 그래, 이젠 험난한 세상을 향해, 손을 잡고 걸어가야 될, 연인의 행진이 시작될 것이다. 그렇다. 우리는 '레이날도 한'의 봄 선율이 만들어 준 C장조 연인으로써, 런던의 도심을 가로질러 하이드 파크로, 다시 세인트 제임스 공원의 연못가에서 엄숙한 빅벤의 소리를 들으며, 사랑의 감정을 나누는 사이가 될 것이다.
 수녀는 봄의 선율 속에서 땀이 배이도록 잡고 있는 두 손을 내려다보고 있었다. 그녀는 중위가 무슨 생각을 하고 잇는지 궁금했다. 동일한 선율을 들으면서 중위의 뇌리에는 자신과는 조금 다른 사내다운 무엇이 흐를 것이라고 생각했다.
 그는, 정원의 청동상을 유심히 지켜보다가 반신상의 어깨를 쓰다듬기도 하고, 그녀의 근엄한 얼굴에 자신의 얼굴을 진지하게 접촉한 후, 조금 홍조된, 뭔가 골똘히 생각한 끝에 연주회장으로 들어왔다.
 혹시 중위는 C장조 선율 속에서 버지니아 울프를 생각하는 것이 아닐까? 그렇다면 이 연주회는 버지니아 울프를 위한 연주회로 보는 것이 더 맞을 것이다. 그는 버지니아를 생각하고 있는지 모른다. 자신의 땀이 배인 한 손을 잡고, 정원에서 느낀 것을 다시 지각하려고 하는지 모른다. 아, 중위의 마음속에는 버지니아 울프가 들어가 있을 것이다.
 수녀는 런던 상공에 엷게 흐르는 구름같은 희미한 시샘이 일어났다. 타원형의 표정에 검은 눈동자를 지닌 자신과 자꾸만 비교가 되며, 더 표준미에 가까운 이미지가 그녀일지 모른다고 생각했다. 사진으로 본 버지니아 울프는 가냘픈 계란형인데다, 희랍(그리스) 스타일의 매력있는 아가씨로 마음에 그려지곤 했기 때문이다. 중위의 마음속에도 그런 지성미를 갖춘 버지니아가 들어가 있다고 생각했다. 저 곳 타비스톡 남서쪽 모서리에 청동상으로 있는 그 여류작가가, 봄의 생동하는 C장조 선율에 생명을 얻어 이 곳 로비의 연주회장으로 걸어 들어온다면 무슨 일이 일어날까? 바이올린 소나타는 그녀의 지성미를 선회하며 더욱 아름답게 흐를 것이라는 생각을 했다.
 바이올린의 현 울림이 먼 하늘가의 기적소리처럼 희미해지고, 그처럼 낮은 피아노건반 음이 뒤따르면서 첫 악장이 끝났다. 바이올리니스트는 아직 내리지 않는 활과 턱 가까이 있는 바이올린 사이에서, 더욱 진지해진 얼굴을 내민 채 'C장조 선율이 마음에 드세요'하는 듯, 연주회의 주인공이자 친구처럼 가까운 수녀를 빤히 바라보며 미소를 보내고 있었다. 첫 악장같은 봄의 향기를 품고있는 그 미소는, 활과 바이올린 사이에서 한동안 머문 채 다음 악장 직전까지 부드러운 눈빛을 내면서, 오직 수녀만을 향하고 있었던 것이다.

 피아노건반의 C음으로부터 시작된 둘째 악장은, 일정한 2분음표 같은 맑은 빗방울이 런던의 드넓은 상공을 비껴 내려와 건너편 정원의 코너에 있는 청동상의 얼굴에 연이어 닿는 듯 했다. 피아니스트는 독자적인 음향을 한동안 내다가 바이올리니스트와 눈길을 주고받은 후, 조금 빨라지기 시작한 다음 소절로 접어들었다.
 첫 악장의 주선율이 여러 갈래로 변주된 것 같은 2악장은, 마치 지나간 첫 악장을 뒤돌아보는 것 같아, 그 악장에 살짝 내비친 늦겨울을 그리워하는 회상의 선율 같기도 했다. 순간순간 번뜩이는 듯한 첫 악장의 변형된 불협화음들이 늦겨울을 회상하는 듯 했지만, 2악장의 주선율은 봄에 들어선 음향을 바이올린이 주도해서 내는 것이었다.
 모데라토로 평온하게 나아가던 2악장의 중간 소절에서, 바이올린과 피아노는 흐름의 예상을 깨고 격심한 대립을 하였다. 건반 음이 몇 개의 옥타브를 미끄러지듯 타고 미래로 나아가려 하자, 바이올린의 짙은 음이 경쾌하게 흐르는 건반 음을 앞질러 가로막으며, 지난 겨울을 같이 회상하자는 불만의 소리를 내는 것 같았다.
 다시 피아니스트가 봄의 둑길을 따라 내달리다가 곳곳에 피어오르는 아지랑이를 타고 상공에 있는 종달새 영역까지 오르려 하면, 바이올리스트는 즉시 활을 문질러 고조된 짙은 음으로 건반선율을 감싸며 지상으로 끌어내리는 대립적인 연주가 여러 소절로 이어지며 반복됐다.
 옆모습만 보이는 피아니스트는 2악장의 두 선율이 극한적으로 부딪칠 때는, 얼굴을 잠깐 돌려 결코 물러서지 않을 것 같은 동료이자 친구인 바이올리스트의 매서운 눈과 불꽃이 튀듯 부딪치곤 했다.
 이처럼 격렬하게 대립하는 연주는 궁극적인 세계에 대한 다른 확신을 가진, 두 연주가가 지닌 마음의 표현 같기도 하였다. 근원적인 세계가 하늘에 있다는 피아노와 대지에 현실적으로 자리잡고 있다는 바이올린의 격렬해진 대립도 조금씩 가라앉으며 다시 평온해진 두 연주자는, 열정 어린 서로의 눈빛 속에서 숨을 고르며 여유있는 표정을 지었다. 이렇게 활의 오르내림에 여유를 갖자, 바이올리스트는 창 밖의 남서쪽 코너에서 침묵을 지키는 청동상에 눈길을 잠시 주었다. 그 원숙한 모습은, 문학이 궁극적인 것을 해명할지도 모른다는 상념에 깊이 빠져 있는 것 같다고 생각했다. 그녀는 가볍게 잡고 있는 활을 미세하게 움직여 마지막 소절이 숨기고 있는 현을 문지르자, 그 마지막 선율은 건반 음을 감싸고 서서히 가라앉았다. 그 때, 부딪친 눈길, 혼신을 다해서 연주했다며 치하하고 싶어하는 그 눈길 속에는 궁극적인 세계가 깃든 듯했다. 바이올리스트는 그 고운 수녀의 눈빛 속에서 알 수 없는 위로를 느꼈다.

 3악장은 숲을 사이에 두고 두 지류에서 경쟁하듯 내달린 물줄기가, 강의 하구를 목전에 두고 화해하듯 합치되어 굽이치는 듯했다. 근원의 세계인 바다에 이를 준비를 현실적으로 하는 것 같았다. 다시 소용돌이처럼 일어나는 선율은 '레이날도 한'이 처한 어떤 현실 같았지만, 그 분의 음악적 환경을 잘 알고 있는 바이올리스트의 설명을 듣지 않고서는 추정할 수 밖에 없는 시대적인 비애가 숨어 있는 것 같았다. 결코 가벼운 선율은 아니었다. 그렇지만 바이올린소나타의 마지막 악장이니만큼 작곡가는 무슨 의미를 선율의 흐름 속에서 도출해내려고 했을 것이다. 일차대전의 분위기에 시달린 세대로서, 2악장의 격렬한 대립에서 벗어나, 두 선율은 화해의 바다로 굽이쳐 나아가는 것 같았다.

 봄의 시냇물처럼 시작된 C장조가 한 인간의 일생이라면, 마지막 악장은 대체로 미완성인 인생의 후반부에 해당될 것이다. 누구에게도 일생의 빛나는 시절은 있다. 어느 노 부인에게도, 노 신사에게도 뒤돌아보고 싶은 시절이 있을 것이다. 모르겠지만, 한 성숙한 인간의 일생을 봄이라는 주제로 엮은 바이올린 소나타였다면, 마지막 악장의 후반부는 궁극성을 띠는 선율로 모아져야 한다. 바이올린과 피아노라는 두 악기로 근원적인 그 세계에 가까이 가지 못할 이유가 없다. 궁극의 세계는 종교만이 그려내는 전유물이 아닐 것이다. 아, 봄이라는 계절의 주제로 나아간 냇물같은 C장조 선율은, 삶들을 강의 하구로 모여들게 하여 그 결실들을 어김없이 걸러 내며 드넓은 바다로 내보내고 있다는, 듣기에 따라 종교적인 선율의 이미지를 떠올릴 수도 있다.

 그렇듯 두 악기의 생동하는 대립과 회상적인 평온에서 화해로 흐르는 '레이날도 한'의 C장조 선율은, 중위의 미흡한 상상력에 의해서도 봄을 지나 가을 깊은 곳의 근원적인 언저리에 이어지는 것 같았다. 중위는 자신의 깊은 마음속에 숨어서 듣고 있을 것 같은, 버지니아의 영혼을 떠올렸다. 그녀의 영혼도, 그림과 문학처럼 창조된 선율을 타고 궁극적인 세계에 이를 수 있다고 여길 것만 같았다. 수녀의 손을 꼭 잡은 중위는, 마지막 악장의 선율에서 버지니아 영혼을 옮길 수 있는 근원적인 힘을 얻으려고 했다.

 이십 여 분을 조금 넘긴 것 같은, '레이날도 한'의 C장조 선율이 끝났다. 프론트의 직원들과 그 앞에 서있는 한 커플의 다정한 연인, 우연히 방청객이 된 그릴의 몇몇 손님들이 박수를 보내 주었다. 종주부의 바이올린과 피아노의 어울림은, 꽃샘추위 때 미세한 봄 향기를 품고 솔숲을 여과한 봄의 이른 찬바람이 살얼음 밑으로 흐르는 시냇물과 어울린 것 같은 선율의 마감이었는데, 프론트와 그릴에까지 이어지면서 꾀 긴 박수가 나왔다. '앵콜'이라는 중위의 반복된 외침에, 소수의 방청객들은 바이올리스트에게 시선이 모아지고 있었다.
 바이올리스트가 미소를 띠며 화답했다.
 "중위님의 앵콜을 정중히 받아들이겠습니다. 그렇지만 조금 전에 끝난 C장조 선율이 아버지의 저서인 「막달리아의 꿈」을 번역해 준 친구이자, 막중한 전도사업을 하고있는 수녀 언니에게 바쳤듯, 이번에 연주할 소품도 뛰어난 설교로 흑암마을의 많은 불신자를 믿음의 세계로 불러들인 전도사님에게 바쳐질 것입니다.
 중위님의 부탁으로 연주할 소품은, 저의 스승의 스승인 '레이날도 한'이 젊은 시절, 파리의 유명살롱에서 직접 불렀던 샹송입니다. 작가인 프루스트의 오랜 친구였던 '레이날도 한'은 가수생활을 꾀 오랫동안 하며, 풍족하지는 못했지만 멋 부리는 파리생활을 겨우 유지할 수 있었다고 하네요. "
 "가수이자 작곡가였군요. " 중위가 결론을 내리듯 덧붙였다.
 "그렇답니다. 일차대전 분위기에 휩싸인 파리시절, 유명살롱에서 꾀 인기를 누리며 불렀던 그분의 노래제목은 「내 마음에 날개가 있다면」이에요. 당시 프루스트 모친은 이 노래를 무척 좋아했는데, 그럴만한 이유는 프루스트가 만들어 놓은 것 같아요. 모친을 진심으로 따랐던 그는, 친구들에게 어머니를 소개하거나 얘기 할 때, 이세상에서 가장 어여쁘신, 사랑스러운 등으로 소개의 서두를 장식할 정도였는데, 그런 자신의 마음을 전달하기위해 친구인 '레날도 앙 (불어발음)'을 여러 차례 집으로 데려와, 자신의 모친 앞에서 그 노래를 부르게 했기 때문이랍니다. 서론이 너무 길었군요."

박 지선은 재즈 풍으로 반주를 해주는 피아니스트 '닉'과 함께 리드미컬하게 어깨를 움직이며, 자신의 온몸에서 풍기는 동작과 어울린 「내 마음에 날개가 있다면」의 대중적 선율을 멋지게 연주하기 시작했다. 그녀는 '레이날도 한'이 부른 노래를 더욱 고조시키기 위해 구두를 벗고 맨발로 피아노주변을 춤추듯 돌면서, 그 샹송에 적합한 아름다운 동작을 들고 있는 악기와 함께 만들어 냈다. 스승의 스승이 불렀다는 샹송의 선율을 마지막까지 한음도 소홀히 하지 않으려는 바이올리스트의 진지한 연주는, 부모와 친지, 프런트 쪽에 서있는 커플, 우연히 듣게 된 로비의 사람들로부터 큰 환호를 받았다.

두 연주자는 서로의 손을 잡고, 고개를 깊이 숙이는 동양적인 인사를 한 후, 목사부부 옆의 빈 자리에 앉았다. 피아니스트가 고개를 돌려 자신들의 환영연주에서 조금이라도 기쁨을 느꼈는지를 수녀에게 물었다.

"네. 큰 위안을 받았습니다. 그제 도착했을 때, 이 곳 스피커에서 조용히 흘러나온 선율이었는데, 약속대로 직접 연주를 해주니 큰 위로가 됩니다. " 수녀가 대답했다.

"「막달리아의 꿈」을 번역한 언니의 노고에 비하면, 우리의 연주는 작은 보답일 거예요. 며칠 전 저기 스피커에서 흘러나온 '레이날도 한'의 바이올린 소나타를 우연히 듣지 못했다면, 이렇게 언니에게 연주해줄 생각을 하지 못했을 거예요. 정말 적시에 흘러나온 반가운 선율이었어요. " 바이올리스트가 수녀를 바라보며 얘기했다.

"저를 마중해준 로비의 창 가에서, 바이올리니스트가 소중히 여긴 C장조 선율이 흘러나왔을 때, 나도 무척 기뻐했는데, 이렇게 라이브 연주로 이어져서 얼마나 좋은지 몰라요. " 수녀가 바이올리스트를 바라보며 화답했다.
"사실 조금전의 환영 연주회는 목사님 (아버지)되는 요청으로 이루어진 것이지만, 그 C장조 선율이 저의 음악적 환경을 깊은 추억 속으로 소급시켜주었기 때문에, 오히려 제가 적극적으로 하고 싶었어요. " 바이올리스트는 목사의 반쯤 웃음짓는 얼굴을 바라보며 얘기했다.
"그러니까 이래저래 따지고 보면, 제가 목사님의 저서인 '막달리아의 꿈'을 번역하고, 그 노고를 치하해주기 위해 목사님이 저를 초청해주었기 때문에, 바로 이 자리에서 지선 씨가 그 C장조 선율을 연주하게 되었다고 할 수도 있겠네요. " 수녀는 대수롭지 않게 원인을 소급하면서, 자신의 얘기가 어쩐지 깊은 관련을 띠지 않는 것 같아 겸연쩍게 웃었다.
"그런 셈이에요, 제가 항상 그리워했던 언니. 저는 오랜만에 소중히 여겼던 음악적 환경을 뒤돌아보면서 마음을 설렜어요. 파리 유학시절에는 학우들과 대화를 나누면서 수없이 생각한 일이지만, 저는 무명시절의 어니스트 헤밍웨이가 마르셀 프루스트를 방문했던 일도 저의 음악적 환경으로 넣으면서 '레이날도 한'과 연계시키곤 했어요. 이처럼 저는 음악적 환경을 더 가치있게 확장시키는 일을 홀로 자주 했는데, 그 일이 가능하다는 것을 저는 설명할 수 있어요. " 바이올리스트는 한숨을 내쉬며 얘기를 마쳤다.
"헤밍웨이는 이야기를 체험을 통해 간결하고 냉정하게 써서 대중적인 인기를 획득한 작가였는데, 그가 파리시절에 어떻게 마르셀 프루스트를 방문했는지 궁금하군요?" 중위가 관심있게 물었다.
이 때, 그릴에서 C장조 바이올린소나타를 듣게 된 답례로, 제과와 자스민 차가 나왔다.
바이올리스트는 각기의 잔에 자홍색을 띠는 차를 따른 후에, 자신이 소중히 여긴다는 음악적 환경에 헤밍웨이가 어떤 이유로 포함되었는지를 상기하기 시작했다.
 "저 자신도 어떤 책과 스승으로부터 들었던 기억들이에요. 일차대전 후에 파리로 모여든 젊은 세대들은, 뚜렷한 목적의식없이 삶을 허망하게 보고 즐기려는 전후(戰後)분위기가 만연된 속에서 방황했다는 거예요. 그 당시, 제 스승의 스승되는 '레이날도 한'은, 「스왕네 집쪽으로」를 발표해서 유명인사가 된 마르셀 프루스트의 집을 유일하게 드나들 수 있는 우정있는 친구였지요. 프루스트보다 나이가 조금 아래였지만, 그와 깊은 우정을 나누었다고 합니다.   프루스트의 명성이 조금 가라앉을 무렵은, 파리에 전쟁(戰爭)후유증으로 인한 잃어버린 세대들이 모여들어 흥청망청 돌아다니는 시절이기도 했지요.   바로 그 즈음, 바이올린과 피아노 연주는 물론, 음악이론까지 깊이있게 지닌 '레이날도 한'이 유명살롱의 인기있는 가수생활에서 갑자기 작곡으로 새로운 목표를 정할 때이기도 합니다. 프루스트는 친구인 '레이날도 한'이 왜 갑자기 '생상스'가 되고싶어 하는지 모르겠다며, 노래에서 작곡으로 마음을 돌린 친구를 못마땅히 여겼다고 해요. 왜냐하면, 자꾸 가난을 원망하며 돈타령을 한 친구가, 그런대로 생활비를 벌 수 있는 가수생활을 그만두고, 오선지 대금을 받을 수 있는 확률이 아주 작은 작곡으로 방향을 틀었기 때문이죠.   이 시절은, 잃어버린 세대로 작가의 꿈을 지닌 헤밍웨이가 파리를 떠돌았고, 우리에게 '위대한 개츠비'로 물질의 허망함을 일깨운 피츠 제럴드 가 미국에서 '낙원의 이쪽'을 발표해서 도망간 약혼녀를 되찾은 후 유명세를 몰고 파리를 방문할 때 아직 무명이었던 헤밍웨이의 환영을 받은 시절로, 파리는 잃어버린 세대들이 문학의 새로운 소재를 찾으려고 애를 썼거나, 그들에게 멋진 착상을 선물해준 시공간이었어요. 그리고 도버 해협 건너 쪽의 런던에는 버지니아 울프와 제임스 조이스 등이 새로운 문학을 개척하려는, 야심만만한 활동을 했던 때였구요.   그 시절 헤밍웨이는 미국 잡지사의 파견기자로, 파리의 이 곳 저곳을 기웃거리며 「우리들 시대에」라는 단편들을 습작한 후, 가필하거나 삭제하면서 타이핑으로 정서했던 시절

일 것 같아요. 이처럼 그는 습작한 것을 지닌 체, 마음을 설렜던 무명시절이었을 거예요. 그렇지만 작가의 꿈이 이루어지고도 남을, 누구보다 전도가 유망한 미국인이었어요. 이런 패기있는 헤밍웨이가 파리의 유명작가인 프루스트 씨를 방문했을 때, 프루스트는 침상에 누워 '잃어버린 때를 찾아서'의 원본인 노트를 펼쳐 들고, 가정부 '셀레스트 알바레'의 도움을 받으며 문장 하나하나를 분석해서 수정하는 중이었나 봐요. 병약하고 체구도 작은 프루스트 씨를, 건장한 헤밍웨이는 어떻게 생각했을지가 참 궁금하군요. 내심 측은히 여겼을 테지만, 그 대하같은 소설을 완성시키려는 의지에 감탄했을 것이 틀림없을 거예요. 예술인들은 대체로 자신의 환경을 소홀히 하지 않으려는 경향이 있나 봐요. 제가 음악적 환경을 소중히 간직하려고 했던 경향같은 것 말이에요. 무명시절이었던 헤밍웨이가 파리에서 유명작가로 떠오른 프루스트 씨를 방문한 것도, 훗날 남겨질지 모를 문학적인 환경을 가꾸려는 시도였는지 몰라요. 사실 헤밍웨이는 움직이는 스타일이었기 때문에, 두터운 커튼을 친 방에서 은둔해 있는 프루스투 씨를 탐탁치 않게 여겼을 수도 있었겠지만, 그와 작은 교분이라도 가지는 것이 훗날 자신이 남길 문학환경을 두텁게 하는 어떤 이점같은 것을 일찍 깨달은 것 같아요. 헤밍웨이가 그같은 생각을 지니지 않았다면, 죽음의 사자가 너울거린 경계에서, 초인적인 정신력으로 자신의 작품과 투쟁하고있는 마르셀 프루스트를 애써 찾을 필요는 없었을 거예요. 헤밍웨이의 요청에 의한 면담에서, 두 사람은 무슨 얘기를 나눴는지 전혀 알려지지 않고 있습니다. 다만 저의 음악환경으로부터 추측할 수 있는 점은, 프루스트 방에 노크도 없이 들어갈 수 있었다는 분, ……제 스승의 스승이었던 '레이날도 한'에게 프루스트 씨는 이렇게 얘기했을 것 같아요. '미국의 젊은 친구 헤밍웨이가 찾아와서 이런저런 얘기를 했는데, 건강하고 진지한 그 젊은이가 이루고자 하는 꿈이 머잖아 현실로 나타날게 틀림없겠는데' 라는 헤밍웨이에 대한 평가를 해주었을 것이 틀림없어요. " 바이올리스트는 자신의 머릿결을 쓸어 넘기면서, 얘기가 너무 길었다며 한숨을 내쉬었다.
 "그러니까 저의 친구인 바이올리스트는, 욕심 많게 어니스트 헤밍웨이까지도 자신의 음악적 환경에 포함시키고싶은 거예요. " 수녀는 바이올리스트 쪽으로 기울인 상체를 바로 세우고, 그녀가 들어도 싫어하지 않을 생각을 모두에게 내놓았다.
 "사실 그래요. 전혀 공통점이라곤 찾을 수 없는 두 사람의 조용한 회동은, 문학사에 주목을 끄는 일이 분명해요. 둘 이의 만남을 두고, 세간에서는 행동하는 자와 은둔자의 알 수 없는 회동으로 수군거렸을 것 같아요. 문학사에 숨겨진 흥미있는 사건으로 보아도 될지 모르겠지만, 저에게 바이올린을 가르친 스승께서는, 자신의 스승인 '레이날도 한'과 관련시켜 무척 관심있게 들려주었어요. 이같은 숨은 일에 스승의 스승되는 분도 관련됐다고 여긴 저는, 자신의 소설들이 전후(戰後)를 풍미했던 헤밍웨이까지도 저의 음악적 환경 속으로 포함시켜 그분의 희미한 윤곽을 바이올린 현에서 느끼곤 해요. 그렇다 보니 일차대전 후의 잃어버린 세대들이 이룬 문학의 성과들도 소중히 여기고 싶어요. " 바이올리스트는 머릿결이 황금빛을 띤 피아니스트의 상체에 몸을 기댄 체 얘기했다.
 "저는 일차대전 후에 새로운 문학을 개척한 버지니아 울프에 대해 많은 관심을 가지고 있습니다. 그 여류작가의 흔적을 찾겠다고 런던에 왔으니까요. 평범한 퇴역중위도 문학의 흔적을 찾고 싶어하는데, 바이올리스트로서 뛰어난 역량을 보인 박 지선 씨가, 자신의 음악환경을 가꾸기 위해 일차대전 후의 여러 작가, 프루스트와 버지니아 울프, 헤밍웨이 등의 문학을 왜 소중히 여기는지, 저는 이해할 것 같습니다. " 서 정애 수녀와 다정히 앉아 있는 중위가 침묵을 깼다.
 "'버지니아 울프'라고 하셨나요. 중위님이 그 이름을 상기시키지 않았다면 지성미를 지닌 그 여류작가에 대해 무심히 지나칠 뻔 하였군요. 사실 그 여류작가는 저의 음악환경에 더욱 깊이 관련되어 있어요. 버지니아는, 1871년 생인 프루스트와 19세기를 마감하는 1899년 해에 태어난 헤밍웨이 사이에서 이세상의 빛을 본 1882년 생으로, 런던의 도심을 넓게 차지한 하이드 공원 입구에서 태어났다고 해요. 그녀가 무사히 성장함으로서 문학의 판도에 또 다른 이미지가 형성됐어요. 그렇게 생각하지 않으세요? 정말 대단한 여성이에요. 아, 저 창 건너편에서 버지니아 울프의 청동상이 우리가 하는 얘기들을 듣고 미소를 지을 것 같아요. " 그녀는 버지니아에 대해서도 깊은 관심을 보였다.
 "지금 버지니아 울프는 우리와 함께 여기있어요. " 중위가 말했다.
 "중위님은 우리의 영원한 수녀님, 서 정애 언니와 닮아 가나 봐요. 정애 언니는 툭하면 예수님이 우리 곁에 있다는 얘기를 자주 해서 그래요. 다정해 보이더니, 벌써 닮아 가네요?" 바이올리스트가 샐쭉해지면서 얘기했다.
 중위는 실제로 버지니아의 영혼이 자신의 마음속에 옮겨졌음을 확신했다. 그 신비한 현상을, 조금 전 타비스톡 정원에서 체험했고, 현재 마음속에 일어나는 어떤 변화를 느끼기 때문이다. 그러나 쉽게 믿어 주지도 않을 일을, 구체적으로 애써 설명하고싶지 않았다.
 "저는 여기 들어오기 전, 청동상을 어루만지며 대화를 나눴습니다. 그대에게 영혼이 있다면 저와 같이 수녀님을 위한 환영연주회가 있는 호텔로비로 가자는 바램이었지요. " 중위는 마음속의 비밀을 간직한 체, 달리 말했다.
 "알겠어요. 그랬더니 응해주었군요. 알고 보니 유-머도 꾀 있는 분이군요, 어쨌든 중위님은. 울프에 대해, 시적(詩的)인 존경심을 가졌다고 봐야겠어요. 사실 울프는 새로운 문학에 공헌을 했어요. 예수님이 인류를 위해 이세상에 오셨듯, 버지니아 울프는 새 문학을 위해 이세상에 온 여인인지 몰라요. " 바이올리스트는 잠시 목사되는 아버지를 바라보며, 미안한 미소를 지었다.
 그녀는 지난날 아버지 앞에서 자신이 좋아한 어떤 예술인들을 얘기할 때, 「그분이 이세상에 온 목적……」이라는 말을 자주 써서, 아버지의 핀잔을 들었던 일이 상기되었기 때문이다. 예를 들면 '바흐'가 이 세상에 온 목적은, 등으로 얘기했기 때문이다.
 목사는 오직 예수님 만이 '이세상에 온 목적'을 유일하게 받을 수 있는 분이라며, 딸의 예술지상주의가 인생을 더 살다 보면 바뀔 것이라고 얘기했던 적이 있었다. 아버지의 못마땅한 지적이 상기되었건만, 또 자신의 언어습관에 의해, '지상에 온 목적을' 여류작가였던 '버지니아 울프'에게 적용했다고 생각한 바이올리스트는, 빙그레 웃는 목사님을 잠시 바라보며 미안한 미소를 지었던 것이다.
 "오, 나의 친구 바이올리니스트! 예수님이 이세상에 온 목적은 뚜렷하지만, 버지니아 울프는 그렇지 못해요. 그녀가 문학으로 이 세상에 공헌을 했다고 해도, 그것이 그녀의 이세상에 온 목적은 될 수 없어요. 지상에 온 목적으로 어울린 분은, 오직 인류를 구원하기 위한 예수님 뿐이에요. " 수녀는 예술가를 너무 너무 치켜세우려는 바이올리스트의 표현방식을 완곡하게 지적했다.
 "저희 목사님의 생각과 흡사한 분이 또 있었네요?" 바이올리스트는 웃으면서 대응했다.
 "목사님께서 과거에 그같은 지적을 해주셨나 보군요. 마땅히 해주어야 할 나무람일 거예요. 훌륭한 바이올리스트가 된 지선 씨에게 아버지되는 목사님의 언급은 종교인으로서 사랑의 지적이라고 생각되는군요. " 수녀는 더없이 부드럽게 미소를 띠면서 얘기했다.
 "그래요. 이젠 언니의 지적도 사랑의 언급으로 들리는데요?" 바이올리스트의 얘기에는 약간의 비난이 어려있는 것 같았다.
 "제 얘기 들어봐요. 나는 신약성서를 전도할 때, 항상 예수님이 이세상에 오신 이유를 내면에 깔고 있어요. 이제껏 예수님에게 진지하게 바쳐진 문구였는데, 버지니아 울프에게도 이세상에 온 이유를 대며 찬미하니까, 왠지 어울리지 않는다고 생각했어요. " 수녀는 침착한 표정이었지만, 견해의 차이를 두고 쉽게 물러서지 않을 태세였다.
 "분명히 저는 버지니아 울프를 문학으로 국한시켜 이세상에 왔다고 했어요. " 바이올리스트가 대응했다.

"사소한 견해차이인 것이 틀림없지만, 그래도 진정한 목적을 띠고 이세상에 온 분은, 인류의 소중한 기쁨이신 예수님뿐이라고 생각해요. " 수녀는 예수님을 내세우며 얘기하기 때문인지, 자신있는 표정이었다.

"언니, 저는 불신자가 아니에요?" 바이올리스트는 수녀를 빤히 바라보았다.

"알아요. 그래서 우리는 다정한 친구잖아요. " 수녀가 대답했다.

"고마워요. 저는 언니의 친구이자 후배이고 목사님의 딸이에요. 예수님이 인류에게 소중한 분이라는 것을 잘 알아요. 저는 그분이 인간적일 때, 더욱 소중히 느껴져요. 그분은 이세상에 인간으로 내려왔어요. 그분의 인간적인 매력이 수많은 이들을 자신이 믿는 신념의 궤도에 선회시키고 있어요. 더없이 친근함을 엿보이기도 하는 분인데, 이 세상에 왔다고 하는, 그처럼 인간적인 문구를, 그림이나 선율, 문학에다 온 열정을 쏟아 인류에게 조그만 기쁨을 남긴 예술인들에게 적용하면 왜 어색해지는지 모르겠어요?" 바이올리스트는 침착하게 마음속에 깊이 숨은 논리를 폈다.

"아-아, 저는 오늘 바이올리스트에게, 앞으로 내가 사용하고싶은 좋은 얘기를 들었어요. 예수님에게만 있는 신념의 궤도! 그것은 인간이 만들 수 없는 영원한 궤도에요. 근원적이며 궁극적인 무엇이에요. 저는 그 궤도에서 영원성을 느껴요. 그분에게 있는 신념의 궤도에는 인간적인 면은 지극히 작을 거예요. 이천 년 전, 그분이 갈릴리 호숫가에서 활동했던 마당발 시절에도 그분은 신적인 역량을 내부에 지닌 인간적인 모습이었어요. 지금에 와서도 그분은 변함없이 따스한 체온을 지닌 인간이면서 신이에요. 우리는 오직 인류의 소망인, 우리에게 하늘나라를 약속한 그분만을 주님으로 그리워하면 되는 거예요. 두 주인을 섬길 수 없다고 했어요. 어려울게 뭐가 있어요. 우리의 영혼을 측은히 여긴 주님을 그리워하면 되는 거예요. " 수녀는 흑암마을에서 설교할 때처럼 다정하게 얘기했다.

"저는 비록 바이올리스트이지만, 그 비유를 목사님 딸답게 묵상했던 적이 있어요. 두 주인을 섬길 수 없다는 비유는 황금보다 하나님을 섬기라는 교훈이지요. 그 비유 속에는 영원한 외길이 뻗쳐있는 듯한, 두려운 필연성이 느껴지기도 해요. 저도 언젠가 예수님이 지상에 온 목적을 언니처럼 느낄 거예요. 그렇지만 현재의 저에게는 문학과 선율, 그림 들을 지상에 남기고 떠난 분들도 고귀하게 느껴질 때가 많아요. 저는 조금 전 C장조 선율을 연주하면서, 저기 타비스톡 정원 모퉁이에 외롭게 서있는 버지니아 울프의 청동 흉상(胸像)이 함께 들었으면 얼마나 좋을까를 생각했어요. 전적으로 언니만 생각하며, 언니에게만 바치는 선율이 되야 하는데 말이에요. " 바이올리스트는 자신의 연주가 일부 청동상에게도 향했다며, 수녀에게 미안한 심정을 토로했다.

"버지니아 영혼은 C장조 선율을 감상하겠다고 하였어요. 저는 조금 전, 저기 정원에 있는 청동상 앞에 서서 바이올린소나타를 감상할 수 있다는 버지니아 영혼의 음성을 들었습니다. 연주준비를 모두 끝내고 저를 기다리는 것 같아, 이 곳 로비로 가려고 했던 직전이었을 겁니다. "

중위는 버지니아 영혼과 많은 얘기를 나눴지만, 자신이 체험한 일을 더욱 극적으로 꾸미기 위해, 로비에 들어가기 직전, 청동상을 뒤돌아 설 때 그녀의 소리를 들었다고 했다.

"정원에 있는 청동흉상이 얘기를 했다는 겁니까?" 목사부인이 의아한 표정으로 반문했다.

"네. 청동상이 직접 얘기를 하지 않았지만, 신비한 기운이 그녀의 흉상을 감도는 가운데 그 내부에서 어떤 소리가 새어 나왔어요. " 중위는 지극히 일부만 얘기했다.

"저도 뭔가 들은 것 같은 데, …… 그 여류작가의 소리가 아닐까요?" 수녀도 대화를 나눴던 일을 숨기며, 관심있게 물었다.

"그렇습니다. 여류작가가 되기 이전의 아가씨 소리였습니다. 제가 꽃 묶음에서 가장 싱그러운 프리지어와 시내라리아, 백합과 장미를 한줄기씩 뽑아, 대리석과 청동상이 맞물린 평면에 놓고, 저의 여행목적이 버지니아 울프의 흔적을 찾는 일이라고 고백한 후에, 목과 어깨 사이에 손을 대자, 오랜 세월동안 기다렸지만, 진정으로 자신을 찾는 이는 중위님 뿐이라며 환영한다고 하였습니다. " 중위는 정원에서 있었던 일을 좀더 구체적으로 말해 주었다.
 "중위님은 버지니아가 열정적으로 작품활동을 했던, 가장 소중한 흔적이 남아있는 곳에서 너무 설렌 나머지 아침부터 그녀의 혼령 소리를 들었나 봐요?" 바이올리스트가 고개를 갸웃하며 의문시했다.
 "분명히 고운 햇빛이 흐르는 아침이었지만, 저는 그 여류작가와 대화를 나눈 것으로 생각돼요. 제가 아름다운 수녀님과 함께 런던에 왔다고 하자, 오십대의 원숙한 청동상은 자신의 내부에서 이십대의 청순한 음성을 새어 나오게 하는 신비함을 엿보이며, 저에게 다정한 미소를 지었습니다. " 중위는 더욱 진지해진 얼굴로 말했다.
 "혼령은 무언가 호소한다는데, 무슨 당부는 없었어요?" 바이올리스트가 물었다.
 "자신의 책을 읽었느냐고 물었지요. 저는 '댈리웨이 부인'과 '등대로'를 인상깊게 독서했다고 대답했습니다. 그녀는 이 타비스톡에서 자신의 정신이 가장 활발했던 시절에 집필한 작품들이라며, 내용이 인상적이라는 저의 대답에 감격한 것 같았어요. 제가 이곳 로비로 가려 하자, 자신을 다시 한 번 껴안아 달라고 하였습니다. " 중위는 자신의 내부에서 무언가 꿈틀거리는 것을 느끼며 대답했다.
 "비록 청동상이지만 남자답게 껴안아 주셔야지요?" 바이올리스트는 사실일까 하는 의문의 표정을 지으며 궁금해 했다.
 "팔로 감싸 주었습니다. 청동상의 귀볼 아래에 저의 **뺨**을 대고, 한동안 어깨를 감싸고 있다 가 뗐는데, 그 때 청동상에서 이런 얘기가 새어 나왔어요. 자신은 영혼이므로 장해물이 있어도 연주를 선명히 들을 수 있다고 했어요. " 중위는 침착하게 말했다.
 "청동상 앞에서 느낀 감회를, 실제로 여기고 싶으신가 봐요. "

목사부인이 너그러운 목소리로 얘기했다.

"아닙니다, 부인. 실제 있었던 일입니다. 유리창이 가로막고 있어도 자신은 영혼이기 때문에 환영연주회의 C장조 선율을 완전히 감상할 수 있다는 의미였어요. 그러면서 저의 겨안음을 잊지 않겠다고 하였습니다. " 중위는 사실임을 강조했다.

"아-아, 그래서 중위님이 로비로 걸어 들어올 때, 왜 그렇게 얼굴이 홍조를 띨까 하는 의문을 가졌는데, 이제 해명이 되는 것 같군요. 세상의 많은 고통을 지성으로 이겨낸 원숙미 넘친 오십대의 표정을 청동으로 본떴는데, 그런 영혼에 가까운 모습과 대화를 나눴다면, 우리가 모를 하늘나라 얘기는 해주지 않았어요? 예수님 얘기가 있었을 것만 같군요. " 수녀가 얘기했다.

그녀는 하늘나라에서 청동상을 통해 어떤 메시지가 있었는지 모른다고 생각했다. 돌덩이보다 더 굳은 청동상과 대화가 있었다고 진지하게 강조한 중위의 주장에 조금도 놀라지 않았다. 어둑해진 후이지만 자신도 청동상과 대화를 나눴기 때문이다. 중위가 그저 선명히 떠오르는 감회를 얘기하는 것이 아닐 거라는 것을 알고 있었다. 먼 곳, 하늘 깊은 곳에서, 버지니아 영혼을 관리하는 천사와 관련되어있기 때문이다. 천사의 능력있는 텔레파시가, 청동상이 된 여류작가의 굳어진 얼굴에 생전의 표정과 젊은 시절의 목소리를 줄 수 있는 문제라고 생각했다.

"그 청동상이 우리가 연주한 바이올린소나타를 감상하겠다고 했다면, 그 여류작가의 영혼이 자신의 청동상이 있는 타비스톡 정원으로 내려왔다고 밖에 생각할 수 없는데요?" 피아니스트 닉이 침묵을 깨고 영혼의 강림설에 무게를 주었다.

닉은 지난날 바이올리스트와 같은 문하생으로서, 세느 강물과 에펠탑이 멀지 않게 내다보인 시떼역 근처의 카페에서 피아노를 연주하며 생활하고있었는데, 절친했던 동료가 타비스톡 협연을 부탁하자 기꺼이 파리를 떠나 런던까지 찾아온 자였다. 그는 바이올리스트인 박 지선의 손을 잡은 체, 중위에게 시선을 주고있었다.

"저도 중위님의 얘기를 믿고 싶어요. 청동상이 우리의 연주에 귀를 기울였다는 것을요. 저희의 바이올린소나타가, 지난 세기의 이차대전 중에 이세상과 이별한 버지니아 울프의 영혼을 조금이라도 위로해주었다면 얼마나 큰 영광인지 모르겠어요. 그녀가 들었다니까 정말 마음이 설레는군요. 훗날로 미루면서 아직 읽지는 못했지만, 그녀가 남긴 문학 중에는 「현악4중주」라는 선율에 관한 주제도 있어요. 저희가 오늘 연주한 '레이날도 한'의 C장조 선율이 하늘에서 내려온 영혼에게 조금이나마 위로가 되었으면 해요. " 바이올리스트가 선율이 고조됐을 때 보냈던 그 눈빛을 다시 수녀에게 주면서 얘기했다.
 "두 분의 연주에 저는 물론이지만, 지상으로 내려온 버지니아의 영혼도 깊은 감동을 받았을 거예요. " 수녀가 바이올리스트의 얘기에 화답했다.
 "왜 갑자기 버지니아 울프가 이 자리에서 화제의 중심이 됐는지 모르겠군요. 문학도 좋아했던 저에 의해, 지상에서 이룬 그 여류작가의 업적을 그분에 대한 추억처럼 떠올리며 저의 음악환경이 꾀 두텁다는 것을 조금 자랑했을 뿐인데, ……중위님이 청동상과 대화를 나눴다는 것과 맞물려 심화된 것 같아요. 그렇지만 오늘 저희 연주는 전적으로, 「막달리아의 꿈」을 번역해준 언니에게 바쳐져야 마땅해요. "
 바이올리스트의 미소가 수녀를 향하자, 모두는 박수를 쳐주었다.
 "얘기 잘했다. 그렇고말고. 내가 온 마음을 집중해 쓴 「막달리아의 꿈」을 번역해서 출판해준 서 정애 전도사님의 노고에 대해, 너희가 정성을 다해 연주한 바이올린소나타가 조금이라도 위로가 되었으면 하는 바램이다. " 목사가 헛기침을 몇 번 하면서 얘기했다.
 "목사님, 저를 위한 바이올린과 피아노의 협연, 정말 아름다운 선율이었습니다. 이렇게 타비스톡 호텔로비에서 저를 환영해주는 연주를 들을 줄은 꿈에도 몰랐어요. 저는 이 아름다운 모임을 예수님과 성모마리아님에게 바치고 싶어요. 그리고 저의 이 기쁨을 목사님 내외분과 여기 옆에 앉아 있는 중위와도 나눠 갖고 싶구요. " 수녀는 넘치는 고마움을 혼자 차지하기엔 과분하다는 듯 얘기했다.

"아버지?" 바이올리스트는 목사를 바라보았다.

"왜 그러지? 사랑스런 딸아!" 목사는 애정 어린 웃음을 지으며 딸의 눈과 마주쳤다.

"저는 언니와 중위님을 저의 소중한 음악환경에 아름다운 추억으로 넣고 싶어요. "

"그렇게 되면, 네 음악적인 환경이 더욱 다양해지겠는걸. 네가 자주 얘기한 예술인들을 아빠는 어느 정도 기억하고있다. " 목사가 얘기했다.

"아빠가 얼마나 저의 넋두리를 기억하고 있는지, 알고 싶은데요?" 바이올리스트는 무척 궁금해 했다.

"사랑하는 딸의 넋두리를 어느 정도는 기억하고있지. 전쟁으로는 일 이차 대전, 작가로는 마르셀 프루스트, 버지니아 울프, 어니스트 헤밍웨이 등이 있고, 작곡가로는 바흐 에서 모짜르트를 지나, 브람스, 드뷔시, 레이날도 한 에 이르기까지 무척 많았지. 그리고 흑암마을의 추상화가도 네 음악환경에 들어있다는 걸 알지. 이제 전도사님도 들어갔으니, 그림, 선율, 문학에 이어 종교까지 포함되어 꾀 복잡해지겠다는 거야. " 목사가 얘기했다.

"고마워요, 아빠. 저에게 깊은 관심을 가져 주셔서요. 어느 정도 맞아요. " 바이올리스트가 밝은 표정으로 얘기했다.

"흑암마을의 추상화가가 들어간 것은 전혀 예상할 수 없는 일인데요?" 중위가 궁금해 했다.

"그렇다네. 그 사람 한동안, 서 정애 전도사님의 설교장소에 따라다녔다네. " 목사가 대답했다.

"대단한 불신자로 알고 있는데요?" 중위가 덧붙였다.

"불신자인걸 저도 잘 알고 있어요, 중위님. " 수녀가 관심있게 얘기했다.

"수녀님도 고독해 보인 그 화가를 알고 있었군요?" 중위가 고개를 갸웃하며 물었다.

"네. 그 추상화가는 제가 복음을 얘기하는 곳에 자주 나타나, 저의 설교스타일이 인상적이라며, 설교 때, 두 손으로 할 수 있는 제스처나 목소리의 고저(高低)에 대한 자신의 생각을 얘기해주기도 하는데, 일리가 있기도 해서 그분의 권유를 참고하기도 했어요. 그런데 하나 둘 들어주다 보니까, 어떨 때는 저의 매니저 역할을 하려 드는 것 같아서 일정한 간격을 두고 있어요." 수녀는 흑암마을을 떠올리는 듯, 먼 하늘을 바라보며 얘기했다.
 "저는 둑길에서 그분을 뵈면, 같은 불신자 부류로 들어가기 때문에 반가워했는데, …… 수녀님에게 자신의 어떤 특이한 생각을 얘기하지 않았습니까?" 중위가 물었다.
 "고독해 보였어요. 과거를 회상하는 듯한 외로움 같은 것이 항상 엿보였어요. 아, 특이한 과거를 가지고 있는 것 같은 얘기를 했어요. 단테에게 잊지 못할 베아뜨리체가 있었듯, 자신에게도 '이모르뗄'이라는 그리운 여인이 있었다는군요. 이모르뗄은 자신을 믿는 수많은 영혼들을 이끌며 백조성(북십자성)의 가장 큰 영역을 다스린다는군요. 추상화가는 그녀의 소식을 텔레파시로 알 수 있었다고 했습니다. 그리고 북십자성의 어느 청아한 카페 거리에서 누군가 이모르뗄과 연인의 행진을 하는 자가 있었는데, 알고 봤더니 지상(地上)에서 많은 사람들이 믿는 '예수님'이라고 얘기해서, 실없는 상상이라고 생각하며 웃고 말았던 적이 있었어요. 신비한 별자리를 무대로 우리의 소망이신 예수님을 깎아내리는 실없는 얘기도 하늘에 대한 죄에요. 아무래도 오십대의 고독이 만들어 낸 상념으로 이해할 수 있어요." 수녀는 추상화가가 가까이 있는 듯한 진지함으로 얘기했다.
 "그것 보세요. 저도 불신자이지만, 그 추상화가 분은 기독교에 관한 터무니없는 주관을 가지고 있어요. 제가 버킹검 궁 가까이 있는 성 제임스공원에서 수녀님의 우두머리하고 운운하며, 예수님을 비하했던 표현도 사실은 둑길에서 만난 추상화가에게서 들은 겁니다. 그 사람은 가끔 둑길의 벤치에 앉아 천 건너편을 바라보며 소주잔을 기울이곤 했는데, 종달새 노래하는 봄날엔가 저를 보자 잘됐다는 듯 옆에 앉으라고 했어요. 제가 앉자마자 화가는 예수님의 경제(금융)정책을 비난하기 시작했습니다. " 중위는 수녀가 말허리를 끊는 바람에 잠시 입을 다물었다.
"복음서에서 주님은 경제정책같은 것을 내놓지 않았는데요?" 수녀는 의아한 표정으로 물었다.
"마태복음에 나오는 가르침을 가지고 트집을 잡은 것 같아요. 자기 자신을 위해서 지상(地上)에 보화를 쌓아 두지 말라. 하늘나라에 너희 자신을 위해 보화를 쌓아 두라. 이같은 가르침인데, 어떤 나라의 정부가 이런 식으로 경제정책을 펴면 5년도 안돼 국가를 말아먹을 거라며, 구체적인 하늘금고를 제시하고 물가 연동에 따른 이자도 제시해야 된다는 겁니다. 이세상의 모든 목사들도 은행에다 보화를 저축하며 비밀번호까지 붙여 놓는데, 막연히 하늘나라에 쌓아 두라면, 후대의 그 어느 나라도 국민들에게 권유할 수 없는 경제정책이라는 겁니다. "
"추상화가는 주님의 참다운 도덕률을 경제정책으로 오해했나 봐요. " 수녀는 터지는 웃음을 참으면서 얘기했다.
"그러게 말입니다. 둑길에서 저를 붙들고 끝없이 계속할 것 같았습니다. 그 때 추상화가는 술 정신인지 몰라도, 예수님을 부유한 목사님들의 우두머리라고 했습니다. 성 제임스공원 연못가에서 저도 모르게 수녀님의 우두머리라고 했는데, 다시 한 번 사과 드립니다.
"아니에요. 그 때도 자신의 잘못됨을 사과했잖아요. 괜찮기 때문에 오늘 연주회에 초대되었고, 나의 친구인 바이올리스트의 추억에 들어갈 수 있는 거예요. " 수녀가 얘기했다.
"그래요, 중위님. 저의 언니의 마음을 살 수 있는 분은 누구를 불문하고 저의 음악환경이자 추억이에요. " 바이올리스트가 함박미소를 지으면서 중위를 바라보았다.
"그럼, 좋은 추억이 될게다. 그렇게 되는게 당연하다. " 부인이 딸의 어깨를 감싸 주면서 얘기했다.
"추억이면 몰라도 음악환경에 들어간다는 것은 저로서는 과분한데요. 저는 레이날도 한 같은 음악가가 아니기 때문이에요. 자격은 없지만, 그래도 후배가 소중히 여기는 가치 속에 포함되니까 기뻐요." 수녀가 얘기했다.

"그렇습니다. 저도 바이올리스트의 음악환경에 문학이 포함된 이유를 이해합니다만, 저 역시 프루스트나 울프, 헤밍웨이같은 작가가 아니기 때문에, 그녀의 음악환경에 들어간다는 것은 과분합니다." 중위는 수녀의 겸손한 사양을 거들었다.

"그렇지만 제 딸은, 앞으로 그 C장조 선율을 연주할 때마다 자연스럽게 두 분이 떠오를 텐데요. 그렇다 보면, 두 분이 자신의 음악환경 속으로 들어올 수 있다는 것을 예견하고 얘기한 것일 겁니다." 목사가 웃음이 가득 찬 얼굴로 딸을 바라보며 얘기했다.

"그래요. 우리 딸의 음악환경은, 결코 고상한 역사적 인물만이 아니랍니다. '레이날도 한'만 해도 일차대전 전후로 생계를 유지하기 위해 노래와 작곡을 했던 시절이 있었나 봐요. 스승의 스승되는 분의 무명시절을 안타깝게 여긴 저의 딸은, '레이날도 한'이 작곡한 대표적인 C장조 선율을 곳곳에서 주요 레퍼토리로 연주하고 음반까지 냈답니다. 그런 면으로 볼 때, 이처럼 유서 깊은 호텔의 로비에서 두 분이 조금 전 바이올린소나타를 주의 깊게 경청해준 일만으로도 제 딸의 음악적인 추억에 새겨질 겁니다." 목사부인이 차분하게 얘기했다.

"오늘 이 연주회는 저를 위해 열렸어요. 로비에 있는 모든 사물, 창 밖의 정원이 저에게 새롭게 내비치며 환영해주는 것 같아요. 아무리 마음을 가라앉히려 해도 C장조 선율이 바이올린과 피아노의 협연으로 흘러나올 때는 무척 설레었어요. 저의 주님이 가까운 곳에서 우리를 지켜보는 느낌도 들었구요. 저는 오늘 타비스톡의 가장 귀한 손님임이 틀림없어요. 서쪽나라를 찾아온 저에게 바이올리스트와 피아니스트는 잊지 못할 추억을 선물해주었습니다. 목사님 내외분 덕분이라고 생각해요." 수녀는 일어나서 일행에게 고개 숙여 인사를 한 후 다시 앉았다.

"버지니아 울프의 흔적을 찾기위해 온 저에게도, 수녀님을 위한 이 자리는 인상적이었습니다. 그 C장조 선율은, 일 이차라는 거대한 전쟁의 그림자 속에서 작곡되었을 텐데, 무척 밝군요. 버지니아 울프는 끊임없이 전쟁을 일으키는 남성들을 원망하였고, 보기 드문 반전주의자였습니다. 그녀는 타비스톡 정원과 연결된 과거의 깊은 곳에서, 자신의 시대적 배경과 맞물린 바이올린소나타를 듣기위해 보이지 않는 영혼으로 저의 옆에 앉아 있는 느낌이 듭니다. " 선율의 여운에 귀를 기울인 듯한 중위의 얘기였다.

"중위님 옆에는 제가 앉아 있는데요. " 수녀는 부드럽게 반응했다.

"잠시 버지니아 울프로 생각했다면 잘못된 걸까요?" 중위는 떨어진 수녀의 손을 다시 잡으면서 말했다.

"세속의 끝 자락은 참 변화가 심하군요. " 수녀는 중위에게 잡힌 자신의 손을 내려다보면서 말했다.

"수녀님은 왜 세속의 끝 자락이라고 얘기하는 겁니까?" 중위가 물었다.

"그렇게 얘기하고싶어서 그래요. " 수녀는 내용이 빠진 대답을 곧바로 했다.

이 때 목사가 일어나 큰 기침소리를 내며, 분위기를 전환시키려 했다. 그러자 바이올리스트가 일어나, 내심 품고있는 생각을 정중히 털어놨다.

"여러 분 오늘의 피날레가 남아있습니다. 여러 분 앞에 선보일 멋진 무도(舞蹈)입니다. 저와 피아니스트가 '전쟁과 평화'의 영화 장면에서 가장 인상적인 '나타샤의 춤'선율을 연주하면, 전도사 언니와 중위님이 엊그제 우리에게 잠깐 보여 주었던 그 춤을 더욱 멋지게 보여 줄 거예요. 두 분은 분위기를 즐겁게 하기위해 일어날 거예요. 무대주변에는 삐에르, 마리아, 로스토프 백작부부가 지켜보고 있다는 것을 유념해주세요. 자, 멋진 두 분, 안드레이 공작 (김 해식 중위)과 백작따님인 나타샤 (서 정애 전도사)께서는 저의 권유를 받아 주지 않으시렵니까? 아! 두 분이 일어났군요. 서로 진지하게 마주보며 인사를 나누세요. 정말 잘 어울린 연인처럼 보이네요. "
 웃음과 박수소리가 상대에게 정중히 고개를 숙인 둘 이를 감쌌다.
 영화에서 평화의 아름다움을 그려 낸 '나타샤의 춤'선율이, 바이올린으로부터 연주되기 시작했다.
 둘이는 떨어졌다가 다시 가볍게 붙잡고, 조그마한 원을 그리기 시작하면서 무대를 자유롭게 선회하고 있었다.
 "수녀님, 우리의 춤은 버지니아 울프의 영혼을 구하기 위한, 예정(豫定)된 것입니다. " 중위가 말했다.
 "놀라운 일이군요. 또 다른 예정은 없었어요?" 수녀는 서로의 몸이 가까이 근접할 때 물었다.
 "네. 그렇지만 영혼이 수녀님의 마음에 안착하기까지, 여러 일이 예정으로 진행되는 것인지 저도 의문입니다. "
 이때 빨라진 선율에 따라, 수녀는 홀로 떨어진 상태에서 자연스럽게 몸을 회전하는 동작을 반복했다. 이 때문에 치마 단이 부챗살처럼 펴지는 순간, 선율을 타고 무릎과 다리가 중위를 따라가려는 어떤 관성에 의해 휘어지면서, 모든 시선을 잡아 다니는 공간의 구심으로 엿보였다. 그 엿보임은 무도(舞蹈)의 조화를 창조해 낸 짧은 순간이지만, 그럴과 프런트에 서있는 손님들에게서 가느다란 탄성이 나왔다. 둘이는 다시 가까워지며, 서로의 어깨와 허리에 손을 가볍게 접촉했다가 미소와 함께 떨어지는 것을 반복하면서, 창 가 쪽의 매끄러운 로비바닥까지 거의 활용하며 춤을 추기 시작했다.
 "중위님이 아침에 정원에서 있었던 일을 저는 불신하지 않아요. " 수녀가 얘기했다.
 "바이올리스트처럼 의문시하지 않고 믿어 줘서 고맙습니다. 중요한 것은 버지니아 영혼이 바로 이 자리에서 우리의 춤을 함께 느끼고 있다는 것입니다. 그 영혼은 예수님을 따르는 수녀님의 마음에 안착하기위해 적응하는 노력을 하는 중입니다. " 중위가 수녀의 허리를 힘있게 잡아당기며 말했다.

"영혼의 안착지라는 중위님의 그 말은 저에게 과분하지만, 조금도 의심하지 않을게요. " 수녀가 얘기했다.

선율은 레가토로 끊어질 듯 이어지면서, 둘 이에게 매끄러운 로비바닥을 자유롭게 선회하게 했다.

"버지니아 영혼이 중위님을 따라온 것이 느껴져요. 저에게 조금 있는 예지력으로 마음을 집중하면, 영혼의 존재를 짐작할 수 있어요. 아, 중위님에게 버지니아 영혼이 함께 있는 것이 느껴져요. " 수녀는 숨차게 얘기했다.

"힘들어 보이는데요? ……그만, ……그칠까요?" 잠시 동작을 낮춘 중위는 수녀의 팔을 잡은 체 물었다.

"아니에요. 나타샤의 춤 선율은 곧 끝나요. 참 매력적인 선율이에요. " 수녀가 대답했다.

"그렇습니다. 톨스토이는 나타샤를 무도회에 등장시켜 평화의 상징으로 그려 낸 것 같습니다. " 중위가 말했다.

"은막에 흐르는 선율에 맞춰, 이렇게 춤을 추니까 제가 나타샤라도 되는 기분인데요?" 수녀는 미소를 지었다.

"저 역시 안드레이 공작이라도 된 기분입니다. " 중위도 미소를 지었다.

"선율이 마지막을 장식하고 있어요. 자리에 같이 앉겠지만, 우리는 서로를 향해 정중하게 인사를 나누고, 얼마 안된 방청객에게 미소로 화답한 후 소파에 앉아야 해요" 수녀는 유종의 미에 대해 주의를 했다.

순간의 시차를 두고 프런트와 그릴, 목사부부에게서 박수소리가 났다. 선율의 사라짐과 함께 둘 이가 춘 나타샤의 춤은 끝났다. 둘이는 가벼운 목례를 나누고, 주위에 미소를 보낸 후 자리에 앉았다. 바이올리스트는 악기를 한 손에 들고, 피아노 쪽으로 걸어갔다. 주된 바이올린 연주에 좌측 건반으로 조용히 활기를 불어넣어 준 피아니스트가 의자에서 일어나 협연한 바이올리스트의 팔을 잡고, 귀를 기울인 프런트와 그릴의 이름 모를 이들에게 웃음의 인사를 보낸 후 자신들의 자리에 앉았다.

목사가 일어나 얘기하기 시작했다.
「신사숙녀 여러 분, 그릴의 식탁으로 자리를 옮겨야겠습니다. 식사시간이 되었군요. 전도사님과 중위께서는, 점심 후 어딘가에 가서 두 분 만의 얘기를 나눌 필요가 있을 겁니다. 흑암마을 전도사님이 오늘밤 아홉시 반 귀국 비행기에 탑승하기 때문에, 오후의 충분한 시간을 두 분에게 드리려는 겁니다. 공항으로 출발하기 세 시간 전에 저의 가족 중 누군가 전도사님에게 연락을 할 것입니다. 저희는 더없이 소중한 전도사님을, 공항까지 배웅하고, 거기서 파리로 떠날 생각입니다. 자 그러면 예약된 그릴의 식탁으로 갑시다.」

일행은 종업원들이 분주히 움직이는 그릴로 들어섰다. 붉은 카펫이 깔린 통로를 통해 식탁이 줄지은 안쪽으로 걸어갔다. 수녀의 귀국일정을 갑자기 들은 중위는 놀랬지만, 흑암마을에서 재회할 수 있는 수녀와의 이별시간을 오후에 충분히 주고 싶어하는 목사님의 후덕(厚德)한 얘기에 희망을 품고, 오후를 떳떳한 연인처럼 지내도 되겠다는 생각을 했다. 수녀가 바로 옆에 걷고 있었다. 계속 자신의 옆에 있고 싶어하는 것 같았다. 중위는 옥스퍼드 가로에 있는 백화점에서 수녀에게 줄 선물을 구입했지만, 아직 얘기하지 못한 채, 왼쪽 어깨에 걸친 작은 가방 속에 들어있는 것을 떠올렸다. 꺼내 줄 적절한 시간이 없었기 때문이었다. 그는 곧 이르게 될, 식탁의 의자에 앉을 때까지, 옆에 있는 수녀의 손을 다시 잡았다. 수녀의 착잡한 심경이 그 부드러운 손으로 모아지며, 자신에게 전이되는 것을 느꼈다. 수녀도 그 비밀스런 감각의 전이를 느꼈다. 온 신경으로 파고드는 감정의 교류 속에서 둘이는 오후가 어떻게 될 것인지를 생각하고 있었다.
중위는 둘 이에게 주어진 오후에 영혼의 이동이 이루어져야 한다고 생각했다. 자신에게 깃든 영혼이 빠져나갈 기회는 오후 밖에 없다. 버지니아 영혼은 오후에 일어날 일을 예지하며 숨죽인 채

기다리고 있는지 모른다.
 일행이 종업원의 안내로 예약된 식탁에 앉자마자, 수녀는 통로를 지날 때, 서로 붙잡은 손을 통해 중위와 자신 사이에 활발히 오갔던 감정의 교류에서 지고지순한 신비같은 것을 느꼈지만, 어떻게 표현할 수 없었다.
 "왜 여류작가의 흉상이 저 곳에 세워졌지요?"
 수녀는 표현할 수 없는 신비와 관련된 것 같은 청동상을 손으로 지향하며 일행에게 물었다.
 "제가 대답하겠습니다. " 중위는 양해를 구하려는 듯, 목사부부와 바이올리스트를 향해 목례를 하면서 말을 이었다. "저는 아침에 정원의 입구에 세워진 게시판의 내용을 읽어보았습니다. 여류작가의 흉상이 남서쪽 코너에 세워진 이유는, 그녀가 바로 그 곳이거나 그 근처의 어느 주택을 사들여 서재를 새롭게 꾸미고, 자신의 대표작들을 구상해서 완성시켰기 때문입니다. 「댈리웨이 부인」 「등대로」 「올랜도」 등이 바로 이 곳 타비스톡에서 나왔습니다. 어느 곳보다 혼신의 힘을 다 바쳐 집필했던 곳으로, 그녀의 흔적이 짙게 배여있기 때문일 겁니다. " 중위는 아침에 보았던 정원입구의 게시판 내용을 그대로 떠올리며 대답했다.
 "저쪽 맞은편의 다른 여인상에 비하면 너무 초라해 보여요. " 목사부인이 궁금히 여기며 말했다.
 "저도 그렇게 느껴졌습니다. 2004년에야 세워졌더군요. " 중위는 청동흉상을 받치고 있는 크지 않는 직육면체의 대리석 하단의 음각된 년 월 일을 기억해내며 대답했다.
 "다시 묻고싶어요. 정말 아침에 버지니아의 목소리를 들었어요?" 바이올리스트는 타비스톡 정원 쪽으로 눈길을 주며 낮은 음성으로 물었다.
 "네. 들었을 뿐만 아니라 대화를 나눴습니다. " 중위가 대답했다.
 "그 여류작가에 대해 환청을 느낄 만큼, 어떤 커다란 동기가 중위님에게는 있었는지요?" 바이올리스트가 웃으면서 실제일 수 없다는 듯, 고개를 가로저으며 의문시 했다.

바이올리스트의 애기가 중위에게는 모욕적으로 들렸다. 환청(幻聽)을 애기하는 이상한 사람으로 취급하려는 태도이기 때문이다. 그녀의 수녀에 대한 우정은 dike(남성적인 여성으로서의 관계)한 적극성이 엿보였다. 그런데 중위가 수녀의 마음을 온통 차지하는 것에 대한 경계심이 그녀에게 나타난 것 같았다. 중위는 바이올리스트의 애기에 대응하지 않았다.
  이때 목사부부가 미리 주문한 점심이 나오기 시작했다. 여섯이 마주보고 앉아 있어도 여분이 많이 남아보인 직사각형 식탁에는 제비꽃 무늬들이 배여있는 듯한 고급식탁보가 씌워져 있었고, 종업원들은 그 위로 주문한 점심을 재빨리 갔다 놓았다. 세심하게 신경을 쓴 식단의 요리였다. 생선, 육류, 싱싱한 채소들이 풍성히 놓이면서 그들의 입맛을 돋구게 했다. 목사가 일어나 수녀에게 간단한 기도를 부탁했다. 수녀는 조용한 미소를 띠며 일어났다. 그녀는 잠시 손을 가슴에 모으며 잠시 천정을 바라본 후, 기도하기 시작했다.
  「여러 분, 삶은 이처럼 즐겁습니다. 저는 신약성서를 읽을 때마다 하늘나라를 향한 인간의 부단한 삶을 느끼게 됩니다. 우리는 주님이 이끄는 삶의 강물을 따라 흐르고 있는 작은 물줄기들입니다. 그 동안 저는 흑암마을에서 예수님의 가르침인 복음서를 전도했습니다. 허무와 공허에 잠긴 이들에게, 그것을 이겨내는 삶을 강조했습니다. 험난한 삶을 받아들이면서 공허와 허무를 헤쳐 나가라고 했습니다. 복음서의 힘에 의해 흑암마을을 떠도는 많은 이들이 공허와 허무를 벗어났습니다. 저의 부족한 설교들이 주님에게 닿아, 그들에게 희망을 준 것입니다. 그러한 노력의 대가인지 몰라도, 오늘 이렇게 희망으로 가득 찬, 제비꽃이 그려진 식탁에서 여러 분과 중식을 하게 되는 즐거움을 갖게 된 것 같습니다. 저를 항상 관심있게 지켜보신 목사님 내외분, 저와 변함없는 우정을 나눈 바이올리스트, 파리에서 저의 환영연주를 해주기 위해 도버 해협을 기꺼이 건너온 닉, 그리고 버지니아의 영혼을 저의 마음에 안착시켜주겠다는 김 해식 중위님, 모두가 하늘나라를 향한 길에서 희망을 잃지 않는 삶이 지속되기를 기도 드립니다. 하늘과 주님의 축복이 이 자리에 내리기를 기원합니다.   아-멘. 」

 일행의 식사가 거의 끝날 무렵, 바이올리니스트는 중위에게 타비스톡 정원에 나오는 유령얘기를 더 해 달라며 웃기 시작했다.
 "믿어 주지 않을 것 같아, 지각했던 많은 일을 마음에 숨긴 채 얘기했다면, 더 놀라겠군요. 사실 저의 키 높이쯤 되는 흉상은, 서있는 제 손이 자연스럽게 닿을 수 있어서, 저는 청동흉상의 목과 어깨를 쓰다듬었습니다. 흉상은 무상한 세월 속에서 외로움에 의해 굳어진 자신이, 저의 손길에 의해 풀어졌다며 고마워했어요. " 중위는 청동상과 함께 했던 정원의 아침을 뒤돌아보며, 떠오르는 사실을 말했다.
 "중위님이 런던에 와서 유령을 보았나 봐요. 겁이 많은 사람은 유령을 보게 되는 거예요. 유령은 겁이 많은 이한테 나타나거든요."
 그렇게 말한 바이올리스트는 소리내어 웃기 시작했다. 피아니스트도 그녀의 웃음에 전염된 것처럼 웃었다.
 "지선아, 그만 그쳐. " 목사부인이 나무라는 표정으로 딸을 바라보았다.
 "뭐라구요? 제가 겁쟁이라구요?" 중위가 바이올리스트를 못마땅히 바라보았다.
 "꼭 중위님이라기보다, ……유령은 겁이 많은 사람한테 나타난다고 들은 적이 있어서 한 얘기에요. " 바이올리스트가 굽히지 않고 대응했다.
 "그게 그거지 않고 뭡니까?" 중위는 크게 실망한 표정이었다.
 잠시 생각에 잠긴 중위는 가방을 어깨에 메고 로비로 나가더니, 회전문을 밀고 행길을 건너서 타비스톡 정원으로 들어가 버렸다. 수녀도 일행에게 양해를 구한 뒤, 일어났다. 미안한 표정을 짓는 바이올리스트를 잠시 두 팔로 감싸 준 수녀는, 그녀에게 두 잔의 커피를 종이컵에 채우게 한 후, 양손에 플라스틱 뚜껑이 덮인 컵을 들고 중위가 있는 타비스톡 정원으로 갔다.

12

 둘이는 청동상이 눈앞에 보이는 나무벤치에 앉았다.
 "저는 중위님이 보고 들었던 새로운 일들을 믿어요. 가능한 상상이 되어요. 그 여류작가와 있었던 중위님과의 여러 일들이 사실이라는 것을요. 청동상 내부에 갇힌 영혼이 중위님의 손길에 의해 풀어지면서 밖으로 나와, 만년의 굳어진 자신흉상을 유심히 바라볼 수도 있다는 것도 믿어요." 수녀가 얘기했다.
 "서 정애 수녀님은 가능한 생각을, 부정하지 않고 흡사하게 그려보려는 편이군요. 저는 떠도는 영혼에 입혀진 젊은 시절의 버지니아를 어제 옥스퍼드 가로에서 만났습니다." 중위는 진지하게 말했다.
 "극동 먼 곳에서 자신의 흔적을 찾겠다고 온 중위님에게 감동해서일까요?" 수녀는 가능하지 않는 현상을 사실로 받아들이려는 표정이었다.
 "그랬는지도 모릅니다. 백화점 건물로 생각되는데, 그리스 건축물처럼 보인 기둥에서 아가씨처럼 꾸민 체, 저를 기다리고 있었습니다. 그 때부터 저와 버지니아 아가씨는 사상 유례가 없는 연인의 행진을 하게 된 것입니다. 영혼과의 데이트입니다. 그 백화점에서 쇼핑을 한 후, 우리는 옥스퍼드와 본드 가로를 지나서 템즈강변의 나무벤치에 앉아 웨스트민스터의 빅벤 소리를 함께 들었습니다. 얘기를 모두 하자면 오후 내내 해도 부족할 것 같군요. 분명한 것은 저에게 나타난 버지니아 울프의 모습이, 이십대의 젊은 모습이라는 겁니다. 한창 문학을 꿈꾸며 습작할 시기로 보였어요. 런던 도심에 있는 온갖 사물이 그녀의 수직적 의식으로 주어지며, 이야기로 구체화될 시절의 무언가 간구하는 표정이었어요." 중위가 말했다.

그는 어제 오후와 아침에 있었던 버지니아 영혼과의 일을 좀더 정확히 얘기하고 싶었으나, 그럴만한 상황이 아니어서인지 부분적으로 상기될 뿐, 일목요연한 전체가 펼쳐지지 않았다.

"그 경우, 흔히 사람들은 유령을 보았다고 할지 모르겠으나, 하늘나라를 믿는 저는 어떤 이유인지를 불문하고 그 나라로 오르지 못한 여류작가의 영혼임을 느낄 수 있어요. 서울의 흑암마을에도 오르지 못한 어린 소녀 영혼들이 서점가나 선율의 거리를 떠돌다가 해가 진 후 흑암마을로 깃든 것을 저는 보았어요. 런던에도 그같은 영혼들이 많을 거예요. 오르지 못한 버지니아 울프의 영혼이, 자신의 흔적을 찾으려는 중위님에게 나타난 것은 가능한 현상이라고 봐요." 수녀가 얘기했다.

"종교감정으로 충만한 수녀님의 느낌은 놀랍도록 정확하군요. 그렇습니다. 오르지 못하고 런던 도심을 매일처럼 배회하다 해가 지면 타비스톡 정원으로 귀가하는 단조로운 나날을, 자신의 사후 육십 년 이상 정원의 남서쪽 코너에 심어진 활엽수 나무가지에 깃들곤 했는데, 2004년부터 거기에 세워진 자신의 흉상에서 밤을 보낸다고 했습니다. 생전의 영예로운 입장과는 너무나 달라서 측은했습니다. 특이한 일은, 아침마다 그녀의 영혼이 셋으로 희미하게 분리되어 도심에 있는 세 개의 공원으로 나갔다가, 해가 진 후, 자신의 흉상에서 다시 하나로 모아진다고 했습니다."

"왜 그렇지요?" 수녀가 물었다.

"생전에 문학에 파고드는 투쟁적인 집념과, 스스로 죽음을 결심할 때, 돌덩이를 상의주머니에 채우고 강물 속으로 걸어 들어간 독한 마음의 소유자로 보기 때문인가 봅니다." 중위가 대답했다.

"그렇다고 셋으로 나눠지는 이유가 될 수 있을까요?" 수녀는 의문이 풀리지 않는다는 투였다.

"생전에 남다른 의식이 마음에 세차게 흘렀던 그녀의 영혼이 행인들을 해칠지 모른다는 이유 때문인데, 천사(天使)에 의해 그렇게 된 것입니다. " 중위가 들었던 일에 대해 진지하게 얘기했다.
 "아! 그래서 그녀의 영혼은 셋으로 나누어질 수 밖에 없는 수모를 겪고 있나 보군요. " 수녀는 동정심이 어린 여성특유의 표정으로 얘기했다.
 "정말 이상한 현상이지만 저는 버지니아의 영혼과 대화를 나눈 최초의 사람일 겁니다. 저는 또 다른 중요한 일을 알게 되었습니다. 그녀는 자신의 영혼이 하늘나라에 오르지 못한 것은, 우즈강 돌덩이가 붙어 있기 때문이라고 했어요. 버지니아는 타비스톡에서 자신의 영혼을 정화시키려고 애쓴 것 같았습니다. 자신의 대표작들을 썼던 곳이 타비스톡이었어요. 이십대의 아름다운 시절, 도심의 공원과 가로들을 산책하며 자신의 문학에 도움이 될 사물들을 기억의 그물망으로 채집한 후, 자신의 의식에 접목시켜 새로운 흐름을 창조한 곳이 타비스톡입니다. 그 때는 결혼한 후였지요. 그녀는 당시 여러 나라에 의학적으로 자리잡은 프로이트의 정신분석학에도 깊은 관심을 가졌지만, 그 이론을 자신의 문학에 표면적으로 깃 들게 하지 않았거니와 관련된 사건을 쉽게 찾을 수도 없습니다. 저도 울프의 소설을 깊이있게 독서하지는 못했어요. 「댈러웨이 부인」과 「등대로」는 참으로 평이한 일상 같았고, 「올랜도」는 남성이 여성으로 변모한 양성론적인 과정을 그렸으며, 「파도」는 아침해가 떠서 질 때까지를, 등장인물들의 일생으로 그린 것 같아요. 파도는 쉬운 문체지만, 그녀의 소설 중 가장 현대적이라고 평할 만큼 울프의 내심(內心)에 흐르는 무엇이기 때문에, 울프와 추억을 공유한 남편이나 친구들이라면 모를까, 쉽게 이해되지 않는 문장들이 곳곳에 끼여 있습니다. 그래서 저는 '파도'를 독서하지 못한 것으로 생각하고 있습니다. 동아리의 이야기이기도 한 '파도'에는 성장해서 창녀의 길을 걷게 된 '지니'라는 소녀도 등장합니다. 좀더 솔직해지고 싶은 버'지니'아는 자신의 이름에 포함된 두 글자인 '지니'를 의도적으로 등장시켜 자신의 바닥에 흐르는 비밀스런 의식을 암시하려 했는지 모릅니다. 여류작가에게 깃든 의식의 작은 부분인지는 모르겠지만, 지니 가 걷는 창녀의 길은 시적이며, 순수하고 아름답게 그려져 있더군요. 서정애 수녀님, 얘기가 길어졌는데, 현실적이지 않는 저의 신비한 체험과 생각을 주의 깊게 귀 기울여주는 모습, 잊지 않겠습니다. 다시 얘기한다 해도 어제 오후부터 오늘 아침에 있었던 신비한 체험은 사실이며, 울프의 소설에 대해 얘기한 것은 나름대로 파악한 생각에 불과한 것입니다. 버지니아 영혼은 어제까지 런던 도심의 현실속에서 피카딜리 라인의 지하철을 타기도 하였고, 공원의 숲속을 요정처럼 헤맸으며, 옥스퍼드와 본드 가로를 걷는 일을 반복했지만, 오늘부터 하늘에 오를 수 있는 희망을 가지게 됐습니다." 중위는 더욱 열정을 띠었다.

"다행이에요. 저도 울프의 영혼이 하늘에 오르도록 최선을 다할게요. " 수녀가 침착하게 얘기했다.

"울프의 영혼은, 수녀님의 최선을 다하겠다는 얘기를 들으며 진실로 고마워할 것입니다. 좀더 얘기를 계속할게요. 조금 전 얘기했지만, 타비스톡은 울프에게 체험된 자유로운 의식들을 선별해서 이야기로 구성시킨, 문학의 꿈이 결집된 둥지입니다. 울프는 이곳에서 자신만이 해낼 수 있는 문학의 건축물을 완성시키기 위해 시간을 다투며 노력했을 겁니다. 하늘나라로 오르지 못한 영혼이지만, 자긍심을 잃지 않고, 타비스톡에서의 평범하게 압축된 깊은 생각들이 자신의 주요작품으로 구체화되는 과정을 뒤돌아보며 오랜 세월을 참고 견디었을 것입니다. 저는 버지니아 울프의 흔적을 느끼기 위해 그녀가 젊은 시절에 자주 돌아다녔던 성 제임스 공원과 하이드 파크, 옥스퍼드와 본드 가로를 즐거운 마음으로 걷다가 그리스 아가씨같은 모습을 한 그녀의 영혼을 만날 수 있는 행운을 가진 것 같습니다. 타비스톡을 본향으로 여기며 오랜 세월을 떠돈 그녀의 영혼은, 오늘부터 새로운 희망을 가지게 됐습니다. 제가 프리지어와 백합, 장미로 묶어진 꽃다발을 바치고, 어제 오후의 약속대로 왔다고 인사하자, 버지니아는 와 주어서 기쁘다고 했어요. 제가 흉상의 목과 어깨를 쓰다듬자, 굳어진 표정이 풀어지며 저에게 고맙다는 얘기를 자꾸 해주었습니다. " 중위는 두 주먹을 꼭 쥐며 그 신비를 다시 상기하는 모습 같았다.
 "저 꽃송이들은 중위님이 아침에 바친 것이군요?"
 "네. 그 중의 일부입니다. 제가 꽃집에서 구입할 때, 은박지로 감싸진 세 묶음에서 가장 싱싱하고 향기가 어려 보인 꽃송이들입니다. 아직 향기가 가시지 않았을 겁니다. " 중위는 꽃을 바라보면서 말했다.
 "중위님과 제가 이처럼 타비스톡 정원의 나무벤치에 앉게 되었군요. 만년의 원숙한 모습으로 대리석 위에 얹어진 여류작가의 청동상을 바라보면서요. 청동상은 오십대의 표정 그대로군요. 아침에 중위님에게 표정이 살아났듯, 해가 중천에 떠있는 한낮에도 그 기적을 보여 주었으면 해요. 제가 옆에 앉아 있기 때문에 곤란한가 보죠?"
 수녀는 어둑해진 후 자신이 겪은 청동상과의 기적보다 훨씬 깊은 중위의 기적을 궁금해 했다.
 "분명히 표정으로 감정을 교류하기도 했던 것 같아요. 어떤 은밀한 사랑의 감정같은 것은 영혼도 표정으로 내보인 것을 엿볼 수 있었습니다. 청동상은 아무도 찾아오지 않는 외로움을 하소연했습니다. 그리고 가끔 있는 일이지만, 술에 취한 노숙자가 들어와서 가만히 있는 자신(청동상)에게, '이봐, 버지니아, 너는 죽었지만 나는 살아 있다. 나는 담배가 피고 싶어서 신사숙녀들이 피다 버린 담배꽁초를 주워 피고있다. 어이, 여류작가 버지니아 울프 씨! 먼 하늘로 시선주지말고 나하고 눈 좀 맞추자. 살아 있을 때 귀족행세 했으면 됐지, 죽어서도 귀족이냐. 참 팔자도 세게 생겨 먹었구나' 하면서 자신을 향해 피던 담배꽁초를 던지고, 침을 뱉는 일도 있었다며, 미간을 찌푸렸습니다. 이처럼 청동상이 저에게 하소연하는 기적도, 제가 '댈러웨이 부인'과 '등대로'를 정성껏 독서했다고 한 후, 손으로 흉상을 쓰다듬자 나타난 현상으로 봐야 될 겁니다. " 중위는 기적의 일부를 설명했다.

수녀는 인류에게 의식의 폭을 넓혀 준 뛰어난 여류작가가, 노숙자에게 수모를 겪었다며 눈물을 내비쳤다. 그러면서 자신은 영혼이 깃든 청동상의 고독을 이해하며, 먼 극동에서 찾아온 중위의 손길이 청동상 안에 있는 버지니아의 영혼과 접촉해 사랑의 감정과 대화의 기적이 일어난 것을 다행으로 생각하고, 그 사실들을 믿는다고 했다. 그녀는 얘기를 이었다.

"저는 조금 전 로비의 창 가에 있었던 연주회에서도, 청동상과 얘기를 나눴다는 중위님의 기적을 의심치 않고 받아들였어요. 2천년 전, 주님에게 있었던 여러 기적들을 믿었듯이, 차원은 달라도 오늘 아침 얼굴에 홍조를 띠고 연주회장에 들어온 중위님이 체험했던 기적들을 의심치 않아요. " 수녀는 진지하게 중위를 바라보았다.

"수녀님만은 의심치 않을 줄 알았습니다. 버지니아 영혼은 수녀님의 마음에 안착하는 것을 최종의 목표로 가지고 있기 때문입니다. 저는, 영혼이 수녀님에게 가기 위한 교량입니다. 건너가는 다리이기 때문에, 진실하게 상기되는 심경을 고백한 것입니다. 영혼은 무엇보다 고독에 시달렸다고 합니다. 그 오랜 세월동안 아무도 찾아 주지 않았는데, 제가 진정한 그리움을 지닌 체 자신의 흔적을 찾았다며, 저의 손길을 요구하면서 얼굴을 더 만져 달라고 했습니다. 이제야말로 자신의 영혼은 우주로 여행할 기회를 붙들었다며, 저와의 만남을 기뻐했습니다.   저 원숙한 청동상은, 이제 자신이 과거의 모습으로 이 곳 타비스톡과 헤어지게 됐다며, 쓸쓸해 했습니다. " 중위는 아침의 일을 두서없이 설명했다.

"버지니아의 영혼은 런던 도심을 떠돌면서 오직, 자신의 영혼이 어떻게 하면 하늘나라로 오를까 하는 소망뿐이었을 거예요. 고독에 시달리면서 자신에게 무관심한 런던을 원망하기도 했을 거구요. 아름다운 시절을 보냈던 런던의 도심에 작은 기념관 하나 세워 주지 않았으니까요.   저는 중위님의 여행목적을 실현시켜주고 싶어서 인터넷을 검색해보았지만, 볼 수 있는 그녀의 흔적은, 타비스톡 정원의 우리가 현재 앉아 있는 이 곳, 저 청동흉상 밖에 없어요. 후손이 없어서일까요? 2004년에 세워진 흉상이군요. 정말 고독에 시달리고 있는 느낌을 주는군요. 그래도 천만다행이에요.

"무엇이 다행이라는 겁니까?" 중위가 물었다.

"사후 60여년이 흘러간 후에, 청동상이 자신의 대표작들을 완성시켰던 옛 집터에 저렇게 세워진 일이요. 서쪽나라에 흩어져 있는 그녀의 모든 이미지들이 이 곳으로 모여들어 교량과 목적이 될 우리를 들어오게 했다는 생각을 해 봤어요. 어쨌든 버지니아의 영혼은 온전하지 못해요. 그래서 자신의 흔적을 찾아온 중위님이 향기로운 꽃다발을 대리석 위에 놓자, 그 동안에 있었던 노숙자들의 행패며 외로움을 하소연하고, 자신의 영혼이 하늘로 오를 수 있도록 교량역할을 해 달라는 얘길 한 것 같아요." 수녀는 나름대로의 생각을 털어놓았다.

"빌어먹을 노숙자 놈들, 침묵을 지킨 흉상이라고 해서 침을 뱉고 담배꽁초를 목에다 비벼 끄다니, ……이 정원으로 들어오면 가만 두지 않겠어요. 그자식들은 버지니아 울프가 생전에 무엇을 남겼는지 모르고 있는 것 같아요." 중위는 주먹을 불끈 쥐면서 말했다.

"아-아, 그랬을 거예요. 그들은 삶의 행로를 잘못 밟아 빈궁과 미천함 속에 갇혀 있어요. 정원에서 담배꽁초를 주워 피고, 쓰레기통에 먹을 것이 없나 뒤적거려요." 수녀가 측은한 표정으로 얘기했다.

"그렇다면 내버려 두라는 건가요?" 중위는 꽉 쥔 오른 주먹을 왼손바닥으로 감싸면서 수녀를 바라보았다.

"이세상의 악은 때와 장소를 불문하고 무지에 갇힌 사람들을 이용해요. 주님이, 자신에게 가시면류관을 씌우며 유대의 왕이라고 조롱한 후 십자가에 못을 박았던 로마병사들을, 무지 속에서 무슨 일을 하고있는지 모르고 있기 때문에 용서해 달라고 호소했듯이, 그들도 측은히 여기는 게 좋을 것 같아요." 십자가와 주님 모습을 떠올린 수녀는 눈시울을 붉히며 손등으로 눈 가장자리를 닦았다.

"예수님에게 있었던 기적과는 전혀 다른 차원이지만, 가녀린 버지니아의 영혼은 하늘의 천사가 큰 관심을 가지고 있는 것 같아요. 망할 노숙자 놈들. 하늘이 잊지 않고 지켜본 영혼인데, 그 혼을 감싸고 있는 청동상에다 소변을 보고 담뱃불을 비벼 대다니. 사회에 대한 화풀이로, 술에 취해서 타비스톡 정원에 들어온 그들은, 고독 속에 잠긴 버지니아 (청동상)의 뺨을 이유없이 때리고 침까지 뱉는 답니다. 그래도 그녀의 영혼은 하늘에 오를 희망을 움켜진 채, 그들의 못난 행위를 용서해 주겠다는 겁니다." 중위는 다시 한 번 아침을 뒤돌아보며 그녀가 겪은 수모를 들려주었다.

"중위님, 저 외로운 목에 손길을 주고 얼굴을 만져 주었을 때, 마음이 어땠어요?" 수녀는 복음전도사 이전, 한 여성의 호기심을 띠고 물었다.

"수녀님은 이성간에 접촉했을 때, 사랑의 교류가 있었는지를 묻는 것 같군요?" 중위는 떼어진 손을 다시 잡으면서 수녀를 바라보았다.

"한쪽은 청동상인데, …… 그렇게 세심한 느낌은 묻지 않았어요. 중위님의 기분을 물었을 뿐이에요." 수녀는 손을 빼면서 얘기했다.

"제가 수녀님의 손을 잡았을 때의 그런 느낌은 아닙니다. 아침의 버지니아는 음성만 들려주는 영혼이었습니다. 조금 떨어져서 보면 원숙해 보인 만년의 모습이지만, 실제 만지면 청동상에 얼굴을 맞댈 수 밖에 없었지요. 왜냐면 이상하게 살아 있는 듯한 살결로 느껴졌기 때문입니다. 청동상에서 새어 나온 음성을 들은 저의 집중된 정신이 만들어 낸 착각인지도 모르겠지만, 온기와 부드러움이 있는 살결이었습니다. 저는 그 살결에 끌려 자신도 모르게 그 흉상에 손길을 주고, 너무나 고독해 보였기 때문에 볼과 목에 입맞춤도 했습니다. 제가 온 마음을 청동상에 부여하면서 손길을 주었다고 해도, 신이 아닌 인간의 손길은, 타비스톡 서재(書齋)에서 온 정신을 집중해 세차게 흐르는 의식을 이야기로 구성시켰던 지성적인 버지니아 울프의 모습을 되살리지는 못할 것이라고 생각했습니다. 저는 어제 오후에 보았던 그리스 여인같은 그녀의 윤곽을 상기하며 청회색의 흉상을 안아 보기도 했는데, 그 내부에서 어제 들었던 버지니아의 음성이 들려 왔기 때문에 서로 대화를 나눌 수 있었습니다. " 중위는 한숨을 내쉬었다.

"중위님에게 있었던 어제와 아침의 일이 신비스러워요. 하늘에 오르지 못한 그녀의 영혼이 실재하고 있었다는 것을 저는 믿어요. 더구나 햇빛이 찬란한 아침에 있었던 일은, 더욱 신비하고 믿고 싶은 현상이라는 생각이 들어요. "

수녀는 모든 사물이 깨어나는 밝은 아침의 현실속에서, 심신이 건전한 중위가 영혼의 음성을 듣고 느낀 것에 대해 어쩐지 더 믿음이 가고, 부러움이 생길 정도였다.

"꽃송이를 바치고 제가 반듯이 서있을 때, 붉은 햇빛이 청동상에 어른거렸어요. 저는 어제오후에 만났던 젊은 버지니아의 모습을 다시 보고싶어 했어요. 그 모습을 청동상에 덧씌우며 살려 내려 했지만, 굳어있는 검푸른 조각일 뿐, 어제 보았던 그리스여인같은 모습은 되살아 나지 않았어요. " 중위는 아쉬운 표정을 지었다.

"아침에 저 청동상의 젊은 영혼과 대화를 나눴다면, 밝히고 싶지 않은 얘기는 없었어요?" 수녀는 숨기는 것이 없느냐는 표정이었다.

중위는 있었다고 대답했다. 수녀는 무엇인지 듣고 싶어했다. 중위는 자신에게 처음으로 강렬하게 찾아온 사랑의 감정에 눈뜬 얘기라고 대답했다.

"아! 그리스 아가씨같은 버지니아 영혼에게 고백을 하였군요?"
"그런 셈이지만, 그녀는 어제와 달리 그리스 아가씨같은 모습을 보일 수 없는, 음성뿐이었습니다. " 중위가 대답했다.
"그래도 중위님은 고귀한 영혼을 향해 사랑의 고백을 했잖아요?" 수녀는 부러워하듯 물었다.
"그랬지만, 실체가 없는, 소리를 향한 고백이었지요. " 그는 대수로운 일이 아니라는 듯 말했다.
 중위는 사랑의 감정이 수녀에게도 향하고있기 때문에, 이중적인 입장으로 난처해짐을 느끼며, 아침의 신비를 괜히 꺼냈다는 생각이 들었다. 한편으론 좀더 상상력을 가미해서 그 이중성을 정당하게 보도록 하는 방법이 없을까 하는 마음도 일어났다.
 "버지니아 영혼은 중위님의 고백을 듣고 무척 좋아했을 것 같아요. 영혼에게 있는 환희같은 것을 느꼈을지도 모르죠. 솔로몬의 전도서에 보면 영혼은 하늘이 만든 신비한 기운으로 우리의 죽음과 함께 사라져 버린다는 허망함을 내비쳤지만, 우리의 주님은 곳곳에서 영혼이 희망이라고 말씀했어요.   그것은 우리의 마음이 생전에 만들어 내는 진주같은 것으로, 생전의 모든 것을 담으면서 가분(可分)되지 않는 불멸의 무엇이기 때문일 겁니다.   가장 순수할 때의 정신은 영혼에 가까운 것일 거예요. 중위님이 자신에게 처음으로 찾아온 사랑의 감정에 눈떴다고 했을 때는 영혼의 본질에 가까워진 정신이기 때문에, 버지니아 영혼은 중위님의 넘친 첫사랑을 받아 주었을 것 같은데요?"
 수녀의 얘기는 들으면 그럴듯한 논리성을 띠었지만, 인간적인 허점도 엿보이고, 그래선지 그녀의 마음에는 미세한 질투가 섞여 있는 것도 같았다.
 "사랑의 감정이 영혼의 본질에 기우는 어떤 정신인지는 모르겠지만, ……저는 실체가 없는 소리를 향해 그 들뜬 감정을 중얼거렸을 뿐입니다. 들뜬 감정을요. " 중위는 나름대로의 생각을 표현하려고 애썼다.
 "그렇게 완곡한 부정을 하고있지만, 중위님은 버지니아 영혼과 사랑의 감정을 나눴음이 분명해요. " 수녀는 미소를 띠며 얘기했다.
 "저와 영혼의 정신적 관계는 있어요. 그렇지만 버지니아 영혼이 저와 인연을 가진 것은 다른 목적 때문입니다. 오후에 그 윤곽이 밝혀질 겁니다. 버지니아 영혼은 저와 애틋한 감정을 나누면서도 이렇게 얘기했어요. '중위님에게 있는 사랑의 감정은 하늘에 오르지 못한 저의 영혼을 향한 것 같지만, 내심 깊은 곳에서는 이 곳 런던으로 함께 여행 온, 삼십대로 접어든 여인에게 기우는 것을 알고 있다. 중위님은 저의 영혼이 그 여인의 마음속으로 건너갈 수 있도록 교량역할을 하게 될 것이다.' 라고 얘기를 했습니다." 중위가 숙연하게 말했다.

"유감스럽군요. 영혼의 얘기 중에 삼십대에 접어든 여인이라면 저를 두고 하는 것 같은 데, 그 영혼은 왜 삼십대의 여인이 필요할까요? 중위님이 저를 삼십대라고 알려 주었나 보군요?" 수녀는 차분하게 따지려 들었다.

"글쎄요. 버지니아 영혼은, 서쪽의 도시 런던으로 비행 중에 있는 수녀님과 유학생의 대화를 텔레파시로 들었을 수도 있을 것 같습니다." 중위가 말했다.

"아, 텔레파시를 지닌 영혼이기 때문에 그럴 수도 있겠군요. 그래요. 히드로 공항 4터미널에서 상파울러행 브라질 비행기를 탑승하겠다고 했는데, 그 유학생은 무사히 도착해서 여자친구를 만났는지 궁금하군요. 맞아요. 그 젊은이에게 삼십대라는 얘기를 했던 것 같아요." 수녀가 얘기했다.

"지금 '상파울러'니, 삼십대니 하는 것은 중요하지 않습니다. 버지니아 영혼을 옮기기 위한 변화인지 몰라도, 저에게 움튼 사랑의 감정이 수녀님 쪽으로 흐른다는 것입니다." 중위는 진지한 표정이었다.

"그렇지만 중위님은 버지니아 영혼을 받아들인 상태에요. 그것은 영혼과의 사랑을 행한 것이 아니고 뭐겠어요?" 수녀는 의문을 풀지 못한 표정이었다.

"물론 깊은 관계에 있습니다. 그렇지만 영혼은 저를 자신이 건너야 할 교량이라고 했습니다. 왜 제가 교량이 되어야 하는지, 저는 어느 정도 그 이유를 느끼지만, 수녀님은 겪지 않는 미지의 상태이기 때문에 이해되지 않을 수도 있을 겁니다. 수녀님은 온 정신을 집중해서 저 청동상을 바라보는데, 교감할 수 있는 기적은 오늘 아침으로 끝났다고 생각합니다." 중위가 말했다.

"영혼이 빠져나갔기 때문에, 이젠 허깨비 청동상이 되었다는 거겠죠?"

"그렇습니다."

"알았어요. 아침에 중위님이 로비에 들어설 때, 사랑에 들뜬 홍조 띤 표정이었어요. 버지니아의 영혼을 받아들였기 때문이었나 보군요? 버지니아 영혼이 왜 중위님을 교량으로 삼았을까도 무척 신비해요. 건전한 심신으로 보여서일까요?" 수녀는 고개를 갸웃하며, 긍정적인 어조로 물었다.

"저는 아침의 청동상 앞에서 호텔로비의 유리창을 통해 엿보이는 수녀님 생각을 계속했지만, 겉으로는 그러지 않는 척 했습니다. 어제 오후 그리스 아가씨처럼 나타난 버지니아 영혼이 수녀님을 예지하고있는 것을 알고부터, 수녀님을 향한 그리움은 이상할 정도로 커지기만 했지요. 일선에서 근무할 때 여러 장교들 틈에 끼여, 간호원을 좋아했던 것보다 훨씬 다른 그리움이었어요. 대부분의 사내들이 십대후반에 들어서 첫사랑에 눈을 뜬다고 하는데, 저는 이십대 후반에 런던으로 여행와서 버지니아의 영혼에 의해 알게 된 것 같습니다." 중위는 수녀에게 눈길을 주면서 말했다.

"중위님, 저에게 느끼는 사랑의 감정을 왜 첫사랑이라고 하세요?"

"점차 수녀님을 그리워하게 되니까 그렇습니다."

"그리움? 저는 귀국하면 흑암마을에서 복음을 전도하다가 끝내는 수녀원으로 들어갈 텐데요?"

"그래도 수녀님이 저의 첫사랑이었으면 좋겠습니다."

"이루어지지 않아도요?"

"네." 중위가 대답했다.

"아무래도 중위님의 첫사랑은 잘못된 거예요. 소중한 추억으로 남은 일선의 군생활을 뒤돌아보면 첫사랑이 있을 법 한데요. 제 생각으론 그 시절의 간호원에게 줬던 사랑의 감정을 첫사랑으로 봐야 될 것 같아요. 저는 세속의 사랑을 벗어나 수녀원에서 연옥 같은 영혼의 수련기간을 거친 후, 마침내 저의 온 사랑을 주님에게 바칠 거예요. " 수녀는 침착하게 얘기했다.

"그래도 수녀님과 저에게 있었던 타비스톡 추억들은, 진정한 사랑의 감정이 만들어 낸 추억으로 영원히 우리의 마음에 남을 겁니다. "

"영원히! 그래요. 저와 공통된 부분도 있겠지만, 사람들의 마음이 취사선택한 사랑의 추억들은 다 영원하게 아름다울 거예요. " 수녀가 미소를 띠면서 얘기했다.

"그렇습니다. 광맥이 미지의 땅속에 숨은 것처럼, 제 마음이 선택한 추억도 서쪽의 도시 런던에서, 무척 아름다운 여인으로부터 신비하게 뻗쳐 있습니다. 피카딜리라인에서 함께 앉아, 여자아나운서의 전시통제(戰時統制)적인 억양을 띤 안내방송에 서로 바라보며 웃다가, 얼스코트 역에 함께 내려 제가 묵을 호텔을 같이 찾았고, 신비할 정도로 둘이는 사랑의 감정에 잠겨 그린 공원을 경유했으며, 수녀님이 거처할 타비스톡 호텔까지 함께 갔다는 것이 저의 마음에 깊이 남아있는 사랑의 원천인 것 같습니다. " 중위는 청동상을 바라보면서 말했다.

"저 역시 그 원천을 간직하고있는데요. " 수녀도 미소를 지었다.

"낯설고 새로운 런던의 오후가 우리 둘 이에게 새로운 감정을 안겨 준 것입니다. 변화의 중심에는 누구도 아닌 수녀님이 자리잡고 있습니다. "

"왜 저라고 생각하죠?" 수녀는 고개를 천천히 가로저으면서 물었다.

"우리가 알 수 없는 텔레파시에 의해 예지된 당사자이니까요. 수녀님은 버지니아 영혼이 머물 목적지이지만 저는 부수적인 교량이기 때문입니다. " 중위는 침착하게 얘기했다.

"알 수 없군요. 저는 목사님의 초청으로 왔지, 버지니아 영혼을 구하기위해 온 것이 아니에요. " 수녀는 고개를 저으며 청동상을 바라보았다.

"저의 지나간 나날 중에는, 전투와 작전을 생각하는 시간들이 꾀 많습니다. 그런 저야말로 런던에 와서 신비한 정신세계를 겪고 있습니다. 수녀님이 버지니아 영혼으로부터 예지되었다는 것이 저에게는 신비의 서막이지요."

  중위는 일상 중에 상념으로 끈질기게 따라다닌 일선에서의 추억, 자신이 세운 작전에 의해 벌어진 전투로 승리하거나 패배하는 것을 낯선 런던의 불면 속에서도 계속 이으려고 했는데, 그 습성을 단숨에 사라지게 만든 것은 버지니아의 영혼과 만남이었다. 그 영혼이 예지(豫知)했다는 수녀님의 런던행도 신비했고, 여류작가의 흔적을 찾겠다고 나선 자신도 기적을 이루기 위한 보이지 않는 힘의 작용에 이끌어 가는 것이 아닌지, 나름대로 정리했다. 그는 가능한 추리를 수녀가 들을 수 있도록, 다음과 같은 말로 표현해 보았다.

  「수녀님은 '막달리아의 꿈'을 번역한 후, 그 노고에 대한 보답으로 런던에 초청 되었다. 막달리아는 예수님을 진정으로 믿고 따르며, 항상 그분의 가까운 곳에서 깨어 있는 여인이다. 버지니아 영혼이 수녀님을 예지한 것은 막달리아의 꿈을 번역할 때부터인지도 모른다. 버지니아의 영혼을 수녀님의 마음에 안착시키려는 성스러운 일은, 하늘에서 지상의 안타까움을 지켜보는 천사와 막달리아가 힘을 합친 여러 신비한 일 중의 하나일 것이다. 퇴역 중위와 수녀의 인연도 기적을 이루기 위한 천사와 막달리아에 의해 성립되었을 것이다. 이 일의 중심에는, 하늘을 감동시킨 수녀님이 베아뜨리체처럼 자리잡고 있기 때문에 가능해졌다. 이 기적은, 버지니아 영혼이 퇴역중위라는 교량을 안전하게 건너서 수녀님의 마음에 안착함으로써 막을 내릴 것이다.」

  "나름대로 깊은 생각을 하셨군요?" 수녀는 한 손으로 자신의 표정을 반쯤 가리고 웃었다.

  "왜 웃습니까. 지금 타비스톡 정원은 두 분 (수녀와 버지니아 영혼)이 관련된 신비스런 흐름이 진행되고 있습니다."

  "중위님은 관련되지 않는 것처럼 얘기 하시네요?"

  "저는 어디까지나 부수적(附隨的)입니다. 신비한 현상의 중심에는 수녀님이 자리잡고 있습니다."

"중위님의 정리는 급박한 전투지역에서 세운 임시작전의 모형같은 것인지 몰라요. 그런 작전개요에다 하늘나라와 지상이 관련된 신비한 현상을 갖다 붙인 거예요. 버지니아 영혼이 저의 마음에 안착하려는 것은 믿겠지만, 그 외는 중위님이 자유롭게 세운 작전 계획같은 것으로 봐야겠어요. " 수녀는 다시 웃었다.

"막달리아까지 등장시켜 이 일의 정당성을 더욱 확고하게 하려는, 저의 진심에 가까운 생각을 모두 믿어 달라는 것은 아닙니다. 제가 영혼이 지나갈 교량이라는 것, 수녀님 가슴속에 있는 마음의 세계가 여류작가의 영혼이 안착할 목적지라는 것은, 이미 수녀님이 성스러운 일로 인정해준 사항입니다. "

"그렇지만 제가 중위님의 마음에 사랑의 대상으로 움트고, 단테가 먼 별처럼 사모했던 베아뜨리체같은 그리움의 대상이 되었다는 것은 쉽게 믿어지지 않는데요?" 수녀는 계속 웃는 표정으로 얘기했다.

"사랑의 감정을 제가 밝혔던 일은 참 쑥스럽습니다. 그 감정을 적극적으로 밝힌 이유는 제가 영혼을 지나가게 하는 교량이기 때문입니다. 교량의 의무는 안전이라고 생각했습니다. 저에게는 버지니아 영혼을 안전하게 옮길 의무가 주어졌습니다. 그 영혼을 미지의 세계인 그대의 마음에 안착시키기 위해서는, 뭉게구름같은 사랑의 감정과 그리움으로 그녀의 영혼을 감싸 주어야 한다는걸 깨달았습니다. 수녀님과의 급속히 가까워진 관계를 두고, 처음 이틀동안은 피카딜리라인이 선물한 인연이라고 가볍게 생각했지요. 그러나 어제 오후 그리스 아가씨처럼 보인 버지니아 영혼을 만나서 템즈 강변까지 연인의 행진을 하고, 오늘 아침 저 청동상에 꽃을 바치면서 그 영혼을 교량의 자격으로 받아들일 때, 저는 손으로 청동상의 목과 어깨를 어루만졌는데, 그 순간 내 마음에 움튼 수녀님을 향한 사랑의 감정이 내 스스로 일어난 것이 아니고 어떤 예정에 의해 축복처럼 주어졌음을 느꼈습니다. 확고하다는 생각에 발걸음이 날듯이 가벼워지고, 수녀님이 보았던 것처럼, 홍조 띤 얼굴을 하고 로비의 연주회장에 들어선 것입니다. " 중위의 표정은 더없이 진지해졌다.
 "중위님의 얘기를 듣고 보니, 저의 생각이 일부 바꿔지기도 해요. 청동상을 앞에 두고 이같은 얘기를 나누지 않았다면 저의 못난 생각이 바꿔지 않았을지도 몰라요. 중위님이 내비친 사랑의 감정을 두고 한 얘기에요. 아무리 친근해졌다고 해도 서로 인사를 나눈지 며칠 밖에 되지 않았는데, 자꾸 사랑의 감정을 내비치니까 마음이 가볍지 않았어요. 그런데 지금은 그 사랑의 감정을 진정으로 받아들일 준비가 되어있어요. " 수녀는 얘기를 마치면서 중위의 어깨에 얼굴을 기대었다.
 "그래도 우리에게는 사랑의 움틈을 떠올릴 만한, 신비한 이유들이 모여든 타비스톡 정원의 추억을 지니게 되었습니다. " 중위가 자신있게 말했다.
 "그래요. 우리는 런던에 착륙했던 날의 오후부터 신비의 경로(經路)를 걷고 있어요. " 수녀는 얼굴을 대각선으로 중위의 어깨에 기대면서 확연치 않는 표정을 지었다.
 "그렇습니다. 바로 그 날, 오랜 세월을 기다려도 일어나지 않는 자연스런 이유들이 울프의 영혼을 위해 우리사이에 끼여든 것입니다. 극서의 착륙지인 히드로 공항, 피카딜리 라인, 얼스코트의 정경, ……또 뭐가 있었지요?" 중위는 그 경로들을 뒤돌아보며, 생각이 막힌 듯한 표정을 지었다.
 "그린 공원에서 해가 엷게 배인 구름 속에 있는데도 비가 흩뿌렸기 때문에, 함께 우산을 쓰고 역 쪽으로 걸었던 경로?" 수녀가 검은 눈동자를 한족으로 모으며 애틋했던 그 때를 상기시켜 주었다.
 "아-아, 그랬어요. 세심한 기억력이군요. 그 때 저는 평생 잊혀지지 않을, 수녀님의 손결을 떨린 마음으로 느꼈습니다. "
 "중위님에게 제 손을 내주지 않았는데요?" 수녀는 고개를 갸웃했다.
 "갑자기 흩뿌린 비 때문에 우산을 펴고 우산대 하단을 함께 잡을 때, 빗물이 조금 묻어 있는 수녀님의 손을 감쌀 수 밖에 없었습니다. " 중위는 무뚝뚝하게 대답했다.
 "저는 비를 좋아해요. 그린 공원의 흩뿌린 비는, 우리 나라의 가을추수가 끝난 텅 빈 들판을 내달린 소나기처럼 무척 맑다는 생각이 들었어요. "
 수녀는 자신의 손결에 관한 중위의 느낌을 순정으로 보고싶었다. 그래서 그 순결성과 흡사할 것 같은 텅 빈 가을들판의 흩뿌린 소나기를 상기했다. 그러면서 중위의 거친 손이 우산대 아래쪽에서 자신의 손을 감쌌던 때를 떠올리며, 참 아름다운 순간이었다고 생각했다. 그 맑은 빗물에서 한 여인의 손결을 영원히 잊지 않았으면 하는 의식이 스쳐 지나갔다.
 "조금 긴장했지만 우리의 앞에 펼쳐진 그 날 오후는, 마음의 들뜸 없이 평온하게 흘러간 일 년 보다 더 가치있게 여겨지는 시간이었습니다. 저에게 찾아온 사랑의 움틈에는 버지니아 영혼까지 깃 들게 되어 신비한 감정을 심화시키는 것 같습니다. 무엇보다 제가 수녀님을 향한, 굳건한 사랑의 감정을 유지해야만, 버지니아의 영혼은 교량이 된 저의 마음을 통과할 수 있다는 것입니다. " 중위는 확신에 찬 표정으로 말했다.

 수녀는 중위의 이중적인 사랑의 움틈에 대해 회의하고있었다. 자신에 대한 사랑의 감정이 움틈으로 끝맺어야지, 그 이상 넘치면 큰 슬픔을 맛보게 될지 모른다고 생각했다.
 어쩌면 자신을 향한 사랑의 움틈이 버지니아 영혼을 옮기기 위한 과정에 불과한 것인지 모른다. 중위의 얘기를 달리 해석하면, 둘이에게 형성된 사랑의 감정으로 영혼이 이동할 길을 만들어 주겠다는 의미이다. 교량역할 때문에 일시적으로 피어난 사랑의 움틈인지 모른다. 그래도 성스러운 과정의 목적지는 자신의 마음속이다. 중위에게 교량의 의무가 있듯, 자신의 마음속은 영혼의 목적지로써 받아 줄 준비를 해야 되는 것이다.
 깊은 상념 속에서 헤맨 수녀는, 버지니아 영혼을 받기 위해서는 중위와 사랑을 해야 된다고 생각했다.

아-아!
 그 교량이 닿는 곳이 자신의 마음이라니, ……어쩌면 중위와 나눌 사랑은 진실인지도 모른다. 그래도 그가 교량역할을 하기까지 그 사랑의 움틈에 외면하는 태도를 지녀야 한다. 중위의 가정대로 막달리아의 힘이 작용하여 모든 일이 예정대로 이루어지는 직전까지, 고분고분 동의해주어서는 안된다. 그렇지만 우리의 마음속에 있는 사랑의 감정이 진실이면, 서로는 외면하지 못하고 서로에게 넘어갈 수 밖에 없을 것이다.
 "중위님에게 움튼 사랑의 감정은, 어쩌면 큰 슬픔이 되고 말 거예요. 저는 귀국하면 흑암마을에서 더욱 열성을 다해 복음서를 전도하다가, 끝내는 수녀원에 들어가 주님을 그리워하는 묵상으로 지낼 거예요. " 수녀는 자혜로운 표정으로 얘기했다.
 "수녀생활을 포기하면 될 것 아닙니까?" 중위는 곧바로 대응했다.
 "저에게 그같은 얘기를 준비하고있었군요?" 수녀는 동정의 눈길을 주면서 미소를 지었다.
 "수녀님에게도 저와 흡사한 감정이 엿보였습니다. 저에게는 처음으로 움튼 사랑과 미래가 있습니다. 불확실한 예수님 그림자에 숨지 말고, 밀려오는 세파를 향해 함께 노 저어 가요?" 중위의 음성은 조금 고조되었다.
 "불확실한 주님의 그림자라구요? 불신자하고 미래를 계획해 달라구요? 지나가는 소가 비웃겠네요. 참, 답답하신 분이세요. 아침에 저 청동상에 꽃을 바치며 그같은 생각들을 하셨나요?" 수녀는 미간을 찡푸렸다.
 "네. 꽃을 바치자 버지니아 영혼과의 어떤 접촉이 있었는지 모르겠으나, 그런 적극적인 생각이 떠올랐습니다. 어쨌든 청동상에 꽃을 바친 후의 변화된 마음이기 때문에, 우리의 인연이 버지니아 영혼이 내려 준 축복에 의해 더욱 진전될 것으로 여겼습니다. " 중위는 진지하게 얘기했다.
 "왜 우리의 인연이 진전되어야 하는지, 그 얘기를 들으니 마음이 숙연해지는군요. 중위님의 얘기를 들으면, 울프의 청동상을 앞에 두고 우리의 인연에 대해 맹서라도 해야 될 것 같아요. " 수녀는 낮은 음성으로 얘기했다.

수녀는 머릿결을 뒤로 넘긴 두 손을 펴서 턱을 감싸며, 시선을 알 수 없는 하늘영역에서 지상으로 내리며 둘 이를 이어 주는 사랑이 무엇일까를 두고 살피려고 했다.

"중위님, 우리에게 더 이상의, 인연의 진전이 있을까요?" 수녀는 진전의 범위를 궁금히 여기며 물었다.

"있어야 합니다. 버지니아 영혼이 저라는 교량을 통해 미지의 세계인 수녀님의 마음에 이르기 위해서는, 우리에게 인연의 진전이 있어야 합니다."

"어떻게 인연을 진전시켜야 될지 막연하군요." 수녀가 말했다.

"버지니아 영혼은 우리의 사랑이 완성될 때, 자신은 옮겨질 거라며 간절히 얘기했습니다." 중위가 말했다.

"하늘이 버지니아 영혼을 돌보고 있다는 것이 느껴져요. 우리도 마땅히 그녀를 도와야 합니다. 천사가 무관심했다면 그녀의 영혼은 '애달픈 숲'에서 영원이 울고 있을 거예요."

"'애달픈 숲'이 뭐죠?" 중위가 물었다.

"자신에게 폭력을 가한자(자살자)들이 사후에 들어가 나무가 되어 슬프게 지내는 곳이죠. 끓는 핏 물에서 울부짓는 살인자보다는 고통이 덜하지만, 늪 가에서 한없는 슬픔의 세월을 보내야 하는데, 버지니아 영혼은 도심을 떠돈걸로 보아 생전에 남긴 문학이 참작되었던 것 같아요." 수녀가 말했다.

"애달픈 숲에 들어가지 않아 다행이군요. 그렇지만 돌덩이같은 것이 붙어서 런던 도심을 떠돌고 있습니다. 그녀의 영혼은 본질이 순수하기 때문에 수녀님의 마음에 안착될 겁니다. 그러기 위해서는 우리의 관계를 더욱 진척시켜야 될 것 같습니다."

"저는 중위님의 순수성에 문제가 있다고 보는데요?"

"왜 그렇습니까?"

"마음에 걸려요. 성 제임스공원에서 술에 취해 저를 만지려 했어요. 버지니아 영혼이 그 정신세계를 통과할지 의문인데요?"

"결국 크게 후회했어요. 수녀님도 남북회귀선 운운했던 저의 부질없는 마음을 용서해 주었구요. 회개를 했기 때문에, 버지니아 영혼은 저를 교량으로 선택해줬는지 모릅니다."

자신의 턱을 바치고 있던 수녀의 두 손이 다시 무릎으로 내려왔다. 중위는 그 손을 잡았고, 수녀는 그냥 바라보고만 있었다.
정원의 활엽수 잎들이 미세하게 흔들릴 정도로 바람이 일었다. 한반도의 산비둘기보다 조금 작은 회백색의 런던 텃새들이 이 가지에서 저 가지들로 옮겨 다니며, 오후로 접어 드려는 때를 느끼는 것 같았다. 정원 가 쪽의 길, 연인이 손잡고 걸을 수 있을 만큼의 폭으로 한 바퀴 이어져 있는 산책길에는, 종이부스러기와 비닐이 굴러다녔다.
둘이는 그 길 남서쪽 모서리의 벤치에 앉아 주어진 오후의 시간을 의식하면서도, 울프의 청동상을 떠나지 못하고 있었다.
중위는 옆에 앉아 있는 수녀가 여성으로서 너무 힘겨운 길을 걷고있다고 생각했다. 흑암마을을 떠도는 불신자들에게 신앙을 안겨주며 목사들로부터 그 노고에 대한 사례금을 받아 생활에 불편은 없다지만, 종내는 수녀원으로 들어가려는 생각에 대해 왜 가시밭 길을 골라 걷는지 이해되지 않았다. 그 길에 깊이 빠질수록 그녀는 보통여성들과 현격한 차이를 보인, 영적인 표정으로 굳어질 수 밖에 없을 것이다. 영적인 표정은 어떤 면에서 보면 아름다움이라기보다 신비에 더 가까울 것이다. 그같은 여인은, 단테의 신곡(神曲)에 먼 별처럼 등장하는 베아트리체 같은 이미지를 띨지 모르나, 분망한 현실속에서는 신들린 사람으로 이상하게 생각할 수도 있기 때문이다. 수녀는 평범하게 보이려고 거벼운 언동을 내비치는 가장(假裝)도 하지만, 본질에는 영적인 것이 지속되고있기 때문인지, 명상에 잠긴 그녀의 깊은 눈길과 마주치면 마음을 가르는 듯한 움찔한 느낌을 받기도 했다.
중위는 자신에게 주어진 인연을 놓치고 싶지 않았다.
"다시 고쳐 생각해도 저에게 움튼 사랑의 감정은 일시적이 아닌 것 같습니다. " 중위는 무뚝뚝하게 말했다.

"어떡하겠다는 거예요. 저와 결혼이라도 하고싶다는 거예요?" 수녀는 안쓰런 눈길로 중위를 바라보았다.

"제 마음은 변함이 없기 때문에, 수녀님을 실망시키지 않을 겁니다. "

"저로서는 변함없는 마음을 바치는 자가 있어, 고맙게 생각해요. " 수녀는 밝은 음성으로 얘기했다.

"그렇다면 현실사회의 길을 걸으면서 예수님의 정신세계를 흠모할 수도 있지 않습니까? 왜 어스름한 담장너머의 수녀원을 동경하는 겁니까? 만일에 수녀님이 제가 있는 현실의 세계로 내려온다면, 저는 그대와 함께 한강물이 흐르는 것을 내려다볼 수 있는 둑길에서 산책을 하고싶군요. " 중위는 행복한 표정이었다.

"한적한 한강둑길 근처에다 집을 장만해야겠군요?" 수녀가 미소를 띠면서 대응했다.

"그렇다면 더없는 행복이지요. 제가 귀가할 때면, 저기 흉상아래 놓인 꽃들보다 더 싱싱하고 향기 어린 꽃송이들을 당신의 경대에 놓을 것입니다. " 중위는 자신있게 말했다.

"중위님은 젊음을 믿고 자신있게 얘기하지만, 현실은 만만치 않아요. 현재 일정한 수입도 없이, 초급장교시절에 비축한 돈을 쓰고있다고 하셨잖아요?" 수녀는 빈약한 재정상태를 잘 알고 있는 것처럼 얘기했다.

"수녀님이 다른 여인들보다 더 사치한다고 해도 일 이년쯤은 거뜬히 버틸 수 있습니다. " 중위는 큰 목소리로 자신감을 내보였다.

"멋진 얘기 하셨네요. 흑암마을에서 전도를 할 때, 제 이미지를 각인시키려면 좋은 옷을 입을 필요가 있어요. 중위님이 수 년 동안 모은 금액을 제 옷 몇 벌을 사기위해 단번에 날려 버릴 수도 있다고 보는데, 그렇게 비축한 돈이 떨어진다고 생각하면 머리가 쮸-뼛 일어나지 않으세요?" 수녀가 미소를 지으면서 느긋하게 얘기했다.

군 시절의 어려운 훈련들을 떠올리면 못할 것이 없을 것 같은

데요. 직장 구하는 것이 여의찮으면 수녀님과 인연이 맺어진 세계 최초의 지하철, '피카딜리 라인'을 주제로 대중소설을 써볼까 하는데요. 잘 팔리면 수녀님에게 고급양장과 굽이 낮고 산책할 수 있는 가죽구두를 선물하고싶습니다. "

"런던 숙녀들에게도 어울릴 고급 양장이라면 나무랄 것도 없지만, 왜 하필이면 굽이 낮은 구두에요?" 수녀는 고개를 갸웃하며 물었다.

"군시절 인기가 꾀 높았던 저보다 키가 커 보이면 안되니까요. "
수녀는 웃으면서 꼭 쥔 주먹으로 중위의 어깨를 치려 하자, 중위는 방어자세를 취하며 함께 웃었다.

"초급장교시절, 뛰어난 작전으로 전투에 승리할 꿈만 꾸던 분이, 잘 팔릴 대중소설을 쓴다는 것은 하늘에 별 따기일 거예요. " 수녀가 얘기했다.

"아니오. 저 청동상을 벗어난 버지니아 영혼이 저의 일을 도와줄지도 모릅니다. 제가 피카딜리라인을 가지고 소설을 쓰겠다고 내비치면, 생전에 그 라인 주변에 추억이 많은 그녀의 영혼은 도와줄 겁니다. " 중위는 자신있게 말했다.

"문학의 다른 차원을 순수하게 선보인 버지니아 울프가, 세속적인 대중소설에 도움을 줄 수 있을까요?" 수녀는 의문스러워 했다.

"순수와 대중 소설은 펜을 쥔 자의 결심에 따라 갈릴 뿐, 그 사이에 건너지 못할 벽이 있는 것은 아닐 겁니다. 제가 몹시 바라면 도와줄 것 같아요. 버지니아 영혼은 지금 교량이 된 저의 가슴속에 있습니다. " 중위는 손으로 자신의 가슴을 쳤다.

"도움을 줄지 모르나, 중위님은 그 이전에 결국 생활비가 바닥날 것이고, 빚독촉에 거리로 내몰리는 신세가 될지 몰라요. 버지니아 영혼은 우리의 완전한 사랑에 희망을 걸 뿐, 우리가 미래를 함께 하는 결혼같은 것은 바라지 않을지도 몰라요. " 수녀는 진지하게 얘기했다.

"모르는 말씀. 저를 교량 삼아 당신의 마음속으로 들어가기 때문에 버지니아 영혼은, 내가 그대의 가슴 위에 얼굴을 파묻고 귀를 기울이면 아름다운 추억을 쏠 수 있도록 자신감 부여해줄 겁니다. 버지니아 영혼의 영향을 받아 서점에 내놓은 문학책은, 예상외로 많이 팔릴지 모릅니다. 그러면 꾀 모아진 돈으로, 우리는 중국여행부터 하는 것입니다. " 중위는 지극히 경박하고, 낙관적인 면모를 보였다.

"세계여행을 하자는 거군요?" 수녀는 부정적인 어조로 물었다.

"젊은 우리가 못할게 뭐가 있겠습니까? 허리가 구부러진 노경에 이르면 동경했던 곳을 가고 싶어도 못가는 것입니다. 다음은 아프리카로 가, 금광을 발견해서 돈 많은 미국인에게 팔아 치우고, 흑인이 수 십명 일할 수 있는 튼튼한 대형 목선을 구입해 남태평양을 건너서 아마존 유역의 원시림들을 탐험하는 것입니다. 얼마나 보람있는 삶입니까?" 중위의 표정은 꿈으로 가득 차있었다.

"아마존의 오지를 탐험하던 중, 제가 아기를 잉태해서 낳다가 분만의 고통 속에서 죽을 수도 있다는 것을 생각해보지 않았어요? 저라면 예수님이 마당발로 이 마을 저 마을 돌아다니며 복음을 알렸던, 갈릴리 호숫가에서 며칠 묵상에 잠기고 싶어요. " 수녀의 표정에는 비애가 깃 들어 보였다.

중위는 그녀다운 선택에 고개를 끄덕였다. 밀림 속에서 의사의 도움없이 홀로 분만하다, 자연의 무심한 분위기 속에서 죽어가는 수녀를 떠올리는 것만으로 한숨이 나왔다. 그 일은 동행해준 수녀가 죽음의 상황에 이르도록, 밀림 속에서 사랑을 속삭이다가 앞날을 준비하지 않는 체, 길을 잃고 일어날 수 있는 안타까움이기 때문이다.

"기적이 많았던 어제의 하루를 좀더 세심히 알고 싶은데요?" 수녀는 갑자기 화제를 전환시켰다.

"저기 청동상이 된 여류작가의 영혼이 과거 모습으로 저와 만나, 저의 가슴속에 들어올 수 있는 계기가 만들어진 날이었습니다. 그리고 이천년 전에 사라진 후 아직껏 소식이 없는 예수님에게 당신을 뺏기지 않겠다고 결심했던 날이기도 하구요. " 중위는 연적이라도 되는 듯 예수를 원망했다.

"예수님은 사라질 수 없는 분이에요. 우리 인류의 마음에 영원히 남을 분이에요. 저는 주어진 심신을 모두 바쳐서 그분을 섬기려 해요. 저에게 사랑이 움튼 분이 있다니, 주님을 향한 그리움이 가득한 제 마음을 일시적으로 변화시킬지 모르겠지만, 아무래도 전 그 사랑의 감정을 덥석 받아들이지는 않을 것 같군요. " 수녀는 체크무늬 손수건을 꺼내 이마의 땀 기운을 닦았다.

"그래도 한 가닥 희망은, 버지니아 영혼이 수녀님과 저의 사이를 오가며 사랑의 감정을 유지시켜줄 것 같다는 생각입니다. "

"아, 그래서 버지니아 영혼이 중위님의 마음을 품고 지나갈 수 있도록, 교량 역할을 기꺼이 하려는군요?" 수녀는 이미 알고 있는 신비한 일을 다시 한 번 얘기했다.

"그렇습니다. 어제 하루는 저에게 그런 기적이 움텄습니다. 한마디로 저에게 기적의 날입니다. 별 볼일 없는 초급장교에 불과했던 제가, 버지니아 영혼의 교량이 될 수 있다는 것을 알고 내심 얼마나 기뻐했는지 모릅니다. 그 영혼의 목적지가 수녀님의 가슴속 어딘가에 깃든 미지의 세계이기 때문입니다. 저의 못난 심신이, …… 교량이 되어 버지니아 영혼을 다름 아닌 그대의 가슴속 깊은 곳으로 이동시키는 영광된 일을 수행하게 됐기 때문입니다. 천사가 아니면 막달리아가 관련됐을지 모를 천지(天地)간의 성스러운 일을, 제가 참여하게 된 것입니다. 어제 오후 버지니아가 처녀시절에 걸어다녔을 것 같은 가로를 두 세 시간 가까이 걸어다니다, 백화점으로 사용된 희랍의 신전같은 기둥에서 그리스 (희랍)아가씨처럼 꾸미고 나타난 버지니아 영혼을 만났는데, 젊은 여인의 체온과 향기를 저에게 전이시키는 모습을 띠었으며, 갑작스럽게 연인이 된 우리의 행진은 옥스퍼드 주변 가로들을 지나, 템즈강변의 나무벤치에 함께 앉아 하늘을 울리는 빅벤의 음향도 숙연한 심정으로 들었습니다. 그런 가운데 제가 교량으로 선택된 것을 스스로 알았던 겁니다. 그녀는 런던이 자신을 무심하게 잊어버리고 만 것에, 속상해 했습니다. 아름다운 시절에 그녀가 걸었던 도심의 여러 길들을 함께 걸었지만, 버지니아 아가씨가 걸었다는 어떤 표지

판이라도 없을까 여러 어귀들을 눈 여겨 봤는데, 그녀를 추모하는 흔적은 이 곳의 저 청동흉상이 유일한 것 같습니다. " 중위는 수녀의 손을 꼭 잡고 애기했다.

노숙자 한 명이 들어와 피울 만한 담배꽁초를 줍더니, 그걸 주머니에 넣고 간디의 좌상이 있는 정원중심부 쪽으로 가서 벤치에 덜렁 드러누웠다. 회백색의 날개를 지닌 날렵한 텃새들이, 햇빛과 그늘이 반쯤 어린 정원의 공간을 가로지르며 즐거운 한 때를 보내는 중이었다. 둘이는 손을 꼭 잡은 체, 곧 헤어지게 될 청동상을 유심히 지켜보았다. 품속을 완전히 빠져나간 자신의 과거 영혼이, 머잖아 돌덩이같은 무게를 떨쳐 버리고, 천상(天上)으로 오를 것을 바라는 원숙하고 서글픈 모습이었다. 수녀가 무거운 침묵을 깼다.
"중위님, 저는 세 시간 후쯤 목사님 일행과 함께 히드로 국제공항으로 갈 거예요. 따라오지 마세요. "
"택시로 공항에 갈 겁니까?" 중위가 물었다.
"아니에요. 교통이 혼잡할 것 같아, 피카딜리 라인들 통해 가기로 했어요. " 수녀는 가라앉은 목소리로 대답했다.
"저도 함께 귀국하고 싶은데요?" 중위의 표정은 굳어졌다.
"아이처럼 그러지 마세요. 일정대로 여행한 후에 귀국하세요. " 수녀는 그의 표정을 안쓰럽게 바라보면서 애기했다.
"수녀님이 너무 쓸쓸할 것 같아서 그렇습니다. "
"그렇지 않아요. 저를 염려해서 '레이날도 한'의 C장조 선율을 연주해준 바이올리스트가 흑암마을까지 따라가기로 했답니다. "
"고마운 우정이군요. "
"제가 먼저 귀국해 중위님을 기다릴게요?"
"그렇게 되면 저는, 스페인을 선회하는 기차의 차창 가에서 수녀님을 그리워하게 되겠군요. 아, 세 시간 후에 떠난다고 하니까, 시간 흘러가는 소리가 들리는 것 같군요. 러셀스퀘어 역 부근에 있는 분위기 좋은 카페라도 들립시다. " 중위가 손에 힘을 주며 일어서려 했다.

"소중하게 남은 시간을 카페같은 곳에서 허비하고싶지 않아요. 저는 이 곳의 공기가 좋아요. 삶의 결과가 커다랗게 반향된 여류작가의 청동상 앞에 중위님과 함께 앉아 있는 것만으로 추억이 될 거예요. " 수녀는 행복한 표정을 지어 보였다.

"잊지 못할 추억으로 각인되려면, 수녀님이라기보다 서 정애 라는 이름으로 불러주는 것이 좋겠는데요?. 서 정애 수녀님! 갑자기 듣게 되니까 생소하지 않은가요?" 중위는 용기를 내어 이름을 불러보았다.

"저는 그 이름이 너무 평범해서, 전도를 하는 여성에게는 어울리지 않는다고 생각했어요. 주님의 이름(예수)처럼 하늘나라와 관련성을 띤 이름이 주어졌다면 좋았을걸 하는 생각을 했을 때도 있었어요. 별수없지요. 서 정애 라는 이름은 흑암마을에서 전도를 하는 여인으로 이미지가 굳어져 있으니까요. " 수녀는 진지하게 얘기했다.

"저는 서 정애 라는 이름이, 신참주부같은 이미지를 띠어서 좋은데요?" 중위는 얼핏 떠오른 또 다른 이미지로 주부에 견주었다.

"하필이면 독신인 여성의 이름을 신혼초의 주부에다 견주세요?" 수녀는 중위를 못마땅히 바라보았다.

"복음을 전도하는 일을 그만 두고, 주부로 평범하게 살았으면 해서요. "

자신의 바램을 내비쳤다고 생각한 중위는, 수녀도 어느 정도 알 것 같은 흑암마을과 관련된 노처녀 아가씨의 이름을 꺼내 화제를 전환시켰다. 「만화경」이라는 연속추상화 속에 등장해서 눈 내리는 한겨울 밤 추상화가와 연인의 행진을 했던 '슬임'이라는 여성인데, 흑암마을과 연결된 선율의 거리에서 피아노교습소의 보조교사로 일한다고 했다.

"'슬임'이라는, 들으면 웃음이 나온 이름보다 서 정애 라는, 수녀님의 과거와 미래가 함축된 이름이 저에게는 '단테'가 그려 낸 베아트리체 못지 않는 이미지를 띠는데요. "

"고마워요. 저의 이름을 하늘의 먼 별같은, 숭고한 베아뜨리체처럼 생각해주어서요. 중위님이 애서 높여 주니까, 저도 제 이름이 어쩐지 평범해 보이지 않는군요. " 수녀는 자혜로운 미소를 지었다.
"절대로 예사로운 이름이 아닙니다. 그 이름을 걸고 흑암마을에서 많은 불신자들을 전도했고, '막달리아의 꿈'을 번역했어요. 수녀님은 어떤 이름을 갖고 있어도 곧 그 이름에 자랑스러운 이미지가 감싸질 겁니다. "
"막달리아의 꿈을 번역한 것이, 서쪽의 도시 런던으로 오게 된 동기인지는 모르겠지만, 저에게는 영광스러운 작업이었어요. 막달리아는 진정으로 예수님을 흠모하고 그리워했어요. 예수님이 분노한 무리들로부터 자신을 구해준 일을 계기로 새로운 삶을 시작한 여인입니다. 생전의 예수님을 뒤쫓으려고 항상 깨여 있었으며, 사후에는 부활을 가장 먼저 목격한 영광의 여인이었어요. 막달리아가 온 정성을 다해 예수님을 뒤쫓았듯, 저도 마지막 힘을 다해 막달리아의 꿈을 번역한 거예요. " 수녀는 시무룩이 얘기 끝을 맺었다.
"왜 불길하게 '마지막 힘'을 강조합니까? 이제 막 삼십대에 접어든 여인인데요. 구만리같은 미래가 있는데, 그 미래를 좌우할지 모를 마지막이라는 말을 함부로 써서는 안됩니다. " 중위는 꾀 어른스럽게 충고하듯 말했다.
"마지막을 말하지 않는다고 해서, 한없이 피하게 되는 것은 아니잖아요? 그것이 누구에게나 있듯, 저에게도 있고 이세상에도 결말이라는 것이 있어요. 제가 말로 표현하는 것은 잘못됐는지 모르지만, 우리는 가끔 마지막을 생각해보고 마음을 정리해볼 필요가 있어요. " 수녀는 숙연한 모습이었다.
"만사가 이유없이 끝장이 나기도 하고, 새로운 일이 과거와 무관하게 계기하는 것을 보면, 사실 허무하기 짝이 없지요. 세상을 그렇게 만들어 놨는데 어떡합니까? 별 수 없지요. 때가 이르면 사라지는 겁니다. 그렇지만 저와 연분이 있을지도 모를 아름다운 여인이 끝장나는 일은 떠올리는 것만으로도 마음이 아픕니다. " 중위의 표정에는 알 수 없는 애원이 깃 들어 있었다.
"용기를 내서 두드리고 구하세요. 그러면 저보다 더 진실되고 아름다운 여인을 찾을 거예요. 중위님의 진정한 베아트리체가 나타날 거예요. 그래도 저는 런던에서의 중위님과 추억을 마지막까지 반추할 거예요. " 수녀는 슬픈 표정이었다.
"또 마지막이라는 얘기가 나오는군요. 누가 들으면 열흘 후쯤 이 세상을 떠날 사람으로 여기겠습니다. " 중위가 말했다.
"저의 현재 모습이 창백해 보이지 않은가요?" 수녀는 두 손으로 자신의 얼굴을 감싸 내린 후 물었다.
"아니오. 무척 청순해 보입니다. 수녀님의 표정에는 초원의 아침 기운같은 것이 서려 있는 듯 합니다. " 중위는 수녀의 눈을 똑바로 보면서 말했다.
"모를 일이지만, 청동상의 영혼이 저를 필요로 하기 때문에, 주는 어떤 기운인가 봐요. 처녀시절이었던 버지니아의 모습이 눈에 선해요. 정말 이슬이 내린 초원의 아침생각이 들기도 하고, 이상할 정도로 기분이 좋은데요. " 수녀는 버지니아 울프의 흉상을 고운 미소를 띠며 유심히 바라보았다.
"타비스톡에서 저와 함께 할 시간이 얼마 남지 않았는데, 밝은 모습을 보여 줘서 고맙습니다. 그러나 히드로 공항에 도착했던 날, 피카딜리라인과 얼스코트에서는 몰랐지만, 해가 기울 무렵 그린공원에 잠시 들렸을 때 몹시 피곤한 기색으로 숨을 들이마신걸 보고 놀랬던 적이 있습니다. 그 때 마침 가느다란 빗줄기가 넓은 잔디위로 흩날렸는데, 수녀님은 그 때 하늘을 향해 깊은 시선을 주면서 알 수 없는 정신력으로 생기를 회복하는 모습에 다시 한 번 놀랬습니다. " 중위는 심신의 균형을 스스로 갖추는 수녀에게는, 신비한 능력이 있다고 생각했다.
"그 날 오랜 시간 비행했던 탓으로 피곤한 기색을 보였을 거예요. 이런 심신의 불일치에 대해서, 저는 주님에게 일체를 맡김으로써 스스로 균형을 잡을 수 있는 능력을 내보이기도 해요. 복음서가 저에게 안겨 준 작은 은혜로 보고싶어요. " 수녀는 주목할만한 능력이 아니라는 듯 얘기했다.
 "그제도 성 제임스공원에서 허무한 무엇이 깃든 듯한 수녀님의 표정을 보면서, 저한테 숨기는 일이 있을 거라는 생각을 했는데요?" 중위는 근심되는 표정으로 얘기했다.
 "중위님, 그런 생각 하지마세요. 저는 지극히 정상적이에요. 이제 삼십대로 갓 접어든 젊은 여인은, 측은히 여길 만큼 건강이 나쁘지는 않아요. 저는 오히려 중위님이 걱정돼요. " 수녀의 입가에는 희미한 미소가 엿보였다.
 "왜요?"
 "저를 만지려다 뺨까지 얻어맞았으니까요. 독한 브랜디를 주머니에 넣고 다니니까 실수하는 거예요. " 수녀의 미소는 거의 웃음으로 변했다.
 "성 제임스공원에서 있었던 일을 생각하면, 부끄럽습니다. " 중위는 두 손으로 얼굴을 잠깐 감쌌다가 뗐다.
 "미안해요, 중위님. 지나간 일인데. " 수녀는 중위의 손을 잡고 부드럽게 얘기했다.
 "지나갔지만 그 일이 왜 자꾸 부끄럽게 떠오르곤 하지요?" 중위는 고개를 숙였다.
 "독한 브랜디 때문에 판단력이 흐려진 거예요. 이십대 중반의 젊은 청년이 술 때문에 잠깐 이성을 잃었는데, 왜 용서를 못하겠어요. " 수녀는 자혜로운 표정이었다.
 "그런 일이 있었음에도, 저는 수녀님을 그리워하고 있습니다. "
 "그리워 하세요. 그리움은 순수한 정신의 파장같은 것인데, 누구도 물리치지 못할 거예요. " 수녀의 표정은 더욱 자혜로움으로 밝아졌다.
 "고맙습니다. 저의 어제 오후는 기적이었다고 얘기했는데, 수녀님은 어제 어떻게 보냈어요?"
 "목사님 일행과 택시를 타고, 도심의 거리란 거리들은 모두 보았어요. 중위님에게 기적이 일어난 그리스 건축물인 백화점도, 무심히 지나쳤을 거예요. 빅토리아, 옥스퍼드, 본드, 리젠트 가, ……낯선 보도에는 사람들이 가득하고, 고전풍이 흐르는 아름다운 건축물들이 줄지어 있었어요. " 수녀는 조금 들뜬 표정으로 얘기했다.

"아, 오늘 일정이 바쁘게 돌아가서 잊을 뻔 했는데, 수녀님에게 드릴 특별한 선물이 있습니다. "

"선물?" 수녀는 어깨에 멜 수 있는, 가방의 자꾸를 잡아당기는 중위를 바라보면서 되물었다.

중위는 선물의 구입에 대해 간단히 설명했다. 이 선물이 특별할 수 밖에 없는 이유는, 버지니아 영혼이 선택했기 때문이라고 했다. 백화점으로 사용하는 그리스 건축물 기둥에서 버지니아 아가씨를 기적적으로 만난 직후, 함께 건물내부로 들어갔는데, 지하의 카페와 의상들이 화려하게 진열된 층을 돌면서 여성의류 상점이 둘이의 앞에 있었다는 것, 거기서 버지니아 영혼이 수녀님에게 선물해야겠다며 군 장교들이 외출할 시에 즐겨 입는 카키색상의 반코트를 사도록 했다는 것이다.

중위는 포장지를 풀고, 버지니아 영혼이 선택했다는 그 반코트를 수녀에게 건넸다.

수녀는 초가을까지 입을 수 있는, 아름다운 디자인이라고 했다.

"얼마주고 구입했어요?" 수녀는 무척 비쌀 거라는 의미로 물었다.

"백 팔십 오 파운드가 조금 넘었을 겁니다. "

"직장도 없는 분이 큰돈을 썼군요. " 수녀는 못마땅한 표정을 지었다.

"수녀님에게서 느낄 수 있는 광대한 사랑의 감정에 비하면 모래알보다 작은 선물입니다. " 중위는 직속상관에게 보고하듯 박력있게 말했다.

"오, 셰익스피어 극에서 발췌한 대사(臺詞)같군요. 고마워요. 버지니아 아가씨가 선택해준 의미있는 옷인데, 중요한 때에 꼭 입어야 겠어요. "

수녀는 봄의 언덕에서 뿐만 아니라, 늦가을의 낙엽 지는 숲길에서도 무척 어울릴 것 같다며 반코트를 매만졌다.
"맘에 들어하니, 저도 기쁘군요."
"그렇지만 중위님은 과용했어요. 이 반코트 때문에 다음달에는 굶기도 하겠는데요? 그럴 것 같으면 제가 전도하는 현장으로 오세요. 굶지 않게 해줄게요." 수녀는 여유있는 미소를 지어 보였다.
"혼자 지내는데요? 고독이 문제지, 굶는 것은 걱정하지 않습니다."
"그래서 신앙을 가지라는 거예요. 대체로 고독에 굴복하기 때문에, 영혼이 상처를 입는 거예요. 앞으로는 저의 전도행사에 꼭 참석하세요." 수녀는 간절한 표정으로 얘기했다.
"저에게는 고독을 물리치는 방법이 있습니다."
"어떻게요?"
"둑길 아래의 목로주점에서 추상화가와 소주한잔 나누는 겁니다." 중위는 자신있게 대답했다.
"추상화가의 헛된 얘기를 들을 뿐이에요. 그분이 복음서를 꼬집는 것은 한 두 가지가 아니에요. 중위님과 가끔 술을 드시는지 모르겠지만, 그분도 저의 설교를 찬탄해줄 때가 많았어요. 술로 고독을 물리칠 수 없어요. 신앙은 삶을 희망 쪽으로 움직이게 한다는 것을 꼭 명심하세요." 수녀는 깊은 눈길로 중위를 바라보았다.
"고독이 밀려오면 수녀님을 생각하겠습니다."
"그러세요. 생각해준 것만으로 저는 기쁩니다. 버지니아 아가씨와 함께 구입했다는 이 옷은 소중히 간직하겠지만, 앞으로 저를 위해서 돈을 낭비하지마세요. 저의 생활은 중위님보다 훨씬 안정되어있어요."

중위는 실례되는 줄 알면서도, 수녀에게 매달 사용하는 생활비가 어느 정도인지를 물어 보았다. 그 질의 속에는, 훗날 자신이 그녀의 보호자로 자리잡았을 때, 어느 정도의 수입을 가져야 되는지를 가늠하기 위한 생각도 깃 들어 있었다.

수녀는 그의 질문을 너무 당돌하다고 생각했지만, 가능한 추측을 할 수 있도록 에둘러 다음과 같은 식으로 대답했다.
 자신은 타고난 복음의 전도사다. 부흥회를 열면 목사 분들의 요청도 있지만, 설교단상에서 만인에게 보여야 하는 자신은, 사치하지 않는 고상한 의상으로 청중들의 마음에 변화를 줄 필요가 있다. 그같은 의상의 변화는 흑암마을에 몰려드는 불신자들을 신앙으로 이끄는데 작으나마 힘이 될 수 있기 때문에, 주님을 위한 일이기도 하다.
 그리고 자신이 입었던 그 의상들은 체격이 흡사한 친구인 바이올리스트가 입도록 해서, 세계각국의 연주회장을 돌며 더욱 진가를 발휘하는 선율과 함께 청중들의 눈길을 끌고 있다. 저의 의상이 바이올리스트에게 주어진다는 것을 누구보다 좋아하는 사람은, 부모되는 목사님 내외분이다.
 자신에게 전도사로서의 길을 터준 목사부부는, 따님의 매니저 역할을 하며 유럽의 유명도시를 돌아다니면서 제일 걱정스러운 문제가 딸이 연주회 때 입을 의상이었는데, 자신의 그 설교의상들을 국제소포로 부쳐 줌으로써, 바이올리니스트는 그것을 입고 청중들에게 더 깊은 인상을 준다는 등으로, 수녀는 자신의 여유있는 생활을 입고 지낸 의상으로 에둘러 표현했다.
 "그렇지만 복음의 전도만으로 생활의 여유를 가질 수 있다는 것이, 쉽게 믿어지지 않는데요?" 중위는 고개를 저으면서 말했다.
 "물론 그래요. 제 설교의 본질은 무언가 주고 싶은 동정과 자비에요. 다양한 사람들이 모여드는 것을 눈여겨본 흑암마을의 일부 기업가 정신이 투철한 목사들이, 저의 동정과 자비의 전도 속에서 '면죄부'라는 것을 생각했고, 국가는 용서하지 않는 사람들을 교회의 이름으로 자비라는 면죄부를 베풀고 있습니다. 그 대가로써 기부금이 돌아온 것 같습니다. 그 일부가 저에게도 돌아온답니다. 저는 회개하는 죄인들이 간절한 모습으로 구하면, 그들을 따듯이 맞이하고 교회의 이름으로 면죄부를 주는 것이 마땅하다고 목사들에게 설교한 일이 많습니다.   회개하는 우리들의 사후문제는 하늘이 판단합니다. 목사들이라고 해서 사후행로가 유리하지 않습니다. 우리의 사후행로를 예정할 수도 없습니다. 저 역시 사후에 대해 전혀 모르지만, 우리의 어느 누구든지 용서를 구하면 복음서의 가르침처럼 용서해줄 것입니다. 삶을 뒤돌아보면 순식간인데, 경유하는 흑암마을에서는 더 많은 용서가 있어야 한다는 것이 제 설교의 본질입니다. 생활비를 얘기하다가 예상 밖의 내용으로 흘러갔군요. 사실 저는 복음을 전도함으로써 여유있는 생활을 하고 있습니다. " 수녀는 미소를 띠면서 얘기했다.
"아닙니다. 관련된 내용을 솔직하게 들려주었습니다. " 중위는 숨은 내막을 이해할 수 있도록 얘기해 주었다며 고개를 끄덕였다.
"중위님은, 용서(면죄부)를 설교한 대가로 받은 저의 안정된 생활이 불의하다고 생각하시나요?"
"아닙니다. 노고에 대한 정당한 대가라고 봅니다. 수녀님의 가슴에 자비와 깨끗함이 공존하고 있다는 것은, 저 청동상의 영혼이 증명하고있습니다. 수녀님의 마음에 안착하려는 것이 목적이니까요. 수녀님의 마음속에서 자신의 영혼을 치료하려고 합니다. 수녀님은 영혼의 치료비를 받은 것입니다. " 중위는 신념 어린 목소리로 대답했다.
 수녀는 청동상에 깊은 눈길을 주면서 중위의 어깨에 얼굴을 기대었다. 자신의 머릿결을 느끼는지, 중위의 어깨근육은 미세한 경련이 일어났다. 맥박보다 작은 운동이지만, 사랑의 감정으로 일어난 것 같은 그 경련 속에서 수녀는 버지니아 영혼을 느끼려고 애썼다. 그녀의 영혼이 극동에서 온 자신의 가슴속에 깃 들려는 것은, 애써 번역한 '막달리아의 꿈'과 관련되어있다는 생각을 중위는 가지고 있다. 그것은 인간의 생각으로 닿을 수 없는 깊은 신비의 고리로 연결되어있다고 생각한 중위였다. 그렇게 생각했던 중위의 얘기를 반추하며 수녀는 그에게 몸을 기댔다. 그의 가슴 쪽에서 수녀는 자신의 마음을 필요로 한 버지니아 영혼이 깃든 것을 느낄 수 있었다.
"인간의 사고력이 닿지 않는 부분이 많아요. 정말 제가 막달리아의 꿈을 번역할 때부터 버지니아 영혼은 저를 예지하였을까요?"
 "과분하게 교량으로 선택된 저의 생각이지만, 영적인 마음을 지닌 수녀님이 막달리아를 깊이 생각함으로써 하늘을 동경한 버지니아 영혼에 예지된 것 같습니다. " 중위는 가능한 생각을 자유롭게 말했다.
 "막달리아는 지상에서도 주님을 가까이 했듯, 하늘나라에서도 주님을 도우며, 지상에 능력을 내릴 수 있는 영혼일 거예요. 저는 '막달리아의 꿈'을 번역한 후에, 그녀의 신비를 무척 생각하고있었는데, 그 무렵 목사로부터 런던으로 여행할 수 있는 초청장을 받았습니다. 그런 원인들에 의해 저에게 기적을 이룰 수 있는 사명이 주어질 수도 있다고 봐요. 인간의 여러 면모와 영적인 신비는 하찮으며 덧없이 사라져요. 그러나 제가 버지니아 울프의 영혼을 하늘나라로 떠오르게 하면, 주어진 책임을 다한 걸로 제 영혼도 그 나라에 남을 거예요. 제가 마지막으로 치달아도, 저에게 주어진 사명을 결코 저버리지 않을 겁니다. " 수녀의 표정에는 결연한 빛이 어렸다.
 "또 마지막이라는 얘기를 하는군요. 마치 유언장이라도 작성해놓은 사람처럼 왜 그 말을 자주 쓰십니까?" 중위가 미소를 지었다.
 "저의 눈에 보이는 이세상의 모든 일은, 하늘나라를 눈앞에 둔 경계에서 일어나고 있는 것 같아요. 아무래도 제가 마지막에 가까워졌기 때문일 거예요. 우리는 그 경계에 조금 떨어져 있거나 가까이 서있는 거예요. 저의 소망은, 그 경계에서 우왕좌왕하지 않고 주님에 대한 그리움을 잃지 않는 거예요. 막달리아의 꿈처럼, 온 마음을 다해 주어진 그리움을 주님에게 바치고 싶어요. " 수녀는 더욱 결연한 빛을 띠었다.
 "알 수 없군요. 수녀님이 걸으려고 하는 길을요. "
 "저에게는 아직 꿈같은 호칭이지만, 저를 줄곧 수녀님이라고 불러줘서 고마워요. 저를 너무 깊이 알려고 하지마세요. 먼 서쪽의 도시, 런던에서 일어난 우리의 일들은 애틋한 추억이 될 거예요. 중위님은 저보다 젊고 아름다운 여성을 만날 수 있을 거예요. "

수녀의 표정은 애잔했지만, 입술 가에는 단호한 기운이 서려 있었다.
"저는 벌써 그 여인을 만났습니다. " 중위가 진지하게 말했다.
"누군데요?"
"수녀님. "
"웃지 않을 수 없네요. " 수녀의 입 가에는 순간 비극적인 미소가 스쳤다.
"왜 저와 멀어지려고 하세요?" 중위가 물었다.
"제가 버지니아 영혼을 받아들이고 나면, 우리는 멀어질 수 밖에 없어요. " 수녀는 침착하게 얘기했다.
"저는 이해할 수가 없습니다. " 중위는 불만 어린 목소리로 말했다.
"저의 반평생은 꾀 복잡해요. 그래도 다행인 것은 복잡하게 얽힌 일들을 정리해주는 충직한 가정부가 저를 돕고 있어요. " 수녀는 미간을 찌푸리고 숨을 크게 들이마셨다.
"아무래도 몸이 안좋은 것 같은데요. 그제 성 제임스공원을 걸어갈 때도 숨찬 표정을 보였는데, 조금 전도 그랬어요. 저에게 몸을 기대세요. 그래, …… 그렇게 기대고 가만히 있어요. " 중위는 그녀의 머릿결을 매만져 주었다.
"염려마세요. 나무그늘이나 연못가에서 맑은 공기를 마시기 위한 것처럼 입을 크게 벌렸을 뿐이에요. 왜 그런지 최근 들어 제게는 공기가 희박하게 느껴질 때가 있어요. " 수녀는 이젠 아무렇지 않다는 듯 미소를 환하게 지었다.
이탈리아인으로 보인 젊은 노숙자가 들어왔다. 중위는 주머니에 있는 1파운드에 가까운 동전을 주고 정원 밖으로 내보내려 하다가, 생각을 고쳐 먹고 사진기를 건네주면서 벤치에 앉은 자신들을 몇 커트 찍어 달라고 했다. 수녀가 셔터를 누르기 직전, 다시 중위의 어깨에 얼굴을 기댔다. 중위는 또 그녀의 머릿결을 만졌다. 얼굴에 떼 자욱이 흐르는 젊은 노숙인이 방향을 바꿔 가며 셔터를 누를 때마다, 활엽수 그늘은 밝은 빛이 터지곤 했다.

노숙자는 받은 동전으로 싸구려 술이라도 사려는지, 고맙다는 손짓을 하고 들어왔던 출구로 나갔다.
 둘이는 교대로 버지니아 울프의 청동흉상 바로 옆에 서서, 추억이 될 만한 사진을 찍었다. 그리고 다시 벤치에 앉아 서로에게 몸을 기댄 채, 평온함을 느꼈다.
 "저는 오늘아침 연주회에 가기 전, 저 청동상에 고백을 하고, 해답을 얻은 게 있습니다. "
 "무슨 고백을 하셨나요?" 수녀는 호기심을 가지고 물었다.
 "사랑의 감정입니다. "
 "저 청동상에게요?"
 "네. 그렇지만 대상은 로비의 창 가에서 연주회를 기다리는 수녀님임을 고백했어요. "
 "제가 사양하고싶은 그 감정을 아침부터 줄곧 지니고 있었군요. 들어도 괜찮을 내용이라면 거리낌없이 얘기해 보세요. " 수녀는 들을 수 있는 자세로 몸을 추스르며 알고 싶어했다. "무슨 내용인지 궁금해요?"
 "무언가 고백을 했는데, 말로 표현하기가 이상하군요. 이십대 중반에 처음으로 사랑이 움텄는데, 이 감정을 어떻게 해야 되느냐고 했던 것도 같고, ……아무튼 두서없는 고백이었어요. " 중위가 대답했다.
 "저를 향한 중위님의 속마음을 듣고, 저 청동상에 깃든 버지니아 영혼이 몹시 실망했겠는데요?"
 "그러지 않았어요. 오후에 그 사랑이 이루어질 거라고 했지요. " 중위가 대답했다.
 "이상해요. 제가 세 시간 후에 공항으로 출발하는데, ……그렇다면 오늘 오후를 두고 얘기한 것이 분명한 것 같은 데, 어떻게 이루어진다는 것인지 알 수가 없군요?" 수녀는 정원의 그늘진 허공을 올려다보면서 어떤 해답을 찾으려는 표정이었다.
 "버지니아 울프는 영혼이기 때문에, 타비스톡에서 일어날 일을 예지할 수 있었을 겁니다. 그녀의 영혼은 제가 건너갈 교량이고,

수녀님의 가슴속에 있는 마음이 안착할 목적이라고 말했습니다. " 중위는 침착하게 말했다.

"오후로 접어들 이 시간에 우리는 이렇게 앉아 있어요. 저는 중위님과의 인연을 소중히 여기고 있구요. "

"저 역시 소중히 여기고 있습니다. " 중위가 퉁명스럽게 대응했다.

"이렇게 앉아 있을 뿐, 우리는 오후에 헤어질 텐데요. 무엇이 이루어진다는 거죠?" 수녀는 깊은 의문의 시선을 허공에 보냈다.

"오후에 헤어지게 된다니, 무척 아쉽군요. " 중위는 한숨을 내쉬었다.

"그렇지만 우리는 추억을 꾀 많이 만들었어요. 그렇게 생각지 않으세요?"

수녀는 애써 미소를 지으며 누구도 모르게 가슴 위쪽이 조금 부풀어 오르도록 숨을 들이마셨다.

"저는 우리의 관계가 추억이상이 되었으면 합니다. " 중위의 아쉬운 대답이었다.

"저는 선명히 남을 추억만으로 만족해요. " 수녀가 재빨리 대응했다.

"어떤 것들이 선명히 남을지, 수녀님이 한 번 나열해 보세요?" 중위는 다정한 눈길을 그녀에게 주었다.

수녀는 선명한 추억이 될 일들을 공항에서부터 나열하기 시작했다. 짐 찾는 곳에서 중위가 자신을 지켜봤던 일, 피카딜리라인에서 여자아나운서의 특이한 안내방송에 서로 마주보며 웃었던 일, ……그 일로 친근해지기 시작했다는 것도 잊지 않았다.

다음은 얼스코트에서 같이 내려 중위의 숙소인 베스트 볼튼 호텔을 찾은 후, 깨끗하고 조용한 이층 방에서 조그마한 사각창문을 통해 후정의 아름다움을 함께 느꼈던 일, 다시 피카딜리 라인을 타고 그린 공원으로 나와 함께 쓴 우산 속에서 햇빛이 섞인 흩뿌린 비와 연한 초록잔디를 향해 연인처럼 그림자를 새겼던 일도 자신의 추억에서 사라지지 않을 거라고 했다.
 그리고 러셀스퀘어 역에서 자신이 묵을 타비스톡 호텔로 갔던 일, 그 곳 로비의 창 가에 놓인 소파에서 목사일행과 얘기를 나눈 후, 자신의 방으로 올라가 중위와 단둘이 얘기를 나눴던 일도 선명한 추억에 합류했다.
 수녀는 다음날의 일들로 넘어갔다. 둘 이가 오후에 다시 만나, 두 곳의 공원을 걸었던 일이 등장했다. 일차대전 당시 버지니아 울프가 산책했을 것이 틀림없는, 그린 공원에서부터 성 제임스 공원의 연못 길까지 함께 걸었던 일을 선명한 추억에 합류시켰는데, 거기서 수녀는 브랜디에 취한 중위의 추태도 빼놓지 않았다. 북회귀선과 남회귀선 운운하며, 중위의 손이 남회귀선은 이 근처일거라며 자신의 허리(적도)아래에 닿을 때, 눈에 불이 번쩍 나도록 뺨을 때렸던 일도 선명한 추억으로 넣은 것이다. 그리고 곧 때렸던 일을 후회하며, 용서해주었던 일도 서로의 추억으로 생각했다.
 여기서 한숨을 내쉰 수녀는, 사랑의 움틈이 중위님에게만 있는 것이 아니라고 했다. 어제 공원에서 헤어질 때, 그린파크역 지하로 내려가는 에스컬레이터에서 둘 이의 얼굴이 잠시 겹쳤는데, 거기에는 자신에게도 사랑의 감정이 동일하게 깃 들어 있었다고 했다. 그런 추억들이 어떻게 막연하게 떠돌다가 사라지겠느냐고 했다.
 무엇보다 선명한 추억으로 될 것이 틀림없는 일은, 연주회라고 했다. '레이날도 한'의 바이올린소나타는 아름다운 선율이라고 했다. 그 C장조 선율이 흘렀던 타비스톡 호텔의 로비도 멋진 곳이라고 평했다. 물론 연주회의 주인공은 자신이지만, 그 주인공의 초청에 응한 중위도 그 무형의 C장조 선율을 추억으로 소유할 권리를 갖는다고 하였다. 그리고 중위님을 교량으로 삼고자 하는 버지니아 영혼도 중위님을 통해 함께 들었기 때문에, 그 바이올린소나타는 더욱 빛날 거라고 했다.
 수녀는 입을 반쯤 벌리며 숨을 깊이 들이마셨다.
 "몸 상태가 안좋아 보이군요?" 중위가 그녀의 어깨를 부축했다.

"조금. 그러나 곧 좋아질 거예요. " 수녀는 다시 숨을 크게 들이 마셨다.
"호텔로 갑시다. " 중위가 말했다.
수녀는 나무그늘을 서성였다.
중위는 확연치 않는 수녀의 표정을 주의 깊게 살폈다.
"제가 입을 벌린 것은 하늘과 연결된 듯한 정원의 공기가 너무 신선해 보여서에요. 한 번 포도주처럼 음미해본 거예요. " 수녀가 말했다.
"술 얘기가 나오니까, 한 잔 하고싶은데요?" 중위는 입맛을 다시며 침을 삼켰다.
"호텔 미니냉장고에 포도주가 있을 겁니다. 우리 이렇게 벤치주변만 서성이지 말고 또 추억을 만들어요?" 수녀가 말했다.
"그렇다면 호텔방으로 갑시다. " 중위는 수녀의 팔을 부축하고 정원의 경계 쪽으로 향했다.
"좋아요. 저는 방에서 이 반코트를 입고 거울을 좀 봐야겠어요. "
"그 동안 저는 포도주 한 잔 해야겠습니다. "
"그러세요. 그리고 제가 이 카키색 반코트를 입는걸 좀 도와주세요. " 수녀가 호텔 쪽으로 향했다.
둘이는 정원의 경계를 넘기 전 나란히 뒤돌아 서서, 자신들을 바라보는 듯한 청동상을 향해 정중히 고개를 숙였다.

13

수녀의 숙소인 3층 6호의 방은, 런던에 도착했던 날 밤에 보았던 것과 전혀 다른 느낌을 주었다. 넓은 창문이 동쪽으로 향한 방은, 오후의 그늘진 적막에 감싸여 있었다. 정원의 술렁거린 활엽수 그늘이 창으로 밀려들기 때문인 것 같았다.

커튼이 절반쯤 밀쳐진 창 가로 다가선 중위는, 조금 전에 앉았던 나무벤치 주변을 내려다 볼 수 있었다. 활엽수 가지들이 서로 얽혀 있는 정원은 아직 중천을 벗어나지 않는 해 때문에 빛과 그늘이 가득했지만, 둘 이가 있는 방은 오후로 기울어지는 허전함이, 머잖아 있을 이별을 암시하는 듯 했다.

침대 옆, 벽 사이에 놓인 수녀의 여행가방은, 언제라도 끌고 나갈 수 있도록 잘 꾸려진 상태였다.

"체크아웃 시간이 지났을 것 같은데요?" 중위는 마음에 걸린 것을 얘기했다.

"괜찮아요. 목사님이 오후 내내 여기서 그대로 휴식을 취할 수 있도록 특별히 부탁을 했나 봐요. " 수녀는 손목에 감싸인 클로버 꽃보다 작아 보인 시계를 보면서 대답했다.

중위는 두툼한 손목의 살집을 드러낸 그녀의 팔이 예상 밖으로 길다는 것을 느꼈다. 그같은 중위의 느낌 속에는, 그 긴 팔이 자신의 팔과 교차하면서 서로의 어깨와 허리를 감싸고, 가벼운 발 움직임의 미세한 각도들이 동작에 멋진 변화를 주면서 호텔로비를 선회했던 '나타샤의 춤'도 들어 있었다.

수녀는 선물로 받은 반코트를 들고 거울 앞으로 다가섰다. 그리고 런던 숙녀들이 즐겨 입은 양장상의를 벗어 침대 위에 던져 놓았다. 목둘레에는 살구꽃같은 레이스가 감싸져 있고, 연한 베이지 색상의 블라우스 안쪽에는, 끈이 어깨로 이어진 팽팽한 브래지어 윤곽이 안개 속의 엿보임처럼 희부옇게 내비쳤다.

"김 중위님, 출입문 밖 손잡이에다 샤워 중이라는 팻말을 걸어주세요. 여성이 상의를 벗었으니까요. " 수녀는 접혀진 반코트를 펴면서 부탁했다.

"그같은 팻말은 없어요. Do Not Disturb(방해금지)라는 팻말을 걸어놓을게요. "

중위는 의자에서 일어나 출입문을 열고, 그 팻말을 걸어놓은 후 문을 닫았다.
 "김 중위님, 이젠 거울 앞으로 와서 반코트 소매에 저의 팔좀 넣어 주세요. 뒤쪽 칼라와 구겨진 곳도 좀 펴 주고요. 촉감이 좋아요. 디자인도 멋있구요. " 수녀는 자신의 가슴 앞에다 반코트를 펼치면서 얘기했다.
 "성숙한 여성이 왜 혼자 못입어요? 혹시 의대증 같은 습관이라도 있나요?" 중위는 웃으면서 물었다.
 "의대증이 뭐예요?" 수녀가 되물었다.
 "이씨조선 때, 사도세자가 옷을 입을 때면 답답해 하며, 몇 번씩 찢어 버렸다는 고질병을 들은 바가 있어서요. " 중위가 대답했다.
 "중위님도, 심술이 궂군요. 저를 불운한 그 세자가 겪은 의대증 환자로 보다니요?"
 "혼자서 충분히 할 수 있는 일인데, 소매에 팔을 넣어 달라고 하니까 물어 보는 겁니다. 넣어 줄 때, 사도세자처럼 신경질을 부릴까 봐, ……그렇기도 하구요. " 중위는 미안한 미소를 지었다.
 "저는 의대증 같은 것 없어요. 흑암마을에서 전도하는 일이 바빠지면, 저의 찬모가 외출복을 입고 벗는데 도와주었기 때문에, 습관 들여진 부탁이었어요. " 수녀는 숨찬 표정을 지었다.
 "아, 미안해요. 찬모까지 두었군요. 기꺼이 팔을 넣어 드릴게요. 가까이 서있으니까, 머릿결과 몸 향기도 맡을 수 있어서 여간 좋지 않는데요? 매일처럼 의대증이 일어나서 저를 불렀으면 좋겠습니다. 그러면 저는 온 정성을 다해 옷을 입혀 줄 수 있습니다. " 중위는 웃으면서 말했다.
 수녀는 좋지 못한 속마음이 드러났다며 팔을 들어 중위의 몸을 내리치려 했으나, 그의 손에 힘없이 잡히고 말았다.
 중위는 자신과 닿을 듯이 맞보며 서있는 수녀의 등뒤로 반코트를 넘겨 두 팔을 소매에 넣은 후, 다시 거울을 보도록 수녀의 몸을 돌려 놓았다.
 "아-아! 이 반코트가 저와 참 어울려요. " 수녀는 몸의 각도를 조금씩 바꾸면서 얘기했다.
"만족해 하니, 저도 기쁩니다. " 중위는 그녀의 양 어깨를 조심스럽게 감쌌다.
 수녀는 따스하게 전이되는 중위의 팔을 느끼며, 한동안 그의 가슴에 등을 기댄 체, 영원한 연인처럼 깊은 눈길로 거울 속의 그를 바라보았다.
"저는 이 반코트를 입고 귀국비행기를 타고 싶어요. " 수녀가 단추를 채우면서 침묵을 깼다.
"저 역시 바라는 바입니다. "
 수녀의 노고를 조금이라도 덜어 주고 싶은 중위는, 그 얘기를 듣고 침대위로 던져진 양장상의를 접어서 벌써 꾸려 놓은 여행가방 위에 놓았다.
"공항으로 출발하려면 세 시간쯤 남았나 봐요?" 수녀가 자신의 손목시계를 바라보았다.
"수녀님, 저 유리창을 좀 봐요. 비가 내리는데요. " 중위가 손을 들어 타비스톡 정원을 향한 넓은 유리창을 가리켰다.
"런던 날씨는 정말 변화가 심하군요. 빗방울이 유리를 타고 내리는 것이 아름다워요. 저는 비를 좋아해요. 그러나 우리의 헤어짐을 앞두고 내리니까 마음이 숙연해져요. 유리에 빗물이 흘러서인지, 정원의 활엽수 가지들이 흐릿해 보여요. 우리만의 소중한 시간이 주어졌는데, 버지니아 영혼으로부터 어떤 텔레파시같은 신호는 없는가요?" 수녀가 물었다.
"아직 없지만, 저를 통해 그대에게 건너갈 것이 틀림없어요. 호텔 로비에서는 수녀님과의 춤을 권유하는 속삭임도 있었지요. "
"중위님의 가슴속으로 들어온 영혼이 어떤 소리로 속삭였다는 거예요?"
"네. 우리가 춤을 출 때, 아마 영혼은, 저와 거의 접촉하기도하는 수녀님의 가슴을 느끼며, 그 곳 깊이 깃든 마음에 적응하려고 애쓰는 것 같았어요. " 중위가 말했다.
"'나타샤의 춤'에 흐르는 선율은 정말 리드미컬 해요. 중위님은 어쩌면 그렇게 세련되게 춤을 잘 추세요. 저를 완전히 리더했어요. 손 발의 연이은 움직임들이 프로급이었어요. 제비족 같다는 생각이 들기도 했구요?" 수녀는 웃으면서 의문을 표시하기도 했다.
 "사돈네 남 말 하고 있군요? 복음을 전도하는 수녀님의 춤은, 그야말로 예술이던데요?"
 중위는 자신을 제비족으로 비유하는 것이 농담인줄 알았지만, 조금은 섭섭했다. 그래서 거기에 걸맞는 말을 내놓았으나, 수녀가 예민하게 반응하지나 않을까 걱정됐다. 중위는 더욱 다정한 표정으로 수녀를 바라보았다.
 "복음을 전도한다고 해서 춤을 배우지 말라는 법이라도 있나요?" 수녀가 새침하게 반응했다.
 "저도 전쟁이 없는 일선에서 어쩌다 배우게 됐어요. " 중위도 여유있게 대응했다.
 "그 여군 간호원에게서요?"
 "무슨, 여군 간호원?" 중위는 머리를 긁적거리며 되물었다.
 "짝사랑했다는?"
 "혼자만의 추억일 뿐입니다. 춤은 휴일 날 일선에 가까운 소도시에서 동료장교들과 함께 배웠습니다. "
 "미안해요. 우리 소중한 시간에 언쟁하지 말아요, 중위님! 우리 서로에게 눈길을 주며, 바라보기로 해요. " 수녀의 눈길이 다시 깊어졌다.
 "그게 좋겠군요. 버지니아 영혼이 저를 통해 수녀님에게 넘어가기 위해서는 서로 바라보는 것으로 충분할지 모르겠군요?" 중위의 눈길도 진지해졌다.
 "중위님은 어제 오후, 모습을 갖춘 버지니아 영혼과 연인처럼 지낸 기적의 주인공이에요. 오늘 아침은 그 영혼과 대화를 나누고, 현재는 그 영혼을 가슴에 품고 있어요. 그 영혼이 무언가 부탁하지 않았나요?"
 "다름이 아니고, 저를 통해 수녀님의 마음에 안착하겠다는 거였어요. 아직 때가 이르지 않은 모양입니다. 그 동안 수녀님은 침대에서 휴식을 취하세요. " 중위가 말했다.
 "이렇게 함께 있는 것이 쉬는 거예요. 마음을 집중해 버지니아 영혼이 무엇을 요구하는지 우리는 함께 들어야 해요. " 수녀가 안타까운 표정을 지었다.
 "이상해요. 아침만해도 버지니아 영혼의 소리가 잘 들렸는데, 지금은 도무지 들리지가 않아요. 그러나 수녀님의 마음으로 어떤 정신이 전달될 것 같은 자신감이 드는데요?"
 "어떤 정신? 그래요. 버지니아 영혼은 순수한 정신체임이 틀림없어요? 과연 우리의 인간적인 정신이, 버지니아의 영혼을 건너게 하고 받아들일 수 있을까요?" 수녀는 회의적이었다.
 "그렇지만 저를 통해 그대의 마음으로 넘어가겠다고 했어요. 어떤 분류(奔流)를 통해서요. 우리가 순수해지기를 기다릴 수는 없을 겁니다. "
 "아-아, 이성에게 있는 사랑의 분류를 통해 저에게 넘어오겠다는 거군요. " 수녀는 깨달았다는 듯 놀라운 표정으로 얘기했다.
 둘이는 서로를 바라보았다. 영혼이 지나가고 안착하기까지 강렬한 사랑의 감정이 필요하다는 서로의 눈길이었다. 그 사랑의 감정이란 순수를 초월한 서로의 일체감인지도 모른다고 생각했다. 둘이는 사랑의 분류를 통해 버지니아의 영혼을 건너게 하고 안착시킬 수 있다는 자신감에 마음이 벅찼다. 하늘과 관련된 일이 자신들을 통해 이루어질 수 있다는 것을 지각하였기 때문이다.
 "그것 보세요. 버지니아 영혼은, 우리에게 있는 사랑의 감정을 통해 건너갈 겁니다. " 중위의 얼굴은 희망이 어려 있었다.
 이렇게 할까, 저렇게 할까, 어떻게 할까를 두고 둘이는 조금 망설였다. 하늘이 만들어 준 때에 이른 것을 지각했지만, 버지니아 영혼을 위해 사랑의 감정을 어떻게 해야 할지 몰라 망설이고 있었다.
 "중위님도, 저도, 나약한 의지를 지닌 인간입니다. 하늘이 베풀어 준 사랑의 감정을 그대로 따르면 되는 거예요. 중위님이 그 느낌을 행한다면, 저는 이질적이라고 해도 교량을 통해 들어오는 그 영혼을 받아 줄 거예요. 아니 저는 측은한 그 영혼을 마음속에 품어 줄 거예요. 다행이 우리는 깨달았어요. 예지력을 가진 버지니아 영혼이 우리를 함께 깨닫게 한 거예요. " 수녀가 진지하게 얘기했다.

 둘이는 오후의 소중하게 주어진, 그리니치 시간이 찰칵거리며 지나가는 것이 안타까웠다. 중위는 부족할지도 모를 시간 속에서 왜 망설이냐며 버지니아 영혼이 재촉하는 것을 느꼈다. 그는 안개처럼 어스름한 자신의 마음을 벗어나, 수녀님의 청정한 마음속으로 건너가고 싶은 영혼이 건너지 못할까 봐 긴장하고있는 것을 느꼈다. 중위의 마음은 아침의 정원에서처럼 순수한 상태는 아니였다. 그런데도 그는 어떻게 할지 몰라 한숨을 내쉬었다. 수녀는 열정이 깃든 깊은 눈길을 그에게 주며 미소를 지었지만, 중위는 망설이고 있었다.

 "오후의 그리니치 시간은 얼마나 지났는지 모르겠군요. 수녀님이 영적인 힘으로 저에게 갇힌 버지니아 영혼을 거두어 주었으면 합니다. " 중위는 진지한 모습이었다.

 "자, 우리, 마음을 침착하게 가라앉혀요. 그리고 빗물에 씻긴 창가에서 함께 정원을 봐요. 중위님은 아침에 저 청동흉상을 바라보며, 저를 향한 사랑이 움텄는데 어떡하면 좋겠느냐고 물었던 것이 진정인가요?" 수녀는 반코트의 색상과 동일한 카키색 단추를 하나 하나 풀면서 물었다.

 "사실입니다. "

 "그리고 처음으로 사랑의 감정을 느꼈다고, 저 원숙한 흉상에게 고백한 것도 사실이구요?" 수녀가 물었다.

 "그렇습니다. 여행의 목적이었던 버지니아의 영혼에게 고백한 겁니다. " 중위는 맑은 유리를 통해 내려다보인 청동상을 향한 체 대답했다.

 "우리가 오후에 진정한 연인이 될 거라고, 저 청동상이 예지했던 일도 사실이지요?" 수녀는 더욱 진지해졌다.

 "네 들었습니다. 온갖 고뇌로 굳어진 청동상의 표정이 살아나면서, 우리가 진정한 사랑을 나눌 거라는 예언을 했습니다. " 중위가 대답했다.
 "아침엔 혼자 있었기 때문에 그런 독백이 가능했을지 몰라요. 지금도 그 청동상에게 고백했던 사랑의 감정이, 중위님의 가슴에 깃든 용기라는 그릇에 담겨 있는지요?" 수녀는 영적인 깊은 눈길을 주며, 전도할 때 곧잘 취했던 포즈이기도한 두 팔을 그를 향해 벌리면서 물었다.
 "오-오! 그대여!" 중위는 자신도 모르는 사이 수녀의 벌린 팔 안으로 들어가 그녀의 등을 끌어당기며 가슴위로 들어 올렸다.

 보이지 않는 그리니치 시간 속에 둘이는 일체가 되어 뛰는 심장이 초침소리처럼 들렸으며, 분명 타비스톡 호텔 삼 층 이었지만, 한동안 둘 이에게는 의식의 조각들이 부드럽고 달콤한 감정에 휩싸여 둥둥 떠서 눈앞을 어른거릴 뿐, 시공이 균형있게 펼쳐지지 않고 뒤틀렸다. 그것은 사랑의 감정이 부풀어 넘치기 시작한 젊은 남녀가, 태초의 원소로 분해되어, 혼란 속에서 과거로 깊이 소급한 후, 암흑물질이 된 것 같은 신비현상이었다.
 한동안 둘이에게 일정하게 흐른 그리니치 시간은 정지된 것 같았고, 그 시간과 겹친 공간도 올바르게 펼쳐지지 않는 체 뒤틀리거나 휘어졌다. 둘이는 아무런 이유도 없이, 어떤 영문도 까닭도 없이, 왜 이래야 할까 하는 부정도 의문도 모른 체, 영혼을 옮기기 위한 수단을 발휘했다. 그 과정은 사도 바울이 서로 사랑하라는 범주 속에 충분히 들어가고도 남을, 심신을 나누기 위한 안간힘을 진지한 의식처럼 치렀다. 둘 이에게는 더없이 아름다운 사랑의 감정이 한동안의 분류로 인해 뜨거워졌다가, 서서히 가라앉았다.
 이처럼, 서로 사랑하라는 범주는 하늘이 베푼 지상의 낙원이기도 하지만, 그 범주는 좁은 문을 통해 들어가며, 너무나 좁고 깊기 때문에, 그 곳이 내다보이는 경계에서 무수한 사람들은 배회하다가 절망을 느낀다. 그래도 하늘이 베푼 그 카테고리에 우리 중 누군가 들어가면, 우리는 사도 바울같은 인간의 승리로 보고 찬양해 준다. 그것은 '서로 사랑하라'는 낙원 속에서 그저 허망하게 끝나지 않고, 우리의 정신이나 영혼이 작은 울타리들을 벗어나 무수히 이동하고 새롭게 형성될 수 있다는 희망을 주기 때문일 것이다. 버지니아 영혼이 중위를 통해 수녀의 마음에 안착하는 일도, 우리에게 보이지 않는 그 무수한 이동 중의 하나일 수 있다. 이처럼 우리의 관계는 우주의 팽창처럼 울타리에 머물지 않고, 변화를 통해 진화되어가고 있는지도 모른다.

 누구나 사후의 영혼에 대해 깊은 생각을 가질 것이다. 그것은 서로 사랑하는 이가 지상에 없어도, 아침 이슬같은 우리 인간에게는 더없이 중요하기 때문이다. 버지니아 영혼에 예지되어 서로 사랑하게 된 중위와 수녀처럼, 영원의 세계로 향하려는 우리의 작은 울타리들은 허물어지기도 하며, 새로운 여행에 합류할 수도 있는 것이다.

 중위는 런던에 여행와서, 무게 때문에 하늘에 오르지 못한 버지니아 울프의 영혼을 만났다. 그 여류작가의 영혼은 중위와 수녀 사이에 이루어질 사랑의 관계를 예지하고있었고, 중위를 통해 수녀의 마음에 안착하려는 것이다. 그러고보면 가분할 수 없는 영혼에도 어떤 틈새가 있다. 그렇잖으면 희망과 절망이 거기에 깃들수가 없기 때문이다. 버지니아 영혼은 지상의 어떤 과학으로도 분석할 수 없는 그 틈새로 깃든 무게를 수녀의 마음속에서 줄여, 결국은 자신의 영혼이 하늘나라에 오르기를 소망하고있는 것이다.

 둘이는 타비스톡 정원의 나뭇가지 그림자가 어른거리는 방에서 사랑의 감정을 나누었다. 둘이는 아직 반코트를 깔거나 함께 감싸고 있었다. 버지니아 영혼은 중위의 세차게 분류(奔流)된 감정의 흐름 속에 자리잡고 있다 가, 수녀의 의식 속으로 파고드는 때를 놓치지 않았다. 그녀의 영혼은 둘 이의 고조된 의식의 일치 속에 잠시 함께 머물다가 수녀의 마음속으로 넘어갔다. 버지니아는 그 동안 떠돌이 영혼에게 주어진 텔레파시로 느낀 희열과는 전혀 다른, 오랜만에 인간적인 사랑의 감정에 휩싸여 수녀에게로 안착했다.

 이처럼 수녀와 중위는 타비스톡 호텔 3층에서 사랑의 감정을 교류했다. 그 일은 도심을 떠돈 여류작가의 영혼을 구하기 위한, 천사로부터 예정된 첫 단계였다. 그리고 이러한 단계는 지상에서 보이지 않게 정신을 바탕으로 일어나고 있는 무수한 신비중의 하나라는 것도 우리는 알고 있어야 한다.

 둘 이는 이마에 진땀이 흐르면서도, 시선은 서로를 부드럽게 감싸 주고 있었다.

 수녀는 숨을 몹시 헐떡이는 천식환자같은 모습을 보이기 시작했다. 그녀는 벌써 카키색 반코트를 입은 상태였고, 단추도 모두 채워져 있었다. 단정한 그 모습은, 둘 이가 주어진 의무를 끝내고 수녀의 마음속에 버지니아 영혼이 안착해 있다는 것을 보여 주었다.

 중위는 자신에게 어떤 환희의, 뜨거운 태양같은 덩어리가 내부를 급격하게 가로질렀다는 것을 상기했다. 그것은 수녀의 마음속으로 안착하기 위한 버지니아 영혼의 움직임이었다는 생각도 어렴풋이 떠올랐다.

 그는 땀 범벅이 된 수녀의 얼굴과 손등으로 훔쳐야 했던 자신의 이마를 떠올리면서, 자신들의 지나간 행위를 구성시켜보려 했지만 아무 것도 정확히 기억할 수가 없었다. 땀에 젖어있는 그녀 앞에서 조금 멋쩍고 부끄러울 뿐이었다.

 갑자기 걱정스러운 일이 중위의 뇌리를 스쳤다. 그것은 밤에 있을 귀국 비행에 수녀님 홀로 있게 해서는 안된다는 생각이었다. 그는 서울의 여행사에 전화를 해서 밤에 이륙하는 수녀님의 탑승 비행기에 빈 좌석이 남아있는지 알아야겠다고 생각했으나, 서울이 한밤중일 것 같아, 다른 방법이 없는지를 두고 깊은 고심에 빠졌다.

 "무슨 생각을 깊이 하세요?"
 "수녀님이 걱정되어서요. 저도 탑승할 방법이 없을까 하는 생각을 하고있습니다. " 중위가 대답했다.
 "저에게 벌써부터 코가 꿰었다고 생각하는가 봐요?" 수녀는 측은히 여기는 미소를 지었다.
 "조금 그같은 생각이 없는 건 아니지만, 어쨌든 수녀님을 혼자 가게하고싶지 않습니다. 공항으로 함께 가면 될 것 같아요. 분명히 빈자리가 있을 겁니다. 수녀님 옆에 앉아서 보살펴야 겠어요. " 중위는 걱정스러운 눈으로 땀에 젖은 여인을 관찰했다.
 "걱정마세요. 중위님은 교량역할을 훌륭히 해냈어요. 저는 여류작가인 버지니아 영혼을 마음에 안고 있다는 것을 확신해요. 저는 책임을 다할 거예요. 개성을 지닌 한 영혼을 떠 안았기 때문에 몸이 조금은 불편하지만, 비행기에 탑승하면 서울도착은 시간 문제에요. 염려 마시고 여행일정을 채우세요. 우리는 흑암마을에서 다시 만날 수 있어요. " 수녀는 숨을 몰아쉬면서 얘기했다.
 "수녀님, 움직일 수 있습니까?" 중위는 그녀의 손을 잡으면서 물었다.
 "여행가방을 끌고 걸어가는데, 아무 문제 없어요. " 수녀는 낮은 음성으로 또렷이 대답했다.
 "버지니아 영혼을 품고있는 것이 힘들어요?" 중위가 다시 물었다.
 "중위님과 함께 누울 땐 힘겨웠는데, 지금은 조금 괜찮아요. 궁금해요. 제가 품고있는 버지니아 울프의 영혼이 하늘에 오른다면, 어떤 모습일지 궁금해요?" 수녀가 물었다.
 "그녀는 이십대 초반으로 하늘에 오르기를 소망하고 있어요. 제가 어제 오후 그리스 건축물 기둥에서 만났던 그 모습으로 영원했으면 하는 바램이었습니다. " 중위는 기억에 있는 그녀의 소망을 얘기했다.
 "그러면 자신의 대표작들 (댈러웨이 부인, 등대로, 파도 등)을 모두 포기하겠다는 거군요?" 수녀는 안타까운 표정을 지었다.
 "그런 것 같습니다. 그 여류작가도 인간이며 여성입니다. 인생의 결과가 훌륭했다며 나이든 모습을 보여 주는 것보다, 젊고 아름다운 시절을 선택해 하늘에 오르고 싶어했습니다. 수녀님의 마음속에서 정화될 버지니아 영혼이 하늘에 오르면, 바로 그 젊은 모습으로 피어날 것입니다. " 중위는 런던의 도심에서 오랫동안 떠돌았던 영혼의 소망을, 자신이 알고 있는 사실 그대로 대답해 주었다.
"안타깝기도 하지만, 어쨌든 그런 기적같은 결과가 이루어진다면 저로서는 영광이에요. " 온 얼굴에 땀방울이 맺힌 수녀는 미소를 지었다.
"저도 수녀님의 마음속에서 그 여류작가의 영혼이 정화되어 하늘나라로 훨훨 날아가기를 기원하겠습니다. "
"그 영혼이 저와 가까이 있는 중위님을 교량으로 삼고, 저에게 건너왔기 때문이에요. 그래서 저는 신비와 기적의 조명을 받게 됐으며, 하늘과 더 가까워진 기분이랍니다. " 수녀는 떨린 음성으로 애기했다.
"그럼 옷을 벗고 간단히 샤워를 해야겠어요. 온 얼굴에 땀방울이 가득 맺혔어요. 속옷도 다 젖었을 것 같은 데, 제가 가방에서 마른 내의를 꺼내 놓겠습니다. " 중위는 그녀를 부축하려 들었다.
"아니에요. 저는 신비한 환희에 들뜨면 이러는 때가 있어요. 샤워보다, ……그럼 중위님, 타월을 데워진 물에 담갔다가 물기를 짠 후 가져오면 고맙겠어요. " 수녀는 낮은 목소리로 부탁을 했다.
"그게 좋겠군요. 제가 깨끗한 타월을 뜨거운 물에 이 삼 분쯤 담근 후, 짜가지고 올 테니까 반코트를 벗고, 침대에 엎드리고 있으세요. "
"싫어요. 혼자 닦아 낼 수 있어요. " 수녀가 말했다.
중위는 땀방울이 콧등으로 굴러 떨어지는 그녀의 이마를 손으로 한 번 닦아 내고, 샤워실로 들어가 수도꼭지를 틀었다. 뜨거운 물이 대야를 채우자, 타월을 몇 분 담근 후 꾹 짜서, 마른 타월과 함께 침대 가에 놓았다.
수녀는 하얀 침대커버로 몸을 몸을 감싸고 있었다.
"또 시킬 일 없습니까?" 중위가 퉁명스럽게 물었다.
"있어요. 가방 밑바닥에서 비닐 뭉치를 꺼내 주세요. "

"그게 뭡니까?"
"내의 계통이 들어있어요. "
"알겠습니다. 그거면 되겠습니까?"
"아, 한 가지 더 있어요. 가방 우측 주머니에 약병 두 개가 있는데, 꺼내 주세요. "

중위가 여행가방을 열고 부탁한 것을 찾는 동안, 수녀는 돌아앉아서 큰 타월이 맘에 든다며 몸의 땀을 닦아 내고 있었다. 조그마한 약병 중의 하나는 해열제인 것 같았지만, 다른 하나는 붉은 색상으로 내비친 정제된 알약으로 생소한 것이었다. 중위는 반쯤 남은 에비앙 생수병과 커피잔을, 그녀의 손이 닿을 수 있는 곳에 함께 갖다 놓았다.

"고마워요. 중위님이 찾는 동안 저는 땀을 모두 닦아 냈어요. 한결 기분이 나아졌어요. 이제부터 저를 미안해 하지 않아도 되요. 중위님은 저에게 코가 꿸 일은 하지 않았어요. 반코트가 바닥에 떨어졌군요. 주워 주세요. 무슨 신비한 기운이 우리를 감싸며 이처럼 환희에 찬 땀을 흐르게 한건지 모르겠군요. 우리가 무엇을 했는지 기억에 없는 것 같아요. 중위님은요?"

"저 역시 환희에 잠겼던 느낌이지만 무슨 일이 있었는지 모르겠습니다. " 중위가 대답했다.

"아, 몸이 한결 좋아졌어요. 이제 어렴풋이 떠오르는데 우리가 이 침대에 누워있울 땐 지고지순(至高至純)했던 것 같아요. 사실이에요. 중위님은 떠오르지 않으세요?"

"수녀님의 얘기를 들으니까 저도 희미하게 떠오릅니다. 우리는 분명, 플라토닉 했던 것 같습니다. "

"중위님은 그리스 적이네요?" 수녀는 미소를 지었다.

"왜 그렇죠?"

"플라토닉은 그리스 인으로 불멸의 업적을 남긴 플라톤 철학의 정수이니까요. 자, 이젠 중위님도 욕실에 가서 샤워를 하세요. 오! 측은한 저의 중위님!" 수녀는 사랑이 넘친 눈빛으로 고마움을 표시했다.

중위는 커피잔에 에비앙 생수를 반쯤 채워 수녀에게 건네 준 후, 그녀 모르게 한쪽에 벗어 놓은 아이보리 색상의 땀에 젖은 내의 등을 들고 샤워실로 들어갔다.

 샤워실에 들어간 중위는 지극히 정신적인 접촉이었다고 여긴 수녀님의 얘기를 실제와 맞춰 보려 했지만, 이상하게 되살아 나지 않았다. 그래서 수녀의 얘기를 진실로 여기고, 그녀가 말한 지고지순에 걸맞는 플라토닉으로 대답했던 것이 잘됐다고 생각했다. 그러나 수녀에게 선물한 반코트를 둘 이가 깔거나 덮곤 했던 기억은 희미하게 되살아 났다. 어쨌든 버지니아 영혼을 받아들여도 될 만큼, 지극히 정신적이었다고 얘기한 수녀의 기억이 진실하다고 생각했다.
 중위는 젖은 수녀의 내의부터 뜨거운 물에 잠시 담그고, 세면 비누를 그 내의 속에 넣어 문지른 후, 다시 깨끗한 물 속에 흔들어서 비눗물을 빼고 꽈배기처럼 조여 물기를 짜냈다. 그리고 샤워를 한 후, 최대한 빨리 몸의 물기를 닦아 내고 옷을 입고서, 다시 침대가로 가 세탁된 내의를 수녀에게 건네주자, 그녀는 자신이 할 일을 대신 해주어서 고맙다고 했다.
 "중위님이 샤워실에 들어간 후 시간이 얼마 지나가지 않았는데, 어떻게 제 내의를 빨고 샤워를 했어요. " 수녀는 놀라워 했다.
 "군대식입니다. 군대는 최소한의 시간을 정해 놓고 총기를 분해 결합하기도 하고, 배낭꾸리는 훈련을 하거든요. 실전을 방불케 하는 시간 다투는 훈련들이 참 많아요. 그런 식으로 행동했지만, 제가 빨리 나온 것은 수녀님이 걱정되어서입니다. 우리는 하늘과 관련된 신비한 사랑의 관계를 가졌습니다. 그 직후 수녀님의 몸 상태가 위험해 보였어요. 지금은 괜찮아요?" 중위는 걱정하는 투로 물었다.
 "편안함을 느낀다고 했잖아요. 중위님과 제가 가슴을 맞대고 지극히 정신적인 파라다이스에서 깨어났을 때는 만삭이 된 임산부의 마음 같았는데, 지금은 중위님이 위로해주는 만큼 회복이 되는 것 같아요. 제가 영혼을 안을 수 있는 교량역할을 해주어 고마워요. 저는 기필코 하늘이 안겨 준 숭고한 의무를 완수해 낼 거예요." 수녀는 굳은 의지를 드러냈다.

"꼭 이룰 것입니다. 지금부터 버지니아 영혼은 수녀님의 마음속에서, 우즈강의 일을 후회하며 영혼에 붙은 돌덩이들의 무게를 조금씩 줄여 가고 있을 겁니다. 이젠 저에게도 벅찬 책임감이 주어졌습니다. 흑암마을에 가서도 수녀님의 전도하는 일을 도울 생각입니다." 중위의 표정에는 확고한 결심이 어려 있었다.

"듣던 중 반가운 얘기를 해주는군요. 교량역할을 했던 분이 가까이 있으면, 이 기적은 이외로 빨리 이루어질지도 모릅니다. 이제 어떤 예감이 들어요. 버지니아 영혼이 왜 중위님을 통해 저에게 건너왔는지를. 이 기적은 빨리 이루어질 거예요."

수녀는 침대에서 일어났다. 내의를 갈아입고 카키색상의 반코트를 단정히 입은 상태였다. 그녀는 신비한 고통에서 벗어났다는 것을 보여 주려는 듯 방안을 서성거렸다.

"중위님이 샤워실에 있는 동안, 목사님으로부터 소식이 왔어요."

"히드로 공항에 출발할 준비가 됐느냐는 거겠지요?" 중위가 물었다.

"네." 수녀가 대답했다.

"택시로 갈 겁니까?"

"아니에요. 피카딜리 라인이 편리할 것 같다고 했어요."

"잘 됐군요. 저도 함께 가야겠습니다." 중위가 말했다.

"왜 여행일정을 바꾸려는 거예요?" 수녀가 의문을 표시했다.

"얼스코트역 플랫폼에서 삼십분만 기다려 주세요. 베스트 볼튼 호텔에 들어가 짐을 챙겨 나오는데, 반시간이면 충분할 것 같습니다."

"우리가 영영 헤어지는 것도 아닌데, ……일정을 채우고 오세요."

"수녀님이 혼자서 탑승하는 것은 무리이기 때문입니다."

"보세요. 가볍게 몸을 움직이고 있잖아요. 아까 땀을 흘렸던 것은 마음에 변화가 있었기 때문이에요. 낯선 버지니아 영혼을 받아들여 마음의 균형을 찾기까지의 어떤 고통이었을 거예요. " 수녀는 자신의 가벼운 걸음걸이를 다시 보여 주었다.
"그 영혼을 떠 안을 때 마음의 불균형 말고도, 수녀님은 천식 증세같은 힘겨운 모습을 많이 엿보였어요. " 중위는 다섯 번 쯤 봤다고 덧붙였다.
"그렇지만 예약되지 않았기 때문에 좌석이 없을 거예요. "
"인천에서 출발할 때도 빈 좌석이 꾀 많았는데, 히드로에서도 열 개 이상은 있을 겁니다. "
"벌써부터 중위님은 인간적인 관계가 없었던 저에 대해, 마치 있다는 듯, 코를 꿴 듯한 모습을 보이네요?" 수녀는 조금 매정하게 얘기했다.
"저에 대해 아무렇게 생각해도 좋지만, 오늘밤 제가 같이 가지 않는다면 평생을 두고 후회할 것 같아서 그렇습니다. " 중위는 진지한 눈으로 수녀를 바라보았다.

둘이는 이 문제를 로비에서 더 의논하기로 했다. 벌써 의미있게 주어진 세시간이 지나갔고, 목사일행이 로비에서 기다리고 있기 때문이다.
둘 은 통로에 나와 5층에 멈춰 있는 엘리베이터가 내려오기를 기다렸다.
"수녀님, 로비에서 바이올리스트를 만나면, 우리의 사이를 사실대로 얘기해주었으면 합니다. "
"어떻게요?"
"같은 비행기로 런던에 착륙할 때까지 모르는 사이였지만, 피카딜리 라인에서 친근해진 후, 지금은 연인보다 더 의미 깊은 사이라고 해주면 좋겠는데요. " 중위가 말했다.
"이미 얘기 했는데요. 중위님은 영국의 여류작가인 버지니아 울프의 기념관을 찾기위해 런던에 와서 저를 우연히 알게 되었다구요. " 수녀는 서로의 사이를 우연으로 가볍게 규정했다.
"연인관계라고 했으면 더 나았을 텐데. …… 아무려면 어떻습니까. 우리 둘이는 마음의 행로를 서로에게 연결시켜 버지니아 영혼을 지나가게 해서 안착시킬 정도의 관계였으니까요. " 중위는 자신있게 말했다.
"그래요. 저의 친구 바이올리스트는 극한적으로 정제된 순수한 음을 연주해내기도 하는데, 우리 사이에 있는 그 같은 신비를 모르지는 않을 거예요. " 수녀는 낮은 목소리로 말했다.
"그런데 그 바이올리스트는 왜 저를 앞에 두고, 수녀님과 그렇게 귓속말을 좋아하는지 모르겠습니다?"
이 때, 엘리베이터가 내려왔기 때문에 중위는 먼저 안으로 들어가, 수녀가 여행가방을 끌고 안전하게 들어오기까지 문이 닫히지 않도록 부착된 삼각단추를 누르고 있었다.
"저와 허물없기 때문일 거예요. "
"그래도 오늘 연주가 끝난 후, 그릴에서 점심이 끝날 무렵에 있었던 일은 한마디로 유감이었습니다. 서로 귓속말로 뭐라고 했는지 모르겠지만, 저에 관한 것이었어요. 공항에서 무슨 첫인상을 느꼈다고 수녀님이 얘기한 직후가 아닌가요? 심하게 웃는 모습이 저를 모욕하는 것 같았습니다. "
"그렇다고 밖으로 나간 중위님의 잘못이 더 커요. 느긋이 참고 앉아 있었다면, 훨씬 중위님다웠을 거예요. " 수녀는 자신의 생각을 숨기지 않았다.
"그 바이올리스트는 저를 힐끗 보면서 웃었어요. 수녀님도 소리내지는 않는 체 함께 웃어 주었고요. "
"그런 얘기 마세요. 유능한 바이올리스트에요. "
"저도 압니다. "
"그러면 웬만한 실수도 모른 척, 존중해줘야죠?"
"앞으로는 여유를 가질 참입니다. "
"협연한 피아니스트는 파리의 시떼 섬 주변에 있는 카페들에서 연주를 하며 빈둥거린다고 들었지만, 제 친구는 유럽의 큰 도시들

- 프라하, 런던, 브르쉘, 루체른, 플로렌스, 밀라노, 마드리드 -등에서 초청이 빈번한 연주가예요. 따님을 잘 둔 덕분에 목사내외분은 매니저 일을 하면서 여러 도시에 추억들을 가지고 계시지요."수녀는 친구를 두둔해주려고 애썼다.
"그렇군요."중위는 고개를 끄덕이면서 수긍했다.
"물론 오해할 수도 있겠지만, 흉보는 건 아니었어요."수녀의 표정은 진지했다.
"그래도 가만히 앉아 있기가 곤란했어요. 두 여자가 한 남자를 앞에 두고, 귓속말을 정답게 나누면서 마구 웃는데, 어떤 목석같은 사내도 기분이 좋을 리는 없을 겁니다. 수녀님이 뭐라고 했는데, 친구되는 바이올리스트는 그렇게 웃습니까?"중위는 불만 어린 표정을 지었다.
"무슨 얘긴가를 하긴 했죠. 아, 이랬던 것 같아요. 제가 바이올리스트의 귀에 대고 버지니아 울프가 중위님의 정신적 연인인 것 같다고 했더니, '70여년 전에 죽은 그녀가 어떻게 정신적인 연인이 됐을까요'라고 제 귓속에 속삭이면서 함께 웃었을 뿐인데, ……지금 생각하니 감정이 상할만도 했겠어요. 미안해요."수녀는 사과했다.

목사일행은 아침에 연주회를 열었던 창 가와 가까운, 로비의 그 자리에 앉아 있다 가, 엘리베이터에서 나오는 둘 이를 보고 일어섰다. 헤어져 있을 줄 알았던 피아니스트가 바이올리스트의 손을 잡고 홍조 띤 표정으로 얘기를 나누는 모습이, 이제 막 사랑의 감정이 싹트기 시작한 연인처럼 아름답게 보였다.
김 중위는 일행에서 조금 떨어져 생각에 잠겨 있는 목사 앞으로 다가서서, 자신의 결심을 정중히 얘기했다.
"목사님, 오늘밤 이륙하는 비행기에 저도 탑승하고싶습니다."
"일정이 같지 않는 걸로 알고 있는데? 걱정 말게. 내 딸과 함께 가기로 예약되어있다네."
"수녀님은 제가 공항까지 따라가서 빈자리 여부를 알아보겠다는 것도 사양하면서, 혼자 가겠다는군요?" 중위는 어떤 영문인지 궁금해 했다.
"사실 수녀의 몸 상태는 온전하지 않다네. 그녀가 타비스톡에 도착한 날, 우리 '지선'이가 함께 갈 수 있도록 예약을 해 두었다네."
"다행이군요. 드물게 천식증세를 보였는데, 무슨 병인가요?"
"폐암일세. 초기라고 그러는 데, 확실치 않네. " 목사가 대답했다.

중위는 잠시 두 손으로 자신의 얼굴을 감쌌다. 이상하다고 생각했던 수녀의 자꾸 반복된 얘기가 떠올랐다. 그녀 자신도 모르게 튀어나왔을 것 같은, 그 '마지막'이라는 말을 무심결에 사용한 이유를 이제 알 것 같았다. 그녀에게는 삶의 체념에 대해 항상 결심하고 불안에 떨어야 하는 불치병을 지니고 있었던 것이다. 그런 상태에서도 여류작가의 영혼이 자신의 마음에 안착하는 것을 더 없는 영광으로 여기고, 기꺼이 받아들이고 있다. 버지니아 영혼과 운명을 같이하는 것을, 하늘의 뜻으로 받아 들인 것 같았다. 중위는 무수한 땀방울이 맺힌 수녀의 표정을 떠올리고 있었다.
"저는 서쪽으로 멀리 비행한 후, 이 곳 날씨에 적응하지 못한 줄로 알았습니다. " 중위가 얘기했다.
"오후에 함께 있는 동안 수녀의 몸 상태는 어떻던가?" 목사가 물었다.
"숨찬 모습을 몇 차례 보였습니다. " 중위가 대답했다.
"그렇지만 수녀는 영적으로 마음이 무장되어있네. 흑암마을의 목사들도 그녀 앞에서는 조심들 하지. 복음의 전도사로서 많은 불신자들을 교회로 들어오게 해주기 때문이지. 너무 염려 말게. 하늘에서 내려 주는 영적인 기운을 받아 스스로 회복될 걸세. " 목사는 얘기처럼 가벼운 얼굴은 아니었다.
"종합병원에서 정확한 진찰을 받으면서 치료하면 회복이 빠를 텐데요?" 중위도 근심에 찬 표정이었다.
"그녀가 스물 여섯인가 일곱 때, 적십자 병원에서 전문의로부터 폐암이라는 진단을 받았지. 나도 현대의학을 믿고 병원치료를 권유했지만, 수녀는 하늘의 도움을 받아 회복될 거라며 지금껏 현대의학을 거부해왔네. " 목사는 무겁게 얘기했다.

"수녀님에게는 기적이 따를지도 모르겠지만, ……안타까워요. 숨찬 모습을 보이면서도, 곧 표정이 밝아지곤 했어요. 그런 면을 스스로 병을 통제해내는 영적인 치료로 봐야 될까요?" 중위는 의문스러운 점을 물었다.

"숨찬 모습은 폐암이 악화되고있다는 징후일세. 그녀가 '막달리아의 꿈'을 번역한 후, 친구인 내 딸과 전화연락을 빈번히 했는데, 가슴에 있는 병은 거의 회복단계에 있다고 하였네. 우리는 노고를 아끼지 않았던 그녀를 초청했지. 그리고 김 중위와 함께 러셀스퀘어 역에서 나오는 것을 보고 무척 기쁘게 생각했네. 공항에서 우연히 만나, 갑자기 연인의 감정을 주고 싶을 만큼 친화력이 생겼다고 하더군. 김 중위는 행운아일세. 하늘로부터 선택된 여인과 친근해졌으니 말일세. 둘 이가 여기서 춤추는걸 보고, 나는 천생연분이라고 생각했네. " 목사는 미소를 지었다.

"무슨 뜻이죠?" 중위는 희망에 찬 표정으로 물었다.

"둘 이가 함께 지냈으면 하는 바람일세. " 목사는 미소를 지었다. 이처럼 둘 이의 친근함을 인정해주고, 연분으로 이어 주고 싶어한 목사는, 점심 때 그릴에서 버지니아 울프와 관련된 일로 자신의 딸이 심하게 웃었던 일을 아비되는 입장에서 사과를 했다.

"그릴에서 자리에 앉아 있어야 했는데, 제 잘못이 큰 것 같습니다. " 중위는 타비스톡 정원으로 나갔던 자신의 모습이 부끄럽게 떠올랐다.

"아닐세. 나라도 그랬을 거야. 내 딸은 수녀와 꾀 우정이 깊은 친구사이라네. 그런데 김 중위가 나타나 자신들의 우정을 약화시키고있다는 생각을 했는지도 모르지. 젊은 여성들에게 흔히 숨겨져 있는 일이니, 모른 척 이해하여 주게나. " 목사는 중위의 손을 꼭 쥐었다가 놓았다.

"수녀님도 따님과의 우정을 소중히 여기고 있었습니다. " 중위가 정중히 대답했다.

목사는 깊은 우정으로 발전할 이유들이 많다고 했다. 그 중의 한 가지는, 자신의 가족이 서울의 흑암마을에 자주 열리는 수녀의 전도부흥회에 초청되는 일이 있는데, 시간이 허락되면 기꺼이 응했다는 것이다. 그 때마다 수녀의 설교에 앞서, 유럽에서 연주활동을 하는 바이올리스트로 자신의 딸이 소개되면서, 여러 차례 연주와 함께 환영을 받은 적이 있다고 했다.

또 수녀가 생활하는 오피스텔에 초대되어 그녀만을 위한 바이올린 연주를 해주었고, 수녀는 체격이 흡사한 바이올리스트에게 옷장을 열어 보이며 유럽의 도시를 순회 연주하며 입어도 손색이 없을 고급의상들을 가져가도록 하면서 둘 이의 우정은 사내들 못지 않게 돈독해졌다고 했다. 목사는 자신들에게 있었던 내밀한 일까지 들추며 수녀와의 추억을 자랑했다.

"수녀님은 오늘 아침의 연주를 두고, 저에게 들으라는 듯, 탄복을 했습니다. 오로지 자신만을 위한 C장조 선율이었지만, 저에게도 초청받은 자로서 박 지선 씨의 연주를 높이 평가해줘야 한다고 했습니다. 그래서 저는, 그 선율 못잖게 바이올리스트는 고운 여성이라고 해주었지요. 진정으로 얘기한 것입니다. " 중위는 군인답게 얘기했다.

"고맙네, 중위. 내 딸이 흑암마을의 전설로 남을 수녀와 우정있는 사이가 된 것은, 목사의 딸로서 예수님을 향한 마음이 그녀와 일치하기 때문으로 당연한 것일세. 둘이 일치된 웃음, 속삭임 등에 오해할 필요 없네. 수녀의 나이가 조금 위로, 선배의 입장이지만, 둘이 만나면 조금도 간격이 없는 친근한 우정일세. 오늘 밤 지선 이가 탑승할 수 있게 된 것도 서로 믿음을 가진 우정 때문일세. " 목사가 차분한 음성으로 얘기했다.

"그같은 우정을 진즉 알았다면, 오늘 그릴에서 예의를 벗어난 행동을 하지 않았을 겁니다. " 중위는 후회하는 심정으로 말했다.

"아닐세. 그릴에서의 일은 두 젊은 여성의 가벼운 행동일세. 내가 옆에서 보기에도, 둘 이가 심심풀이 대상으로 중위를 목석같은 곤란한 입장에 빠트려 놓고 만 것 같았네. " 목사는 미안해 했다.
 "어미되는 저도 중위님에게 사과를 할게요. " 목사부인은 점심 때의 일을 미안해 하는 남편의 목소리를 알아듣고 옆으로 와서 목사를 대신해 얘기를 이었다. "여자들은 혼자서는 못하고, 둘이 속마음을 주변사람들 모르게 교환하면서 얄궂어지고 싶을 때가 있어요. 복음서를 전도하는 수녀님도, 인간적인 분위기에 휩싸이면 그런 면에 가끔 휩쓸리는 수도 있는 거예요?" 목사부인은 못마땅한 표정을 지었다.
 "내가 이제껏 지켜본 전도사를 정의한다면 신앙심이 깊고, 조리 있는 설교와 친화력으로 사람들에게 감화를 주는 분일세. 우리 '지선'이도 그같은 면을 좋아했을 걸세. " 목사는 수녀의 성품을 칭찬했다.
 "그러한 면이 주된 성품이지만, 수녀님은 재밌는 인간적인 마음이 많아요. 예를 들면 쾌적하고 사치스런 생활도 남에게 뒤지지 않을걸. " 목사부인이 남편의 얘기에 한가지를 덧붙였다.
 "그런 일면은 누구나 마음속에 가지고 있는 것이 아니겠습니까? 다양한 성품이 한 몸에 있다 해도, 그 분이 영적으로 뛰어난 여성임에는 틀림없습니다. 그런데 오늘 오후, 저기 창 건너편에 세워진 버지니아 울프의 청동상 앞 에서, 그녀의 숨찬 모습을 보고, 저는 책임감이 들었습니다. 바이올리스트가 동행해주는 것도 좋지만, 아무래도 남자 한 명쯤 옆에 있으면 더 마음이 든든할 겁니다. 공항에 같이 도착해서 있을 것 같은 빈 좌석을 알아봐야겠습니다. " 중위는 굳은 각오로 말했다.

 얼마 후 수녀가 창 가에 홀로 서있는 중위에게 다가왔다. 그녀는 목사에게 중위님의 각오를 들었다며, 왜 자신의 일정을 포기하려 드느냐며 만류했다. 그러나 중위는 불치의 병을 몸에 지니고 있는 수녀의 위중한 모습을 몇 번이나 보았다며, 함께 가지 않으면 영영 못 볼 것 같은 생각이 들어서 그러니 이해해 달라고 했다. 중위는 수녀의 손을 잡고, 조금 흥분한 목소리로 말했다.
 "내가 지금 얼스코트로 가서 숙소의 짐을 챙겨 들고 나오는데, 대략 한시간이면 될 것 같습니다. "
 수녀는 어쩔 수 없는 듯 미소만 짓고, 더 이상 만류하지 않았다.
 "곧 출발하실 겁니까?" 중위가 물었다.
 "네. " 수녀는 고개를 끄덕였다.
 "그러면 저는 먼저 출발해 가방을 챙겨 들고 얼스코트 플랫폼으로 가겠습니다. 수녀님은 거기서 목사님 일행과 조금만 기다려 주십시오. "
 조금 들뜬 목소리로 얘기한 중위는, 목사내외분과 C장조의 협연자인 피아니스트와 바이올리스트에게 간단한 목례를 한 후, 타비스톡 호텔 회전문을 밀고 나왔다. 잠시 버지니아 울프의 청동상을 향해 곧 바른 자세로 선 그는, 그대의 영혼을 옮겼다는 위로의 말을 남긴 후, 망설임 없이 러셀스퀘어 역으로 발길을 옮겼다.

14

 러셀 스퀘어(Russell Square)역에서 얼스 코트(Earls Court)까지는 열 정거장이다. 그 역들을 지나, 중위가 숙소인 베스트 볼튼 호텔의 2층 방에서 여행가방을 들고 나올 무렵은, 타비스톡 호텔을 나와 한시간이 조금 지날 때였다. 준비해둔 가방을 챙기는 데는 몇 분도 걸리지 않았기 때문에, 이제부터 자신에게 주어진 얼스코트의 시간은 삼십 분 정도라고 생각했다.
 다섯 손가락을 다 꼽지 않아도 될 날이었지만, 작고 깨끗한 방에는 많은 그리움이 배여있는 것 같았다. 밤새껏 뒤척이며 누적된 그리움이, 하늘가의 옅은 구름처럼 천정이며 모서리에 배여있는 듯했다. 작은 방안의 낯설고 새로운 사물들은 이방인의 떠남을 서글퍼 하며, 자신들을 기억해 달라는 듯 제자리를 꼭 지키고 있었다. 싱글침대의 하얀 시트며, 목재의 결이 그대로 내비칠 만큼 말끔하게 니스 칠이 된 책상과 의자가 벌써 헤어질 때가 됐느냐며, 자신을 향해 서글픈 이미지를 띠는 것 같았다. 엷은 니트 커튼을 밀어 제치고 조그마한 사각창문을 열자, 아름다운 후정에는 산사나무꽃과 흡사한 꽃송이들이 주렁주렁 활엽수 가지들에 매달려 바람에 흔들리면서 향기를 보내며 잘 가라고 인사를 했다. 아름드리나무 밑동을 약혼반지처럼 에워싼 작은 화분들도, 다시는 못볼 것 같은 이방인을 향해 향기를 모아 올려 보내며 석별의 정을 표시했다.

중위는 다시 한 번 그리움을 꿈꾸게 한 침대에서부터 벽을 따라 샤워실에 이르기까지, 다정한 눈길을 주고 출입문 밖으로 나왔다. 불과 일 이분 간 할애된 이별의 감정이었다.

엘리베이터 문이 열려 있었다. 그 동안 중위는 별로 이용하지 않았지만, 마치 떠나려는 자신의 탑승을 기다리고 있는 것 같아 그 안으로 들어갔다. 연인이 함께 타면 서로 몸이 닿을 것 같은 소형 엘리베이터였다. 종착역의 일층에서 다시 문이 열리고, 그는 니스 칠이 잘된 서너 개의 목계단을 지나 우측에 있는 프런트로 갔다. 이틀을 앞당겨 귀국할 일이 생겼다고 하자, 스페인풍의 아가씨는 하루치의 숙박비를 반환해주며 간단한 사인을 요구했다. 90파운드가 넘는 금액이었다. 옆에는 남자직원이 지켜보고 있었다. 중위는 프런트의 둘 이에게 5파운드씩 팁으로 주었는데, 둘이는 무척 감사해 하는 표정이었다. 프런트 아가씨의 서글픈 눈길을 등뒤에 느끼며 정들었던 베스트 볼튼 호텔을 나섰다.

양쪽에 줄지은 호텔들의 사열을 받으며, 중위는 옥스퍼드 가로에서 구입한 여행가방을 끌고 갔다. 모두가 오, 육층 되는 구식 아파트들을 개축해 만든 호텔이었다. 얼스코트 역을 중심으로, 가로를 제외한 꾀 넓은 지역에 분포된 아파트들의 여러 부분들이 호텔화 되었고, 또 호텔로의 개축이 곳곳에서 진행되는 것이 여전했다. 그 중에는 내부시설과 종업원들의 서비스를 현대화로 더욱 질을 높인 후, 하루 숙박비가 이백 파운드 이상 되는 곳도 많았다. 물가가 비싼 도시이기 때문에, 수고에 대한 팁을 어느 정도가 적절한지, 꽤 신경이 쓰이는 곳이기도 했다.

중위는 프런트에서 팁을 주고 나왔던 것이 합당했다는 생각을 하며, 이어진 가로에서 좌측 보도를 타고 서행했다. 수녀 일행과 플랫폼에서 적절한 때에 만나려면, 자신에게 주어진 얼스코트의 삼십 분은 그런대로 주변을 둘러볼 수 있는 여유가 있었다. 사람들이 웅성거린 역을 조금 지나자, 몇 번인가 지나쳤던 우체국이 나왔고, 레스토랑의 음식냄새, 패스트푸드점에서 아르바이트하는 종업원들의 모습들, 스타벅스 커피점에서 마주 앉은 연인들, 그리고 수퍼마켓의 맑은 창 너머로 엿보인 쇼핑하는 사람들, 어느 도시나 흡사한 삶을 잇기 위한 모습들은, 삶은 동일하다는 인상이 부여되면서 눈길을 끌었다.

시선이 닿는 어느 여인의 뒷모습에서, 수녀가 곧잘 사용했던 마지막이라는 목소리가 상기됐다. 타비스톡을 떠나는 그녀도 가로의 여기저기에 눈길을 주면서 아쉬워 했으리라는 생각이 들었다.

가로의 모든 것에 안녕을 고한 중위는, 여행객들로 붐빈 얼스코트 역으로 들어섰다.

오이스터 카드를 넣고, 가로막은 쇠 막대를 허리로 밀면서, 절반쯤 빠져 나온 카드를 빼든 후 개찰구를 빠져 나왔다. 손에 쥐고 있는 오이스터 카드를 생각했던 것보다 너무 작게 사용한 것 같았다. 피카딜리 라인 주변만 왔다갔다 하며 수녀와 버지니아 영혼만 생각했을 뿐, 여러 라인으로 가야만 하는 이유들이 없었다.

완전군장한 일개소대병력이 육열종대로 타도 여유공간이 충분할 것 같은 엘리베이터로 플랫폼에 내려서자, 목사일행이 서성이고 있었다.

"오래 기다렸어요?" 중위가 물었다.

"십 여분 쯤요. " 수녀가 웃으며 대답했다.

"우리는 세계 최초의 지하철에 서있어요. " 바이올리스트가 말했다.

"파리가 먼저인지 모르는데?" 피아니스트가 의문을 표시했다.
"그렇지가 않아. 정확히는 모르겠는데, 19세기 후반기가 틀림없어. " 바이올리스트가 대답했다.
튜브같은 모양새인 벽에 붉은 전등이 켜지면서 신호음이 울리고, 네 칸이 연결된 히드로 행 전동차가 들어왔다. 일행은 모두 들어가 서로 마주보는 의자에 앉았다. 전동차는 출발했고, 수녀와 중위를 친근한 사이로 만들어 주었던 여자아나운서의 방송은, 일행에게 잘못 탔다는 것을 알게 해주었다. 전동차는 히드로 원 투 쓰리 행이 아니고, 히드로 4터미널이 종착역이기 때문이다. 일행은 전동차가 지하를 빠져나가는 첫 역에서 바꿔타기로 했다.
전동차는 지하선로를 빠져 나와 서쪽으로 기운 해를 바라볼 수 있는 역에 일행을 내려놓았다. 하나의 플랫폼을 사용하는 역이어서, 전동차를 기다리는 이들이 많이 서성였다. 반대편 얼스코트 방향의 선로 너머에는 낭떠러지 같은 벽에 담쟁이 넝쿨이 우거져 있었다. 일행이 향한 히드로 쪽의 선로 너머는, 꾀 멀리까지 전원주택들이 과수원들에 둘러싸여 평온함이 엿보였다.
일행은 4분을 기다려 다른 전동차를 갈아탔다. 그리고 이십여분 후에 원 투 쓰리 로 통합된 히드로 터미널 역에 도착했다. 밤 아홉시 반 이륙이면, 그래도 충분한 시간을 갖고 도착했다.
일행은 전동차에서 내린 승객들을 뒤따라 2층의 여객터미널에 이를 수 있는 엘리베이터 안으로 들어가, 거대한 강철의 공간이 서서히 오르는 것을 느꼈다. 곧 이어 문이 열리자, 세계 여러 나라의 사람들이 흩어져 서성이는 넓은 공간으로 나왔다.
2층에서 일행이 해당 항공사의 데스크로 가는 동안, 바이올리스트가 중위에게 물었다.
"리펀드 프리즈, 했어요?"
"아, 수녀님한테 들었는데, 잊을 뻔 했군요. 5파운드 포기할 수 없지요. " 그는 일주일동안 지하철을 마음껏 사용할 수 있는 오이스터 카드를 떠올리면서 대답했다.
김 중위는 그 카드를 꺼내기 전, 여권과 항공권을 바이올리스트에게 건네주며, 자신이 언더그라운드 사무소에서 리펀드 하는 동안 비행기의 빈 좌석 여부를 확인해 달라고 부탁했다. 수녀는 깊은 생각에 잠긴 것 같아, 사소한 일로 집중된 정신을 방해하고싶지 않았다.

"그럴게요. 중위님은 지하의 언더그라운드 사무소에 가서 제가 언니한테 알려 준 리펀드 프리즈 하세요. 괜히 5파운드 버리면 아깝잖아요. " 바이올리스트는 수녀의 손을 꼭 잡은 체, 서있었다.

김 중위는 타비스톡 호텔 3층 6호에서 행해진, 버지니아 영혼을 품게 된 오후의 그 일을 두고, 무언가 깊이 생각하고있는 것 같은 표정을 수녀에게서 잠시 엿본 후 뒤돌아 섰다.

그는 언더그라운드 사무소 창구에서 차례를 기다린 끝에 '리펀드 프리즈'를 말하고, 흑인여직원이 내민 서류에 싸인한 후 5파운드를 받아 쥐고서 다시 여객터미널로 올라왔다. 마침 가까운 곳에 눈에 띠는 서점이 있어서, 그 곳에 들어갔다. 수녀에게 선물할 적절한 책이 없는지 서가를 훑어보다가, 버지니아 울프의 '댈러웨이 부인'을 발견하고, 돌려받은 5파운드에 2파운드를 보태 사가지고 나왔다.

일행과 헤어진 근처에서 수녀가 손짓을 했다.

"안됐어요, 중위님. 빈 좌석이 없다는 군요. 일정대로 스페인까지 다녀오세요. 중위님이 여행하는 동안 저는 흑암마을의 부흥회에서 설교가 있을 거예요. 저는 그 설교에서 자신의 마음속에 버지니아 영혼이 어떻게 들어오게 됐는지, 그 신비의 무대가 된 타비스톡에서 일어난 일들을 청중들에게 꼭 들려줄 겁니다. 저의 설교는 언제나 녹음이 되기 때문에 그 설교를 여행에서 돌아온 중위님도 들을 수 있을 거예요. 저는 병마에 쓰러지지 않아요. 머잖아 우리는 흑암마을에서 다시 만날 수 있어요. 기차로 스페인을 여행하면서 창 가 멀리 펼쳐진 풍광 속에다 가끔 저에 대한 그리움도 새겨 주세요. " 수녀는 함께 탑승하지 못한 아쉬움을 진정으로 서글퍼 하며, 위로의 말을 했다.

"지금 서로 떨어지게 된 것이 오히려 잘됐는지 모릅니다. " 중위가 실망을 띤 표정으로 말했다.
"왜 그렇죠?"
"스페인의 들판과 하늘에서 더 깊은 열정과 그리움을 마음에 담고 수녀님 앞에 나타날 수 있으니까요. " 그는 자신있는 표정이었다.
"그래요: 우리 서로 그리운 마음으로 만나 타비스톡의 추억을 얘기하기로 해요. " 수녀도 미소를 보였다.
중위의 얼굴은 밝아지기 시작했다. 멀지 않는 날에 재회가 있기 때문에, 더욱 미지의 땅인 것 같은 스페인으로의 발길이 더 의미가 부여되고 자신감을 가질 수 있었다.
승객들은 넓은 공간에 흩어져 서성였고, 둘이도 어떻게 공항대합실의 주어진 시간을 보내야 될지 몰라 하다가, 목사 일행과 조금 더 떨어진, 텅 비어 보인 중심부의 휴게실에 놓인 의자 쪽으로 갔다.
목사 부부도 둘 이를 뒤따라와서 5인용 나무벤치를 사이에 둔 체, 더 이상 가까이 오지 않고 서성였다. 피아니스트와 셋이서 파리행 출국수속을 먼저 하고 떠나야 하지만, 수녀와 가까이 좀더 있고 싶어했다. 목사는 하고싶은 말이 많았지만 부인의 손을 잡고 서성일 수 밖에 없는 것은, 얼마 남지 않는 둘 이의 시간을 소중히 사용토록 해주고 싶어서였다.
목사는 오래 전부터, 흑암마을에서 서 정애 수녀를 잘 알고 지냈다. 막달리아 처럼 예수를 따르는 여인이라고 생각했다. 그 동안 믿음을 가진 많은 여성들을 살폈지만, 서 정애 전도사만큼 영적인 지성과 믿음을 겸비한 여인은 볼 수 없었다. 조리있는 설교로 흑암마을을 경유하는 많은 불신자들에게 신앙을 안겨 준 여인이었다. 독립적인 전도사로 있으면서, 흑암마을의 목사들이 준비한 부흥회에서는 언제나 매력있는 모습으로 등장하여 감화를 주는 설교를 해주었다. 그리고 언제나 혼자 명상에 잠기는 일이 많다는 것, 미혼이 틀림없다는 것, 자신의 저서인 '막달리아의 꿈'을 번역할 정도로 영어실력이 뛰어났다는 것을 이미 알고 있었다.

그러나 수녀의 가족관계나 이력 등은 지금껏 비밀에 휩싸여 있었고, 고용된 찬모 부부를 자신의 오피스텔 옆에 주거 시키고 눈에 띠지 않는 생활을 한다는 것을 알 뿐이었다.
그녀에게 오늘 오후는 어떤 큰 변화가 일어났다고, 목사는 생각했다. 3층 그녀의 방에서 중위와 무슨 일이 있었다고 생각했다. 책임감에 넘친 중위의 얘기와, 수녀와 함께 탑승하겠다고 하던 모습이 자꾸 상기되었기 때문이다. 둘 이의 관계는 자신의 초청이 만들어 낸 인연이기도 했다. 목사는 딸을 시켜 중위와 잠시 얘기하고 싶다고 했다.

바이올리니스트가 조금 떨어져 앉아 있는 둘 이에게 찾아왔다.
"정애 언니, 한 시간 후쯤 목사님은 먼저 파리행 비행기에 탑승해야해요. 중위님과 얘기를 나누고 싶으신가 봐요. " 바이올리스트의 낮은 목소리였다.
"아, 잊을 뻔 했는데. "
중얼거린 중위는 다시 오겠다고 말한 후, 5인용 벤치 건너편에 앉아 있는 목사에게 갔다.
"서있지 말고 앉게. "
"제 마음을 전해 주었습니까?" 중위는 앉으면서 물었다.
"전했네. "
"대답을 들었습니까?"
"침묵이었네. "
"예상은 했지만, ……. " 중위는 고개를 떨구었다.
"너무 섭섭해 하지 말게. "
"제 생각이 틀린 걸까요?"
"아닐세. 전도하는 일도 보람있지만, 평범한 주부의 일상이 더 행복하다고 생각하네. "
"자신의 병세 때문은 아닐까요?"
"다른 면도 있어 보였네. "
"그것은 뭡니까?" 중위는 다급하게 물었다.

"낯선 도시에서 서로 조금 의지했을 뿐이라고 했네. "
"목사님도 그렇게 보십니까?"
"약간은. 우리가 러셀스퀘어 역에 마중 나갔을 때, 둘이는 친근해 보였지만, 서로 숙소를 찾아 주는 사이로 소개되었지. " 목사가 대답했다.
"수녀는 제 소망을 받아들이지 않았군요?"
"성급하게 굴지 말게. 그녀는 몸이 안좋아. " 목사는 중위의 어깨를 다독거렸다.
"그 안좋은 병세 때문에 저의 소망이 다급해진 것입니다. "
"그러기도 하겠지만, 생사문제와 그 일은 깊이 고려할 시간을 가져야 하네. 자네를 위해서도 급하게 결정할 일이 아닐세. "
"목사님도 수녀의 침묵에, 침묵만 지키셨군요?"
"아닐세. 평범한 주부생활을 체험해보라고 했네. "
"저의 속도감이, ……지나쳤는지 모르겠군요?"
"꼭 그렇지 않아. 자네 말대로 그녀의 병세를 두고 생각하면, 지나친 속도라는 생각은 들지 않아. " 목사는 다시 한 번 중위의 어깨를 다독거려 주었다.
"목사님은 그녀의 병세를 시한부로 보십니까?" 중위는 무거운 표정으로 물었다.
"수녀님은 굳건한 믿음으로 정신력이 무장되어있네. 지난 겨울에 귀국할 일이 있었는데, 흑암마을에서 전도하는 그녀의 모습에서 심각한 병세를 못 느꼈네. " 목사가 대답했다.
"지금은 어떻게 생각하세요?"
"안색이 좋지 않는 것을 보았어?"
"저도 런던에서 그녀가 고통을 느끼는걸 보았는데, 고질적인 천식으로 알았습니다. "
"나한테 그녀의 병명을 듣기 전까지는 그랬겠군. "
"네. 수녀님이 안타까워요. 그런 치명적인 병을 지니고, 런던까지 비행할 생각을 어떻게 했는지 모르겠어요. 그녀가 막달리아의 꿈을 번역한 것은, 버지니아 영혼을 구하기 위한 어떤 신비가 작용한 것 같습니다. 저와의 인연은 그 일에 부수적으로 따른 겁니다. 목사님, 그런 생각은 들지 않았습니까?"
 "글쎄, 둘 이의 친근한 모습에서 참된 연인임을 느꼈네. 좋은 인연으로 보고있네. 불치병을 지녔지만 복음을 전도하는 여인과 심신이 건강한 자네의 인연이 이루어졌으면 했네. " 목사가 대답했다.
 "저에게는 희망적인 얘기를 해주시는군요. 짧은 기간이지만 연인 이상으로 다정했던 것이 사실입니다. "
 "김 중위, 오늘 오후에 타비스톡 호텔 3층에서 무슨 일이 있었는가?" 목사의 시선이 진지해졌다.
 "서로 무척 가까워졌습니다. " 중위는 더없이 진지해졌다.
 "자네가 여정을 포기하고 따라가려 하는 것을 보고, 오후에 둘이에게 있었던 일이 궁금했네. 흑암마을에서부터 연인으로 런던에 왔다면, 이처럼 모일 수 있는 의미 깊은 기회에 그녀를 설득해서, 아내와 딸이 지켜보는 가운데 미래를 함께 할 인연임을 선포해주고 싶었네만, ……. "
 목사는 과거가 그렇게 됐을 경우에, 자신이 할 수 있는 가능한 일을 얘기했다.
 중위는 그같은 얘기가 섭섭했다. 런던으로 여행하기 전까지는, 수녀의 꿈을 가진 흑암마을의 전도사를 알 까닭이 없었기 때문이다. 그렇다고 자신이 이 도시의 짧은 체류동안에 이러저러한 일로 그녀와 사랑하는 사이가 되었으니 미래에 대한 책임이 전적으로 자신에게 있다는 말을 하기도 그랬다. 깊은 침묵에 잠긴 수녀의 마음이 무엇을 지향하는지 전혀 알 길이 없었기 때문이다.
 그래도 둘 이는 타비스톡의 오후를 함께 보내면서, 둘이 가 아니면 이룰 수 없는 신비한 일을 해냈다. 환희와 고통이 교차했지만 그같은 감정이 수반하는 것을 자연스럽게 받아들이면서, 둘이는 서로의 마음을 통해 여류작가의 영혼을 건네주고 받았던 것이다.
 목사는 오후의 특이한 과정을 모른 체, 줄곧 둘 이에 대해 여러 각도로 생각을 했던 것 같다. 그래서 둘 사이에 있었을지 모를 오후의 행위에 대해 물었던 것 같다. 중위는 무척 가까워졌다고 대답한 것이, 어쩐지 촌스럽게 느껴졌다.

"어제까지는 책임감을 느끼지 못했습니다. " 중위는 생각 끝에 촌스럽지 않게 말했다.

"그랬겠군. 그럼 앞으로 어떡할 참인가?"

"그녀가 전도하는 일을 도울 생각입니다. "

"훌륭한 생각이네. 그녀를 진정으로 사랑하는 모양인군. 그렇지 않는가?"

"글쎄요, 잘 모르겠습니다. "

"김 중위의 사랑하는 그 마음을 전해주겠네. "

"지금보다, 우리가 여기서 모두 헤어진 후, 다음기회에 해주세요?" 중위가 자신의 생각을 말했다.

"사실, 사랑얘기는 때와 장소를 유별나게 가리지. 그렇지만 국제공항은 사랑얘기 전해주기에 가장 적절한 장소라는 생각이 드는데?"

"고맙습니다. 저희 사랑을 진정으로 이해하며, 이어 주려고 해서요. "

"그렇다네. 병마에 시달리고 있는 수녀에게 중위가 적격이라고 생각했네. " 목사는 미소를 지었다.

"훗날 우리가 어떤 오해로 사이기 나빠질 때에, 다시 이어 주세요. 지금은 공항청사의 전등불이 아련하게 보일 정도로 서로에게 사랑의 감정이 오가는 것을 느낍니다. "

"부럽네, 김 중위. "

"저는 목사님이, ……수녀님과 친분을 어떻게 쌓였는지 듣고 싶은데요?"

"간단히 얘기해주지. 우리부부는 딸의 연주여행에 매니저 역할을 하면서 유럽의 여러 도시를 떠돌다가도, 시간이 나면 귀국해서 수녀님의 부흥회에 참석하곤 했지. " 목사는 지난 과거를 뒤돌아보는 것 같았다.

"바이올리스트는 유럽에 홀로 남겨 두고요?" 중위가 잠시 무거워진 침묵을 깼다.
 "아닐세. 아내는 물론이지만 딸도 함께 갔지. "
 "그래서 복음을 전도하는 수녀님과 바이올리스트인 따님이 허물없이 친하군요?"
 "그럴 수 밖에. 우리 가족은 오피스텔에 주거하는 그녀의 초청으로 극진한 대우를 받았네. 수녀님은 복음을 전도하면서 많은 후원자와 교분을 쌓은 분이네. 그래서 재정능력을 충분히 갖추고 있었지. 옛날 여고시절에 알고 지냈던, 흑암마을에서 분식집과 꽃집을 조그맣게 하며 지낸 부부를 고용해, 부인은 가정부로, 남편은 운전기사로 일하게 하고, 자신은 복음전도에만 신경을 쓰는 유능한 여인이라네. " 목사는 기억을 간추려서 얘기하는 것 같았다.
 "그러면 저도 스페인 여행에서 귀국하면 초청을 받겠군요?"
 "사랑의 감정을 나눌 만큼, 가까운 사이인데, 그러고도 남지. " 목사는 부러워하는 미소를 지었다.

 목사는 자신이 지닌 많은 기억 중에는 침묵을 지켜야 할 부분도 있었다. 수녀에 대한 인간적인 복잡한 기억을 가지고 있는 자는 자신이라고 생각했다. 자신을 내조해주고 있는 부인도 모를, 바이올리스트로 키운 딸도 까맣게 모를, 런던에서 갑자기 연인의 사이로 발전한 중위는 더욱 까마득히 모를, 수녀의 과거를 사랑과 이해로 마음에 간직하고있는 자가 지금까지 그녀와 친분을 유지한 자신이라고 생각했다.
 자신의 저서인 '막달리아의 꿈'은 사실 수녀를 모델로 한 것이며, 수녀의 이해 속에 쓰여진 것이었다. 그러기 때문에 매력적인 한 여성이 이루어 낸 기적의 내용이 많고, 허세라든가 치부 등은 지극히 일반론적인 암시로 표현되어있다. 그래서 '막달리아의 꿈'은 목사의 실제 기억보다 훨씬 다르고 압축된 책이었다. 책이란 대체로 그렇게 쓰여진다. 실제의 기억을 낱낱이 나열할 수는 없는 것이다.
 그처럼 목사는 흑암마을의 전도사에 대해 많은 것을 알고 있었지만, 두터운 친분을 가진 목회자로서 그녀의 과거에 침묵을 지켜야 했다. 그녀가 이루어 낸 결과는 너무 훌륭했기 때문이다.

　이십대 초반에 예수님을 현현(顯現)했다는 수녀는, 흑암마을 목사들에게 기적을 보여 준 감격의 대상이었다. 그래선지 몰라도 그녀는 목사들과 차원이 다른, 베일에 가린 생활을 했다. 목사들에게 군림하는 면도 보였다. 부흥회 때 각 교회들을 거명하고, 거기서 일하는 담임목사를 자신의 설교단 아래로 한 명 한명 불러내어 그들의 정수리에 자신의 가녀린 손을 얹고, '그대의 교회가 창대해질 것'이라는 축복을 해주기도 해서, 차원이 다른 자신의 면모를 청중들에게 내비쳤다. 그럼으로써 자신을 더 고귀하게 보이게 하였고, 자신에게 도움을 극비리에 주는 후원자들을 주님의 이름으로 관리할 수도 있었다. 그 후원자들의 도움으로 수녀는 소망했던 자신의 교회를 짓고 있는데, 가을이면 완성단계에 이를 것이라고 했다. 그러나 자신이 꼭 지어야 할, 하늘아래 드러날 그 교회이름을 아직 분명하게 짓지 못하고 있었다.

　이처럼 수녀가 지닌 지난날의 암울한 그림자가 뭔지 모르지만, 현재 진행되며 이루어질 일들을 목사로부터 듣고 나자, 종국으로 치닫는 듯한 그녀의 삶이 덧없다고 느껴졌다. 목사는 그녀가 지니고 있는 불치병에 대해서는 될 수 있는 한 피하고 싶어했다. 그녀는 심각한 폐질환을 앓고 있는 것이 분명했다. 삶과 죽음의 갈림길에서 현대의학을 거부하고, 스스로 완쾌할 수 있다고 여기며 심령치료를 하고있다는 것이다. 자신의 몸을 스스로 회복시키려는 정신적 치료를 보면서, 중위는 왜 그래야 하는지 무모하다는 생각이 들었다. 그 무모함은 예수를 현현(顯現)했던 것에 이유가 있는지 모른다. 도대체 정신을 한데 모은 명상같은 것으로 폐에 침입한 세균을 어떻게 퇴치하겠다는 것인지, 걱정되었다. 그런데도 수녀는 하늘이 자신을 버리지 않고 있다는 기적을, 귀국 후 곧 있을 부흥회에서 청중들에게 보여 주고 싶어하는지 모른다. 중위는 그녀에게 달라붙은 고정관념을 접고, 큰 병원에 입원해야 된다는 충고를 해주고 싶었다. 수녀의 존재는 자신에게도 한없이 소중해졌기 때문이다.

　일행은 수녀가 앉아 있는 벤치로 모여들었다. 높은 천장의 희부연 아크릴에서 새어 나오는 전등 빛이 수녀의 모습을 더욱 창백하게 조명해주는 것 같았다.
　"목사님, 가을에 준공될 교회의 이름을 지었어요. " 수녀가 얘기했다.
　"어떤 이름입니까?"
　"'막달리아 회당'으로 하세요? 막달리아 회당으로 정했어요. "
　"알겠습니다. " 목사는 수첩을 펴, 수녀의 생각을 기록하면서 물었다.
　"저도 마음에 드는군요. 왜 그렇게 정했습니까?"
　"흑암마을에 있을 때부터 줄곧 '막달리아 회당'을 생각했는데, 여기서 일어난 마음의 변화 때문에 조금 망설여졌어요. 타비스톡 정원의 게시판에 쓰여진 버지니아 울프의 대표적인 소설 중에서 '등대로'를 보면서였어요. 그걸 떠올리면서 '등대지기 교회'로 해야겠다는 생각이 한동안 저를 망설이게 했지만, ……막달리아 회당으로 정했습니다. " 수녀는 또렷하게 얘기했다.
　김 중위는 조금 전 목사가 자신에게 말을 낮추는 것과 달리, 수녀에게 높임말을 사용하는 것을 듣고, 흑암마을에서 그녀의 위상을 충분히 짐작할 수 있었다.
　"가을날 '막달리아 회당'의 준공식에는 저도 꼭 초청해주십시오. " 목사가 얘기했다.
　"저는 목사님과 중위님에게 그 막달리아 회당을 맡기고 싶습니다. 준공되는 그 때까지 살 수 없을 것 같아요. 저는 그 교회, 가까운 곳에 묻힐 것 같아요. 목사님께서는 저를 안타깝게 바라보시는군요. 저를 잊어버리지 마세요. 자, 목사님 내외분과 피아니스트는 파리행 출국수속을 밟을 시간입니다. "
　수녀의 숙연한 얘기가 끝나고 조금 후, 일행은 서로 교차해 악수를 하면서 아쉬운 표정을 지었다. 피아니스트가 중위에게 얘기했다.
"스페인 여행 후 파리에서 귀국하게 될 경우, 오페라 주변이나 시떼 역 근처 그럴 듯 해 보인 레스토랑에 들리면, 제가 클로드 드뷔시나 에릭 사티, 모리스 라벨 등의 선율을 연주하고있을지도 모릅니다?" 하고 피아니스트는 미소를 지었다.
"운 좋게 당신이 연주하는 카페에 들려 드뷔시의 '달빛'을 들으며 포도주라도 한잔 해야겠습니다. " 중위가 대답했다.

목사부부와 피아니스트는 출국절차를 마친 후, 손을 흔들고 안으로 사라졌다. 남은 셋이는 휭 한 공항청사의 빛에 휩싸여 있었다. 바이올리스트는 부모를 따라가 탑승출구 가까운 휴게실에서 둘이를 기다려도 되지만, 중위와 좀더 이별의 시간을 가지려는 수녀 옆에 그대로 남아 있었다. 셋이만 남게 되자, 바이올리스트는 조금 나중에 오겠다며 자리를 피해주었다.
"걱정되는데요. " 수녀가 말했다.
"뭐가요?"
"마드리드까지 갔다 오겠다는 중위님의 일정 말이에요. "
"어느 때보다 자신이 있습니다. "
"왜 그렇죠?"
"단테의 '베아뜨리체'처럼 수녀님을 그리워하면서 모험을 하게 될테니까 자신감에 차있습니다. "
"차라리 정열적인 스페인 아가씨에 대한 그리움을 가지세요?"
"아닙니다. 오직 수녀님을 다시 만날 수 있다는 그리움을 품고, 돈 키오테 처럼 모험하고 싶습니다. "
"중위님은 예상을 뛰어넘는 분이세요. " 수녀는 미소를 지었다.
"왜요? 수녀님을 '베아뜨리체'로 견주어서요?"
"그래요. 저를 천상에다만 두려고 하니까 그래요?"
"기차의 창 가에 앉아 스페인의 하늘 가에다 그려보려고 하는데요?"

"그럴 수도 있겠지만, 저는 온갖 불행이 모여드는 흑암마을에서 설교를 해야 되는 전도사이며, 수녀의 꿈을 가진 자에 불과해요."
"그래도 저는 스페인 땅을 달리는 기차에서 창 밖을 내다보며, 하늘 가에 떠오르는 수녀님을 그리워하겠습니다."
"거미줄처럼 뻗친 유 레일은 꾀 복잡하답니다. 여권이라든가 현금도 잘 간수해야 한다고 들었는데요?"
"알고 있습니다."
"런던에서 마드리드까지 바로 가는 기차가 있을까요?"
"파리에서 바꿔타면 마드리드까지 가게 될 것입니다."
"스페인까지 가려면 기차시간표 비고란을 세심히 살펴야 해요. 방심하다간 엉뚱한 역에 떨어질 수도 있다는 거예요. 잘 살피셔야 해요." 수녀는 걱정되는 표정이었다.
"염려마세요. 길을 잃지 않고 일정대로 귀국해서, 흑암마을의 모든 목사들을 좌우에 대동하고 설교하는 수녀님의 모습을 보겠습니다."
"저 역시 그랬으면 해요. 중위님이 귀국한 후에 큰 부흥회가 열렸으면 하는 생각이 갑자기 드는군요."
"어쨌든 수녀님을 만날 수 있다는 희망으로 여행을 하게 되니까, 마음이 전혀 무겁지 않습니다."
　수녀는 천정의 아크릴에 배인 전등 빛을 바라보면서 중위를 향했다. 숲속의 냇물같은 것이 가슴에 세차게 흐르는걸 느꼈다. 그것은 지고지순한 요소로 가득한 흐름이었다. 자신의 마음속이 너무나 지고지순해서, 그녀는 조금도 부끄러움을 모른 체 중위의 얼굴을 자신의 가슴 쪽으로 잡아당겨 거기에 깃든 것은 예전과 달리 지고지순(至高至純)한 심결이 일고, 가득 찬 사랑의 냇물같은 것이 흐르는데, 왜인지 무척 허전한 심정이라며 그 흐름이 들리는지를 물었다. 옆에 바이올리니스트가 양손에 콜라가 비친 플라스틱 컵을 들고 서있는 것이 어렴풋하게 보였지만, 중위의 얼굴을 끌어안은 수녀는 사랑의 행위에 가까운 자신의 발현된 듯한 표정을 전혀 개의치 않았다. 중위도 바이올리스트가 뒤쪽에 서있는 것을 알았다.
 "수녀님에게 일어난 지고지순은, 마음에 안착한 버지니아 영혼 때문일 겁니다. " 중위가 대답했다.
 "그걸 떠올려야 했는데, 마음속에서 허무한 냇물소리만 들려요. 너무 허전하고 서글펐어요. 그래서 중위님의 얼굴을 끌어안은 것 같아요. 이제 알겠어요. 아-아, 부끄럽게도 내 앞에 바이올리니스트가 음료를 들고 서있네요. "
 수녀는 정신이 들자, 중위의 얼굴을 밀어내며 바로 앉아 반코트의 단추가 제대로 채워져 있는지 재빨리 손으로 확인해 보았다.
 "사랑에 눈이 멀었군요?"
 바이올리니스트는 뚜껑이 덮여 빨대가 꽂힌 플라스틱 컵을 둘이의 손에 조심스럽게 쥐어 주면서 말했다.
 "목이 말랐는데, 고마워. "
 수녀는 컵 내부에서 탄산수가 오르는 것을 확인하고, 차가운 물기가 서린 콜라 잔을 두 손으로 감싸더니 빨대를 입술에 끼자마자 조금씩 빨아올렸다. 콜라는 그녀의 목젖을 미세하게 상하로 움직이게 하면서 영혼이 깃 들었다는 가슴으로 흘러 들어갔다.
 "아! 목이 무척 말랐는데, 이제야 살 것 같아요. " 수녀는 고마운 시선을 바이올리스트에게 보냈다.
 "패스트푸드점에 사람들이 줄을 서있어요. 두 분이 목마를 것 같아, 오랫동안 기다린 끝에 사 온 콜라에요. 그러고 보니 내 몫은 잊었네요. 이젠 제 차례에요. 제가 콜라를 사 마시는 동안 하지 못한 사랑 이야기를 마저 해야 되요?"
 바이올리니스트는 휭 한 휴게실에 둘 이를 다시 남겨 두고 패스트푸드점으로 갔다.
 "왜 마음이 허전할까요? 허전하고싶지 않는데도 냇물같은 것이 허전하게 흐르고 있어요. " 수녀가 말했다.
 중위도 허전해지고 싶지 않았다. 공항이나 기차 역에 만연한 허전한 기운을 중위는 피하고 싶어했다. 그런데도 자신의 팔에 기댄 힘없는 얼굴, 서글픔에 젖어 강인한 의지를 모두 뺏긴 듯한 수녀의 허전한 표정을 팔로 안고 있었다. 그 얼굴을 자신의 가슴 쪽으로 잡아당기며, 그 이유가 뭘까 하고 눈동자를 바라보았다. 동공도 흰자위도, 그 뒤에 숨은 그녀의 영혼도 허무한 기운에 잠겨, 그 허무의 유일한 상대인 중위에게 전이시키고 있었다. 중위는 버지니아 영혼이 안착한 수녀의 가슴에 귀를 기울이려고 반코트의 단추를 몇 개 풀었다. 조금 불룩한 가슴에서 젖 냄새 같은 것만 풍겨 왔다. 그녀를 허전하게 한 식은 땀과 뒤섞여 비위가 조금 상했지만, 수녀에게만 있는 고결한 향기로 생각하면서 충분히 참을 수 있었다.

"수녀님, 냇물 흐르는 소리는 들리지 않는데요?"

"그런데 저에게는 들렸어요. 만사가 허무하게 느껴지는 소리에요."

"수녀님 마음에 안착한 버지니아 영혼이 허무한 감정을 만들어 내는 것 같군요?"

"왜 그럴까요?"

"공항에 만연한 허전한 기운을 이용해, 가신의 영혼을 가볍게 하는데 사용하는 것 같습니다. 그러니까 수녀님 마음에다 허전한 냇물을 흐르게 해, 자신이 우즈강에서 스스로 죽을 때 사용한 돌덩이들의 영혼화된 무게를, 그 허전한 냇물로 씻어 줄이려는 것 같아요." 중위는 확신이 드는 생각을 좀더 구체적으로 얘기해 주었다.

"영혼들도 대체로 자기 중심적인가 봐요? 살아 있는 여인의 가슴이 허전하든 말든, ……." 수녀는 불평을 했다.

"사람과 다름 없는 이기성이 있는 것 같습니다." 중위가 대답했다.

"최첨단의 의식구조를 가진 시대에, 우리는 영혼 때문에 힘들어 하는군요. 그래도 가장 현대적인 버지니아 영혼을 마음에 품을 수 있어서 저는 보람있는 나날을 보낼 수 있을 것 같아요. 기운을 차려야 겠어요." 수녀는 풀어진 단추를 채우며 가슴을 두 팔로 교차했다.

 중위가 자신의 어깨에 기댄 수녀의 머릿결을 손가락에 끼여 뒤로 넘기는 것을 반복하고있는데, 바이올리스트가 웃으면서 나타났다.
 "중위님, 정애 언니의 표정을 보세요. 평온해 졌는데요. "
 "잠이 든 것 같군요. "
 중위는 양복상의를 벗어 몇 겹으로 접은 후에, 그녀를 벤치 위에 옆으로 누이고 머리를 임시 베개로 받쳐 주었다.
 "아름다운 모습이네요. " 바이올리스트가 함께 거들면서 말했다.
 "어떡 합니까, 잠이 들었는데. "
 "얼마쯤 재워도 될까요?"
 "삼십 분쯤은 괜찮을 것 같은데요. " 중위가 평온한 얼굴을 내려다보며 대답했다.
 "정애 언니가 누워 있는 동안, 우리 저기서 얘기 좀 해요. "
 둘이는 바로 건너편 벤치로 가서 앉았다.
 "사랑타령은 듣고 싶지 않고, 아까 목사님과도 많은 얘기를 나눴던 것 같은데요?" 바이올리스트가 말문을 열었다.
 "너무나 잘 알고 계신, 수녀님과 있었던 추억들인 것 같습니다. " 중위가 대답했다.
 "저기 누워 있는 정애 언니는, 일세기라는 긴 세월이 지나도 만나기 힘든 유능한 전도사에요. "
 "박 지선 씨 생각인가요?"
 "목사님의 말씀이지만, 저도 비슷한 생각을 했어요.
 "상의에 매여 있는, 뜨개질로 된 꽃이 프리지어 인 것 같군요?" 중위는 그것을 유심히 보면서 말했다.
 "맞아요. " 바이올리스트는 손을 들어 가슴에 대면서 대답했다.
 "수녀님의 옷에도 그 자리에 매달려 있었거든요. "
 "남다른 관찰이군요. 언니와 저는 몸매가 비슷해요. 그래서 제가 이득을 많이 보고 있어요. "

"바이올리스트에게 자신의 의상을 아낌없이 준다는 것을, 몇 번 들었던 것 같습니다. " 중위가 말했다.
"그렇기도 하지만 제가 받은 진짜 이점은, 그 옷들을 입음으로써 정애 언니의 신비한 매혹이 저에게 이전되는 느낌을 준다는 것에 있어요. " 바이올리스트는 진지해졌다.
"그럴만도 하겠군요. "
"언니 덕분에 저는 옷에 멋을 아는 바이올리스트로 알려지기도 했어요. 무엇보다 선율에 힘쓰고 있지만, 의상도 저의 이미지를 부각시키는데 도움을 주는 것 같아요. "
"두 분의 우정이 변치 않았으면 합니다. " 중위가 말했다.
"그럼요. 영원히 변치 않을 거예요. " 그녀는 선언하듯 말했다.
바이올리스트는 자신의 기억에 있는 수녀를 얘기했다. 건너편에 누워 있는 수녀는 십대부터 흑암마을에 있는 아버지의 교회에 다녔다는 것이다. 그 때도 영적인 개성을 지니고 있었지만, 이십대에 접어들어 예수님을 현현한 후에, 설교를 할 수 있는 능력을 지니게 된 것 같다고 했다. 그 때부터 하나의 교회에 소속되지 않고, 흑암마을 전체 교회를 위한 적극적인 전도는 목사들의 우상이 될 정도였다는 것이다. 독립적인 전도사의 이미지를 갖추면서 소속된 교회와는 멀어졌지만, 자신과의 우정, 아버지의 교회를 부흥시키려고 했던 지난날의 기억을 소중히 여기고, 이처럼 런던까지 찾아올 정도로 자신의 가족과 두터운 우정을 유지하고 있다는 것을 진지하게 자랑했다.
"목사님에게 또 다른 추억도 들었어요. 지난 겨울 박 지선 씨의 가족이 서울에 가서 따뜻한 환영을 받았다고 했습니다. " 중위가 말했다.
"제가 가장 큰 기쁨을 누렸어요. "
"왜요?" 중위가 관심을 가지고 물었다.
바이올리니스트는 왼손을 누워 있는 수녀에게 지향하고, 오른손을 자신의 가슴에 대면서, 둘이는 체격과 몸매가 흡사하다고 했다. 수녀는 그런 합당한 이유를 들어 고급의상들은 물론, 구두 장갑

선글라스 등에 이르기까지 우정있는 자신에게 가방이 넘칠 만큼 주었다는 것이다.
"여행가방이 꾀 컸는데, 가방 하나를 더 사야만 했어요. " 바이올리스트가 말했다.
"지난 겨울에 그런 일이 있었군요" 중위가 중얼거리듯 말했다.
"저기 누워 있는 언니가 나타샤의 춤을 중위님과 출 때, 그 매혹적인 몸매의 움직임은 정말 일품이었죠. 저에게도 흡사한 몸매가 있다고 생각하니 엄마아빠가 고맙기까지 했어요. 우리는 지난해 겨울 함박눈이 내리는 가로에서 쇼윈도를 향해 함께 서있는 모습을 비춰 보기도하고, 오피스텔에선 구두와 장갑을 벗고 발이며 손을 서로 맞대 보기도 했는데, 정말 비슷한 면이 많았거든요. 제가 유용하게 쓸 수 있다는 것을 알고, 정 애 언니는 연주무대에서 입거나 신어도 손색이 없는 고상한 의류에서 구두에 이르기까지 아낌없이 주었던 것 같아요. 눈이 많이 내렸던 지난해의 겨울은 꿈만 같고, 정말로 아름다웠는데……. " 바이올리스트는 시무룩이 말끝을 맺었다.
"겨울은 꿈이 있는 계절이지요. " 중위가 말했다.
"그런데 저기 누워 있는 수녀 언니는 꿈을 접어야 할지도 몰라요. "
"아니오. 아직 겨울도 다가오지 않았고, 봄은 수녀님을 기다리고 있습니다. 박 지선 씨는 저기 벤치에 누워 있는 수녀님을 위해 봄의 냇물이 흐르는 것 같은 바이올린 소나타를 선물해 주었고요. " 중위의 자신있는 목소리였다.
"그 선율을 듣고도 저렇게 허전한 모습을 띠고 누워 있는데요?" 바이올리스트는 울 듯한 표정이었다.
"매일마다 수많은 이별들이 행해지는 쓸쓸한 공항의 분위기 때문인 것 같아요. 아침나절에 로비에서 연주해준 레이날도, ……뭐였지요?" 중위는 미안한 표정으로 머리를 긁적였다.
"'앙'이에요. "
"'앙'은, 영어발음의 '한'과 같은 불어인가 보군요. 수녀님은 '레이날도 한'의 C장조 선율을 마음에 소중히 간직하겠다고 했습니다. " 중위가 얘기했다.
 "아침의 그 무대는, 언니가 '막달리아의 꿈'을 번역한 노고에 대해, 결코 미치지 못한 우리 가족의 작은 답례로 봐주면 고맙겠어요. 제가 선물한 또 다른 선율은 '나타샤의 춤'이에요. 타비스톡 호텔로비를 비좁은 듯 선회하며 춤을 추었던 두 분의 모습을 저도 소중히 간직할까 해요. " 바이올리니스트는 미소를 지었다.
 "모두가 숨죽이며 지켜본 로비에서의 협연은, 우리를 항상 타비스톡으로 뒤돌아보게 할 것입니다. "
 "뒤돌아보는 추억의 중심에는 누가 자리잡고 있을까요?" 바이올리스트가 물었다.
 중위는 허전한 표정으로 누워 있는 수녀를 바라보면서, 아무런 대답도 하지 않았다.
 "흑암마을에서 복음을 전도하는 저 여인입니다. 누워 있는 저 여성에게 조금이라도 보답하기위해 저는 파리의 도심에서 레스토랑을 전전하며 생활하는 피아니스트를 부른 거예요. " 바이올리니스트는 수녀에게 가까이 갔다 가 돌아오면서 얘기했다.
 "정말 오늘 아침은 훌륭한 연주였습니다. 덕분에 레이날도 한의 봄 냇물같은 선율을 감탄하면서 듣게 되었습니다. " 중위는 고개를 약간 숙이며 고마움을 표시했다.
 "중위님 저에게 보다, 저기 공항청사를 자기방인 양 누워 있는 수녀 언니에게 고마워해야 되요. 그런데 걱정되는데요. 잠이 깊이 들었나 봐요. 어떻게 하죠?" 바이올리스트는 걱정스런 표정이 되었다.
 "우리에게는 아직 충분한 시간이 있습니다. 깨우지 말고 좀더 기다려 봅시다. " 중위가 말했다.
 "흔들어 볼까 하다가, 잠 정신에 어떻게 될지 몰라 그냥 되돌아왔어요. 김 중위님이야말로 하고싶은 얘기들이 많을 텐데, 괜찮으세요?" 바이올리스트는 맞은편 벤치에 허전한 표정으로 누운 수녀를 바라보며 얘기했다.

"시간이야 천금같지만 스페인 여행을 하고, 귀국 후에 만나서 해도 되는 얘기들입니다. " 중위가 말했다.
"그래도 이 시간에 고백하고싶은 얘기들이 있을 텐데요?"
"많지만 미뤄도 되는 것들입니다. " 중위는 아무렇지도 않은 듯 말했다.
"중위님은 자신의 마음을 억제하는 것 같아요. 수녀님을 사랑해서인가요?"
"그런가 봅니다. " 중위는 망설임 없이 대답했다.
"저는 사랑의 열정을 눈으로 보는 듯했어요. " 바이올리스트는 무척 밝은 목소리로 덧붙였다. "오늘 오전 바이올린소나타를 연주하기 직전, 김 중위님이 로비에 들어와서 했던 일을 기억하세요?"
"모두 기억했으면 합니다. "
"저는 처음으로 눈앞에서 사랑이 깃든 그같은 열정을 목격했어요. " 바이올리스트는 겨우 보일 만큼의 미소를 지으며 말했다.
"제가 무릎을 꿇는 일을 두고 그러는 것 같군요?"
"그래요. 꽃 묶음을 바치면서 무슨 고백을 할 줄 알았는데, 그냥 얼굴만 붉히고 말던데요? 무슨 할 얘기가 있었나요?" 바이올리스트는 진지하게 물었다.
"아니오. 얘기하겠다고 특별히 마음먹은 것은 없었습니다. 저만이 느끼는 어떤 감정의 상태에서 깨어나지 않았던 것 같습니다. "
"아니에요. 무슨 얘긴가 하고싶은 들뜬 표정이었어요?"
"박 지선 씨는 몰랐겠지만, 저는 로비의 연주회에 들어가기 전 건너편 정원에 있었습니다. 울프의 청동상 바로 앞에 서 있으면서 새소리, 활엽수 잎이 조금 흔들리는 소리, 사방에 어린 아침 햇빛을 그 청동상과 함께 느끼면서 서로 교감을 하다 보니까 마음이 들떴던 것 같습니다. "
"중위님과 수녀 언니가 타비스톡에 함께 왔던 첫날에도 얘기한 바 있지만, 버지니아 울프는 분야가 다른 저의 음악환경에도 자리 잡고 있어요. "

"문학에 관심이 많다고는 들었습니다만, 박 지선 씨는 잘 나가는 바이올리스트인데, 역사적으로 유명한 다른 연주가나 작곡가를 자신의 음악환경에 두는 것이 더 합당할 것 같은데요?"

"그런데 왜 울프니, 프루스트니, 헤밍웨이 등을 저의 음악환경에 두었느냐는 거죠? 다시 한 번 나름대로 설명해 드리자면 연주력을 확장하기위해서죠. 저의 연주력을 소급하자면 언제나 스승의 스승되는 분으로부터 시작되죠. 아시다시피 그분이 '레이날도 한'인데, 프루스트와 우정있게 지냈고, 프루스트는 파리에서 잃어버린 세대로 나날을 소일하는 젊은 헤밍웨이의 방문을 전도가 밝은 작가로 받아 주었고, 헤밍웨이는 '해는 또다시 떠오른다'의 첫 작품에서 알콜중독자인 여주인공 '브레트'란 인물을, 어린 시절 정신병원에서 위기를 극복했던 귀족이자 여류작가인 버지니아 울프를 모델로 그린 것이 외면적 이유들로 볼 수 있구요, 세 작가를 음악환경으로 둔 내면적인 이유는 그들이 현대적이라는 거예요. 생각해 보세요. 현대에 이르러 정상적인 멜로디는 찾을 수 없어요. 바흐에서 모짜르트를 거쳐 드뷔시에 이르는 수많은 작곡가들이 우주에 숨겨진 좋은 멜로디는 거의 찾아내 악보화시키고 만 거예요. 아름다운 멜로디는 거의 발견해서 악보화 시켰다고 봐요. 누군가 매력적이라고 생각한 멜로디를 오선지에 써나가다 보면 자신도 모르게 모방이 되곤 할거예요. 이젠 불협화음을 가지고 경쟁할 때에 이른 거예요. 현대에 이르러 선율은 더욱 복잡해졌어요. 그같은 악보를 이해하고 연주력을 키우기 위해서, 저는 같은 분야에서 보다 문학에서 자극을 받으려고 해요." 바이올리스트는 자신의 복잡한 얘기에 만족한 표정이었다.

"조금 전 박 지선 씨는 정상적인 멜로디는 과거의 작곡가들이 거의 발견해버려서 이젠 불협화음으로 경쟁할 때에 이른 것 같다고 했지만, 몇 마디로 이어진 단편적인 멜로디, 반의 반 페이지도 안된 문장들이라면 모르지만, 교향곡같은 긴 선율이나 장편소설들은 앞으로 우리 행성이 존재할 수 있는 기나긴 세월 속에서도 모방은 불가능하다고 봅니다. 선율은 잘 모르겠습니다만, 소설에서는 접속사도 형용사도 별로 사용하지 않았던 헤밍웨이의 간결한 문체를 한 시절 수많은 이들, 특히 작가들 쪽에서 자신들의 이야기에 어느 정도 도입했다고 봅니다. 헤밍웨이 자신은 젊었을 때 시카고에서 명성이 높았던 '셔우드 엔더슨'의 문체에 많은 영향을 받았다는 얘기도 있고요. 그런 관계와 영향들을, 모방이라고 해야 할지 저는 잘 모르겠지만, 어쨌든 간결한 문체는 대중들이 선호하니까요. 그래도 가장 중요한 것은 내용이겠지요. 선율에도 모짜르트적인 것, 브람스적인 것, 드뷔시적인 내용이 있듯, 문학도 문체보다 내용이 더 중요하다고 봅니다. 기술적인 문체가 그렇게 중요하다고 볼 수는 없습니다. 발견해서 이야기화 시키기도 하늘의 별 따기이고요. 문체로 이야기의 우열이 가려질 수도 없다고 봅니다. 과거의 수많은 작가들은, 특별히 분류할 수도 없는 문체로 자신들의 문학을 이루어 냈고, 개성을 발휘했습니다. 이야기의 내용으로써 말입니다. " 중위는 선율의 향방에 문학을 덧붙여 설명했지만, 자신의 얘기가 종잡을 수 없음을 느끼고 머리를 긁적거렸다.

"수녀님은 지금도 잠든 것 같아요. 중위님이 한 번 흔들어 보세요?"

"오후에 힘든 일이 있었어요. 좀더 자도록 내버려 둡시다. " 중위가 말했다.

둘이는 수녀가 자고있는 동안 이런저런 얘기를 많이 했다.
바이올리니스트는 아버지가 의심쩍어 하며 얘기했던, 수녀와 중위의 오후에 있었던 일을 여러 각도로 집요하게 물었고, 중위는 어제 오후부터 오늘아침 정원에서 겪었던 신비한 일로 그녀의 주의를 이끌려고 했다. 그래도 바이올리스트의 호기심은 끈질기게 파고 들었다. 젊은 남녀가 이별을 앞두고 호텔방에 몇 시간을 있었는데, 무슨 일이 없었겠느냐는 거였다. 중위는 그 무슨 일이라는 것이 도대체 무엇을 두고 얘기하는 것이냐며 되물었다. 남녀 둘 이가 호텔방에 있었으면 보통 어떤 일이 있기 마련인데, 그걸 여성인 자신이 구체적으로 상상하고 추정해서 표현해야 되겠느냐며, 그런 남녀관계적인 일은 중위님이 사내답게 털어놔야 된다고 했다. 바이올리스트는 집요했다.
 중위는 그 일이 있긴 있는 것 같았지만, 분명한 것은 플라토닉한 것이 사실이라고 대답했다. 바이올리스트는 지고지순했다는 정애 언니와 서로 생각을 맞춘 듯한 얘기를 한다며, 아무리 짜고 해도 그렇지 그 일을 어떻게 플라토닉하게 할 수 있느냐며, 어이없는 거짓말을 하고 있다고 했다. 중위는 믿지 못해도 플라토닉 했는데, 플라토닉 안했다고 대답할 수는 없지 않느냐고 대응했다. 그러자 바이올리니스트는 정말로 두 분이 원시성을 배제하고 플라토닉하게 그 일을 했다면, 왜 그토록 정신적이었는지 그럴만한 이유를 설명해 달라고 했다.
 언짢은 표정이 된 중위는 이미 얘기한 일이라며, 그래도 요구하니 다시 한 번 요약해주겠다고 했다.
 보통 원시성을 드러내는 그 일이 그렇게 정신적일 수 밖에 없었던 근거는, 수녀의 마음에 안착하려는 버지니아 영혼 때문이라고 했다. 중위는 그렇게 말하고 바이올리스트를 한 번 바라보았는데, 그녀는 고개를 끄덕이며 온 정신을 모아 경청하는 태도를 취하고 있었다.
 중위는 자신이 영혼을 건너가게하는 교량이고, 수녀님은 그 영혼이 안착하려는 목적지라고 했다. 그처럼 영혼이 이동하는 과정을 하늘에서 예정(豫定)했기 때문인지 몰라도, 보통 인간들이 하는 원시성이 배제되고 하늘의 본질인 플라토닉으로 그 일을 성사시킨 것 같다고 했다. 그렇게 말하고 나서 자신도 그 신비한 과정을 확실히 기억하지 못한 상태라며, 지나간 일이 믿기지 않는지 고개를 갸웃했다.
 "창세기 얘기를 듣는 기분이군요." 바이올리스트가 말했다.
 "저도 그 일이 무척 신비해서 안개 속을 들여다 보는 느낌이지만, 수녀님이 얘기한 지고지순했다는 것은 사실일 겁니다." 중위는 마지막 말을 중얼거리듯 낮추었다.

"저는 훗날의 일을 걱정하고 묻는 거예요. 만일에, ……만일에 저기 누운 여인이 훗날 출산할지도 모를 아이를 생각해봐야 되잖아요? 우정있는 친구로서 만에 하나 저 언니에게 무슨 일이 있으면 제가 대모(代母)가 될 수도 있으니까요."
"그렇겠군요."
"저 언니는 많은 이에게 복음으로 감동을 주는 유능한 전도사에요."
"저 역시 권위있는 흑암마을의 전도사로 알고 있습니다. 결코 책임을 회피하지는 않겠습니다." 중위가 말했다.
"저도 알아요. 중위님이 같이 탑승해서 보호하려는 마음두요.
 잠시 침묵이 흘렀다. 중위는 서로가 신비에 이끌린 듯한 예정(豫定)속에서, 그 일이 끝났던 오후의 일을 뒤돌아보았다.
"수녀님은 땀을 몹시 흘렸습니다. 그 이유는 울프가 스스로 생을 마감할 때, 상의 주머니에 넣었던 우즈강변의 돌덩이가 건너가는 영혼에 붙은 체, 수녀님의 마음에 안착했기 때문인 것 같았습니다. 수녀는 갑자기 무거운 영혼을 마음에 받았기 때문에 고통스러워 한 것입니다. 저는 수건으로 땀투성이가 된 그녀를 닦아 주어야 했습니다. 그 때의 힘겨움이 지금 저렇게 누워야 하는 노곤함으로 나타난 것 같아요. 좀더 눕도록 하는 것이 좋을 것 같군요." 중위가 말했다.
"저 역시 깨워서는 안될 것 같은 생각이에요. 그렇지만 항상 유능하고 결연하기만 할 것 같은 언니의 모습이, 너무 허전해 보여요." 바이올리스트는 서글픈 표정이었다.

 둘이는 다시 아침의 정원 애기로 돌아갔다가, 또 수녀의 병세에 대해 얘기하곤 했다.
"정말로 울프의 청동흉상이 살아 있었어요?" 바이올리스트가 물었다.
"믿지 않아도 어쩔 수 없지만, 오십대의 원숙한 모습 속에서 이십대 아가씨의 꾀 논리정연한 목소리가 새어 나왔습니다. 저는 순간 그 소리가 교량을 건널 '버지니아 영혼'임을 알 수 있었습니다. " 중위가 말했다.

"잘한 선택인 것 같아요. 가장 아름다운 시절의 영혼으로 하늘에 오르겠다는 선택은, 가장 여성다운 결정으로 보고싶어요. 그렇지만 조금 아쉬운 면은 있을 거예요. " 바이올리스트는 머릿결을 뒤로 넘기면서 천정을 바라보았다.

"저도 울프가 자신의 대표작들을 체념한 체, 그 이전의 젊은 시절로 영혼을 굳히려는 것이 아쉽군요. 그래도 지상에서는 등대로와 파도 등을 그녀의 작품으로 계속 기리고 있을 겁니다. " 중위는 두 주먹을 꼭 쥐었다.

"중위님은 그 청동흉상을 부여안지는 않았어요?" 바이올리스트가 물었다.

"어깨를 안아 보았습니다. "

"그 때, 뭔가를 고백하셨나요?"

"마음속이었습니다. "

"뭐였어요?"

"자신은 수녀님을 사랑하게 되었다고 했습니다. "

"그 마음이 아침의 로비에서 무릎을 꿇고 꽃 묶음을 바쳤던 것으로 나타났군요. 참, 인상적으로 보였어요. " 바이올리스트가 미소를 지었다.

"고맙습니다. 마음속을 고백하면 왜 그런지 어울리지 않을 것 같아서, 그냥 일어났습니다. 곧 바이올린소나타가 연주되는데, 분위기를 망칠지 모른다는 생각도 들었고요. " 중위는 입가에 웃음을 띠는 바이올리스트를 바라보았다.

"지금 생각하면 중위님이 진정한 사랑으로 고심했다는 것을 이해할 수 있습니다. 점심때 웃었던 일 미안해요. " 바이올리스트가 중위의 눈을 바라보면서 사과했다.

"괜찮습니다. "

"오늘 오전, 레이날도 한'의 C장조 선율을 연주하고 나타샤의 춤을 추게 하기까지, 저는 중위님이 사랑에 눈이 먼 어리숙한 분일지도 모른다고 생각했던 거예요. 그래서 그릴로 자리를 옮겨 점심을 든 후, 김 중위님을 런던까지 여행하게한 버지니아 울프 애기가 나왔을 때, 모욕감을 느낄 만큼 웃은 거예요. 정 애 언니와 저는 쉽게 마음이 전이되는 면이 있어서 함께 웃은 거예요. 아마 정애 언니는 저의 잘못된 실수를 조금 무마시켜주기 위해 함께 웃어 주었을 거예요. 다 큰 처녀애들이 그렇게 웃으면 못쓴다고 어머니의 꾸중도 받았지만, 이렇게 사과할 기회가 주어져 다행스러워요. 저렇게 누워 있는 정애 언니가 부럽군요. 두 분의 사랑이 꼭 이루어지도록 최선을 다해 드릴게요. " 바이올리스트는 진지해졌다.

"고맙습니다. 제가 스페인 여행을 끝내고 귀국하게 되면 서로 기쁘게 만날 것입니다. "

"정 애 언니는 자신이 아니면 누군가를 공항으로 보내, 중위님을 마중하도록 할거예요. "

"큰 부흥회를 연다고 들었는데, 마중 나올 필요는 없습니다. 제가 찾아가겠습니다. " 중위는 희망에 찬 목소리로 말했다.

"둘이서 벌써 그런 약속을 한 것 같군요. 참 드문 인연인 것 같아요. 전혀 다른 목적으로 와서 연인사이에 이른다는 것 말이에요. " 바이올리스트는 의문의 미소를 지었다.

"이젠 연인에서 책임을 질 단계에 이르렀습니다. " 중위는 자신있게 얘기했다.

"마땅히 책임을 져야지요. 그런데, 플라토닉에 불과했다면서요?"
"네. 그런 것 같습니다. "
"마치 기억을 못한 사람 같군요?"
"당신은 순수한 플라토닉이기를 바라는 것 같군요?"
"그러면 불순한 플라토닉도 있다는 애기인가요?"
"그럴리는 없습니다. "
"그래요. 지고지순했다는 언니의 애기는 합당해요. 흑암마을 전도사로서, 권위를 지닌 언니에게는 플라토닉이 더 사리에 맞을 것 같아서 그러는 거예요. " 바이올리스트는 모호하게 말했다.

"어쨌든 플라토닉은 플라토닉이지만, 그것이 일방적인 플라토닉은 아닙니다. " 그는 퉁명스럽게 말했다.

"중위님은 때론 알 수 없는 얘기를 하는 분인가 봐요? 얘기를 하다보면 단순한 것 같은 데, 수렁에 빠진 느낌이 들어요. 일방적인 플라토닉이란 얘기는, 또 뭐예요? 오후에 두 분이 어떤 상태에 빠졌다는 거예요?" 바이올리스트는 음성을 조금 높였다.

"그 지고지순한 일을 함께 이루어 냈기 때문에, 책임 질만한 플라토닉이라는 겁니다. " 중위는 모호하지만 진지하게 대응했다.

"아무튼 이색적인 인연임에는 틀림없는 것 같아요. 아마 중위님은 갑자기 닥친, …… 인연이 만개(滿開)될 것 같은 분위기에 압도되어 사실을 정확히 기억하지 못한 것 같아요. 목사님도 그러시지만, 저도 평소 전도사 언니의 인격으로 보아 두 분이 방에 함께 있었다 해도 플라토닉한 선에서 끝났을 거예요. 중위님이 책임질 만한 일이 일어났다고 해두요. 그렇지만 제 아버지되는 목사님은, 전도사 언니가 평범한 가정의 주부가 되어 복음전도 일을 할 수 있기를 항상 바라고 계셔요. 흑암마을에 두 분의 사이가 알려지고, 전도사 언니의 결심여하에 따라 우리가족은 두 분이 원하는 일이 이루어지도록 정성을 다해 도와 드릴 거예요. 꼭 그렇게 되었으면 해요. " 바이올리스트는 더욱 진지해졌다.

중위는 바이올리스트가 잘못 생각하고있다고 했다. 자신들의 인연이 만개할 수 있는 열쇠는, 수녀의 결심여하에 달려 있지 않다고 했다. 그같은 결론은 편향적인 입장에서 생각하기 때문이라고 불평했다.

고개를 갸웃한 바이올리스트는 잠시 깊은 생각에 잠기더니, 그렇다면 두 분 사이에 보이지 않는 다리처럼 놓인 신비한 인연이 두 분 의지와 무관하게 찾아온 것이냐고 물었다.

중위는, 믿을 수 없는 일이지만, 자신들의 의지와 무관하게 찾아온 것이 맞는 것 같다고 했다.

"이상해요. 정말 당사자의 의지가 개입되지 않았는지도 모르겠군요. 전도사 언니가 지고지순을 강조했던 것을 떠올리면 어떤 힘이 존재하는 것 같아요. 무엇 때문으로 보세요?" 바이올리스트는 자세를 고쳐 앉으며 물었다.
"버지니아 울프 때문입니다. " 중위가 대답했다.
"그 여류작가는 2차대전 중에 스스로 생을 마감했어요. " 바이올리스트는 웃었다.
"압니다. 그런데, 저를 기다리고 있었습니다. " 중위는 무거운 표정이었다.
"언제, 어디서에요?"
"오늘 아침 호텔 로비에서 내비친 얘기지만, 좀더 구체적으로 얘기하죠. 어제 오후, 옥스퍼드 가로에 있는 백화점 건물 입구의 그리스적인 기둥 옆에서 기다리고 있었습니다. 처음엔 그 여류작가를 닮은 런던의 어느 숙녀로 생각했지만, 기적적으로 모습을 드러낸 버지니아 영혼임을 알게 되었습니다. " 중위가 대답했다.
"저는 어떤 신비현상으로 보고싶군요. 사실로 생각되지 않아요. " 바이올리스트는 자신의 두 손을 꼭 맞대어 가슴의 중심에서 깍지를 지며 말했다.
"저 역시 그랬지요. 자신을, 예지력을 지닌 버지니아 영혼이라고 말했을 때, 그 진지한 숙녀의 태도를 믿으려 하지 않았어요. 그러나 수녀님의 선물을 사기위해 이층으로 올라가는 에스컬레이터를 함께 탔는데, 체온과 숨결을 느낄 수 있었어요. 거기다 우리가 서점에서 쉽게 확인할 수 있는, 그녀의 저서 표지에 그리스 아가씨처럼 어김없이 새겨진 사진과 너무 닮아서, 버지니아 울프가 아니라고 부정할 수도 없었습니다. 그런데 더욱 현실성이 있는 일은, 저기 수녀님이 입고 누워 있는 카키색 반코트는, 저를 기다리고 있었던 그 숙녀가 위층의 어느 의류점포에서 자신의 치수에 맞으면 수녀님도 맞을 거라며, 진열대에 있는 의상을 꺼내 먼저 입어 본 것입니다. " 중위는 목소리가 조금 긴장된 상태였다.
"정말 이상한 현상을 겪었군요. 체온과 숨결까지 발산하면서, 자신을 예지력을 가진 버지니아 영혼으로 소개를 했다고 하니, 헷갈리는군요. 혹시 얼스코트에서 어느 숙녀가 중위님을 뒤따르거나, 아니면 중위님이 속마음을 지나치게 내비친 일은 없었어요?" 바이올리스트는 의심쩍은 표정을 지었다.

"없었습니다. 다만 도심에 있을지 모를 버지니아 울프의 기념관을 찾기위해, 런던주재 한국대사관에 여러 차례 전화를 했던 것 같습니다. 대사관측은 전화를 받을 때마다 작가의 기념관에 관한 업무를 취급하지 않는다고 하면서, 여러 경로를 통해 찾아보는 것 같았고, 끝내 모른다는 대답이 돌아오곤 했는데, 어느 여직원이 받을 때는, 특별한 민원을 위해 사적으로 알고 있는, 멘체스터에 거주하면서 런던의 문화를 잘 알고 있다는 어떤 중년의 전화번호를 알려 주더군요. 그분과도 오랫동안 전화를 했는데, 울프의 기념관은 런던에 없다고 했습니다. 그리고서 버지니아 울프가 대표작들을 내놓았던 타비스톡을 찾아보는 것이 어떻겠느냐고 묻더군요. 좋다고 하자, 피카딜리 라인을 통해 찾아가는 길을 알려 주면서 행운을 빈다고 하였어요."

"그렇다면 전류를 통해 중위님의 심정이 버지니아 영혼에 알려진 것은 아닐까요?" 바이올리스트는 표정을 바꾸며 말했다.

"생각해보니 그럴 가능성도 있을 것 같습니다. 전류는 영혼들의 세계에서 텔레파시를 통해 긴요하게 사용되고 있는지도 모릅니다." 중위가 대답했다.

"전도사 언니에게도 여류작가 버지니아 울프가 아가씨 시절로 나타났다는 얘기를 들려주었겠군요?"

"네."

"믿던가요?"

"조금도, ……부정하지는 않았습니다. 저보다 하룻밤 앞서 타비스톡 정원에 들어가 청동상과 마주 섰을 때, 영혼의 소리를 들었다고 했습니다."

"중위님보다 먼저요?"

"네."

"이건 알아야 해요. 언니가 복음서를 전도하면서 용서를 강조하는 분이기 때문에, 그저 매력적이고 만만한 여인으로 보일 수도 있겠지만, 무척 합리적이고 이해타산이 밝아요. 중위님의 그 이상한 상봉을 겉으로 수긍했다고 해도, 내심 달리 생각하는지 몰라요. 정 애 언니는 런던에서 중위님과 친근해진 가장 소급적인 이유를, 자신이 목사의 저서인 '막달리아의 꿈'을 번역했기 때문으로 알고 있어요. 거기에는 인연을 발생할 수 있는 원인들이 분명히 깃 들어 있으니까요. 저도 그렇지만, 복음서에 기록된 기적 외의 기적, 예를 들면 백화점에서 반코트를 입어 보았다는 버지니아 영혼이 보여 준 기적을 전도사 언니가 수긍을 했는지는 좀더 두고 봐야 될 것 같아요. " 바이올리스트는 입술을 꼭 다물었다.

"제 생각은 더욱 확고해졌습니다. 누가 뭐래도 저는 버지니아 울프의 영혼이 교량으로 삼기 위한 자이고, 젊은 시절로 나타난 그녀의 영혼으로부터 고귀한 사랑의 감정을 선물받아 수녀님과 친근하게 교감을 했으며, 결국 연인에 이르게 했다고 봅니다. 그러나 오늘 오후의 일을 어떻게 책임 져야 할지 모르겠습니다. 지금 수녀님이 저 모습으로 누워 있는 것은, 저를 교량으로 삼았던 버지니아 영혼을 받아 주고, 그 영혼에 적응하기 위한 부대낌인지 몰라 안타깝습니다. " 중위는 좀더 구체적인 생각을 털어놓았다.

"아니에요. 전도사 언니는 오래 전부터 폐를 앓고 있었어요. 저의 의문은 가슴앓이를 하는 전도사 언니의 마음에 왜 버지니아 영혼이 들어가려고 했는지 모르겠어요?" 바이올리스트는 누워 있는 수녀의 허전한 모습에 깊은 눈길을 주었다.

"막달리아처럼 예수님을 진정으로 따랐기 때문이 아닐까요?" 중위가 얘기했다.

"그랬을 가능성도 커요. 간절히 소망했던 분을 찾은 거예요. 전도사 언니의 마음속에 들어가 단단히 붙은 우즈 강변의 돌덩이 무게를 자신의 영혼에서 떼어 내려는 거예요. 맞아요. 지금 전도사 언니는 버지니아 영혼을 위해 부대끼고 있어요. " 바이올리스트는 안타까운 표정을 지었다.

중위는 가슴앓이를 하면서도, 버지니아 영혼을 위해 자신이 선택되었다며 좋아한 수녀의 누워 있는 모습을 지켜 보고있었다. 연약한 여인의 모습이다. 그런데도 현대의학을 거부하고 집중된 명상과 막달리아같은 그리움으로, 자신의 가슴앓이를 치료하려 하는 것이다. 깨어서 활기를 찾으면 그 누구도 벗어나고 싶지 않는 영적인 그물망을, 자신의 주변에 뻗치는 여인이다. 그러한 매력이 가장 활기 차게 일어날 때가, 복음서와 관련하여 청중을 모아놓고 설교를 할 때라고 한다. 그같은 능력을 가슴앓이로 인해 영원히 접을지도 모를 연약한 여인이, 저기 공항청사의 나무벤치 위에 허전하게 누워 있다.

"수녀님이 지니고 있는 불치의 병을 목사님이 알려 주지 않았다면 저는 지금도 몰랐을 겁니다. 목사님은 영적인 힘을 지닌 수녀님이 스스로 자신의 병을 물리칠 거라고 조심스럽게 예상하지만, 저는 불안합니다. " 중위는 힘없이 누워 있는 여인을 바라보며 얘기했다.

"아버지는 저렇게 허전한 표정을 보인 언니의 병세를 예상했는지도 모르겠어요. 그래서 언니의 귀국비행에 저를 탑승시키려는 거예요. 최선을 다해 여행에서 돌아온 중위님을 건강한 모습으로 맞이하도록 할게요. " 바이올리스트가 진지한 표정으로 말했다.

"고맙군요, 바이올리스트. "

"중위님, 너무 염려하지 마세요. 목사님이 저를 따라 보내는 이유는, 가끔 가슴앓이를 하는 정 애 언니를 보살피기 위함이에요. "

김 중위는 희부연 아크릴에 전등 빛이 연하게 배여있는 공항청사의 드높은 천정을 바라보며 한숨을 내쉬었다. 자신이 고귀한 사랑의 감정을 서쪽나라에서 선물로 받았다고 하나, 그것으로 버지니아 영혼의 교량역할을 해줌으로써 수녀님의 병세를 더 악화시킨 것 같았기 때문이다. 수녀의 마음속에는 지금, 버지니아 울프의 영혼이 붙어 있는 돌덩이들을 떼어 내기 위한, 극심한 투쟁이 벌어지고 있는지 모른다. 지금 수녀는 자신을 선택해서 하늘에 오르려는 독한 여류작가의 영혼을 품고 있다. 시가지를 무차별하게 폭격하는 전쟁의 참상을 한탄하며, 우즈강변의 돌덩이들을 코트주머니에 가득 넣고 차갑게 흐르는 강물의 중심부로 걸어 들어간 독스런 여류작가의 영혼이다. 정말 수녀는 그 영혼의 무게를 줄이려는 정화작업에 부대끼면서 지쳐 있는 상태일까? 수녀는 허무한 표정을 짓고 있다.

"너무 걱정하지 말아요. 저는 동쪽으로 비행할 때, 정애 언니 옆에 앉아서 세심히 보살필 거예요. 오후에 있었던 둘만의 일을 얘기해줘요? 제가 좀더 효과적으로 보살피기 위해서는 오후의 구체적인 일이 참고될지 몰라서 그래요. " 바이올리스트는 주의 깊은 표정으로 자세를 다시 바로잡았다.

"참 집요하게 묻는군요. 지고지순 했다는 것을 들었잖습니까. 그럴만한 이유는 영혼이 안착하기까지 그같은 정신적인 환경을 유지해야하기 때문인가 봅니다. 그 사랑의 환경은 수녀와 저의 의지에 의한 것이 아니고, 버지니아 영혼에 의해 만들어진 신비한 감정의 교류로 보고싶습니다. "

"중위님은 군생활에 단련된 건강한 신체지만, 전도사 언니는 폐가 약해져서 가끔 가슴앓이를 하고 있어요. 아침에 언니에게 바칠 바이올린소나타를 연주하기 직전, 꽃 묶음을 들고 로비로 들어오는 중위님의 무언가 고조된 듯한 얼굴은, 감정이 넘쳐 분류할 것처럼 보였어요. 그런 세찬 열정 때문에 정애 언니가 자신의 병세도 모른 채 휩쓸려 저렇게 가슴앓이가 악화된 것이 아닌지, 아니면 적극적으로 받아들인 버지니아 영혼에 의한 부대낌인지 확실치가 않아서 그래요. "

바이올리스트는 자꾸 에둘러 얘기하면서, 오후의 일에 대한 의문을 뭉게구름처럼 야기시키려 들었다. 중위는 그녀의 흥미와 속마음을 짐작하고, 말해줄 수 있는 것은 충분히 알아들을 수 있을 만큼 얘기해주었다며, 자꾸 반복할 수는 없다고 말했다. 그 때 수녀가 몸을 움직였고, 바이올리스트가 팔을 들어 내뻗치며 누운 곳을 지향했다.
 "아, 수녀님이 깨어났군요. 눈을 뜨고 여기가 어딜까 하는, 어리둥절한 모습인데요?" 중위는 감탄이 섞인 어조로 얘기했다.
 둘이는 한걸음에 수녀 옆으로 갔다. 수녀는 눈을 떴지만, 아직 잠이 덜 깬 사람같은 표정이었다. 바이올리스트는 자신의 무릎위로 수녀를 누이고, 머릿결을 매만져 주고 있었다. 중위가 손수건을 꺼내서 수녀의 이마에 이슬처럼 맺힌 땀방울을 닦아 주었다. 수녀의 표정은 깨어나기 전처럼 허전해 보이지는 않았다. 입가에 겨우 보일 듯한 미소가 감돌고 있었다. 둘이는 침묵 속에서 그 미소를 바라보며 한숨이 놓였다. 바이올리스트는 정 애 언니가 사랑에 관련된 꿈을 꾸었을 것이라고 말했다. 입가에 미세하게 꿈틀거리는 미소는 사랑의 감정이라고 생각했다. 무슨 꿈일까? 입가의 희미한 미소는, 흩어지면서 기억 밖으로 달아났던 꿈이 다시 복원됐다는 다행스런 안도의 미소 같았다. 작년 겨울, 흑암마을에 눈이 몹시 내렸던 겨울 밤에도 그와 흡사한 잠결의 미소에서 깨어난 후, 흩어질 듯한 꿈이 복원됐다며, 사라지기 전에 그 꿈 얘기를 차분히 해주었기 때문이다.
 "중위님은 스페인으로 떠났어요?" 수녀는 무언가 정리된 표정으로 눈을 뜨고 일어나면서 물었다.
 "언니의 왼편에 앉아 계셔요. " 바이올리스트가 대답했다.
 "오! 그렇구나. " 수녀는 왼손으로 그의 손을 잡았다.
 "아름다운 꿈을 꿨는데, 중위님과 나란히 서서 스페인 어딘가에 있는 '산타마리아'의 숭고한 상을 바라보는 꿈이었어!"
 "축하해요. 누구도 보기 힘든 산타 마리아를 꿈속에서 만난 것을 축하해주고 싶어요. " 바이올리스트는 부러운 표정으로 수녀를 바라보았다.
 중위는 두 여인의 다정한 모습을 보면서, 잠시 헛된 생각에 잠겼다. 수녀가 앉아 있고 자신이 그녀의 넓적다리를 베고 누워 있으면 그녀의 손이 자신의 머릿결을 매만져 주리라는 생각이다. 언젠가 그 헛된 상념이 이뤄질 수도 있겠지만, 지금은 소중하게 남은 이별의 시간이기 때문에 더 가치있는 무엇으로 채우고 싶었다.
 수녀는 일어나기 위해, 꼭 잡은 중위의 손에서 어깨죽지로 옮겨 잡고 상체를 바로 세웠다.
 "기차로 간다고 하였지요. 스페인에 가면 어디에 가고 싶어요?" 수녀가 물었다.
 "콜럼버스가 신대륙을 발견하기위해 돛을 올렸다는 항구도 보고 싶고, 수녀님이 꿈결에 보았다는 산타 마리아 상도 찾아보고 싶습니다. " 중위가 대답했다.
 "멋진 생각이군요. 여권과 유로는 잘 챙겨야 할거예요. " 수녀는 근심되는 투로 얘기하면서 그를 바라보았다.
 중위는 그녀의 눈에 영적인 빛이 사라지고, 부드러움으로 가득해진 것을 보았다. 그도 수녀에게 미소를 보냈다. 바이올리스트는 둘 이의 연애감정을 나눌 것 같은 분위기를 엿보고, 방해가 될지도 모른다는 생각에 다시 건너편 벤치로 자리를 옮겼다.
 "길지 않는 시간이지만 깊은 잠과 아름다운 꿈을 꿨어요. 이 반코트가 감싸 주었기 때문인 것 같아요. 버지니아 아가씨가 선택하고 먼저 입어 보았다는 이 반코트 선물, 정말 감사해요. 옷감의 느낌, 색상, 착용감이 모두 저에게 안정감을 주는 것 같아요. 그래서 깊은 잠과 아름다운 꿈을 꾼 거예요. 저도 중위님에게 줄 것이 있는데, 깜박 잊을 뻔 했군요. "
 수녀는 반코트의 하단부터 몇 개의 단추를 끄르고, 허리 안쪽으로 들어간 연회색 블라우스를 끌어올려 꺼낸 후에, 두 손을 블라우스 안쪽의 등뒤로 돌리더니, 복대의 이음줄을 풀고, 잡아당겨 눈앞에 내보였다. 중심부에 지퍼가 가로 나있는, 엷어 보인 복대를 수직으로 치켜든 수녀는, 그것을 중위에게 주겠다면서 다음과 같이 말했다.
 "가끔 꺼낼 필요가 있는 여권은 상의 안주머니에 넣는 게 좋지만, 당장 필요치 않는 고액권 파운드와 유로는 이 복대에다 넣는 것이 소매치기가 많다는 유레일(유럽철도)에서 심리적 안정감을 줄 거예요. "

수녀는 복대의 끈을 늘이거나 줄이는 방법, 등뒤에서 두 손을 이용해 홈에 채워지는 순간 찰칵 소리가 나는 잠금과 그 홈의 이음쇠를 푸는 몇 가지 사용법을 알려 준 후, 지퍼를 가로로 잡아당겨 안에 들어있는 자신의 현금인 파운드를 꺼냈다. 모두 빳빳한 50파운드짜리 지폐였다. 수녀는 그 중에서 절반을 헤아려 마드리드까지의 유레일 비용을 자신이 보태주고 싶다며, 오백 파운드가 넘는 금액을 사양하는 중위에게 건네려 했다. 그로부터 꽃과 반코트를 선물받았는데도, 자신은 눈에 보이는 어떤 성의도 보여 주지 못한 미안함 때문인 것 같았다.
 중위는 비상금을 안전하게 지킬 수 있는 복대, 수녀의 복부에 접촉하고있었다는 이유만으로도 받고 싶었지만 지폐는 사양했다. 고액권 파운드를 주는 수녀의 마음이 진심이었다고 해도, 중위는 받고 싶지 않았다. 자신은 충분한 유로를 지니고 있다며, 수녀와 힘없는 팔을 짓누르고 반코트 주머니에 고액권 지폐를 넣어 주었다.
 "그러면, ……저와 마지막 키스도 사양하시겠네요?" 수녀는 진지하게 중위를 바라보았다.
 "그거라면 절대로 사양하는 법이 없을 겁니다. " 중위는 그녀의 얼굴을 두 팔로 감싸, 자신 쪽으로 잡아당겼다.
 잠시 후에 둘 이의 얼굴은 떨어져 웃음 띤 서로의 표정을 바라보았다.
 "산타 마리아의 석상을 찾을지 모르겠는데요?" 중위가 말했다.
 "스페인은 저에게 아름다운 산타 마리아 (성모 마리아)석상이 있는 나라로 먼저 떠올라요. 그렇지만 너무 부담 갖지 마세요. 런던의 숙소 찾는 일도 힘들어 했는데, 스페인에 있는 산타 마리아를 찾는 일은 쉽지 않을 것 같아요. 기차의 창 가에서 낯선 풍경이 중위님에게 깊은 인상을 주었으면 해요. 그리고 무사히 저에게 돌아오기를 기원하겠어요. "
 "운이 좋으면 산타 마리아의 석상을 볼 수 있을 겁니다. 찾으면 저의 스마트 폰에 여러 각도에서 담아 오겠습니다. " 중위는 장담하듯 말했다.
"저는 꿈결에 봤어요. 부담 갖지 마세요. 중위님의 마음을 설레게 한, 콜럼버스가 돛을 올린 항구에 발길이 닿기를 기원할게요. 자, 헤어질 시간이 된 것 같아요. " 수녀는 끌러진 반코트의 단추를 끼우면서 얘기했다.
"조금 전엔 숨찬 모습이었는데, 괜찮겠어요? 저는 줄곧 가벼운 천식으로 생각하다가 목사님을 통해 불치병과 홀로 맞서려는 수녀님을 알게 되었습니다. 왜 현대의학을 거부하세요?"
"여기선 목사님이 지어준 약을 먹기 때문에, 거부한 것만은 아니에요. "
"다행이군요. 약을 든다고 하니까 조금 안심이 됩니다. 목사님은 수녀님을 훌륭한 복음전도사라고 높이 평가해주시더군요. 수녀님과 친근한 사람이라면, 저는 누구나 좋아할 것 같습니다. 그래선지 혼자 주체하기 힘든 마음속의 감정을 목사님에게 고백한 것이 있습니다?" 중위는 희망을 가진 목소리로 말했다.
"중위님의 결심이라며, 목사님에게 들었어요. " 수녀는 그에게 깊은 눈길을 주면서 대답했다.
"그러면 목사님에게 고백한 저의 간절한 소망을 받아 주었으면 합니다. " 중위는 그녀의 깊은 눈길에서 희망을 찾으려고 했다.
"우리 바보스럽지만 서로 희망을 가지고 살아요. " 수녀가 얘기했다.
"그럼 주부생활로 들어설 결심을 한 것입니까?"
"그같은 희망을 잃지 않겠다는 거예요. 저는 이루고 싶은 일이 완성되어가고 있는 중이에요. 지금은 과정이니까 그 일이 무엇인지 말하고싶지 않아요. 중위님이 스페인 여행에서 돌아오면 그 윤곽을 볼 수 있을 거예요. 그리고 서로 희망을 갖자는 저의 얘기를 이해할 수 있을 거예요. "
"그래도 저는 일말의 책임감을 느끼고 있습니다. " 중위의 얼굴은 무거워졌다.
"오늘 오후 우리를 휩싼 것은 지고지순(至高至純)한 무엇이었어요. 저와 달리 중위님은 경과한 일을 뚜렷이 기억하지 못한 것 같아요. 호텔방에서 있었던 일 때문에 책임감을 느낀다면, 지금이라도 버리세요. 그 일로부터 중위님이 코가 꿸 정도의 마음의 부담을 가져선 안된다고, 저는 몇 번이나 애기했어요. " 수녀는 화난 목소리였다.

 중위는 그녀가 지고지순으로 표현한 오후의 일을, 확실치 않는 낙원 속의 무슨 느낌이라고 생각했다. 자신은 그것을 바이올리스트에게 플라토닉으로 표현했지만, 좀더 구체적인 언어로 말할 수 있는 기억을 갖고있지는 못했다. 그렇지만 그것은 낙원을 엿볼 수 있는 무슨 느낌인 것만 같았다.
 어쨌든 수녀에게 이을 수 있는 교량의 의무를 다했다. 수녀의 마음이 지순하지 않았다면 버지니아 영혼의 목적지가 되지 못했을 거다. 자신 역시 교량역할을 하지 못했을 거라는 생각이 자연스럽게 뒤따랐다.
 중위는 주어진 의무를 다했지만, 그 과정을 선명히 의식하지 못한 체, 영혼을 수녀의 마음속으로 옮겨 주었다. 그래도 아무 탈없이 오후의 의무는 다했다. 사랑의 감정을 세찬 분류처럼 흐르게 해서 버지니아 영혼을 수녀의 마음속으로 옮길 수 있었다. 교량역할을 무사히 했건만, 수녀가 땀을 흘리고 고통스러워 한 것은, 목적지에 안착한 버지니아 영혼이 새로운 환경인 수녀의 마음에 적응하려는 과정인지도 모른다는 생각을 했다.
 중위는 오후의 일이, 자신들의 의지에 의해 일어난 것은 아니라고 생각했다. 타비스톡 정원에 내려온 어떤 정신력에 의해, 버지니아 영혼과 막달리아와 천사의 연결된 신비로 보고싶었다. 수녀의 마음속에 안착한 영혼이 차츰 안정되면, 그녀의 약해진 몸은 회복되리라는 생각을 했다.
 "수녀님은 저의 유일한 사랑입니다. 저에게 사랑의 감정을 심어 준 별같은 여인입니다. " 중위는 헤어지기 전 조금이라도 그녀를 기쁘게 해주고 싶었다.

"초급장교시절 일선의 간호원 아가씨는 벌써 잊었어요?"
"그 간호장교 아가씨는 다른 이의 연인이 되어 멀어졌습니다. 그러나 수녀님은 태양계가 오랜 세월을 두고, 저를 위해 창조한 것 같은 소중한 여인입니다. " 중위의 표정은 진지해졌다.
"저를 기쁘게 해주고 싶어 태양계까지 갖다 붙이는데, 다음 번엔 우주에다 비기며 치켜세우겠군요. " 수녀는 미소를 지었다.
"그렇게 할 기회가 주어지면, 우주에서도 비길 데 없는 여인이라고 얘기하고 싶습니다. "
"참 고마워요. 제가 내년 봄까지만 살 수 있다면 좋겠는데, …… 제 생명은 새싹이 돋아나고 종달새가 노래하는 계절을 다시 누리지 못할 것 같아요. 금년 겨울의 함박눈 내리는 가로를 걸을 수 있어도 과분하게 받아들이겠어요. 산자락에 제가 묻힐 자리도, 저의집 찬모(饌母)와 함께 봐 두었어요. 봄날 그 가정부와 함께 와서 그 곳 산자락에 준비해둔 의자에 한 시간 쯤 추억을 생각하고 앉아 있어 준다면, 저는 고마워할 겁니다. " 수녀는 허전한 표정이었다.
"왜 그렇게 약한 마음을 가지게 됐는지 모르겠군요. 수녀님은 내년 봄이 아니라, 반세기 후에도 복음을 전도할 수 있는 아름다움과 건강한 모습을 지니고 있을 겁니다. " 중위가 큰소리로 말했다.
"반세기 후 봄이면 제가 여든이 넘는데요? 중위님은 반세기라는 긴 세월동안 한 여성을 향한 사랑을 유지할 수 있을까요?"
"저는 사랑이라는 빛줄기가 수녀님과 탯줄처럼 이어진 체, 태양계 너머의 은하의 세계로 한없이 여행하고 싶습니다. " 중위는 진지하게 대답했다.
"탯줄처럼 이어진 체! 시인처럼 의미있는 표현을 쓰시네요. 태양계가 사라져도 끝없는 우주를 함께 하고싶다는 뜻인가요?"
"네. 수녀님은 저의 영원한 별이기 때문입니다. " 중위는 더욱 그녀를 기쁘게 해주고 싶었다.
"중위님은 때론 저와 비슷한 점이 있는 것 같아요. "
"제가요?"

"그래요. 저도 태양계 너머의 먼 순수한 곳에 영혼의 안식처가 있다고 믿으니까요."
"서로가 영원함을 소망한 이유는 서로 사랑하기 때문입니다."
"듣기엔 기분 나쁘지는 않군요. 그러나 저는 김 해식 씨에게 불행을 안겨 줄 것이 틀림없어요. 저는 특별히 제조한 약 기운으로 먼 여행지의 하루하루를 버티고 있는 거예요. 장래가 구만리같은 분이 왜 시한부 여인에게 묶이려 드는지 이해할 수가 없어요."
수녀는 깊은 눈길로 그를 바라보았다.
"모든 생명체는 시한부이고, 살기위해 우왕좌왕하게 되고, 그르친 판단을 하는 일이 많아서 크고 작은 죄를 짓는 것 같습니다."
그는 자신의 삶도 그렇다는 듯, 미안한 표정으로 말했다.
"중위님은 오후의 일로 고심하거나 미안해 하지 마세요. 저로부터 완전히 자유롭게 지내세요. 그렇게 위로하려 들지 않아도 저는 태양계에 소속된 생명체이며, 머잖아 우주 속으로 사라질 운명임을 잘 알고 있습니다."
"왜 사라질 운명이라고 하지요? 자신을 체념할 때가 아닙니다. 제가 최선을 다해 수녀님의 생명과 아름다움을 지켜 내겠습니다."
"저를 선회하는 이들은 많아요. 제가 복음을 전도할 때 형성된 소 궤도에서, 그들도 그리움에 묶여 저를 선회하며 만나고 싶어해요. 이처럼 흑암마을에는 저를 그리워하는 조용한 사람들이 무척 많아요. 중위님이 일선에 근무할 때, 간호원 아가씨와 친근하게 지낼 기회를 붙잡고 싶어 애썼듯이, 그들도 기회가 없을까 고심하며 저의 실루엣이 새겨진 창문을 바라보곤 해요. 정말 제가 설교하는 궤도에는 많은 이들이 저를 보기위해 서성였어요. 중위님의 그리움과 흡사한 그 궤도에서, 저의 하늘금고는 하나의 건축물을 세울 만큼 커진 거예요. 중위님은 제가 남길 '막달리아 회당'을 볼 거예요. 우리는 다행히 흑암마을을 벗어나, 하늘금고가 없는 먼 서쪽도시에서 만났어요. 이같은 인연은 스스로 만들려고 들면 달아나 버리고 말지요. 우리의 그리움은 정말 버지니아 영혼이 만들어 주었는지도 모르겠어요. 너무나 자연스러워서, 우리도 모르는 사이에 연인처럼 되고 말았어요. 그렇지 않다면 저는 많은 이들의 연인으로 흑암마을에서 복음을 전도하며 나날을 보냈을 텐데, 갑자기 저는 서쪽도시에서 유일한 중위님의 '별'이 되고 말았어요. " 수녀는 입 가에 미소를 띠고, 더없이 깊은 눈길을 주면서 말했다.
 "제가 스페인 여행 중에, 누군가 용기를 내서 수녀님에게 사랑을 고백할지도 모른다는 생각이 드니까 불안해지는데요?"
 "중위님과 저 사이에는 불안보다 그리움이 더 많아질 거예요. "
 "그럼 우리 그리움이 꽃필 수 있도록 이렇게 합시다. " 중위의 눈길은 무언가를 요구했다.
 "어떻게요?" 수녀는 깊은 눈길로 그를 바라보았다.
 "조금 전처럼요. " 하고 중위는 그녀의 목뒤로 팔을 감싸려고 했다.
 "아-아, 벌써 헤어질 때가 됐나 봐요. 바이올리스트가 손목시계를 보면서 우리에게 오고있어요. " 수녀는 그의 팔에서 벗어나 자세를 바로했다.
 "아름다운 연인에게 시간을 더 드리지 못해 안타까워요. " 바이올리스트가 한숨 어린 목소리로 말했다.

 셋이는, 검은 제복의 직원이 웅성거리는 사람들을 하나 둘 받아들이기 시작한 경계로 걸어갔다. 거기에는 젊은이들, 연인들, 가족들, 홀로 여행하는 사람들이 여행가방을 끌고 서성이거나 나무벤치에 앉아 있었다. 경계의 벽에는 오직 하나의 문이 있었다. 심사받지 않는 모든 출국인은, 히드로 국제공항의 특징인 하나의 문에서 세심한 조사를 받고, 자신들의 게이트를 찾아가면 된다. 셋이는 하나의 문이 조금 엿보인 빈 나무벤치에 앉았다. 바이올리스트가 출국장 너머를 살피고 오겠다며 일어나 그 쪽으로 걸어갔다.
 수녀는 출국장을 지켜보면서 이승과 저승의 경계에 영혼들이 웅성거린다는 기독교적인 생각을 했다. 출국장 너머는 까마득한 미지의 세계로 들어가는 게이트들이 있을 거라는 생각이다. 영혼들이 무서워 하는 문에는 무엇이 표시되어있을까?

『여기 들어오는 너희, 온갖 희망을 버릴진저』

단테가 묘사한, 지옥의 문 상단에 쓰여 있는 글이 어느 게이트에선가 현판처럼 걸려 있을 것 같았다. 출국수속을 마친 무거운 영혼들을 어느 행로에서 걸러 내어 막다른 길로 흐르게 하면, 가로막은 게이트 위에서 번뜩이며 그들을 기다리고 있을 것 같은 무서운 현판이 떠올랐다.

오! 저렇게 고상하게 꾸민 귀부인과 신사들이 그 내부에 무거운 죄를 숨겼다면, 온갖 희망을 버리라는 그 현판 앞에서 탄식을 하고 주저앉을 것이다. 모든 희망을 체념한 그들은 어디로 향할까? 그들에게 주어진 비행체는 절망과 탄식의 겹벌로 어스름하게 뭉쳐진 듯한, 명왕성(冥王星)같은 곳으로 가게 되는 걸까?

수녀는 출국수속을 앞둔 모든 탑승객이, 영혼의 심사를 받을지 모른다는 생각을 한동안 하였다. 무거운 생각에 빠져 들면서, 자신이 입고있는 반코트의 가슴부분을 매만지고 있는데, 갑자기 알 수 없는 뿌듯함이 부풀어 올랐다. 자신이 버지니아 영혼을 품고있다는 생각이 다시 들면서였다. 자신이 선택되어 마음에 품고있다는 뿌듯함이었다. 거의 일세기 전에 문학활동에 전념한 그녀의 정신, …… 이 시대의 사람보다 더 현대적인 의식으로 사물을 바라본 그녀의 영혼을, 자신이 품고있다는 것이 뿌듯했다.

일세기 전 그녀의 활동반경에는 가장 현대적인 가로가 있었고, 도로에는 이층버스가, 지하에는 피카딜리 라인이라는 지하철이 내달렸고, 세계도처에 식민지를 두었기 때문에 울프도 버킹검궁을 자랑스러워했을 것이다.

버지니아는 소녀시절 약간의 정신병력을 지니고 있었지만 딛고 일어났으며, 어디에 있어도 자신의 지성을 내비친 귀족이었다고 한다. 그런 그녀가 전통적인 문학에 실망을 느끼고 새로운 패러다임에 집착한 원인은, 명백하게 이어지는 의식으로 진실을 수없이 가장하려든 위선 때문이었는지 모른다. 그것을 달무리같은 무의식으로 자연스럽게 드러내며, 좀더 인간적인 고귀성을 표현해내자는데 그 일부가 있었을 것이다.

 그리스적인 참신한 모습, 타비스톡에서 완성한 세 권의 대표작을 정원의 게시판에서 확인했을 때, 그 결과에 의해 청동상이 된 그녀의 모습은 누구보다 현대적일 수 밖에 없다는 느낌을 받았으며, 비록 서로 다른 분야에 가치를 두고 있지만 같은 여성이라는 것이 자랑스러웠다.

 그러나 수녀는, 버지니아 울프에게 미안했다. 세평(世評)에 휩쓸려 헤밍웨이 소설은 독서했지만, 그녀의 문학은 듣기만 한 상태이기 때문이다. 별로 감동을 주지 않는 이야기라는 것을 듣기도 했고, 의식으로 새로운 문학을 시도했던 야심적인 여류작가라고도 들었다.

 그녀와 관련된 작품 속의 인물로, 중위에게 또 다른 얘기도 들었다. 헤밍웨이의 '해는 또다시 떠오른다'에서 여주인공 '브렛'은 귀족인 버지니아 울프가 모델이 되었는지 모른다는 것이다. 그 작품에서 '브렛'은 바람둥이에다 술꾼이고, 실제의 울프는 전혀 그런 스타일이 아니었는데, 속이 엉큼한 헤밍웨이는 자신의 첫 작품에서 소설이니까 그럴 수 있다는 듯, 한 번 만났으면 했지만 마음속에만 둔 선배 여류작가를 파리에서 배회하는 잃어버린 세대의 스타일로 그려 놓았는지 모른다. 울프와 헤밍웨이는 서로의 작품을 독서했을 것이며, 이해하면서 발전했을지 모른다. 울프가 헤밍웨이의 첫 작품에 등장한 여주인공인 브렛의 모델이라는 것은 서로 만나지 못한 두 작가를 이어 보려고 애쓴, 단순한 중위의 상념에 불과한지도 모른다.

 "무엇을 생각하고 있습니까?" 중위가 물었다.

 "버지니아 울프의 영혼을요. " 수녀는 자신의 가슴을 손바닥으로 대면서, 바로 여기를 생각한다고 했다.

 "무거운 영혼을 받아들인 것이 후회되지 않으세요?" 중위가 물었다.

 "저는 받아들인 것이 아니고, 영혼에 의해 선택되었어요. 곧 있을 흑암마을의 부흥회 때, '선택된 어느 여인의 마음'을 주제로 이야기를 해야 겠어요. " 수녀의 표정은 밝아지기 시작했다.

"청중들이 믿어 줄까요?" 중위가 물었다.

"제가 주님을 보았다고 했을 때, 사람들은 처음엔 믿지 않았지만, 저의 복음설교를 자주 들은 이들은 차츰 예수님을 현현(顯現)한 전도사로 믿어 주고있어요. " 수녀가 대답했다.

"부흥회는 어디서 열립니까?"

"흑랑천 하천부지에서요. 부지치고는 꾀 넓은 풀밭인데, 흑암마을 목사들이 총동원되는 부흥회이기 대문에 규모가 대단히 클 거예요. " 수녀는 손으로 타원형을 그리면서 말했다.

"혹시 추상화가를 만나게 되면, 제가 안부 전한다고 해주세요. " 중위는 가볍게 부탁했다.

"스페인 여행 중이라고 할게요. 중위님, 저의 가슴에 귀를 기울여 봐요. 영혼이 작업하는 무슨 소리가 들릴 거예요. " 수녀는 밝은 눈짓을 했다.

중위는 반코트 상단의 단추와 단추 사이의 틈새로 귀를 기울이려고 하는데, 수녀는 재빨리 두 개의 단추를 풀며 그의 귀가 얇은 블라우스에 닿도록 했다.

"심장 뛰는 소리 밖에 들리지 않는데요?" 한참 후에 이같이 얘기한 중위는 자신의 귀가 잘못 들었던 것은 아닌가 하는 생각에, 다시 귀를 소녀처럼 작아 보인 젖 무덤에 바짝 붙이고 집중해보았지만, 수녀가 얘기한 어떤 작업하는 소리는 들리지 않았다.

"내면 깊은 곳에서 행해지는 작업이라서 저 밖에 들을 수 없나봐요. "

수녀는 그 신비한 소리를 들려줄 수 없는 것이 아쉬운지, 자신의 가슴위로 기댄 중위의 이마에 손을 얹고 그의 머릿결을 손가락사이에 끼고서 옆으로 넘겨주는 일을 반복했다.

"저를 오랫동안 기억해 달라고, 이렇게 손으로 머릿결을 쓰다듬어 보는 거예요. " 수녀는 서글프게 말했다.

"수녀님의 손결이 위대하다고 느껴지지만, 목소리는 너무 슬프군요. " 중위는 나무라듯 말했다.

"정말로 헤어질 시간이 됐나 봐요. " 수녀는 바르게 앉아 블라우스 단추를 채우면서 말했다.
출국장 너머를 살피고 오겠다는 바이올리스트가 손목시계를 보며 둘 이에게 다가왔다.

하나의 문을 통해 탑승객들은 계속 들어가고 있었다.
"헤어지기가 싫군요. " 중위가 말했다.
"저 역시 싫어요. 그래도 스페인 여행을 다녀오세요. "
"이젠 헤어져야 하나요?"
중위는 그녀의 손을 잡고 있었다. 줄지은 사람들이 출구 쪽으로 밀려 가기 때문에, 중위는 그 손을 더욱 놓치고 싶지 않았다.
"중위님은 기구한 운명이군요?"
"왜 그렇습니까, 수녀님?"
"앞으로 저를 보면, 버지니아 울프도 그리워질 테니까요. "
"수녀님을 그리워하면서 부수적으로 조금 떠오른 그리움일겁니다. 마음속에 안착한 버지니아와 텔레파시가 통하면 그녀에게 이 중위도 가끔 생각해 달라고 해주세요. "
중위는 좀더 수녀의 손을 잡고 있으려고 했다. 유일한 출구를 향해 웅성거리는 상황에서, 잠시라도 손을 붙잡고 있는 것이 최선일 것 같았다.
"무언가 할 얘기가 있었는데, 떠오르지 않군요?"
"저 역시 그런 것 같아요. 다음에 만나서 얘기해요. " 수녀가 대답했다.
그녀는 여권을 꺼내야겠다며 중위의 손을 떼어 냈다.
출국장 너머에 무엇이 진행되고 있는지 잠깐 보고 오겠다는 바이올리스트가, 둘 사이에 있는 여행가방의 손잡이를 붙들었다.
"비행의 안전을 위해서 철저히 검색하는데요. 정 애 언니와 저는 여자 조사원 앞으로 가야해요. "

둘이는 출구 쪽으로 서서히 밀려 가고 있었다. 수녀는 여권과 항공권 등, 걸릴 만한 물품이 주머니에 없는지 다시 한 번 생각해본 후 뒤돌아 보았는데, 중위는 따라올 수 없는 곳에 서있었다.
 붉은 빛이 배인 전자막대를 쥐고 있는 여자조사원은, 바이올리스트보다 수녀를 더 철저히 검색했다. 구두를 벗기고 팔을 십자가처럼 벌리게 한 후, 머리끝에서 발끝까지 미세한 위험물질도 분별해 내려는 듯 붉은 전자막대를 엉덩이며 가슴사이에 접촉하며, 그 막대에 어떤 변화가 없는지를 신중히 파악했다. 인권이 허락되지 않는 유일한 장소였다. 여자조사원은 자신에게 주어진 막강한 권한을 그 때 그때의 판단에 따라 조금 차등을 두며 행사했다. 수녀처럼 표정에 영적인 결심이 서려 보이고 깊은 눈길을 가진 사람들은, 이 곳 출구에서는 보통을 벗어난 이상인물로 분류하기 때문인지, 철저히 검색당할 수 밖에 없었다.
 지난 삼 년 동안 서울의 흑암마을에서 복음을 전도했던 그녀를, 히드로공항 출구에서는 테러를 감행할 수 있는 여성으로 의심하고 철저한 검색을 하는 것 같았다. 장소에 따라 사람의 평가는 달라지고 있었다. 약간의 수치심과 인권을 무시한다는 느낌을 받았지만, 비행의 안전을 생각하면 까다로운 검색을 묵묵히 받아 들일 수 밖에 없었다.
 검색이 끝나고 마지막으로 중위를 보기위해 대합실을 향해 뒤돌아 섰는데, 무언가 하고싶은 애기가 있어 보인 그는 지그재그로 들어오는 승객들 맨 뒤쪽에서 한 손을 높이 치켜들고 자신의 존재를 알렸다. 수녀도 바이올리스트 옆에서 하고싶은 말 대신, 한 손을 높이 치켜들어 주며 그와 이별의 아쉬움을 나눴다.

 게이트 근처의 휴게실에 앉은 둘이는 한동안 넓은 창을 통해 어스름하게 펼쳐진 활주로를 바라보다가, 탑승할 시간이 되자 줄을 서고 여권과 보딩패스를 보인 후 가설된 복도를 통해 기내로 들어갔다.

 시-잉 시-잉, 이륙한지 세 시간 후, 십 킬로 상공의 차가운 기류가 비행체 표면의 특수 알루미늄을 스치는 소리를 수녀는 듣고 있었다. 진화된 인류의 뇌리로 만들어 낸 비행체의 마찰소리는, 창 가에 앉은 수녀에게 찬송가 못지 않는 진실한 소리로 들려 왔다. 무언가 하고싶은 말이 있었다는 중위의 목소리가 밀폐된 유리창으로 새어 들어올 것만 같은 적막한 비행 속에서, 수녀는 외부의 차가운 마찰음을 숨죽이며 듣고 있었다.
"언니 높은 상공인데, 숨차지 않으세요?" 바이올리스트가 물었다.
"목사님이 준비해준 약이 나에게 맞는가 봐. " 수녀가 대답했다.
"다행이에요. 뭘 깊이 생각하세요?"
"부흥회 때 들려줄 얘기를 생각하고 있어. "
"정 애 언니의 복음 전도는 언제나 감동을 줄 거예요. "
"그런데 청중들이 믿어 줄까?"
"복음서를 더욱 의미있게 해석해주는데, 왜 안믿겠어요?"
"이번에는 복음서가 아니야. 내 마음에 안착한 버지니아 울프의 영혼에 관한 주제야. " 수녀가 말했다.
"정말로 그녀의 영혼을 마음속에 품고 있어요?" 바이올리스트는 가볍게 웃으면서 말했다.
"거 봐. 친구처럼 지낸 바이올리스트 부터 의심하고 있잖아?"
"아니에요. 정 애 언니의 일이라면 의심하지 않아요. 진실이라면 복음서 대신 그 기적을 밝히는 것이 좋겠어요. " 바이올리스트는 자신의 가슴에 손을 모으며 말했다.
"사실이야. 이세상에 떠도는 영혼은 많아. " 수녀가 얘기했다.
"저도 많이 들었지만, 언니 얘기를 듣기 전에는 마음 약한 사람들이 만들어 냈다고 생각했어요. " 바이올리스트가 대답했다.
"중위님이 봤어. 그 분은 전쟁을 대비한 수많은 훈련으로 심신이 단련된 분이야. 거기다 해가 환하게 가로를 비추고있는데, 어떻게 헛것을 보겠어. 그 분이 내게 옷을 선물하겠다고 옥스퍼드 가로에서 백화점에 들어가는데, 버지니아 울프가 기둥 옆에서 자신을 기다리고 있었다고 했어. 나는 처음부터 그 서글픈 기적을 듣고서 믿었어. 흑암마을 사람들은 믿어 주지 않을지도 모르지. 오래 전,

내가 흑암마을의 둑길을 걷고 있을 때, 하늘에 구름전쟁이라도 일어난 것처럼 짙은 구름장들이 세력다툼을 하는지 천둥소리를 내지르며 번개를 쳤는데, 갑자기 환해지면서 가느다란 외침과 함께 뭔가 뚝 뚝 떨어졌어. " 수녀는 바이올리스트에 몸을 기대고 속삭이듯 말했다.

"소나기의 전조로 빗방울이었을 것 같은데요?" 바이올리스트도 작게 말했다.

"아니야. 뜻밖에도 소녀들이 내지르는 소리였어. 먹구름장 사이로 햇빛이 거세게 새어 나오면서 소나기가 세차게 쏟아졌는데, 그 빗줄기를 타고 소녀들이 팔을 벌리며 떨어지는 것을 나는 지켜보았지. 그 소녀들이 하천의 풀밭으로 뒹굴다 주저앉은 모습이 너무나 측은해, 그 애들을 집으로 데리고 가서 그들의 삶과 꿈을 들으며 함께 웃고 울어 주었어. 그 소녀들도 영혼이었지. 설교 때 소녀들의 영혼이 떠돌고 있다는 사실을 얘기했지만, 흑암마을주민들은 쉽게 믿어 주지 않았어. 초여름, 흑랑천 상공에 가끔 일어나는 구름전쟁 때 떨어진 소녀들의 영혼은, 오래 전 겨울, 극심한 추위와 슈베르트 감기라는 전염병으로 죽은 가난한 소녀들인데, 그 영혼들이 미련 때문에 서점가와 선율의 거리에 한데 모여 다니는 것을 나는 또 분명히 보았어. 흑암마을에 미련이 많아 하늘나라에 오르지 못한 소녀들은, 함박눈이 짙게 내리고 흑랑천에서 올라온 찬바람이 골목을 이리저리 밀려다니며 하늘 쪽으로 회오리치는 밤, 추상화가 세든 통로의 막다른 벽에 가로놓인 선반으로 모여, 시집간 주인 딸이 내버려 둔 가죽 구두 속에서 슈베르트의 '죽음과 소녀'라는 현악사중주를 영혼의 악기로 연주하며, 짙은 함박눈을 타고 어머니들이 사는 나라에 오르기로 예정되어 있었어. 지금쯤 모두가 미련을 털고 아마 제대로 길을 찾아 하늘나라에 갔을 거야. 그처럼, 런던에도 유명한 여류작가의 영혼이 도심을 떠돌고 있었다는 것을 알려야겠어. 내 마음속에 버지니아 울프의 영혼이 안착해 있다는 사실에 대해 청중의 믿음을 얻지 못한다 해도, 나는 타비스톡에서 일어난 기적을 정리해서 이번 부흥회에 알려야겠어. 바로 내가 입고있는 이 반코트를 증거로 제시할 참이야. 내가 입고있는 이 반코트는, 버지니아 영혼이 옥스퍼드 가로에 있는 백화점의 여성의류점에서 직접 선택하였고, 자신이 먼저 입고서 중위와 함께 템즈강변까지 연인의 행진을 했다는, 기적과 함께 선보인 옷이기도 해. " 수녀는 더없이 진지한 표정으로 얘기했다.

"저도 이젠 믿어요, 정 애 언니. "

"고마워, 바이올리스트!" 수녀는 다정하게 친구를 껴안았다.

"정 애 언니는 저의 친구이자, 큰 믿음을 지닌 전도사에요. "

"영원한 친구이면 좋겠어. 전도사로서가 아니고, 바이올리스트의 사랑스런 친구로 있고 싶어. "

"정 애 언니, 중위를 사랑해요?"

"중위는 내가 이세상의 커다란 영혼을 구하기 위한 역할을 한 분이야. " 수녀가 대답했다.

"버지니아 울프의 영혼을 구한 후에, 스페인 여행에서 돌아온 중위와 함께 지낼 수도 있잖아요?" 바이올리스트가 말했다.

"내게는 막달리아의 꿈이 있는데?"

"알아요. 아버지께서는 정 애 언니에게 있는 막달리아의 꿈이 더욱 깊어진 것 같다고 했어요. 그러나 혼자가 아닌, 중위님과 함께 막달리아가 보여 준 길을 걸으면 더욱 값진 행로일거라고 했는데요?" 바이올리스트가 목사의 생각을 들려주었다.

"글쎄, ……내가 걸어온 이제까지의 행로를 뒤돌아볼 때, 사랑은 가능하지만 생활을 함께 한다는 것은 쉽지 않으리라 생각해요. "

"중위님은 여행길에서 수녀님을 위해, 산타 마리아 석상을 보고 올까요?" 바이올리스트가 물었다.

"내가 부탁은 했지만 힘들걸. 그가 무사히 귀국하기만을 기원해야겠어. " 수녀가 대답했다.

"그러니까 사랑하고 있군요?" 바이올리스트가 부드럽게 말했다.

수녀는 어둡고 차가운 암흑물질같은 것이 비행체를 스치는 가느다란 소음을 들으면서, 마음속에 안착한 버지니아 울프의 영혼이 더욱더 소중해짐을 느꼈다. 바이올리스트의 한쪽 어깨에 얼굴을 기댄 체, 비행체의 알루미늄을 스친 외부의 차가운 소음보다 미세하고 부드러운 숨소리를 내고 있었다. 수녀는 새벽까지 열은 수면 속으로 들어갔다가 깨는 일이 반복되곤 했다. 깰 때는 통로를 조용히 지나가는 스튜어디스의 모습을 몇 번인가 볼 수 있었다. 그리고 곧 차가운 상공의 기류를 느끼면서, 기차의 창 가에 앉아 있을 것 같은 중위를 생각했다.

 그도 울프의 영혼을 위한 선택된 자이다. 오후의 호텔방에서 예정된 일이 끝났을 때, 지고지순 했다고 한 자신의 말과 플라토닉 했다는 중위의 얘기를 비교해보았다. 비슷해서 큰 차이가 없다고 생각했다. 울프의 영혼은 자신에게 바로 오지 못하고, 중위의 세찬 사랑의 분류를 통해서 왔다. 어쩌면 이 아름다운 사건에는 중위가 얘기했던 것처럼, 부지런한 막달리아가 관련되었을 수도 있을 것만 같다. 막달리아는 예수님의 부활을 최초로 목격한 고귀한 여인이다. 자신이 '막달리아의 꿈'을 번역해서 초청을 받은 일과, 중위가 버지니아 울프의 기념관을 찾으려는 일은, 묘연한 곳에 있는 천사와 막달리아의 보이지 않는 손길도 있었을 것이다.

 중위는 무사히 귀국해줄 것이다. 수녀는 외부의 차가운 기류가 비행체를 마찰하는 어둠 어딘가에, 영혼의 세계가 있음을 느낄 수 있었다.

제 2 부

아-아! 막달리아

1

 히드로 공항의 터미널을 빠져 나온 중위는, 다시 지하철의 플랫폼으로 내려가 피카딜리 라인을 타고 그린파크 역에서 내렸다. 그린 공원을 보고싶은 생각에 잠시 망설였지만, 곧 다른 라인으로 바꿔 탄 그는, 템즈강의 지하를 가로질러 워터루 역에서 파리행 기차를 탔다.
 파리에 도착할 때까지 내내 허전한 마음이었다. 귀국비행기 좌석이 몇 개쯤은 비어있으리라는 예상을 했는데, 함께 탑승하지 못한 것은 자신에게 숨겨야 할 어떤 이유가 자리잡고 있었는지 모른다고 생각했다. 결국 그녀들의 권유를 따랐지만, 기차여행 내내 따라가지 못한 미련이 허전한 기운이 되어 눈앞에서 어른거렸다.

 그는 마음에 없는 스페인 여행을 하기 때문인지, 수녀가 자신을 대신해 보았으면 했던 산타마리아 석상도 못보았거니와, 자신이 보려고 마음먹었던 항구, 콜럼버스가 신대륙으로 출항하기 위해 닻을 올린 항구도 찾지 못했다. 구불거린 들판의 길과 언덕들, 마드리드의 뜨거운 가로, 카페의 이 곳 저곳을 돌아다니며 막연한 그리움 속에서 노트를 십여 페이지 채운 '스페인 기행문'과 함께, 커피 맛만 인상깊게 마음에 담고 다시 파리로 돌아왔다. 예상했던 스페인 일정을 줄이고 파리로 돌아온 것이다. 그는 마드리드가 너무 새롭고 낯설어서 부자연스러웠지만, 파리는 자신에게 적응된 도시처럼 운신의 폭이 넓게 생각되었으며, 웬지 모르게 더 자유로웠다. 보들레르 같은 시인의 걸음걸이로 세느강변이며 샹젤리제

가로를 걸어다니기도 했다. 그는 개선문 쪽 가로에서 '마리 뒤플레시스'(춘희의 여주인공 '마르그리트 고티에'의 실제인물)처럼 보이는 여인의 곁을 스치기도 했다. 그리고, 흑암마을에 가면 추상화가에게 자랑해야겠다며 몇 곳의 미술관을 들락거렸고, 일차대전 후 잃어버린 세대들이 곧잘 모였다는 카페에 들어가, 헤밍웨이가 즐겨 앉았다는 의자에서 커피를 마시며 가로를 내다보기도 했다.
 이같은 일들이 수녀와 헤어진 후 그녀를 그리워하면서 자신에게 일어났던 전부였다. 이젠 그리움을 해소할 수 있는 귀국을 서두를 때가 되었다. 파리의 드골공항에서 수녀의 오피스텔에 전화를 해보았다. 바이올리스트가 받았는데, 인천의 도착일시를 알리자 그녀는 잠긴 듯한 목소리로 누군가 공항에 마중 나갈 것이라고만 했다.

2

 비행기는 먼 나라에서 새로운 보람을 찾고 귀국하려는 여행객을 탑승시키기 위해 약속시간에 대기하고있었다. 보딩 시간이 가까워지자 두 명의 여승무원이 아직껏 터미널 출구에서 체크되지 않는 한 명의 남자 승객을 계속 찾고 있었다. 마지막엔 귀국비행기가 대기하고있는 게이트 번호를 알리는 방송을 세 번쯤 했다. 승객들의 마음속에서는 여승무원이 애타게 찾고 있는 그 남자가 여권 등을 잃어버린 사고 때문이거나 귀국을 다음으로 미뤘을 것이라는 의식이 스쳤고, 자신들의 무사한 귀국에 대해 안도의 한숨을 내쉬었다.
 여객기는 많은 탑승객들 사이에 서있는 중위도 따뜻이 받아들이며, 동으로 동쪽으로 내달리면서 두 번의 식사를 제공하였다. 원하는 자에게는 면세품을 팔기도 했다. 해가 오후의 하늘을 반쯤 지났을 때, 한반도의 허리부분에 융단처럼 펼쳐진 활주로는 제트 비행기를 부드럽게 받아들였다.

      3

 그는 자신을 마중해줄 그 누군가가 수녀와 바이올리스트일거라는 생각을 하며 약속했던 휴게실에 앉아 있는데, 중년부부처럼 보인 두 사람이 조심스럽게 눈길을 주며 다가선 후, 김 해식 중위님이 아니냐고 물었다.
 "그렇습니다. 제가 중윕니다. " 그는 정중히 고개를 숙이면서 대답했다.
 "저희 전도사님이 말씀해준 것처럼 듬직해 보이는 분이군요. 저희는 중위님을 마중 나왔습니다. " 나란히 서있는 여인이 말했다.
 "저희는 부부로서 전도사님 집에서 가정부와 운전기사로 일하고 있습니다. 흑암마을 북쪽에 있는 오피스텔로 모시겠습니다. " 중년남자가 무거운 표정으로 말했다.

 차량이 흑암마을을 향해 달리는 동안 중년부부는 무거운 침묵을 지켰고, 중위는 평온한 기분을 느끼며 가끔 졸기도 했다.
 일행이 흑암마을 북쪽, 도심의 경계에 도착했을 때는 아직 해가 남아있었다. 부부는 중위를 6층 3호로 안내했다. 넓은 공간은 깨끗하고 아늑했다. 부부는 복도 건너편의 좀더 작은 공간을 사용하면서 주인을 찾아오는 사람들을 접대하고 대기시킨다는 것이다.
 창문턱과 책상 위의 꽃병에 꽂아 놓은 생화들이나 몇 곳의 창문을 가린 커튼의 무늬들이, 주위를 세심하게 가꾸려는 수녀님을 떠올리게 했다. 사방의 벽을 둘러보았으나, 예상했던 그녀의 여러 모습이 담긴 액자나 대형 사진 등은 보이지 않았다. 고급스런 가구들을 바라보며, 방안에서 지나간 십 여 분이 무척 길게 느껴졌다.
"전도사님은 어디 가셨습니까?"
기다릴 줄 알았던 수녀가 보이지 않자, 중위는 부인을 향해 물었다.
"곧바로 얘기해드리고 싶었지만, 그럴 수 없었습니다. 그 분은 주님 곁으로 가셨습니다." 부인이 대답했다.
"아-아!"
중위의 입에서 탄식이 새어 나왔다. 그는 텅 빈 침대를 향해 무릎을 꿇고, 수녀가 어느 순간 취했던 모습을 떠올리면서, 십자를 가슴 위에 그었다. 그리고 몹시 울먹였다. 바이올리스트가 들어오자 부인과 함께 중위를 일으켜 침대 끝에 놓인 의자에 앉혔다. 그는 침대 끝 자락에 얼굴을 파묻고 계속 울먹였다.

한 시간쯤 후에야 중위는 밀려든 슬픔을 겨우 진정시킬 수 있었다. 부인은 그에게 CD 한 장을 건네 주었다.
거기에는 흑랑천 하천부지에 있었던 대규모 부흥회 때, 수녀가 단상에서 산상수훈에 대한 설교를 하며 움직이는 마지막 모습과 전도내용이 영상과 함께 담겨 있다고 했다. 중위는 소중히 간직하겠다며 상의 안주머니에 넣었다. 부인은 중요한 얘기라며 몇 가지를 더 알려야겠다고 했다.
"저는 가정부에 불과하지만 주인이 남긴 유언장을 가지고 있습니다. 저희 부부에게 유리한 것이 없기 때문에, 제가 가지고 있는 한 장의 종이를 신뢰해주기 바랍니다. 주인님이 침대에 누워서 저를 의지하고 마지막 힘을 모아 작성한 것이기 때문에, 글씨가 마치 어린 초등학생의 일기장처럼 보이지만, 주인님이 직접 작성한 것입니다. 주인님은 사후에 '막달리아 회당'을 남겼습니다. 자신을 그 회당 부지 한쪽에 묻어 달라는 부탁을 하셨고, 여기 목사 따님이 보았던 것처럼 저희부부는 그대로 실행했습니다. 그리고 박 목사님을 구심으로 중위님이 힘을 합치면 막달리아 회당은 크게 창대해질 거라고 하였습니다. 이어 자신의 전도사직을 중위님에게 양도한다고 쓰여 있습니다. 마지막으로 저희 부부에게도 일자리를 주셨습니다. 저는 그 회당의 주방일을 하고, 제 남편은 운전 일을 그대로 하라는 것입니다. 그리고 유언장에는 들어있지 않지만, 자신이 소장하고있는 의복과 구두 등은 바이올리스트에 맞을 거라며, 기념품처럼 모두 보관하지말고 그 일부를 그녀에게 주라고 했습니다. 이상이에요. 또 한가지, 이 오피스텔은 임대이기 때문에 여기에 있는 모든 물품들은 내일까지 막달리아 회당으로 저희부부가 옮길 것입니다. 그리고 중위님, 저희부부는 어떤 영문인지 잘 모르지만, 전도사님의 지시대로 세탁해서 다려 놓은 반코트를 드릴까 합니다. "

 가정부는 뭔가 빠트린 것이 없는지 잠시 돌이켜 보다가, 옷장 하단의 서랍을 열고 단정하게 개여진 반코트를 꺼내 중위에게 건넸다.

 "전도사님이 묻힌 곳에 가보고 싶은데요?" 중위는 두 손으로 정중히 반코트를 받으면서 말했다.

 "중요한 일을 빠트린 기분이었는데, 다행이군요. 저희 부부는 여기있는 물품들을 막달리아 회당으로 옮기고, 흑암마을 경계 너머에 있는 옛집으로 갈 거예요. 중위님, 서산에 있는 막달리아 회당을 제가 안내하고싶은데, 일요일이 어떻겠어요?"

 "좋습니다. " 중위가 대답했다.

 "어디서 뵐까요?"

 "그 날 제가 회당으로 바로 찾아가겠습니다. 굴다리에서 소금여고와 서산자락이 보인다면, 제가 수녀님의 묘가 있는 산자락으로 가는 것이 좋을 것 같군요. " 중위가 얘기했다.

 "자요, 중위님. 얘기하는 중에, 저의 남편이 재빨리 그린 저희집의 약도에요. 먼저 저희집을 들리세요. 소금여고까지 이어진 소방도로 가에 있는 집입니다. 지난날 저희 부부가 운영했던 영세적인 꽃집과 분식집을, 친척이 그대로 장사를 하고있기 때문에 건물 사이에 내놓은 화분들과 전도사님이 지어주신 '프리지어의 꽃집'이라는 간판을 보면 쉽게 찾을 거예요. 일요일날 아침을 드시고 천천히 오세요. 점심은 저희집에서 들고 갈 수 있을 겁니다. " 부인은 만족한 표정으로 조금 꾸겨진 종이쪽지를 펴며 건넸다.

 가정부와 약속을 하고 헤어진 후, 중위는 수녀가 마지막 부흥회를 열었던 흑랑천 풀밭으로 가서 이 곳 저곳 서성이다가 둑길로 올라와 걷던 중, 가로놓인 통나무에 앉아 있는 노인들에게서 수녀에 관한 이상한 풍문을 듣기도 했다. 흑암마을의 많은 이들이 수녀의 사기수법에 걸려 들었고, 고등창녀 짓도 했다는 것이다.
 중위는 누구보다 추상화가를 만나고 싶었다. 화가는 둑길과 선로가 교차되는 곳에서 멀지 않는 주택가에 살았다. 그는 추상화가가 살고 있는 주택가의 골목길로 접어들었다. 그의 집은 여러 골목길이 교차하는 곳으로, 검게 콜타르가 칠해진 목재 전신주가 아이들이 놀고있는 공지 옆에 세워져 있었으며, 아직 해가 지지 않았는데도 우유 빛 외등이 쇠 갓 속에서 희부연 빛을 뿌리고 있었다.
 골목으로 면한 창을 두드리자 얼굴을 내민 추상화가는, 오랫동안 못보았던 중위임을 알고 몹시 반가워했다. 추상화가는 들어오라고 손짓을 했지만, 중위는 해질 무렵의 하늘이 참 아름답다며 둑길을 걷자고 했다.
 선로와 교차된 곳의 둑길에 올라서자, 중위는 노인들로부터 들은 어떤 풍문이 사실인지를 물었다. 추상화가는 몇 가지 엇갈린 소문을 자신도 들었다고 하였지만, 그런 얘기는 헛소문이라고 고개를 저었다. 만에 하나, 그 소문이 일부 사실이라고 해도, 돌아가신 전도사님은 그런 소문을 초월할 수 있는 훌륭한 삶을 보냈다고 했다. 그분이야말로 예수를 진정으로 따르는 막달리아같은 여인임을 추호도 의심치 않는다고 했다.
 중위는 자신의 런던여행에서 서 정애 전도사님과의 인연을 얘기해 주었고, 둘 이가 연인에 이르게 됐다는 것도 떳떳이 밝혔으며,

그 인연에 대해 추상화가는 긍정적으로 받아 주면서 다시 한 번 전도사님의 죽음을 애도한다고 말했다. 둘이는 전도사의 삶에 대한 얘기를 나누다가, 좀더 많은 애도를 표하기 위해 선로변에 있는 목로주점으로 들어갔다.

       4

몹시 기다리던 일요일 아침이었다. 중위는 간밤에 제과점에서 준비한 빵과 우유로 아침을 들고, 셋방의 밀창문을 잠근 후 마당으로 나왔다. 문을 잠글 때마다 왜 이렇게 방어를 하고 살아야 할까, 하는 마음이 싫었지만 지켜야 할 사적인 것이 있어서 어쩔 수 없다고 생각했다.

하늘엔 옅은 구름이 흘렀고, 햇빛은 그 구름에 여과되어 부드러웠다. 마루턱에 걸터앉은 여든이 넘은 할머니와 갓 스물이 되었다는 손녀딸이, 유월 하순의 고운 아침햇빛을 쬐면서 중위의 행동을 유심히 지켜보고 있었다. 그는 초급장교로 입대하기 훨씬 이전 산자락 약수터에서 둘 이를 자주 스치곤 했는데, 우연찮게도 전역 후에 할머니의 집에 세를 든 것이다. 할머니 옆에 앉은 손녀딸은, 약수터를 따라다닌 시절에 열 세살쯤 된 앳된 소녀로 기억되었다. 무엇보다 약수터를 인상깊게 한 것은, 사람은 왜 늙느냐며 할머니의 얼굴에 있는 주름을 만지며 투정을 부린 소녀의 알 수 없는 원망 때문이었다. 지금도 아무 일을 하지 않는 체, 할머니 곁에서만 어정거리고 있다. 중위는 어제, 잉글랜드의 국기가 그려진 작은 손지갑을 주인집 아가씨가 된 그녀에게 선물로 주었는데, 별로 고마워하는 표정도 없이 받아서 한 번 만져 본 후, 주머니에 넣고 아무 말이 없었다.

그녀는 습관적으로 마당에 있는 조그마한 화단을 정성스럽게 가꾸고 지냈다. 그녀가 벌써 수돗물을 뿌렸는지 회양목과 산사나무에는 물방울들이 맺혀 있었다.
 "서산 자락에 좀 다녀와야겠습니다. " 중위는 할머니에게 인사를 하고 철문 쪽으로 향했다.
 "잘 다녀 와요. " 여든 노인의 힘없는 목소리였다.
 집을 나온 중위는, 무엇이 그토록 즐거운지 소녀들이 웃으면서 내달리는 평탄한 골목을 지나, 런던을 가기 전날 커트를 했던 미장원 앞에서 택시를 잡아타고 선로를 따라가다, 흑암역 근처의 은사시나무가 줄지은 어느 실개천 경계에서 내렸다. 저-쪽 우측으로 굽은 선로가 소금여고 쪽으로 뻗은 것은 여전했지만, 지난날 기차 차창에서 보았던 주변의 공지들은 낯선 건물들로 들어차 있었다. 그래도 은사시 가로수는 보도와 차도에 이르기까지 팔랑거린 잎 새의 그림자를 띠고, 산책하고싶은 연인들의 발길을 이끌 것만 같았다.
 중위는 가벼운 손가방을 들고 서행했다. 그리움을 가라앉히기에 알맞은 가로수 길이었다. 그러나 그의 마음이 닿는 시야에는, 수녀의 모습이 다양하게 변화되며 가로수 사이에 그려졌다. 그는 이 지역을 차창에 기대앉아 몇 번 무심히 지나친 적이 있지만, 사라진 여인을 생각하며 걸어가게 될 줄은 전혀 몰랐다. 자신의 상념과 무척 어울린 장소라고 생각되었다. 시야의 모든 사물들은 그리움이라는 부드럽고 아련한 색상 속에 감싸여 있었다.
 약도를 보고 미지의 땅을 가로질러, 수녀를 충실히 모신 가정부의 꽃집에 이른다고 생각하니 발걸음이 가벼웠다.
 중위는 깨끗하게 단장된 선로변 입구의 건물들을 생각없이 지나갔다는 것을 알고. 잠시 뒤돌아 섰다. 고급벽돌로 치장된 편의점과 양식 레스토랑이 엿보였다. 거기서부터 선로와 나무들이 어우러진 가로가 십 여 분쯤 걸어도 남을 만큼, 건널목 쪽으로 완만하게 구부러져 있었다.
 그는 은사시 그늘로 비껴 오는 먼 기적소리를 들으며, 버지니아 영혼도 수녀를 따라 함께 하늘여행길에 들어섰으리라는 생각을 했다. 런던 도심을 떠돌며 하늘나라에 오를 날을 갈망했던 버지니아의 영혼은 수녀의 예정된 길을 알고, 그녀의 마음에 안착해서 결국 우즈강변의 돌덩이들을 떼어 냈으리라는 생각이 들자, 중위는 애상(哀想)속에서도 발걸음이 가벼웠다.

그녀는 분명히 고독한 전도사였다. 극서의 도심을 떠도는 어느 여류작가의 영혼이 함께 하고 싶어할 정도로, 하늘나라를 알리는 외로운 복음전도사였다. 그리고 끝까지 소임을 다하다가 쓰러졌다. 그러나 인간에게는 누구나 어두운 그림자가 따라다니듯, 사라진 수녀에 대한 어두운 평가도 몇 가지로 엇갈리고 있다. 선로가의 허술한 목로주점들에서 두서없이 평가되는 수녀의 얘기들, 로터리의 작은 공원이나 둑길에서 한담하는 노인들로부터 새어 나온 그녀에 대한 엇갈린 풍문들은, 어느 것 하나 사실적인 근거를 가지고 있지 않았다. 만에 하나정도 사실이라 해도, 사후세계로 들어가 보이지 않는 지금, 믿음이 깊고 많은 불신자들을 회개시킨 유능한 전도사를 사기꾼이나 고등창녀로 몰아붙이는 것은 옳지 않으며, 그녀의 능력을 시기하는 자들의 짓임이 틀림없을 것이다. 추상화가도 영수증 없이 수백만원 이상을 빌려 준 채권자이지만, 흠모하는 유능한 전도사의 타계를 몹시 슬퍼하고있다. 그녀가 병마로 쓰러지지 않았다면, 모든 채무를 자신의 능력으로 충분히 갚을 수 있었을 거라며, 그녀의 죽음을 안타까워했다. 추상화가는 서산 자락에다 수녀가 세운 막달리아 회당도 가 보았다고 했다. 중위는 수녀의 사후에 그녀의 결실인 그 회당에 들리게 됐지만, 추상화가는 생전의 그녀와 함께 그 곳을 둘러보았는지도 모른다. 많은 삶이 그렇듯, 그녀도 화가와 미완성된 인간관계가 있었을 것이다. 영적인 매력을 많은 이에게 주고 싶은 전도사로서 막달리아 회당을 세우기까지, 회당 부지(敷地)의 확보와 건축물을 세우기위해, 추상화가처럼 영수증없는 선회자(旋回者)들을 자신의 주위에 두었을지도 모른다. 대부분의 그들도, 화가처럼 복음을 전도했던 수녀의 죽음을 진정으로 슬퍼했는지 모른다.

5

그는 소금여고를 좌측 멀리에 두고, 낯선 개활지를 가로질러 산자락의 솔숲 길에서 어느 노인을 만났다.
"여기가 어디입니까?" 중위는 고개를 숙여 인사를 하면서 물었다.
"서산의 동쪽 자락이오. 젊은이는 이 곳 지리에 어두운가 보군요?"
"네. 가끔 시선이 닿는 곳이지만, 처음으로 들어선 낯선 지역입니다. 참 주변이 아름답군요. "
"그런데 젊은이는 어떻게 이 길에 들어섰오?"
"어떤 일로 여기에 그려진 꽃집을 찾으려는 겁니다. "
노인은 중위가 내민 약도를 한동안 바라보더니, 주름진 미소를 지었다.
"낯선 땅에 들어서면 누구나 생소하다오. 여기가 소금여자고등학교이군. 꾀 넓은 운동장이 있지. 그 여학교 앞쪽에 화물열차가 자주 통과하는 굴다리가 있지요. 그 곳을 지나면 여학생들의 통학길인 꾀 번화한 소방도로가 나오는데, 그 꽃집은 거기에 있을 것 같군요. " 노인은 친절하게 설명해주었다.
"감사합니다. 언젠가 또 뵈면 소주 한잔 사겠습니다. "
"고맙구려, 젊은이. 보다시피 이 노인은 저 산울타리 너머 과수원을 하고있소. 추석 전에 한 번 들리면 과즙이 풍부한 배를 맛볼 수 있을게요. " 얼굴이 구리색으로 탄 노인은 주름진 미소를 띠며 그를 바라다보았다.
중위는 인사를 하고, 노인이 손으로 지향해준 솔숲 길을 따라 가벼운 발걸음을 옮겼다.

5년 생쯤 되 보인 밀집된 솔숲을 빠져 나온 산들바람에는, 축축한 흙냄새와 솔잎 향기가 뒤섞여 있는 것 같았다. 소금여고 앞의 굴다리와 이어진, 고개 너머 먼 남쪽의 선로에서 기적소리가 희미하게 솔숲바람과 함께 귓전을 스쳐 갔다. 한동안 슬픔에 잠겼던 그는, 산자락의 숲과 산울타리와 과수원이 있는 곳에서 알 수 없는 위로를 받고, 가벼워진 발걸음만큼이나 마음도 상쾌해졌다.
  산자락길 좌측에는 아직 개발되지 않는 녹지대가 군데군데 남아 있었다. 몇 곳의 실개천에는 고인 물의 표막이 햇빛에 번득였다. 수녀와 무관한 길이지만 그녀의 묘를 보기위해 지나가야 하는 숲길이기 때문인지, 알 수 없는 그리움이 나무들 사이로 일었다. 산울타리에 닿은 아름들이 나무밑동에는 수녀가 숨어 내다보는 모습이 어느 순간 보이는 듯 했고, 실개천 둑길에서도 자연을 찬미하는 노래를 부르며 자신을 따라오고 있다는 생각이 들었다. 그리움이 뇌리를 서글프게 가로지를 때마다, 반코트를 입은 수녀의 여러 모습들이 개활지 상공이나 주변 곳곳에 투영되곤 했다. 그러나 헛된 그리움이 만들어 낸 순간순간의 투영된 모습일 뿐, 산울타리를 따라 줄지은 나무밑동 뒤쪽이나, 노래를 부르며 따라오는 것 같은 실개천 쪽을 뒤돌아서 확인하려 들면 그녀는 재빨리 사라져 버리며, 그 자리에는 허전한 그리움으로 만들어진, 수녀의 윤곽같은 것을 느끼게 하는 무형체가 어려있었다.
  아름들이 나무밑동 뒤에 숨어 있는 그녀의 영혼이 물었다.
  "어디를 바쁘게 가시나요?"
  "막달리아의 회당을 찾아가는 중입니다. " 중위가 대답했다.
  "그 회당에서 누군가를 만나기로 하셨나요?" 무형체의 음성이었다.
  "네. 며칠 전, 막달리아처럼 예수님을 그리워한 여인이 서산 자락에 묻혔습니다. 저는 그 곳을 찾아가는 중입니다. " 중위가 중얼거렸다.

  그는 강인했던 초급장교시절의 자신을 까맣게 잊은 체, 가슴으로 밀려드는 그리움에 감응된 듯 혼잣말을 했다. 길가의 금잔디 사이에 피어난 들꽃과 소나무 가지에 내려앉아 꽁지를 트는 곤줄박이에도, 수녀의 영혼이 일시적으로 깃 들어 길을 안내해주는 것 같은 인상 때문에 잠시 멈춰 바라보곤 했다.

그는 걸어왔던 길을 눈길이 닿는 곳까지 뒤돌아보았다. 교외로 이어진 가로를 따라 줄지은 은사시나무들의 일부가 선로너머로 휘어져 있는 것이 엿보였다. 그 너머로 횡 하게 펼쳐진 새 푸른 하늘에는 회색의 짙은 구름덩이가 항구에 정박한 여객선처럼 모양을 바꾸며, 수많은 여행객이 갑판에 가득 들어서자 뱃고동을 울렸다. 바다 먼 곳의 안전한 이상세계로 떠나려는 움직임이 엿보였다. 이처럼 미래를 향해 항진하려는 구름여객선은 그에게 곧 무거운 마음을 안겨 주었다. 새털구름이 세차게 흐르는 하늘바다의 기류를 헤치며 목적지를 향해 그 위세를 한동안 유지하고 있었지만, 전혀 예측할 수 없는 순간 거대한 돛대가 부러지고 한쪽으로 기운 그 구름여객선은, 승선한 여객들을 끝내 보호하지 못한 체, 서서히 그 형태를 잃어 가면서 짙푸른 하늘바다에 흩어지고 말았기 때문이다.

이처럼 울적한 상념을 뒤로 한 중위는, 몇 곳의 과수원으로 이어진 산울타리를 지났다. 구름사이로 씻긴 듯한 중천의 해가 나왔다. 산자락에 흩뿌린 비가 지나갔는지 솔잎 끝에는 무수한 물방울이 빛나고 있었다.

그는 그리움을 위로해주는 것 같은 산자락 길을 벗어나, 남쪽으로 뻗친 선로를 따라 십 여 분쯤 걷자, 노인이 알려 준 소금여자고등학교 앞쪽의 굴다리에 이르렀다. 잠시 굴다리입구에 선 중위는, 동쪽으로 소금여고와 서쪽의 민둥산자락으로 이어진 소방도로를 확인할 수 있었다.

그가 소금여고를 등지고 굴다리를 끼자, 노인이 애기한 꾀 번화한 소방도로가 서산 쪽으로 나있었다. 행길 가에는 여학생들을 대상으로 장사할 수 있는 영세적인 분식집들이 많았다. 중위가 찾으려는 프리지어 꽃집은, 여러 분식집들이 제각기 개성을 띠고 줄지어있는 소방도로의 중심부에 있었다.

 중위가 들어서자, 전정가위로 잘라낸 여러 꽃 가지들을 비닐봉투에 넣고 있는 중인 아주머니는 표정이 더욱 환해지며, 두르고 있는 에이프런에 물기가 묻은 두 손을 한 두 차례 문지른 후 그와 악수를 나눴다.
 "택시를 타고 오셨나요?"
 "아니오. 흑암역 근처에서 소금여고 쪽으로 나있는 산자락 길을 걸어서 왔습니다. "
 중위는 솔숲자락에 과수원을 하는 노인에게서, 부인의 바깥양반이 그려 준 약도의 설명을 듣고 어렵지 않게 찾아왔다고 했다.
 부인은 놀라는 표정이다. 그 곳 산울타리로 이어진 길은 지난날 수녀와 바이올리스트가 즐겨 찾는 산책길이라고 했다. 우정있는 두 여인이 특별히 정해 놓은 종착지이기도 한 흑암역 입구의 경양식집에 이르면 창 가에서 가벼운 점심을 먹고, 서비스로 나오는 커피 한 잔을 음미하면서 밖을 내다보는 여유를 가진다고 했다.
 "그 시절에 두 분의 인연이 있었다면 그 길이 더욱 발길을 잡아당겼을 텐데, ……어떻게 그 길로 들어섰는지, 아무래도 돌아가신 전도사님의 보이지 않는 안내가 있었지 않나 하는 생각이 들어요. " 부인은 과거를 회상하면서 얘기했다.
 "사실 그 길을 걸으면서 오래 전부터 수녀님을 알고 지낸 느낌이 들었습니다. 좌측의 언덕진 곳에는 이름 모를 풀꽃들이 저를 반겨 주는 것 같았고, 우측의 산울타리에는 곤줄박이와 박새들이 내 발길을 앞서가며 수녀님과 함께 있었던 아득히 먼 서쪽 도시를 그립게 상기시켰습니다. "
 "걸어오신 그 곳에는 산울타리의 좁다란 길이 있고, 개활지에는 승용차가 다닐 수 있는 보행로가 굴다리 쪽으로 이어지고 있는데, 그 두길 중에서 중위님은 사라진 저의 주인이 복음전도를 하면서, 가끔 산책을 했던 아름다운 산울타리 길을 밟고 오신 겁니다. "
 가정부는 점차 선명해진 기억을 떠올리는 표정이었다.

"왜 그 길이 약도와 이어질 거라는 믿음이 들었는지 모를 일이지만, 지금 생각하면 마치 수녀님의 보이지 않는 안내를 받은 느낌이 들어 그분이 더욱 그립군요. 그런데 저에게 약도를 그려 준 바깥양반은, 어디에 나가셨습니까?" 중위가 물었다.

"예. 막달리아 회당에 정리할 물건이 있다며 아침 일찍 나갔는데, 곧 돌아올 때가 되었습니다."

애기를 마친 부인은 무언가 상기된 듯, 급하게 안방으로 들어갔다가 다시 나왔다. 그리고 한 손에 들고 있는, 가죽표지로 보인, 꾀 두꺼운 노트 한 권을 앉아 있는 중위에게 내밀었다.

"뭡니까?" 중위가 두 손으로 받으면서 물었다.

"분명히 제가 숨겨 왔는데, 한동안 어디에 두었는지 몰라 애가 탔지요. 우리부부가 몹시 찾고자 했던 '하늘금고'입니다."

"중요한 장부인 것 같은데, 왜 저에게 넘기는 겁니까?"

"전도사님이 런던에서 귀국한 다음날, 소중한 하늘금고 노트를 저에게 맡기면서, 중위님이 보관하기를 바라셨기 때문입니다."

"이 노트에 대한 어떤 말씀은 있지 않았습니까?"

"물론 있었습니다. 간략히 설명해드릴게요. 이 노트에는 전도사님이 자신의 부흥회에 깊은 감동을 받은 이들을 따로 만나 막달리아 회당을 세우겠다며 크고 작은 헌금을, '서 정애 전도사'가 하단에 찍힌 영수증으로 받았는데, 간단한 인적사항과 금액이 기록되어있다고 했습니다. 자신이 죽더라도 훗날 막달리아 회당이 창대해지면 그 건축물을 세우는데 도움을 준 분들의 돈을 갚아 주었으면 하는 말씀을 남겼습니다. 갚음으로써 회당은 더욱 창대해질 거라는 예언을 하셨습니다." 가정부는 진지한 얼굴로 얘기했다.

"헌금(獻金)이라고 했지 않습니까?"

"네. 분명히 헌금이지만 좋지 않는 얘기들이 떠돌았기 때문인가봐요."

"알겠습니다. 목사님이 귀국하면 이 하늘금고에 대한 의견을 나누고, 수녀님을 더욱 추모하도록 해야겠습니다.".

이처럼 대답을 한 중위는 하늘금고 노트를 자신의 손가방 속에 넣으려다 말고, 가나다 순으로 나열된 이름 속에서, 이름이 아닌 추상화가로 쓰여 있고 비고란에 일백 오십만원이라는 적잖은 액수가 기록된 것을 보고 고개를 갸웃했다. 화가 자신이 흑암마을에 떠도는 풍문을 믿지 말라고 하면서 덧붙인, '자신의 기부금도 수백만원'이라고 했던 금액과 꾀 차이가 난 것을 이상히 여겼기 때문이다.
 중위의 입가에는 웃음이 감돌았다. 지난날 둑길에서 예수님의 경제정책, - 보화를 좀과 도둑이 없는 하늘에 쌓아 두라는 것 -을 두고, 나라를 말아먹을 금융정책이라고 비난했던 그가, 수녀의 전도능력에 빠져 자신이 비판했던 그 정책에 가담했기 때문이다.
 그는 막달리아 회당 건립의 기초가 된 하늘금고 장부를 소중히 간직하겠다고 얘기한 후, 가지고 온 손가방에 넣었다.
 가정부는 갑자기 상기된 듯, 손뼉을 치면서 전해줄 중요한 얘기를 깜박 잊을 뻔 했다며 입을 열었다.
 "중위님이 머잖아 귀국하게 되는 목사님을 도우면서, 힘겹지만 적십자 병원 뒤에 있는 신학대학과정을 꼭 마치라는 것입니다. 전도사님은 자신의 사명을 대신해줄 이가 바로 중위님이라고 하였습니다. 그분은 앞으로 중위님이 신학대학에 다닐 때, 불편함이 없도록 절더러 세심히 챙겨 줄 것을 간절히 부탁할 정도였어요. " 가정부는 다정한 음성으로 얘기했다.
 "신학대학?"
 중위는 간호원들이 산책을 하는 둑길에서 엿볼 수 있는 그 대학을 상기했다. 가능해 보이지 않는 새로운 길이지만, 희망찬 목소리로 대답했다.
 "수녀님의 모든 뜻을 마음에 새기겠습니다. "
 "주인님은 하늘에서 중위님의 대답을 듣고 기뻐하실 거예요. 자, 그럼 점심을 드셔야죠. " 가정부의 표정이 더욱 밝아졌다.

 그녀는 점심을 자신의 집에서 하기로 약속한 중위를 위해, 쏘가리탕을 끓여 놓았다고 했다. 어제 오후 남편이 건너편 목로주점 주인과 함께 고개너머 강변으로 낚시하려 갔는데, 운 좋게 귀한 쏘가리가 여러 마리 걸려 들었다고 자랑했다.
"잘됐군요. 흑암역 건너편에서부터 소금여고 쪽으로 이어진 산울타리를 따라 계속 걸어왔기 때문인지, 정말 배가 고픈데요. " 하고 얘기한 중위는 하의주머니에서 만 원짜리 두 장을 꺼내 가정부에게 주면서, 상점에 들려 소주 두 병과 수녀가 평소 즐겨 들었던 과자를 사오라고 했다. 그녀의 묘에 가져갈 것이라고 했다.
부인은 식탁에 점심을 먼저 차려 준 후, 골목으로 나가 부탁한 술과 꿀꽈배기와 젤리 과자류 등을 사 왔다.
중위는 봉지에서 소주 한 병을 꺼내 마개를 틀어 벗기고, 점심을 들면서 쏘가리를 안주 삼아 두 잔을 마셨다. 그는 마개를 틀지 않는 소주병과, 수녀가 무척 좋아할 것 같은 꿀꽈배기가 들어있는 봉지를 가정부에게 넘겨주었다. 가정부는 창 가에서 손님을 기다리는 프리지어 한 다발과 백합 두 송이를 은박지에 묶어, 봉지에 든 과자 사이에 넣자 꽃송이들만 봉지 위로 얼굴처럼 내밀었다.

둘이는, 수녀가 전도활동을 하면서 심혈을 기울여 남긴 막달리아 회당을 향해 걷기 시작했다. 그 곳은 휘어진 흑랑천을 따라 길다랗게 뻗은 서산 자락의 중간쯤에 있었기 때문에, 그 곳에 이르기까지 빠른 걸음으로 반시간 이상은 소요될 것 같았다. 산등성이는 오래 전부터 묘들이 가득 들어차서 멀리서 보면 민둥산처럼 보였다.
가는 도중 키 작은 상수리나무들의 우거진 곳과 측백나무 숲을 지나야 했고, 오리나무가 두 세 겹으로 줄지은 곳에서는 작은 산새들의 노래도 들을 수 있었다.

막달리아 회당은, 연이은 오리나무 가지에서 가지로 둘 이의 발길에 앞서가는 산새들을 따라가야 했다. 더 이상 안내해줄 수 없는 마지막 나무아래서, 맑은 도랑물을 건너 돌계단을 여섯 개쯤

오른 후, 언덕진 곳을 내려갈 때야 눈에 띠었다. 산자락 아래쪽 주택가에서 산길을 따라 올라오면 그 회당의 윤곽이 곧바로 보이겠지만, 가정부의 꽃집에서 출발해 서산 자락을 가로지를 경우에는, 줄지은 오리나무숲 끝 자락에 이르기까지 전혀 눈에 띠지 않았다. 건축물이 세워진 그 곳은 산자락을 심하게 헐거나 인공으로 애써 다듬을 필요가 없는, 구릉진 곳에서 조금 내려앉은 평탄한 산지에 세워져 있었기 때문에, 삼층 규모지만 주변의 숲에 돋보이지 않았으며 숨어 있는 듯 해서, 어느 부분도 수녀의 모습이 깃든 것처럼 의미있고 자연스러웠다.

중위는 한동안 감회 어린 시선으로 막달리아 회당을 바라보았다. 서서 바라보고 있자니까 어느 순간, 인연을 갖게 했던 런던이 버지니아 울프와 함께 떠오르며, 그 곳에서 일어났던 여러 일들이 은막에 어린 영상처럼 지나갔다.
중위는 생각에 잠겼다. 버지니아의 영혼은 구원됐으리라는 것, 수녀의 마음에 안착한 이상, 이 곳 흑암마을로 함께 여행을 했으리라는 것, 그 결과 그녀의 영혼이 가벼워진 것도, 흑랑천 부지에서 복음서의 산상수훈으로 행한 수녀의 마지막 전도에 의해 일어났던 많은 기적중의 하나였으리라는 것, ……이처럼 버지니아 영혼에 붙은 우즈강의 돌덩이도 수녀의 능력에 의해 떨어져 나갔으리라는 생각을 했다. 영혼은 쓰러진 수녀를 따라 흑암마을을 바라볼 수 있는 서산 자락에 잠시 머물렀다가, 소망했던 젊은 시절의 그리스 아가씨같은 모습으로 하늘에 올랐으리라는 확신을 했다.
중위는 이런 기적을 추호도 의심없이 마음속에 나열해 보았다. 그리고 버지니아의 영혼을 구하는데 자신의 역할이 있었다는 다행스런 보람을, 눈앞에 드러난 막달리아 회당을 바라보면서 느낄 수 있었다.
이처럼 회당을 바라보고 서있는 중위는, 자신의 도움을 받아 하늘로 오르고 싶은 버지니아 영혼을 마음에 담고 온, 능력있는 여인의 종착지인 이 곳에서, 우리 모두에게 해당된 어떤 기적적인 희망이 엿보이지 않는지 정신을 모아 찾아보려고 했다.

        6

 그녀의 금잔디 묘는 회당 좌측을 감싼 듯한, 등성이 너머의 오후의 햇빛이 다사롭게 모아지는 곳에 있었다. 묘 앞쪽의 풀섶에는, 사망한 년 월 일과 흑암마을 전도사 서 정애 라는 이름이, 중위의 무릎높이도 되지 않는 까칠한 석재에 새겨져 있었다. 작은 산새 한 마리가 푸드득 날개소리를 내며 비석 옆을 지나갔다. 묘 뒤쪽으로는 평소에 좋아했다는 라일락 두 그루가, 연청색의 꽃 무리를 화사하게 내려뜨리며 주위에 미세한 향기를 퍼뜨렸다.
 중위는 갑자기 수녀가 그리웠다. 묘를 파헤쳐 보고싶은 마음까지 일어났다. 마지막까지 복음서를 수많은 이에게 전도하고 간 그녀, 런던에서의 아름다운 모습이 아직 부패되지 않는 체 금잔디 아래에 그대로 누워 있다고 생각하니까 몹시 그립고 보고 싶었다.
 묘 앞에서 가정부와 함께 눈을 감고 묵념을 끝낸 중위는, 가지고 온 프리지어 한 묶음과 백합 두 송이를 비석 하단에 기대어 놓았다. 그리고 이흡들이 술을 조그마한 잔에 가득 채우면서 그같은 그리운 마음을 담아 두 잔을 묘 위에 부어주고 난 후, 꿀꽈배기 과자봉지를 터 놓은 체 잔디 위에 뉘어 놓았다. 자신도 두 잔을 연속으로 마신 후에 가정부를 향해 '꿀꽈배기가 벌써 한주먹쯤 없어진 것 같은데요' 라는 서글픈 농담을 하며, 과자 하나를 집어서 입 속에 넣었다.
 "그래요. 누가 먹었을까요?" 가정부는 웃음을 지었다.
 "과자 주전부리가 있는 수녀님이 금잔디 속에서 염력(念力)으로 기적을 발휘해 가져갔겠죠. " 중위는 꿀꽈배기를 또 하나 꺼내 먹으면서 그럴듯한 상상으로 말했다.
 "수녀님은 평소 영적인 모습일 때가 가끔 있었지만, 그런 능력을 발휘한 일은 한 번도 못봤는데요. " 가정부가 웃으면서 대응했다.
 "저 역시 런던에서 영적인 표정을 몇 번 보았습니다. 그러나 대체로 인간적인 부드러움을 몸에 지녔고, 과자류 같은 군것질을 좋아하는 것으로 봐, 그런 분이 어떻게 수녀가 꿈일까 하는 생각이 들었습니다. " 중위는 또 꿀꽈배기를 꺼내 먹으면서 말했다.
 쓰디쓴 소주를 마시고 난 직후여서인지 꿀꽈배기는 무척 달콤했다. 그는 하나를 더 꺼내 입 속에 넣었다. 허전한 마음인데도 꿀꽈배기는 달콤했다. 또 하나를 꺼내 먹었다.
 "여기서는 그 흔한 과자도 못사먹는데, 왜 제 것을 자꾸 축내세요?" 하고 말하는 수녀의 목소리가 들리는 것 같았다.
 중위는 과자를 더 이상 손대지 않는 체, 자신에게 말을 건 것 같은, 비석에 기대어 놓은 꽃송이들을 유심히 바라보았다.
 "프리지어를 좋아했습니까?" 중위는 새삼 다시 물었다.
 "이른 봄이 찾아오면 프리지어가 꽃망울을 텄는지, 어느 꽃보다 먼저 관심을 주었어요. " 가정부가 대답했다.
 "런던에서 제가 바친 꽃이기도 하지만, 수녀님 상의에 부착된 프리지어를 보았거든요. " 중위가 얘기했다.
 "그것은 제가 만든 작품이랍니다. 수녀님이 그 꽃을 유난히 좋아했기 때문에, 저는 시간이 나면 여러 모양의 프리지어를 만들어, 그분의 양장에 어울린 색상의 꽃을 바늘로 잘 꼬매 놓았지요. " 가정부는 회상하듯 얘기했다.
 "그 무렵, 수녀님은 건강했습니까?"
 "병에 시달리지는 않았습니다. "
 "그래서 병원에는 전혀 가지 않았군요?" 중위가 물었다.
 "아니에요. 작년 가을에 저와 함께 종합병원에 갔었는데, 폐암 초기라는 진단을 받았어요. 그런데 더 이상 병원에 가려 하지 않았어요. "

"런던에서 수녀님과 병원치료에 대해 얘기를 나눈 적이 있습니다. 그런데, 현대의학을 거부하는 것 같았습니다. "
"사실이에요. 수녀님은 기도와 명상으로 자신의 병마를 퇴치할 수 있다고 생각한 것 같았습니다. 이제 겨우 삼십 줄에 접어들었는데, 너무 안타까워요. " 가정부는 울먹인 목소리였다.

둘이는 수녀를 향한 지나간 날의 후회스런 일들을 얘기하면서, 어쩌면 살릴 수도 있는 한 여인이 금잔디 속에 누워 흙으로 변화되어가는 허망함을 생각하고 있었다.
수녀는 막달리아 회당을 통해 이루고 싶은 큰 사명을 남겼다. 비록 초라한 금잔디 묘에서 한줌의 흙이 되겠지만, 그녀는 문학사에 금자탑을 세운 버지니아 울프의 영혼에 붙은 우즈강변의 돌덩이를 복음서의 힘으로 떼어 주고, 함께 승천했을 것이 틀림없는, 경이로운 기적을 이룬 여인이기도 했다.

중위는 자신에게 애틋한 그리움을 남긴 수녀에 대한 안타까움에 잠겨 있다가, 궁금히 여기고 있었던 목사에 대한 근황을 물어 보았다.
"아-아, 목사님은 다행히 저의 주인아가씨의 살아 있는 듯한 모습을 보았어요. 주인님을 주축으로 열린 축제적인 부흥회가 끝나고, 주인께서는 저에게 중요한 몇 가지 일들을 알려 주던 중, 갑자기 숨쉬기가 힘들다기에 구급차를 불렀는데, 종합병원으로 이송 도중에 숨을 거둔 것입니다.   따님으로부터 전도사님이 사망했다는 소식을 받은 목사님 내외는 급거 귀국해 전도사의 죽음을 애도했습니다. 소식을 받는 다음날, 해가 진 후, 흑암마을에 도착한 것입니다. 유럽인데 정말로 서둘러 오셨나 봅니다. 목사님이 가장 먼저 한 일은, 흑암마을의 이름있는 조각가에게 부탁해 전도사님의 데드 마스크(deathmask:죽은 사람의 얼굴을, 본을 떠서 만든 탈) 를 뜬 일이었습니다. 전도사님의 복음전도를 기리기 위해 때가 되면 막달리아 회당에 흉상을 세우겠다는 것입니다.   수녀님이 이 곳 금잔디에 묻힌 날 오후에, 목사님은 타국생활의 모든 것을 정리하고 돌아와서 수녀님의 못다한 전도활동을 잇겠다고 얘기한 후, 가족과 함께 파리로 떠났습니다. " 가정부는 한숨을 내쉬었다.
 "그 데드 마스크는 부인이 간직하고 있습니까?" 중위는 관심있게 물었다.
 "아니에요. "
 "그럼 조각가에게 맡겼나 보군요?"
 "그랬을 거예요. 소중하다며 목사님이 그 사람에게 건네준 것 같아요. " 가정부는 시무룩이 대답했다.
 이 때 회당 삼 층에 있는 서 정애 전도사의 방을 정리했다는 가정부의 남편이 내려왔다. 그는 아내가 가정부 일을 성실히 했던 것처럼, 마지막까지 전도사 (수녀)의 충직한 운전기사였다. 그는 삼 층으로 안내하겠다고 했지만, 중위는 그 방을 다음 기회에 둘러보겠다고 했다. 그리고 자신의 손가방에서 그녀가 마지막 설교 때와 숨을 거둘 때 입은 반코트를 꺼냈다. 셋이는 한동안 그 반코트를 숙연히 바라보았다. 중위는 운전기사에게 그 반코트를 건네주며, 수녀의 소장품들이 정리된 삼 층에 갔다 놓으라고 했다. 기사는 그 옷을 조심스럽게 받들고 회당을 향해 걸어갔다.
 "막달리아 회당은 중위님 앞으로 명의가 되어있어요. " 가정부가 말했다.
 "왜 저였지요?"
 "수녀님의 부탁 때문입니다. " 부인이 대답했다.
 "절더러 신학대학에 다니라는 이유가 거기에도 숨어 있군요?" 중위는 신중하게 말했다.
 "네. " 부인이 조용히 대답했다.
 기사가 수녀의 반코트를 옷장에 걸어놓았다며 보고하듯 얘기했다.
 셋이는 수녀의 묘를 향해 다시 한 번 묵념을 하고, 주택가 골목 어귀에 주차된 승용차를 타기위해 산자락 길을 내려가기 시작했다.

7

 그 해 구월, 목사는 이국생활을 모두 정리하고 흑암마을로 돌아왔다. 수녀가 남긴 막달리아 회당에서 목회활동의 닻을 올려, 새로운 항해를 하려는 부푼 꿈을 안고 돌아왔다. 그 즈음 설계도에 있었지만 미완성된 종각이, 회당 서쪽으로 비단개구리들이 서식하는 연못 옆에 세워졌다. 돌탑 위에 세워진 종은 크지 않았지만, 모든 소음이 가라앉은 새벽이면 맑은 종소리가 흑암마을 위를 내달려 삼각산 자락에까지 희미하게 닿는다고 했다.
 목사는 그 옆에다 수녀의 흉상을 세우기 위해, '데드 마스크'를 떠준 조각가를 만났다. 조각가는 흉상의 기준이 될 데드 마스크에 의한 윤곽을 어느 정도 잡아 놓았다고 했다. 이젠 마스크에 찍힌 모습을 축소하거나 확대하지 않고, 그대로를 기준으로 흉상을 세우겠다며, 수녀의 몸무게라든가 신장에 대한 기록과, 이십대부터 삼십대에 접어들기까지의 여러 사진들을 가정부에게 요구했다. 가정부는 조각가의 요구대로 필요한 자료들을 간추려 건네주었다. 특히 그 자료에는 반코트를 입은 수녀의 모습이 너무 매력적이라며 가정부 자신이 직접 찍은 사진과, 마지막 부흥회 때 역시 반코트를 입고 설교한 모습을 홍보용으로 촬영한 CD 한 장도 들어 있었다. 조각가는 자신이 실제로 뜬 얼굴로부터 가슴부분을 사실에 가깝게 유추하기위해서는 이같은 여러 자료가 필요하다며, 목사에게는 수녀의 정신세계까지 깊이있게 질문을 했다. 목사는 뛰어난 전도능력과 '막달리아'처럼 예수님을 따르고 그리워하는 마음이 수녀의 깊은 정신세계라고 설명해 주면서, 흉상이 완료될 때까지 물심양면으로 부족함 없이 돕겠다고 했다.

　　　　8

　아침 저녁으로 찬바람이 불기 시작한 그 해 시월, 연못가의 활엽수들은 단풍이 들고, 나뭇잎들이 한잎 두잎 맑은 물위로 떨어질 무렵, 박 목사의 주도로 거행될 수녀의 흉상 제막식 날이 정해졌다.

　그 날, 이른 새벽에 출발한 중위는 해가 뜨기 전 산자락에 도착해, 아무도 없는 연못가를 서성거렸다. 수 십년 전, 만들어진 연못 같았다. 수량(水量)이 풍족하지 않았던 아래쪽 주택가에서 식수 외에 필요한 깨끗한 물을 모으기 위한 이유로, 인공(人工)이 크게 필요치 않는 적절한 장소에 만들어진, 가로 세로가 십여 메타쯤 되는, 거의 정사각형의 형태를 띠고 있었다. 못의 동쪽과 북쪽은 색상과 크기가 갖가지인 자연석으로 벽이 축조 되었고, 남쪽은 산세(山勢)의 언덕을 그대로 이용했지만, 서쪽은 여러 형태의 고운 자연석이 언덕을 절반쯤 치장해 놓은 연못이었다. 특히 동쪽의 돌 벽 쪽에는, 발목을 겨우 잠길 것 같은 서쪽 벽과 달리, 무릎 가까이 찰 정도의 맑은 물이 담겨 있었다.
　연못에는 이름 모를 많은 생명체들이 서식했다. 흑갈색의 산개구리들이 얼굴을 내밀 때마다 수면에는 동그란 동심원들이 그려지고, 점차 희미해지는 그 동심원을 가로지르는 물방개의 가벼운 주행 뒤에는 비행운같은 미세한 물결이 일어났다가 사라지곤 했다.
　중위는 그 곳 습기가 깃든 돌 틈 사이에서, 가을을 더욱 슬프게 장식하는 비단개구리들도 볼 수 있었다. 기러기가 가을하늘을 허전케 하는 울음을 지녔다면, 비단개구리는 땅거미가 질 무렵 산자락의 맑은 물이 찰랑이는 돌 틈에서 하루 해가 지났음을 서럽게 우는 미물이다.

여름 날 해질 무렵이면, 슬픈 소리로 주변의 생명체에게 삶과 번식이 헛된 것이니 그것에 집착하지 말라며 서러운 하기식을 했던 비단개구리들이, 서글픈 가을을 이겨내려고 이른 아침의 돌 틈에서 꿈틀거렸다.

이처럼 아침의 연못이 품고있는 모든 생명체는 침묵을 깨기 직전으로, 수면(水面)에는 물방개와 산개구리의 미세한 동작이 있을 뿐, 숨죽이고 있다. 산자락에 배열된 모든 생명체들은, 회백색의 천에 감싸여 있는 수녀의 청동상 제막식이 오전 중에 거행되리라는 것을 느끼는 것 같다. 가을 연못이 품고있는 미물들의 촉수와 나무들의 잎새, 흙 속으로 뻗친 뿌리들에 이르기까지 미세하게 지각 하고 있는 것 같았다.

연못가에 하늘높이 자란, 단풍이 조금 들기 시작한 활엽수들과 아직 새 푸른 침엽수들도, 수면아래에다 지상의 현재와 흡사한 자신들의 내세(來世)같은 신비경을 만들어 놓으며, 앞으로 항상 같이 있게 될 청동상의 등장을 기다리는 것 같았다.

비록 자신들이 움직일 수 없는 나무들이지만, 앞으로는 수녀의 흉상을 구심으로 더 벅찬 생명력을 구가하며 곧 드러날 여인상을 가지를 뻗쳐 풍우로부터 보호하겠다는 결의 같은 것이, 수면아래의 깊은 곳으로 뻗친 웜홀 같은 곳에 어려있었다.

중위는 이른 아침, 큰 보자기에 덮인 흉상을 의식한 체, 연못가에 선 자신이 갑자기 신비주의자가 되가는 마음의 상태를 못마땅히 여기고, 만사는 지상의 주인공인 인간중심이어야 한다고 고개를 흔들었다.

그래도 인간 외의 많은 생명체가 인간과 흡사한 영혼이 깃 들고, 기쁨과 애통함을 지녔을 것이다. 정도의 차이는 분명히 있겠지만, 오랜 세월동안 연못가에서 전쟁과 속임수와 안온한 유복과 성자들의 기원같은 것을 모른 체, 자연처럼 무심한 세월을 반복한 미물들도 오늘부터는 의지를 지닌 인간의 문명과 접촉해야하며, 새롭게 드러날 한 여인의 청동상을 구심으로 연못가의 생명체들은 또 다른 범주의 세계가 있다는 것을 느끼게 될 것이다.

그처럼 중위는 연못가에 서서 미물들의 세계를 느끼고 있었다. 그는 인간들이 종교에서 얘기한 이승의 행동여하에 따라, 영혼이 저처럼 측은한 미물로 들어가 변신할 수 있다는 생각에 이르렀고, 그것은 수많은 사람들이 그랬던 것처럼, 사후세계를 신비의 감정 속에서 그려 내고 있는 상태에 불과했다. 그러나 사라진 수녀에 대한 그리움에 파묻히면, 사후세계는 신비가 아니고 사랑으로 채색되며 희망을 안겨 주는데, 바로 그것이 영혼들의 재회가 성사되는 파라다이스인지 모른다고 생각했다.

중위는 그 상태로 더 잠겨 있었다. 연못의 여러 생명체가 문명과 문화를 가진 인간을 절대로 초월할 수 없다는 것을 눈으로 확인했다. 그 평온함은 인간들 사이에 있는 수많은 격차를 의식하게하였고, 경쟁하지 않으면 안될 삶이, 경쟁하면서 이기거나 패배하는 삶이, 미물보다 고통과 실망을 주고 불행하게 삶이 이어진다 해도, 수녀와 버지니아 울프가 소망했던, 인간만이 들어갈 수 있는 사후세계가 있는지 모른다는 희망을 갖게 되자, 인간의 입장이 결코 실망스럽지 않았다.

조금 있으면 미물들의 세계는 자신들의 계(系)에도 공평하게 빛을 뿌려 주는 해를 맞이할 것이다. 연못의 서쪽 돌 벽에는 벌써 숲속을 여과한 붉은 햇빛이 어른거렸다. 그 속에 깃든 미물들은, 또 길고 긴 새로운 하루가 시작되었다고 눈을 뜰 것이다.

오-오, 말없는 여인이여!
회백색 천에 감싸인 그대가
어떤 모습인지 궁금합니다.
조금 있으면 아침해가 떠오릅니다.
해가 중천을 향해 오를 무렵
그리움에 찾아온 시선들 속에서

회백색 보자기가 걷어지는
그대의 제막식이 거행됩니다.
평범한 삶에는 결코 주어지지 않는
청동 흉상이 된 그대는
생명이 있는 날까지
흑암마을 곳곳을 돌아다니며
자신에게 주어진 영적인 매력을
복음을 위해 바쳤습니다.
그 결과로 그대는
서산 자락의 연못가에
말없는 청동상이 된 것입니다.
땅거미 질 무렵이면
그대의 제전을 치르기 위해
먹이를 찾아 흩어진 숲속에서
천 마리가 넘는 산개구리들이
팔 딱 팔딱 뛰어서 모여들 겁니다.
제전의 주인이자 여신이 된 그대
산개구리 울어대는 연못 가에서
아-아, 다시 고독에 잠길 그대여!

  그는 회부연 당목 천으로 자신의 모습을 감추고 있는 수녀의 흉상을 한 바퀴 돌고서, 막달리아 회당으로 걸어갔다. 그녀의 흔적이 모여있는 삼층 방을 보고 싶었다. 현관에 이르자 막 도착한 것 같은 첫 햇살이 육중한 출입문 상단에 어른거렸다. 그는 문 우측의 벽돌 틈새에서 열쇠를 찾아냈다. 제막식 이른 아침에 가서 수녀의 소장품들이 모여있는 삼층 방을 들리겠다고 하자, 가정부는 열쇠를 두고 오겠다며 숨긴 곳을 알려 주었던 것이다.
  한 번도 모임을 갖지 않았다는 일층 회당에는 기다란 목재의자들이 질서있게 놓여 있었고, 어디선가 타르냄새도 풍겨 왔다.
  중위는 건물내부의 우측 벽을 따라, 매끄럽게 빛을 띠는 석재계단을 타고 삼 층에 이르렀다. 수녀의 흔적을 느낄 수 있는 방은, 중위의 아침 내방을 위해서인지 그녀가 얼굴을 내밀고 미소를 지을 만큼 열려 있는 상태였다. 평소 사용하던 침대와 그 위에 이불이 단정하게 개여 있는 모양이 조금 전 산책을 나간 것처럼 눈에 띠었다. 넓은 유리창을 가린 휘장 틈새로 숲을 여과한 아침의 붉은 햇살이 파고 들어와, 침상을 가로질러 벽 위에 뻗쳐 있었다. 그의 아침 방문을 위해 크고 작은 사물들이 개방된 모양을 했다. 그녀가 즐겨 사용한 머리핀과 참빗, 가정부가 정성껏 만들어 그녀의 상의에 매달리게 한 프리지어 조화 등 여러 액세서리들도, 하얀 모조지 위에 펼쳐 있는 것이 보였다.

햇빛이 어른거린 서쪽 벽은, 그녀의 의상을 보관하기위해 특별히 흑암마을 목수에게 이 곳 전도사의 방을 보여 주며, 삼단으로 맞춘 옷장이 창문을 사이에 두고 양쪽 벽을 따라 길게 놓여 있었다. 두 개의 큰 옷장도 맞은편 벽을 장식하며 반쯤 열려 있었는데, 그가 선물해준 수녀의 반코트는 옷장 내부에 끼여 있지 않고, 그녀의 상반신을 흡사하게 느낄 수 있도록 좌측 옷장의 문고리에다 걸어놓았다. 기다란 옷장들에 세로로 가득 걸려 있는 의상을 보면, 바이올리스트가 유럽의 크고 작은 연주회에서 입고 기뻐했다는 고급 의상들도 지극히 일부였음을 알 수가 있었다.

가정부는 남겨진 의복에서 전도사의 모습을 많이 느낀다며, 그분을 모른 이는 사치스럽다고 비난할지 모르지만 그분의 설교를 들었던 분들은 평소 즐겨 입었던 의상을 기억하기 때문에, 삼층 방에 들리면 전도사님의 모습을 회상하며 더욱 그리워할 것이라며, 영구히 보존하고싶다는 얘기를 했던 적이 있다.

그는 반코트에 가까이 다가서서, 칼라에서부터 단추를 지나 허리 아래에 닿는 단에 이르기까지 무심결에 손길을 주다가, 옥스퍼드 가로의 백화점 입구에서 만난 버지니아 울프와 워터루 철교를 바라볼 수 있는 템즈강변에서 빅 벤 소리를 함께 들었던 일이 생생하게 떠올랐다. 그 때 템즈강 바람이 쌀쌀했기 때문에, 그는 반코트 안쪽으로 자신의 손을 잡아당기는 버지니아의 손결을 느꼈다.

분명히 상품을 사고파는 현실이외는 별다른 특징이 없는 옥스퍼드 백화점의 어느 점포에서 구입한 반코트가, 영혼으로 떠돈 여류작가의 상반신을 감싸고 있는 것이 유심히 눈에 띠었을 때, 그 옷은 결코 예사롭지 않다고 생각했다. 그 후로 그는 그 옷이 수녀와 뛰어난 여류작가인 버지니아 울프를 이어 주는 어떤 매개체라는 생각이 들곤 했던 것이다.

이른 아침에 본 그 반코트의 의미는 더욱 깊어지고 있었다. 자신이 선물하기위해 샀지만, 구매하기 직전에 백화점 출구의 그리스양식으로 조각된 기둥 옆에서 버지니아를 만났으며, 그녀가 그 옷을 선택하고 입어 본 후에, 자신은 영혼이기 때문에 반코트를 수녀에게 주고 싶다고 했다. 그래도 자신과 연인의 행진을 하는 동안, 템즈강의 찬바람 속에서 버지니아 영혼은 그 반코트를 입고있었으며, 영혼에게 있는 신비한 체취를 그 옷에 남겼다.

그렇게 그 반코트에 대해 깊이 따지다 보면, 사후에 런던도심에서 떠도는 버지니아 영혼이 그 옷의 주인 같기도 했지만, 그는 애초의 생각대로 수녀에게 선물했고, 수녀는 더 의미가 깊게 그 반코트를 입고 흑랑천 부지에 모인 수많은 사람들에게 산상수훈을 주제로 마지막 설교를 했으며, 갑자기 닥쳐온 죽음의 자리에서도 그 옷을 입은 상태였다.

그런 생각을 떠올리다 보니 이른 아침에 바라보는 그 반코트는, 중위에게 두 여인과 관련되어 사후세계를 연상시키는 생각이 확연하게 들기도 했다.

이처럼 여성의 의복이 영험해 보이기는 처음이었다. 그는 반코트를 다시 한 번 매만진 후, 목례를 하고, 밖으로 나와 숲길에 들어섰다.

왜 막달리아 회당으로 이름을 지었을까? 수녀가 복음서에서 따온 건물명이었다. 그녀는 이천년 전의 막달리아를 더없이 소중한 여인으로 보았음에 틀림없다. 그녀는 막달리아를 알려진 것과 전혀 다르다고 생각했을 것이다. 하늘과 땅을 잇는 거룩한 시간에 홀로 깨어서, 예수의 심신이 부활한 것을 가까이서 목격한 최초의 인간이자 여인이기 때문이다.

　수녀에게 막달리아는 가장 낮은 자이면서 또한 신성한 여인으로 남달랐을 것이다. 그녀가 남겨 놓은 노트 중에는 얘기한 것처럼 막달리아가 왜 소중한 여인인지, 신약에 기록되어있는 것을 나름대로 부연해서 쓰여 있었다. 약간 대각선으로 기운듯한 글씨체는, 가녀린 여인의 손이 아니면 나올 수 없는, 거기서 막달리아의 모습이 형성될 것 같은, 그녀다운 영적인 필체였다.

　어떤 페이지에는, 지난날 예수를 현현(顯現)했던 자신에게도, 막달리아 정신이 조금이나마 있었기 때문에 기적이 일어났다는 얘기도 쓰여 있었다.

　막달리아 회당의 3층 건물은, 수녀가 노트에 연필로 스케치해 놓은 일련의 의미있는 모형들이 대체로 참고되었다. 그녀는 전문 건축가처럼 여러 평면도로 설계하지는 않았지만, 원근법에 의환 스케치들은 페이지를 넘길수록 세심한 터치들이 건축물을 완성시켜나갔는데, 마지막 페이지에 스케치된 모형은 그녀의 깊은 정신이 투영되지 않는 부분이 없는, 세심하게 구체성을 띤 건축물이 되어있었다. 그림의 우측 여백에는, 외벽은 영구성을 지닌, 오랜 세월이 지나도 변치 않는, 잘 구어진 벽돌을 건자재(建資材)로 사용했으면 하는 바램도 꼼꼼한 글씨체로 강조되어있었다.

　수녀의 작은 소망대로 막달리아 회당은 생전에 이루어졌다. 오늘 그녀의 흉상 제막식을 함으로써 회당은 더욱 완벽해질 것이다.

　중위는 숲길에서 보행이 빨라졌다가 느려지기도 했다. 서쪽나라에서 수녀와 함께 했던 추억들이 떠오르면 발길을 멈추며 그리움에 잠기곤 했다. 그 때마다 왜 막달리아가 수녀의 마음을 그토록 차지했는지, 왜 그 이름을 회당에 사용했는지, 그 회당이 지향해야할 사명은 무엇인지에 대해 그녀의 특징으로 각인된 여러 모습을 떠올리며 거듭 추억 속에서 해답을 찾으려 했다. 그리움 뿐이었다. 자신의 그리움이 닿지 않는 곳에, 그녀가 지향하는 아름다운 목적은 금광의 황금맥처럼 숨어 있을 것 같았다.

그는 미완성된 그녀의 사명에 가까이 다가설 자신이 없었다. 곧 제막될 그녀의 청동상에서 사명의 길에 들어설 수 있는 신념을 기적처럼 이끌어 냈으면 하는 바램이지만, 그녀가 추구하는 분야에 첫발을 디디려는 중위는 자신감이 서지 않았다. 옥스퍼드의 기적처럼, 그녀의 영혼이 모습을 띠고 나타나 손을 내밀며 독려와 도움을 주지 않는 한 어려울 것 같았다.

산자락의 작은 산새 한 마리가 푸드득 날개 짓 소리를 냈다. 수녀의 영혼이 깃든 것 같은 작은 산새는, 가지에서 가지로 날며 그가 서행하는 길을 안내하는 듯 했다.

푸른 하늘에 구름덩이들이 어디론가 항해를 하는 듯한 이 날은, 중위에게 누구보다 뜻 깊었다. 어느 조각가에 의해 그녀의 데드마스크로 만들어진 청동흉상의 제막식이 있기 때문이다. 런던에서 보았던 그 표정을 청동상의 얼굴에서도 찾아낼 수 있었으면 했다. 가끔 영적으로 빛났던 수녀의 얼굴이 청동상의 표정에서도 어려 있었으면 했다.

중위는 런던에서 있었던 일들을 떠올렸다. 피카딜리 라인에서 전시(戰時)의 강력한 억양을 띤 여자 아나운서의 안내방송으로 함께 웃었던 일, 여왕의 궁전을 사이에 두고 있는 두 공원에서의 산책, 얼스코트 역에서 막 나와 오후의 햇빛이 어린 낯선 보도를 지나 자신의 숙소를 함께 찾아 주었던 침착한 그녀의 언행들, 타비스톡 정원과 호텔에서 보여 준 그녀의 모습들은, 이제 청동흉상이 되어 자신을 향해 과거를 추억하게 하고, 미래를 예지해줄 것이라고 생각하니, 오늘 있을 제막식이 그에게는 더없이 깊은 의미를 띨 것 같았다.

해가 한 팔쯤 떠올랐다. 중위가 추억에 잠긴 숲길은, 하루가 시작되는 아침햇빛을 찬양한 산새들의 지저귐으로 축제분위기였다. 사라진 수녀를 향한 그리움이 다시 일기 시작했다. 그녀와 관련된 추억이 모두 이 산자락으로 몰려왔다.

수녀는, 런던 도심에서 끝없이 떠돈 버지니아의 영혼을 측은히 여겼음에 틀림없다. 그래서 마음에 그 영혼을 품고 한반도로 무사히 귀환했을 때는, 두 여인의 관계는 별개의 정신이 아닌 하나로써 동심일체를 띠고, 결국 함께 구원되었을 것이다.
 숲 사이로 보인 막달리아 회당은 추억이 뭉친것처럼 특이해 보였다. 중위에게는 그 회당이, 런던에서 수녀와 함께 한 추억을 바탕으로 세워진 이미지를 띠고 있었다. 가지 사이로 보인, 더욱 떠오른 붉은 해는 회당의 맑은 창에서 빛으로 반영되었고, 그 빛 속에는 수녀와 버지니아가 미소를 짓고 손짓하는 모습이 어려있는 듯 했다.
 중위는 다시 발길을 옮겨, 길게 뻗은 숲길의 막다른 곳이기도 한 구릉진 언덕을 향했다. 해는 더 높이 떠올랐다. 산새들의 지저귐과 날개 짓 소리가 숲길을 더 상쾌하게 만들었다. 그래도 아직, 인위적인 소음은 찾아 들지 않은 산자락 숲길이었다.
 중위는 눈을 감고 추억을 향한 그리움에 잠겼다. 숲길에서 숙연하게 깃든 그리움은, 곧 있을 제막식에 드러날 수녀의 청동상이 어떤 모습을 띨 것인가에 대한 긴장된 그리움으로 마음을 채우기 시작했다.
 차량의 경적소리가 났다. 중위는 회당의 앞뜰로 향해 달렸다. 수녀의 세속적인 일들을 조용히 처리해준 가정부와 기사 부부였다.
 "일찍 오셨군요, 중위님. 현관열쇠는 그 곳에 있었지요?" 가정부가 물어 보았다.
 "네. 잘 꾸며진 삼 층을 보았습니다. 거기서 두 분의 충직한 마음을 엿보았습니다. "
 "돌아가신 주인께서는, 저희 부부에게 항상 할 일을 남겨 놓은 분이세요. 어제 모든 걸 준비해 놓았지만, 데워 놓아야 할 축제음식이 꾀 많아요. 배고플 텐데 주방으로 오세요?"
 "아니오. 괜찮습니다. 점심 때 수녀님을 그리워하는 자들과 함께 들겠습니다. "
 중위는 변함없이 충성스런 부부에게 수고가 많겠다며 목례를 하고, 다시 숲길로 들어갔다. 해는 더욱 떠올라 산자락을 뒤덮은 숲과 막달리아 회당과 종각, 연못 주변이 빛의 축복 속에 휩싸였다. 사람들이 하나 둘 모여들기 시작했다.

 수녀에 대한 엇갈린 평가가 분분했음에도 불구하고, 제막식에는 그녀를 그리워하는 사람들이 삼삼오오 모습들을 보이기 시작했다. 그녀의 설교 때면 어김없이 찾아와 시키지도 않은 '서 정애 전도사 만세'를 부르며 배불리 얻어먹곤 했던 어중이떠중이들이, 또 가장 먼저 모여들어 먹을 것을 요구하고 축제분위기를 만들기 시작했다.

 그녀의 설교에 감명을 받은 이들이 구름처럼 모여들어 산자락을 가득 메웠다. 그들 중에는 생전에 서 정애 전도사를 멀리했던 여러 명의 일가친척들도 와 있었다. 그들은 자신들의 일가에서, 왜 그런 특이한 여인이 나왔을까 하는 의문을 가지고 있었다. 그들은 하나같이 일상에 충실한 사람들이었기 때문이다. 그런데 전혀 다른 이질성을 띠고, 감히 접근할 수 없는 독립성을 지닌 여인이 자신들의 일가에서 출현한 것이다. 교회에서 어떤 직책도 맡기지 않았는데, 복음서를 들고 하늘나라를 추구하는 듯한, 새로운 삶을 전도하는 모습이 일반적인 삶을 초월한 듯 해서 이상하고 싫었지만, 흑암마을에서 복음전도 일을 꾸준히 하며 많은 불신자를 교회로 불러들인 그녀의 고독한 생활을 감히 간섭할 수도 없었다. 그녀의 뜻밖의 부음 소식을 들을 때도 뜻있는 일가친척들은, 평가가 엇걸린 그녀를 외면했다. 그러나 그녀의 삶의 길이 자꾸만 높아지자, 끝까지 외면할 수 없었던 그들은 제막식에 나타나 회백색 보자기로 씌워진 그녀의 흉상 모습을 보고, 서글픈 눈물을 짓고 있었다. 그들은 모여있는 다른 사람들과는 달리, 곧 드러날 청동흉상이 어떤 표정일지 잘 모른다고 했다. 전도사의 소녀시절 이외는 떠올릴 만한 기억이 없다고 했다. 청동상이 된 전도사가, 십대 중반으로 성장한 이후의 모습은 단 한 번도 볼 수가 없었기 때문이라고 했다. 일가친척의 대표로 온 그들은 전도사의 흉상이 자신들의 오래된 기억과는 일치하지 않을 것 같다며, 데드 마스크로 조각한 흉상의 또 다른 모습을 기대하고있는 주위사람들과 의견을 달리하면서, 무거운 마음으로 회백색 보자기가 벗겨지기를 기다렸다.

박 목사는 앞으로 이끌고 갈 커다란 교세를 미리 보는 듯 했다. 한편으론 마음의 부담이 있었지만, 가슴 깊은 곳에서는 세상을 떠난 수녀님이 기뻐할 수 있도록 이 회당을 더욱 창대하게 키우고 싶은 새로운 결심을 했다.

제막식의 절차는 목사에 의해 다음과 같이 진행되었다.
찬송가(바이올니스트의 반주와 합창)- 기도 - 서 정애 전도사 생전의 활동 소개 - 청동흉상 제막선포 -서 정애 전도사의 런던 기적과 흑랑천 부지에서 복음서의 산상수훈에 대한 마지막 설교를 하는 모습을 스크린에 투영 - 함께 하늘에 올랐을 버지니아 울프 사진 투영 - 찬송가 순으로 끝을 맺었다.

서 정애 전도사를 그리워하는 사람들은 회백색 보자기가 벗겨진 청동흉상의 얼굴이, 그 옆의 스크린에 투영된, 낯선 버지니아 울프의 표정과 합성(合成)된 것 같은 닮음을 보고 무척 놀라워했다. 더욱 놀라운 것은, 전면에서 보는 표정뿐만 아니라 옆에서 보는 윤곽도 어느 정도 흡사한 모습을 띠고 있다는 것이다.
막 벗겨진 흉상 옆 그늘진 곳에 대형 스크린이 있었기 때문에, 관심있게 지켜본 사람들은 서 정애 전도사의 청동 얼굴과 투영된 버지니아의 그리스 여인같은 표정이, 무척 닮았다는 느낌을 쉽게 가질 수가 있었다. 아무도 그 신비한 이유에 대해서는 대답할 수는 없었다.
그러나 중위와 목사내외, 바이올리스트는 왜 흉상의 표정이 그같은 닮음을 띠고 있는지, 어느 정도 수긍할 수가 있었다. 인간의 정신력은 외모를 바꿀 수 있다고 생각했다. 특히 수녀의 마음에 안착해서 무게를 줄이기 위해 처절하게 투쟁한 정신은 문학사에 빛을 뿌린 버지니아 울프의 영혼으로, 수녀의 사후(死後)외모는 그 여류작가의 이미지 쪽으로 조금 기울어지려고 했는지 모른다. 그러나 막달리아처럼 항상 깨여 있는 수녀의 정신력도 만만치 않았기 때문에, 청동흉상의 얼굴은 둘 이의 매력적인 요소들이 표정 곳곳에 깃 들어 이중적인 모습을 자아냈다. 산길에서 나그네의 발길이 그 옆을 지나간다면, 시선을 당기는 듯한 흉상의 표정 때문에 한동안 멈춰 그 신비함을 바라보며 위로를 느낄 것이다. 이같은 설명으로 정리할 수 있는 것이, 데드마스크에 의해 조각된 수녀의 청동상이었다.

서 정애 전도사를 그리워하는 남녀노소들은, 스크린에 출현해 마지막 설교를 하는 그녀의 모습과 음성을 지켜볼 수 있었다. 산상수훈에서 느낄 수 있는 인간의 아름다운 의지를 설교하기에 앞서, 수녀는 런던 기적을 재미있게 함축해서 다음과 같이 들려주었다.

「여기 풀밭에 모인 여러 분! 저는 먼 극서의 도시, 런던을 여행하고 돌아왔습니다. 그 서쪽 도시에 착륙하자마자 누구를 만난 줄 아십니까? 퇴역(退役)중위를 우연히 만나 함께 피카딜리 라인을 탔고, 낯선 숙소를 찾는데 서로 도움을 주었습니다. 그같은 우연한 원인들이 계기가 되어, 저는 이상한 나라의 엘리스를 만나게 되었습니다. 그 엘리스가 누구인지 아시겠습니까? 저도 이름만 들었을 뿐, 여러 분들도 대체로 낯설 분이라 생각된, 버지니아 울프라는 여류작가입니다. 저는 그녀의 영혼을 가슴속에 안게 되었습니다. 그 영혼은 바로 이 가슴속 마음에 깃 들어 있습니다.
 그녀는 문학의 새로운 길을 개척한 커다란 별이었지만, 사후의 영혼은 런던 도심을 칠십 여 년 떠돌며 겹벌을 받고 있는 중이었습니다. 왜 그런 벌을 받게 되었는지 아십니까? 자신에게 폭행을 가한 자(자살자) 이기 때문입니다. 여러 분, 이 세상이 고단해도 자살해서는 안됩니다. 자살하면 애달픈 숲속의 나무가 되거나, 버지니아 울프처럼 영혼이 떠돌게 됩니다. 다행이 버지니아 울프는 생전에 문학의 새로운 길을 개척한 공로를 하늘이 알아줬기 때문에, 천사의 도움을 받을 수 있었습니다. 그 영혼의 소망은 저를 원했고, 저는 그 영혼이 측은해 저의 마음속에다 안착시킨 것입니다. 그 여류작가의 영혼이 무명 전도사인 저의 마음에 안착한 과정은 어떤 교량을 통한 것인데, 그 과정이 너무 미묘한데다, 조금 지고지순하고, 플라토닉한 면도 있지만 세찬 사랑의 분류(奔流)와 함께 원시적인 면도 복잡하게 얽혀 있어 생략하겠습니다.」

청중들은 전도사가 생략하려는 것이 무엇인지 깊이 생각하지 않는 체, 그 순간에도 그녀가 잡아당기는 설교의 매력에 의해 숨죽이는 집중이 지속되고있었다. 목사 내외와 중위, 바이올리스트의 입가에는 그 의미를 떠올릴 수 있는 쑥스러운 미소가 지나갔다. 수녀는 여류작가의 죽음과 영혼의 구원에 대해 얘기하기 시작했다.

「아무튼 저는 이번 서쪽여행에서 문학의 새로운 길을 시도한 버지니아 울프의 영혼을 가슴에 품고 흑암마을에 돌아왔습니다. 그 여류작가의 영혼은 현재 저의 마음속에서, 무게를 줄이기 위한 노력을 처절하게 계속하고있습니다. 왜 그녀는 하늘에 오르지 못한 체 저의 도움을 간절히 바래야만 했을까요?

버지니아 울프는 하늘이 미워할만한 방법으로 자신의 목숨을 버렸습니다. 죽음의 불안과 공포가 횡행했던 이차대전 중에, 반전론자인 그녀는 평화를 지킨다는 명분으로 전쟁을 일삼는 남성들의 가부장적인 권리를 원망하며, 우주강변에서 돌덩이들을 주워, 입고있는 반코트 주머니에 가득 넣은 체 강물 속으로 걸어 들어가 나오지 않았습니다. 수많은 이들이, 불안과 공포가 안개처럼 자욱한 사망의 골짜기에서 하나님을 찾았는데, 그 여류작가는 자신의 결의에 의해 그 참담한 전시의 운명을 초월해버렸기 때문에 하늘의 미움을 샀고, 매일처럼 도심을 배회하는 떠돌이 영혼이 된 것입니다. 주어진 삶을 끝까지 헤쳐 나가지 않는 체, 독한 방법으로 죽음을 결행했기 때문에 하늘은 그 여류작가의 영혼을 칠십 여 년 동안 외면했지만, 지상에 아름다운 글을 남겼다는 이유를 참작해 기회를 준 것입니다. 그 기회가 런던으로 여행하게 된 퇴직 중위와 수녀로 불러진 저의 출현이었습니다. 천사는 도심을 배회하는 여류작가의 영혼에게 텔레파시를 부여해, 두 여행자를 붙들 수 있도록 예정시켜놓았습니다. 그래서 중위는 버지니아 영혼을 옮길 수 있는 교량이 되고, 저는 그 영혼이 안착할 수 있는 목적지가 된 것입니다. 그럼으로써 저는 서쪽도시에서 하늘이 이루려는 성스러운 일을 거둘 수 있는 영광을 지닌 것입니다.

저는 문학의 새로운 길을 위해 혼신의 노력을 다한, 버지니아 울프의 떠도는 영혼을 가슴에 껴안고 온 일에 대해 한없는 긍지를 느낍니다.

여러 분! 저는 곧 이세상을 떠날 것 같은 예감이……」

수녀의 마지막 설교는 산상수훈으로 계속 이어지고 있었지만, 집에서 여러 번 CD의 영상을 보았던 중위는, 안타까움을 안겨 줄 것 같은 스크린을 더 이상 주시하지 않고 산새들이 있는 숲길로 다시 들어갔다. 저 아래, 흑암마을의 선로변과 목재소가 있는 흑랑천 둑길이, 멀리 북서쪽으로 휘어진 곳까지 엿보였다.

김 중위는 끝없이 이어진 것 같은 서산 자락의 숲길을 걸으면서, 영영 볼 수 없는 수녀를 나무 밑동 뒤쪽이나 산새들이 지저귀는 나뭇가지사이에다, 런던에서 보았던 추억 어린 모습들을 떠올리고, 그녀가 들려준 지나간 그녀의 삶을 생각해보았다.

서 정애 수녀는 어느 교단으로부터 어떤 직책도 받은 바가 없지만, 이단이라고 배척받지 않았다. 흑암마을에서 행한 여러 부흥회의 주인공으로서 모든 교파의 환영을 받았으며, 사명감을 갖고 복음전도를 계속했던 여인이다.

그녀가 소녀 티를 막 벗어난 시절에, 신도수가 십 여명 되는 흑암마을의 조그마한 교회에 들어갔다. 박 목사의 집이기도 했던 그 교회 이름은, 하늘교회였다. 그분의 가족과 함께 교세를 키우려고 노력했던 일이 복음전도의 첫발이었다고 한다. 가녀리고 창백한 얼굴을 지닌 애띤 아가씨였을 것이다. 그 시절에도 서 정애 수녀의 표정과 눈빛에는, 보통 아가씨들을 초월한 의지력이 영적으로 감싸여 온 모습에 깃 들어 있었을 것이다. 해 아래서 누구보다 참다운 삶을 보내고 싶어했던 그녀였다.

수녀는 짧은 삶이었지만, 아름다운 산자락에 막달리아 회당을 남겼고, 그녀의 노력에 의해 세워진 그 곳은 그녀를 따르는 수많은 이들의 구심역할을 하게 될 것이다. 중위는 자신도 그 중의 하나라고 생각했다.

회당 삼 층의 복도 끝에는 '전도사의 방'이라는 현판이 걸렸는데, 방문객들의 눈길을 끌 것이다. 그녀의 짧은 생이 지녔던, 보잘 것 없는 물품과 화려하고 사치한 소장품에 이르기까지 있는 그대로 꾸며져 있다. 그 곳의 출입문을 열면 맞은편 벽 상단에는, 살아 있는 듯한 그녀의 상반신이 액자 속에서 들어오는 방문객들을 맞이한다. 흑암마을에서 생의 사양길로 접어든, 추상화가가 그린 초상화라고 한다.

오후에 숲길을 서성이다가 다시 한 번 들어가 보았던 중위는, 런던의 타비스톡 호텔 로비에서 자신과 함께 나타샤의 춤을 출 때 엿보였던 가장 여성스러운 면을 그 초상화에서 느끼고, 왜 이른 아침에는 무심히 지나쳤을까 하는 의아심을 가졌다. 설교를 하고 예수님을 그리워할 때는 영적인 모습을 띠었지만, 그 외의 면모들은 인간적이면서 여성적인 모습도 대체로 많았다고 생각했다. 그녀의 설교는 결코 복음서를 벗어나지 않았다. 신약에 등장한 그 어느 인물보다, 예수의 그늘 가까운 곳에서 항상 대기하고 있는 것 같은 막달리아(막달라 마리아)의 삶을 소중히 여겼다. 막달리아와 달리, 살아 숨쉬는 예수를 목격할 수 없는 이천년 후의 여인이지만, 수녀는 영적인 그리움 속에서 그분의 이미지를 생생히 현현(顯現)해 낼 수 있었던 것이다.

숲길에서 그리움에 잠긴 채 몇 시간이나 배회한 중위는, 걸었던 길을 되 밟으며 제막식을 행했던 연못 가에서 발길을 멈췄다. 모두 하산하고 아무도 없었다. 그는 말없는 청동상이 된 수녀의 옆에 서있었다. 수녀가 바라보는 곳에는, 그녀의 투혼이 결집된 막달리아 회당이 선명히 보였다. 제막식 때 어디론가 숨은 구름덩이들이, 아침의 습기를 그대로 머금은 채 서쪽 하늘가로 떠올랐다. 그 구름덩이들 사이에서 비껴 온 시월의 연붉은 빛줄기가 스쳐지나가는 막달리아 회당을, 중위는 청동상이 된 수녀와 함께 바라보고 있었다. 시선을 끌어당긴 현관에는 연한 햇빛이 모여들었다. 수녀가 몹시 그리워진 중위는 햇빛이 어른거린 현관에다 반코트를 입은 여인을 그려보려고 시선을 모았다. 거기에는 그리움에 의해 어른거리는 초점이 형성되었다. 봄의 아지랑이처럼 밝은 형체가 모아지며 피어오르는 그 속에서, 자신과 정면으로 마주보며 웃음짓는 여인은 분명히 서 정애 수녀였다. 그러나 그녀가 방향을 조금 틀자, 옆모습은 그리스 여인같은 '버지니아 울프'의 형상(形象)으로 변모되었다. 중위는 웃었다. 서쪽 햇빛이 모아진 회당의 현관에는, 그리움이 만들어 낸 허상이 엿보였기 때문이다.

 중위는 버지니아 영혼은 어떻게 됐을까를 생각하며, 서쪽 묘 앞으로 갔다. 잠시 묵념을 하고 하산(下山)하기 위해서이다.

 먼 서쪽나라에는
천사의 미움을 사
하늘에 오르지 못한 채
매일처럼 도심을 떠돈
여류작가의 영혼이 있었다.
의식의 세찬 분류(奔流)로
문학의 새로운 길을 개척한 그녀는
이차대전 중에
남성들이 툭 하면 일으킨
전쟁을 원망하며

우즈 강변으로 나가
갑자기 떠오른 듯
입은 반코트 주머니에다
하나 둘
담을 수 있는 돌덩이를 가득 넣고
우즈강변의 숲과
울적한 잿빛하늘을 휘둘러보며
강의 중심을 향해 걸어 들어가는
독한 죽음을 결행했다.

 죽음에 이르는 그녀의 모습을 보고
천사는 눈살을 찟푸렸다.
그 벌로
여류작가의 영혼은
70여 년을 런던 도심에서 떠돌았다.

 그녀가 남긴 삶의 결과를 두고
천사는 측은히 여겨
그 영혼에 텔레파시를 부여해준 후
자신을 구원할 사람을 찾게 했다.
런던이 싫어진 여류작가의 영혼은
먼 동쪽나라에서 여행 온
믿음 깊은 수녀를 찾아냈다.

 저 빛 바랜 금잔디 속에는
버지니아의 영혼을 받아들이며
자신의 정체성을 포기한 수녀가
때를 기다리며 누워 있다.

 저 시월의 금잔디 속에는

먼 서쪽나라에서 따라온
그리스 아가씨같은 영혼이
그토록 소망한 하늘나라를
수녀와 함께 꿈꾸며
오를 때를 기다리고 있다.

 런던의 타비스톡에서 여류작가의 영혼을 껴안고 흑암마을로 귀환한 수녀는, 이세상과 이별할 때, 자신의 마음속에 안착한 버지니아 울프에게 합성된 영혼의 반을 기꺼이 떼어 주겠다고 했다. 그리고 그 여류작가의 영혼과 함께 하늘에 오르고 싶다는 기도를 했다. 중위는 이같은 얘기를 가정부를 통해 들었다.
 그 여인이 여기 금잔디 속에 누워, 중위에게 런던에 있었던 애잔한 일들을 상기시키고 있다.
 흑암마을의 전도사로 최선을 다한 이 여인은, 런던 여행에서 무엇보다 큰 결단을 내렸는데, 그것은 한 영혼을 구하기 위해 자신의 정체성을 소중히 여기지 않았다는 점이다. 최첨단의 의식으로 이세상에 아름다운 이야기를 남긴 여류작가의 영혼과 합치된 것에 대해 다시없는 긍지를 가졌다. 정체성을 포기한, 두 영혼이 합치된 이미지는 수녀의 청동흉상에서 분명히 드러났다.
 아-아, 불치의 병마에 쓰러진 그녀는
 막달리아 회당을 남기고, 여기에 누워 있다. 하늘가에 가까워진 해가 온갖 근심을 떠 안고 있는 듯한 비구름덩이 사이에서 연해질 무렵, 작은 산 새를 통해 하늘나라의 소식을 듣고 있다.

뫼 풀잎 사이에
멧새 한 마리
시월의 금잔디 속에 누운 수녀에게
찟찟찟 찌짓 찌리리 치치칫
하늘나라 소식을 전해주고 있다.

천지를 오가는 멧새가 슬피 운다.
천년 왕국이 두 번 지나갔건만
소식이 깜깜한 이를 그리워하며
젊은 나이에 이승과 이별한
서 정애 수녀의 뫼 풀잎 사이에는
작은 멧새 한 마리
쩟쩟쩟 찌짓 찌리리 치치칫

　자신의 정체성을 버리면서까지
이질적인 여류작가의 영혼이
사랑의 분류(奔流)를 타고
교량을 통해 건너오는 것을
심신으로 기꺼이 받아들인
흑암마을 전도사의 뫼 풀잎 사이에는
작은 멧새 한 마리
쩟쩟쩟 찌짓 찌리리 치치칫
슬피 울고 있다.

　산 새 소리 속에서 묵념을 끝낸 김 중위는, 빗방울이 떨어지는 소리를 들었다. 습기찬 구름덩이들이 나뭇가지 끝을 스치며 내달렸다. 먼동이 틀 무렵 서산 상공에 나타났던 회색구름들이, 수녀의 청동상 제막식이 끝날 때까지 하늘가 너머 어딘 가를 선회하다가, 꾀 짙은 시월의 습기를 몰고 다시 나타난 것 같았다. 마치 생명체처럼 변화가 심한 구름들은, 중위가 숲속에서 수녀를 그리워할 때, 그가 모르는 사이에 나타난 것 같았다. 서산 너머에서 흑암마을 주택가 쪽으로 휘어진 무지개 다리가 보였다. 비를 뿌릴 것 같은 시월의 으스스하고 습기찬 구름덩이들이 숲 상공에서 무지개와 겹쳐 있었다. 몇 개의 미세한 빗방울이 머리위로 떨어지더니, 가느다랗고 맑은 빗줄기가 가을바람에 의해 대각선으로 흩뿌렸다. 그래도 비구름덩이들 사이에는 연한 햇빛이 새어 나왔다. 이같은 정경은 수녀와 함께 우산을 펴고 맞이했던, 연한 햇빛이 대기에 배인, 서쪽나라 그린공원에서 느꼈던 날씨와 흡사했다. 해가 하늘가로 기울었는데도 비가 뿌리는 시월의 산자락은 청명한 아침기운이 느껴졌다.

 그는 우산이 없기 때문에 비를 맞고 제막식이 거행된 연못가에 서있었다. 청동이 된 수녀의 눈과 코, 입술 아래의 턱과 어깨죽지에는 연한 빛을 띤 가을비가 옅게 흘러내려 슬프게 보였다. 중위는 손수건을 꺼내 이마에서부터 목과 어깨까지 빗물을 닦아 내고, 수건에 가득 머금은 물기를 짜낸 후 다시 닦아 주는 일을 반복했다. 비가 그치지 않았기 때문에 빗물은 수녀의 모습을 계속 슬프게 만들었다. 다행히 그녀가 비를 좋아했다는 것이 상기됐다. 그린 공원의 비를 보고도 생기를 띠었고, 타비스톡 호텔방의 유리창에 흐르는 빗물에서도 생기가 되살아 난 그녀의 표정이 떠올랐다. 그는 청동상에 빗물이 흐르도록 내버려 두었다.

 그렇게 청동상이 된 수녀를 가랑비 속에서 바라보고 서있는데, 누군가 우산을 씌워 주었다. 가정부였다.

 "주인님은 비를 좋아했습니다." 가정부가 말했다.

 "어떻게요? 중위가 물었다.

 "여름날 비가 내리면 함께 어디론가 나가자고 했으니까요." 가정부가 대답했다.

 "어디 어디를 같이 걸었습니까?"

 "흑랑천 둑길과 선율의 거리를 지나, 도심의 서점가에 이르기까지 빗속을 즐겨 걸었습니다."

 "비오는 날씨를 너무 좋아했나 보군요?" 중위가 얘기했다.

 "네. 정말 좋아했어요."

 "때론 번개가 치고 뇌성이 으르렁거렸을 텐데요?"

 "그래도 개의치 않았어요. 그런데, 주인님의 표정이 약간 변한 것 같지 않으세요?" 가정부가 의문을 띠고 물었다.

"그래 보이는군요. " 중위가 대답했다.
"그 조각가의 손이 예술적인 인물상이 되도록 다듬었기 때문일까요?" 가정부는 의문을 풀지 못했다.
"그러지 않았을 겁니다. 저는 생전의 표정이 거의 그대로 엿보이는데요. " 중위가 대답했다.
"저 역시 틀림없다고 생각하지만, 예술을 하는 조각가의 손질이 가해졌다는 느낌이 들어요. 조금 서구적으로 가해진 것 같아서요?" 가정부의 시선은 여전히 의문을 가지고 있었다.
"예술가는 그럴 수도 있을 겁니다. 이제 아주머니는 이 청동상도 관리를 해줘야 합니다. "
"그럼요. " 가정부는 무겁게 대답했다.
어느새 비가 그치고 서쪽 하늘가에서 붉은 햇빛이 비껴 왔다. 가정부는 우산을 접고, 중위가 건네준 손수건으로 청동상의 물기를 닦았다. 미세하게 버지니아 표정을 띠는 수녀의 청동얼굴은, 돌아서려는 둘 이를 향해 미소를 짓는 것 같았다.
둘이는 하산하기 시작했다. 주택가와 인접한 산자락 경계에서, 알 수 없는 아쉬움에 발길을 멈춘 중위는 뒤돌아 섰다.

먼 - 서쪽, 타비스톡으로 생각되는 하늘가에 붉은 띠 구름이 펼쳐 있었고, 그 위에 적운(積雲)이 일어나기 시작했다.
먼 - 하늘가 서쪽도시에서 일어난 것 같은 그 적운은, 차츰 여인의 모습을 갖추며 제막식에 엿보인 청동흉상에 드러났던 두 여인의 합성된 모습과 흡사하게 변모하기 시작했다.
그는 그 신비가, 그렇게 되었으면 하는 인간의 마음이 적운과 겹칠 때, 만들어질 수 있는 서쪽 하늘가의 우연한 현상일거라며, 의미부여를 하고싶지 않았다. 서쪽하늘가는 언제나 쓸쓸한 그리움이 어린 곳이기 때문에, 적운이 일기 시작할 때, 그 쓸쓸한 선상에 그리움을 지향하면 시선이 닿는 곳에는 찾고 그리워하는 대상이 마음에 의해 어리고 형성될 수 있다고 생각했다.
이성(理性)은 그렇게 분석하려 들지만 마음은 여전히 신비했다.

왜 적운이 이 때에 일기 시작했으며, 그 뭉게구름 속에서 수녀와 버지니아 울프의 합성된 모습이 확연하게 띠었는지는, 이성으로 바라보고 싶은 현상이 아니고 마음으로 받아들이고 싶은 신비였다.
 그는 서쪽하늘가를 향해 무언가 공감하며 서있었다. 우연히 형성된 구름의 모양들이 황혼 속에서 더욱 아득한 서쪽으로 물러나며, 윤곽이 희미해지는 것을 보고 있는데 자동차의 시동소리가 들렸다. 수녀가 타고 다닌 승용차 옆에서 가정부가 팔을 들었다.
 그는 서쪽을 등지고 천천히 내려가면서, 청동상을 향해 결코 뒤돌아보지 않았다. 가정부 내외의 정중한 안내를 받으며 승용차 뒷좌석으로 들어갔는데, 곧 나타날 것 같은 옛 주인은 끝내 빈자리를 채우지 못한 채, 허전함을 맴돌게 했다.

끝

인 지
생 략

버지니아로 부터

초판 1쇄 2016년 5월 2일
지은이 · 李龍來
펴낸곳 · 도서출판 回想
출판등록 2014년 1월 6일 제25100-2014-000008호
서울시 노원구 상계로 3길 58, 108-1호 노원현대아파트 상가
전화 · 02-938-3517   팩스 · 02-938-3517
값 12,000원
*파본은 교환해 드립니다.

ISBN 979-11-952636-3-9